《温岭丛书》甲集第十二册

林贵兆集
赵大佑集

ZHEJIANG UNIVERSITY PRESS
浙江大学出版社

总目录

林贵兆集

［明］林贵兆　撰

林家骊　廖秋华　点校

正志稿卷一

浙太平林賁兆白峯著　　　　後學陳乃文棠侯編印

弟子歌

少嘗躬歷南畝就學塾師偁弟子職雖未學詩然
於暇日亦嘗卽其所事聊致情焉作弟子歌詩一
十九首

驛牘八首述子職

胼愭在奮朝日未曦毋辭爾勞力養所資
驛爾在郊有鳥先翔我親未適昌念爾勞
奉雨既足爰稼孔碩我親既適我心則懌

临海市博物馆收藏的《正志稿》书影

3

知我軒近說上卷

浙太平林貲兆白筆著　　　　同里後學陳乃普編印

送庠師訥齋張先生遷松陽教序

吾師訥齋張先生以忠信力行之化得吾邑薰教之明日

諸生咸沐浴以進再拜而請業焉師曰子何業之請也子

之文章說子爲之始竊子之力使余迄曾之能度有加

於子猷疑未敢對一生進曰今將壞緗帙鑰文瀚然而其

俯於夫子之門師曰非亦盡以藝喻丕輔班天下之遂緻

者也有學爲班持規矩準繩戒日必章於以求

之毋越其一人歸操所授器爲之砥　無虛曰戒化

臨海市博物館收藏的《知我軒近說》書影

前　言

　　林贵兆（约 1510—1590），明代理学家、诗人。字道行，号白峰，别号养觉子，门人私谥文贞先生。温岭团浦（今温岭市箬横镇）人，团浦林姓第十三代裔孙。嘉庆《太平县志》卷十一下《人物志二·仕进》有传，但甚简。

一

　　林氏性恬淡，静渊寡默。嘉靖十九年（1540）乡荐。中举后厌俗学纷靡，专务穷理，慕薛文清、陈白沙为人，以生不同时为恨。后闻郡城提学金一所先生唱道浙东，遂往赴交，以心性名节相砥砺。五年后选任江西都昌知县。任职期间，以正直廉洁得称。时严嵩当权，朝野奔竞，且时役繁重，民不聊生。有激于世，林氏遂解官去职。父老泣留不得，思慕若渴，为之立祠。赴居乡邑，以著书乐道、诗期文会自娱。其结社讲约，为时砥柱者三十年，乡人化之，所居称“仁里”。所结交者如沈晓山、林方城、陈月塘、黄海洲等，皆温台侪楚、乡邦文贤，遂隐然主盟台南文坛。贵兆一生笔耕不辍，著有《四书申解》《易经申义》《知我轩近说》《知识》《大学困知录》《齐论》《五伦礼》《正志稿》等作品。

二

　　《正志稿》为林贵兆诗集,成书于 1581 年,见于白峰林氏宗谱中,现藏于温岭市图书馆。此稿为宣统二年庚戌(1910)夏月太平陈氏编印本,林树琪题写书名。诗稿共十卷,含附录一卷,共录诗 500 余首。诗集题名由来,据作者《自序》称:"夫诗也者,古以达情,今以宣巧。夫曰:达情,情之至也,而诗自妙。夫曰:宣巧,巧之至也,而诗自拙。真与伪之辨也。善反古者,反其真而已矣。虽然,真也者,杂邪正而为言者也。夫采之以观风,则邪正之互举,赋之以明志……吾取以正其志……风之变也,吾取以惩其僻,祛僻存正。"故名《正志稿》。

　　由于《自序》是林贵兆诗学思想的典型体现,下面稍作诠次,以期知人论世。在诗歌理论上,林贵兆提倡复古主义。《自序》开篇云:"诗歌自经而降,惟骚近之。汉魏晋选,骚之次也,盛唐诸作,选之次也,宋斯下矣。然则音之日降也,其殆不可返欤!曰:可得其本,其音可作也。"可知林氏所复之古,为《诗经》《离骚》。然则应复古诗骚的哪个方面?林氏认为当学其"真情"。《自序》继云:"夫诗也者,古以达情,今以宣巧。夫曰:达情,情之至也,而诗自妙。夫曰:宣巧,巧之至也,而诗自拙。真与伪之辨也。善反古者,反其真而已矣。"明代复古思潮盛行,前后七子、唐宋派等皆倡言复古。因而,林氏的复古主义,实则是明代文学思潮的习见,只是所复之古的时代不同而已。而其真情论,又与明代文学的核心精神一脉相通。

　　不过林氏所言的真情,并不是淫谲佚行、放浪无检之真,而是经过了道德净化、具有理性自觉之真。《自序》又云:"虽然,真也者,杂邪正而为言者也。夫采之以观风,则邪正之互举。赋之以明志,则辨义之必精也。义何以辨?兹有取于宋焉。盖道之不明也久矣,汉唐而下,制作虽盛,卑则荣利,高则仙释,诵其辞者,与之俱化。非萦情于猥屑,则寄兴于虚无。升沉冥漠,莫知夫性之所存。是以忧乐失中,美刺违则,以是为诗,虽真亦僻也。道之弗古,奚取于格之古哉?至宋则学醇而道彰矣。"故而林氏所谓的"真",则是"学醇道彰"的儒者本真,可谓一派醇儒议论。因而,林氏的诗旨,其言复古、言真情,实则是以道学为依归。

林氏在隐居乡里后,自筑云鹤山房于白峰山,时聚台温两地各县人士,因而在林氏的诗歌中,流连光景、诗友酬唱的作品占据了大多数。不过这些作品,与常见的隐逸诗人所表现出来的明净闲逸的风格不同,而是充满了豪壮的语言色彩与通脱的心灵感受。这就使得林氏的诗歌与一般的隐逸诗人拉开了距离,取得了别具一格的艺术色彩。这是林氏诗歌中最值得注意的一部分。

从艺术取径上来讲,林氏这种壮语奇语,无疑取法于杜甫。杜甫的七律,尤其在晚年,其显著的艺术特点是沉郁悲慨、格律谨严,且中间两联常用丽语壮语结撰组构。而林氏的律诗,也带着杜诗的痕迹。试看林氏的七律《北都览胜》:"龙驭飘飘□鹿荒,先皇开创有辉光。山蟠泰华宸居壮,水引江河地脉长。九野星缠同拱北,中天太乙俨成章。缘知帝极参元象,日月双悬照四方。"(卷三)《良乡元旦客怀》:"何因辞故里,去去入风尘。马上惊新节,天涯恻病身。地偏沧海日,天近帝城春。恋土仍怀阙,鸡鸣起问津。"(卷三)《送王西华之南都因过家山》:"风流谁似二王才,会向金门跃马来。作客早传鹦鹉赋,题诗今上凤凰台。春回九陌红尘动,日照双鸾紫雾开。莫为芳菲淹彩笔,星槎银汉转相催。"(卷三)均结构谨严,且中间两联皆以伟丽之语出之,就极有杜诗沉郁悲慨、波澜壮阔的境界。其他如"赤云耀海色,晨光煜高坤"(《旅怀》,卷三)、"蜀山高接天,楚江浩无止"(《感时》,卷三)、"阊阖暂听鸣虎豹,图书终岂秘龙龟"(《秋夕旅怀》,卷三)等诸句,其所包含的杜诗风格,一望即知。

除了多用奇语壮语,在写景诗中,诗人也脱去了隐逸诗歌常有的偏于闲淡静逸,甚至入于"酸俭气""蔬笋味"的偏枯瘦槁,而展现出通脱活泼、活色生香的精神内涵,这显然是继承了宋儒理学诗派一路。如《越山路》:"久客逢朱夏,南游近若耶。红莲出清水,白马带晴霞。野店清明酒,山僧谷雨茶。仙村知不远,何用问桃花。"(卷三)颔联用红、清、白、晴等色泽明丽的词汇,展现出一幅生意活泼的山路图景。颈联平行叠加四个意象,平铺而不流于滞碍,传达出作者悠然自适的行旅情怀,使诗画交融。《乘醉入舟醒而见月》:"晚凉沉醉卧江烟,酒醒烟消月满船。帘卷忽惊星斗落,不知人在水中天。"(卷四)将酒醒见月那一刻的心灵感受,写得极具波澜意趣。

林贵兆虽在中年归隐,但其并未忘情于世。故而在其诗歌中,时时流露出对国家、对社会的关注。这一现实主义题材的诗歌,在林氏诗集中也占据了较大篇幅。诸如"四海征轮力已疲"、"脂膏总为生民惜"(《归思》,卷五)、"时艰无计缓征输,一夜忧民鬓尽丝"(《辞留衣不获》,卷五)、"乱余民命一丝悬,正属仁侯涕泪年"(《贺邑宰徐后冈膺奖》,卷六)这类抒写民困、关心民瘼的诗句时时溢于笔端。同时,林氏退隐的事由乃是奸党执政,再加以林氏的理学修养,故而在林氏的诗歌中,除了表现出安贫乐道的儒者精神以外，还常常带有一股修身立德、自高其志的兀傲之气与贞洁之质。这一气质，有时外应物象，予以寄托。如《白菊》："耽幽已羡黄花好，铲采重怜白贲真。最是夜深人散后，静依霜月更精神。"（卷二）以白菊为寄托，象征其兀傲不屈的人格境界。有时心外造境，予以刻画。如《夜坐》："明河艳艳当窗落，北斗离离隔树悬。万户同梦谁独醒，野夫孤坐对青天。"（卷二）《观知者泉有感》："万树碧桃开紫烟，无人不醉落花前。自怜一掬寒池水，独浸星河夜半天。"（卷二）皆大有众人皆醉我独醒的兀傲独立气概。有时因事感怀，用以愤世嫉邪，如《岁艰》："岁艰衣袂薄，冬尽雪霜稠。未足资身计，空悬济世忧。形骸归一瞬，道义极千秋。饿杀陶居士，应贻晋代羞。"（卷四）虽贫困无赀，但依然不废兼济，且依然自信"道义极千秋"。而在一些怀古咏古诗中，这一气质也不时表露出来，如《子陵钓图》："玉骑金貂拥汉官，青芦白鸟自严滩。钓台不共烟云灭，一缕清风古今寒。"（卷一）在士人普遍趋利奔竞的明代，重申了严子陵不事王侯的高尚志节。将诸多诗料纳入儒者修养的底蕴中，在诗歌中坚定其节、高尚其志，这也是林贵兆诗歌中颇为值得重视的一部分。

　　综而言之，林贵兆的诗歌，虽然大抵以咏隐居生活为主，但咏隐居而不入于寒俭，以儒者底蕴发之于诗，固其仁德之根本，睎其文采之膏润，使林贵兆的诗歌呈现活色生香、波澜壮阔的艺术特征。这一特征，使林贵兆的诗歌放在明代诗坛中，也可以说是颇具特色的。

三

　　《知我轩近说》为林贵兆文集,分上中下三卷,存文约 240 余篇。古语云"言近指远",而文集题为"近说",据作者《〈知我轩近说〉前引》云:"道显于迹,而隐于无,固不敢离近以言远。"则乃自谦之意。

　　林氏这三卷文集,存文总篇数虽不多,但所存文类却较为丰富,有序、引、说、跋、记、箴、赞、启、书信、墓志铭等各类文体,不过皆属应用文体,而没有赋、游记这类纯文学作品。之所以如此,大概跟林氏重道轻文的文学观念有关。在文集下卷《学文论三篇》里,林氏详细地阐述了自己的文学观念。在文中,林氏将为文之道分为四目,曰明道、曰用意、曰行文、曰使字。其中"明道"为作者着重之目。作者云:"盖作文之意,主于阐道。阐道者,文之根,是故非真知独得,弗言也;非辅经述圣,弗言也;非准天地合鬼神、关身心善恶、系国家理乱盛衰之机,弗言也。外是而言,非邪则鄙,君子无取焉。"强调文章在经世明道上的功用,在"明道"的用意下,给文章设置了诸多限制。而在另一篇文章《寿沈晓山学博序》(上卷)中,作者的观点也与上述观点同出一辙:"文章由性生者,故将以明天之道,阐人之理,该括乎是非治乱之几,固人道之所以立,万物之所以育,天道之所以裁而相者也。天下不可一日无道,即不可一日而无文。"因而,像赋或者游记这类文学性的文章,当然是林氏所认为的非明道之文,属于其所说的"弗言也"的范围之内了。

　　由于林氏认为文章的任务是要"明道",故而,在林氏的文集中,有很大一部分的用意是为了讲道辨理。林氏把许多原本是普通题材的文章,都写成了讲道文。如《寿金宪使存庵先生六旬佳诞序》(中卷),宣扬"众人贵形而忘道,则我其形;圣人体道而忘形,则我其道"的存道忘形之理;《敬德重光序寿同年金惺庵宪使》(中卷),本是一篇祝寿文,可被作者写成了辩论"执中者,精察,夫道,气之心而守之一也"的道学文。又如《送周文学练滨之任序》(上卷),全文共918字,其中有664字宣扬"知以性,则固有所不可已者"的德性之知的道理,有点令人难以卒读。有时候,这种讲道辨理还旁溢到与友人的书信中去,如《答同年金惺庵宪使》(下卷),于书信起居问候之后,余下一大段讲自己的读书探道心得:"天理形气之别也,然天地之间,理为大中,至尊至贵,历万世不泯……"这就给人过于严肃之感。

在宋明理学中,道固然可以是抽象的宇宙论之道,同时,落实在现实人生,也可以是仁义德行的伦理之道。因而在林氏的文章中,也有很大一部分内容,则是宣扬仁义、砥砺品节、谈论君子出处之道,这也是儒者文章当中的应有之意。如《贺邑大尹奇峰叶公膺奖序》(上卷),申说"敷子惠而民怀矣,明劝惩而法勅矣,厉勤敏而政修矣,崇德义而轨彰矣"的君子之道。《送王玉溪贡士入京序》(上卷)提出"行之通塞与其道之是非,恒不相值"的千百年来文人常会遇到的困惑,并用"谨进退"以相砥砺。当然,这些道理说得太多,有时也给人哓哓多言、不近人情之感。如《送莫七峰之杭序》(中卷),写的是自己与族弟"南北不相睹者,一十有六载矣"后而久别重逢的故事。可是在文中,作者却花大段笔墨申说自己"立身有道"的志向,全不见"悦亲戚之情话"的起居慰问,这就不免给人感觉整篇文章过于隔阂生硬。

　　当然,林氏并不是一个只热衷于讲道宣理的谆谆儒者,在林氏的文集中,还有许多文章,则体现出关心民瘼、为民请命的经世致用一面。如当时政府欲将沿海坦田纳入赋税,民间骚攘,林贵兆闻之,向当政上《与魏渠清大尹论海田》(下卷),为民请命,指出不应在此不毛之田中抽税,或应折额计征。又比如有鉴于当时温岭盐业和围垦事业互不相属的情况,林贵兆作《与徐后冈论海塘》一文,深入考察温岭实际,提出了"筑塘灶地而民田在其中矣"的设想,后被当政采纳,加快了温岭围垦事业的发展。再如《参府南塘戚公台南平贼记》(中卷),歌颂戚继光的抗倭事业,并在戚继光调任福建时,组织当地文人赋诗送行。这些文章,均有礼有节,殷殷拳拳,体现了一个儒者心系天下的用世之心。

　　林氏的文章中,除了赞、颂这类文体例用骈文四六外,其余文章均为古文,其文风,大抵自然显畅、平易有法。综而言之,约有如下特色。

　　其一,好用对话体。

　　这类对话体,在先秦诸子散文《孟子》《庄子》中较为常见,但后世并不多见。林氏似对这种对话体情有独钟,在文集上卷中,其篇章多为对话体。这当然与林氏的表达目的有关。因林氏常喜欢在文中宣理论道,故而采用对话体的形式,往往能使辩论更加周全,析理更加透彻。如《寿沈晓山学博序》(上卷),用"洞樵子"、"象罔子"、"鸥沙子"与"余"四个人的对话,来论证作者为文之道的观点。《送太学生刘君还广序》(上卷),则在"刘君曰"与"余曰"的反复对话中,辩论"形体之情"与"天性之情"的区别。由于林氏对这种文体的偏爱,故而在一些不适合用对话体的篇章中,也用了对话体,因此就给人感觉难免有点生硬滞碍。如《送文学章斗野先长沙节推序》(上卷),这种为人送行的文章,也用对话体一来二去,这就不免阻滞了文脉,显得生涩扞挌。

其二,文气丰沛。

前引林氏《学文论三篇》,林氏又云:"然文也者,言也。谓之言,则有声矣。声者,出于气者也,故敷言必顺其气。气发于声,而声必有节。"可见林氏较为注重文气。此文气,实是孟子所谓"吾善养吾浩然之气"之仁德修养在文章当中的必然表现。因修身进德,浚其源泉,则必茂其枝叶,发之文章,便是表现为立论有据、言之凿凿、惩恶扬善、定谳是非而无所不可。如《送王玉溪贡士入京序》,谈论君子出处,其中一段有云:"行之通塞与其道之是非,恒不相值。通塞遇也,遇与时偕;是非理也,理或势阻,必至久而后定。公孙衍、张仪,世所谓丈夫子也,孰不谓巍巍者哉?孟子妾妇之,而其品斯下。叔孙通起朝仪而从者皆显,两生宁终悔不屈,自通子弟以下皆笑之。二千载至程子,而生之节始著。呜呼! 士之不遇! 孔孟以仪衍,而赫赫以两生,而泯泯者可胜言哉! 则人之通塞是非,信相违也。然士有宁为此而不为彼者,何哉? 要亦本心之明,有终不容息者尔。"用散体排比与对比,为千古不遇之士鸣冤,并指出"要亦本心之明,有终不容息者尔",使得立论警策谨严。又如《送毛子北行序》,谈论君子立身之德,指出"夫儇者,巧慧之别名也。民生之理,昭若大路,无纤芥容吾巧。一巧,辄入于伪……商辛儇而命革,驩兜儇而国亡,少正卯儇而家覆盆,成括儇而身刑,斯高而下,往往皆以儇获,亦竟以儇败,惟幸而无获者,亦仅以幸免尔。其至儇也,非天下之至愚乎?"批判了无德之巧,读来气顺言正,义理粲然。

其三,善道人情自然之理,传物之共感。

林氏还有一些文章,能够善道人情自然之理,言人所能感而不能言之言。

自魏晋以来,文人们对"意不称物""文不逮意"的创作困境多有留意,故而林氏此点,实是不小的成就。如其《送太学生刘君还广序》(上卷),借"刘君"之口自叙其生平经历,其云:"吾少时,未经世故,其有求于外也,辄获;将谓人生可欲事,一切可以力致。及今,履世变,历险巇,吾意所欲为者,多拂;而适然之幸,又或出于平生智虑之所不遑及。则天之所定,固不可以人胜也。"寥寥数语,将人生中少壮晚三个阶段的人生境界和盘托出,正像清代袁枚所说"人所难言,我易言之",并刻画出一个委顺知命、敦敦儒者的自我形象。又如《赠方七峰大尹靖寇奖功序》,记叙戚继光与同僚在台州抗倭的一次战役。作者分析道:"是役也,有三难焉。自兵民分,而三军之师帅焉,诸武弁,即有徼急,守令无寸兵,应其所驱者,惟负耒之民而已,一难也。承平既久,民生养于祥风煦日之中耳,不识金鼓声,缓急不可使战,二难也。下车未旬日,恩非素孚,明威非素著,一鼓用之,欲其致死力于我,三难也。犯兹三者,而卒用以集事,侯之功于是不可及矣。"分别指出将领们在城中缺乏正规军、土民不习战事、主将新任而不熟悉民情的情况下,最终打赢了抗倭之战,条分缕析,且条条切中时情,突出了戚继光及其同僚运筹帷幄、用兵如神的丰伟形象。

四

关于《正志稿》的版本，今存十卷刻本、六卷刻本、黄氏抄本和"一本"四种版本。其中十卷刻本以天台齐孝懋(斌夫)聚珍版为底本，宣统庚戌(1910)夏月太平陈氏机印，本次整理即以此为底本，六卷刻本只是十卷本的分册，封面题作《正志稿(上)》，文字内容与十卷本一致。黄氏抄本为临海黄瑞选抄，共五卷，因本子不全，本次整理作为校本。"一本"不知所出，今存十卷刻本的前六卷，且该本第六卷最后三首诗阙，本次整理也作为校本。

《知我轩近说》则只有一个版本，即陈廷谔题签，宣统庚戌夏月太平陈氏机印本。此次整理，就采用此本。

由于水平有限，时间紧张，本书的整理工作肯定存在不少问题，敬请各位读者和专家不吝赐教。

林家骊

《林贵兆集》总目录

正志稿

浙太平林贵兆白峰著

后学陈乃文棠侯编印

目　　录

正志稿自序〔一〕

诗歌自经而降,惟骚近之。汉魏晋选,骚之次也,盛唐诸作,选之次也,宋斯下矣。然则音之日降也,其殆不可返欤!曰:可得其本,其音可作也。夫诗也者,古以达情,今以宣巧。夫曰:达情,情之至也,而诗自妙。夫曰:宣巧,巧之至也,而诗自〔二〕拙。真〔三〕与伪之辨也。善反古者,反其真而已矣。虽然,真也者,杂邪正而为言者也。夫采之以观风,则邪正之互举。赋之以明志,则辨义之必精也。义何以辨?兹有取于宋焉。盖道之不明也久矣,汉唐而下,制作虽盛,卑则荣利,高则仙释,诵其辞者,与之俱化。非萦情于猥屑,则寄兴于虚无。升沉冥漠,莫知夫性之所存。是以忧乐失中,美刺违则〔四〕,以是为诗,虽真亦僻也。道之弗古,奚取于格之古哉?至宋则学醇而道彰矣。道彰而言斯莹,故程朱高唱〔五〕诐淫,尽黜性天之流也,吾取以正其志。曹刘阮谢,风之变也,吾取以惩其僻。祛僻存正,夫然后论格。汉晋盛唐择其中者,则二南之风可几矣,愧吾学未之逮〔六〕也。兹录也,其将以考志乎。是〔七〕为序。

时万历九年岁次辛巳仲春之吉,台下养觉子林贵兆书于知我轩〔八〕。

校勘记

〔一〕抄本作"正志稿叙"。其下有"台下养觉子林贵兆撰"字样。

〔二〕"自"抄本作"愈"。

〔三〕抄本"真"字前有"妙与拙"三字。

〔四〕抄本"则"字前有"节"字。

〔五〕"高唱"抄本作"周邵"。

〔六〕"未之逮"抄本作"之未逮"。

〔七〕"是"抄本作"兹"。

〔八〕抄本该句作"万历九年岁次辛巳仲春书于知我轩"。

作诗小见

作诗须吾心，自有一片真情。命字修辞以达之。今之初学律者，内无情致，失诗之本。外惟[一]妆饰，句语斗合成文。乍看亦美，细看[二]殊无真趣。犹雕塑神像，面目虽亦美好，内乏[三]精神血脉，流通贯串[四]绝少，岂是活物？此诗之下格，宜慎辨之。或谓炼意不如炼字者，以意贵自然，炼则失之巧耳。夫作律者，但[五]知壮丽新奇，道人所不能道为胜，不知不丽不奇，平[六]心道出，雅淡平和[七]之中，所含之意婉曲深远，精切有味者，为律之上格。或又谓诗既变而对偶，便重工丽，不知律格。视[八]古近卑，若作者能稍事浑雅，便自不妨如李杜之律，未尝专尚奇丽，亦不专事对偶。盖有见在，但今之所取者，失其正耳。

汉唐间道学湮晦，一[九]咏道即入仙佛，其识使之也。今幸生于道学既明之后，作者犹承前弊。一涉正学，便谓宋诗，故凡程朱等语，一不敢用。信是则诗固佛老之流派，而非尧舜周孔之文章乎。秉彝物则之咏何说也，鲜哉其征矣！故今宁犯众楚之咻，有咏道处，固不敢舍正学以为言也。但托兴于彼，则或有之。

或谓子之诗格，先后有稍异者。盖早年学于乡师，中年慕唐颇事研索。既老，则谓诗以达志，意求[十]真切，不敢务求工巧。而老年光景，且亦有所不暇，故稍异旧作。依[十一]《唐韵》，近按《唐韵》之分合处，亦多无谓。《正韵》成于我朝洪武初,则天子之考文,正今世所当遵也,况得音之正哉!故晚年之作,俱依《正韵》。其旧作近所改者,亦多以《正韵》谐之,不敢违也。

先[十二]君尝命泽曰:为人后者,先德之美。固当世法,至所遗文,亦皆心术所存,尤不可不讲。吾家遗文遭兵燹而失,残编断简,百一犹存。诗自梅边诸祖以下,吾尝录之,并发其旨,以示子孙。汝辈须知之,泽再拜而请阅,幸因而窥其蕴,既而诵正志稿,诗辞旨深简,有未解者,举而质之,得承面谕。恐历世既久,子孙有未解者,因即所谕而略注每篇之末,使后吾生者,亦因吾言,得先君之志,庶知所宝葬云。子继泽百拜,谨识。

校勘记

〔一〕"惟"字抄本作"虽"。

〔二〕"看"字抄本作"玩"。

〔三〕"内乏"二字抄本作"而内之"。

〔四〕抄本"串"字后有一"处"字。

〔五〕"但"字抄本作"只"。

〔六〕抄本"平"字前有一"只"字。

〔七〕"平和"抄本作"和平"。

〔八〕"视"字抄本作"规"。

〔九〕抄本"一"字前有"诗"字。

〔十〕"求"字抄本作"苟"。

〔十一〕抄本"依"字前有"俱"字。

〔十二〕一本"先"字作"家",抄本此段全阙。

卷一

弟子歌〔一〕

少尝躬历南亩,就学塾师,修弟子职,虽未学诗,然于暇日,亦尝即其所事,聊致情焉,作弟子歌诗一十九首〔二〕。

骈犊八首〔三〕述子职

骈犊在畚,朝日未曦。毋辞尔劳,力养所资。

骈犊在郊,有鸟先翱〔四〕。我亲未适,曷念尔劳。

春雨既足,良稼孔硕。我亲既适,我心则怿。

我谷既登,黍稷惟馨。虽无禄养,我歌且赓。

黍稷既成,笾豆有嘉。敬念我祖,厥德不遐。

皇皇我祖,王国之英。景行靡及,安此力耕。

岁功既毕,展我六籍。明明彝训,为下民极。

尔吟尔绎,尔崇尔则。庶几不忘,以永先泽。

校勘记

〔一〕一本"弟子歌"后有"第一"二字。

〔二〕一本"首"字作"章"。

〔三〕一本"首"字作"章"。

〔四〕"翱"字抄本作"潯"。

江南曲 见苟合者易离

妾家杨柳边，郎船正相对。相对各相思，为解双瑶佩。春风吹柳花，飞入青楼家。郎马踏花去，晚树明高霞。

游学于杭，适母氏寄衣至

一针复一针，密密和愁刺。不敢向明看，怕有灯前泪。

秋庭步月

露气零夕枝，蟾光荡秋水。山馆已惊寒，况复琼楼里。

败荷图

水冷荷叶黄，霜落莲子黑。江空人不知，只为沙禽得。

山斋即事

间开三迳傍云庄，静里行看意转长。劲竹雪深方见节，幽花风动始闻香。寒池水色将心远，午院松声入梦凉。万卷闭门惭未了，敢将春思寄长杨。

送族兄辅屏〔一〕之宁

花下年年笑语频，忍看征〔二〕旆忽离群。停鞭更作片时语，上马便如千里人。山路乍晴枫叶满，江潮初长棹歌闻。思家此地重回首，肠断南天飞白云。

校勘记
〔一〕"辅屏"二字抄本阙。
〔二〕"征"字抄本作"旌"。

过废宅

十里云山锁碧川，数家砧杵隔秋烟。可怜当夜歌楼月，独照寒沙几道泉。

子陵钓图

玉骑金貂拥汉官，青芦白鸟自严滩。钓台不共烟云灭，一缕清风古今寒。烟云护钓台者，暗指烟阁云台也。

新婚别

江亭马急行看远，玉镜鸾孤泪未收。安得东风解侬意，不将春色到妆楼。唐诗小妇登楼见柳色伤别。

窗友新婚久归

绮席金樽拥绣帷，碧桃红脸竞芳菲。冷风吹落西江月，回首寒山忆缟衣。忆己妻在冷风落月中，以讽友也。

山行

石磴和云，自坐松根避暑，还依日暮。板桥深处，老僧隔竹开扉。

卷二

采芹歌〔一〕

肄业黉宫,采芹泮水,偕我冠童,行歌相答,作采芹歌〔二〕。

校勘记

〔一〕一本"采芹歌"后有"第二"二字。

〔二〕一本"作采芹歌"后有"凡二十三章"五字。

泮之水二首〔一〕咏学

泮之水,清清兮且深,清清兮且深,惟〔二〕君子之心。

泮之水,菁菁兮且芳,菁菁兮且芳,惟〔三〕君子之章。

校勘记

〔一〕"首"字一本、抄本皆作"章"。

〔二〕"惟"字抄本阙。

〔三〕"惟"字抄本阙。

题友人画期以同进

我忆三珠秀,迢遥〔一〕赤水端。不如一尺蒲,青青近朱阑。

结朋恣遐观,戒徒凌晓发。出门各有之,独客难自越。云栈时阻升,龙津迷利涉。借君碧玉〔二〕蹄,远驾关山月。大道远而难及,不如小道之近易,我今涉远无朋,而多见阻,愿资贤以同进也。

校勘记

〔一〕"迢遥"抄本作"迢迢"。

〔二〕"碧玉"抄本作"碧月"。

寄远曲

隔江种芙蓉,花好阻惊湍。启户听莺语,高飞远林端。多情只自苦,丽质只自叹。微风动碧草,洞房生暮寒。

官亭柳如雪,下有郎去辙。落絮逐风还,归轮几时发。怅望西飞禽,尽向黄云灭。桃李能几时,离愁暗成结。遥将碧玉箫,吹作关山月。已听莺而莺远去,多情何用。夫种花而花阻隔,美质何用。见柳边去辙,而思柳絮尚有还期,而辙轮不返,谁能不悲?碧玉箫相偶之物,今反吹作征夫远行之曲,贞妇恋夫、忠臣思君,其情一也。

扇图〔一〕

读书山上楼,不识山下路。试听隔江歌,总是鲸鱼趣。

校勘记

〔一〕一本"扇图"字后有小字"言学无外慕,如钓者但以及鱼为乐耳。"

春闺辞二首〔一〕

　　寒灯惨不明，残星耿欲曙。歌楼人未眠，贱妾下桑去。

　　桃花郎手种，花好郎不知。重门掩清昼，回风莫教吹。色好郎去，自须深藏。

校勘记

　　〔一〕"首"字一本、抄本皆作"章"。

忆李弦所外翰

　　惊风随檐角，窗月光离离。相忆不能寐，故人那得知。采兰北山泽，采菊南山陂。室远情苦隔，心同谅不移。林鸟各自散，风叶各自吹。宁知此时月，君心不同思。鸟自散，叶自飞，两各无情，而我今见月思君，焉知君今夜不思我乎？

对月浩歌四首〔一〕

　　浩歌攀绿杨，微凉〔二〕袭衣领。海月忽东生，满地横疏影。

　　浩歌夜已深，秋声乱鸣蛩。长啸一登楼，月明沧影阔。

　　浩歌有所思，我思古先哲。悠悠坐良宵，孤影共明月。

　　两月不见月，此夜悬清孤。良晨〔三〕抱离索，谁能不浩歌。

校勘记

　　〔一〕"首"字一本、抄本作"章"。

〔二〕"凉"字抄本作"风"。

〔三〕"晨"字抄本作"辰"。

秋月独吟怀往哲白沙先生

暝色连村巷,秋声起竹梧。虚阑人独立,寒月影同孤。宇宙怜知己,风云貌壮图。江门有仙客,高兴浩春雩〔一〕。

校勘记

〔一〕一本后有小字作"白沙及风雩三趣"。

东山隐居

未识东山路,遥怜谷口春。松涛连碧海,花径入青云。龙卧无天险,鸥闲得性真。雨晴思著屐,行觅谢家邻。

春日漫兴时读书古堂呈叶氏诸友

耽幽长日憩禅关,玩易寻芳意总慵。新燕有情依故垒,小桃无主自青山。春融池底鱼初跃,月上松梢鹤正还。更喜修筼连蒋径,酒杯诗债未曾闲。

忆业师〔一〕曾双溪先生拜其祠

琴堂昼静印初封,抱易曾趋雨化中。学道岂知成独行,得师犹复困童蒙。云流古洞遗心诀,花满山城想治功。无奈离愁一登塔,楚江清映月楼空。道本大同,反成独立,与时违也,得师[一]发蒙,反成困蒙,与教违也,流云有声,阳明咏道,公其门人,故遗教于邑时,公守楚郡,故结句云然,想见其襟怀如此。

校勘记

〔一〕"师"字抄本阙。

赠江叟唐君

山翁长独醉,忘世亦忘年。忽见西江月,呼儿夜放船。

过村舍

水竹清虚地,烟霞隐约村。日高人未起,风动自开门。

春闺辞

帘卷春风晓,莺啼花树深。不禁听鸟恨,翻惜种花心。因听莺之恨而悔种花,犹怨别而悔嫁夫也。

白　菊

耽幽已羡黄花好,铲采重怜白贡真。最是夜深人散后,静依霜月更精神。已本幽素菊,两契之,然夜深得霜月,更佳君入于人所不知处,更光洁也。

送司训胡蓝湖先生归闽

白沙洲边云日黄,阳明洞口暮烟长。紫阳旧迹行应见,杏子花开忆鲁狂。

夜　坐

明河艳艳当窗落,北斗离离隔树悬。万户同梦谁独醒,野夫孤坐对青天。

观知[一]者泉有感

万树碧桃开紫烟,无人不醉落花前。自怜一掬寒池水,独浸星河夜半天。人皆醉,彼荣艳,我独爱此清冷。

校勘记

〔一〕"知"字抄本作"智"。

卷三

远游歌[一]

抱瑟燕吴，问津齐楚，或观光览胜，或去国思家，作远游歌[二]。

校勘记

〔一〕一本"远游歌"后有"第三"二字。

〔二〕一本后有"凡八十四章"五字。

北极三首[一]咏上京

瞻彼北极，太乙攸居。离明在抱，列宿咸趋。于昭我祖，肇基于北。一人向明，万方维则。

皇皇北都，我后攸宅。文武左右，是凭是掖。佩玉锵锵，鸾旗奕奕。一人恭已，万邦维式。

矫矫凤楼，峨峨双阙。钟鼓聿兴，环佩斯列。询谋既同，敷理靡缺。赫彼旧章，万世为烈。

校勘记

〔一〕"首"字一本、抄本皆作"章"。

江之水三首〔一〕宗谱告成感咏

江之水厥流,孔长曷由来,思北山之阳,念我祖兮缉其芳。
江之水浩浩,其澜曷由来,思北山之源,念我祖兮庇其昆。
丛木郁兮,灵雨泽兮,子如敬之,永赐则兮,子不敬之,命
不可度兮。

校勘记

〔一〕"首"字一本、抄本皆作"章"。

旅 怀

听鸡耿无寐,待旦临前墀。赤云耀海色,晨光煜高埤。野
老半垂白,负薪出江埼。迟明来息肩,贸粟给朝炊。念兹动悲
叹,命酒慰寒饥。三酌未终饮,老人忻致辞。人生各有禀,丰
约吾何知。莘莘里中叟,生子青云姿。学剑早成名,高策要路
逵。万里辞亲舍,十载效驱驰。昨闻遐海谪,老泪向我垂。我
有二男子,矢心事耘籽。力作鲜机事,颇含标鹿资。稼少力亦
省,日落早归来。东窗展残帙,览古有余思。厌足非吾志,所
安愿无违。聆言伤我心,极目孤云迟。思亲。

感 事

宁种山蕨藜,莫结新相知。蕨藜利于戟,新知自若饴。虽
则甘若饴,好恶难与期。繁艳一朝改,舍我不自知。胶漆良非

固，肝肠徒见欺。采采蒺藜子，岁晚以相资。

春初游京郭题张秀才画

冰雪阻归辙，行歌出东城。故人招我饮，情洽杯数倾。酩酊一转盼，苍林忽啼莺。群峰当户起，清泉绕竹鸣。扁舟隐荷花，采采粲双姝。惝恍迷所适，疑是江南行。欲唱清商曲，龙楼钟鼓声〔一〕。

校勘记

〔一〕一本后有"清商曲与江南曲，思家出游，醉浸，见画中莺花如竹松，来江南，忽同铲彦而悟"数字。

送金存庵正郎之任三首〔一〕

翛翛九皋鹤，振响苍玉林。秋风怜寡和，有子谐其音。人世志荣禄，达人持素心。真积一以悟，超然契高深。我师匪云远，相彼双鸣禽。以道继述。

佳人伤玉颜，抱瑟扬清音。妾心良有为，宁缘此锦衾。三辰启良觌，桃李明春林。许身方及时，燕婉得我心。何以赠君子，持此双南金。以道事君〔二〕。

有鸟悲以鸣，游子深夜叹。推窗月未央，独雁霜天晏。夙昔同所谋，胡今辄分散。形睽志不遏，信约当旦旦。离人多苦思，君看此鸣雁。以道信友。

校勘记

〔一〕"首"字抄本作"章"。

〔二〕一本后有"南金比仁义"字样。

归　思

人言冬日短,我言冬日长。冬日良非长,我身寄他方。岂无同袍友,所思在高堂。岂无承颜妇,不如躬奉将。白云度朝影,南极垂暮光。上无双飞翼,下有万山冈。欲购千里足,瞬息归故乡。欲觅千日酒,沉冥以相忘。为谋两无获,扪心自悲伤。

王九难正郎招饮聚宝山醉后有述

朱光铄金石,策马来江滨。炎蒸未言阻,念我同袍亲。同袍在何许,鸣玉依紫宸。相别管弦苦,相见儿〔一〕女忻。置酒凭高馆,坐揽江海春。长流浸苍昊,远峤连浮云。名园丽丹阁,广陌驰朱轮。金陵古佳地,况复同芳辰。当兹不畅饮,花鸟将与嗔。王生既颒颊,李子亦濡唇。独醒难为友,与子暂同醺。莫遣失恒度,倒此花下巾。

校勘记

〔一〕"儿"字抄本作"男"。

罗山园亭为同年王世〔一〕华题

遥瞻大罗山,杳霭云雾里。古洞清且幽,佳人以燕止。我行雁湖春，掇彼云中苣。怀芳赠无人，相求涉江涘。入谷闻鸣鸡，缘流见桑梓。隐隐渔台深，欢言觏之子。碧树罗前除，修篁夹清沚。幽鸟争枝喧，飞花荡风起。岂无簪绂荣，所适良在此。列坐依岩阿，遄别怅流暑。飞觞传玉流，芳俎脍银鲤。振衣陟崇冈，濯缨俯清沚。行吟山石趣，坐谈王霸理。寂静还性真，凌历企遐轨。达观入无穷，形役岂为累。君今出岫云，我即在池水。水清空映天，云行愎为雨。去住两勿猜，无心本相似。

校勘记

〔一〕"世"字抄本作"西"。

至日送王近之归

北风号广野，白云连层冈。送子当岁寒，凄恻感衷肠。群阴气方肃，灼火回初阳。含几兆元化，坐见六合光。羡子抱奇质，趋庭早知方。存真启新觉，寝益知无疆。念予一日长，避席推先行。惭予〔一〕升天翼，及予〔二〕以翱翔。辟彼前征路，至之惟自强。

校勘记

〔一〕"予"字一本作"无"。
〔二〕"予"字一本作"子"。

留别赵尚书方崖先生二首〔一〕

晨起荷锄去，采采云中薇。山深霜露繁，薄暮多苦饥。斫桐弦素丝,行游出名畿。因风理清奏,意远知者稀。亭亭千尺松,郁郁凌云姿。岁寒不改色,吾将以为依。余阴被丹壑,清风流素衣。欣然契心赏,无劳念荆扉。

　　黄鸟止幽谷,迁乔发新声。鸣鸿[二]依紫塞,惊秋复南征。昔念远游好,今悲时序更。览物动归思,持觞怀故情。始信朋来乐,西南凄独行。去去登远邱,遥遥望神京。黎火明东阁,云光郁西城。寒暄重自爱,吾道关苍生。

校勘记

　　〔一〕抄本"赵尚书方崖"作"赵方厓尚书";"首"字一本、抄本皆作"章"。

　　〔二〕"鸿"字抄本作"鸣"。

出门二首[一]

　　晓出东郭门,寒日上高树。惓兹寒日辉,依依不能去。
　　叶黄能复青,发白能复黑。再拜离比堂,悲哉远行客。

校勘记

　　〔一〕"首"字抄本作"章"。

官舍赏[一]月适岁饥感叹

　　碧云散晴空,秋月湛于水。谁知今夜光,独照千花里。

校勘记

〔一〕"赏"字抄本作"玩"。

感　时

不登蜀山道，不渡楚江水。蜀山高接天，楚江浩无止。迟回白日晚，吾驾安所指。采薇岩云深，于焉谢尘轨。

岁除〔一〕感怀

北风振林薄，倏忽岁华新。青青道傍柳，斧柯析为薪。感兹中夜坐，燃烛候初晨。试验今宵意，何如去〔二〕年人。

校勘记

〔一〕"岁除"抄本作"除岁"。

〔二〕"去"字抄本作"旧"。

九鸢图

飞飞池上鸟，的的池中影。形过影与过，水碧天俱静。

采莲曲

采莲出何迟，荡桨西风疾。君子惜红英，要自怜秋实。

太学生张君图园亭[一]芝草索题

山人家住桃花渚，花下曾将双玉杵。偶随流水出人间，望断行云不知所。御河风软柳花飘，白马者谁行且谣。隔柳相呼各下马，一笑解落黄金貂。自言曾入琼瑶岛，玉妃手赐长生草。一种灵根世所珍，气含混沌光烛昊。清院沉沉春画阑，翛然人傍九霄看。彩霞不散玉台晓，露珠滴碎金盘寒。一自驱车向京阙，岁岁清香为谁发。美人锦瑟劳夜歌，客子金樽望秋月。秋月照地君休嗟，人生几得逢休嘉。汉王亦有房中瑞，不独商山绮季家。赤松子弟王霸略，金门大隐天上客。且修三策致明君，还共采芝行白石。

校勘记

〔一〕"亭"字抄本作"林"。

王太仆挽歌

十五学弄文，耻为干禄资。二十通剑技，清平安用之。云水行歌头半白，忽听关门呼暴客。英雄志气老不休，拔剑出门，鬼辟易降夷，有策半未施。青天作恶人莫知，风霆夜惊海水裂，壮士一呼神剑折，神剑折[一]，奈若何？但见忠魂怒魄，变化凭虚作浩气，虹光夜夜凌洪波。

校勘记

〔一〕抄本"神剑折"三字阙。

黄东堂客于淮寿旦招予赏花饮酒书此为寿

古洞桃花红十里,刘郎别去花无主。山人偶住桃花湾,尽日看花共花语。仙子西游朝玉京,紫箫三岁歇芳声。青鸾昨夜寄书至,约我探花入凤城。凤城迢递临天阙,一鹤飘飘沧海月,月下逢东翁,有酒芳且冽,诗成一饮各三千。醉倚春风万花发,红颜渥丹双碧瞳,含英不吐气如虹。疑是淮南八公,变化旧精魂。疑是洞庭羽客,朗吟烟水空。黄埃满眼君何之,蓬莱宫中日月迟。不如与君长啸一声沧影〔一〕外,坐看春光烂熳琼瑶枝。

校勘记

〔一〕"影"字抄本阙。

忆雁篇 予于弋者鬻二雁而畜之,病愈而纵之,已而思之,故咏。

归飞雁朔雪,胡沙程几万。一入青天影莫睹,影莫睹,休相忆高秋,岁岁江南客,风云变化毛羽〔一〕新,对面还愁不相识。有因人发迹而忘恩者似此。

校勘记

〔一〕"毛羽"抄本作"羽毛"。

中江诗为陈姻友赋

三江秀列沧水西,中流蜿蜒幽人栖。风雷不动赤虬卧,烟霞忽散青天低。当年经始谁为力,宇宙茫茫皆禹迹。河洛荒凉龟马沉,登楼一笑窥皇极。

吕梁登楼

舣棹长河晚,登楼恣远瞻。水声来济北,树色入江南。览碣思前哲[一],看云停去骖。杳然迷出处,问易得初潜。

校勘记
〔一〕"哲"字抄本作"绩"。

送张挥使之湖广

晴日柳条明,羡兹清世荣。将军闲俎豆,天子重干城。策马烟花动,扬旌汉水清。南阳古多士,无羡阁中名。

夜坐

孤思悄无眠,高楼见月圆。凉生半夜雨,候入小春天。酒伴青云外,乡书白雁前。不须惊蟋蟀,行处是家园。

良乡元旦客怀

何因辞故里,去去入风尘。马上惊新节,天涯恻病身。地偏沧海日,天近帝城春。恋土仍怀阙,鸡鸣起问津。

越山路

久客逢朱夏,南游近若耶。红莲出清水,白马带晴霞。野店清明酒,山僧谷雨茶。仙村知不远,何用问桃花。

成安官署赠王九难二首〔一〕

学道宁〔二〕遗世,经纶合在兹。三迁咸怨速,十载岂嫌迟。古意停瑶瑟,新愁入酒卮。一身曾许国,安敢避尘羁。

喜共灯前语,愁追〔三〕别后思。肝肠今夜尽,髭鬓昔年非。暖气生朱席,春光转绿枝。所嗟云外辙,迢递负归期。

校勘记

〔一〕"首"字一本、抄本皆作"章"。

〔二〕"宁"字抄本作"仍"。

〔三〕"追"字抄本作"返"。

杏林春意黄大尹索题送客

试问春何处,春归万象同。谩论庭草际,还入杏花中。生意通王道,神机资化工。谁能持此念,一砭起疲癃。

挽王帅

岛岸腥风合,关城杀气雄。书生身许国〔一〕,铁马自临戎。

空抱终军策，深悲祖逖功。独留沧海月，百世照孤忠。

校勘记

〔一〕"身许国"抄本作"深国许"。

晴川诗为锦衣卫张挥使赋 张湖广人取晴川历历汉阳树，识思乡也。

仗剑依丹阙，登楼感故乡。孤云天际迥，春草梦中芳。渺渺仙槎隔，悠悠逝水长。何时荣〔一〕昼锦，卷幔对潇湘。

校勘记

〔一〕"荣"字一作"营"。

沧州白鹤

圣朝无逸士，白鹤向谁飞。独有芳洲树，青青堪自依。海色摇寒影，霞光炫舞衣。绝怜亭上客，人鸟共忘机。

北行宿净映寺寄徐王诸山客

天寒独客悲行路，歇马题诗忆旧游。斜日下松山径寂，冷云低槛水亭秋。迎徐实下花边榻，访戴虚传海上舟。千里又听寒雁去，相思应上望乡楼。

除夕金惺庵冒雪见访

谁将骢马系门前，绝胜山阴雪夜船。寒馆此尊同〔一〕此客,他乡明日又明年。云霞渐弄春前色,星月长悬海上天。君是凤麟应瑞世,老农幽兴在田园。

校勘记

〔一〕"同"字抄本作"惺"。

秋夕旅怀

岁晚沧江客未归,短檠萧寺共僧栖。月华夜照青苔巷,露气秋生白苎衣。闾阖暂〔一〕听鸣虎豹,图书终岂秘龙龟。家山纵有行吟地,濡滞宁惭作者讥。

校勘记

〔一〕"暂"字抄本作"渐"。

送王西华之南都因过家山

风流谁似二王才,会向金门跃马来。作客早传鹦鹉赋,题诗今上凤凰台。春回九陌红尘〔一〕动,日照双鸾紫雾开。莫为芳菲淹〔二〕彩笔,星槎银汉转相催。

校勘记

〔一〕"尘"字抄本作"云"。
〔二〕"淹"字抄本作"掩"。

送戚南塘都督移镇八〔一〕闽

遥闻百战知英略,细接元谈识远猷。司马自应论懋绩,将军何意话封侯。新承简命趋南省,独拥兵权制上游。衰老送君何以赠,只将一字拟忠谋。

校勘记

〔一〕"八"字抄本作"于"。

北都览胜

龙驭飘飘□〔一〕鹿荒,先皇开创有辉光。山蟠泰华宸居壮,水引江河地脉长。九野星缠同拱北,中天太乙俨成章。缘知帝极参元象,日月双悬照四方。

校勘记

〔一〕此字十卷本阙,一本、抄本皆作"涿"。

出游见桃花有感戏赠同行少年

拟到花晨醉百觞,碧桃迟日转心伤。风云气暖龙孙化,檐户春深燕子忙。入郭尽看潘少尹,还家谁问老刘郎。行吟且复沿溪去,采采芳芹不满筐。

春莫旅怀寄王九难时方厓先生款留避暑

故人为邑近清光,客子辞家滞远方。渐老况逢春欲去,独愁无奈日初长。灵龟野性从雕节,乳燕春心偶画梁。世路交游今渐少,只将衰病忆仙郎。

怀座师江右萧龙洲先生

十年霜雪鬓髦疏,谁遣春风更一嘘。鲍子独知贫管仲,汉庭安用病相如。金台日出尘随马,兰泽秋高香满庐。今古明良应有会,都门回首一踌躇。

送同年王竹岩宰莆田

与君同住凤楼前,长喜相随看月圆。后夜孤吟何定处〔一〕,清光回首各依然。深樽晚对窗中岫,匹马春行海上田。肯拟风流饶种秫,题诗直到幔亭边。朱子有幔亭诗。

校勘记

〔一〕“何定处”一本、抄本皆作“定何处”。

送同年金惺庵之南都

献纳才猷众所钦,暂鸣仙佩出花阴。吴中翰藻无双陆,台下渊源有二林。已共凤麟仪舜治,更从鱼鸟见天心。何年再窃趋庭训，目断行云江水深。

舟泊楚岸九日怀古用杜牧之韵

五柳堂前叶不飞，楚王台上客全稀。文光武烈云同散，日落江寒舟自归。彩笔岂劳伤往事，金戈终不挽斜晖。凭谁更把牛山泪，洒向尊前白苎衣。

临清人有遗其妾者，妾不忍去

暂将团扇共君遮，肠断西风玉箸斜。燕去似能怜故主，花飞知道落谁家。南来逐客伤秋色，北望飞鸿带晚霞。流落此时还见女，猗兰三唱漫成嗟。

北还天台道中雨后登眺感怀

客怀何事忽凄然，春日登临望远天。来雁早辞湘浦月，归人独下渭阳船。诸溪水落青枫外，远岸人行白鸟边。添得故乡形胜好，不妨清啸傍云泉。

月航子

仙翁驾莲叶，鹤发照清秋。夜入清虚府，吹笙满九州。

越山道中

流水逐人远,浮云出谷多。独有稽山色,年年落镜湖。

日　蚀

极知精不灭,到眼辄凄然。击鼓意自切,声卑不到天。

送滕省察〔一〕归嵩岩

君今去何许,云路入仙关。不是武陵客,家住武陵〔二〕山。

校勘记

〔一〕"察"字抄本作"祭"。
〔二〕"陵"字抄本作"林"。

与张侍御乘月渡镇江北上

皎〔一〕月连江动,长河接地斜。行应到天上,星使在灵槎。

校勘记

〔一〕"皎"字抄本作"皓"。

与客共饮,客〔一〕有欲早归者索题扇图

共此高楼燕,听歌意不同。寒皋正飞叶,归路畏秋风。

校勘记

〔一〕"客"字抄本阙。

舟行湖中题扇图

眼悬沧海日，衣湿洞庭云。羡尔秋江静，行穿鸥鹭群。

仕人携望云图

孝子登山日，忠臣报国时。白云飞不尽，愁绝雨心知。

旅中九难惠吴绫

我赋无衣曲，因思海上家。秋风知客意，吹入长官衙。

新且〔一〕漕河阻雪

每从新旦拜重闱，此日寒江怅望时。风雪满船家万里，不知双泪忽沾衣。

校勘记

〔一〕"且"字抄本作"旦"。

下第出都门题友人扇图留别

莫谓春残花事非，花飞还见子生时。而今只说还家好，不共垂杨语别离。远荣华而反求实学,故以得归为喜。

金门步月

玉河桥头秋月孤,凉风吹水生金波。碧殿朱楼同一照,野云飞处夕阴多。

少年行

五陵年少未还家,笑踏春风巷柳斜。醉里相逢不相识,紫骝鞍上看桃花。

寄　弟

江村鸣雁晚雍雍,足〔一〕有埙篪夜月中。谁道家乡几千里,梦魂一夜一回通。

校勘记

〔一〕“足”字抄本作“定”。

西王母图

禁城紫气接蓬莱,阿母香车几度来。不是君王招不返,白云黄竹自堪哀。

樊斗山侍御出差兼省亲二首〔一〕

使君骑马出皇闱，笑看孤云海上飞。只看绣袍翁自喜，不须更制古班衣。

欲把长绳系赤乌，为君东挂扶桑株。遂令白日无今古，长照花间双玉壶。

校勘记

〔一〕"首"字抄本作"章"。

送王楼石教谕归田

汾亭昼静琴一鸣，不见渔郎空远情。莫谓风云负经济，清朝勋业半诸生。

送洪冈归省二首〔一〕

荣亲已羡新恩第，好客兼余贳酒钱。零落只将千里梦，随君直到白云边。

帝城春色饯君还，一路云山马上看。纵少故人须强饮，东风犹带雪花寒。

校勘记

〔一〕"首"字一本作"章"。

赠寄书者

开缄细问白头亲，謦欬须凭笑语真[一]。欲寄回音何日转，烦君亲见倚门人。

校勘记

〔一〕"笑语真"抄本作"语更真"。

游西海子

碧海金波漾日光，仙亭琪树发天香。太平天子垂衣出[一]，不出明庭拱百王。

校勘记

〔一〕"出"字抄本作"日"。

春莫客游

桃叶阴阴柳絮飞，莺声啼老万花枝。相逢暂谢春游伴，芳草白云牵梦思。

三洲小景

芳洲烟树翠重重，认得仙郎住此峰。一路白云行不得，桃花渡口钓船通。

晚[一]渡宝应湖

　　孤帆戒晓湖中去，白苎凉添露气清。袅袅水风菱叶动，微微初日浪花明。

校勘记

　　〔一〕"晚"字抄本作"晓"。

采莲曲

　　晴湖八月秋水清，莲花渐少莲子生。停桡尽日西风急，一曲娇歌空月明。

桃源仙子图二首[一]

　　客有慕桃源仙子事者，图以索题，且邀予同见，权贵以资汲，引诗以见志。

　　仙子吹箫下玉台，彩霞春映碧桃开。何人更忆花间事，云雨惟应梦里来。

　　水上桃花映日明，岩根芝草傍云生。仙娥纵有升天约，羞[二]共花间双[三]紫笙。

校勘记

　　〔一〕"二首"二字抄本阙，一本"首"字作"章"。
　　〔二〕一本"升天约羞"四字阙。
　　〔三〕"双"字抄本作"复"。

卷四

艺兰歌[一]

远游鲜遇反辙,故山日月间静思,树芳溧,持赠所思,做艺兰歌[二]。

校勘记

〔一〕一本后有"第四"二字。

〔二〕一本后有"凡一百十七章"六字。

于哉上帝三首[一]以做学

于哉上帝,锡我休德。厥德孔昭,翳此形欲。形欲日滋,厥灵几息。几息未息,君子是惕。

惕之靡他,罔婴于欲。辟彼洪澜,其何能蓄。庸敬作居,敦义成陆[二]。日新日新,终焉有赫。

我心惟憺,万欲由攻。御之匪艰,明德在中。中也恒觉,百骸具从。大君恭已,万国攸宗。

校勘记

〔一〕"首"字一本、抄本皆作"章"。

〔二〕"陆"字一本作"睦"。

春日三首[一]送陆海庄入贡

春日载阳,何卉不荣。王道皞皞,君子于征。
青青中林,嘈嘈莺语。鸟兮求友,而我别女[二]。
饮子斗酒,与子鼓琴。谁谓道远,不及我心。

校勘记

〔一〕"首"字一本、抄本皆作"章"。

〔二〕"女"字抄本作"汝"。

艺兰三首[一]咏修志

艺苍兰兮春塘,汲清流兮寒江。勤朝芟兮夕溉,贻燕赏兮秋芳。

艺苍兰兮幽背,列重兰兮为卫。沃灵荄兮春泉,挹清芬兮秋佩。

采采兮兰之芳,纫素丝兮盛锦囊。盼佳人兮天路长,遗空庭兮心烦伤。心烦伤兮徒劳,怀所好兮自藏。

校勘记

〔一〕"首"字一本、抄本皆作"章"。

拂石歌

林子山行,憩于长松之下,拂石而作歌曰:

青松兮吐华,孤坐兮白云斜。

白扇辞

瑳瑳兮玉相,皎皎兮冰姿。慨鲜荣兮易落,抱蠋素兮自知。英灼灼兮春芳,竹冷冷兮秋江。铲光华兮独立,宁暗暗兮日章。朱火兮载扬,殚下土兮若毁,感提携兮君恩扬。仁风兮遐迩,蟋蟀兮在堂。惨将阴兮霜霰下,敛神机兮深藏。俨幽贞兮在野,卷舒兮惟时,宠辱兮胡惊,彼修容兮务合,尔忸怩兮内增,蹇予行兮孔棘,怀好修兮将利子之为贞。

感兴五首〔一〕

佳人渺何许,逍遥紫霞台。清辉莹冰玉,绸缪劳素怀。晨朝驾白羽,欢言为我来。飒踏鲜飚举,玲珑绮窗开。朱阑耿华月,彩席芬清埃。白云歌缥缈,青童舞徘徊。超然俯尘境,感叹有余哀。愿言谐永好,翱翔凌九垓。

姜家县圃山,出入紫霞际。托迹下秦楼,含情向肃媐。珍燕为谁张,繁弦为谁丽。感兹惠好情,匪我心所快。我有璠玉枝,孤生沧水澨。灼灼含朱英,悠悠迟长岁。岁长不得食,同心何由缔。春夜临层台,天高彩云霁。手弄双紫箫,缥缈凌空逝。

晓登城西山,遥遥望东鲁。逝者长如斯,至人今安睹。舞雩自春风,陋巷掩秋雨。征毂结中逵,我车怅无辅。悠悠卧中林,默默观太宇。会处不能言,插花自起舞。

林端坐来久,百感寂若空。元〔二〕思启真悟,舍瑟行春风。

南山逢荷筱,指我双飞鸿。飞鸿岂不遄,吾驾不可从。至人本无意,大道非有踪。流水出遥壑,闲云起晴峰。

南阳伏龙子,朝咏梁父辞。侧身卧衡宇,浩气薄两仪。一朝生羽翰,奋绝横天池。雄谋泣神鬼,大业光鼎彝。执礼苟不先,泯灭安所辞。云胡荆山璞,三献有余悲。

校勘记

〔一〕"五首"二字抄本阙,且前二首诗阙,一本"首"字作"章"。

〔二〕"元"字抄本作"玄"。

牧　童

上山赛百花,下山弄溪水。不见鸟犍儿,饱卧绿藤里。

山　居

晓起山日清,不知夜来雨。上田留白云,下田响流水。

秋庭独步怅然有怀

寒蝉响幽砌,落叶鸣空庭。相忆耿无寐,揽衣步前楹。明河方潎潎,皓月海上生。流辉白露畹,汛采紫兰英。折兰涉秋露,美人隔重城。清夜难为昼,何由慰孤情。行子欲有适,坐候东方明。

闲居感怀

悭此竹林静,清风亦时来。山妻解予意,深瓮一朝开。展席临芳径,欢言各举杯。酒清人正渴,醉落岩云隈。小儿持觞去,大儿抱琴回。为奏升天曲,魂梦凌九陔。咫尺见宸居,琼宫郁崔巍。上帝拱清穆,列圣更趋陪。赓歌太和合,揖逊文明开。观光志方得,扣〔一〕门惊客咍。起坐日欲暮,徒眺城南台。台端见海水,风波使人哀。冥冥天路回,相思独徘徊。回首林中竹,青青映石苔。听琴作梦,光景甚佳,喧惊而觉,览物凄然,怀古伤今之意。

校勘记

〔一〕"扣"字抄本作"叩"。

山　行

采芳入山深,日落迷所止。遥闻钟磬声,路转前峰里。山僧夜煮茶,候予明月底。坐久各无言,松根听流水。

春　晓

晓行涉小园,闲观得吾性。古柏屹数行,松〔一〕竹列三迳。芳枝绿叶满,众鸟鸣相应。振屣出林皋,纵览境弥胜。孤云碧海迟,初日远山净。溪光间野色,万象罗掩映。独对谁与邻,逍遥自成咏。穷通吾何知,履素以俟命。箪瓢世所憎,斯心契元圣。

校勘记

〔一〕"松"字抄本作"修"。

月夜二首[一]

月照石上苔[二]，人眠花下石。梦觉四无声，月斜花露滴。
春宵月色暖，秋月凄以寒。月色自寒暖，人心异悲欢。

校勘记

〔一〕"首"字抄本作"章"。

〔二〕"苔"字抄本作"花"。

邑宰唐春旸见过

林居倦日永，引水射游鱼。稚子走相报，江头使君车。摇
摇去何之，沧江一敝庐。入门淡忘迹，谈笑若有初。尚论极图
象，周询逮耕锄。还就东篱下，展席临清渠。深尊映芳菊，贰
簋陈佳蔬。情欢不觉暝，月来窗影虚。邻鸡五更动，星言促
征舆。

送九难宰宜兴二首[一]

望君在江浦，别君几经年。隔水不得语，何用悲风烟。白
鱼跃深沼，鸿雁鸣九天。蒲荇欣有托，风云恣高骞。去去未云
远，道合情自专[二]。

朝发澄江水,暮宿赤霞岑。去君日以远,思君日以深。我有秦宫镜,神光彻古今。珍袭为君赠,愿言时一临。不照君颜色,照君方寸心。

校勘记

〔一〕题目抄本作"送王九难宰宜兴","二首"二字阙,一本"首"字作"章"。

〔二〕该句抄本作"情合道自专"。

答定庵二首〔一〕

西风吹鸣雁,迢迢度南陌。我兴弋鸣雁,中有尺素帛。焚香〔二〕启素帛,何曾语眠食〔三〕。细书八九行〔四〕,行行古贤则。缘知大雅音,世远犹可识。但恐羽翼短,徘徊负忠益。一作衷臆。

鸿雁万里心,长风振修翼。我思万里人,道远不可即。我车一何迟,我心一何亟。浮云认路歧,落月想颜色。天寒俦侣稀,孤征未遑息。良会应有期,愿言各努力。

校勘记

〔一〕"二首"二字抄本阙,一本"首"字作"章"。

〔二〕"焚香"二字抄本阙

〔三〕"何曾语眠食"一句抄本全阙

〔四〕"八九行"三字抄来阙

秋日闲居寄山友

轩窗一雨过,修篁霭深碧。秋气日夕清,微凉动巾帻。邻翁荷蓑来,列坐芳树陌。农谈意方永,绿草散行迹。忽念同心人,青天远云白。

嘉靖乙巳饥二首〔一〕

卖犊计所酬,卖子不论直。犊去多苦悲,子去无叹息。怪尔问所因,泪下始沾臆。插柳歧路旁,倘藉春风力。邻儿逐人去,归来好颜色。往往宫墙阴,恩深化为棘。死别在须臾,生离安足惜。

昨朝驱我车,行行傍山驿。流离道旁子,含羞避行客。触冰肤列胫,迎风血迸肌。望烟凌虚落,低徊扣晨扉。恻恻遥相认,半是里中儿。凄风撼蓬户,斜照暄冰厨。去家不觉远,存亡两无知。命仆转相告,扶携亟来归。相见且自喜,无由问寒饥。

校勘记

〔一〕"首"字一本作"章"。

观　水

山栖多燕暇,临川眺清波。灵源不可问,溯洄何逶迤。明月沉素璧,和风展轻罗。此乐尽堪赏,人生各蹉跎。

山中赠友人见访时高思蕴戴元龙至

　　龙潭隐岩阿，松竹映窗几。世故何缤纷，心闲聊憩此。采芹溪水滨，溪水清弥弥。隔竹闻鸣驺，避客深林里。依依近前来，是我二三子。重冈阻且深，尔来良有以。解我壁上琴，为君发商徵。此曲天上传，人间久不理。微君解斯意，弦绝空流水。北风吹山云，征马立江涘。去去两勿〔一〕忘，新声正盈耳。

校勘记

　　〔一〕“勿”字抄本作“弗”。

送王贡士之南畿

　　东海有佳士，十年卧空谷。贤路一朝开，弹冠起幽独。晨起驱我车，送子城南陆。津亭暗绿杨，野岸被芳谷。积雨晓初霁，林光净如沐。江船正稳流，鼓枻惬所欲。迢遥〔一〕赴名都，王路清以肃。冠盖连青云，文章耀丹旭。公卿皆好贤，沽哉卞生玉。见月怀故知，登楼感乡曲。安土非壮猷，时行君自勖。

校勘记

　　〔一〕“迢遥”抄本作“迢迢”。

东山晓翠

　　东山无杂植，郁郁皆青松。尽说蔷薇好，花开别样红。

听雁阁为朱友题

秋风生,鸿雁鸣,露冷天高江影横。白龙冻僵呼不起,怪尔长为南北征。露深紫塞,月落洞庭,相呼相应,长声短声。高楼独客中夜怨,似我当年双弟兄。

山人歌寄王海洲徐省庵诸友

山人家住青山里,石径阴阴落花紫。五侯好客不肯过,杖履聊随〔一〕二三子。芝田晓望白云平,背屋残霞锦树明。山人一卧过半百,茹芝餐霞眼俱碧。东园醉起山海秋,月明吹笛满沧洲。梅花落尽无人和,手招仙人黄鹤楼。楼前落日多青草,仙人上天黄鹤老。独有渔翁解忆君,时瞻紫气沧溟晓。答君一曲孤思长,褰裳欲济川无梁。因声暗忆人何处,月出山空孤草堂。

校勘记

〔一〕"随"字抄本作"从"。

送黄司训致事归吴下〔一〕

小桃半吐野岸红,云帆乍开江水碧。江头折柳行者谁,鳌宫师长三吴客。江南春色吴中多,水上红莲山女萝。女萝作衣莲作饭,一瓢长挂松树柯。攀松柯弄绿波清,风生涧阿城中子,夜为君过,从今尽唱归来歌。

校勘记

〔一〕"下"字抄本阙。

春园留饮

东风袅袅吹芳树,芙蓉海榴娇欲妒。深尊酒熟弦管希,一声啼莺出烟雾。

晚　霁

愁坐云初散,行吟立晚蹊。残烟犹傍竹,新涨忽侵矶。皓月波心见,青天屋角低。谁能乘夜兴,结伴泛舟归〔一〕。

校勘记

〔一〕"归"字抄本作"来",且注曰"叶"。

夜济横湖

歇马中州晚,开船傍玉流。虫声两岸月,帆影一江秋。野角临风断,天星向水浮。欣然感渔父,随意和清讴。

有　觉

幽玩忽有觉,朗吟开竹扉。江春鱼得所,林远鸟忘机。月色松间好,风光柳外微。此情谁与共,点也瑟初希。

山村晚步忆陆海庄

徐步林郊晚,清歌散俗襟。暮云连海色,平野带山阴。溜滴青萝暗,花通紫涧深。仙庄不可问,落日万重心。

宿九峰寺忆同年王九难

故人泛舟去,秋日负佳期。愁倚九峰暮,孤吟片月知。蝉鸣清露叶,鸟宿白云枝。物意各自适,离人心独悲。

山溪晚步宿塔院与故人夜话

流水听不极,琴尊晚更携。钟声云外落,人影树边迷〔一〕。碧海孤烟袅,青山草阁低。故情风雨夜,谈笑转凄其。

校勘记

〔一〕"迷"字抄本作"低"。

叶一涧隐居索题

东海有佳士,遗身水石间。闲随渔艇去,笑共落花还。烟霞连碧海,星汉动秋山。岂少升天翼,耽幽早闭关。

岁　艰

岁艰衣袂薄,冬尽雪霜稠。未足资身计,空悬济世忧。形骸归一瞬,道义极千秋。饿杀陶居士,应贻晋代羞。

焚香告天图

漠漠本非远,明明惟在兹。吾志苟不怍,天心应自知。起灭机千变,存亡道一丝。安能语历历,只看独知时。

晚投九峰寺有怀故人

西峰衔落日,暮色满空陂。问寺客行远,扣〔一〕门僧出迟。近人今夜月,题壁旧时诗。坐玩成追忆,仙舟远水涯。

校勘记

〔一〕"扣"字抄本作"叩"。

送沈晓山北上

淑气始调莺,闻君促晓征。残烟渡口尽,春水屋头生。老共青山别,贫为远道行。独留孤剑在,紫气薄青冥。

北还游雪山登眺感怀

梵王宫殿俯青林，北客南游几度寻。高树倚空山日敛，长鲸吹浪海云深。草含梦渚三春色，雁带胡天万里心。不是登楼寂落夜，每因心赏一哀吟。

除夕观梅感怀

江岸梅花冰玉姿，岁寒相对动心悲。燕山两月鲈鱼梦，灵浦三秋杜若思。胡马夜鸣关月黑，倭帆春驶海云迟。年华半向沧江改，奚奋寒花独后时。

新春感怀

去岁春行淮水湄，梅花如雪傍人飞。东风又逐新年转，世事重怜昨梦非。天上故人苍玉佩，云间仙侣紫荷衣。不才两愧成名晚，短剑行歌众所疑。

白　菊

谩从三径侈红黄，一白还真迹尽忘。月出庭阶还见影，霜深篱落独闻香。芳心已共孤臣苦，劲节仍同处士刚。千载忠清今在眼，揽英高咏一沾裳。

送座师周太府阳山先生之四川兵备二首〔一〕

昔年簪笏住皇州，长听鸣鸡紫陌头。迢递江山今走马，迟回天地独登楼。峰峤日月中霄见，峡静星河永夜浮。到此鲁狂思更远，并州应作故乡愁。

五月杨花发〔二〕使舟，孤城烟雨暮登楼。越王台北江声远，天姥岑〔三〕前海色浮。诸葛雄图风电转，杜陵春兴鸟花愁。车书况复非前日，帝泽应同锦水流。

校勘记

〔一〕"二首"二字抄本阙，且抄本第一首诗阙。

〔二〕"发"字抄本作"便"。

〔三〕"岑"字抄本作"峰"。

宿天台古寺寄兴

落日远山何处寺，暝烟深谷坐停骈。钟鸣路向松边人，月出僧从海上归。庭鸟暗窥金灶药，洞猿时启玉函书。重来恐作刘郎恨，便欲相携一振衣。

夜　兴

江郊雨歇秋痕净，隔水疏钟报晚晴。万井松篁含露气，千家门巷带潮声。幽情自许同渔父，远道深期藉友生。却讶年来转疏放，每从凉月唱歌行。

九日登海上峰

独眺瀛山第一洲,东南奇观眼中收。影沉碧海千峰动,声卷寒云〔一〕万树秋。酒盏尚遗彭泽味,花枝不带杜陵愁。晚晴更溯仙槎月,银汉逶迤近斗牛。

校勘记
〔一〕"云"字抄本作"流"。

病怀时不就选在告

于昭汉业中兴日,寂寞相如卧病年。把酒独看三岛月,振衣空带五陵烟。贞松度腊仍千尺,蔓草迎春又一川。对此岂劳重太息,白云沧海正依然。

江郊孤思寄林子彦

江岸柴门一径通,四时行乐少人同。邻僧看水依修竹,山客题诗寄早鸿。骢马尽嘶烟柳外,好山空落海云中。徘徊不觉林光暝,笑共诸生月下逢。

早秋感怀

飘零何敢赋长杨,三径归来半已荒。春色未曾回鬓发,秋风何事到衣裳。忧心岂惜红莲晚,壮志难消白日长。已报汉庭宽汲黯,早修三策候明王。

晚霁感怀

　　高庭雨过生夏凉,残日断云开暮光。水阔江鸥飞近屋,桑深林鸡啼过墙。神龙之蛰将有作,灵龟不食庸何伤。美人迢递隔江海,斗酒独酌月在廊。

题邑宰魏渠清台雁浮踪卷

　　山县新开傍石林,秀分台雁好登临。九天风吹仙娥隔,二月桃花溪水深。东海即看青鸟信,南山林结白云心。人生到处俱浮迹,留取甘棠百尺阴。

筠洲为章子题

　　闻君爱客开三径,欲借清阴坐息机。彩凤文章何日至,苍龙风雨夜深归。舟还近岸烟光晚,局散疏林月影微。蟹谷湘江浑莫论,百壶聊共及春晖。

再至青龙潭怀徐省庵王海洲

　　斋居颇爱龙潭静,把策重来看玉流。屋上闻歌樵路近,松根下马寺门幽。黄尘紫榻惊离思,细雨残杨入暮秋。休道五湖君独去,千梅今种水西头。

送重洲林先生之漳浦

帝城风雪二毛侵，南国关河一骑临。胡越总厉明主念，江山不隔远臣心。帆开晓日湖天净，袂拂凉云海树深。行见幔亭应驻马，断虹烟壑更沉吟。幔亭诗伤道统也。

得九难登第后书寄此以答

九峰凉月共题诗，上苑春风独听鹂。两地榻悬人去后，一封书寄雁稀时。玉容远隔心常见，霜鬓新添子曷知。扬立未论他日事，清标早已得吾师。

送同年何宜山之南刑部昔在北尝送金存庵亦之南

南游正忆金司马，北去仍分何法曹。海内贤声双凤举，日边王气五云高。千峰晓色〔一〕迎旌旆，九陌秋风〔二〕动剑袍。尽说皋陶古贤士，肯将刑罚佐虞陶。

校勘记

〔一〕"色"字抄本作"日"。

〔二〕"风"字抄本作"光"。

感事二首〔一〕

汉家世泽在讴歌，小丑空持七尺戈。天地有心终日定，风云无路欲如何。中朝孝友宜张仲,绝塞威灵起伏波。但使君心同皎日,尽教氛祲易消磨。

我祖驱胡立中国,缘边剑戟磨高空。云罗万里愁飞鸟,瀚海千年生毒龙。已见圣王昭薄伐,不闻飞将奏奇功。江湖牢落丹心在,日暮悲歌依古松。

校勘记

〔一〕"首"字一本作"章"。

洪节妇

客曰缙云洪氏妇,抱剑登楼以避寇,捐金买身以全节,余喜之,为赋此诗,兼励臣道。

妾身不是拆巢禽,谁肯因风别故林。三世孤根悬赤子,百年深誓托黄金。龙章汗简他年事,短剑明灯此夜心。冠佩汉庭谁不忝,沧江落日起愁吟。

冬至病起述怀

乾坤踪迹等浮尘,拂枕还惊旧泪痕。有褐未教怜子女,无生空忆报君亲。天心不改冰霜夜,元气潜回海岳春。解看余生同化后,百年从此是闲人。

次韵答王定庵月下见寄

江风袅袅海云清,北斗低徊〔一〕银汉明。何处客怀怜夜月,独看花影到深更。一瓢自足经纶具,六画潜通天地情。露冷霜寒群籁灭,碧梧鸣凤起新声。

校勘记

〔一〕"徊"字抄本作"回"。

夜　坐

独坐高斋思转遥,篆烟花烛夜迢迢。纤翳尽向平心见,小忿都从责己消。岂有天机鸣点瑟,偶凭贤训识颜瓢。好天明月无今古,且放清歌对寂寥。

孤　思

白峰山头云日晴,白峰山下寒流清。贫歌忽起群婴讶,病懒从淹百世名。已爱松筠堪作伴,更招鸿鹄与同盟。黄尘白日嗟何及,林影苍茫人独行。

悼王石斋翁

忆陪令子趋庭日,长喜相随说隐情。委羽洞天留鹤坐,宁溪山口采茶行。槐庭雨露春阴合,石室烟霞道意生。今日拜公何处所,墓门松桂草花平。

登南薰楼

再上南楼望远天,江山风物尚依然。潮连远势来诸浦,树蔼晴光接近川。坐见寒暄催白首,忍将歌泣送青年。逍遥漫说庄生僻,悟得虚〔一〕舟意已玄〔二〕。

校勘记

〔一〕"虚"字抄本作"意"。
〔二〕"玄"字抄本作"元"。

嘉靖甲辰饥

漠漠阴风海色昏,黄埃白浪昼难分。草深万井时栖鹿,日落千村空暮云。未向长川愁济楫,且从清涧拾芳芹。官家颇解求民瘼,泪尽秋原独未闻。

王定庵至

新秋十日天气清,主人引客开西亭。风光〔一〕入户未觉晚,杨柳向人犹自青。江门见月机全息,洞口听云梦亦醒。此意萧条隔今古,我歌白雪君且听。

校勘记

〔一〕"风光"抄本作"光风"。

感秋忆友人

野情何事忽成嗟，秋日登楼感岁华。叶落万山春色改，猿啼高树暮阴斜。美人已隔三江水，乐事空余九畹花。更欲囊琴访天姥，佳期遥结彩云涯。

风雨后忆族兄丹邱道人

五月阴风海色寒，接天烟浪浩无端。闭门自爱荪兰静，振翮从教鹳鹤盘。梅岭碧云空远思，江楼白云为谁弹。闻君更有沧州兴，重坐西风〔一〕仔细看。

校勘记

〔一〕"风"字抄本作"峰"。

村庄晚步与一二友人〔一〕夜饮

卧病寒江春事违，偶从高阁眺斜晖。云笼远树迷归鸟，水漫平沙失约〔二〕矶。远寺闻钟天杳杳，空山吹笛月依依。芳辰有酒君须醉，莫负王孙金缕衣。

校勘记

〔一〕"人"字抄本阙。
〔二〕"约"字抄本作"钓"。

游九峰寺

到寺山仍掩,窈然无路通。偶随沧水使,遂造碧云宫。雄塔三朝古,寒泉万爨同。竹幽深带远,树老浅含风。灵雾藏银阙,仙桥锁玉虹。僧归林影外,人语水声中。扫榻意初静,闻钟境欲空。怅然悲世纲,孤坐送飞鸿。

宗侄以诗来访归后寄此答之

吾侄林中秀,挥毫众所嘉。春风吹客骑,晴日到山家。墙覆经冬草,门开映水花。相欢具鸡黍,列坐问桑麻。一别惊秋雁,孤吟对晚霞。转看庭月上,重惜此清华。

林中晓坐

霁色开朝日,坐看林翠深〔一〕。竹高风乍起,飞露打山巾。

校勘记

〔一〕“深”字抄本作“新”。

过温岭忆吾溪兄弟

秋浦白云远,暮山红叶深。隔树双鸣鹤,回风落好音。

寄山客代简〔一〕

种药今何处，传声在涧阿。山深无世事，白发近如何。

校勘记

〔一〕"简"字抄本作"柬"。

有　觉

月下忽起舞，野裳瓢蕙风。狂来人莫笑，已落喟然中。

兰竹图

露滴孤臣泪，江流帝子情。何心着香色，一念在平生。

赠所亲

一见即为别，亲情难具论。欲问山中意〔一〕，年年绿草新。

校勘记

〔一〕"意"字抄本作"事"。

次林雁田见访韵

对花长自惜，见月更成悲。昨夜同君饮，花开月满卮。

种　松

计疏生自鞠,身困道应存。留取双松树,青青到子孙。

宿山庵

道趣闲初远,秋光晚更清。月明山阁静,一夜听泉声。

种芙蓉

太液池边树,香分海国秋。虽非歌舞地,终亦远边愁。

春风忆弟宜砺

春风岁岁催行乐,此日春风独怅予。芳意满庭谁共赏,遣怀惟对远〔一〕乡书。

校勘记

〔一〕"对远"二字抄本作"此对"。

宜砺书至有落木寒鸦之叹不觉凄然

题书岁宴客心悲,到手惊看三月时。读罢恍然风雪里,暮鸦寒叶眼中吹。

寄徐省庵时寓泉溪经乱

锦屏西望是君家,一片浮云岁岁遮。欲向云中问消息,春风吹老五桥花。

观海感兴

沧溟秋水湛虚清,白日青天水底行。谁遣任公一投辖,六龙吟去雨冥冥。

病　怀

抱病归来卧白云,药炉松火自相亲。江天日落空归雁,惟有黄花似故人。

同定庵看花

白玉山前好牡丹,烟消月朗〔一〕共君看。春风陌上人多少,笑折花枝欲寄难。

校勘记

〔一〕"朗"字抄本作"出"。

乘凉弟宜邦别墅二首〔一〕

山中何处好乘凉,借得山人翠竹房。只听清音鸣竹叶,不知凉气满衣裳。

清风吹不到华堂,只在山人翠竹墙。纵使暂随歌舞入,贵人心上不曾凉。

校勘记

〔一〕"二首"二字抄本阙,且抄本第二首诗阙。

采樵图为柯二湖赋二首〔一〕

年少卖花江上城,青楼朱箔笑相迎。只今漫逐云樵侣,五老峰头独自行。

忆从仙客听残棋,便觉浮生事可悲。松下日斜歌伐木,白云深谷有谁知。

校勘记

〔一〕"首"字抄本作"章"。

寄林莘田

忆从梅岭话同分,怅折梅花岭上云。花落又开今又落,不知何地更逢君。

寄邵吾溪见谭昆季

红泉深竹隐仙家,海上相思隔暮霞。试问月明歌酒处,春风几度石阑花。

走马岗

走马将军去不反〔一〕,沧桑万里回春姿。如今尽唱清平曲,谁说将军走马时。

校勘记

〔一〕"反"字抄本作"返"。

郊居秋日

村巷深深抱曲流,白云如〔一〕意送清幽。无端更植排檐竹,招引西风分外秋。

校勘记

〔一〕"如"字抄本作"随"。

病中怀故人

白屋青山久索居,病来长忆故人书。高秋莫道无鸿雁,风雨寒江缯缴疏。

秋月忆弟宜砺

岁岁共看江上月,今宵月好对谁看。一声落雁秋云晚,人自伤心月自寒。

乘醉入舟醒而见月

晚凉沉醉卧江烟,酒醒烟消月满船。帘卷忽惊星斗落,不知人在水中天。

惜　燕

春屋乍来风日好,秋江一去水云遥。他年倘解重看主,不向空梁落旧巢。

秋夜见月忆谢洪筐二首

开尊不见东山客,碧海青涯自好花。凉夜坐深江月上,惊风翻叶散栖鸦。

忆同把袂歌吴月,碧树凉风一叶初。三载飘零自南北,故人今夜月如何。

月夜会定庵于白峰山庵

仙人家住扶桑东,银河水浸玉芙蓉。云路忽逢王子晋,一夜吹笙明月中。

看山有感

始向青山识面真，看山重笑十年身。筠篮尽日东风里，采得闲花总^{〔一〕}是春。学惟认得切，已处始觉务外之非。

校勘记

〔一〕"总"字抄本作"道"。

秋塘赠茉莉盛开谢之

新花旧花俱满枝，新宠全将旧宠移。不是故情看易断，新花开是忆君时。

采　芹

晓傍清溪行采芹，满裳香雾下江村。日斜过午雷声急，风雨长廊独闭门。

卷五

退食歌〔一〕

试宰山邑民命是司,退食之余,念此茕独,兼忆故山,作退食歌〔二〕。

校勘记

〔一〕一本后有"第五"二字。

〔二〕一本后有"凡三十五章"五字。

鸡鸣四章自儆

鸡即鸣兮,靡人不兴。我独安寝,谁为我耕。念兹惕若,莫敢逮明。兴言启户,庭燎有荧。

春雨既零,百卉具萌。爰告在野,穑事是营。宁耕靡获,莫获匪耕。嗟彼佚子,自鞠其生。

民食惟艰,食去声之在予。一夫逞欲,万夫告饥。念哉恤哉,罔即于靡。爰戒我友,秉心莫违。欲节用以养民,兼戒僚友。

君锡之禄,凡以为民。民之瘁矣,其如我君。爰咨爰度,尔义尔仁。民之慈父,王之荩臣。义治也,仁施恩也,能爱民,即是忠君。

111

送孙少渠时予有归来意〔一〕

惜昔远求友,觏子黄金台。萍踪忽飘荡,转泊湖水垓。湖水深且紧,故人为我来。我有一尊酒,清芬彻三台。德馨可以契天。我有三尺剑,白日生风雷。利器可以奋功。酌酒起劝赏,弹剑生忿欻。剑欻弗复弹,不如且衔杯。修德可乐,立功见阻,不如舍功而乐善也。酩酊各自散,湖风生白梅。

校勘记

〔一〕题目抄本作"送孙少渠时予宰都昌有归来意"。

同僚梁南涧归湖广时余亦告病将归言别

驱车西郭门,独行涉烟霜。涉霜多苦艰,不如还故乡。故乡秋波里,桂棹日相将。望望岳色远,泛泛楚天长。我屋傍沧海,三径久荒凉。岂不怀明世,恐负时菊芳。萍梗各自散,星月永相望。湘浦富兰芷,采之寄远方。尘途未云贵,吾道思无疆。黾勉同所造,云山以徜徉。

归思二首〔一〕

北风号长林,游子晨履霜。天寒欲何之,我思反故乡。故乡沧州里,猗哉风景良。赤霞隐仙郭,青天横石梁。灵鸟淫佳气,澄川开霁光。良辰偕我友,三五同翱翔。推窗山霭落,鼓枻水云长。吟边一鸟度,醉里数峰苍。迢递风烟隔,迟回松菊荒。当兹不归去，夕露沾衣裳。

　　少日爱稽古，灯火无寒更。三冬未足用，十载偶登名。荏苒青髭改，叨兹百里荣。依依去京阙，泛泛来江城。匪伊升斗计，聊亦见平生。岂知平生愿，落落乖时行。今古既殊辙，周孔非我程。呼儿卷残帙，西郊同偶耕。古道既不可用，读书何为，伤时之难也。

校勘记

　　〔一〕"首"字一本作"章"。

寄罗念庵先生二首〔一〕

　　南方有灵鸟，五彩昭文章。筹竿久不实，梧桐空郁苍。凤不来。照影瑶池水，刷羽昆仑冈。凤远去。遗音迥寥寂，野鸡鸣干梁。我欲从之游，清霄云路长。惧道远。愿言养修〔二〕翮，千仞同翱翔。圣人不作而邪说生，我无所从思得同进。

　　泛泛木兰舟，远涉河之水。河水日夜流，舟行不遑止。道不息学，亦不倦。沿洄光景徂，灵源何处是。知本之难。缅彼张使君，直溯银潢〔三〕涘。仙踪去不还，枯槎沉海底。古之上达者远矣。天路长冥冥，消息竟谁指。君平方下帘，晓日候童子。君平知天上事，却早下帘，此公能上达却小见客，明早当侯，童子以将命也。

校勘记

　　〔一〕"首"字抄本作"章"。

　　〔二〕"修"字抄本作"羽"。

　　〔三〕"潢"字抄本作"汉"。

领职道金陵访九难夜话

去年相送海门西,今日相逢江水湄。僮仆尽欢山客到,衣裳忽讶汉官仪。僮仆讶见官服。羞将白发添多事,顾见青山动远思。北来至此方见山。况复江湖风浪满,早修三径候前绥。风浪比世路之艰。方仕即约避世,毕竟九月告归,王亦因辞宪职,真不负久要矣。

重九登都昌新城

江郭新城雄楚州,悬高终日喜淹留。雨收岳色云中见,日出湖光天际浮。老共蛟龙愁夜水,醉携琴鹤伴清秋。当年爱植东篱菊,此日看花何处楼。

登邑西山谒陈云住先生祠 即陈濒赐特祭

客子登高何处天,都昌城北古祠边。云村细问山人宅,金谷争称石氏园。松柏几枝荣湛露,珊瑚五尺悲寒烟。观风我欲回清化,学道升堂愧昔贤。问云住宅,人多以金谷园对,则民风尚富,不知义也。然观墓木蒙恩,珊瑚灭迹,德与富之轻重可知。我今欲因风更化,使民知礼知方,愧非学道之偎,升堂之由也。

过天台偶书所感

浔阳城外促归旌,天姥峰头揽秀行。极浦去鸿惟带影,深

山啼鸟不知名。偶见孤鸿众鸟,因叹远去者,少依栖者众也。风林尽
落青松子,月馆人吹白玉笙。只为片云遮望眼,十年乡国梦中
情。叹不得早归。

归　思

　　四海征轮力已疲,感时能不动深思。脂膏总为生民惜,肝
胆何缘巧吏知。时上官李巧敛于邑人,不与,怒甚,不知其肝胆为民耳。
出境计惭齐接浙,保黎心似汉班师。时知世不能容,移文告病归,
适巡抚至台,府佐代劳,调病,不许,言归,既而代至,承风为饮,民怨之,赴
巡抚,告县官。病愈,乞早归印,代者怒予。乃再出文告归,民各哀留,阻
文不得出。僚佐云,公遂归,则代者得久住。渠怼其民叛已,将祸首事者,
公合为民虑,乃止。文收印,冀别求代以去,由是李与代者俱怒是。交构
于巡抚,别调之,得遂归计,故言我虽未能接浙速行,而为民免害之意,固
与诸葛班师,以民归汉之意同也。故园春色须行乐,敢把黄花傲
里儿。

和王积斋大尹舟中言别韵

　　看花休忆凤池头,但得良辰即胜游。五月南风轻五纳,中
宵明月满中流。槐阴展局分僧榻,曾于寺中对弈。蓬底开尊对
水鸥。别后相望在何处,暮云飞尽楚江秋。

送林友归约来春再至看花二首〔一〕

　　立马江边路,琼花万树开。春风原有信,莫问几时回。

何以赠君别，一枝湖上梅。试看明月下，还有暗香来。和靖诗：暗香浮动月黄昏，言林氏遗馨尚在，须共继之。

校勘记

〔一〕"首"字一本、抄本皆作"章"。

游天台

古洞桃花尽，松扉半掩开。鸾笙今已寂，仙客自指为谁来。

都昌新城成二首〔一〕

壁峙山增麓，林虚水借春。他年形胜在，作者是何人。
远堞横青嶂，危楼俯碧波。月明金柝静，风细管弦多。

校勘记

〔一〕"首"字一本作"章"。

出门书壁

不欲混风尘，移家自作春。青天招五老，长啸入秋云。

石潭秋月

王郎夜醉碧潭秋，仙子吹箫下凤楼。须臾曲罢凌波去，遗却明珠水面浮。

游白鹿洞

阴阴松竹洞门深,旧迹荒凉何处寻。看到白云飞尽处,只余明月在波心。先贤之遗迹湮矣,心净后见此理,皎然犹昔,如见碧潭之月,无今古也。

游庐山二首〔一〕

庐山山前云气浮,庐山山下江水流。道人独立水云静,笑共五老分高秋。

西岳清秋雾气消,朗吟徐步上青霄。只言高处天应近,到得峰头路转遥。圣道高远,上一层更见一层。

校勘记

〔一〕"首"字一本作"章"。

经莲花峰下二首〔一〕

肩舆十日看山来,一朵青莲云际开。昔人看花去不返,春草春风吹几回。

溪头春草自长生,今古人看各样情。野客狂来一舍瑟,松声水声相和鸣。

校勘记

〔一〕"首"字一本、抄本皆作"章"，且抄本第二首诗阙。

长乐令红梅卷

郎官宅里梅花树，一夜红芳变素芳。况复春风南县早，人人都道是河阳。闽有腊月桃花。

仙居朱万夫过都昌赠之

仙人郭口和云住，彭蠡湖心泛月行。不有秋风解留客，天涯何自见乡情。

归思 并引

余志不得行，思去，父老皆诮，余性懒，不肯做官，故云。

敢向清时早挂冠，偶因多病忆云山。当年学得虞弦曲，笑倚春风未敢弹。未际南风不得，以舒吾皋财解愠之志。

辞父老留衣 并引

余之宰都昌也，以病而思去，至九月得遂去，父老泣，曰行矣，愿留物为别。余曰：天地间，物必有敝，惟德不能忘，吾不能俾尔。民不忘而区区于物假末矣。父老曰：吾非敢忘公，欲常常见公耳。遂赋诗与之。

湖边植柳维官骑，柳未成荫官已去。解衣无解君且休，我曰无解，君宜且休。旧瓢已挂衙前树。五代时都昌廖尹将行，诗曰：还揭当年旧酒瓢。

辞留衣不获

时艰无计缓征输，一夜忧民鬓尽丝。唱断南风人不和，空留春色到棠枝。南风不和，谓上司异见不尽行卓民之志。

登滕王阁 并引

余制野人服，走吴楚间，两经兹阁而不得上，窃自怪之。王子安妙龄子也，借东风之便，一日而有誉于天下，此虽非予愿，乃若孤坐送目揽胜于落霞秋水自谓，莫我能制而竟亦弗值，然则饮啄信有数哉！虽然，登眺取乐耳。王粲高楼适增悲感。然则乐固不在是也，今归矣。谢迹尘途养真泉石，寻独得于箪瓢，寄高情于鱼鸟，脱有得焉。又将揽泰岳之奇观，罗九州于窗几，而区区寻丈之跻，朝云暮雨之睹，又奚足羡行矣！

王子题诗江上楼，芳名一日动南州。如今绣闼深深锁，云雨西来生暮愁。绣闼不披西山，云雨反成愁矣。

上相登楼敞画筵，歌声惊落五云天。须臾小吏开金钥，高唱游人莫近前。绣闼深锁闻歌如在天上，今忽启钥，若延客者，而禁益严所谓"慎莫近前丞相嗔"也。

卷六

寻乐歌〔一〕

解组入山静观而乐，持养弗贞感，或生愠祛愠，寻乐远，师君子作寻乐歌〔二〕。

校勘记

〔一〕一本后有"第六"二字。

〔二〕一本后有"凡八十八章"五字。

青山四首〔一〕咏隐趣

瞻彼青山兮，白云迟兮，化日舒兮，为我心愉兮。

行中林兮，万木泽兮，春风沃兮，为我心乐兮。

我有良驾，愿言同策，彼不我与，聊以自适。善同于物独善，非其本心。

我有旨酒，愿言同酌，彼不我与，聊以自乐。

校勘记

〔一〕"首"字一本、抄本皆作"章"。

旭日三首〔一〕送沈晓山掌教之任

瞳瞳旭日,跻于东冈。睿彼万室,靡不用光。比晓山以明
发蒙。

悠悠行云,东山之岑。有心如石,不如无心。我惟固守,不
如云出之无心。

冽彼寒泉,东山之岬。过者何有,渴者尔思。山足曰岬,□
我别尔犹渴者之思泉。

校勘记

〔一〕"首"字一本、抄本皆作"章"。

修竹三首〔一〕寿赵竹东先生

郁彼修竹,冠山之阳。维虚惟直,维节孔庄。有云迟迟,
有风锵锵。君子嘉遁,厥德用章。竹虚直有节,容声俱美,嘉遁
似之。

郁彼修竹,冠山之岬。万卉春好,我独寒姿。霜霰孔严,
劲气不渝。君子燕乐,万寿维祺。以竹之岁寒,比其寿考。

郁彼修竹,生于崇冈。凤凰来止,其鸣锵锵。仪于帝庭,
王道以昌。君子有子,邦家之光。以栖凤比其有子。

校勘记

〔一〕"首"字一本作"章"。

挽牟氏女死节

我形几何，我天靡毁。嗟伊人兮，形欲为累。丰约紧情，矧兹生死。女也何心，乃克谅只。弃生如遗，大纲炳尔。愧彼二心，白日为鬼 。

慈石亭

亭亭兮孤峰，白云飞兮青松。缅幽魂兮何所，佩锵鸣兮云中。忆毋如见。

挽金莲塘司训

春水长兮莲叶碧，秋霜陨兮莲子落，生不相知兮死空忆。

金松厓

旗峰崒兮嶵峣，青松郁兮干霄。枝髾茸兮远荫，息予驾兮逍遥。忽惊飙兮怒颺，震雷轰兮电掣。木偃蹇兮枝催，山嵚岑兮石裂。庇清阴兮无所，怀孤标兮中结。掩予袂兮欷歔，登高邱兮忘绝。盼杳霭兮春云，慨婵娟兮秋月。

山人陈月塘五山见访

客从山中来，贻我双灵芝。盛以白玉盘，韬以碧金丝。清

香达苍昊，比清节。五色炫朝曦。比文章。尤物古所贵，哲王劳
梦思。时进灵芝。含精不自炫，信美何由知。以二灵芝比二子之
幽芳。

答刘养虚

维皇锡明德，万性同一初。机巧日以聘，灵根日以锄。猗
君萃良质，澄心入灵虚。尘世鲜知己，独行采芙蕖。入我西峰
室，启我东阁书。览古胥以悦，伤今同一嘘。情薰藉修洗，心
田相佐锄。兴来步花月，落影盈素裾。亦或泛红浦，清讴狎樵
渔。道远俗自隔，情旷礼不疏。匪云泥泉石，亦复存卷舒。三
王既陈迹，六籍咸虚车。颜子归无巷，冯生出有舆。天机杳难
测，不乐复何如。大道靡幽显，君行我藏诸。

送陈迁江姻丈北上

湿云霭林薄，潦水纷纵横。海日忽朝霁，北客思远征。时
严老去，朝政更新。僮仆夙整驾，亲朋各持觥。相送临江曲，羡
兹荷花荣。折荷不敢赠，赠君紫琼英。既以崇令德，亦以扬芳
馨。荷花不及琼英兴，荣华不及德义之馨香也。丈夫四海志，谁忍埋
其名。高揖辞四座，意气万夫雄。一滴孤臣泪，因君寄玉京。

审　志

秋山净烟雾，独坐长松边。酌彼秋江水，琅琅自鸣弦。访
旧入西郭，亲朋来致言。举世尚高策，君车胡不先。不能竞进。

举世竞鲜好,君袍胡不缘。不能竞美。明珠人所贵,十白方一圆。珠十白不直一圆,比洁身不如趣时。偃蹇衡门下,询美当谁怜。感子意良厚,吾修别有传。至美本天赐,盈虚惟[一]化迁。息[二]机以顺化,养觉思达天。达天有真乐,苟获何足贤。养所觉而上达,苟得非贵。

校勘记

〔一〕"惟"字抄本作"谁"。

〔二〕"息"字抄本作"恩"。

秋江月影

神妃去不还[一],明珠遗汉水。汉水东西流,此珠恒皎尔。波摇水面浮,风定沉江底。骊龙夜半归,欲拾惊且止。居然落我舫,倒入吟怀里。

校勘记

〔一〕"还"字抄本作"远"。

新昌吕友以诗寄答之

君住剡山头,我住沧海洲。与君不相识,夜夜长相忆。鸣雉不出林,征鸿云汉心。关塞谁能越,离家共明月。一出一处,地虽隔远,相忆而歌,同此明月。

苍竹篇贺章斗野文学膺奖

采芹泮水涯，水清芹叶鲜。比教化行。上有苍筤竹，托根近芳泉。劲气裂重壤，孤标凌紫烟。虚中涵感远，高节砺贞坚。比其美德。春雨凝金碧，秋风奏商弦。容声俱美。灵籁万家满，余阴千亩连。声容之教泽。鸣鸟翔阿阁，轩后正当天。隆庆初年。伶伦竞帝命，爰咨周八埏。巀谷何辽邈，神物一朝骞。切斫〔一〕升清庙，文明正丕宣。伶伦取巀谷竹为律，比察院荐章以进用。

校勘记

〔一〕"斫"字抄本作"琢"。

天台山海歌奉寿先师一所金先生

天台之山巍乎直上干紫霄，下凌沧溟倒景湏洞之云涛。石梁飞瀑空中高，银汉秋翻乌鹊桥。双帻遥看天外落，苍龙海底崭两〔一〕角。琼岛瑶台隔岸深，氤氲紫气通仙郭。人言此地应列星，迎祥孕秀生精灵。或秉丹衷挺霄汉，或持素节依严坰。今古流芳满青史，独探真源者谁子。山灵国运会有并，七叶熏蒸翁乃起。静若赤霞屹立之孤峰，莹若澄江一色涵清空。独步青冥，表高视八延中。川流浩浩，万派俱朝宗。昔年侍立光风里，为揭颜瓢示真指。风月依稀不敢吟，十年梦落春沂水。近来一试大江湄，学得齐音楚客嘶。鸟冠早挂东门树，归去沧州访旧师。庭中雨露多芳草，生意年年看不了。童冠春间化日长,堂阶昼静香姻袅。人生此乐乐无疆,江上人归胡不早。静里深源脱有闻,千乘成名安足道。但愿苍山碧海,岁岁回春姿,阶前鹤发千丈垂。明月照席风吹衣,是我狂简小子舍瑟行歌时。

校勘记

〔一〕"两"字抄本作"头"。

渔翁 并引

竹溪垂钓,竟携空筐,室人谪我〔一〕,聊以谕志

山翁好拙与世违,手执箆竿坐钓矶。江水清清忘设饵,天寒日暮早来归。解却空篮挂檐竹,清夜放歌惊四屋。山妇闻歌启户看,笱篮净贮明月色。向月提篮笑且叹,阿翁作计生不偿。邻儿驾船三万石,举纲洪流动千亿。美人身上金作衣,豪客筵中玉为食。君家生意悬一丝。钓丝。树下结庐高十尺。树下构一丈室。弓旌粟〔二〕帛不及门,周诰汤盘室〔三〕有赫。老翁含笑手指天,世事盈虚惟化迁。独不见,老贾机谋无剩利,归来仍贳沽酒钱。谋者未必有得。又不见,三姥山海山名前水中鬼,黄金作屋为谁妍。得者未必能享。我今垂丝坐盘石,水际山根好寻乐。白云迟迟鸥共飞,青天杳杳鱼争跃。正寻乐处。鱼鸟相欢机尽忘,金钩尽放沉寒泽。应前忘设饵。得鱼无鱼何〔四〕足论,菜羹蕨饭共加餐。谁能强学邻家子,贾利轻生为儿女。

校勘记

〔一〕"谪我"抄本作"我谪"。

〔二〕"粟"字抄本作"束"。

〔三〕"室"字抄本作"只"。

〔四〕"何"字抄本作"安"。

客至行

晨朝有客叩我门,古槐系马坐南轩。自言久厌风尘路,愿借君家一避喧。远地相寻意良厚,荆妇杀鸡儿剪韭。秫田去岁无升斗,引酌开尊笑何有。君不见,舞雩风好可招友〔一〕,不脱春衣即春服换春酒。一瓢已挂南山枝,请君共发西江口。南山山前草作庵,清泉白石坐无厌。山花不植自盈砌,林鸟无期时傍檐。天一初汲水清真共君酌,听鸟看花共君乐。乐处问君君不言,君到无言吾已觉。起傍松根一浩歌,月沉水底风鸣壑。始信邻家美酒三万斛,不如白玉岩边饮水欢自足!

校勘记

〔一〕该句抄本作"舞雩春风好招友"。

蟾宫折桂图为张寅恭门人题

仙郎夜入清虚府,桂树秋香满秋宇〔一〕。笑折寒芳赠所思,玉娥嬺婉临琼户。

校勘记

〔一〕该句抄本作"桂树吹香满庭宇"。

小　径

竭来春已暮,三径蔼余芬。树老藤添绿,岩枯藓作文。弄花沾夕露,近竹冷秋云。扫辙便成隐,何劳思鲁汶。

出邑游叶茶寮怀于处士履

出郭寻幽事,相携去渐遥。倘逢于处士,同住叶茶寮。素业今何在,青山谁见招。怅然成独立,寒叶近床飘。四句叹不见处士。

蒋湖心见寄

病懒遗经世,林深惬昼眠。敢云窥道岸,差复养蒙泉。孤影长随月,遗音忽自天。沧江有真意,迟尔一鸣弦。我之孤影,惟月相随,耳忽得遗音,犹天降也,深意将待子而后宣。

贺邑宰徐后冈膺奖

乱余民命一丝悬,正属仁侯涕泪年。问瘝特过黄叶径,省耕时下白鸥田。为正经界时下田间。山翁只说秋粳好,柱史能知长吏贤。漫谓天颜非咫尺,仙凫回首五云边。

128

乱奔新城次韵答沈龙石

乱离踪迹等飞蓬，落日寒江快子逢。未解征袍伤宿露，且开山阁看诸峰。病中客思孤城雨，乱后归心晓寺钟。独怪平生湖海性，对君今日未从容。

旅舍游净山望海

作客久栖江上楼，独将一鹤恣遨游。月明野寺同僧语，雨霁山桥看水流。岂有灵槎回碧海，独怜芳草满中洲。洪波溜溜银潢隔，采玉纫兰忘百忧。玉谓玉树，琼草灵槎不来，则银河隔绝，芳草生于溯中，吾采之以忘忧耳。

送毛玉冈应贡北上

仙郎清晓发天台，两岸桃花春正开。飘转随风各自散。离别看花曾几回。孤云晚映沧州远，画角寒生野戍哀。见说班生多壮略，逢时分手莫徘徊。桃花随风散去，我送别看此而悲者屡矣。此行见海云而思亲，闻戍角而忧国，然君有壮志毋恋亲而为此徘徊也。

九日登白峰诸山

十年浪迹思乡远，此日登临惬故山。荧水远连萝水碧，雪峰高映玉峰寒。将军已报清源捷，时泉州戚师奏捷。丞相新辞紫阁班。严罢。不是冯唐头易白，再凌高处望长安。余皆说隐，独杨爵出狱，严氏去位，皆有欲仕意，观所欲仕，则其所以不欲仕者可知。

病　起

白玉峰前旧草堂，九夏著书松竹凉。长耽爽气终为孽，隐士爱西山爽气。欲理清阳自检方。清阳即元气。池馆久扃梁燕徙，园扉乍启篱菊长。狂来更忆清瑶水，远海秋风悲望洋。海山清瑶水饮则成仙，比望道之远。

九日碧萝潭登眺有感

倦倚寒岩步转迟，扪萝不语自伤悲。他年直上无高峻，此日安行有险巇。比时来虽径行而无危，时去虽慎动而有咎。莎径晚阴栖毒蝎，石潭秋冷卧灵龟。还家坐啸月未落，独与黄花对酒卮。毒蝎阴栖灵龟秋卧，故作啸八句皆易道。

和陈南闾见寄

曾看匹马驻岩扉，年少论交志不违。少时来顾。海上卧龙冬未跃，云边倦翮早思归。女方潜隐，我方倦游，故志不远。看山此日心方远，扫迳当年客渐稀。况复啼莺千树满，深藏真愧凤知几。今我看山得意，女迹反疏，况有巧言，愧不深晦。

感　怀

十年鞍辔猎中林，万里烟霜愧获禽。易无禽谓无功。海阔山深人自老，天高地下意何深。远遁山海，其人自老。俯仰天地，其意何深。鸿归已断云中信，芹绿空悬野外心。童冠不来春服改，西峰长日自鸣琴。我既不寄雁，足之信芹，情安能自达。隆庆初，具正始十六事，欲言不果，故云然。

夜兴因怀小山方崖先生暨赵氏诸亲友

一编清夜已忘筌，静见灵根未发前。江水任流天自定，海云初散月初悬。清明景象。休闲怕入鸣镰侣，病懒惭称学易年。惟爱洛阳名社会，时过花径候鸣弦。

九日山斋看菊因眺玉雪二峰

春风锦巷几相逢，秋日寒林志鲜同。无酒正宜今雨客，有花差胜旧年穷。有官归，叹今雨客不来者，我今无酒，客不来反安，又有谓今年甚于旧年穷者，我今有花反胜旧年矣。西山〔一〕玉雪二千丈，碧海烟霞一万重。欲望昆墟真色相，犯寒还上最高峰。峰指玉雪峰，碧海深远，则昆山难见，此境必须登高比妙悟必深造始得。

校勘记

〔一〕"山"字抄本作"峰"。

夜思示弟宜邦 <small>时喜读六子</small>

海阁清斋夜不眠，空庭高^{〔一〕}咏起翛然。潮声静度千门月，江影晴涵万古天。<small>明月潮声，千门皆是，空江天影，万古皆然。</small>忘后形骸归梦蝶，悟来神化察飞鸢。<small>忘者离物以言道，故形骸归于梦蝶。悟者即物以言道，故神化察于飞鸢。</small>清虚敢效庄生僻，只是惺惺道自玄。<small>我则不事怠者之僻，而求悟者之妙也。</small>

校勘记

〔一〕"高"字抄本阙。

重创宋问礼堂成感而有述二章

问礼空遗上世名，百年惟见暮云横。长河接汉灵源远，<small>祠临江。</small>乔木知春老干荣。<small>源远故老干重荣。</small>经理总烦诸伯仲，裸将粗述旧章程。谁能解得同根意，仰止遗灵赭汗生。<small>经理者伯仲，裸将者书章，我但因之而已，然鲜能解得同根之意，我睹遗灵而愧汗也。</small>

法祖长怀旧典章，奉先初见此宫墙。年深古柏随龙化，<small>洪武七年，龙过，祠柏皆摧。</small>春转灵芝与日光。<small>近年墓生三芝。</small>碧海烟云朝拥树，寒江星斗夜临窗。清虚定惬神明赏，庆泽应遗江海长。<small>清虚指江海之景。故曰：泽如江海。</small>

寓泉溪出郭独行

一雨十日今始晴，沙岸草干双屦行。老插山花惭灼烁，静窥潭影悟空明。门通古寺堪孤住,地接邻庄得耦耕。住此自然名利远,底须方外更逃名。

登卧云楼简方崖先生时公以亲老在告

高楼屹立江之干,今古山川此壮观。东望玉桃红日下,寿亲。北瞻宸极紫微间。思君。青松早种连云壑,白鸟低飞近水阑。未许便携琴鹤去,君王时听履音还。尚书履声。

观先茔宿云鹤山房感怀

芳辰策马西郊去,花坞仙坛冒雨经。黄鹤不来新树绿,白云飞去旧山青。魂驰碧落空为梦,泪点苍碑自勒铭。尽道天心占止鹤,兰芽应长谢家亭。

小儿泽丕冠屈徐观海先生作宾致谢

两度宾阶屈典型,白头巾舄喜相迎。斯文自古尊先进,礼从古。成德从今责后生。义约旧颁知世泽,徐祖望轩主约于乡。礼堂重构耻成名。先世问礼堂重创。承家有子君须作,感慨题诗寄远情。

山行即事答金仁峰姻丈

一从卧病解骊珂,日日青山尽意过。九陌流尘天外断,四时佳兴月中多。醉来得句书红叶,静里听泉坐碧萝。即此已堪酬宿愿，故人相劝意如何。时友人有劝，再出，以酬宿志者。

答朱云沼陈鹤菑时陈馆青林

早从江汉濯尘缨，拟向沧州寄远情。坐隔故人惟一水，行看明月到三更。门连白浦堪同钓，地接青林足耦耕。安得便随春舫去，鸥沙席上共寻盟。

题扇图赠邵氏伯仲二章

万峰云树合，一水小舟通。记得西桥夜，柳塘明月中。昔同泛月柳塘，其景如此。

对面青山小，沿江绿树多。匡庐读书处，谁复再经过。此即旧读书景。

林　中

林间小来往，孤坐倚长松。白云忽不见，远山三四峰。

天台小景

古洞云常掩，深山路正长。水流花更落，愁杀老刘郎。刘郎重来有此怨。

山　行

已爱林泉好，况逢烟雨收。清钟山外寺，红树水边楼。

避倭人城沈晓山招饮望海楼归而寄此二首〔一〕

松关关外碧沙头,水上青山山上楼。不有金龟能醉客,烟花三月已惊秋。

寻君直到海中山,忽听人歌松影间。喜极即教同买掉,早晚随潮好往还。

校勘记

〔一〕"首"字一本作"章"。

读燕对录

于昭圣德重华际,盛世君臣道自孚。花甲一周龙驭远,小臣含泪对皇谟。

三月避乱新城怀林雁田和韵二首〔一〕

岁岁看花离乱中,花飞那得故人同。高楼月度疏篱晓,人在湖天双翠峰。其宅有楼,地近横湖,有双峰叠翠,想他在此中乐,恨不得同。

碧海冥冥孤远峰,自指。青天矫矫双飞鸿。指雁田。黄鹏旧入岩边树,一见秋风遂不同。远海孤峰,惟矫然飞雁止,旧时黄鸟逢秋则去。

校勘记

〔一〕"首"字抄本作"章"。

深山独步

爱静特过溪上林,青松白石画阴阴。双禽飞入花间去,相对不鸣春自深。

避乱松城登南楼晚眺二首〔一〕

昔年江海静风波,楼阁参差水上多。夜半潮生明月上,将军吹笛和渔歌。忆昔时无事伤今意在言表。

南楼风景近如何,日出风生海上波。只道乱离无乐地,官家台榭月明多。

校勘记

〔一〕"二首"二字抄本阙,"首"字一本作"章"。

答文湖见访〔一〕并引

文湖子访余于西峰之麓,时海月初生〔二〕,夜漏下三鼓,尊酒既清,笑言方永,不知霜露之沾衣也,敬和二绝。

山人家住碧筼洲,忽忆孤峰海上头。尊酒月高相劝饮,醉眠风露不知秋。

谷口烟霞隐者居,柴门谁遣世人知。年来却悔通樵径〔三〕,引得王郎看弈棋。

校勘记

〔一〕抄本"见访"二字后有"二章"二字。

〔二〕"生"字一本作"上"。

〔三〕"径"字抄本作"迳"。

赠李君游天台

李白秋行天姥间,满山风露桂花丹。云锄月钓皆仙侣,始笑当年梦里看。

雨后望九峰至山阁夜坐

半山松翠半山云,云里诸峰黝不分。山上半截有云,初霁之景。霁色渐开寒阁夜,水声千涧月中问〔一〕。

校勘记

〔一〕"问"字抄本作"闻"。

过狮山草堂

山家结屋无经营,白茅覆栋苍竹桁。门前一树乌桕子,山日乍开山鹊鸣。

感　事

锦绣园亭锦席开,春风无处着莓苔。而今花落春方暮,白日〔一〕闭门霜雪来。锦园燕会,莓苔无可寻着处,春色既暮,惟有霜雪来耳。

校勘记

〔一〕"日"字抄本作"昼"。

为李节推题画二首〔一〕

花鹊猫儿

一饭难忘报主情,鼠牙今夜已无声。敢怜不及高枝鸟,独僭春风尽意鸣。言李尽职报主,无出位之思。

岩花黑豹

天姥峰前采药时,心同玄豹共忘机。如今洞口花应发,无限刘郎去后思。谓李摄令天台而疆暴化,既去,人犹思之也。

校勘记

〔一〕"首"字一本作"章"。

一丈宫成

西峰峰下草堂前,竹槛松檐自可怜。昨日五侯歌舞地,独余残柳映寒泉。

客索和中秋对月悼内韵

明月光生海宇秋,碧箫今夜故生愁。美人只在琼楼里,目断行云银汉流。碧箫成对,失偶者听之愁,昔明皇见贵妃于月宫,今想在此望行云而不见,但见银汉之流耳。

和牟莲峰见怀韵二首

昔年江郭见君时,水北山南旧有期。今夜放歌沧海上,远情唯有白云知。山北山南之期远情也,今沧海放歌,远情遂矣。所期不来,惟有白云知耳。

夜凉云净月当楼,山客题诗感素秋。门外好花风落尽,故情如水日长流。诗中感秋,寄兴楼月,然风景虽变而故情常在。

送邵吾溪应贡北上四首〔一〕

昔年我到青溪上,童冠两三行暮春。今日暍来寻旧侣,烟霞如绮却离君。

君行正值暮春时,杨柳青青夹路垂。谁道离情不作泪,白头双泪正伤离。

一尊相对暂成曛,转眼相思隔暮云。自恨不如君佩剑,风尘长日得随君。

同君自少披青史,看着忠臣双眼明。到手正烦君记取,莫将肝胆愧平生。到手时恐忘之故,勉之。

校勘记
〔一〕"首"字一本作"章"。

与养虚对月

忆昔共君明月夜，笑看花影画中开。从君别去无明月，虽有若无。今夜月明君又来。

答李友见寄

忆从江海识君初，年少才名我不如。走马臂鹰豪气尽，冷风残菊见封书。侠气尽，始念贫交。

烟雨图

云林漠漠水潺潺，无数楼台烟雨间。昏杂之景。安得青天开暮景，坐看春色满南山。时严去位。

腊月与养虚对菊酌酒

岁寒宾客岁寒花〔一〕，剖冻鲜鱼出火芽。白发老翁狂更甚，西峰取雪自烧茶。

校勘记

〔一〕"花"字抄本作"夜"。

伯夷太公

沧江风雨共垂丝，一老空山一帝师。若道止缘生性别，先几谁遣玉璜知。人道伯夷介而贫，不知亦有天命在。

寄陈山人

秋江寒日自寻花，只得芙蓉一径斜。今雨未晴花落尽，客星空忆汉中槎。时陈客赵尚书宅言，秋江芙蓉花，谢而雨未晴，远汉客星空忆之耳。

沈山人远游宦邸谓将娶妾为宗祀计

远辞秋浦向风尘，锦席芙蓉别样春。迢递不缘苹藻念，归来应愧北山云。秋浦芙蓉冷锦席，芙蓉别有春意，见宦邸风味浓艳，此行若不为宗祀计，便是歆此羞见北山之云矣。

书后偶成寄林莘田学博

江亭折柳共君期，期早回。一见柳青思别时。尽道青云堪厉翮，故人何用怨归迟。故人自谓。

卷七

适真歌

岩居既久，繁藻渐脱，缘情顺应，仅余一真，作适真歌。

云鹭二首悼处困

翩翩云鹭，止于高桐。群鸮奋号，莫我或容。弗容胡伤，鸣声雍雍。五行异质，性反则仇。天实为之，鸮焉胡尤？异己者，恶之不必与之校。

敏哉麟趾，载游于鲁。蚩蚩野氓，踣之中嶋。山卑而大曰嶋，中嶋嶋中也。赫彼圣经，荣我衮辅。尔类孔殊，畴弗尔疑。叟也知我，讵云无知。愚者疑之，终有识者。

山泉二首〔一〕歌徐柏台署邑事

沔彼山泉，沁于玉湖。靡渴不饮，靡槁不苏。民之饥矣，谁其与铺。食之也。子获我所〔二〕，欢乐且酺。

峨峨屏山，屹于海隅。凡厥攸止，是瞻是依。民之偷矣，百行具违。君子昭德，孰敢不威。

校勘记

〔一〕"首"字抄本作"章"。

〔二〕该句抄本作"君子食我"。

桐山三首〔一〕题解氏母慈节卷

桐山之阳，其石惟碣。莫敢或陵，猗贞妇之节。节峻。

桐山之泉，既洁且深。莫敢或濯，猗贞妇之心。心洁。

桐山之木，其果孔硕。谁其培之，猗贞妇之泽。泽远。

校勘记

〔一〕"首"字抄本作"章"。

知我轩咏怀十二首〔一〕

夙昔负孤尚，游心入无为。朋来明所志，愚知互相訾。独往怅无辅，师今终作非。斋心叩先哲，矜蒙多所规。明德一言要，揭我云中曦。缘兹谢蓁〔二〕莽，振策遵九逵。缅怀千圣秘，一悟或在兹。讵意岁月征，依然怅吾斯。天明本昭赫，未信当尤谁。言志存明德而未克自信。

校勘记

〔一〕"首"字抄本作"章"。

〔二〕"蓁"字抄本作"榛"。

至道本神会，始阐由唐虞。谓执中精一之旨。列圣更相授，汪洋逮诸儒。上启天命秘，下析万化殊。始玩何森列，幽深极玄无。<small>谓诸经传。</small>既以洗尘溟，亦以忘饥勉。微哉千圣心，皎若同一符。肤学鲜冥契，兰言将谓诬。印心苟靡合，狂泉吾亦濡。<small>言观书。</small>

大化无停机，万有总虚迹。倏忽随运更，一往难更[一]<small>即</small>吾生已无几，丰约安足惜？所以古达人，恣饮远形役。遗形岂不超，灭性理斯忒。于哉皇上帝，锡我以明德。一中涵至精，千圣靡损益。众形惟所宰，万用惟所适。穹壤有归尽，此理无变革。微哉圣贤心，终日事兢惕。急形[二]知易祖，大命方有赫。<small>崇正道。</small>

校勘记

〔一〕"更"字抄本作"再"。

〔二〕"形"字抄本作"景"。

六经久尘翳，周图述天行。程朱扬芳绪，日月忽重明。道大贵学博[一]，所切性与情。真知豁霄梦，敬养存精诚。知养互相益，千圣谁能更。世殊学渐僻，矜玄[二]多所评。岂知洒扫迹，上达神化精。圣途本易简，异论[三]徒纵横。<small>明正学也，四首皆问学事。</small>

校勘记

〔一〕该句抄本作"道大学贵博"。

〔二〕"玄"字抄本作"意"。

〔三〕"论"字抄本作"端"。

驱车恣行游，行行入京师。高楼郁中天，丹梯转逶迤。重城峻天险，九关不可披。龙象五云里，观光怅无时。未仕见天阙高远严肃，虽入，天颜难见。东阁富知己，东楼党盛。西苑悬孤危。上在西苑。旅人怀先忧，痛哭当告谁。卷束南征志，沧州以为期。感事思隐。

结发念四海，恫瘝切我肌。养志青山远，偶际观光期。眷兹阳春候，园花正芳菲。物态竞儇美，我行惭步趋。恂恂持素履，逸足顾我嗤。所如良鲜遇，驾言复何之。不如饮美酒，坐看山云迟。慨俗而思隐处。

深深闺中女，皎皎年十五。同心各一天，三岁掩琼户。少不想仕。静念忽目伤，吾节知已苦。已过也。得偶天地情，孤贞讵常理。勉遵施衿命，言归觐之子。欲出全伦。主家十二楼，楼中盛罗绮。黄莺多好音，白璧难自美。矧此松柏枝〔一〕，托交桃与李。繁英振金〔二〕飙，芳意朝夕改。当道有初相知，老竟以谗惑。相思折秋兰，欲折还自止。我来良有因，安能保终始。弃置心所甘，红颜命多否。思郎不已，欲更折兰相遗，而复自止。意以我来本为全伦，安能必其终始，欲止不止者，以全伦也。欲进不进者，以避谗也。

校勘记

〔一〕"枝"字抄本作"姿"。

〔二〕"金"字抄本作"狂"。

晓行涉中田，草滋苗鲜硕。生意日以微，何由见秋获民失养。斜日照北堂，皤皤鬓双白。贫养惟力耕，伤哉旷子职民困则君忧而臣职旷。怀兹不能寐，暂辍琴与策。及晨躬荷锄，劬劬来南陌。芟溉甫洽旬，生意差可识。我仕专事养民。岂知林莽间，久矣蛇虎宅。白日鸣滋人，流血腥草泽。竦息旋荆扉，敛手且安适。宁怀甘旨忧，毋践狼虎迹。养民报君之志见阻，则去。四首写忧远之情。

夕泛彭蠡湖，朝陵五老峰。俱近治邑。风烟倦游历，归卧沧州东。沧海深以广，达观浩无穷。柳荫柴桑绿，莲分池〔一〕水红。彭泽五峰之乐在此。坐玩爱图象，行歌偕冠童。持此养微觉〔二〕，何心问穷通。荷蓧谁云果，吾衰将与同。攸往见阻，归而寻乐。

校勘记

〔一〕"池"字抄本作"溪"。
〔二〕"觉"字抄本作"尚"。

行游阻修辙，言归卧空林。呼儿理耕作，诸妇各纫针。吾衰罢劳事，竟日多闲襟。亲朋时相集，酒熟还共斟。盘飧无杂供，丝竹有高音。弱孙声琅琅，对客学我吟。贤愚虽未解，慰情胜怀金。遁世敢云乐，行素得我心。遁世非乐，行乎贫贱，则自得矣。言处分也。

野旷庭宇寂，憪居无杂心。盼兹林影好，欣然步清阴。萦纡遵曲径，间关听鸣禽。白云来幽砌，清风生素襟。抚景有佳趣，箪瓢差可任。此行游之乐。三首皆自乐事。

晨朝行采芝，日暮携空筐。倦息碧林下，仰窥明月光。志仁久无获，月至安足臧。天灵皎犹在，静念意转长。三军奋一鼓，群阴避朝阳。匪云力靡竞，所操良鲜刚。良朋勉予辅，振翮同远扬。岁晚脱有觉，高歌海云苍。

送大尹叶君

达人抱寄略，筮仕来山城。徽音忽流满，双凫起青冥。整驾出东甸，独与一鹤行。溪风切弦管，海日摇华旌。壶觞走村谷，扳号阻前征。辛苦慰父老，忠孝申诸生。含情未终竟，远树秋云横。

东园对菊

闲居聊种花，绿叶春蕤蕤。及时开总繁，经秋渐沦委。菊兰抱孤芳，颇契幽人旨。农候僮仆忘，掩书吾自理。昨朝偶出山，弥月始旋止。晴风日夜吹，时菊干欲死。倚杖伤我心，抱瓮行汲水。晨昏勤灌滋，生意辄复起。湛露凝夕枝，依稀见芳蕊。霜霰日以深，有酒频对尔。

游雁山自石梁至灵岩寺

素怀爱名山，尘系阻幽讨。男弃还旧庐，始获遂初抱。南雁多奇观，变幻穷天巧。朋旧阻修辙，独行兴滋浩。蹑屐凌仙桥，悠然见芳草。怀芳步高台，风清日杲杲采芳得意。转盼陟双峰，古洞虚以皓。流泉静自听，白云闲不扫。行吟甫成趣，纵览情忽懆。愁不申也。祥鸾沉玉音，神龙秘图藻。岂直慕遐旷，亦以伤兹道。龙凤隐则道将穷，故懆。天柱遗荒陬，独秀安可保。神物明所趋，含精卧沧岛。睠兹得我心，息影候晨皓。霞明锦障开，两散玉姬姣。欲学刘阮俦，迷花以终老。

送林阆洲文学升县尹之任

秋风吹桂树，天香夕气清。朱火早已敛，君为江海征。诸生拥道周，祖席罗群英。簪盍意方永，萍涣愁转并。引领盼修途，山川郁纵横。奋往知易越，幽栖若为情。百里非贤路，聊兹见可行。一方信丕悦，四海坐清平。退食方衍衍，宁知千乘荣。

访山翁不遇

山翁照荷锄，采苓南涧道。云卧石坛深，日照松花老。

赠月塘山下[一]

山人栖锦洞，长日着南华。共识杨雄宅，何如颜阖家。云间芝草长，谷口薜萝遮。倚仗沧洲外，潜名谢世夸。

校勘记
〔一〕"下"字抄本作"人"。

晚霁出游与邻翁对话

出门逢霁色，骋望下林塘。碧海孤峰远，青天一水长。野客老逾拙，邻翁醉更狂。漫教悲晚节，松桧百年芳。

送王县丞〔一〕归

尽说黄金好，君听独不闻。一官诚有济，五斗岂嫌〔二〕贫。海客迟通话，邻封早借春。高车忽行迈，落叶怅同分。

校勘记

〔一〕"丞"字抄本作"尹"。

〔二〕"嫌"字抄本作"言"。

挽章文湖

忆昔湖中客，曾操剡曲船。题诗山下寺，弄月水中天。伯道无儿继，元方有弟贤。江郊〔一〕双涕泪，慷慨为谁悬。

校勘记

〔一〕"郊"字抄本作"皋"。

中秋月与诸弟宜范宜情宜新宜邦宜芳辈吟赏

八月望日凉气深，坐看明月起孤岑。山妻解进杯中物，野老能忘月下吟。兰桂一庭看并秀,埙篪三唱喜同音。休惊短鬓添秋露,皓月青天岁岁心。

小　斋

小斋十尺江水隈,江客临轩日几回。新月早穿西牖入,薰风翻绕北窗来_{北林回风甚快}。莺藏密竹纤歌起,树压晴檐翠幌开。况有小桥通曲径,不妨裘仲日徘徊。

西山春兴

春去春来老不知,野裳晴日自委蛇。看山得句惊能[一]捷,待月开尊讶许迟。草色上阶行见易,松声满屋卧听丝。经纶况有中朝彦,谁笑山翁志独违。

校勘记

〔一〕"能"字抄本作"思"。

中秋夜微雨忆京都月色_{时隆庆初}

天上素娥深敛彩,峡中神女故留情。遥思北阙浮阴尽,定有清光永夜生。海上留连空怅望,云间指点不分明。白头赖有猜狂在,且放高歌暗里声。

重阳节菊花未开

九月九日黄花时,野老园亭见独迟。昔贤扳花耻虚爵,而今引爵惟空枝。直以狂吟发孤抱,更怜芳意愆佳期。缘知别是凌寒种,莫遣秋风造次吹。

南间游丹厓山以诗见寄答之

野人卧病秋江湄,客子登高还赋诗。苍藤白石自幽兴,赤水丹山空远思。彭泽去来吾已老,舞雩咏罢君安归。黄花一树秋风外,三嗅寒香愧女知。

己巳除夕病起感怀

霜霰休惊逼岁残,风光行看逐春还。营生豫喜占三白,望道犹惭见一班。海上烽烟连岁徼,城中车马几人间。皇风日隔吾安住,读罢离骚看畹兰。

寓狮山草堂承筠屋中山菊所见访

未见秋风问菊花,短墙先觅旧桑麻。贫无剩禄酬书铺,富有遗钱寄酒家。种竹喜连高士径,看山时枉故人车。金书玉牒终何用,只合从君住紫霞。

挽王九难

与君相见即相知,绿鬓成霜志不渝。仙圃琼英胥解佩,江城霏雪偶同车。曾缘白鹤赓新调,不为青钱卖古书。千载是非今日定,故人莫更泪盈裾。

王通府署县事北上赠别

春携琴鹤下灵〔一〕川,坐见仁声振远天。摄政只看余五月,足民宁用到三年。听弦已造城中室,揽辔仍留〔二〕去后钱。回首忽惊仙斾远,佩声应转玉墀前。

校勘记

〔一〕"灵"字抄本作"西"。
〔二〕"留"字抄本作"为"。

与林鸥沙黄洞樵林方城徐荆门鹤峰登眺

探玄〔一〕早爱兹山静,白首重登益渺然。龙井有源通碧海,鹊桥无路上青天。云中喜共飧〔二〕芝侣,郭外仍遗种秫田。遁世流风差可继,笑看归鸟夕阳边。

校勘记

〔一〕"玄"字抄本作"元"。
〔二〕"飧"字抄本作"餐"。

登白玉峰戴近溪陈敬轩钟象冈陈凤野童近洲毛少洲诸友皆至

两月闭门花尽飞,忙呼酒伴眺残辉。云开白鹤空中见,雨霁青龙海上归。青龙、白鹤,皆山名。霜下高松奇靖节,雾中文豹隐玄晖。同君气力犹疆健,更上前峰一振衣。

沈晓山陆海庄叶观吾段筱江招饮伏龙山与方城诸社友醉后登眺放言

晚晴扶醉眺龙冈,笑指仙洲是故乡。欲跨紫鸾凌弱水,远依江日采扶桑。春林酒债逢东老,古洞桃花忆阮郎。沈东老比沈君,言饮东老家桃源仙子却又忆我。回首帝城双鸟远,只将歌舞答虞唐。

挽颜云冈

伤心我忆颜居士,独抱清修似古人。巷底一瓢长贮月,柳边三径半藏云。吟成思入沧洲远,别去愁添渭水〔一〕春。回首岂知成永隔,行看苹藻益沾巾。无嗣。

校勘记

〔一〕"水"字抄本作"北"。

游雪山

九月载生魄,肩舆来雪冈。但教逢胜览,何必问重阳。霜霰潭龙隐,烟霞径草香。书声深竹里,樵唱白云傍。水冽僧同智有知者泉及智者大师,坛空鬼作乡。山川留锡钵,岁月变沧桑。夜虎鸣将近,寒鸿哀且翔。缘厓力已倦,浮海意空长。赖有黄花在,悠然与世忘。

雁山石梁洞二章

乍到惊无路,旁探忽有门。洞天深几许,应人武林春。武陵仙村路从洞小口入。

度汉仙桥迥,穿岩玉溜清。白虹云外影,疏漏暗中声。

问寺僧不在题壁

借问师何处,前山出采薇。归来知向晚,莫遣露沾衣。

对　竹

独坐空山静,清斋自养灵。兴来人不解,野竹上墙青。

画菜花为北冈子赋

胡不采青叶,坐看花满丛。到来嫌意尽,留种待春风。

月沙为黄秀才题

只言沙似月，谁解月如沙。眼见琼楼夜，风吹桂子花。

送邹五湖文章归无锡二首

君向五湖去，千山一钓丝。登高见海月，是我独醒时。
倚棹湖天远，烟霞尽意过。花深坛下路，犹听旧弦歌。

宜睡子二首〔一〕

尘世总如梦，云山别有春。始知爱睡者，还是独醒人。尘
世醒者，皆梦山中，睡者实醒。
吟罢心无事，松根打睡时。为看池上草，梦里又成诗。

校勘记

〔一〕"首"字抄本作"章"。

九日与诸老讲约南山题钟象冈扇图二首

尽说南村好，舟车次第来。松扉净烟雾，山客买茶回。
桂棹沧江远，岩扉碧树深。看山偶成约，不共采薇心。

题小溪宗侄扇图

碧树笼烟静,清泉绕竹溪〔一〕。阳春只自适,何用问知音。

校勘记

〔一〕"溪"字抄本作"深"。

灵岩寺二首〔一〕

漫随流水觅红英,锦障山前是玉京。欲调双鸾齐作舞,更邀玉女坐吹笙。

诸峰霞气薄清霄,碧海仙人手可招。夜月倘逢青鸟使,更须同唱白云谣。

校勘记

〔一〕"二首"二字抄本阙,且第一首抄本无。

天柱峰

泰华雄名自古今,翠华长此憩清阴。可怜天地惟孤柱,独立空山风雨深。

赠灵岩主人

洞庭仙客少人知,卖药归来日暮时。京洛酒香谁共饮,东翁石上醉题诗。洞宾诗:朗吟飞过洞庭湖,又尝饮酒题诗。沈东老家。

宿塔院逢师道旧

忆从云外访青莲,说法题诗总少年。回首春光乱离尽,一双霜鬓佛灯前。

沈晓山自湖广书至示欲归意答之

碧海青山好隐居,故人千里忆同车。潇湘岸北归鸿早,八月黄州已寄书。

山居夜兴

太白峰高八斗牛,山人一卧岁华秋。几回梦觉心无事,夜半开窗月满楼。

家园赏菊

八月兰花香上尊,花前歌舞亦君恩。当年鞍马过逢地,纵好春光非故园。

晚晴野望

山雨乍晴林作花,山日半开云半遮。闻歌欲度高楼去,泥滑水深江路斜。

答兄梅翁二首

山客种梅山之坡,花当好看雪霜多。黄衫少年长负约,我独扳枝一浩歌。

梅子花开翁自歌,山人踏雪能相过。清河桥头见海月,花发酒香君奈何。

寄莫中山

中山老翁心事闲,日日登楼看好山。白云鸣鸟解翁意,来往长穿绿树间。

景莲楼二首

仙人一去凤楼空,碧海冥冥无路通。泪尽寒山不知处,青莲十丈白楼中。

花间鸾鹤影沉沉,孝子看花想玉音。何事君王好台阁,先陵空锁片云深。

赠别莫七峰表弟

十年今夜始连床,又道离觞即此觞。后会茫茫况难料,见时争似别时长。

吴山人齐云以诗见访答之

碧萝潭边老渔子,赤脚履霜衣半穿。忽听何处沧浪曲,共濯清泉上钓船。

寿赵节推小山先生二首

早辞荣禄卧云庄,碧海青山日月长。况复老彭勤著述,千龄应为竹书光。

丈人卜居山之皋,赤手种松千尺高。采苓飧花无岁月,时控白鹤栖云巢。

题县二尹四雨亭二首〔一〕取古诗桃杏等雨

雨中芳树总含滋,桃杏名园更擅奇。孤鹤似嫌春富贵,古梅林下认高楼〔二〕。

春院雨过花满溪〔三〕,看花曾忆昔贤诗。江南八月山如赭,愁绝应添云汉思。

校勘记

〔一〕"首"字抄本作"章"。

〔二〕"楼"字抄本作"枝"。

〔三〕"溪"字抄本作"蹊"。

海寇平士人索诗入卷贺张参府

将军元是鲁诸生,谈笑胸藏百万兵。我亦有诗能退虏,谁将歌舞到虞庭。

蟠桃祝寿图

海上蟠桃开满枝,昔年曾见未开时。知君已作三偷计,看尽红英亦不迟。

题扇图

听鸟看花步晚阴,白云来往共无心。怪底风度清如此,家住武陵烟水深。

题落梅图赠弟宜芳子

野外琼英人不知,晚风寒照自披离。荣华落尽芳心在,鼎实行看人梦思。

伏龙山观海有感五首〔一〕

沧海一望渺无疆,浪里扁舟断客肠。莫道海人全是胆,明珠无数水中央。

晓日扬帆海上行,月明两岸唱歌声。千金一纲人争羡,笑指寒窗夜半灯。

欲采前峯五色芝,老年脚力步教迟。山僮为进芙蓉杖,只恐临危力不支。

镇日吟诗不觉午,无奈酒渴思青梅。陶家雪水〔二〕苏家茗,绝胜琼浆海上来。

校勘记

〔一〕该组诗十卷刻本阙一首,抄本"五首"二字阙,且也只收四首诗。

〔二〕"雪水"抄本作"冰雪"。

卷八　拾录

正稿之外，有散逸者，拾而录之，以类附后

弟子歌类

诗以兴善，童子歌之，则天性之良油然生也。今之塾师，取作家诗以教童子，不知此为文士画笔于赤子之天，鲜补程子，欲别作诗，教童子日用之要。余于少日，揭文公小学书，略仿古诗，舍其奥义，用浅显语，谐之成音以自歌省，今并存之，贻诸塾云。

父子〔一〕于子一十五首咏父子之爱

人之有子，谁不爱之。爱之何如，以善诲之。谆谆弗率，威以艾之。莫若妇情，狥而坏之。

孝弟忠信，养于孩提。昔贤胎教，况乃有知。视厥所由，豫防其几。小成若性，习惯不移。

八龄童蒙，惟师之择。冠而祝之，成人是责。婚而醮之，宗事是托。宽以养之，责善斯贼。

鸡既鸣矣，天将明兮。盍并兴兮，怀我所生兮。

盥兮縰矣，正冠带兮。偕我兄弟，适寝之外兮。

温温兮尔容，怡怡兮尔音。敬询乎宁兮否，以安我子之心。

162

亲将盥兮,奉我盘水。乃洁豆觞,乃和羞灙。怡怡奉将,式食斯喜。

食之何如,和我甘酸。衣之何如,察彼寒暄。如保赤子,求之于未言。

相彼所处,寒燠惟宜。候厥行止,后先以持。我呼我命,亟马以趋。

日之云夕,我亲思息。曷于宁止,整衾与褥。

厚褥冬宜,轻帷夏适。香也扇枕,我独安夕。

教之戒之,敬奉弗忘。或过怒之,引责弗遑。父兮何求,冀我子之克威。

朝将出兮,告亲胡之。归必见兮,话言依依。母远游兮,实系我思。

我亲之好,吾亦好之。良辰招邀,歌舞乐之。我亲所疾,第或校之。

惟钱与帛,我亲攸主。我无私蓄,矧敢私与。人之惠予,请献公所。

校勘记

〔一〕"子"字疑为"之"。

臣之于君一十八首咏君臣之义佚十三首

天下济而先倡兮,地道乃升。君虚谦以受告兮,臣志乃行。

赏善罚恶,惟明与共,惟克果断,孰敢不共。

君莫泄迩兮,窃君之威。君莫忘远兮,荒服乃离。

天地交兮，万物乃生。君臣交兮，庶事乃康。

君兮臣兮，交相敕兮，治日益兮。交相悦兮，治日蹶兮。

娶妇十首咏夫妇之别

娶妇何如，言慎其始。歆兹荣利，遗彼淑女。患岂在身，延我宗祀。

婚姻之交，合谨于礼。既聘既期，乃亲迎女。父母谯言，夙夜敬止。

正家何如，曰惟女贞。尔身克正，寡妻其刑。敬以胜怠，义以制情。

中闺之燕，勿亵勿诞。节孝大经，夙夜以劝。冈不在初，久斯难变。

帝女孝养，周妃淑静。却耨若宾，梁佣知敬。修德不遄，验此征应。

男冈内人，女勿外觇。尔室尔器，辨之惟严。斯焉勿慎，匪别其嫌。

男也专制，女也听从。一或勿然，牝鸡之凶。

男也百职，女也衣食。舍是外干，败家殃国。

匪蚕曷衣，匪炊曷食。惟事苟安，我生斯亟。

雎鸠双偶，匹雁终孤。矧伊人也，不念有初。

兄弟十二首咏长幼之序

兄及弟兮，同本连枝。其或寒饥，为我寒饥。欲强情隔，乃各自知，吁嗟乎支离。

　　长幼之序,卑于天衷。凡厥巨细,靡先不兄。怡怡恩洽,谦谦礼恭,吁嗟乎肃雍。

　　嗟予有弟,实我连枝。念兹鞠子,曷不伤悲。养之训之,所欲与俱。或有末孙,至爱冈亏。

　　妇兮执私,情则曷睽。视我兄弟,匪恩斯维。巧言浸润,盍早察之。宁为亲负,莫爱妇欺。

　　货利同欲,起争之因。不念兄弟,我之懿亲。既曰懿亲,情通欣戚。虽我失之,终为我获。

　　惟彼中人,喜相似矣。施而弗报,恩乃弛矣。肫肫君子,厚自处兮。

　　惟彼憸人,怀相胜矣。苟怀胜之,恣相病矣。谦谦君子,扉所竞兮。

　　公私之务,协力济之。宗子集议,各尽所知,虚心精择,惟善是依。毋事偏执,失处非[一]。

　　见父之执,惟敬惟寅。受命斯入,视色请辞。入容端拱,出容舒迟。

　　抠衣兮既席,端坐兮正色。毋率尔兮有言,毋固缄兮为默。

　　将有问也,离席致恭。将有答也,俟言之终。

　　酒进则起,拜受其所。辞乃复焉,醮而斯举。

校勘记

〔一〕此句疑有脱文。

五行九首咏朋友之信

五行异质,非土曷生。五伦异用,匪友曷成。嗟彼友兮,厥修之凭。

瞻彼先觉,拜而师之。洗心致一,爰质所疑。喜无不法,言无不思。

命之斯坐兮,敬趋于隅。问之斯对兮,请业惟时,事三惟一兮,莫敢或违。

谅兮直兮,多闻识兮。孙兹三友,将予益兮。彼柔佞兮,善容饰兮,为我贼兮。

人之胜予,予则友之。惭我靡及,曷不跂而。友彼予胜,予恒足矣,云何忸矣。

孚之惟诚矣,谦以后之。辨之惟精兮,虚以受之。观厥善兮,必取而有之。莫知其过兮,交相纠之。

告无不忠兮,巽以出之。罪将大兮,正言以规。或致怨兮宁已而。

稽古贤士,至于哲后。谁能修德,而不以友。友以辅仁,惟贤则右。耕钓帝师,贵贱何有。

嗟彼小子,利合势随。利同斯兢,势歇顿违。君子知几,克慎于初。德义之合,终焉弗渝。

小子三首咏敬身之道

呜呼小子,勉作敬兮。心君致一,秉灵萤兮。二三败德,亟刊定兮。内敬。

有客有则，靡动不饬。色温而庄，气和以肃。容色既端，心君斯一。惟一则明，二三败德。外敬。

心一以清，气肃以宁。爰察视听，非礼弗承。爰察言动，非礼弗形。诵诗读书，启我天明。人伦之道，扩之日宏。

游客忆故母怀思

欲记生前爱，长留身上衣。伤心对秋草，无复见春晖。

九难惠雷葛

雷葛精如此，相贻况此翁。而今不敢着，行路畏秋风。

樊斗山出差二首

御史行春江水湄，南天云远北天垂。欲知肝胆生来赤，只看鸡鸣问寝时。

绣衣持斧汉官仪，风节才华两见之。已看毒狼回白日，更听鸣凤瑞清时。

送友人之任

都门碧草净如丝，南北征人此路歧。当年谁种春杨柳，留得清阴去后思。

送陈君归省

同官归去客如云，况复君家接孟邻。相见倘询游子况，莫言今是灞陵春。

余十载而罗极哀者六一日登鹤顶之孤峰，感松楸之盈把，泫然出涕而歌之。

哀父母二首

仰苍天兮高高，怀寸草兮心徒劳。慨西飞兮急景，伤已矣兮墓蒿。以弗及禄养为悲。

怀鞠育兮心悲，恨终天兮永离。叫苍旻兮血泪垂，猗皇天兮胡知。

哀弟宜砺

女逝兮余悲，余悲兮女不知。烂昭昭兮信约，恨同心兮语无时。余与弟合食，立规垂后，弟没，妇乃背之。

哀子继光

而飧兮余宁，而戚兮余惊。而死兮余曷由以生，魂惝恍兮靡所凭。

哀妇叶氏

女哀极兮销魂,从夫君兮九原。谐伉俪兮何所望,不见兮心繁冤。

哀侄继孔

吁我弟兮遗孤,芳兮伤哉。摧兮见涧,毛之苍苍兮。

友人梅竹图

竹叶长青青,梅花忽粲粲。岁寒空结盟,春风竟飘散。

戒　子

春花方烂漫,南陌复西庄。年华不相待,飘落怨青阳。

挽章文湖

忆昔湖中客,曾操剡曲船。题诗山下寺,弄月水中天。伯道无儿继,元方有弟贤。江郊双涕泪,慷慨为谁悬。

张迎山归省招饮竹亭有作

久客倦行役,故园欣一经。卷帘双眼碧,入座一峰青。看竹情偏远,听泉酒易醒。明朝策马去,愁见片云横。

谢南厓客曾先生官舍归送之

凉风一夕吹客衣,寒城鼓角生乡悲。北山学士频弹铗,东阁主人重曳车。紫蕨青莼秋欲老,白云丹壑静堪依。杨雄早有长杨赋,漫向清江作钓矶。

寄舍弟宜砺

远云连雁下长陂,独翮凌风向北驰。三载不尝金鼎药,时亲在病。百年谁作彩衣儿。西峰月色怜予独,东阁梅花待女移。何日定归江上路,风流不减习家池。

乱后等海上山

青山岁岁行堪乐,此日登临怅所思。尽说衣冠连绝域,岂知兵甲弄潢池。城隅乱骨收难辨,海底啼魂怨不知。共荷生生天地德,转看狼籍实难悲。

读陶居士传有感寄诗人林月航兄

栗里先生辞世荣,傍门杨柳借余清。九天落日归灵凤,一夜春风送早莺。黄菊向人还自好,青山无伴且孤征。关河极目浮云接,我欲乘槎海上行。

神降箕作诗,众谊是徐南塘魂,余疑之,暗焚
五韵令和,卒不能和,事亦随息,盖辨感也

与君同住海云村,展卷长教得细论。白鹤似曾怜旧郭,碧桃何处问仙源。云霄有路通阊阖,尘世无心恋子孙。月白风清宛如昔,霓旌应许到山门。

邑大尹出游山海归,索题览旧图

陶令平生云水心,不因经济负登临。蓬山日月双凫近,叶顶风烟一鹤深。绣壁昼翻青海浪,玉芝春长白云岑。故园莫更怜松菊,已听儿童好语音。

间九难登第

寒江地僻雁书遥,远市传音破寂寥。圣主九天开日月,故人一日近云霄。金榜丝纶传内苑,琼筵礼数自先朝。弹冠欲学双龙剑,南国春深北斗高。

送别陈子

当年尔共芳洲客,溪馆过逢发兴新。酒醒月白几诗草,山空海阔双纶巾。风云此日忽远思,山海何年还故人。玉河桥边见杨柳,折来应记江南春。

海村愁思

阒寂柴门海上村，愁心芳草共纷纷。风湍夜半长惊雨，野树春深只见云。鸿雁不来嗟远客，江山无恙惜前文。龙潜凤逸今何敢，独抱惺惺对夕薰。

叶环泉招饮玉山堂和海峰先生韵

玉峤晴云午不飞，美人相对坐忘机。四时佳兴兰初馥，一夜秋风雁已归。丹井傍楼通紫气，鹊桥当户隐灵晖。年年笑接郎中饮，直把荷衣胜锦衣。

赠节推瞻明王先王应

春日乍晴时出门，竹枝松叶暗江村。乱云住处碧苔滑，流水去边青草繁。喜有湖山招伴侣，敢将田地恼儿孙。成名莫问他年事，只是衡茅道自存。

游雪山

为忆西峰千丈雪，秋深扶病彊登台。寒泉白石吾将老，碧海青鸾世所猜。尘想忽从云影散，道机时共日华开。时人错比箕山侣，载质新从上国回。

次筠屋贫居咏怀韵

花县归来白首贫,昔年高致迥殊伦。清修美操今何忝,奕叶流风远更新。西岭烟光开夕霁,前川柳色送阳春。独怜金谷歌楼夜,一树啼鸟不见人。

自　儆

周行如砥亦如弦,险易常从着步先。几涉片私应早觉,犯生非意盍深怜。人心蔽后恒长夜,客虑消余自好天。莫谓吾生小行乐,已看鱼鸟满云川。

贺方七峰大尹进俸一给

观畦偶出江边路,入眼韶华一问之。父老停歌各以告,仙郎为政近忘机。边城按剑霜威振,静院鸣琴日影移。莫讶九天深雨露,汉家良史似君谁。

次韵答莫中山

柴门秋锁碧峰寒,石磴烟萝手自扳。岂有雄才追赤骥,独劳封检报青鸾。当窗水月涵澄照,隔座云山对静安。此意年来转希阔,修辞惭拟豹文班。

青龙潭有二老翁来访

七十老翁晴射奎，青春共过龙潭西。到门忽惊汉绮里，论诗还拟谢桃溪。明诗藏身一木铎，远地看人双杖藜。醉后留题君莫惜，他年寒谷有光辉。

送李滨海先生归隐

懒逐鸣珂入凤池，古泉深径有幽期。到来转觉烟霞好，行处不教僮仆知。贫喜小孙能识字，老随狂客只吟诗。酒阑日落醒何处，山月半窗松影迟。

冬夜观星感咏

上帝高居紫极傍，众星罗列拱清光。怅望寒宵阻修翮，况复卧病违年芳。厓阴积雪埋松桧，屋角惊飙鸣虎狼。青灯夜半耿不寐，坐听天鸡号海桑。

晓　霁

西浦日落雷忽鸣，入夜雨声连短更。檐前碧树新姿净，海上红云霁景生。宿燕乍归山雾湿，高荷欲动水风轻。蛟光蜃气销俱尽，揽眺还应蹑屐行。

题定庵月桂图

青天一片月，海上万家秋。桂树香飘满，人依碧玉楼。

冠乱王友奔锦屏山下为主人案题扇图

海岸兵戈满，江楼草树新。欲因王子棹，遥借锦屏春。

新岁二首

新岁兢交欢，宾筵礼数宽。吾今对佳客，生菜满春盘。
生菜自不恶，珍羞非可常。拙人安素分，爱尔胜膏粱。

看灌畦

江岸日斜看灌畦，玉龙到卷雨如飞。村居最喜儿孙拙，却
笑明农亦有机。

过山人家时已求仕于外

清泉白石山家路，行见桃花一问津。怪底春风似春酒，等
闲吹醉独醒人。

题友人扇图时方饯别

谷口云深昼掩扉，松声水色共忘机。无端又饯京华别，一夜寒江看紫微。

奉赠周阳山先生游雁山三首

旌旗袅袅海烟开，四野欢呼太守来。玉女行云萦紫盖，石龙飞雨溅金杯。

尽道王孙济世贤，也随猿鹤散云泉。龟兹旧是仙人国，玉检丹书尚有传。

江海无波野未霜，君侯行乐及春光。惊心忽忆前朝事，铁马风云见旧冈。

拜姑夫莫颠睽墓

故园三迳菊初残，白首郎官一鹤还。古树石坛人不见，独留清节照江山。

题弟宜新月桂图

去日看花到广寒，手分丹桂下云端。空中听得仙人语，留植君家白玉兰。

秋夜寄曾吾川公子

井上高梧白露生,寒飞一叶石床清。良霄最忆贤公子,不骋金羁向月行。

壬寅岁饥

野田萋萋生白蒿,江厓寂寂映寒潮。饥来欲共夷齐去,何处青山有蕨苗。

卷九　拾录

退食歌类

姻弟陈凤野来访未至忆之

出郭跻南岩，北风吹未已。忆君在何方，荡浆楚江水。楚江深以广，日落云雾起。云雾非吾忧，秋波愁杀□〔一〕。

校勘记

〔一〕该句脱一字。

下濑船

人船上濑耕陇牛，依船下来驰驿马。去时几道不如人，今日人将得如我。

夜泊丰城怀万松山司训

夜寒初舣棹，江岸一徘徊。明月自今古，闲云空往来。离愁随地积，诗思逐春回。陇上无消息，东风吹落梅。

178

答郡司训三首

泮水芹香远，西山爽气多。松风深院静，犹听旧弦歌。
归去卧山中，白云深几重。县官希见面，庠舍听歌钟。
我直为君饮，君还为我吟。无论不似古，却似古人心。

经石壁有怀故山

长忆石屏风，何年坠此中。帆疑青海渡，人似白鸥翁。

悼俗染须二首〔一〕

芬芳本无迹，迎风自飞扬。惭余寡先识，树草徒树芳。

校勘记

〔一〕该组诗阙一首。

送杨尹入京

肩舆偶出城边路，为见高旌一问之。瑞鹭岂容淹露棘，仙
凫行近见天墀。脂膏总为生民惜，肝胆应教圣主知。春到上
林烦记取，桃花开是忆君时。

送　别

横湖水流天际回，北客楼头祖帐开。湖风潇潇蒲苇乱，江天晶晶鸿雁来。灵椿秀发燕山宅，骏足名高郭隗台。纱帽归来此何夕，班衣春映紫霞杯。

过洗氏新居索和

龙石山人新草堂，清分东老旧门墙。城头乌雀时时下，水面菱荷冉冉香。野客遥怜蒋诩径，门生谁是陆家庄。从今且漫耽高咏，理药种瓜支岁长。

桂苍下菊兔图

天上青青桂树枝，玉人扳折思无涯。仙禽更傍月中老，黄菊满篱开为谁。

花竹下卧猨图

丽日高苍明远林，野风疏竹散清音。山禽不共年华好，独卧寒岩春草深。

答钟象冈见寄

闻君倚棹玉湖流，明月长看水上浮。莫恨五桥春色远，月明依旧满沧州。

赠羊友远游归

十年读易掩芸窗，一日看山度石梁。忽忆倚门千点泪，五更骑马下云庄。乐天有云堆庄。

送客北上

京师此去无多路，旅客经行记颇真。千里水程千里陆，烟花三日越山春。

陈芝山见访赠别

紫芝山下长相忆，白玉峰前一见之。莫讶临分重回首，白头踪迹本无期。

秋　兴

芙蓉黄菊一齐开，明月凉风取次来。四序客怀秋正好，楚歌何事漫成哀。

芝山寄诗及催和诗答之并引

承示近作，真晚节诗律也。祠堂后尚未遄及，盖野人索处，无聊，惟日寻古训，当会意处不觉欣跃。间有病痛，亦往往为古人道破，又复惕然。

一吟一玩，喜惧交集。愚不容于今世，将持此游古之天，忘一切毁誉得丧，诗亦累心白首，精神有限，凡命题之作，暂复戒止，惟情之所至，偶尔成咏者，不在禁例，敬答一绝。

涉露下畦秋未晓，吹灯读易夜初深。不眠正被山妻恼，风月何缘一朗吟。

美　人

美人抱瑟当清夜，不按朱弦只自伤。纵有哀情郎不解，春风莺语断人肠。

题望云图

我闻狄梁公，艰难济险持孤忠。策马西游太行道，跻扳直上干霄之危峰。问公来何因，指点飞云里，我有倚门白发之双亲。云飞渺何依，公心与云长相随，安得此身变化同云物。凌空直过汴江湄，江水东流去不息，孝子思亲情罔极，白云为之不忍去。摇曳东城复南陌，东城南陌云兮，有心能令我公泫然，沾襟悔不学偃蹇，东山力耕子班衣，舞罢尊酒深。君不见，巫山缥缈朝还暮，君王梦绕阳台路。又不见，五采荧煌扬瑞辉，英雄一望心欲飞。亲傍岂少驰片片，两眼如星看不见。

题戴邦模近溪精舍

古墙修竹俨成行，况有清溪映夕阳。客散水亭鸥更近，酒醒兰棹藕初香。春林剪蔓斜通月，秋径移花早避霜。尽说凤池千载泽,可教长日听沧浪。

寄王百冈

去路正忧三伏里,来缄忽讶片鸿初。一川游水惊何急,百变浮云总是虚。不怨秋风吹我老,却怜时菊待君舒。五桥弦管休长恋,已向花开候小车。

题小溪寄陈姻友兼叙别贺寿

看山长忆子真家,一道清溪夹路斜。剡曲雪深还舣棹,沧洲春暖欲浮槎。当年曲水曾分酌,此日仙源几树花。九十钓丝仍应卜,漫从流水觅胡麻。

闻王西华至雁山寻之不见

风尘一脱屣,踪迹杳难望。只在岩云里,相思秋叶黄。

谢友京中书至答之代简

寂寂青山里,何缘得好音。纫兰采菊罢,三咏见君心。

闲居即事

闲来长日傍云庄,蝶舞鸟歌山日长。修竹月明偏弄影,幽花风静自生香。

登灵峰洞

双峰矗矗上青天，古洞空明日月悬。云卧石床僧已去，细分檀火自烧泉。

画菜花

尽将红紫兢春华，野老篱根只菜花。淡泊自怜风味好，不知箫管隔邻家。

官归无以为赠邻叟见诮二首

六合还家麦未黄，饶阳归路半无粮。故乡岂少贫相识，错把千钟细辨方。

暑气偏深矮竹房，冷风长透小藜床。官慵自拙谋生计，安得绨袍念范郎。

答王菊所

白首沧浪理钓丝，人间机事总忘之。偶随王质山中去，悟得仙人一着棋。

无　题

君游万山长采玉，我住清溪长采芹。采芹作羹秫作酒，陋巷高歌成好春。

　　人不我爱吾自爱，人不我知吾自知。任他锦席珊瑚树，争似梅花月下时。

和环清家兄诗

　　白云山谷与谁邻，兄弟晨昏自主宾。不用柴桑问知己，吾兄原是素心人。

陈典史廉惠升边郡检校民索诗赠行二首

　　漫说慈良真尔母，即看冰操是吾师。平生不作杨州梦，天北天南任所之。

　　不是清官不要钱，民间丝忽系心肝。碧桃红杏须臾事，留取棠阴百世看。

邻翁对酌

　　小径桥头陈四翁，风情半落酒杯中。有持共坐桥边石，吟首好诗看素峰。

月夜怀林子彦

　　碧天孤月夜迟迟，月下行吟有所思。踏遍石栏干外影，满天风露未眠时。

卷十　附录

见志录

林起滨字显夫,起潜弟,《府志·林起潜传》:起潜字用夫,少与弟同游王达观先生之门,已而相语曰:人各有贵于己者,与其雕篆以干人爵,孰若羁靡践实,求圣贤之学,以达吾志。遂辞归,筑室同居以经籍相切,劘笃于行谊,人称为东皋、西墅二先生,阎复史孝祥为之志墓。

感　怀

散步东郊春日长,柳桥垂露滴衣凉。惊鱼自散青莲沼,乳燕深依绿槿墙。海上风烟三岛近,天边宫殿五云翔。关河牢落雄图尽,白发青樽照草堂。

林彦华号城南,才气卓荦锋利无,前年三十余卒,陈彬泉汉〔一〕赋所云,彦华评为诗史是也。见府县志。

校勘记
〔一〕原作"溪",疑是"漢"

姑苏台

会稽鸟喙智不小,仰瞻夜眠冰在抱。忠魂晓散属镂锋,泰伯遗墟欲为沼。苎萝尤物妖且妍,歌云舞雪翻飞仙。娱未央白日晚[一],幽恨已落陶朱舫。台空苑废春草绿,不见栖鸟见游鹿。

校勘记

〔一〕该句疑有脱文。

章华台

章华高台逼南斗,七津三江在窗牖。宫女争回舞雪腰,郢人巧运成风手。子围霸业良可羞,诉天篡国求诸侯。一弓不忍赐弱鲁,九鼎尚欲问宗周。游魂不返干溪路,台上春深走狐兔。

黄金台

甘棠旧业寒于灰,燕昭欻起招雄才。千金不惜购死骨,斯须远致龙之媒。时来按剑雪前耻,七十齐城一朝圯。如何继志惑谗言,坐使望诸终没齿。抵蛙之金亦奉轲,伤心易水空悲歌。

高阳台

狼秦欲噬鼋鼍国，天遣湘累葬鱼腹。灵修不复入修门，梦罢高唐赴幽谷。侍臣秉笔赋聚尘，神娥千载空包羞。峡云冥冥山鬼哭，江花黯黯汀猿愁。孤魂缥缈瞿塘路，多少行人望朝暮。

歌风台

芒砀云气高崔巍，山东噫气声如雷。睢阳拔木真细事，天遣吹暖秦坑灰。沛中小儿强解事，击筑高歌搅乡思。周南正始风化行，可惜歌中无此意。霸心之存良可知，五叶变作秋风辞。

戏马台

白蛇夜断飞赤龙，长驱疾足平关中。鸿门玉碎亚夫死，彭城霸气随飘风。沐猴御马真成戏，调服群弩弃天骥。一睢岂解踏九州，事去空歌时不利。宋公不复登此邱，吊古有客悲黄楼。

望风台

青宫桐木埋祸本，鹤驾无言发孤愤。震雷东起驱杀声，湖上前星已先陨。茂陵刘郎真少恩，渺视骨肉如纤尘。隶臣赤族竟何补,望思日暮空伤神。天人相胜一反复,神光已照长安狱。

铜雀台

黄星丽天日西匿,坐见魏台高百尺。当时胜概孰品题,尚想诸郎有曹植。藏娇贮丽娱奸雄,二乔不锁空春风。千年垒土化荆棘,片瓦尚夺陶泓功。香消粉散繁华去,歌声不到西陵树。

林仁本字公立,号梅边,西墅子,元仁宗朝翰林承旨寘弟,开化主簿仁叶从弟,信州仁治中棨江山尹仁棐及子江浙提举晔侄元统进士宗可,后先德业相望,时称"六君子"。详见邑志《方城遗献》。

云　影

白云度空谷,随风散高林。晴光炫朝日,淡影浮春阴。鹤梦松皋静,龙吟海水深。去住了无迹,欣然谐赏心。

云　光

小阁春睡醒,山静闻啼鸟。推窗月欲残,海日生林抄。赤光耀晴云,掩映沧溟晓。黄鹤手可招,餐精蹑琼昊。

霁　月

我室幽以邃，开门对寒江。江润雨初霁，月色生暮凉。潋潋金波静，迢迢银汉长。天高意何远，援瑟歌慷慨[一]。

校勘记

〔一〕据韵，疑为"慨慷"

春　山

积箦成青山，数峰当户牖。春雨夜来过，丛枝郁相构。清泉竹下流，寒松石间秀。山客晚更来，携琴水边候。

林宗可字邦猷，号慎斋，仁裴子，元统癸酉进士，累官至平乐府知府，锄暴安民，考绩为诸郡最，加封父爵西河郡伯。

赏　兰

深谷移根岁月遥，投簪归老称孤标。看花喜适新吟目，对酒还陪旧俊髦。瑶佩香清消俗晕，朱弦声远逼寒霄。宣尼已矣灵均远，多少春风醉杏桃。

林应海字用洪，号雪窗，博览经史，学行兼优，尤善吟咏。纵饮狂歌，琅然声出，金石详载族谱诗集。

梅　影

索笑巡檐屡觅诗，寒窗推上见横枝。乍疏乍密幻中境，无色无香物外奇。正是夜深人静后，恰当雪散月来时。试拈迅笔描春意，笔未移时花又移。

送白云平章

风雨蓬蒿疾已侵，那堪送远更秋深。离情不断千寻缳，交义难忘一诺金。乔木参天元有节，闲云出岫本无心。湖山摇落关河杳，后夜相思遣梦寻。

寄　友

花事缤纷香有余，幽人佳致正怜渠。如何生死三年别，不寄平安一字书。世态固知贫自远，交情犹恐义难疏。斜阳归雁西风冷，因见新诗上草庐。

春日感怀寄陈汝溪

岁序频催一转蓬，韶华半落雨声中。愁边日月凭诗遣，病里形容借酒红。傍竹不妨沾晓露，看花那肯怯东风。山妻忽报成春服，一路行歌谁与同。

中　溪

娄谷深磐万壑雄,斋淳奔溢共趋宗。山环四畔千螺绕,月到孤天一鉴空。香集绿苹风远近,影圭白鸟日西东。斯人乐在谁探得,独与先几有醉翁。

寿叶西轩

三星烜烂启文章,瑞应西轩纪寿康。飞雪人催身欲鹤,春风赢得子皆芳。入唇柏酒青霞滑,拍手黄柑紫雾香。看取少微高万丈,石林何处不辉光。

七十五岁感叹

梦里哦经七十年,即看百岁亦梦然。谋生岂解兔三窟,去死却知蚕四眠。有限光阴须自惜,无穷机智漫相牵。看花酌酒生然事,一日清欢抵万钱。

示子文岳

白发无情吾老矣,青春不再女知乎? 年逾弱冠非童子,学未纯全岂丈夫? 自有明窗兼净几,何劳鉴壁与编蒲。男儿有志崭头角,记取韩公训阿符。

挽李教谕

自古贤豪与世关,先生尤耸士林观。文章春锦千机烂,器宇秋峰万仞寒。汲黯病多尝赐告,郑虔才大不迁官。终身坎壈虽赍志,五熟令期令子刊。

挽兄屡谦

独障颓波力万钧,壑舟一夕遽沉沦。湖山风月非无主,兄弟诗书有几人。名动大藩膺荐鹗,学逾当代负攀鳞。盖棺此日成赍志,再读遗文倍怅神。

题沈狮峰石竹图

虚心倚石根,玉龙欲奋迹。为染泪痕班,泥蟠自春色。

织妇吟二首

织织复织织,终宵不盈尺。姑寒未及衣,仁侯缓刑责。
织织复织织,不负郎所委。千端万绪情,尽付灯前雨。

客中闻子归

一声啼起辄关情,坐拥寒衾百虑生。记得去年今夜月,残花枝上到三更。

美人图

洞口碧桃花未开,石梁何处是天台。无情仙子休相问,曾误刘郎一度来。

三学士泛舟图

子规清夜度天津,笑上南船泛绿樽。不独黄州□〔一〕胜赏,耆英还卧洛阳春。

校勘记

〔一〕此处十卷刻本脱一字,他本亦然。

杨君孝恭过访

玉碗浮春醉欲眠,山童惊喜急相传。青袍白马黉宫客,来访蓬莱顶上仙。

双鹊图

坟罢银河已倦飞,上林尽是万年枝。双双睡足清宵永,还有曹家夜咏诗。

石榴黄莺

公子时来春已过，人间颜色石榴多。清歌尽日山花里，宫柳深沉尔奈何。

梅窗题赠为别

梅花窗外独横枝，风度清香到酒卮。已爱吟边情景好，复烦折取寄相思。

麇犬相狎图

麇性山林犬杀机，阶除相狎两忘之。那知跬步江边去，不得相看似旧时。

仙姬白鹿归古洞小景

翩翩羽盖送凉飙，扶醉仙姬白鹿娇。洞里刘郎还未别，莫如秦女学吹箫。

卫使乔公龙虎二小图

阳德初从一画微，位升中正露神机。圣朝正阐文明治，需上天池夹日飞。

一啸惊回万壑风，群生无地袭微踪。岂知白日山林下，藜霍曾沾尺寸功。

登巾山和任翻韵

山鹤一声秋露凉，不妨沾湿芰荷裳。半江月色前峰落，重启山僧旧竹房。

王生耿竹夹梅扇图

一枝春色一枝秋，风节才同意自投。异日鸾笙过湘水，也应飞梦到罗浮。

雍陶月下放白鹇小景

行尽青山又见山，山人只合住山间。出门多少机关事，却放笼中两白鹇。

客有过门不入者诮之

门巷先春草欲芽，每呼童子扫除加。谁知过客怜生意，不放芒鞋踏露华。

题扇图

九重天上碧桃开，秀羽能知所止来。可是日边云雾近，不因弱水隔蓬莱。

骑龙图

都听春雷到禹门,能骑龙首是前身。年来点笔朱衣客,曾识人间第一人。

兰竹图

今古无穷湘水流,汨罗遗怨共悠悠。不知风露同清意,□〔一〕史临池解得不。

校勘记

〔一〕此处十卷刻本脱一字,他本亦然。

映水芙蓉

清溪溪上木芙蓉,烂熳花开映水中。解道秋深颜色少,一枝分作两枝红。

林金事按县时值小雨

云兴本为作甘霖,频岁徒闻巧弄阴。一片舒徐忽流泽,半□〔一〕亦可慰民心。

校勘记

〔一〕此处十卷刻本脱一字,他本亦然。

次解迎翠送春韵

青帝乘龙去不回，临风遥饯掌中杯。绿阴满地红芳尽，带雨江村又熟梅。

上墺入城途中漫兴

山路萦纡傍水涯，水声断处有人家。回头已隔中山道，心送应劳到日斜。

桃花菊

香分彭泽篱边种，色带桃源洞里春。自是风流陶处士，人间错认是刘晨。

白鸡冠花

鸡冠本是胭脂染，今日何如淡淡妆。只为五更啼太早，故教披得满头霜。

林挺字居俊，号彦乔，团浦人，魁比省学士王文私憾御史林鹗诋其为巡绰时私同族，下诏，狱，久之，讯同乡非同族，复前令挺默官试，文无一字，误得释以文，仍总几要，不复会试，凡历休宁商河蒙城三教职，其学尤精毛诗，详见府县志。

呈同年张侍御

少年挟策话封侯，三职儒官到白头。姓字不传金殿晓，天香空折广寒秋。喜从夜月陪清论，遂使春阳释旧愁。千载青苹还有遇，相知何以报荆州。

三洞桥道院感兴

道院峨然傍石林，野人高致喜相寻。青山远接三台秀，绿水遥通万壑深。烟入晓松惊鹤梦，风生秋竹引龙吟。上人款我情偏洽，琥珀相携尽日临。

挽林畏斋亚卿

贰秩初看上庙堂，壮年天忍夺忠良。名书简册生无愧，功在朝廷世不忘。四海人孤平狱望，九霄夜惨贯城光。死哀岂与生荣间，谥表丰碑勒凤章。

挽平江伯

昔年琴剑拜公堂，此日同悲一鉴亡。漕运功同萧相国，论兵策继郭汾阳。高牙不复过中夏，云檗惟应葬北邙。万里柳阴清似水，行人交咏比甘棠。

次韵醉翁亭四首

几年湖海忆名亭,今日偷闲两度经。玉漱深溪满远碧,峰连叠嶂送高青。历探古碣心偏爽,遍读遗文眼自醒。尊酒留连林树暝,数声孤鹤逼青冥。

暂将踪迹寄山亭,见独几微出处经。命世文章符气运,冠群勋业炳丹青。眼前花鸟人皆乐,分外乾坤翁独醒。古井泉香时盥濯,半岩梅雨洒空冥。

千里云山一草亭,宦途轮鞅几番经。谷深渐觉溪流远,秋老还看径菊青。劲节凌霄吾道重,清风动地客愁醒。西崖日落旋征旆,红敛孤城薄晦冥。

岁时游憩水云亭,肯为鹅群写道经。泉涌一溪寻正脉,窗虚四座纳遥青。庙堂有托忧长在,荣辱无关梦不醒。淮海风声千古振,修文应不愧幽冥。

林贵苏字道恒,号鹤溪,白峰弟,著有《适志稿》。

夏日村游

户外晴光转绿苹,野桥徐步狎芳邻。风声细奏林间曲,云影长偷海上春。江鹭有情时傍艇,山花无语解留人。短袍野客忘机久,渡口行人莫问津。

次阮鸿山雪衣对饮

白日岩峣海上峰，阮郎曾此寄仙踪。湖边浪迹怜孤鹤，云里声传慕早鸿。纵饮不妨冰雪冷，狂歌惟觉海天空。习池风概何年事，一笑相看此夜同。

林贵金字道章，号梅江，白峰弟。

自　励

二五妙化施，万物胥荣辉。人为万物灵，厥赋原匪亏。物欲互相荡，良心遂纷驰。忆昔古君子，戒尔毋邪思。所思苟毋邪，圣贤堪同归。贾董一朝彦，夷齐百世师。学作本由我，岂必俱生知。日月如逝波，一往无回期。今兹不自力，失坠将尤谁。

武林留别乡友

别子江之湄，柳花香满衣。欲别未忍别，已别还踟蹰。阴风忽尔至，漠漠黄云低。幽崖魑魅出，白日妖狐啼。我有镆铘剑，光芒烛天池。仗剑朝出门，虎伏山鬼啼。神物不敢有，持以献金墀。登陆斩奔马，入水歼蛟鲵。家在沧洲上，握手重为期。

秋　夜

独坐空阶下,悠然见月明。露华凝鬓湿,夜气入诗清。幽事黄花老,秋声翠竹鸣。静观如得意,不寐到三更。

宿松关岭

夜宿松关岭,松风入梦寒。白云青嶂外,丹阙紫霞间。决去情何忍,端居义未安。徘徊终永夕,海日照前山。

江北道中

漫舣长河棹,因登古驿楼。坐看檐外雪,冻合楚中州。草舍同云隔,龙墀瑞气浮。君亲俱万里,遥拜共悠悠。

发黄河

晓发黄河棹,桃源一水通。敲冰方荡桨,过午始开篷。沙燕翻云黑,江鱼集火红。渐看风物异,不觉壮心忡。

次韵忆草堂

郊扉白日掩,羡尔独清闲。坐玩水一曲,眠分云半间。意共江鸥远,诗同海客删。何时一握手,笑上南屏山。

寄莫筠屋表兄

幽事怜吾子,筠庄入梦频。烟开三径晓,玉立万竿春。海内诗名动,山中道意新。悬知九霄鹤,终不在鸡群。

月夜感怀

秋月清于水,萧然见旅心。残槐惟带角,疏柳半横阴。白雁催书至,玄蝉伴客吟。他乡易为感,风露漫相侵。

赠边将

濯濯才猷照海城,少年骑马学论兵。迎风玉帐朱旒重,映日牙旗赤羽明。圣世正宜充国策,边人全倚亚夫营。浪波不动狼烟息,退食从容揖鲁生。

访友人读书处次韵

匹马寻君溪上城,小斋遥对一峰清。文章妙思看云化,江海离忧听雨生。松荫碧檐春昼静,月升东壁夜池明。三冬已足清时用,野客荒庄尚手耕。

游雪山寺

雪岭寻真晓自行,老僧持茗远相迎。泠泠清露松间隔,细细浮云石上生。秋蔓不殊诗骨瘦，寒泉真共道心清。徘徊落日忘归去，不扫苔花卧月明。

关岭阻雨次慨圃韵

日日烟霞镜里行，回思世路觉心惊。病逢好客难成醉，梦到慈帏不费程。夜雨已孤前日计，秋莺犹傍故枝鸣。留侯气力全强健，辟谷休持小隐名。

次韵答莫筠屋表兄

故里三秋书断绝，寒窗一字见深情。不因远树迷春望，谁遣征鸿送远声。石室探元知已晤，邮亭看剑竟何成。昨宵散步金门下，尽说东瓯处士名。

入　山

入谷采芳兰，倦倚云根石。箬笠挂松枝，高歌海天碧。

独坐寄莫筠屋

空庭夜寥寥，月明雨初霁。独坐悄无言，闲云自来去。

独　步

披衣步月明，寒空清杳杳。荒径寂无人，流萤点秋草。

过天台

我忆古仙子,远游入天台。四山杳无迹,惟有清风来。

长　安

少慕长安名,未识长安路。拂剑上金阶,日向风尘暮。

送客有还

岁岁看春度,年年送客归。乡园无限思,遥逐锦帆飞。

八忆 久淹京国,岁时有怀,漫尔成咏,因萃为八忆诗

故里香稉熟,金门绿树新。谁怜客游子,万里忆君亲。
忆父。

塞北西风急,江南道路赊。寒衣知远念,宁得到天涯。
忆母。

今夜一何长,起看明月光。已经春草歇,犹复梦池塘。
忆兄。

忆尔意偏长,秋风绿醑香。遥知明月夜,歌罢劝兄尝。
忆弟。

秋风吹碧兰,幽香满庭户。忆尔欲归来,犹惊别离苦。
忆妻。

春风吹绿筠,长大今几许。莫遣共邻儿,戏弄池边水。

忆侄。

有子天之涯，梦中闻唤父。惊起对秋窗，月明更二鼓。
忆子。

有女未出怀，吾已伤兹别。女本不识父，父心空自切。
忆女。

送叶月桥巡河南

送君江之湄，江水逝何急。帆影渐微茫，无言背江立。

画为江客题

秋风萧瑟动芦花，系舰门前浅水涯。十载富阳山色里，无
人知是子陵家。

山舍约友人读书

上石苔花初见绿，穿岩灵瀑细闻声。不嫌茅舍三更雨，犹
有王充旧论衡。

寄宜饬兄二首并引

远辱惠诗，惟日披诵，纸弊墨渝不能释手，岂无自哉，亦惟肫切之情，
有足以感之耳。疏慵无以奉答，但中心藏之，昨偶值雨中孤寂，追昔慨今，
漫成数绝，聊寄鄙怀，若润色之惟东里是望。

独倚层楼日欲斜，乱云堆里有人家。虚疑伯氏修功地，可
奈林深石路赊。

忆昔访君烟雨林，归来闲卧碧云深。南溟秋远无飞雁，独抱看云一片心。

春夜怀宜饬兄

去年今夜雨沉沉，曾接元谈到夜深。肱枕雪寒谁复念，夜床还有旧时心。

次韵答怡集莫翁并引

辱示梦中神句，并竹林赓和诸作，意清辞雅，格古韵严，恨步武之未能也。虽然金非能诗者而承翁接引，安敢自画哉。强吟数绝，盖将以就正耳，希弗外。

关扃读易不知年，静悟庖羲未画先。消息有机君自信，底须三叹负前缘。

白发老翁心少年，风流更出宋公先。红尘不入青山梦，溪鹤汀鸥未了缘。

勉宜新

十载青灯坐夜深，直教真见古人心。圣贤妙蕴无穷处，活泼源头仔细寻。

灯蛾感叹时事

灯蛾何事夜猖狂，身殒原来为恋光。假使不从灯里灭，定应飞舞月轮傍。

读唐鉴

养得胡雏百万兵,长驱河北入东京。贤王怒起麾黄钺,净扫黄尘紫塞清。

舟中别茹子敏秀才

十里红花照野航,看花得伴喜还狂。无端更渡钱塘水,越树燕云两渺茫。

夜泊云阳

牙樯清晓发苏州,夜泊云阳古驿楼。一曲吴歌听未尽,寒砧随月到孤舟。

舟泊孟城值元旦

家家箫鼓报新年,一点疏灯照客船。遥想茅堂诸叔季,清尊今夜让谁先。

秋江览眺

芦荻花开两岸秋,水风羌笛故悠悠。晚晴更共渔郎约,月到前滩下钓舟。

208

访师不遇

为觅仙翁学养丹,策驴深入白云间。石扉弹破无人出,猿鹤一声风满山。

客邸忆兄二首

忆昔山堂味易时,南池叹赏愿无违。如今误落红尘纲,越水燕山总费思。

想极不斟燕市酒,愁来怕咏杜陵诗。却从野外频消遣,又见秋鸿向越飞。

忆　家

玉河桥边烟柳青,大明门外玉玎玎。独怜歌管春风夜,不见家园一弟兄。

送宗溪归衢州

玉河烟柳正差差,送子南还折一枝。莫向东风易抛却,明年相望两依依。

次曹谦益先生旅怀韵

家住碧山烟雨林,两看秋菊雁无音。西风不解凭栏意,又送砧声与客心。

送大用南还

送子出门三月初，上林春色杏花多。相如尚有长杨赋，莫向沧江着钓蓑。

林贵良字道新，号华阳，白峰弟，有《菉竹轩稿》。

闲　情

我屋华山下，轩窗俯碧流。门前几杨柳，六月如清秋。故人时复来，班坐河之洲。引觞不觉醉，微风发清讴。酣来已忘我，况复知公侯。旷坐纵遥情，缅焉怀前修。古道不可见，已矣吾安求。

喜叶允经见过因订中秋之约

长拟西园燕，无缘对落花。入门惊杖屦，把手惜年华。留我三年瓮，迟君八月槎。相看各头白，莫使笑搏沙。

感　寓

谁家白鼻骍，驰骋金河边。春风饱苜蓿，麒麟不爱鞭。蜷踞千里驹，枥下悲长年。驽骀且不齿，敢望纤离怜。惟应解缰锁，纵饮瑶池泉。

读儿继严遗稿

岁月江流去不歇,严儿夙驾无回辙。瑶林琼树梦里春,翠苑莺花眼中血。萧萧头发白雪长,双双眼泪黄河决。辛勤课子学文章,今日翻将助鸣咽。吁嗟乎!彩云易以散,醴泉易以涸。鲤也岂不才,天命谁能越!从今不敢说休征,但愿生儿痴且拙!

送五云医士

华阳山人石为室,松梧四面罗苍壁。十年空谷少人知,独有苍精与白泽。罗岳真君海上仙,庞眉绿骨双瞳碧。遗我玉坛金鼎之仙方,援我琼浆石髓之灵药。鸾箫一日别余去,鹤驭翩翩留不住。矫首长云指所居,鼎湖直北蓝桥西。

秋日怀晓峰沈先生

卧病两月烟雨中,庭前万卉生秋风。忆昨青阳满琼海,千树万树飞丹红。东海狂夫五陵客,沧波砺剑蛟龙跃。一从折轴下苍林,荜门深掩江云白。西风飒飒吹蒿蓬,长公何日逢刘龚。金鞭委地玉骢老,眼花齿落双鬓松。海上新声续风雅,招邀共结香山社。兰苕翡翠耻鲸鱼,楚客南还独怜我。今日氛埃为公洗,白石丹霞照秋水。天高气彻风景明,还望龙山纳双履。

越南狂隐歌寿家兄

秋雨十日飞乱丝，兰亭渌酒黄金卮。宝册煌煌烂云锦，九老香山来致词。吾兄今年寿七衮，皓发庞眉眼双碧。一官冷落阻寒冰，万卷深潜窥圣的。觉来万物尽消融，颜瓢点瑟歌春风。高踪已出风尘外，幽意直入羲皇中。莲社清光湛秋月，耆英满座群仙落。酒阑援简惭惠连，再拜陈辞寿康乐。

病间喜王存详见访对月述怀

春月不常好，高人岂数过。况当衰病日，又是落花多。笑语意不尽，年光复几何。芳尊清夜永，再酌再高歌。

偕社丈登茶山寻于履旧迹

芳躅风尘外，高标赵宋前。寻盟同白叟，缘涧上青天。沧涛浮空白，灵崖抱日悬。高人不可作，席月坐金莲。

送毛怀给北上

晋水西头白玉峰，深尊凉月与君同。三更绕树怜乌鹊，万里随阳羡早鸿。岂少才猷追万子，更兼心迹似毛公。孤云极目南天远，想见高堂鹤发翁。

春日访潘少屏归舟同泛新城赋诗留别

留人小雨只数点，惜别香醪亦几觥。白水青山共舟楫，落霞斜日到江城。残经扃户娱双鬓，短褐逢春快一征。投辖主人何用恋，且留琖酒待新莺。

次高思蕴九日游梅花洞韵

昔年江郭一移家，鸣雁峰头坐月斜。万里风云悲短剑，九秋湖海滞孤槎。何人命酒怜佳节，独客空樽耻菊花。怅望梅村隔烟水，几时同醉洞门霞。

暮秋长山归宿王承诺宅

长山秋暮客归迟，系马门前柏树枝。石磴晚风飞素叶，竹门凉月动情池。蚁尊香泛黄金液，鲈脍生歼白玉丝。最是丈人能爱客，四龄呼见石麟儿。

秋山候石洲家兄未至

荷锸千岩晚不归，客来系马自推扉。深深竹径残霞落，飒飒枫江乱叶飞。黎杖向人怜倦足，水云留客坐苔矶。缘知日暮倾筐满，紫蕨青莼秋正肥。

云鹤峰登眺

黄鹤山前白雪峰,群公天畔散行踪。岩峣翠壁回天马,缥缈苍雪隐玉龙。一杖兴随流水远,十年愁散酒杯中。白头经济惟邱壑,笑倚残阳听梵钟。

寿陈南衡先生

忧时元老鬓成丝,彩凤文章海鹤姿。玉殿胪声传晓漏,仙曹宠命拜瑶墀。丹山赤水皆恩泽,瑞日光风见羽仪。已卜天心寿斯道,千龄应惬野人私。

怀晓翁沈先生

孤城烽火暗层楼,酒盏花枝相对愁。十载烟尘看暂定,九秋云水忆同游。潮声度月千村静,海色连云万树稠。隔陇谁能不相忆,几年飞梦楚江头。

方筼诗为林子彦外舅赋

方岩山下谢家坻,坻上苍筤长玉枝。寒气远通江月白,秋声细入海云迟。即看青鸟来玄圃,定有苍精化葛陂。野老轩前亦几个,岁寒冰雪共襟期。

次毛玉山先生玄堂落成韵

山中楼阁梵王宫，山下烟开绿万丛。傍山何人著先陇，回栏落日明丹枫。玄云不动石坛冷，白月欲堕寒潭空。辽城黄鹤望不返，肠断高岗翠几重。

晚入茶山僧舍寻于履旧迹

遥寻芳躅到名村，万壑阴深海日昏。云里钟声萧寺近，溪边石栈药园存。尘空玉鹿僧初定，香动金龙佛欲言。衲子更能谙故事，双峰指点认颓垣。

伏龙山观海

长风不动曙烟苍，缥缈飞楼万仞冈。山拥五云仙世界，地悬一发水中央。天寒海气浮寒郭，月上潮声到小堂。便欲移寒住瑶岛，不堪波浪浩茫茫。

黄汝伉陈复爱二公诗来雨中奉答

小轩风云日阴阴，两月扃门春水深。间浦渔郎连夜梦，洞云樵子隔年心。沉冥岂少香山兴，廓落空为东武吟。谁遣同袍远相忆，题诗直寄海云浔。

除夕与徐汝锡对酌感怀

西轩笑语又残年,酒盏梅花自可怜。白发几茎贫病后,青春十卧药瓢边。金貂玉简应前定,碧水青山非夙缘。自信春风随地足,莫教黄叶怨霜天。

月夜怀王存详

盘马山头月如斗,水云不飞低北牖。天青海白未归人,东风漠漠吹杨柳。

新　知

酒尽金尊故交已,殊楼更结新知已。新知契谊薄故交,把袂相期共生死。

徐少塘月夜见访

西溪日落山色暝,东海月高林影开。正忆南州徐孺子,酒船何处棹歌来。

赠羊东屏

羊子东行越海渍,双溪萝月五桥云。清标不带尘凡气,白玉峰头鹤似君。

病中继梅家兄弟见访

梅边兄弟日相亲，未见飞花已惜春。谁道东楼今夜月，看花都是白头人。

王承诺惠红梅因以规之

绛葩红蕊丽丹霞，何似霜蕤带月斜。纵是逋翁交谊久，也嫌颜色类桃花。

送表弟还钱塘

十载睽违此见君，那堪又作断鸿分。愁心应逐孤帆去，化作钱塘江上云。

哭颜云江

去年看花迂水滨，江光月色相鲜新。仙翁自领春风去，江月江花愁杀人。

与毛怀士秋日寻僧二首

石磴半藏黄叶，山篱乱络藤花。仙犬云中吠客，老僧竹里烹茶。

石径斜临断涧，松檐高拂红云。竹里一声清梵，鸦飞叶落纷纷。

送家兄入蜀

只此阶前别，回头是汉中。他乡见花萼，寄泪与东风。

闺　情

昨日头上花，今朝委栏砌。色改妾不怜，何须怨夫婿。

小轩坐暑简郑世灿

浔暑清轩中，睡醒茶未熟。启户散烦襟，高风动庭竹。

寻婿潘尚烈

晓发石林霞，宵投建水涯。万山秋色里，何处是侬家。

答子彦乞笋

欲赠班龙角，春深已作林。不如供晚翠，同结岁寒心。

病　梅

寒枝瘦无力，憔悴倚风斜。为荷东翁意，聊开三两花。

用天台齐孝慭斌夫聚珍版印

附录

《台州府志·人物传》卷十《林贵兆传》

林贵兆,字道行,号白峰,太平人,领嘉靖庚子乡荐,厌俗学纷靡,专务穷理,深慕薛文清陈白沙之为人,而以生不同时为恨,闻郡城金一所唱道于东浙,往从之,常以心性名节相砥砺。后授江西都昌令,茹蘖饮水,清风两袖。时严相父子权炎熏天,大小竞效趋附。公笑曰:"我岂能为若作鹰犬耶。"即日,解印绶去,行李萧然,父老涕泣留之,公别以诗曰:湖边植柳维官骑,柳未成阴官已去。殷勤父老莫留衣,旧瓢曾挂衙前树。又云:时艰舞计缓征输,一夜忧民发已丝。唱断南风人不知,空留春色到棠枝。民思慕,立祠。殁后,复呈名宦祠祀焉。时给事梁梦龙以守道执法荐,不起,著书乐道,为时砥柱者三十年,乡人化之,年八十二无疾而终。门人私谥文贞先生,所著有《四书申解》《易经申义》《正志近说》《大学因知录》行世。

光绪三年太岁在丁丑二月初吉,临海后学黄瑞子珍甫补录于黄溪隐居之述思斋。

正志稿再版序

民政局退休干部林中海非常重视林氏遗献,常约我询问,一日送给我一本明代林贵兆《正志稿》,此稿是清宣统二年庚戌(1910)夏月太平陈氏编印本。有林树琪题写书名,林贵兆自作序及其子林继泽出版序。书名正志者,林贵兆自序称:"夫诗也者,古以达情,今以宣巧。夫曰:达情,情之至也,而诗自妙;夫曰:宣巧,巧之至也,而诗自拙。真与伪之辨也。善反古者,反其真而已矣。虽然,真也者,杂邪正而为言者也。夫采之以观风,则邪正之互举。赋之以明志……吾取以正其志……风之变也,吾取以惩其僻,祛僻存正。"故名《正志稿》。

《正志稿》我从温岭市图书馆馆藏中曾借阅过,并在编写《温岭乡贤传略》一书中的《林贵兆传》时参阅过,因时间之长均忘,印象不深。此次再阅,爱不释手,深感林贵兆是温岭历史上的陶渊明式人物,他身处严嵩当道,政治不清的环境下,热爱山水,挂冠不当县官,隐于山水之间,广交朋友而自乐。《正志稿》诗作,主题突出,内容丰富,情真意切,描述景观很有特色,音韵铿锵,爽朗上口,反映了林贵兆一生活动概况,是一本难得的地方遗献。故此,我花了一段时间,校点成册印行,供研究地方史者和诗词爱好者参读。

八十老翁吴小谦记　二○一一年三月六日

后　跋

林贵兆(约 1510—1590),团浦林姓十三世裔孙。嘉靖十九年举人,选任江西都昌知县。林贵兆以正直廉政著称于世,时赋役繁重,因不满于严嵩父子把持朝政,挂冠归里。

贵兆筑云鹤山房于白峰山,聚台温两地各县人士,主台南文坛四十多年,以文兴邦。邀诗友,结诗社,诗友有沈晓山、林方城、陈月塘、黄海洲等。并与林应阔、沈晓山诸人结"资善会",以和为贵,行善施舍。

据家谱载,林氏一世公大润,字世泽,东县尹。四世一正公(一正公生于1200年,系迪功郎)创问礼堂,予以授智,讲学不倦,学者不可胜数。贵兆继先辈事业,重创问礼堂,有诗曰:"义约旧颁知世泽,礼堂重构耻成名。承家有子君须作,感慨题诗寄远情。"

贵兆终生热心于著书,作品宏富,有《四书申解》《易经申义》《知我轩近说》《知识》《大学困知录》《齐论》《五伦礼》《正志稿》等。现存仅《正志稿》和《知我轩近说》。《正志稿》成书于1581年,距今430年,编印于1910年,也已百年了。若不及时抢救乡邦文化,重新付梓,那将再次受到损失!幸而现在有心人开始点校出版,让我们以有幸拜读乡土先贤著作为快。

二〇一一年五月四日　林中梅谨跋

知我轩近说

浙太平林贵兆白峰著

同里后学陈乃普楫编印

目　　录

林白峰先生诗文集序

光绪初年,予在史馆,访得乡先哲书数十部。后寓郡城,从宋氏借钞先生《正志稿》及《知我轩近说》,乃与诸君子谋续刻台州丛书以继宋氏,比年成经、史、子、集数部;而诗文较多,不能遍刻,遂劝缙绅殷富、名门世族广刊先哲遗书。

江洋叶氏刻《海峰文集》,予既为之序矣。庚戌冬月,陈君少笙、伯川昆季校印《知我轩近说》,介江君泳秋乞为一言。予观叶海峰氏求工于文,而白峰先生笃志于道,其树功当时,牖迪后学,一也。

先生尝从金一所游,而与黄久庵为友,自号养觉子,似涉阳明之学派者。然观《答方缉轩书》,言"忘自修之实学,腾口说之虚文,为执中之学,而首诋宗儒",无亦眩于时论。《答会双溪》云"寻独乐于真知,探微言于古训",盖先生以忠信力行为本,不尚顿悟,服膺朱子,与一所同而无阳明末派之弊者也。至读《寿沈晓山序》,言"博学精思,修辞达理",则知其立言有本。读《答人劝仕书》,言"拙不能趋时,简不能悦上",而知隐居求志之义明。《论海塘涂田书》,为民请命,筑堤御潮,而知保卫桑梓之心切。此皆有德之言,信可以不朽矣!

嗟呼! 先生当嘉靖时,台人仕宦,方极贵盛,黄、何、应、赵四尚书及王襄敏、金惺庵父子兄弟,扬历中外,舄奕一时,使先生稍稍推挽其间,当不旋踵而致通显,而乃□官早退,迢然自放于烟波寂寞之乡,终不以彼易此者,岂以分宜炀灶,岛寇横行而真有所先觉乎？

　　少笙昆季，平日留心乡邦文献，家藏台贤遗籍不下数百种，所居距先生不远。读先生诗文，学先生之学，志先生之志，重哀此集，付之手民，以永其传。较之叶氏诸君，仅刊先代遗文者，又轶乎远矣！是为叙。黄岩后学杨晨谨书。

知我轩近说前引

近说者，迩言之谓也。夫文，主明道。近世语类，尚新奇，或驰心玄僻，实未切于进修实用。

仆不佞，其于友朋赠答，或日所箴儆，既不容于无言，亦惟即其所自信者出之，著余见之所及耳。至于行文之度，虽亦法古，然不敢竭力摹仿，以炫众见，但稍远其鄙而已，犹未能也。

有曰："识知录者，亦静观之余，偶有一觉，辄书识之，皆信口常言，尤寡润色，今并附之，俾日见之也。"难者曰："言近指远，言之善也。子言近矣，而指未远，直恒言耳。于道何补？"余曰："道显于迹，而隐于无，固不敢离近以言远。道创于古，而迷于今，尤不敢舍同而言异也。若夫穷神知化，德之盛也，尽神体化，言之微也。借使知之，亦未易言，况未之或知乎？子云'下学上达'，庶由是而求之，以俟来者。"

万历九年，岁次辛巳，孟春，谷旦，养觉子林贵兆撰。

上卷

送庠师讷斋张先生迁松阳教序

吾师讷斋张先生，以忠信力行之化倡吾邑。莅教之明日，诸生咸沐浴以进，再拜而请业焉。

师曰："子何业之请也？子之文章诵说，子为之，殆穷子之力。使余遂言之，能复有加于子？"众疑未敢对。

一生进曰："今将毁缃帙，铲文藻，然后以修于夫子之门。"

师曰："非也。盍以艺喻？公输班，天下之善艺者也。有学为班者，班持规矩准绳教之，戒曰：'必率是以求之，毋越。'其一人归，操所授器，为之矻矻，无虚日，裁度变化，惟班之为则。未几，则目力精巧，思绝进进焉，犹夫班也。其一人者，执班之规矩准绳，且视而暮阅之，谓人曰：'我得其所为班者。'然卒不一试，故终其身，无所底于绩。何者？以我求班，则至班有余术；执班之器以为班，则其不能班也，固宜。孔子之道，犹班之艺。六经，孔子之绳目也。穷六经之道以求至于孔子，是以我为班者也。诵其辞，撷其华不身践其实，以是而为孔，何以异于执班之器而以为班也？诸士子诵习孔子之训久矣，能不即班之器以为班乎？"

咸退而自省，戚戚乎若有悟者，思因师之训，以求进于孔子。居数岁,厥绩彰甚,迁松阳邑庠教。诸弟子眷眷不忍别,师亦眷眷,若不忍释去。贵兆方在疚,亟追送之于邑之皇华。

师曰:"行矣乎?何以助我?"兆避席而谢已,而不获命也,乃稽首告曰:"今天下之经术,弊矣,吾安知夫松阳之化,而独异于昔所云'维皇之衷,罔不臧也'?又安知夫松阳之率化也,有不符于今所见?小子曷敢知哉!吾师举其既效于吾邑者,引而伸之,廓而同之。斯已矣。"

送徐省庵归隐序

世称韩愈氏《送李愿序》与陶《归去来辞》并窃,恐未然。退之立论,别荣达幽隐之异趣,发茂树清泉之嘉兴。隐然见富贵者,不与易也。其所见,加流俗一等矣,惜犹假诸物也,未能超物以自有也。

夫乐以茂树,乐以清泉,是恃其有可,乐于外也。借使不茂树、不清泉,则其乐穷矣。乐以无毁誉黜陟,是恃其无可忧于外也。毁誉交于前,荣辱加于身,又不知其乐何如也?

夫人之取,数于天,多寡万类,苟无有于内而求以远物于外,虽潜形云水,邈无涉于斯世,而日为所遭,亦必不能尽快夫吾志者,矧于乐乎?仲尼、子舆,皇皇汲汲,解世之难,茂树、清泉,不遑息也。毁誉、得丧,更相值也,而乐卒莫之改焉,岂有他哉?充乎内不愿乎外而已矣。

是故研几而慎独,快足之所以生也。达数而委命,顺逆之所以忘也,此之谓体以气凝,用以道适。屈伸、往来,皆化也;得丧、废兴,皆物也,而何有于我哉?渊明之学,虽未敢知,然冲淡而超脱,即物而怡情,不拘拘于物之假也,视韩,其殆优欤？

　　吾友徐省庵，庠士之秀者也。志不安于举子业，别师长遁去。清湍修竹，逍遥东海之阿，其风致之高，盖足尚矣。第不知省庵之去也，将求韩子之乐乎？抑亦反躬力学，寻所乐于己也？

　　夫人之本心，静后乃见。外交既远，善端日有萌者。省庵子其必知所择矣。凝神而致一，处静以观动，则真知所炳，其于古今训典，将必有涣然者。然后知吾道之果不可远也，而进止有实地矣。省庵其然乎？

　　今之学，非古之学，愧吾力莫能反也。良于二三友望焉，久而弗之应者，荣禄之情，溺之也。若省庵则出乎其溺者矣。余之求助于省庵者不少，今而曰："余不狎于斯世，而姑以自乐云耳，非若子之云。"如此，则省庵终不能有其乐，而余之求助，于子者愿，亦孤矣。

送叶质庵之新淦簿序

　　质庵叶君之仕也，历所治，皆有能称。嘉靖辛亥，岁秩满，诣部试，仍称授新淦簿。戒行，乃别余于长安之西街。

　　请曰："吾闻之，志古者多远略，蓄善者多名言，循之，皆可以适于治。子曷以语我哉？"

　　余笑曰："志古矣，恐未适于今也。子见吴客乎？吴客有仕于楚者，其兄送之城，见贵宦家，列第之盛，指之而叹曰：'嗟嗟乎！丈夫哉！'既而观诸野，见裸而耕者，又叹曰：'嗟嗟乎！病哉！'客为之动容。将别，有奉卮酒以进者，曰：'执方非今之道也。愿吾子察机善应，无失色于上官，以自崇其誉。'客谢之。已而一老杖而至,祝曰:'行矣哉! 书策在笥,琴瑟在抱,愿子之反也,无长物。'客为勿闻,去。众相顾诮曰:'异哉! 长老言! 人之爱其人也,愿之以其所乐闻,子以不祥愿乎?'老人不答,去。君子闻之曰:'噫! 祥哉? 不祥也! 不祥哉? 祥也! 夫谁与择之? 然邪之与正,不容并立。彼以后一言者是,则前二言废也。彼以前二言者是,则后一言废也。老人其亦弗灼哉?'今子居京师,士之以言赠者,亦多矣。子犹不自足,愿以余言请,殆有择于余言乎? 子诚择于余言也,兹三言者,请以最后一言进,惟君其勉之。虽然,勿使旁听者知之,而以为不祥也。"

寿沈晓山学博序

晓山沈子,以文学冠多士。晚授句容教,擢广之黄冈,所至,饬礼教,修艺文,当道多受知者,人方期君以显擢,君且早乞归矣。余少与君同庠舍,晚各羁于尘鞅,相违二十载,喜复得见,君谋所自娱者,因觅诸山伴,置里社,会讲古约法。暇辄挈杖行游,览山海之胜。一日,登龙山兴已,适馆而论文焉。

洞樵子问曰:"吾闻之,世之言文者三,曰:时文者,意达而已,不孜孜于古法;专门者小之,而大家韩柳是宗;至于今,则大家又小矣,惟秦汉、左马者师焉。此作家之三尚也。子奚择?"

余曰:"三者非吾尚也,吾之所尚,于是异。夫隋珠、荆璞,世以拟文,不知其不可拟也。盖珠、璞虽贵,亦曰供玩而已矣。若文,则先圣持之以立极,后圣持之以继统,明王持之以简贤,忠臣持之以匡辟,古今贤圣咸资之,岂直供玩物哉? 其故何钦？盖人受天之命以生，曰性。性也者，贯三才而一之。文章由性生者，故将以明天之道，阐人之理，该括乎是非治乱之几，固人道之所以立，万物之所以育，天道之所以裁而相者也。天下不可一日无道，即不可一日而无文。然则文之于人也，亦大矣。圣人作之而为经，贤人述之而为传，百家扩之而为辞。经传，文之祖考也；百家之星列，子孙之散殊也。稽之其类，而可以易言哉？今之世，知文之贵，而迷其所以贵；知古之尚，而不知古之所可尚者。绘意而缀辞，务拟其工巧，苟得其似，则曰：'吾文左马俦也，吾文古也，殆无以加矣。'夫左马，善纪事而未始知道。即使是左马，犹未足为文之至也，况犹未必是乎？以是为贵，是以珠璧之贵贵之也，其所尚不亦小哉！"

象冈子曰："信是，则子之为文也，又将越秦与汉，进而求诸经乎？"曰："否。经故不可以文之学学之也。昔有拟易之大传者，轨步音响，乍阅之然肖也；徐而究之，其辞古以文，其意疏以浅，妙道精义所存，视诸经，不啻砆玉。乃知圣人之片辞，诚不可以游、夏赞也。"

"然则文将不可学乎？"

曰："可学之，有道。博学而精思，体天下之理而信诸心，即其所自信者，修辞以达之，俾弗沦于野史，则先本而后末，文质殆彬彬矣。然理，贞夫一者也，文惟时之趋。夫苟得经之理，文虽弗经，似也。谁曰非经？虞周、孔孟之辞古，今详简之制，判如也，抑亦可以征矣。"

众疑其迂也，而以质于沈子。沈子曰："三尚，致美于迹也，得其末。自信，有美于中也，得其本。则其应顺，文以顺应，则智不凿；智不凿，则真存。林子之言，益我也。"

众跧之而退。鸥沙子曰："存真以立命，永年之道也。翁今跻八秩矣，盍书此以寿之？"

众曰："诺。"书而声之歌焉。

赵方崖先生空谷遗音集序

尝谓声音之在天下，无高下、大小、远近，超形迹以为感者
也。凤之于律，鹤之于子，铜山之于钟，皆无所约而有合也。
况于诗乎？

诗也者，人之声也。吾邑有善鸣者，惜今之世，不用以取
士，而皆以穷废。间有达而上者，往往相与鸣焉，而其声亦因
以及远。唐宋邈矣，即其所见知，谢文肃公鸣于朝，近而应之
者，敬斋戴公也。若古直，若拙讷，若吾祖雪窗翁，则皆以远
应。阁老西涯李公旁而应，遂大鸣焉。谢已，海峰叶公鸣于
朝，余拙不能应。若月航，若月塘，若海洲诸君子，善应者也。
中丞方崖赵公，亦以间应之，又大鸣焉。滋盛。兹数公者，出
处、贵贱异位，方其合也，节序维良朋从，皆至几席，左右觥筹
交错，金宣玉应，礼节乐和，肝胆既披，边幅斯脱，宁知孰为山
人耶？孰为朝士耶？

夫天下之易睽者势，而声之所在，其合也如响，是非所谓
无高下、大小、远近，超形迹以为感者乎？虽然，卫磬作，而荷
蒉者鄙；楚狂歌，子欲答，勿与也。此无他，其声殊，故其感
拂使。

数隐君者，作之而益高，逃之而益遐，深蛰其影响，邈然与
世不相接，虽有贤缙绅，如相遇，何哉？吾又喜夫吾邑之士大
夫，异位同志，忘隐显而有合者，殆先乎声以为之感矣。夫有
所感，必有所取。感而无取，非感也。大人之公，善隐者得之

以弘志,是故可以处,亦可以仕也。幽人之无累,达者得之以顺化,是故可以仕,亦可以处也。吾又见邑之士大夫,交相取以有成也。

诗焉而已哉!诗凡若干首,诸隐君所作,匡翁梓而传之,命余序,志所感也。然诸君子之作不止此,而邑之作者亦不止此云。

送太学生刘君还广序

东广刘子,论学于林子,林子与之语富贵、道义、轻重之别,未信;语屈伸、往来、得失、盛衰之数,信之。

其言曰:"吾少时,未经世故,其有求于外也,辄获;将谓人生可欲事,一切可以力致。及今,履世变,历险巇,吾意所欲为者,多拂;而适然之幸,又或出于平生智虑之所不遑及。则天之所定,固不可以人胜也。子之言数,则是邻人之子,丐于道见之者,为弗识,去。客有车马至者,主人喜充色,率子弟走迓入门,具酒僎,燕好惟谨。是二人者,其所存,未或知。而人有爱,有不爱者,其势使之也。即有道义,未暇论。然则,子以为孰轻耶?孰重耶?"

余曰:"否。此非吾所谓轻重者。吾所谓轻重者,不从乎人,从乎吾也。盖人之天性、形体,各自为情。形体之情,私而炽;天性之情,正而微。故君子有所甚好者焉,自众人视之,弗好也。众人亦有所甚好者焉,自君子视之,弗好也。是二人者,其好恶各相反也。吾之所好,吾贵之,虽犯天下之所贱,弗知也。人之所好,人贵之,虽犯君子之所贱,勿知也。是二人者,其贵贱亦相反也。然则吾所谓轻重者,就吾之所贵贱、好恶言之耳。吾之所贵者,天性之真也,吾乌能舍吾之天性,而自徇于形体之私也哉?"

刘子曰:"微哉!真也!而吾未之觉焉。子曷以启我?"

曰:"真,固未尝息也,静观而默察,涤故而取新,而此心之灵,将必有皎然者,余不能言也。"

刘子颔之去,省观者久之,忽欣欣然来,曰:"吾昔以子为好处贱也,子固得其所至贵者矣。"我亦因而知其有贵于我者,人不我贵,遑恤焉?

已而,刘子将南归,余知其资之可与进也,遂以昔所云者,书而赠。

赠杨二尹靖海奖功序

二尹杨侯之莅吾邑也,适海上之儆,有功焉。当道,自巡抚都御史以下,咸嘉而奖之。

客有语余者曰:"维公以楚楚章缝者列,当事变而竟以武功显。虽由此而树勋扬名,寖寖乎鸿渐,不难矣。公虽不获第,厥志亦稍慰哉?"

余曰:"非公志也。公,民牧也。有父母之道焉。抚摩鞠育,引赤子而安之,不震不扰,惟国家元气是培,公之心也。厉威武,耀戎器,驱斯民于百死,一生之中,而因以集事,虽有守境功,而寡妻弱子之怨,不尽无也。谓公当其会,不得已而应之,可也。谓公乐树此休显以自见于世,吾知公不忍为也。"

客以告于侯,侯曰:"先生知余心哉!然非余功也,亦自庆乎?其遇之幸耳。夫簿,佐令者也。簿曰:'可。'令曰:'不可。罔厥功。'今余以所见自效,而大尹方侯实庸之,兹相得而有成者也。"

林子闻之而叹曰："呜呼！兹道也，岂惟治邑？宰相弘其度，百执事效其能，功成而不居，其有可以制四夷之命，宽主上之忧矣！"余重有感焉，因书以赠之。<small>时严老当国，北夷入入寇。</small>

赠方七峰大尹靖寇奖功序

我邑薄海，东境土瘠而民困，外连岛夷，往往乘海潮，驾巨舰出没，为边境患。为治者煦煦以哺之，则民怀而武备弛；震之以威，则泽竭而民滋困，称难治焉。

嘉靖之三十一载，江右七峰方侯来甫下，车适盗，以倭奴寇我南鄙，民远近惊窜，鼠伏榛芥间，日汹汹望救，告急之，兵顷三四至。先是已攻陷邻邑，气势益猖獗；刻日，底太平，治左右咸相顾失色。侯不为动容，殊问山川要害处，率兵据之，设险控制，巡督不少懈。贼知不能得，即稍稍引去。侯乃益募骁勇，缮城郭，申约束，而先事之，防日固。

越明年，五月，寇江湾。江湾民以侯约击斩之。冬，十月，又至，入珠村，登石牛岭，城中大震。公夜得报，未五鼓，偕僚佐诸公驰往接战。贼败走，追至数十里，斩首如千级。境内底太平，而侯之誉益著，当道自都御史以下，罔不嘉侯绩，命金花彩币交奖焉，以彰劝也。

养觉子曰："是役也，有三难焉。自兵民分，而三军之师帅焉，诸武弁，即有徽急，守令无寸兵，应其所驱者，惟负耒之民而已，一难也。承平既久，民生养于祥风煦日之中，耳不识金鼓声，缓急不可使战，二难也。下车未旬日，恩非素孚，明威非素著，一鼓用之，欲其致死力于我，三难也。犯兹三者，而卒用以集事,侯之功于是不可及矣。"

抑又闻之,我侯之治我邑也,节其材,使民不困;率之以廉节,使民知耻。民不困,则多赖;知耻,则重自爱,而难犯法,此之谓销乱于未形者,无功之功也。英武戡定不获已,用之耳,侯岂以为功哉?今兵戈既息,岁事告成,父老咸集,斗酒相庆,各稽首而祝曰:"惟我侯,念我穑事,必不以无功而易其有功。夫然后,吾生有实惠。"又祝曰:"惟铨曹,识侯大者,必不以有功而掩其无功。夫然后,王国有其材。"叹曰:"噫!此小人之情也,而可以观政矣。"并书以献侯,侯何如?

赠毛贡士北行序

玉冈子应贡将行,钟子征言于林子以赠。

林子曰:"毛子之出,以利世也。夫将以利世,则必取诸利于世者言之。余则不利于世而逃焉者也,以不利者之道利吾用,毛子奚取焉?"

三辞之,不获。乃复以余之道进曰:"子知夫王良乎?王良称善御者,范其驱,而不获;从而诡焉,一朝而擅,其良于天下甚矣。诡之道,胜也。良虽不诡,而终以诡显。使良而不一贬,艺虽善而无以自见,良亦终为天下之所贱而已。今之仕者,犹良之御。诡则合,不诡则违。然御,技也,而良以一朝贬焉,君子无厚责也。仕,道也。道不可以暂违。若曰:吾姑以自贬于一朝云,则虽赫有所树立,律以圣人之义,无取矣。故君子不遇于世,又不得如良之暂假焉以自见也。是故遇则龙见,违则蠖屈。宁没世不见知,而不敢苟焉以徇于世。孟子谓宋句践曰:'吾语子游,人知之不知,皆嚣嚣如也。夫嚣嚣,则利不利不可知,而吾之亨可以常获。'余以此为毛子告,若夫献甘泉之赋,上丞相之书,以自之夫显。用此亦有术,当从利于世者取之,不宜谋及拙者。"

毛子闻之曰:"即是而可以行矣。"于是诸客咸赋诣以赠,题余言于简首。

寿马太夫人七十序

林子耕于东海之滨邑。大夫方侯过焉,叹曰:"病哉!吾子之作,劳也!"

对曰:"小人有母,竭吾力以养之,修子职也。"

大夫曰:"是足以为孝乎?"

曰:"吾闻之,君子爱其亲,以爱天下之亲,故能其养亲,以天下之子。小人不能以天下养,矻矻然以自效其力者,小人之情也。矧吾母爱食力?惧非分之获也,故乐为此,以安其心,以永其天年。"

邑大夫颔之,去。越二年,大夫以书来,曰:"吾同寅长仙居,马君善养厥父母,以施于民,民亦欣欣然德君以及其父母。盖子所谓君子之孝也。今二老俱七十矣,而五月某日,则母夫人某氏之诞辰也。子知所以永年者,愿扬言之,为夫人寿。"

林子曰:"愚胡知哉?然尝闻诸古矣,人之为寿者三:气厚之人,寿;有恒德者,寿;以善格天者,亦寿。故曰:上世,士多长寿,气之厚也;仁者寿,有恒德也。大德者,必得其寿,以善格天也。三言足以征之矣。太夫人以古稀之年,而筋膂康壮如昔,童颜丹沃,双瞳碧光,是其气之得天者厚矣。以沉静幽闲之懿,诞育麟子,为邦家祯,则恒其德,贞可想也。贤侯推孝亲之心以及于民，俾民得耕耨以养其父母，厥父母罔不惟侯德，曰：'惟侯贻我以有终，愿天鉴侯德，俾厥父母，亦各有禄，有年于兹世。'夫民者，天之心也。天心所在，气必从之焉。知夫冥漠之表，不有潜乎而默相之者，此其以善格天而天锡之福者也。三善备而大夫人之寿亦永，永其未艾矣。矧侯行将以其施于邑者？施之于天下，天下之德侯，犹邑之人也。而大夫人之福，不愈培而益光乎？此之谓以天下之子孝其亲，若侯者非耶？侧又闻之，侯治古，异人之所栖也。山精石芝，服之可以久生。以侯之仁孝如此，深山黄发之叟，必有持其术以寿者。记曰：'左右就养无方，子而可以寿其亲，宜无不至矣。幸无以异道却之也。'"

送绍兴林见峰归省序

林子之居京师也，有为法律之学者李君适其馆。坐阅其几案，见法家书数帙，笑曰："置此何为？"

曰："余暇日之所游心也。"

"然则君子所不废乎？"

曰："先王之制也，如之何其废之？"

"然法家之不见与，何也？"

曰："徒法君子所不与也。尧舜之治，至矣。契典教，后夔典乐，皋陶为士。士者，典法之官也，尧舜所不舍也。皋陶以是尽心焉。子以为不屑乎？然不专倚于法也，先之以礼乐焉，礼以防德，乐以防淫。法以弼教，礼之所取。故法者，道之流也。律者，经之准也。吏者，儒之支也。岂判然而二物乎？斯鞅之不取者，叛道而任法，舍经而归律者耳。忠信以主之，仁恕以行之,诗书以考之,礼乐以文之,固无病乎？法学之兼事也。"

龙川氏喜曰："吾友林君,忠信仁恕人也,尝自耻其学不祖武,甘心于法之趋。吾请以子之言告之。"

李子以余之言告林子,林子跃然喜曰："吾乃今而知儒吏之道一也。吾乃今而益修吾忠信仁恕之德。博之以诗书,文之以礼乐,以自致乎儒之吏也。吾无耻焉耳。"

已而,林子将归省。李君书余言以赠。

送金玉壶退隐序

金子修其行,为学宫,贤弟子以不利于世,遂脱尔辞师友遁去,其色忻如也,私心窃暮之。

客曰："金子里居而家食无爵禄以樱其情,是以其去就易也。"

余曰："不然。万金之子,不吝其施与,可以言惠,而未可以语仁,为其无所捐益也。而或以为名馁者,慎一箪之取,其所存可知矣。为其利害切于身,且即死亦不以廉称耳。金子处畎亩中,无卿大夫以相推重,朝释服,暮游于市,市之人争席焉,曰:'林居者,讵能自别？居于乡,乡之人得以力相雄长。'"

曰："彼复有路青云耶？杜门自藏邑,小吏得持牒,召之役。"

曰："昔为士,今为氓也,金子无所望于前,无所愿于后,无所激而后作,无所要而后勉,直行吾志,不俟终日,是则为既仕而退也,易为。金子也难,使金子而当其易也,所以察盈虚之几,审去就之节,杜悔吝之端者,讵不煌煌乎哉？惜金子之弗当其易也,而使二疏之贤,得专其美于昔耳。"

于是诸庠友感嘉而咏之,书余言以先册,余曰:"圣道未有穷也,静观者得其深。金子今处静矣,请更思所至者。有得,不惜以启我。"

一默闲居序

余读《鲁论》,见圣人于言行多寡之间,必屡致其衷。益有不一而足者,窃疑之。及观《左氏传》,士大夫之应对辞命,动必则古,称先王夷考。其中则或未逮,盖夫子忧之,故谆谆焉,而厚为之防也。呜呼! 其衰世之志耶? 今虽非其时也。窃怪夫士者,掠六经之芳润,藻其词说,以猎誉于天下,思得一二。诚确之士,与议于道者,未之睹也。中心窃忧之,因三观焉。陈子克之闻之,曰:"君子之不贵言也,如是哉?"

他日,过赤城,客沈子舍,见沈子性多静,止以一默扁其轩。因道余昔所与慨者,沈子闻之悦。因陈子而请益焉。陈子以沈子之言请余,曰:"沈子将一于默乎?"

"以今之世,则沈子之意良是,于道则未尽也。棘子成曰:'君子质而已矣,何以文为?'夫质,非中也。礼与其奢也,宁质。犹默,非中也。言与其佞也,宁默。棘子成盖伤之也。然则沈子之意,君子乎? 若道,则动静兼修,时默而默,以含章也;时语而语,以明志也。一于默者,非中也。故吾于沈子,而直取其意焉。"

陈子以复沈子,沈子又大悦,请书之以册。陈子以林子之言书诸册。

台南纪功集序

嘉靖辛酉岁，倭夷复寇我台壤。参府南塘戚侯，以天子之威，一扫而清之，捷闻，民咸悦以庆。越月，余率妻子，杖策还乡里，而乡之父老暨诸山客皆来会，时方溽暑，余坐之桑梓之阴，观南亩之稼而乐之。

沈子曰："时哉！稼也！君胡为得有此良稼？"余曰："先人手泽也。"

因相与饮酒，以乐我先泽。酒半，沈子又言曰："美哉！酒也！君胡为得有此卮酒？"

曰："圣主所宽也。"又一酌以谢圣主。

沈子曰："君未之思乎？春日维暮，长风震海，赤裸之种，聚哨四集，桴炮宵鸣，雪刃山积，男女老弱，靡不草薙，没为野鬼，生为夷掳。当是时也，虽有君亲之恩，奚从乐于是？"

皆相与下泪曰："戚侯之恩，与君亲等矣。"

拭泪，益欢甚，遂各歌侯之德，声闻于邑，邑之人争和之。因流于旁邑，旁邑人又和之，洋洋乎盈峡矣。

王子曰："梓之则可以传远。"

余曰："昔宣王中兴，方叔振旅北伐，诗人咸感而歌之，著于经。今天子迈周宣之烈，戚侯壮方叔之猷，我台士振大雅之风，不古而意古也，皆可以及远矣。"余不佞，敬法小序，构芜词，题诸简首。

赠莞溪张君考满序

张莞溪考满将行，其友王君，征余言以赠。余曰："吾遁迹海野，于莞溪未之晤也，未同而可与言哉？请辞。"居数日，莞溪以邑大夫命，见余于西峰之馆，与语，多见可。且念母氏孀闺之操，惟弗克以清白，只承是惧。

余曰："是知孝之大者。夫妇人以百忧之身，淬砺贞操，其所见，必不与流俗等。为之子者，徒事具养，弗痛念厥志，以光其幽德，使德音竟暗暗弗章，犹无子也。今莞溪克念母氏志，善事邑大夫，邑大夫嘉其忠，恒委心焉。是能充厥事母者，以事其主，非今之掾也。吾请进之古焉，昔汉吴佑之掾，孝以廉耻，思悦其亲，而以一衣进。亲让之曰：'忍欺其君也哉？'而佑则直以情谅。夫以欺让者教其子以忠，则严，以情谅者教其臣以孝，则恕。是二人者，举克以善，而成其臣子者也。而援亦以善而自成矣。若今之援，其所进者，不止于一衣。亲惟情之便，则悦，不暇责其子之忠；君但以威制，不复谅其臣之孝。即有如吴援，众聚而咻之；虽有志者，恶克以自立哉？今莞溪有贤母矣，主且谅之，其所自树其忠孝者，果不愧于吴掾。"

翌日，王君至，余以是道之，君曰："兹吾友志也，先生知之矣。请书之以勖。"

赠庠师林阆洲之泷水令序

国朝尊重师道，简乙榜进士，主庠舍教，仍诣礼部试，试辄膺尚第，为时名卿。

嘉靖之四十一载,闽进士阆洲林公,循例来兹邑。慨今世士风,多卑软不振,至则以廉耻刚直之化励诸生,诸生咸澡雪精白以应。居三岁,绩懋,擢东广泷水令。

其门人钟子、陈子语余曰:"吾师英气矫矫雄万夫,其文章奇伟华丽,取高第,若探诸掌。兹暂就蟨屈,将以大伸也。铨部遽简而擢之,以百里试,虽以庸吾师,实未知所以庸也。"

余曰:"子少百里耶?由求以政事先,诸子负天下大臣之望,其自志不逾百里。盖古之人,宁德有余而位不足也。今之县令所治地,视古侯国,使所施政,咸凿凿有实效,如古所谓足食知方者,则民被其泽,扩之可以沛天下矣。又安知世不有知我而大用之者耶?使兆足以行,而人莫之庸也,彼将有承其责者,吾安往而不自得哉?"

钟子曰:"非。然吾第惜夫吾师之才弗获,再试以自见,而使王良获士之巧,竟蒙讪于盲者,殆非其所甘心耳。"

曰:"子信以天下卓越瑰伟之士,尽笼于甲科,自甲科之外,无君子耶?吾闻之,士之品三,圣教之科四。古之人持此等天下士,咸历历靡爽,而第之高下不与焉。陋巷汶水之人,其所处,藐然卑也,圣人跻之于四科首,天下信之,七十子莫敢争,盖必在我有至贵者。夫人之所不能知,圣师之所独契也。夫先生识高而志远,必将超脱凡陋,望圣域而趋之,夫岂若小丈夫者,以一第为低昂哉?"

明日,二子趋以入,先生与之语道德,休休如也,无几,微喜愠色,但语别,则怅然耳。始出而叹曰:"噫嘻!吾师有心,林子度之矣!"于是,诸生咸赋诗以饯,即所与言者以先之。

送邵吾溪应贡之京序

岁丙寅，督学事屠公，选庠士之秀者，县一人，充礼部贡。吾友吾溪子与焉。

吾溪子见林子问曰："子尝谓进退惟其时，吾今则可以仕乎？"

林子曰："可。"吾溪子出。

客曰："邵氏自少卿来，簪绂后先辉映，乃今则稍间，间必有所继，且母夫人老矣，荣养宜早遂。家罗兵燹，庭户尚留，余赤惊窜者，未宁宇三者，贻厥忧于吾溪子。吾溪子信不可以不仕，子故可之也。"

余曰："不然。仕以为国，非家谋也。以达道，匪禄私也。道苟塞也，君子藏焉。牵牛服箱可以养，二簋可以祭，积善固穷可以训，他又何慕哉？道苟伸矣，君子彰焉。殚力以劳，天下弗敢其父母之躯，而况于他哉？乃若富贵福泽，世之所谓荣利我者，我无系心焉。是以其去就易，而道光也，稍易则卑矣。今天子精明之治，克励厥终，墉隼既获，相臣方吐哺，英贤以熙。帝熙，天下士之郁而未伸者，莫不延颈拭目，愿承休命。吾溪子独弗然乎？吾故曰：可以仕也。为其可以有为也。岂子之云哉？"

客曰："子为其友，则忠矣。然子承文明之化，屡出入于王国，志非不仕也。然之官甫半载，可以仕而遽止，可以久而愈速，吾未知子之所自为也。"

林子曰："余遇非其俦，不欲以非道徇也。且愧不得其职而仕也。否则，吾安敢自逸哉？顾今非其时也。吾又安敢必人之遇犹吾遇也？若夫仕，见其不可而止，则又非今可得而预度者。在当几者，察之耳。"

明日，客以告吾溪子，喜曰："吾乃今而知吾之可以仕也，又因而知吾友林子之可以不仕也，各惟其时而已矣。《易》曰：'或出或处，二人同心。同心之言，其臭如兰。'吾友，同心者也；吾友之言，兰言也。兰言，德之馨也，吾将佩之矣。"客书以贻君佩。

贺邑大尹奇峰叶公膺奖序

君子之欲有为于天下，恒病其无所与合也。君子曰："道必如是而后善。"世之人闻之则骇，且迂世之人曰："不如是，不足以宜于世。"由君子观之，赧赧焉。其趋若此，虽日强之合，不能也。是故能得一人心于千万人之心，或弗能得；千万人心是于一人之心，未尽合也。君子思以其道普天下，又孰能舍夫人心之大同者，而苟徇于独？呜呼！此道以正合者，恒鲜。而古今人胥患之，乃若道在矣，初不期于有合，而上下人莫之违，此其所挟之大，固未易言；而其机之相为觏会，盖非吾力可得而与焉者。

君子将为道庆矣，吾邑侯奇峰叶君以之。侯之治吾邑也，有君子之道四焉。敷子惠而民怀矣，明劝惩而法敕矣，厉勤敏而政修矣，崇德义而轨彰矣。甫期岁而声称籍甚，侍御庞公廉得之，饬礼币腆辞以劝旌最绩也。是侯能得千万人心，庞亦以千万人之爱爱侯矣，故邑之人无贵贱贤不肖，咸歌而颂之，俾余叙。

余谓："颂固民之情也，但人之德善靡极，操省易懈，徒颂，不足为侯益。吾有取于工瞽之箴。夫侯之民怀矣，而深山僻海有鳏恫乎？法敕矣，而城狐社鼠有潜伏乎？政敷矣，而机务旁午有未遑乎？轨彰矣，而庸言细行有弗钦乎？犹未敢必也，诚日以此自检，必日见其有不足者，自不足之心生，则治日起。苟惟颂其所已能，而无益于吾修，侯亦奚取焉？余赣人也，恒持是而鲜合，夫不合于世，将有合于君子，因持是以考信焉。侯谓何如？"

送周文学练滨之任序

嘉靖丙寅，春，邑庠师斗野章子、练滨周子、晓谷饶子，率诸生具经子诸书，会林子于泮宫。

周子曰："君老而好学，好必有所得，盍有以语我弟子？"

余谢曰："山客未有闻也。"

固请之。曰："道有所可言者，古之人备言之，无隐。其所不可言者，虽千圣不能发，亦引其端，俟后之人自思而得之耳。诸弟子皆日诵古训，其所备言者，知之矣；其所未易言者，能默尔而有悟乎？姑举其要。孟轲氏之言曰：'君子舍生而取义，为其所欲有甚于生者。'夫人之至可欲者，生也。而谓其有甚焉者，诸君信之否？如信，虽欲苟生而有所不能；如未信，则将以言为欺我也。夫以为欺我，虽日诵之，何益？诸君试思之。扬雄氏善读书，然不能不系情于一死；邻妇倅遇寇，其委命也，如脱然，非有所闻也，夫何为而然哉？盖人心之为知者二，有形欲之知，有天性之知。形欲之知，惟形欲之为大也；天性之知，知有性而已矣。所欲有甚于生者，天性之知也；所欲莫甚于生者，形欲之知也。二知相反若水火，明于彼，必暗于此。

杨雄氏之知,知以书;邻妇之知,知以性也。知以性,则固有所不可已者。读孟子者,能得此妇之心焉,夫然后能信之耳。信则生死不与易矣,而何有于富贵贫贱也哉?故曰:君子喻于义。喻者,真知也。又曰:理义之悦我心。其悦真悦也。又曰:陋巷饮水而乐。其乐真乐也。三者,入德之三妙也,是皆圣人揭其端以示,而其真处有所不容言也。夫既不容言,又恶得以言求哉?然天性在我,亦求之于我之性而已。静而存性之体,动而察性之用,良知之天将有皭然而独觉者,则生死不与易也,此之谓真知。知之真,则悦生焉。悦而安之,则心与道一,而乐有恶可已者。恶可已,则不知手之舞足之蹈也。古之人不能言,吾亦不能言矣。故曰:不言而信存乎德行。”

练滨子喜曰:“兹固以我求书,而非以书博我者也。发吾所未发者,在此矣。诸生盍识之?”

越三月,先生以升报。然先生敦义行,美文藻,善诱我多士。诸士子咸悦之,闻报各怅然,靡有所为别者。念师故好善,思求言以为师赠。

先生闻之,谓门弟子曰:“赠言,爱我也。贵有资于吾修,匪徒文之尚。昔林子尝与余言,学余衷每深契,即此而可以赠矣。”

诸生行以告余,不文。然幸其言之偶契也。盖将有兰好焉。遂不辞而书之,冀胥勉也。且以纪文会,一时之雅云。

送文学章斗野先长沙节推序

斗野章子为孔子之学,既以善其身,亦以教诸其徒。其徒方大悦,思学章子之学以进于孔子,而章子且升矣。余无似偶,以其志符章子,思窃以自淑。今皆不获,遂各怅怅焉,而趋于途以送。

章子言曰:"吾幸脱簿书,与诸生辈周旋俎豆间。今乃远诸生,而囚系是亲,舍俎豆而桎梏,刑书是问,顾事非习闻者,敢求益于吾子。"

余曰:"朴陋不足以知,尝闻诸《易》矣,请摭以告。噬嗑曰威,明得中乃利用,狱夫巧夫?深机量之以恒,情则有遗,奸诖误丽,法求之深,则近刻。甚矣哉!用明之难也。威以震之,则强者苦其峻,煦之恩,则笃者玩。甚矣哉!用威之难也。万感异情,万应异术,是以君子取其中焉。"

章子曰:"微哉!中也。吾将择之矣。"

曰:"未也,有进于是者矣。民之底于法也,有所以成其始者,惩之威矣,有所以善其终者。童牛靡牿,弗豫于始,畏威苟免,弗格其终。寓矜恤于痛惩之中,俾刑不滥,申教化于刑威之外,俾民有耻,此之谓哀而弗喜,刑期于无者,仁为之也。而威与明弗与焉。"

章子曰:"休哉!仁也!吾将存之矣。"

曰:"未也,有进于是者矣。赏罚声色,化之末也。惟德懋则晖炳,晖炳则感速。闻其风而民作让,觌其容而狡者化,若文王之息争,若仲尼之大畏。民志者,诚为之也,而仁弗与焉。"

章子曰:"至哉!诚也!圣人之化也。而吾莫能及焉,顾为子志之。夫志诚,诚之基也,然则治人之道,必先自身始,子善谓我者哉!"

顾门弟子曰:"言若远而实近,言虽近而可远,君子不废也。"遂书之。

云浦陈氏族谱序

按:云浦陈氏,五代间由闽侯官徙兹里,历世既遐,宗谱亦世茸。逮今以数十余载,生息寖繁,间多所未录者。吾田凤、野二君,起思缵其先绪偕族之彦者,议茸之。时庠友钟子象冈司其事,秩成,俾余序。

余披而览之,见后先伦次行实,炳炳叹曰:"休哉! 一举也,而四善具焉。无忘远孝也,维亲仁也,辨等礼也,以启我后昆义也。文其在兹矣。陈氏其克昌乎?"

吾田子曰:"是恶敢知哉? 先生者作之,后生者必法而继之,分也。即夫昌不昌,命也。是恶敢知哉? 愿君锡我以善训,俾我子孙世笃之焉耳。"

余曰:"谱则所以笃善也。君弗之思乎? 尝闻之矣,立家之道曰名与分。谱以纪之者也。缘谱以辨其名,缘名以践其实,则孝子、慈孙、贞妇、悌弟咸于是出焉。何也? 人情之易忘者远,易失者疏,易凌者无等,易弛者无教。观于谱,见吾之祖,若曾若高也。则曰:是吾之祖,若曾若高也。而孝思兴,孝思兴,而祀典弗匮,故无忘远。观于谱,见吾之祖若曾若高,之子与孙也,则曰:是吾之祖,若曾若高。之子与孙也,而亲爱生;亲爱生,则好恶同,而罔相泰越,故维亲;上下亲疏,粲然秩也,用以敦叙,以饰节,则隆杀顺,施而等,可辨嘉言善行。纪必有近,师而远述者,故能启我厥后敦。是四者,是曰敦善,夫敦善,则家道正;家道正,则可大而久,故曰:谱可以昌者,谓其以善昌也。请与吾田子共勉之,即夫昌不昌,命也。吾田子不敢知,余亦不敢知。"

送王玉溪贡士入京序

林子之出也，持所学以往，民将曰便，而当路多不便者。林子不善群，知世之鲜合也，谢病归。

亦曰："志不行，则谨吾之进退而已。"

王子闻之，曰："吾友过矣。"

林子知志之未信于王子也，亦不敢于王子白。居三岁，王子以贡行，所知者征余言以赠。

余谓："王子过吾行，夫行过吾者，言必过，余安敢以过行、过言重辱王子。虽然，王子故人也。其过余，非余病，其不自过，乃余则为王子忧焉。夫王子之不过，何道也？夫乃善同物乎？吾闻之，行之通塞与其道之是非，恒不相值。通塞遇也，遇与时偕；是非理也，理或势阻，必至久而后定。公孙衍、张仪，世所谓丈夫子也，孰不谓巍巍者哉？孟子妾妇之，而其品斯下。叔孙通起朝仪而从者皆显，两生宁终悔不屈，自通子弟以下皆笑之。二千载至程子，而生之节始著。呜呼！士之不遇！孔孟以仪衍，而赫赫以两生，而泯泯者可胜言哉！则人之通塞是非，信相违也。然士有宁为此而不为彼者，何哉？要亦本心之明，有终不容息者尔，然则王子之出也，将为两生乎？将为叔孙乎？抑将如仪衍者乎？其择之必审矣。乃余则犹有忧者，夫昔之仪衍，君之不为也，必矣。今之仪衍，天下大之，孟轲氏未之小也，能必不为乎？昔之两生，君为之也，必也。今之两生，天下哂之，程子未始褒也，能必为之乎？审若是，是亦可忧也已。王子其慎哉？大人之见，不可以不大，昔者曾西畏子路，而羞比一匡，以所见者大也。余学孔而未能，殆亦曾西者流。今之士，鲜不为景春者矣。王子岂能哉？"

一友人曰："子言固谔谔者，而近于直。"

林子曰："直，友道也。而王子之贤，尤足以行吾直，吾固量。而后入者也，不然，则今之谔谔者，抑又过矣。"

柏台徐通府邱民舆颂卷序

贰守徐侯，摄令事于平甫，越月，邑士大夫咸相谓曰："侯惟廉、惟仁、惟明以断吾邑，自袁卢来，百年间，一人而已。"养觉子曰："子见袁卢之终，见侯之始，以其始信其终，安知其无改辙者？以其始限其终，安知其无增美者？第需之，及期代且至。公之廉，益砺仁，益敦威明，益以著。"诸士大夫又言曰："始，君未睹侯之终也，今既知之矣。夫终厚者，泽必长；善积者，名必昌。吾将扬言以颂侯德，愿吾子且先之。"应曰："可。然非吾之所得为也。有民心焉，请质之。"

且日，则之野，见偶耕者，息肩桑竹之阴，揽其祛以歌。往慰之曰："辛苦！父老，有秋乎？"对曰："非也。三农之利在官。吾昔之往田也，追呼之，吏踵而至，故苗秒而生蹩。今我侯，政惟民使，吏不登吾门，吾之稼恒庶以硕。吾乐侯之乐尔。"

游于郭，见里社长之应役者，多暇豫，夜退必安寝，问曰："得代乎？"曰："否。吾昔之在官也，事蝟至亩，输金三而钱且不足。今官廉，其所办缓急盈缩有度。吾费大减。故吾裕。"

及门，见讼而出者喜，问曰："胜乎？"曰："否。官直直而枉枉，不吾冤也。且速赐还业，无金矢酒馔费，故吾悦。"入于庭见吏，人多刺促鲜容，问曰："瘁乎？"曰："非也。在昔，官厉威猛，吾曹乘湍急以渔，恒获。今官平易以亲于民，民各轮其情于官，可否，辄面决，则不逞于吏，畏吾恒窘。已而按院至，民惧，其一日去已，远近咸走控，愿乞少借留，活我者以千数。"因作而叹曰："噫嘻！斯民有直道矣。颂岂在余乎？"

爰述民之情，宣之歌焉，歌曰："沔彼山泉，沁于玉湖。靡渴不饮，靡槁不苏。民之饥矣，谁其与铺？君子食我，燕乐且醻。"又歌曰："峨峨千山，吃于海隅。凡厥收止，是瞻是依。民之伦矣，百行具违。君子昭德，孰敢不威。"

歌讫，邑之人咸和之，沨沨乎！盈耳矣！父老曰："是又袁卢之民所未有者也。可以征感矣。"命子继志，书之以为来者劝。

送毛子北行序

毛子之北行也，就别于林子，因请其所以行者。

林子曰："子不云乎？言忠信，行笃敬，可行于州里，亦可行于蛮貊。子，忠慎人也，州里宜之矣。行远有二道哉。"

毛子曰："兹圣典也，夫谁能易？子恐未宜于今之世尔，今之世，利儇惟儇，然后有所获。吾请以今之儇济古之道，何如？"

余不答。毛子艴然曰："洗吾心而后敢请，先生之不答，何也？"

余曰："道相反，则不答，惧其格也。子必欲余言，余则不容于终默。夫儇者，巧慧之别名也。民生之理，昭若大路，无纤芥容吾巧。一巧，辄入于伪，伪固非信，其不敬，莫是大者。故巧慧者，难与同，以同利也。巧于获而仁丧，以同进也，巧于趋而义丧州里，信莫之行也，而况于远乎？其究祗足以自敝。

商辛儇而命革,驩兜儇而国亡,少正卯儇而家覆,盆成括儇而身刑,斯高而下,往往皆以儇获,亦竟以儇败,惟幸而无获者,亦仅以幸免尔。其至儇也,非天下之至愚乎?"

毛子默然想,已而曰:"吾非尚儇也,顾今之人儇矣,而吾独不儇,其如儇者何?"

余曰:"非也。忠信则物感,物感则机忘;笃敬则虑精,虑精则机察。机忘,则今之世犹古之世也,机察,则古之无道无病于今也。儇者,如我何?然则不儇也者,天下之大智也。若夫利害、通塞,命实主之。虽儇,何益?不儇,亦何病哉?"

毛子欣然曰:"吾乃今而后知圣言之远也,非子其谁发之?子张书诸绅,吾请以书吾册。"

赠古松文学膺奖序

士莫大乎先正其心术,心术正则本立。随其才之高下、大小施之,皆足以有济。心术不正,人虽有所能,而其动则私,以才而济其私,不惟不足以利世,且播恶。故善识治体者,不于国家之无才是患,而独观乎其心之正不正为忧喜焉。

我国家稽古,建学而必惟师儒是谨。盖师儒,教化所从出,固将以天下之心术寄之,思得夫士之良者用之耳。然则任斯职者,其艰哉!何则?正之必自其身始,反诸己,一有所未光,则其宣之训者,有腼颜而听之者,亦重以为疑矣。

古松张先生,闽士之良也。以应贡之礼部,天子使莅太平教,凡五载。忠谅而质直,廉静而惠于施,邑诸生咸孚之。至所为教,又直语以其身之所有,诸生悦且信,争以直谅廉惠之道相砥砺。因受知于察院,命礼币嘉奖之,其同寅五湖邹君走，诸生以文请。

养觉子曰："今之士，学失其宗，风之敝也久矣。无怪乎其出而业之卑也。先生以德善为率，其徒咸悦而趋焉。他日有达而上者，必将以先生之心术出之，随所施之远近、大小。要之，皆足以利世。天下之快于所见而乐道之者，必皆曰张先生弟子。则先生之学，不引之而益光乎？夫君子抱有为之志，而不获致身于卿相，则愿以其道为弟子师。盖卿相尊，以其身泽天下。师儒不得亲见于其身，而寄其志于贤弟子，苟获遂焉，则功反有贤于卿相者。功诚贤于卿相也，则虽不为卿相也，夫奚憾？请以是为先生贺。"

中卷

重修宗谱序

夫谱，所以迫远而继志者也。孝子仁人之所必资焉。盖人之生也，其形易化，而其志未易尽。形志，迟速不相待，则其情必抑，抑必有所觊，或不与形俱泯者，庶几在吾后乎？盖子孙与吾一气也。子孙之身，吾所未化之身也。存吾所未化之身，以行吾所未逮之志，苟获遂焉，虽百世而犹生也。人情所大快者，孰是过哉？是故其责诸后也，必周大者。宗祊欲其嗣典，则欲其守残编蠹简，欲其葺禄，欲其世桑梓，欲其培贫枝弱干，欲其植，以植人之心，谁不然者？然人徒知己之所望乎后者然尔，惟仁人能即己之所望乎后者，上度厥考心，以厥考之望我者而自尽其力，凡厥所为，罔有弗至，此之谓善继志。然必于宗谱资焉。盖谱，所以纪先迹也，人或知念祖矣，而莫知其身之所从思述事矣。而迷其绪之所创，虽有因心之，孝何由施？是谱之不作，将使忘亲者益以疏，其不忘者又或遗之恨也，兹小子之所忧焉。

我林氏，世居团浦，当宋之世，若十五府君者，其肇基祖也。数传至迪功郎而业始大，又传而得东皋、西墅之二祖焉，又传而得学士治中之六祖焉，又传而得提举郡伯之诸祖焉。上下数百年间，德行文章宗规宦业，后先辉映，至今有足征者，亦惟宗谱存焉尔。迨元之末，兵燹刑戮洊加，繁华顿萎。阖族之众，得以身免者，无几矣。皇明启运，田、园、岩、沼四祖者出，各厉志于缵述，而坠绪斯植，嗣后生齿寝繁，而斯文间继；宗谱之传，终亦赖之。

兆自结发，妄意振扬，出入风尘，逾五十载。顾学与时违，行将俗忤，窃禄九月，而引疾南还。因与一二宗老盘桓山谷，尝指祖墓家谱，三致叹焉。然祖墓尝稍致力，而家谱未逮。告宗老曰："斯文坠矣，兹后起者之责也，吾不敢为异人任，爰稽古本，手自校录。"

阅二载而始竣事，于是集我同姓，展而阅之，观于图，见千枝万叶一根也，而孝思兴；观于文，见德业文章昭如也，而贤范具，咸拱手曰："吾乃今而知祖德之不遐也，吾乃今而知所以述矣。微子，吾安所与稽？"

兆曰："未也。夫谱，事之文也；礼，家之则也。文以昭统，则以闲家。故继志之道，莫大于礼，礼莫大于孝。享惟宗老，亟图之。"

咸抚然曰："君家在家庙乎？谓重创宋问礼堂。请终之，吾敢不率我祖之攸行无斁？"

送太学邹五湖归无锡序

林子游明伦之堂，见诸生持所业专甚。

问曰："子何业之修也？"

曰："举子之业耳。"

问："何谓举子业？"

曰："读书、讲书、讲义、为文章，盖将以应举取第，树休显于家国尔。"曰："兹足以明人伦乎？殆非也。夫国家之建学也，所以锡民极也，殆将使之修德正行，同厥善于天下。学成矣，而上罔或征，则试之文以征之，故举业所以征德，非所以修之也。子不务其所以修，而务饰其所以征，是犹献玉以石，而务奇其琢也，可以为玉乎？"

诸生闻之，信而疑者半。越明年之戊辰，邑师长五湖邹先生至。先生质明而行方，善因材以为率教，虽不离乎六经诸子训，然必使之反诸身，存诸心，以利施于天下，匪徒资口说也。文虽不遗乎举子业，然必使之即吾之自信者，措诸辞以达之，匪徒炫藻饰也。朝命而夕申，诸生咸若有所悟者，窃相谓曰："甚矣！吾师之教，似林子也！吾今而始弗疑于林子矣。"是则先生能使余言之信于乡也，余何幸！

居三岁而化，章甚简，授王府教就，别余于西峰之馆。

余曰："此理无远近大小，今先生行矣，其将以教吾邑者教诸弟子乎？"

先生曰："吾久淹庠舍，惭罔裨于民德，今老矣，枌榆旧社，有宿约焉。吾将遂之耳。"

翌日，即命驾，遵故道反，劝之者莫能易，诸生咸窃叹，惜师之泽未究也。

余曰："此理无远近大小。先生归矣，又安知其不以教吾邑者教乡小子乎？即使深自藏而其节之高也，抑亦足以风天下。"

诸生咸喜曰："吾师之志，先生得之矣。请书此以赠。"

送莫七峰之杭序

嘉靖之乙卯，余与外弟七峰子居京师。丙辰，七峰子以滁守见山公聘而南越。己未，余落魄领山县宰，未几，以不职，谢病归台下。七峰子亦以仕禄，暂就司从事，客于杭。南北不相睹者，一十有六载矣。一日，七峰子展墓归，见余于西峰之丈室。

君视室愕然，曰："此可以居子乎？彼渠渠者何？官第也。然则何怪乎旅人者？"

余曰："吾不佞，不善谐于兹世，吾之道当如此，吾将以终吾身。念子方始进，始进者，势必亨。吾兹曷足以例子？虽然，立身有道，丰约，非所计也。子之先君子，读书修行持正，论侃侃，历仕凡五载，归无增亩，贤者以为难。子即是而学之，有余师矣。余不敢以渠渠者为子愿。"

七峰子笑曰："父贤善困而不善量，其子故。吾困于吾父，而复以困吾子乎？"

余矍然曰："吾闻之，膏粱无贤子，惟仁者则必有后。今子之贤且达也，则子之受于是父者，亦厚矣。吾方冀子之益培之也，而子以困愠乎？"

七峰子喜曰："吾非愠困吾也，吾惧子以困愠，聊用以观之耳。今子之修我者若是，则子之所自信者益深矣。幸与我胥勉焉。"

翌日，君戒行，众作诗以赠之。君之伯兄筠屋子曰："向者，林子之言，吾先君子志也。请〔一〕书以先册。"

校勘记

〔一〕"请"原作"读",疑笔误。

送林莘田应贡北行

隆庆之壬申,选天下士以贡,吾友莘田子与焉。林子送之门,将别,执其手曰:"子厚蓄者,子堪膺重寄。"

莘田子曰:"余不佞,余曷克任重?余将高拱揖逊,厕一席于诸生右,庶几其易称尔。"

林子曰:"兹重任也。而子易之耶?夫教,师职也,群士之所观也,而模范在焉。一动或越乎正,则模范毁;模范毁,则士失其观;士失其观,则才乏。夫国家之建学育才,将以置诸用也。有才而莫之用,责在君;用才而乏其人,责在师。故师之责与君之责等,非子其谁克易之?"

莘田子曰:"艰哉!师也!吾为子敬之。"

林子曰:"岂直师哉?玩职者,罔不易。思报者,罔不艰。周法之,养士备矣。禄之必以其官,未事事而食者,为不恭也。我朝之养士也,视周制特厚,士方修其志也,而官即饩之,士亦安坐而享之,官必曰:'吾将培其根而食其实也。'士亦曰:'吾将有所俟以报也。'今子之受益于上者多矣,能弗思其所以报乎?子诚思报也,吾则将有告子益之。初九,居下,受益而思报者也。占曰:利。用为大作,元吉,无咎。夫居下而受益,非大作不足以言报,非元吉未易以无咎。今子膺宗师之责,图元吉之报。不然,则反以为咎;然,则兹出也,而子能易易。然哉?试思之。"

莘田子惴惴然曰:"艰哉!报也!吾今而始惧矣。"

林子曰："德莫良于能敬，敬以作范，师道之隆也。亦莫要于知惧，惧以图报，臣道之忠也。持是，子可以行矣。亦曷以处我？"

莘田子曰："子贻我以我之忧，吾报子以子之乐。夫子之遁世，逆境也，惟乐斯忘之。古称处困而能亨，不知而不愠且悔者，大人也。子之怨悔，其有存焉者乎？存则非善处逆者。夫亦静悟达观而务得其所自信于内者尔。"

林子曰："大哉！报矣！吾日志之而未之能也。子其启我哉！虽然，怨悔，吾之心也，求诸吾之心而足敬畏。子之心也，子求诸子之心而足。两各求诸己焉，则亦异乎人之求之者矣。恶乎难？"

一生进曰："责难。友道也，而止于信。书之以验子之反也。"

赠柏台徐通府迁职顺天序

凡官之职赋者，最难于得民，尤易以失上誉。盖民不知义，鲜乐于上供，稍督之，则怨且怼。利之所在，易以濡吾迹。上之人或鲜谅，是故其治难。

柏台徐公之判吾台也，总田赋出纳，兼榷盐商，税敛诸民有道，而民畏且悦，田赋咸如约至。商便于兑运，舟车远近毕集，官储赖以充，上之人亦以是而谅公，复简署，吾邑治。邑之人戴甚惧，署职难久稽，丞走控部院按察官，乞借留小缓。

夫民奚独惓惓于公者？盖吾台自乱余，民之困也已极，公性廉且惠，利不自利，而恒布之民，民赖公以植其生矣，谁不戴公为贤父母者？居三岁，绩效彰甚，天子以都下为首治地，民隐视外郡尤急召,授顺天判。夫居外居内,官异而公之心同,地异而民之心亦同。兹行也,公必以台之治治都,下民必以台人之应应公,而效当益广矣。矧京师上辇毂地?民朝誉而夕达之,则公之进也,若鸿渐,将不为吾道庆哉?虽然,进不进,公弗之知也。

盖人心,必无一物而后可以善万物,道超天下,而后足以济天下。穷达利害,有一婴于吾虑,则虽赫有所树立,中亦有未光者。虚心以顺物,尽道而听于命,则公之所以善吾治者。公能许我为知己否?

寿金宪使存庵先生六旬佳诞序

林子登于帻峰之顶,力渐疲,半道而思息,坐叹者久之。

赵子静斋曰:"君之嗟,嗟老也夫?亦撄情于寿考乎?"

林子曰:"君子因年以致其道,然道无穷,而生有纪,故人之志未易竟。孔子,圣人也,从心必有待,学易且假年焉,矧其他乎?吾衰矣!是以有中道之忧也。"

赵子曰:"舅氏金先生,少承庭训,恒乾乾于敬养,思以诣其极也。今寿及耆矣,神志精强,致道有余。由子之言,翁不以自庆乎?甲戌某月日,其诞辰也。愿丐子之言以寿。"

林子曰:"子何以寿翁哉?子将为翁百龄愿乎?"

曰:"然。"

曰:"未也。吾将以千百万寿,寿翁尔。"

曰:"若是其久乎?"

曰:"未必,吾且有同天者矣。"

赵子未之信。林子曰:"天之为天,圣人之为圣也,皆道而已矣。气化之，阖辟形体之去留，粗迹也。众人贵形而忘道，则我其形；圣人体道而忘形，则我其道。我其形者，形化则我尽；我其道者，道存则我存。道也者，贯天地古今而不毁者也，圣人其有毁乎？至于形体之去来化迁也，圣人既不私之为已，惟化之迁耳，此之谓同天之寿。次焉者，志仁而修义，正己以施于物，君用之则宏德致治，普厥施于天下；不用则述古明道，亦足以裨于后。虽世代屡更，而遗灵余泽在宇宙内，常赫赫如见，此千百万岁之寿也。大贤以之翁，孝弟洽于家庭，忠义孚于君友。利泽在民，教化在多，士而进修且烝烝未艾，所谓千百万寿者，将不可几乎？而同天者，亦自此而极之尔。百龄奚足云也？"

赵子曰："悠久而无疆者，德之成；因年而渐进者，学之序。吾请先致吾之私祝，而后进子之无疆者以毕翁志。"遂书之。

贺翁见鹏大尹膺奖序

善治邑者，不难于得民，而难于获上誉。盖尹亲于民，民休戚最先达，志一存之，则仁膏义泽，将旦旦而施之也。施之民，则民悦。位吾上者，非一公私，宽猛异情，民疾苦状见，不见感。吾既不容于苟徇，则志易拂，拂则鲜谅我者，是以获上难。

吾邑贫困，称难治。万历三年，春，闽进士见鹏翁侯至，莅政甫三月，而民称便。察院萧田二公廉知之，咸礼奖以劝，民悦而歌焉。

山客闻之喜，问曰："何感速也？"

曰："侯以五善御民，民是以安之。"

问："何如？"

曰："侯之律己也，贞夫廉；察物也，炳夫哲；下莅也，畏之威；养民也，怀之惠。持此四善，是以慎行之，则行无不宜。此其所以兼有获于上下者也。"

余曰："获誉于上者，一人也；获誉于下者，千万人也。获一人之誉难，难在遇；获千万人之誉难，难在德。吾请以千万人之誉为侯贺。虽然，千万人能誉之者，侯之政也。若侯之心，有非千万人所可知者，而吾能明之。试举以质侯。夫国家置守令职，揭一方之命寄之，其责之也甚殷。罔念者，弗知也，而侯恒兢兢焉。盖将活此一方以宽我圣天子之恤。其报主也，则忠。祖宗德善，世积以发于吾，冀吾后益光之。罔念者，弗知也，而侯恒兢兢焉。盖将培我世德，申厥命于罔替，以承家也，则孝。忠孝具，举家国允赖，则穷而养，达而施。罔或愆于先王之训以考志也，则无歉。兹三者，侯之心也，政之所以美者也。侯自知之，千万人能知之乎？夫千万人之知，知以人；侯所独知者，知以天。余又将以不二于天者为侯贺，而人之知不知未遑恤，侯诚许我为知己否？"

寿陈正郎南衡先生序

昔尝陪南衡子于大学，时大学宗师大洲赵先生司教事，晨夕进诸生，语古所为学。余不敏，时有所请益，而翁方壮年，负英略，将以文章政治雄天下。颇不然余请。同舍者，或疑之。余曰："是荦荦者，吾取以共学，未可资之以适于道。"

越二载，翁果以文章登上第，授祠部郎，思将大出其所蕴以利施于今世；亦竟以荦荦庆俗，早引退，筑一室于北山，萃群经子史,反而求其所自贵者。

一日,游郡城,君招我于帻峰之顶,问所学焉。对曰:"屹屹三十年,持《大学》一卷,讲致知诚意事,尚未得其了了。因举世所言学同异者,质之以求正。"君喜甚,燃烛坐,昼夜缘古今载籍及己所自得者,论亹亹不少置,至是语若有冥契者,乃知君之学,视昔一变矣。殆适于道者耶?

又十年,鄙人衰且耄,复觏君于北山之馆,问起居程业,外多敛膝默坐,或缓步山涧中,玩流泉松竹,赏其趣,殊寡所谈论。问之,曰:"惧吾躬之弗逮也,而或以为耻,宁切诸。"余作而叹曰:"含英而内融,释靡而敦于履,君之学,至此又一变乎?吾将藉之以求立也。夫后先三见君,而君三新其德;乃吾则逡逡然犹故也,余之学愧君多矣。"

今寿跻六秩,其徒某某采山中诗为君寿,请鄙言以先之,余曰:"荣寿可喜也。君子因年以考德,则有惕乎?其甚忧者,吾兹不敢为君庆而箴之,愿因子之请以达。仲尼曰:'六十而耳顺',兹非其时乎?而仅抵于能立,顾不肖其尤殿者,是皆可忧也已。且急影易徂,至道难觉,顾君朝夕呼我曰:'君其兢兢焉。'恒念女之屋漏,俾无间于大庭,有众以自缉其美,余亦以呼:'君交警胥励,期更进一格,以同造于不惑,则庶几乎闻道者,而生死无余憾矣。'孟子曰:'君子行法以俟命。'如此而已矣。若夫寿禄名位,固贤者之所必得,然非吾之敢知也。"

赠县尉徐洞山升沿山簿序

甚矣!为政之有本也!本者何?不自利而已。不自利,夫然后能利物;物得其利,然后安。自利而利物者无之,此固治乱兴衰一大机括。古之言治者，必谨焉。乃今则异是也，士方读书，辄志夫书之所以利我者；释书而任事，辄率夫素所志者行之。信是，则民安取以为利哉？

吾邑之民疲甚，宰治者以为忧。岁壬申，尉洞山徐君至，明察而慎俭，好惠施于下民，其所持廉行尤著。仍严饬所执事，所执事亦持约惟谨。主官知其贤，有疑狱，必委之。未讯，直者先自喜，比讯，则虚心而精察。险无藏奸，贿无投间，无辜者，见原执法，无幸免者。果大惬所愿，公事毕。出必鬶薪裹粮，持单骑以往，虽久舍于民里，无持供设费，事亦罔不集者。是故筑海盐之塘，理车路之浦，其利大，其为力也艰，民不知其艰也。盖其心惟不利，故忘己，忘己则公；公则明，惟公而明，故惠与之流，安往而不于物利哉？

历仕凡六载，储无余粟，庖无余肉，仁廉之声日被于远，奖檄凡数至，竟亦以贤见擢。然则公论岂终泯哉？行之日，惟来时弊裘一束而已，观者咸罔不啧啧。其廉吏哉！狤昔汉诏举廉，弗真是患，盖廉一也，有慕名，有畏威，有觊所获于后者，皆伪也。君诚心直，道惟性之安。余尝听言以察其志，观政以究其终，无所为而然者也，其真廉哉！使有厚知君者，直缘汉典破常格，一超而上之，以树声于天下，则仕风常一变也。一簿何足为君重哉？士民驰送拥道，虽深谷之叟，感泣成歌，至盈缃帙。是歌也，其何心哉？余故乐道之，表民情也。今有厚所获以去者，行道之民，睹赀两之富，咸用蹙頞，且窃以去我为心贺。由君观之，而肯与易否？诚不与易也，则兹行也，亦非无所获矣。敬持以赠君，且以为君贺。

洗心园稿序

经之诗不可以学作也，尝闻其语矣，未信也。夫明良喜起之歌，民彝物则之训，圣衷也。玄远精微，非可以恒识疑是矣。他若里巷之歌谣，征夫戍妇之愁叹，旨非甚远，何至为今之绝唱哉？然有卒不相似者，非不可学，不得其所以学耳。盖诗也者，情之恶可已者也，恶可已之，谓诚。

今之作者，幻意以出奇，组辞而炫采，舍自然之真以兢妍于时好，不诚，亦甚矣。夫诚，然后有所感，感则兴。不诚，不足以动物。圣人之修经，取其可以兴也，而必于诚。尚诚者，无心；恶可以有心及哉？

吾友九难王先生，志高明而藐荣利，先忠信而后文章，尝许身于国矣，见势不可，则脱尔南还，嚣然独乐。虽未睹公诗也，而高操已卓尔矣。一日，尝操公，公坐我白石，饮之洗心之泉，出所作诗若干首评之。其始玩也，有若干霄之峰者焉，崭崭乎，不可即也，其述志者也。作曰："可以观节矣。"再玩之，有若渐逵之鸿者焉，修修乎，不可羁也，其怀归者也。作曰："可以观清矣。"终玩之，有若倾日之葵者焉，依依乎，不忍去也，其瞻阙者也。又作曰："可以观忠矣。"高洁忠精之意，结于中，畅于外，其精神意气所感，将使夫人之心，戚戚焉，是固可以兴者也。虽其微婉简奥，视古异格，得其本，而学之可几矣。

人有言曰："陶之诗，近古。"又言曰："公之选，近陶。"余谓："若二公者，未较其诗之似，当必观其中之所存。夫陶，尚友羲皇，古其心也，诗安得而不古？公寄情云鸟，陶其心也，诗安得而不陶？故似古、似陶，皆其情之不可已者为之，非强同也。"

公逝矣，公之子近之，欲常见公而不可得也。思日聆其音而见其所与交者，故梓公之诗，出入与俱焉，且欲得余序。余耄矣，念生平祇承公训，其所孜孜牖我者，亦惟曰："此心之为务耳，而文章次之。故今见公之诗，而即见公之心也，是以亟道之，且使后之读是诗者，当先识公之大者云。"

赠副岩符君序

林子耄矣，思寡过，未能也。杜门而学易。

一日，吴子子一来与语，其趣颇超越，喜之。问所与共学，曰："副岩符子也。"

曰："符子今何修？"

吴子曰："符子早承礼训，虽游心于艺文，志实存夫大节。"

又言曰："符子孝事亲。父卒，哀甚。襄事必以礼，太夫人吴氏，寿而康，君色养愈谨。夫人卒，君哀恸不食。既殡馈粥，斋疏，苦居于外寝，屏一切常奉之具。迨葬，仍庐于墓所，坐卧穷山，神形俱瘁，见者为动容。凤翔幸托，朋好中心窃慕悦，歌以咏之，惟先生引其端，使今之世知有符孝子也。"

余曰："无然，养生丧死，人子之庸行尔。符子将以尽其心，子以言扬之，岂其心所安也？夫爱之以其所不安，非爱也。姑已之。"

吴子曰："君子见恶，思与更，见善，思与益扬之，非爱也。子不有以益之乎？"

曰："余拙且陋，即言之，安有加于符子？无已，则即其所已能者，申之而已矣。夫人之有善，孰不欲其子之肖也。然不可以必得,故善事亲者,莫大于继述。继述也者,武周之所以光先德而裕后昆者也。符子能弗是思耶?君之先君子,抗世独立,伸大节于天下,非卑卑于富贵者伦。其所以修之身,措之事,固皆有足法者。君能无法乎?以君之贤,吾知其法先人之行以立身,必不敢违其介;法先人之事以事君,必不敢违其忠;法先人之治以治民,必不敢违其仁。因有为之迹,而察其所不可已之心;即所不可已之心,而励其所必为之志。无适而非孝,即无适而非义也。子为我讯符子。"

吴子曰:"致乐致哀,为孝子之始;善继善述,为孝子之终。即其始可以验其终,安知符子之不世其美也?但机之未获者,固将有所俟而后见尔。请以子之言讯之。"

十子同声录序

吾邑介台雁间,萃山海之秀,士生多俊朗,喜游心于文艺;然受命多怪,故鲜际于时者。虽沉沦民伍中,亦颇知所自洁。暇则率所好,结社云山,寄情歌咏而以自适焉。间虽有留心于经世者,亦顺俟之,不孜孜于固获,若今里社诸友其人也。

余少志嘐嘐,虽偶膺一职,亦竟以是违世,度志不可行也,亟反而遁焉。遨游山谷间,闻赓歌之音,即往而来之,冀将有所遇也。山人亦知余遁者,遂作歌以招之。余亦以歌应,相得欢如也。时月既久,篇什渐富,弟子辈录之,遂用成帙。

少峰叶公致政归,喜称人之善,览所录诗作而叹曰:"美哉!翛翛乎,尘外之遐音也。其得诸山川之秀矣乎?夫荆璞尘埋,卞和氏悲之。兹录也,可使遂泯泯哉?吾将扬其休也。"于是择其胜者数百篇,召匠梓之,属余叙。

念昔嘉靖间，士有啸歌于空谷者，遗其音于远，方厓赵公闻而悦，亟梓之以传。余滥书其末，及今三十载。昔之人俱往矣，而叶君继阐之，若与约者。夫山人潜其迹，无庸心于外慕。二公之应之也如响，而余适两与焉。然则声音之感物，诚有超乎迹之外者，不以微显远近间，余尝以是言于昔，而今则两验之，又焉知后乎尔者而遂无有乎尔哉？虽然，声音，文也，而恒德为本。吾复冀吾邑之士，慎持其大者，不以晚而渝节。如古商山洛社诸贤，訚訚乎无缁磷者，则本立而声宏，《考槃》《紫芝》之歌将兴起于百世矣，岂直一方而已哉？请相与勉之，毋徒致美于音响间也，爽其实而贻芳梓羞。

送吕掌教之莱州学正序

金华吕先生，庄重而好礼，砭其蒙弱，见学者之急于仕也，谓之曰："子之欲仕也，不将以行吾志乎？人未有志弗豫，而可以有行者也。子宜先自反而求以尚吾志。志豫诸内，夫然后行斯利于外尔。行而利于外，则忠臣硕辅自镕范出，吾无愧于尔师。行苟弗利，则治国劣，负国戚民，为教之耻。吾何以安吾食？"于是，诸生咸自省，有反而求诸内者，实吾师之教作之也。

当道闻之喜，而旌奖行焉。寻擢莱州教，将行，邑弟子高庆宣梁栋等，荷师作育，而惜其去已也。征余言以赠，余不佞，窃诸长老，其言曰："浙学渐靡，惟台婺间庶几近古。何也？风必有所由始，昔朱、吕倡道于婺，婺之士多见知者。已而辙游台下，聚讲方山，而英材接席，台之士改观焉。则先贤过化之泽，二郡得之最深。故数百年间，后先继响而遗韵犹存。先生为东莱名裔，道脉渊源，缵诸家学。以吾邑之士颇存遗韵，先生一举而振之，其知所景从也，固宜。矧莱，尤先德之所始也。先生往矣，览江山之故迹，兴继述之远思，则作新之念益不能已，又将以其学于家、教于台者，而大施于兹郡，则东莱之道南者，抑又北矣。兹行也，吾将为莱士庆。"

敬德重光序寿同年金惺庵宪使

昔尝侍先师，一翁侧持所见知者，请曰："理气合而人生焉。人道之臧否，惟心所主，主于理者，臧；主于气，则否。古今之学，辨此而已矣。尧舜禹授受，道在执中。执中者，精察，夫道，气之心而守之一也。兹圣学之所由始。至周之立教，曰止至善。孔子训回曰复礼。至善与礼，皆道之中也。然必知诚之并进，博约之并资。由是道心明而善止，人心克而礼复。非精一于危微之几者乎？夫尧舜周孔之训，后先画一，求之吾心，又适有冥契者，道固无容于他议矣。胡今言者之支耶？"

先师曰："子闻舜之精一矣，不闻其曰敬修乎？圣贤因时以立教，意各有指，会而通之，其归一尔。"

兆闻而未省解，出见惺庵子，问曰："惺惺，敬德也。夫人心之弗惺，己之私敝之也。克其私则敝撤，而惺惺者自存。子弗克而能惺乎？"

惺庵子曰："不然。惟惺惺而已，斯克尔。夫克己者，谁心克之？惺惺者何？心之体也。心主于一，则其体常惺惺，惺以观静则大本见。由静以察动，则大用昭；昭则所守不容以不一，此之谓善克已。已克而惺惺者，斯其至尔。故曰：'惺惺，圣学之终始。'非未惺而能克也。"

兆闻之喜，曰："吾今然后知敬德之大矣。"

勉持数十年，未得其止，内省恒懊若追。忆惺庵子尝与言于昔，其所造将必有独觉者，思质之。

一日，客至，自君所亟，叩君所养。客曰："我非知养者，即吾所见。闻先生乐则仕于朝，不乐则退而养；仕则汲汲于利民，期以行吾志，无庸情于上获；退务悦其亲，思缵其先绪，交修伯仲间，好古而忘其老。日所见者，惟此而已。"

兆曰："即此，可以观养矣。吾法，其在兹乎？今寿跻七秩，士之慕其风者，咸悦而歌之，将持以为庆。"

戴生梦松曰："庆寿同俗尔，非可渎有道者。盖寿，人所欲也，有所系焉，则动于心之私矣。寿者，天之命也，以我与焉，非知命之至也。克己则忘我，忘我则乐天，乐天而知命，则与化而偕行。虽寿也，而弗有于其心；弗有于其心，亦何有于庆？"

余曰："弗有者，君之心。慕君之德而愿之者，人之诚。吾弗敢以君之勿有者为君庆，而直以夫人所同愿者，为君致私祝尔。"遂书以先册。

叶观吾冠带序

国初兼文与行，收天下才，得人为盛。今则专事乎文焉，然后必稽其素养文，惟取长于一日，际好于一人，不惟德不可考。虽均是才也，而遇不遇迥别。

观吾叶君，敏慧而质直，好学而修其行，少即游泮宫，为同舍所推重。人方期其显擢，而竟鲜知者，遂慨然作曰："穷逢天定，吾能以人胜哉？吾隐矣。"

或劝之曰："命之迟迟难度，即天之所恨。闻人定者，亦可以胜，第需之。"

君曰："吾性偏，近古，今之世犹古，尚行。惟今之趋，吾借能以文取胜而动心违世，志不可行也。吾久淹何为？"

即辞学诸师长，脱尔以去，去辄制野人服。访余子山社，会社友讲朱吕程约。暇则遨游山海间，情至辄有所吟咏，翛然尘网之外。诸庠友见之而叹曰："遐哉！观吾子之风也，可以作吾乡矣。今朝有恩典，士之以德隐者，荣之。吾盍请于官，奖君之德，以为乡士劝。"遂进告于邑侯陈，侯喜，锡之以冠带，遵朝命也。门人乡友某等，咸赋诗以歌之属余亭，余因而有感焉。

夫古之君子，修其德则扬于朝；今之君子，修其德而荣于野。然则德惟可隐而出者，无所事德欤？论而至此，吾不暇为君喜，而将为君慨。虽然无慨也，而直以为喜。盖君子之学，正其志而已矣。他无所庸恤，故有孜孜于鸡鸣者，有嚣嚣而无所系者。孜孜于鸡鸣者，善也；嚣嚣而无系者，知不知也。而君之勇退，其辨于此也久矣，故可喜。然使一乡之士慕其风而有作，则志虽不行于天下，善亦可称于其乡。子云："善称于乡党上，士之次也。"而非今之从政者伦，然则君虽弗爵于朝也，亦足以为士之次者矣，而弗算夫斗筲器也。其可喜也，孰甚焉？君其益懋哉？

赠春阳唐大尹膺奖序

春阳唐侯，由昌之武宁擢，宰于吾邑，始至江右都察院，察院诸道各移檄于兹以奖之，旌旧绩也。大都谓侯，秉节廉贞，宅心仁恕,明决而善干,故治多功。吾邑民闻之,争问焉,请子言为侯贺。

余曰:"吾闻其美尔。未亲见也,未见,吾曷以为言?第需之。"适侯亦下令,止毋贺,民是以不敢。

越数月,见所施政果卓卓若所奖语,又喜而来曰:"子昔闻侯之美而未之见也,今弗见之乎?"

余曰:"东海遁夫,见之而未悉也。"

民曰:"吾有以告子。邑之民疲甚,侯能务节用、缓催科而里甲费大省,是行乎昔之廉也。矜恤小过,不滥于刑戮,是行乎昔之仁也。讼两造诚伪,辄立辨。罚轻重,适其中。尤善烛事,几清宿弊,近侍人莫敢窥,是行乎昔之明以断也。侯之美,不于斯而可征乎?"

余曰:"由今以观昔,其誉固有征矣。据昔以论今,则善非素定者乎?善素定则可久,可久则泽不匮。吾又有以知侯绩之日懋也。"

未几,侯泽果大施而誉益著。都察院某公之奖,踵而至辞,礼之渥,视昔有加焉。民又喜甚,而谋所以贺者。

余曰:"吾今则可以有言矣。然君子之仕,以泽民也,非以干泽也。吾不敢以侯之获上者为足贺,直以尔民之德侯深者为侯喜尔。虽然未也稽古哲,后民已底宁,而如伤轸,念治臻休否,而其亡戒心。今我民虽德侯深也,能一无不获者乎?余不佞,复冀侯晨夕只畏,日见其所不足者而孜孜焉治,道将日光矣。苟自足之心生,将有慌然失去而不自觉者,余又不敢以侯之得民者为可喜,而直以民之未尽获者,冀侯尽心焉。"

寿莞山陈一山序

林子游于玉峰之麓,遵海而南至于莞山,见二陈公遗迹,叹曰:"美哉! 山川之胜也! 以二公之泽,其有后禄乎?"坐玩者久之,见一叟从一童携一樽酒,行吟山水间,悠然而自适也。窃疑其为隐者,揖而问之曰:"子乐山者乎?"

叟蹙然曰:"未仁恶乎乐? 顾吾性,好耕作,今农事既毕,官税适早输,无声利以羁吾志,吾将以览古余情,抚景而自适耳。"

余曰:"子何适? 可得而同我乎?"

叟曰:"穹壤之间,物各有主。非吾主者,吾不得而适之。惟山川风月,人间公共物也,人不得而私之,吾又恶得而私于我? 请与子同赏。"

于是揽余之袂,周行松石之阴,仰于高,见独山南峙,群峰拱秀,云物幻形,霞光炯采,高之胜可赏也。俯于卑,见流泉琮鸣,危石虎踞,清风振响于松梢,明月流辉于澄渚,卑之胜可赏也。眺乎远,见海涛际天,仙岛星错,蜃楼幻奇,龙光明灭,远之胜可赏也。俯仰远近,景与情会,洒然俱适,遂相与歌曰:"奇峰萃兮云苍苍,海无波兮天流光。鼓我琴兮酌我觞,舞春风兮乐无疆。"歌毕,乐甚。始通名,乃知为一山陈翁也。复畅饮,沉醉,然后别。出而叹曰:"陈氏,吾旧知有小溪子。小溪子,介士也,有烈祖风。今又得一山子,二陈公信有后矣。"

吾侄,继烁室公女,归见巫道之,侄曰:"舅氏素知叔,常切良晤,今不约而同焉。真奇遘也。烁敢有所启,舅氏年七旬,揆礼当贺,未同,烁不敢请。既见知于叔父矣,敢乞赐一言以进,何如?"

余曰:"吾与翁竟日山行,翁赏之而忘倦,悦且声之歌,真乐山者也。吾闻之乐山者,静而寿。孔子岂欺我哉?吾不文,请持孔子之言为翁寿。咏山行之歌以乐之,则兰言不足异也。"侄喜,敬书之以进。

宜睡子律钞序

台南雁北之境,其地胜,故其风近古。士生其间,往往衿志行,喜文学,遇则以施于朝,不遇则遁于野。虽遁,亦或以所能称者。而黄邑之西为尤盛,若今王子春所者其流也。余尝神交君于风声羽翰中,而见其志之高,音之雅也。

一日,客有以宜睡窝律钞至者,三读之,沉而雅,婉而丽,有古唐风格。叹曰:"美矣!诚乡之风使然欤?抑亦别有所受也?"

客曰:"王子志存尚友,嘐嘐乎,殆非止一乡士也。愿吾子辅其志。"

余曰:"辅仁,友道也。吾仁不足以辅王子,姑即所为诗者以议其品。人皆谓诗,外藻也,不知中实有所先定。穷六经之奥,探诸子之颐,辩而精之,以通其识;玩而存之,以养其真,夫然后其见超,其心正。即其心之正者,而扬之音,复出之以微婉,发之以和厚,则趣高而辞雅。今之诗亦古之诗也,较诸寄兴于虚寂,镂肝刿心于敲推梦寐间者,其用心大小何远哉?"

客以复王子,王子喜曰:"嘻!文焉而已乎?仁在其中矣!请书以先吾简。"

嘉遁斋记

嘉遁斋者，养觉子归遁之所作也。养觉子少嘐嘐，慕陋巷沂雩之乐，鲜系情于荣利，栖栖者，辄赧焉。竟以是违世。然大伦在念，欲遂遁不敢，姑试仕一邑，以卜行止。时宰臣以利风天下，天下从之而悦于利，故民食艰而怨叛作，四夷乘之以祸我中国。养觉子忧之，而叹曰："乱由自县令始，盖令财货所由出也。今不恣意克剥，以悦其所私，则民得安其所，而祸本消矣。由是一意裁省，为疲氓休息计，盖将持是以效寸补，民颇安，而当事多不便者。"

养觉子知世之不容也，历仕近九月，以疾归，归则以身课耕作，妻亦躬。执爨子且婚，所居室隘甚，乃相舍隙地，作小屋三间。间三楹，其高可十尺，中为斋，旁为寝食二私所，墨柱而素壁，碧窗而朱疏，整如也。壁之上摘录古经训，旁书已所图箴铭说若干首。名琴古书整列于几案，芳兰幽菊杂植于庭砌，荫之以茂树，环之以清泉，海日升而啼鸟乱，野风至而疏竹鸣。高雅之客引酌而论文，髫角之童趋庭而问礼，养觉子居之，嚣嚣然者，若有余也。扁之曰："嘉遁斋。"而自为之记云。

听松记

养觉子行于长松之下，拂石而坐者久之。凉风西来，有声锵然。语其门人曰："《易》其在兹乎？松无声也，触而后有声。性无为也，感而后有为。故君子之学，以静为常，以虚为极。静虚而顺应，事过而辄化。《易》曰：何思何虑，百虑一致。

《易》,简之道也,咸道也,听松者知《易》。知《易》者,通天下。"

参府南塘戚公台南平贼记

大将之立功,莫难于承平之际,大军之泽,将亦于其才且良者,不易得也。盖乱世,民习于战,令之则易从,鼓之而气易振。安久则民逸,逸则不利于险,故将同,而功否不同。才者,善战而乐杀,德不胜祸;良者,仁勇兼资,威行而德与沛,故功同,而利害不同。然功否,一时之赏罚也;良不良,千载之是非也,是以君子慎所处焉。

国家累熙洽之治,民不识兵革,倭寇东海,官兵望白刃散去,遂坐致滋蔓。元戎胡公忧之,择所部之良者,而南塘戚侯始如台,至则炼士卒,饬号令,谨烽火,条守备之法,列部伍之阵,严赏罚之规,纪律一新矣。兵未试,识者已知侯为名世将。岁己未,贼舟由黄岩栅浦抵新河,侯咨于海道谭侯,身自率战,贼败走追五十里。至南湾殄之,而军声遂大振。

越二载,辛酉四月,贼数千进逼郡城,侯蓐食往,一鼓擒其骁勇,贼众走白水,合势颇盛。侯乘胜突进,挥部将胡守仁等,夜持火,急击。贼怖,咸跪而授首,我师无一伤者,远近皆大悦,走迓。五月,贼寇我长沙,邑宰徐侯会于师,曰:"急剿,毋令掠吾地。"侯曰:"贼势尚锐,姑戢兵以伺其间。"越二日,贼四出掠,侯率精锐间往,捣其虚,贼大败走。令军中毋滥杀所掳民,由是子女得活者以千数。其掠而未反者,皆震栗散走,所获悉以赏军士,兵民皆大悦。

夫侯率久安之民,收屡胜之绩,应难而反易者,才也。蓐食以急郡城,忠也。活人于抢攘,仁也。不自有其所获,廉也。

才者,世或有之;仁廉而忠,虽古贤将不能加。故侯之泽大被吾土,吾土之人咸德侯而户祝之,百世不能忘也。呜呼!方今南北多事,举天下终将赖之,岂惟我台民已哉?

爱梅叟记

梅园之叟林氏,岁入其实以为利,叟爱之,自以与西湖处士之姓同,其所好又同,因号"爱梅子"。

越数年,梅渐朽,虽花而鲜实,思种桑之利也,遂尽削而桑焉。

客曰:"子本以爱梅之趣自拟高士,一旦易之,是易子之尚也。然则,子何以成名?"

曰:"吾恶其鲜实耳。"

客曰:"和靖之于梅,爱其花,非爱其实也。子取爱于和靖,而不以其花,是不知其所以爱也。"

叟曰:"花恶贵?"

曰:"玉质而冰姿,岁寒而独秀,香清而远,是以隐者契之也。"

曰:"信是,吾将践处士之迹而求之。"

明日,持酒舫,呼客同往园。隅之隙,有余枝焉,命酌而赏之。见干老而中枯,香微而色淡,当众芳之消歇,历冰雪而后。时寒风载途,人迹俱寂,坐玩者久之。愀然而不悦也,起,谓客曰:"逋老诚爱此乎?殆困绝无聊,姑托此以自高耳;又不然,则其僻也。吾今而始悟夙尚之非矣,请改号焉。"

客笑曰:"子易梅以桑,是以桑易子之爱矣。请以子为桑子。"

旁一叟曰："桑亦有时而悴也，悴则不爱矣。顾桑之所以爱者，丝也。吾直以子为'爱丝翁'。"彼众客皆大笑，而遂名之曰"爱丝翁"云。

呜呼！小人之爱！君子中实有所为也，利尽势穷而爱与之迁，又何异于兹叟之爱梅也哉？君子观梅之无故而见削也，则知士之交，不可不慎于其始矣。

重创问礼堂记

昔者，周文郁郁，子从之至。林放独推本，始复大而示之质焉，夫何故？盖有所感也。夫三代之统异尚，而道则一。忠质，本也。文者，文之者也，非离乎本而为言也。然礼至于文，则其弊也必靡。孔子，汤孙也，林放，比干之裔，亦汤孙也。感周文之滥觞，皆慨然于烈祖商王之化。礼本之，问适契圣，衷而大之也者，大商之质也。礼则从今，而本不忘乎其先。圣人忠孝之至情，具见矣。

呜呼！吾祖迪功！府君之名堂，所以独宗放也。顾周文之中，不见于后之世，后之言文者，靡焉尔矣。我林氏肇端比干，则敦商之质以大启厥后，俾各崇本著诚，以世修夫俭戚云者，吾祖志也。夫亦仲尼长山之微意欤？

堂作于宋，迄于元，迭经世乱，而名贤雄藻，后先湮没。规制之详，莫得而考矣。按谱，则兹堂也，百六翁创之，而教子姓以礼者也。国初，四祖建庵，序言此堂祀百六翁，当百世靡改。盖始创于书院，后遂为府君祠也。洪武初，以龙风坏，迄今已二百年，惟荒基、巨石、毁瓦、坏垣，萋然于平芜野水之间，依稀故迹而已。而昔时冠冕文物之盛，渺不可睹也。呜呼！兹非兆之罪而谁罪？

嘉靖之四十四载，适族兄贡归自宦邸，厥谋适协，遂相与经始焉。相故基，今不便建。鬻之，以所鬻金购地，箸桥南际地，凡二亩，屋七间，间各七楹。中三间为堂，堂傍各二间，外为门，门内为小屋，环之以石垣，树之以桧柏，亦苟完矣。董其事者，族兄贵昂、贵儒，弟贵御、贵券、贵秀，侄□□[一]也。其所输，则东西翁后各半；于本房，则各相其力为盈缩焉。越丙寅冬，事始告成。爰酌所宜名，佥曰"问礼堂"。旧扁也，惟祖以命名，设教弗敢改也。复酌所宜祀，佥曰"祀百六翁"。旧典也，惟祖有佑启功，弗敢忘也。

兆曰："名不可改，而祀无庸泥。盖昔为四亲庙，则先百六翁。今为始祖庙，祖训有云：'十五祖始迁于浦，三五祖始定居焉。'二祖之主，皆百世不祧者也。若二祖祧[二]而独祀百六翁，百六翁不安享矣。盍推而上之？先厥始迁，而以三五祖配焉。然百六翁之克启厥后义，不可忘，但孙以祖降，退就从祀之，列位于东而为昭祖，东西二翁积德萃和以培我。世泽亦进，诸从祀位于西而为穆，亦仿佛乎世室之遗意也。"

诸宗老咸可之。或曰："子之取法于世室也，不已僭乎？"

兆曰："分有尊卑，而孝亲之情则一，故庙数有等而天下不敢加者，辨分也。祭之远近，有可以义起者，达情也。乡人之贤者，没且祭于社，矧祖德乎？其不忍忘者，情之至也。情之致，礼之极，先王所不间于天下者也。吾之法周也，法其意已矣。若必泥于古，虽始祖之祭，亦非矣。程朱创之，今之人皆安之，不以为僭也。然则子以为僭乎？"

校勘记

〔一〕此处原文脱二字。

〔二〕原文作"桃",误。

中山小隐记

邑东行际海,有峰崭然,四山皆蜒蜿盘拱,峰半下稍旷。村舍陇亩相间错,水依山环绕若带,至涧门合流,隐隐下泻碧萝潭入海。客乍至见之,宛入武陵村也。古有莱姓者,种茶于此,寮而居,因以名其山,而人之名则固莫有知者。然则古之隐者欤?不然,何其迹之幽,业之雅?人不名著而山得之以成名耶?至后有丁复者,以避乱至,更名于履,亦终遂其隐。

而今之莫君大艮,读书养节,舍捷径之趋,而必于山遁,悦中峰之胜,筑馆而居焉。殆继二公之响者矣。然君不离其乡井,不遗其亲,故不遏其声歌,殆隐而无隐,无隐而隐者乎?

古称浔阳三隐,余于兹山也,亦云。然浔阳之隐,生同时也,故三贤者,咸得以善相引取。茶山之隐,则古今之间绝也。然则,中山子其孤乎?乃余反棹浔阳,虽不敢自拟陶子,然而雅爱兹山,且与中山子有宿好焉。苟得与俱,则又卜宅柴桑,而乐素心之就者也。中山子不孤矣。

中山子与之否?夫与之,则中山其四隐也。

钦依松海总戎少川张侯遗爱碑记

隆庆之辛未,少川张侯来镇我台境。越万历癸酉,迁江右都司职以去,逮兹凡五越岁矣。城中人无贵贱、老少,咸思之,谋树石以纪不朽。适侯部下将某至,喜之,介邑诸生王汝敬等来请文。

林子曰:"人之系人之思者,德也。去之久而思与久,则其德之入人者,深也。张侯,吾纪焉。虽然,吾闻其贤矣,然未睹其一一,子述以告我。"

诸生曰:"侯少习经史,敦儒行,以承先将军荫,乃兼习武略,典兵瓯括,间有功奏,擢松海总。至则谦慎,外袭而精爽,内融自奉,甚清约,一芥无苟取者。其言曰:'汲海不能实,漏卮任土不能供大,欲与其苟取而滥费,无宁崇俭以安吾节。'故秋月寒江之操,见称当道,侯实无愧心焉。周贫士之困,不强其所不堪,时兵饷之给而均其所从,役人各怀其恩。至于简阅训练,与夫巡行而防御者,所经咸井井有度,功之赏罪之间尤严□〔一〕。无少假者而人畏其威,人威而知爱,咸愿为将军死。但寇知我军有备,望风辄引去,侯故无战代功,而境内阴受其福。一日,巡海上,飓风大作,众舟忽尽覆,官军多溺死者。侯独浮水上,寻泛至一木,巫蹼之震荡,冻饿二昼夜。众兵谓必死,各号泣四索,见侯忽生还,皆大惊喜,以为有神物呵护云。舟中军饷若干两,事急即设标沉之,为败舟人所拾,闻侯生,即持诣麾下以献。是天人交助侯也。其厚德之报欤?"

余曰:"将之出奇制胜,扬智勇,树休烈者,古今亦多矣。而廉节仁爱,不失其身,能得军士心若侯者,不易得也。然则,侯其贤也已。惜其但膺戎理,而泽之所被止此。使得任民牧,受生养之寄,则阜民和众,四方之兵革可坐而销也。章纵者,有腆颜矣。余故乐书之,以兼劝夫膺民牧者。侯讳榜,字括,苍人也。"

校勘记

〔一〕此处原文字迹模糊,脱一字,疑为"饬"。

新城王氏祠堂记

家之有祠,所以反始而追远者也,抑亦明宗支、辨昭穆而致亲亲之爱者也。四亲祀矣,而复追及其所始,尤情之至也。古之君子,必谨焉。

新城王氏,故合肥旧族也。国初有肥南公者,以寇变,从信国公汤靖海,抵台郡之新河,家焉。时兵戈四偃,泰运肇开,公既获所止,因辍习武事,以文学训诸子,补邑庠生,实开家学之原。又数传至弘治间,曰思南者,克念先泽而思建之祠,以值变不果。再传至愚直公,处丰之会,隆孝之典,捐资数十金,贸地五龙山下,谕其子庠生世登,率族之好义者习之。汝翌继思南公而有事焉。其制,则中为正,堂前为门,旁为左右庑堂。设五龛,中祀始祖肥南公,而以愚直公配不祧,旁四龛则四亲之位,皆以世祧者也,则大小宗祠兼备矣。稽古,士庶人无始祖庙,窃意特庙,或踰不祀,则忘其本。今不特为始祖庙,而合奉焉,祭则必先其始,殆法古之意,而不泥其迹欤?

祠成,海峰叶公至,览之,叹曰:"肥南遗泽也!盖原其基之所始已。而观其位,又题曰仿伊川。爰宗初祖,遵晦翁式,书四亲,则叹今之知礼也。后先述作之美,具见矣。"

余于濂洲公为文会友,获通名于姻籍,与闻其先泽。今公之子麟之,偕族庠生应龙汝敬以记请余,义不敢辞,辄述其所有闻者纪之。

长老曰:"边城地故鲜祠,而卫之有祠,实自吾祖始。"

余曰:"是固足法,然文王之肃肃,尤子之足法也。夫祭,必先定其志,致一以思之,礼之本也,神斯格之矣。诚不至,则神不格;神不格,则与无祭同。峻宇雕节,徒饰也。吾又是而观子之心。"

长老曰:"然。必是,夫然后有享子,固得易之萃矣。请并镂诸石,庶朝夕戒我,且以启我后之知礼欤。"

贰守赵致庵遗爱碑记

万历壬午,邑令之员阙,当道以令最切民,隐择郡守赵公署之,慎所委也。比至,其所施于民者,民咸称便。半载许,适郡侯北上,檄公解县绶还府,民不忍去公,咸拥至车下泣,曰"吾民悴矣,得荷公休泽告苏,兹忽舍我去,虽瞻德靡远,顾赤子慈母,安能咫尺离,乞赐留双舄袛奉,庶朝夕如见。"公辞之弗克,乃为留一靴,民欢跃将去,作亭以贮之。时得至亭下,徘徊瞻顾,谋所以纪公绩者,告余曰:"天地间惟德不朽,惟石亦不朽;德不朽必有文而后征,吾将假子之文纪公之德。魂之贞石,于不朽是图哉?"

余曰:"德以文征,文尤以德传也。吾文衰矣,或藉公德与久,吾幸也。子具以示我。"

父老曰:"兹固日被我者,吾言之里甲,民疲甚。公清约自持,一芥无轻取;虽额征者,必以限,是以民困苏。性本惠爱,视恫瘝尤切,日思以植之。见恶虽甚恶,至用刑必谨,故民悦。未明求衣干,蚤无宁刻,有未便者,必三就而后革,是以众务举。饬近侍之防,致豪右之抑,严剧恶之诛,而奸惊远。藉田有方,饶乏必稽其实,委官致忠,掌记者无藏巧,是以田赋均。

民固罔弗蒙其被者,第旋驾大速未究所欲施,然有余不尽之情,必以告新令尹。则公之念我者,尤不以远忘也。我之于公,又恶能以去已,弗思哉?惟君其纪诸。"

余曰:"不滥征,廉也。矜弱而恤刑,惠也。善干而无所忽,勤且慎也。惩奸究、均井亩而积蠹消,明且断也。夫清慎勤,古称良吏,而况主之以惠心,出之以明且断,治胡不善哉?宜尔民之不忘也。窃尝闻之,政之精明敦裕,各自有体,而其效亦殊。精明者,其政赫;政赫,则上易知。敦裕者,其泽懋;泽懋,则民用怀。兼之者,良鲜。公受知于上矣,所以系民志者,又复惓惓若是,将不谓兼美哉?余故乐记之,俟后之同所志者,见而悦;其不同者,亦或感而兴也。"

父老曰:"吾以纪遗泽也,而子又将以启后乎?夫德,可以启后,亦可以光先烈。兹石也,吾弗于亭树,吾将列之二贤之祠,俾并美云。"

慎睦莫公墓志铭

公讳沼,字思莲,姓莫氏,别号慎睦,台太平南塘人也。祖讳某,父某,母崔氏,以某年月日生。

公方九岁,而伯父继殁,虽在屯而志气荦荦,与群儿异。稍长,好读书,见古嘉言懿行,心好而窃识之,尤精于律学。选府从事,忠诚廉干为主官所倚信,有疑狱,必咨焉。故狱讼冤者,公多所伸救,冤者弗知也。至有窃其恩以求赂者,众咸称之曰莫道学云。正德间,当该营缮司主官王某受诬于逆瑾,公计将诣阙以诉瑾,闻之,并捕楚辱无完肤,会瑾败得释。后除万年尉尝摄县事,廉介而明决,且出之以恕,民故罔不悦者。

或劝公为裕后计，公引古清白吏子孙以答。客惭谢。

竟以正直忤当道，五载，忽罢归。老屋一区，薄田仅十亩，皆少所经纪。官归，无分寸益，敝裘、蔬食，忻如也。常语人曰："得失天定，吾将何求哉？"家居凡数载，以疾卒。时某年月日也，距生年六十有几岁。

公端范诚确，行由天性，对朋旧或子弟辈，皆煌煌正论，时引古传记语，听者敛容。此余少日亲受益于公者，今罕其俦，盖当求之古云。先娶白沙陈氏，生一子敬；继娶团浦林氏，余堂姑也，生子敞。女一，适生员鲍文良公，卒，无葬殓资，至是始得地于里之丁墺，合林氏窆焉，时嘉靖癸丑，十有二日也。

铭曰：大海之渍，有巨人兮，正气矫矫，今罕伦兮。玞玉错列，迷其真兮，高峰千古，共嶙峋兮。

海庄陆先生墓志铭

海庄陆先生，讳良臣，字师征，别号海庄子。按状，公先会稽人也，国朝洪武讳胜孙者，戍临山，改调松门卫宾，公始迁祖也，生某，某生某，某生某，号可南，居仓。前数世皆以能称，而可南公尤楚楚者。娶同闸沈氏，生三男，子长某，早世；次即公；次某，号云庄公。少嗜学，习文章，尤精举子业，总角简学官弟子。督学熊公阅其文，喜之，补廪生。自是誉闻日起，屡擢多士先。夫松边戍地，鲜举业者，而举业之盛，自公始。然累试于省闱，不遇。嘉靖之壬子，以贡入京师，补太学生，爰授吏部选，拣含山县令。至则悉展其所志，救法令而疆者威，明听断而奸者伏，省征敛而困者苏。莅任甫二载，人各称善，奖厉[一]之檄凡数至，有不合者沮公，公不与辨。明日，即促驾行矣。既归,改筑室于墩头,垦山经亩,教子孙以耕读,俾世其业云。

余少与公同庠舍,仍忝会文友。适病,懒卧家,闻公归,窃喜,招为里社,会讲蓝田约法。暇则命一尊酒,览胜山海间,赓歌自适,方期公以终诲。而公且逝矣,时万历己卯,七月某日也,距生年弘治己巳,历年七十有一岁。

所著有《缶鸣集》《居家四要》《江湖胜览》诸帙,藏于家。夫人黄岩吴氏,同知元白公孙女也,慎勤而克相,生子二,曰文郡,庠生;曰某,早卒。女一,适庠生。葛衣轻及,见孙男三,曰鳌,曰鳞,曰新,孙女一。见曾孙二,寿祥、寿祯。丙午冬,十月某日,窆公于苍山之虎溪。葬前之二月,文以墓铭,请余,拭涕□□〔二〕。

铭曰:女无好丑,惟一之从。爵无微显,惟职克供。猗欤海翁,膺兹民社。民皆曰贤,谁曰不可?忽朝不乐,旋波海阿。偕我良友,一握以歌。我歌方永,翁将安居。三山在目,精爽与俱。

校勘记

〔一〕"厉"字疑误,应作"励"。

〔二〕此处原文脱二字。

石门邵公墓志铭

公讳楣,字允伸,别号石门。其先,婺之东洋人也,有讳蠹者,始徙于平之嵩山里,而族渐蕃。考讳某,娶某氏女,生公,幼通解,峭拔与群儿异。九岁而父卒,稍长,佐兄抒饬家之蛊,人将谓邵氏为有子矣。

初涉举子业，以失怙废学，乃降志就吏员，拣温州府从事，以勤干称。民有以兄弟讼者，挟逆瑾之私号于阙下，事下司府，太守欲据法断之，恐牾，□〔一〕召公与议，公曰："第需之，俟明日来复。"即潜抵讼家，为之推至恩，明伦叙，决利害、兴衰之几，反复累数千语，兄弟咸感悟，从之。明日，偕讼者至，若崩厥角，稽首。太守大悦曰："良哉！□〔二〕掾之善率也。佐温治者必子矣。"因是特加礼焉。

公素好亲老，恒切于远忆，一夜，梦母氏盛服下堂，忽凌空以逝，觉，忧甚。遂白太守，归。月余，母果得疾卒，制终，辄遁去。置山引泉，课耕以自乐，尤善教诸子。尝语之曰："持己贵恭，接人贵逊。如吾简，不足学也。"每夜闻书声，辄喜。灯烛稍疏，即鞭叱，不少假；虽族子弟见可进者，辄励之。不给者，资之。故公之子弟，多知学者。

余就学于外，尝系心于家计，公闻之，戒曰："君质当远，造学须及时，生理不足计也。"余悟，遂散所居积，实公言启之也。自淳风散，直道衰，民情习恬软便丽，以媚于世。惟公独持刚厉，见乡有不直者，面折之。故与世罕合，然卒谅公之直也，而寡怨焉。

岁甲辰癸卯月，以疾卒，距生年成化戊子，享年七十六也。先娶江洋叶氏，生二子，曰某某。继娶南山蔡氏，生女一，男一，曰舜选，舜烨则侧室李氏出也。女适某，选以贡授□□〔三〕教补，烨增广生。又明年乙巳，上兆某山，奉柩窆焉，未葬之前月，舜选泣奉状以墓铭请，兆获交于选久，习闻公事，且德公善训我也，揭其要铭焉。

铭曰：繁萼丽羽，其容舒舒，彼妹是愉。乔松皓鹤，冈崇于饰,介人是怿。憸夫诺诺,君子谔谔,人或未然,理则靡错。石门峨峨,营此幽都,千载有考,斯言弗那。

校勘记

〔一〕此处原文脱一字。

〔二〕此处原文脱一字。

〔三〕此处原文脱二字。

外父瞻西陈公墓志铭

瞻西公,姓陈氏,讳克献,字甲文,太平殷洋人。高祖讳从美,自交浦徙而家焉。从美翁生祖显,显生祖德,德生公父奎,娶新场颜氏,以成化丙午某月日而生。

公性孝友谦逊,好善而谨于礼,人罔不敬悦。然公直,无阿党,见不直者,必以理折之,侃如也。故乡之笃者、威懦者咸倚重焉。尝叹曰:"吾安得瞻西君?恒在直,乡曲俾鲜讼乎?"至嘉靖丙申,五月某日,忽以疾卒,享年五十一。人罔不哀叹。季冬某日,葬本里。安人林头潘氏,以顺德相内治,生于成化甲辰,卒于万历甲戌秋,享年九十有一,于是年腊月某日,合葬焉。

子五:印、串、仓、库、廪,女一,适贵兆。兆时尚少,公族叔凤西语公曰:"若有女,吾为女择婿。"公诘之。因历指兆,祖父存心事以告,公喜曰:"当为叔识之。"后竟以字兆。夫养女,多择劳艳家,公独于善契。然则公之好,其亦异乎今之好者欤?及见孙男十二,赞汤沐衮总拾颜及怡耨耕读,孙女六人,皆以德量公后云。

铭曰：翁之德，洵直且仁。翁之义，洽于比邻。翁之泽，庇此后昆。猗千秋兮，丰北古村。

重修先祖翰林学士登一府君墓志铭

府君，讳仁本，字公立，姓林氏，号梅边翁。宋季，祖太学生西墅翁秉哲不仕，祖妣邵氏，生府君于太平之团浦，幼敏悟好学。

元初，由里选掌缙云，教化大行，有荐于朝者。仁宗即位，召对嘉禧殿。明年，再召光天殿，问治道，条对甚悉，帝大悦。先是有命翰林官，朕将选亲，久之未得，及见府君，即命署翰林。承旨事，时咸以朝廷能得人。未几，会以疾致仕，不许，寻卒。男宗勋奉枢归葬于磊石山。公娶南塘戴氏，同知大猷公妹，而合穸焉。男九某某，女一，适某。墓有山，与庵大。

明成化初，丁家不竞，顽民遂窃而据之，穿其坛以葬。正德间，族伯连奏而讻其爵，顽构同姓者冒之，仍据焉。衔恫不泄，几五十载。嘉靖之三十六载，贵兆勉承先志，再号于阙下，移其葬复焉，并归我遗址。明年，修府君墓志之。

铭曰：坛石毁兮德胡伤？德不毁兮石重光。云木秀兮山海长。

千山陈先生墓志铭

先生讳德孚，字邦化，姓陈氏，台太平人也。里有百千山。人故称之曰千山先生。

按状，其先自闽徙温之乐清，宋季有讳冲者，赠中顺大夫，再徙于台之新城，所居第曰陈家宅。国朝初，赘泉溪戴氏，遂家焉。高祖讳宣，曾祖讳某，父讳某，号竹居，为清江县尉，娶某氏，于某年某月日，生先生于兹里，幼颖睿慎密，笃于孝，博览诸经典，尤邃于易义，精举子业，著声庠泮间。

浙督学万徐师宗，阅公文称美，拣置诸生先，补廪，凡八试于场屋。公学精深而文且高古，人鲜识之者，闲尝一见举，又竟以科额限，特颁赏焉，士论惜之。然素望隆重，邑弟子之及门者，日益众。虽以兆之不敏，亦尝持片纸求正，先生咸乐育之，间多藉以著名者。越岁，将应贡北，北上，于某年月日，忽以疾卒。

呜呼！天胡厚？公之质而禄与寿两啬乎？然性敦孝友，事亲无违色，抚诸弟惠诲并至。娶莞田季氏，生子三，长九功；次九式，字子充，邑庠生有声；次某，早卒。孙二，三策、三才。享年五十有几，某年月日，九功等奉柩于莞田之山窆焉。俾兆志，兆追思余泽，动至零涕，安敢以不文辞。

铭曰：郁彼千山，有峰峻嶒。钟灵毓秀，馂父乃生。公学惟懋，摛章有莹。胡天生美，弗作之成？如玉蕴椟，曷窥其瑛？行道有恻，瞻彼崇茔。

纸窗铭二

敬克尔私，无翳其虚，厥德惟明明。
安厥所止？不见其人，志乃宁。

盘　铭

洁女于面,惟民所见。洁女于心,惟帝是忱。

知我轩铭

九尺之宫,中涵虚寂。驷马罕过,幽士攸宅。风月在庭,图书在壁。觞斯咏斯,以娱日夕。我有纤恶,女必知之。虽不我遣,我不愧而?我或无恶,女亦知之。虽不我赏,我心则夷。女既知我,我其女师。有一愧女,我曷敢欺?

祠堂香炉铭

琢山成质,艺兰致诚。器山斯久,德兰斯馨。

仓　铭

箱之玉粒,野之汗血。盈虚靡常,出入知节。

觉　箴

养此心之虚以生觉,精此心之思以造觉。察□〔一〕念之真以致觉,澡一私之翳以全觉。

校勘记

〔一〕此处原文字迹模糊，脱一字。

独知图箴

人心虚灵，万化斯通。不闻不睹，无感无形。惟感斯应，知意乃生。入舜出跖，其端甚微。尸之者心，知之者谁？天牖孔昭，莫之或欺。毋曰不见，天地鉴之。毋曰不闻，鬼神听之。静存其虚，动必察识。淑慝之几，炳乎早觉。早觉早复，罔呈于迹。瑕则鸾刀，从容以析。坚则资斧，刚健以克。根株既空，理还志得。俯仰悠然，千圣妙则。

德境图箴

人心之虚，中涵明德。德以顺应，物乃协则。情以物迁，性缘情溺。君子养静，天德内荧。物之有感，率德攸行。扩其广大，极其高明。阳精宜照，群阴廓清。凤凰千仞，俯视众生。清明坦荡，随遇咸亨。乾坤上下，风月流形。

欲境图箴

情感于物，变态万端。荣辱得丧，喜怒互干。牵连震激，颓波怒湍。冥蒙舛错，云塞雾漫。动极不反，渊沉冥骛。静言深省，惕尔大悟。尔悟尔作，尔销尔廓。

省愆箴二

女敬天，君平明，百为有度，巧者忘机，勇者忘怒。呜呼！女曷不观于有众？以自省其过。

女不敬乱，心丧德迷，几召戎。呜呼！尔奈何不敬？以自戚于尔躬。

存心箴

惟恭惟默，惟几惟克，惟光大是宅。

修身箴

虚其心，平其气，无动非礼，无行非义。

和亲箴

肫肫焉，以尽其道。恻恻焉，以矜其非道。

处众箴

舍己而同于物，则公尽己而无尤，于物则有容。

狂佚箴

友人持越南狂佚卷以寿，余仰瞻昔贤，书以自儆。

鲁雩狂士，柳下逸民。高不遗世，隐不忘君。嘤嘤者子，动曰古人。虽志其志，未得其仁。天明皎若，钦哉日新。

富贵安乐箴

无求者至富，不屈者至贵，循理者至安，知道者至乐。

富贵寿多男子四箴

富可欲也，而有所不可欲者。守之以分义，得之以天命。衣食足而良心存，恩惠敷而礼教立，以是而富，富诚可欲也。若夫挟势分以掊克，厌贫乏而巧求。其未得也，逐逐而有营，其既得也，施施而自足，侈浮靡于俗观，教怠荒于孙子，以是而富，是富跖也。可耻，孰甚焉！

贵可荣也，有所不足荣者。学优于己，用然后达，忠谟显于岩廊，膏泽施于庐井，天下仰之，后世思之，以是而贵，贵诚可荣也。若夫媚事巧营以跻通显，怙权黩货以病群黎，敛四方之怨，负一人之讬，以是而贵，是贵尹也。可贱，孰甚焉！

寿可庆也，而有所不必庆者。修义强仁，老而不厌，积功累德，久而弥深，达则为朝元老，穷则为乡先觉，以是而寿，寿诚可庆也。若夫少斫其良，长无寸善，志气衰廉，隅日丧更，炼熟机巧益深，此谓原壤，不死为世之贼。虽寿，奚取焉？

多男子可喜也，而有所不足喜者。敦孝弟，习诗礼，出则立身扬名以显尔祖，居则谨身节用以养其亲，如是而多子，多诚可喜也。若夫不思安分，废耕桑于燕游，鲜克存心，骋奸回于家国，群聚而争端起，力众而凌傲生，此谓房杜，繁息为酒之徒。虽多，奚取焉？

处困箴

慎独以慊乎己，强恕以同于物。诬逆外加，必深自反，困抑已甚，但取天知。慎勿乘躁，乘躁则已之。动错慎勿诉枉，诉枉则人之过昭。动错过昭，其祸必大。戒之勉之，庶几希君子之不校，获大人之亨贞矣。

愠讪箴

人谤我以大恶，我苟无之，言者只自秽尔，于我何伤？人谤我以小恶，今虽未然，来者敢自必乎？因是而加儆焉，将有益于我也。

忠孝勤俭训

知爱亲之心，则知所以事其君。知爱子之心，则知所以事其父。知苟安之不立，则不容于不勤。知苟得之不臧，则不容于不俭。

六愿家训

一愿修孝弟敦礼节，以和于家。二愿扩仁恩持信义，以孚于众。三愿躬耕数十亩守勤俭，以给生资。四愿学书数十卷识是非，而趋正路。五愿均赋役以输官，而勿怠乃公事。六愿持忠贞以报国，而毋便其私图。

愚　赞

君愚兮君如天下，何君不愚兮，天下如君何？君安天下，天下安君。然则君之愚，其诸异乎人之愚者欤？

僧若峰像赞

亭亭双峰，屹于江浒。白云晨夕，明月今古。老禅空空，光照自中。无色无相，不知其峰。

林重州先生像赞

即其容温温且惠，聆夫音亦清以厉。智颖慧而深潜，行洁修而岂弟。胡小试而未期？竟投簪而远逝。琴书在堂，荪兰在砌。慨瞻依之，靡从而于斯焉，睹其光霁。

黄洞樵像赞

清粹兮尔容，好修兮尔踪。弄琴尊兮秋月，坐童冠兮春风。行歌山海，其音融融。斯何人哉？不知者以为古洞采樵之客，知之者以为西湖载鹤之翁。

祭方厓赵尚书先生文

辞曰：峨峨方岩，屹于海濆。含精毓秀，萃此人文。维王维谢，式昭令闻。公嗣其学，实扬厥芬。志存匡济，德树忠纯。和匪同物，介不离群。始官言路，继典刑兵。謇謇一疏，落隼高墉。按于西土，犬羊是惩。雪冤疏滞，出否扬清。大臣以度，百司具刑。岂无膏泽，惠此群生。公方弗有，夙夜冰兢。翻然乞命，旧山是营。乐此偕老，忘彼宠荣。帝曰俞来，吾将尔庸。公志方决，曷敢勉承。既怡既怿，我歌且赓。忠孝俱举，进退以贞。猥我凡陋，近贤之居。早陪砚席，晚借德辉。拟膺遐祉，高山是依。讵意一诀，终焉为悲。呜呼哀哉！公灵何之？在帝之旁。为箕为斗，日月之光。瞻望靡及，出涕有滂。灵如鉴兹，驾言来翔。尚飨。

祭同年九难王金宪先生文

惟公秉心，塞渊以仁。砥行弥卓，直清是敦。孝友之良，孚于宗戚。信义外施，乡邦为则。三莅剧邑，惟廉惟惠。慈母之怀，不威而畏。继典工曹，地财是营。秉公竭职，豪右风从。

随迁藩臬,进若渐鸿。岂不思奋,畏彼高墉。见几一疏,卷道以东。郁郁台山,泠泠雁水。结社隐沦,濯缨清沚。众醉独醒,西山之侣。狂夫嘐嘐,世莫我容。求友四方,直谅是宗。启蒙振弱,靡告不忠。从鸿附骥,迹亦偶同。拟膺遐寿,终焉为依。胡知一别,遽尔永离。德音既杳,神想空驰。椒浆薄奠,涕泪频挥。呜呼哀哉! 尚飨。

先师一翁金先生特祠成祭文

台学之先,有二徐氏。于哉考亭,实扬其美。休风远流,群英继起。历宋迄今,昭若可指。真知独造,孰如公似? 公学胡师,程门是师。养于未发,大本卓而。以察万用,莫遁一丝。温恭朝夕,若不胜衣。义利之介,万夫莫移。惟冲惟默,似不能言。扣之而鸣,大义炳然。典教诸省,惟德之宣。亨蒙振懦,士行日迁。一朝不悦,卷之以旋。鸾翮千仞,谁能或扳? 撮尔小子,性本鲁愚。虽勤砭订,终鲜发挥。幸兹直道,弗闲古今。尊德慕义,上下一心。庙貌奕奕,台山峨峨。先生之道,与山同孤。风彼百世,顽夫薄夫。十贤伊迩,英灵与俱。尚飨。

下卷

学文论三篇

养觉子闲居,思为文之道,若有悟者,因别为四目,曰明道,曰用意,曰行文,曰使字。

盖作文之意,主于阐道。阐道者,文之根,是故非真知独得,弗言也;非辅经述圣,弗言也;非准天地合鬼神、关身心善恶、系国家理乱盛衰之机,弗言也。外是而言,非邪则鄙,君子无取焉。

然文也者,以言教人者也。曰:教人,则微者,欲其著也;蒙者,欲其觉也。意可使弗达乎?必旁引,必曲谕,或原始而要终,或推利而究害,明辨以昭之,是曰用意。用意者,圣贤之不得已也,其一归于善悟之而已矣。故理正而邃,意曲而达者,天下之善文也。

然文也者,言也。谓之言,则有声矣。声者,出于气者也,故敷言必顺其气。气发于声,而声必有节,故裁其长短,调其疾徐,合散呼应,曲直方圆,错综变化,自然而成章,美之至者也。繁絮委弱,塞涩诡怪,矸和平之体而伤之者也。

至于用字,古文难知,今文易知。惟去其俚俗,择其雅当,稍谐其音,则今之文,犹古之文也。必曰不索隐,则不深不古,则不有奇意,病人而以自炫者,君子不取也。

修此四者而文之,事毕矣。

立言之道,致知以明理也,居敬以养气也。理达则其言也正而通矣,气肃则其言也和而庄矣。正是通,然后其辨不穷也;和而庄,然后其节可观也,而文亦几乎备矣。三代无文人,德充而辞莹,有自然之文也。六经无文法,养深而气和,有自然之节也。圣门之文,游、夏擅称,而教弗及焉;而曰有德必有言也。先后之辨可知矣。

文章以理为主,理则粹然而意不足以发,犹德茂而不捷于口者也。辞质而味永,有道者取之。理苟未至而意足以发,犹才敏之士,口给而或流于诐也,则次之。二者俱失而行文有度,鹦鹉能言而非以宣虑也。三者俱劣而摘字以饰之,蝉噫之噪,丧音而亡节者也,不可以为文矣。

孔子出处论二篇

或问荷蒉者,曰:"莫己知也,斯已而已,深则厉、浅则揭,此出处之道也。"子惜之曰:"果哉。"然则圣人之不果,何心也?

养觉子曰:"不忍之心也。请假近以喻,客有之广者,见荓草以为莼也,烹之而欲食,邻之叟见而止之曰:'勿食。'客不听,叟曰:'食之则杀人。'又不听,抑且诮其欺己,叟不忍去。其友曰:'不言则过,再言之而不受,则非过。何自辱焉?'引其衣以行,行且数十步,叟遭如,弗能进也。竟返而给客曰:'兹可食也。吾有酒,盍与共赏之?'客喜,始正席分羹以先叟,叟嗅之曰:'臭恶也,姑以犬试之。'一犬不食,一犬食之,狂而毙。

客大惊,始起而拜叟,且自谢其馋也。邻叟之仁至是见矣。夫子之不果,去邻叟之心也,荷蒉丈人其友也,猎较以为兆取验于家犬乎? 惜时君之馋也,甚于客。而使夫子之仁,卒莫自见于天下也。噫!"

或问曰:"有道则见,无道则隐,孔子之言也,《春秋》岂有道与? 而子之不隐,何也?"其自解曰:"天下有道,其不与易也,信尔。且将见无道而隐,有道乎? 何言行之违也?"

养觉子曰:"否。趋时焉而已矣。趋时者,存乎几。二隐浸长,其卦曰:'遁。爻云嘉遁,贞吉,遁尾者厉。'由卦言之,阳有时遁,由爻言之,遁宜速也。夫周文作易以示后世,思得人以济其衰,顾教君子以速遁,岂其心哉? 盖必有时义当,然吾不得而自秘尔,何也? 世治则道亨焉,世乱则其道病,仕以行道,道病则止,出处之常经也。道亨则福生焉,道病则害相持,进退以保其身,趋避之先几也。故曰顺而止之,观象也,兹《易》道也。《易》,天也。夫谁能违之? 然义可遁也,不必于尽遁,不可以必遁也,何也? 极阴之候,未尝无阳,故极恶之人,未尝灭天,极乱之朝,未尝无君子也。二阴方长而遁,圣人嘉之,至于五阴之剥而阳,犹有隆然于其上者,圣人不以为咎而反拟象硕果,深为世道庆焉。盖阳本不可尽无,圣人亦未始以必遁绝天下,故人皆遁矣。而吾宁以一身当天下之困者,天之道,亦圣人之心也。圣人之心,以[一]为时之否也。吾虽不能违天以反于治,亦将以扶阳抑阴,救一于百,使阳不尽绝也。苟遂遁焉,则君之恶将日甚,民之困将日极,天地将遂倾,日月将遂晦,而人之道将遂灭矣。是虽天运将然,吾实有以助成之也,吾不能救之于将绝,而忍于助哉? 故仕矣而未尝淹也,去矣而未尝果也，几微之间，存乎一发。然则相几其难哉？故曰果哉。末之难已，观于所难，可以见圣之心矣。然则可以遁，可以无遁，君子将安所从哉？曰有可有不可者，君子处世之常道也。无可无不可者，圣人处乱之圆机也。君子嘉遁。圣人者，不必遁。嘉遁者，无私；不必遁者，无迹。无私者可学，无迹者不可学，吾将以其可学者而窃以自淑已耳。"

校勘记

〔一〕原文有两个"以"，疑重复，遂去一。

孟子处王驩论

或问："孟子学孔者也，孔子仕季氏，见阳货公，行之吊；孟子于驩，默如也。谓不已甚乎？"

养觉子曰："桓子自洁以从孔子，孔子以其从己也，故仕鲁而正之，其于阳货，但唯诺之而已矣。王驩不信孟子，非可与言也。若吊同阶位，或不容于甚默，今既不同，则可以无言矣。历位踰阶，皆越礼以求媚者也。而谓贤者为之乎？闻其消己也，止据礼以自解，不言其他，使驩闻之而忿心，亦自平矣。然而出吊于滕，往反旷日，终不与言也，可谓不甚乎？曰终不与言者，行事尔。事治矣，故得以容吾默者。若夫交接之间，礼有所当言，必不容于尽默，此正所谓和而不同，严而不恶，孔子之家法也，孰谓其异哉？今之学孟者，不察其详，遂以无言之道固绝群小，则学之而过焉者也。"

制牛说

主人有纵牛于其圹者,凡三载,其牛壮且逸,环十夫而视之,莫敢撄。一夫勇,操长绠,欲径犯其角,一夫怯而巧,欲羁其足蹄之,牛畏其迫也,厉气长鸣,鼓两角以进,众技未及施而骇且散。顷之,一童子持短绠尺许,贯其鼻而引之,欲左,左;欲右,右,罔不惟所意使,环视者各怃然,其巧与力两丧矣。养觉子过之而叹曰:“吁,一牛也,得所制,则一竖子之力而有余;不得所制,群十夫之材而不足,岂惟牛哉?夫物则皆然者也。岂惟物哉?惟人亦有然者矣。故曰善服牛者,制其鼻;善服马者,制其口;善服人者,制其心。《易》曰:‘豮豕之牙,吉。’此之谓也。”

智泉说

雪山之原,有智泉焉,或以名其居。

客曰:“泉善智乎?”

养觉子曰:“泉,物也。物则不通,恶乎智?然有若智者在。静而深者,智之体也。澄而照者,智之用也。无所滞者,智之通也。无所盈者,智之顺也。见坎而止者,智之几也。盈科后进者,智之序也。必行者,智之决也。养万物者,智之施也。故泉,非知也。智者见之,谓之智矣。然泉者,水之初出也,吾取其初焉尔。比其流也,淆之,滓则浊矣,承之以刚,卤则咸矣,放之于海,风激之则涌,震荡天地,浮沉山陆,舞蛟鲸,覆舟楫,旁视之,则骇且惝矣,何莫而非水也哉?惟人之智亦然。方其初也，涵灵顺应，百为有度，经天地，揆万物，洪纤高下，各得其所，皆智也。及夫私障之，则变平易而机巧，反光明而幽暗，化坦途而蓁莽欺世陷物，怨弥远近，而身且不免者，何莫而非智也？实则天下之至愚也。夫一物也，先后之间，美恶顿殊焉，良可悲夫！是故善爱水者，防其滥；善用智者，防其凿。无所者，水之良；无所凿者，智之大也。不然，则水为至险，智者、君子之所恶也；又不然，则将汩沧海之泥而扬其波，师白圭之智而卑禹矣。"

淡泊养心说

陈诚之曰："吾性嗜淡泊，吾将以养吾心也。何如？"

养觉子曰："善养哉！夫人心，虚且灵也，而天机出焉。然天机易泊，惟静后得之，故梏于旦昼，生于夜。气戕于多欲，养于寡欲，淡泊也者，寡欲之谓也。欲寡而心斯静矣。谓不善养哉？夫声色臭味，皆所以养人之具也，然必止于理。有大者过之，过焉者，淫于欲，迷于心，而弗悟者也。处约者，不足；不足者，巧于求，梏其心以私者也。故君子丰而不泰，约而不求，见可欲而心不乱，无不足而心不忧；不乱而后礼生，不忧而后义立，礼义存而心斯有养矣。盖心犹鱼也，理犹水也，心以理养则活，鱼以水养则活。否则皆枯涸而死耳奚，可哉？"

诚之子喜曰："吾以淡泊之可以养此心也，而不知心，则养可以跻于善。淡泊而可跻于善，吾复何求而不以淡泊哉？"

忠质文说

或问："忠质,文之尚,何说也?"

养觉子曰:"忠者,心之诚,无所假于物也。质则假乎物矣,朴焉而未之饰也。文则饰而美矣,美则难乎继也。故弊焉而流于奢。《易》曰:'致饰然后亨,则尽矣。'此之谓也。然则何以救之?董子曰:'用夏之忠。'窃思忠不可及矣。或者商之质乎?夫人情赉极则厌,厌则反乎本。《易》曰:'白贲无咎。'言反本也。周公所以通其变者,曰非也礼,中而已。中者,万世之经也。周公之文,监二代而损益,其或继周者,监三代而已矣。夏时殷辂周冕虞韶,圣人酌其中而用之,告颜子者,告万世者也。呜呼!微孔子,则周公之治穷矣。"

法祖说

法祖者,何法其善而已。人有一善,法之如不及,况近若吾祖乎?吾祖,法圣贤者也,吾慕圣贤,故吾法吾祖。近取之,若同游,讲道于名师,合爨交修于问礼,法二先生之孝友焉。光天之恳对,贤科之直言,江山之德政,圣水之传心,法六君子之忠爱焉。远取之圣学,见称于紫阳,法之以敦修也。孝感呈祥于甘露,法之以则家也,心其心,践其事,只畏而弗忘,庶几为无忝尔。夫仲尼祖尧舜,周公师文王,道苟在焉。我师也,亦我祖也;我祖也,亦我师也已矣。

思贻轩说为弟宜邦作

思贻轩者,思所贻于其先后者,而豫谨之也。《记》曰:"将为善,思贻父母令名,必果;将为不善,思贻父母羞辱,必不果。"然则善爱其祖父,必思今之所贻于其先者,何似而日兢兢也?《书》曰:"贻厥孙谋。"身为善,则贻其孙以善,谋家必昌;身为不善,则贻其孙以恶,谋家必敝。然则善爱其子孙,必思今之所贻于其后者,何似而日兢兢也?故立家之道,莫大于疆善戒不善。欲疆善戒不善者,必自思其所贻始,能思其所贻,则所以为后先虑者必审,而疆善戒不善者,自不能已矣。

拙　对

或问余曰:"世之人皆儇,而子独不儇,何也?"

曰:"吾年至十岁,惟恐其不儇也,故儇日益。自二十后,恒恐其不拙也,故拙亦日益。"

曰:"如此,殆难与儇者居。"

曰:"以儇者而视拙,欲笑;以拙者而视儇,欲悲;以其笑对其悲,诚难与居也。故退之。"

"然则子之道,不可以治天下。"

曰:"余见古之人拙而天下治,后之人儇而天下不治,余故学拙而悲儇者,亦将以拙道治天下。天下既不容吾治,吾将以拙道而自乐尔。"

与友人邵吾溪

秋元,吾溪邵长兄执事北还,承赐简问,荷甚。仆兹行也,犹初飞之鸟,羽翼未成,迎风辄坠。鹏居南海,虽未亟进,苟一奋飞,当不知其所止,先后缓急,恶足与较?虽然,遇不遇有命。若据鄙见,更觉有所急者。

始仆幼年,见里有丰资者,为喜。及观其志,日孜孜者,靡他,中心窃陋之。弱冠,见仕者之赫然显也,又喜之。及之京,尊贵者日接于目,观其奔趋尘网中,或垂白不忍舍,及叩所见,又无以踰人,其去不去,亦无关。国家有无数,窃又小之。人间好事,众之所共羡者,渐觉看破。然则人之所至贵者,安在哉?

平生迂论,妄吐于兄者不少,今颇信。得幸不为尘网所羁,冀将一舍旧习,反求夫己之所至贵者。兄能俯念其狂而试一振掀之否?昔者,序文所教,并对至莘田,一书儆觉备至,责善之义,古人所难。有友如此,终将赖之。秋凉,当敬造谢,并扣新得。不备。

与友人林莘田

仆不才,不能与天下士争进取,驰马出都门外,颇怀顾望。徐而思之,夫君子之出也,贵有裨于世用,即今之赫赫者,甚盛。果皆有裨于兹世否?就使吾得志,其所树立,亦克日拔于此者否?不然其食君之粟,亦王储一硕鼠耳。用是赧赧焉,忧己之不肖而不敢,以名位弗光为惧。曩吾溪处附来翰教,并序文承,启发备至,仆虽不敏,不敢不为兄加励。自病来,渐觉困怠,一觉辄惊汗,今稍愈,翌日,将至邑,请相期于塔院,庶罄所请教者,勿外是幸。

答曾双溪金宪

溪翁曾老先生门下,自高生来,得奉翰教,就知道体,清嘉喜甚。某年来,病变荐臻,忧苦备至,旧知荒落,新得靡闻,独至教在心,如对星。日尝闭户,自盟一生,了此足矣。但道无穷而生有限,志未就而力已衰,夙夜皇皇,恐负明训,其如何哉?举业事荒,甚旧岁,虽冬,虽随意北行,妄意邯郸,尽忘故步,青云九宵,惭非疾足,再殿人后,理当然也。虽然,道味宦情迭为消长,寻独乐于真知,探深微于古训脱,少有得,即夫遇不遇,未敢知也。羁迹北监,幸某便。敬此奉问,惟赐察,不宣。

谢卢文楼大尹惠药

辱远觅妙剂以救豚子,感甚!荷甚!窃窥此念,真幼幼以及人之幼者也。扩之可以愈天下疾矣,生民何幸!矧至灵之药,不假外求?大人先生其珍之。

答同年王九难正郎

拙守遗经,善不称于乡邑,而过举日增,用是深藏惧。不善为交游,累事联势便,获通名于左右。幸晨夕奉命,谬承知己之许，仆亦忘其寡陋，窃附下风，此其意气之适合，皆非有所为也。

自京还，已四阅月，无因缘奉候。以兄视仆，岂诚如俗辈云云耶？乃仆则谓不务自洁其身，则不敢达于君子，惧无以承之也。何也？仆无似，所以自待其身者，不敢轻而所以愿托于门下者，有所为。盖自先生之教息，则讲习之风微；讲习之风微，故友道废。窃不自量，直欲一扫俗学，明先王之道以治其身，引天下英贤自助。

自六月抵家，正值秋获，仍兼杂务乃区区之志，殆欲稍费经书。挈端绪以授诸弟，然后闭户静居，味六经之遗芳，企先贤之遐轨，所立既定，然后虚心逊志，以求正于有道，庶几能庸其友。此仆之所以急于自治，缓于求闻，盖将以相知之深，求相济之实也。

昔闻命曰："要当以文章相砥砺。"仆以文章实德，本自相须，美在其中，畅于词说，不求文而自文也。故管窥之见，欲门下更反诸近于吾身，真有所损益者，加之意耳。深院博观，所见当益超卓，惟弗吝教。是望。

答叶海峰先生

兆闻君子之道，闻风而兴起也难，见贤而思齐也易；盍闻之者，每自限于古？今人之不相及也。见之者，其感新而其动也尤速，故人莫幸于同世，又莫幸于同乡，此洛社之所以多贤，孟轲之所以幸私淑也。

窃睹吾邑谢文肃公，喜接引，敬斋戴先生实宗之，二公相与而德益章，至今道往事者，称敬斋而颂谢之德不衰。兆之才之美，虽不敢拟敬斋，而先生之德之才，实不在谢公下。兆昔年读书山舍，尝辱公惠诲不一。近承赐简，又辱以台五忠招见，期且许，出易解以示兆，胡知者，敢承公嘉惠如此哉？

向以奔驰，南北不获，遂约而心则不能忘也。近得稍暇，适岁寒，不敢进渎，俟春和，当躬造山馆，扣所新得，并携残经要义，请所折衷。缘此，倘有一得，孰非公之赐哉？鸿便附进，惟台亮。不宣。

答叶中岳

舟中辱教，益时不度，漫相许可，退省辄赧然，濒海岁饥，承慰问谆切，荷甚！鄙人缊袍陋巷，颇能自堪，水饮藜羹，与邻父牵裾，藉草亦觉无碍，将持此以养孤节，忘眼底一切丰约事，子女之忧，幸毋劳念。便中奉复，惟亮照。

与松岩符先生论立身大节书

兆读古人书，见古君子之高行雅致，卓乎出流俗外，心窃慕之。一启卷，辄神意开爽，目倍明毫，窍俱，洒洒若汗。及其势之所遭，有遇有不遇者，又未尝不为反复增感。因自叹曰："于今之世，安得复见有如古人者？"

往就试于京，见士大夫语天下人品，尝暗记之，至称风节之古，不以一芥忽者，往往必曰："符松岩先生。"私心窃自喜，以为庶几复见，如古纪传所云者。居京师数十日，以贱恙，归不获，南抵，展寸简辱将命者，惭负。顷之，家兄自南来，兆往省之，扣曰："今之君子，若符先生者，得朝夕亲接，弗疏外否？

其事君，行己之章，章可记者，能试道之以为世法否？"家兄为诵之，颇悉，于是知先生立行之高之果超于俗也，而台先哲之遗范，实赖以存。矧近先生之居，若是其甚也？望其乡，则思其为人，此其所以区区仰止之，私不自知其不可。

或有言曰："今之道，无庸是也。敛知而默察，可以藏巧；儆敏而便给，可以超轨；削方而就圆，可以谐众；相时而动，与世而推行今所宜，靡竞于物，士之通者也。广于立志者，隘于收功；高于进取者，艰于成立，道岂若是固哉？"

兆谓："此论非也。夫人情欲之趋也，若流所以防之者，心之理尔。志弱则防决，防决而所以壮之者，浩然之气也。浩然之气与人心之理合，夫然后纪纲正，而人伦植。人伦之道不可一日废，则浩然之气不可一日不存于天下。世之将治也，是气行焉；世之将乱也，是气塞焉。是气之行也，日月明，阴阳顺轨，风雨霜露以时降。政治明肃，礼乐敷，和平之音沨沨乎古，高朗洪博之才生，间暗敦确以让。是气之不行也，反是全之而协于化者，圣人也；充之而配夫道者，大贤也。其次焉者，择义而必从，遇变而愈激，唐突叫号，之死不悔，若东汉诸君子者，虽未合于中道，然致忠抗节，正名倡义，使天下晓然知人伦之正，乱臣贼子无所逃罪者，亦是气为之也。"

若曰："今之世法，不宜以古行之，则古帝王人伦之教，或者其尽黜乎？"

"帝王人伦之教，不可以尽黜，而欲以一切苟且之私为之，是率天下安于暴且弃，而乱臣贼子之所以相踵，而相夷也不息。兆性本愚鲁，词说复讷，惟自处不敢卑。见古圣贤事，辄敢谓其可学，然愚不知其所从，人来复叛去，出入于□[一]莽间者，又数年。惟先生好古明道，养气励行，不类乎今世之士也，故复尔鸣告,伏惟矜其所不能,察其志而锡之训,幸甚!"

校勘记

〔一〕此处原文字迹模糊,脱一字。

又简复符先生

某昔不量进止,以狂妄之志,率尔尘渎,辱尊翰,启诲谆,切兼锡瑶帙敬谢。窃观士之通,患能出于利者,必入于名能出于名者。始入于道,英明之资,世非不足有,能不落此二阱者,良鲜。

来教云:"自省能与古人伍,奚必与今人计是非较毁誉?"即此便是谨独,某敬绎之。夫心,动心于毁誉者,正谨独。一念未至耳,诚使能谨于独,于人知不知,复奚暇论?矧一念不欺,心迹光彻,则俯仰无愧,对万乘而不歉,履困险而不惊,此之谓自快。即此便是浩然之气,尚安知其他哉?

兆虽未敢及此,亦尝以此意自省,而于夜气清明、斋居静默之际,亦每窥见此中境象,有悠然而自得者,盖将藉此以脱世阱,但作止频仍,工夫间断,恐有负于明训,敢以上复?惟矜而教之。幸甚。

答曾景山

承翰教,欲览仆《易》解,夫道散无方,迩言必察固,贤者事得其非,是而赐教焉,亦仁人之用心也,仆岂全不谅此而敢自外?但是非必当面决,庶几求益?

近与蒋友言欲假馆近邑，时便请教，复得一二同志，因以更定，俾稍得归一继闻仙旌，将反，谋知不能遂，若誊所谬录，置诸行箧，即有非是，仆奚从取正哉？且古之君子信而不疑，则言传之动而不括，则行通之非，实有所自得，而强以语人者，谓之诬。

仆之于《易》，尚寡所自得，多所强求，以未信之见妄渎高识被道眼，顷刻看破，则怀璧渐□〔一〕徒博大观之，一笑尔。且《易》道至深，而后之解者非一，虽各有所发明，间亦多所未信。然不曰未信而解为，说以文之，以便世之业举者。仆每病，其心之不诚而求诸经者，浅也，忍效之哉？故多所阙疑，尚俟他日更定。倘不见遗，更俟后会。伏惟谅察。

校勘记

〔一〕此处原文字迹模糊，脱一字。

与乡人论复祖墓

仆闻历古今、更险夷而情之卒不容泯者，天性之亲也。以天性之恩而不获遂，戚戚焉以号于人，不惟其至厚，联休戚者而后加之意也。虽夷狄蛮貉之疏且远，苟人心之未泯，未有不为之恻然悲者。何也？爱吾亲以及人之亲，实情之相为流通，机之相为感触者也。仆之自托于子者，几二十年矣，平生所至憾，亦既号于子矣，子能邈然而秦越之乎？

先祖登一学士府君，距仆仅八世，用虽不尽其才，而学行政事，迭见于古昔。先贤之所纪述，若五峰李先生、九思柯先生、宇文先生、公谅孟先生，梦恂其翰墨，真迹炳炳具存，观其籍,仰其人,思其遗泽。仆家之所以仅守宗祊,不坠其家室者,皆是祖继述之功也。仆辈荷在天之灵,承佑启之泽,华屋深闺以庇其妻子,而故垒遗墟,久经芜没,梧梓不生,羊牛交牧。侧目南窥,不敢将二篑之敬,吾子能为情乎?

在昔族伯某,抱本比陈,理抑于阴谋,势屈于贿吏。仆之诸伯,又皆贫弱儒生,不识城邑,举先茔而弃之,凡数十年。然其心,则未尝已也。每清明节,见邻人之子,虽至愚贱,莫不奉盘饁,揭壶浆,展报礼于先人墓下,即泫然出泪,饮恨长吁,皆仆所亲睹者。先祖临终,抚床悲叹,恳恳孜孜,语仆辈复售大义,遗言在耳,安敢忘也?

柯氏毁仆之先茔,而遏绝其祀,方快然而自得也,焉知若人之痛恨而无一日忘哉?观今之世,能慎葬亲之礼者,惟吾子;能知仆不容己之情,亦惟吾子,故敢忘詈辱之耻以告,亦惟收复先茔之大义,在所当急。而一己之私憾,有所不暇顾尔,抑亦明鄙心之在于祖考,而不在于其身也。不然,子真以仆为畏廉将军哉?

足履及门,而子适他出,岂天不欲二氏之子孙各保其业,而安其室家也哉?胡相求而不相值若是也?仆之所欲得者,先茔数十丈之地,岁时奉祭,俾子孙辈稍得成礼,足其愿,非难塞也。余山耸立,固柯氏世世利也,仆岂敢想及之哉?

夫柯氏不失其利,而仆得展寸臆于所生,彼此之愿直两遂矣。舍其所利而害是图,胡为谋之不臧也?吾子识事理达利害,试即尊祖敬宗之心而反观之,则仆今日之情可以乎?其不可已乎?柯氏今日之利在争乎?在不争乎?幸细筹以教。

答赵尚书方厓先生

仆东海鄙拙人也，先生忘势分之尊，辱翰下教，兼锡书币妙刻，仪物备至，仆何以堪？然闻之矣，大人以礼下为谦，贱士以安分为义。仆以义自处，以谦光处我公，不亦异乎人之为恭者欤？孟子曰："有献子之家者，献子不与也。"仆诚惧此而已，得副缄喻，将以令弟之才宠光寒舍，仆何幸有此！

夫昌国多贤才，昌族多贤子，履玄圃不之顾，而欲收珍于天下，难矣。求之且不敢，择之云乎？然择妇择婿，其义均也。有女未之能教，敢良其匹。乃仆之未即奉命者，正欲稍需其长，因以量才云尔。抑亦有说夫再造之家，犹再蘖之木，本根生意虽幸尚存，而根条秀发，视方来之势，有间。

二三年来，凶歉频仍，家甚凉薄，行复泥古，不善趋时，纵饶获试，踽踽硁硁，罔适世用，恐终不能恢。张大道，与物偕春，量己度世，终当振衣云水，作江海一老渔尔。嫁女娶妇，亦欲得如此者，安敢仰希贵族世禄之子？耳目既广，气宇自宏，使仆勉强支持，则艰于为力；欲固守愚素，则众目见猜。纵□[一]叔先生，清高绝俗，而众论同声，恐难自信，谋始不臧，不亦贻承，终之悔乎？冒昧尽言，兼致谢私统。惟谅照。

校勘记

〔一〕此处原文字迹模糊，疑作"有"。

启林莘田

闻补廪,恭贺恭贺。岁荒,承念及感,感寒舍,合新旧谷,足三月粮,粮尽此,则晚禾继登,谅不作西山莘矣。然饥饱事,原系定数,即有之,当安受尔。生艺在盂,春风盈席,独坐静思,欢然自足,辄自许渊明、徐孺辈。从时论见猜,他日将必有知我者。倘于中庸之道,或过,兄更当裁正我也。承许下顾,信然,则眼下□〔一〕味,又当与良友共之,未知山阴之兴的,在何日也?颙俟。颙俟。

校勘记

〔一〕此处原文字迹模糊,脱一字。

答方缉轩

辱惠书,并示文录,敬诵之,见我兄用志之勤,敬羡然。尝论之,兹道在人,犹饥食渴饮,不可一日离者。自迹熄教微,性迁情溺,神明之舍,鬼蜮为场,荆榛之趋,如登大道。一有驱鬼蜮扫荆榛,奉先生之训以自淑者,咸相与怪,视之若不可同室处者,良可悲夫!

先生出入尘喧,乃能超然远览,求古圣贤之所为学,其所见不亦远哉?夫见则伟矣,以仆管窥,第恐下学入道之初,求诸古人者,不无少异。夫古之君子,心存远大,学先近小,其终身得力之地,则小学之功居多。盖小学之教,乘其未发之初,而修之以安详恭敬之则,孝弟忠信之方,合下有用力处,由是天真有养，而外诱之私忘，经曲日严，而力行之机熟。扩而充之，引而归之，盛德大业基此矣。

今既弗豫乎此，而求端用力，所以反其统一之初，修其庸行之实者，固不可已。夫欲反其统一，则尚绢所当先也，而不可立异以为名。欲致其实行，则克己所当先也，而不可务辨以为高。因此而日充之，虽所得有浅深，所造有远近，要皆不失为圣人之徒也。近世有等忘自修之实学，腾口说之虚文，周程朱子孔孟之真源也。造诣精深，持循有法，作圣所必资者，顾以粗浅之见，率尔诋议，此犹宫墙外望，未得其门，妄意臆度，则已非矣。又从而指其卑隘，议其粗陋以叫号于有众，不亦异哉？

仆昔读阳明《大学解》，亦颇疑眩，已而持朱王二说，极力精思，凡两阅岁，而后悟其精粗远近迥隔，未易议也。夫人惟上智之资，知至，而行亦至焉；中人以下，强克未能，即欲顿悟，辟之游神天阙，而蹑足空江，升高未能而失坠立见矣。

吾兄为执中之学，而首诋宋儒，无亦眩于时论，啜醨而同醉矣乎？胡不勉从其教？修小学之实用，扩大学之规模，精察而一守之。积累既久，知识渐融，真见其不足法也，而后徐议其非是耶？今若此，是假尧舜以卑宋儒，不知宋儒，尧舜之徒也。卑宋儒者，不容于尧舜之世，奚执中之云耶？

仆愚拙人也，志杂而多过，犹羸马伏枥，志存千里。然索寞无徒，日就荒落，幸吾兄明揭指示，无任慰悦，犹不量而云云者，第恐毫发之差，千里之谬。发轫之始，兄不得不审其几，友朋之助，亦正于此。效其忠尔，其可采与否？在贤者择之。

奉黄尚书久庵先生

昔北上，得一奉候，辱至论，叠叠不倦，足征德爱。归感湿疾，幸稍愈，请教当有日矣。所愧者，志不胜气，学无日新，岁月寝寻，相见犹故。吾尔往者，得慎独之训于心，不能忘。盖此理至简、至易，紧要在一念间，展拓得开，便觉得天地万物，上下一体，令人有悠然浩然处。

兆虽窥见此境，但作辍相寻，时得时失，不能常有之也，惧甚。《大学》近看得一过，间尝暂舍本子，直求诸心，静观中颇见得剔然。晦翁之说等级详明，更觉有进步处。欲试录请问，恐辨论过烦，则近于渎，未敢也。偶便谨此，代候，惟谅照。

与魏渠清大尹论海田

是月望日，父老数十人壅门告曰："父母煦同春日，万象欣荣，而一隙有不蒙其照者，翘首公门如瞻天阙，愿借君一言为下民达此幽隐。"

仆询而得其情焉，敢持以告。夫海田，自沙岸以下，地卑而土瘠，上农所不耕也。昔时公法严峻，人心震慑，虽卑瘠之地，亦籍而税焉。后以民病，改为减折，减折之下曰秋租，则尤下者附名于籍而已。

弘治正德间，生齿日繁，民有余力，秋租之地，始有耕者。时太和薰积，海静波平，天宽地辟，边民之耕亦屡有获者，仆于童年，尝及见之。是后二三十年，沧桑变更，秋潮时至，方其至也，凭高一观，波涛万里，见海不见田也，顷之而退，则田塍陇亩，虽复如旧，然恶虫盈野，春草不生，每见烈日，一开则聚盐，成雪阴风四合，则积卤流波。俟二三年，春水渐溉，咸性渐除，民思播种，然耒耜方施，而后潮又继至矣，即如旧岁，春雨优渥，民亟耕之，既而烈日一蒸，咸气转盛，苗已吐花而槁殆，尽数十年间，未尝一有秋也。

今闻委官编量以登正额，小民咸骇且怨，仆不敏，窃疑此与向日减折之意，胡相反哉？盖必左右有误告者，而明照偶未之及尔。或者又谓，县额不登，非此无以充数。谓县额之亏，系通县积弊，奸民必有收其利者，设法以求之，亦或可得，而僻壤芦田，岂原额之旧乎？今置彼不问，而以额外之新，增塞奸民之罅隙。借彼以盖此，则巧窃之迹，永无责究。无田而输租，薄海之农，亦永为世世患矣。此奸民之所甚欲，良民之所甚不便者也。若曰折额已久，究之未易得也，计所折田，直四十九万之一尔，其入不足为国盈歉也，其役不足为民轻重也。即使置之，亦靡大害。古有损民户口，为国保障者，孰谓逮下之仁，而非为上之忠也哉？今必补之以此，则折额之害小，补额之害大。故与其补之也，宁折。然乡闾之休戚，仆可缓也；赤子之悲欢，尤慈母所关心者。然则斯言也，岂惟仆之所欲言，尤大人先生所欲闻也，故不度有渎。幸谅之。

奉符松岩先生

兆在邑庠时，已闻先生非当今人物，中心窃慕之，欲遂拜谒，未能也。日者，得家兄便，惶汗奉简，时大惧，获罪门下，不谓老先生慨尔欣纳，且辱教云尔。小子宜弘毅致远，毋自废于中道，捧书三咏，锡我百朋，不自意得闻此也。嗣后，仙旌抵常，兆再落第。南下，燕息鸿翔，云山迥隔，但于道傍之口，日闻公在某州，行某事，善而已。遐海离辟，不敢知天下事，常因公进退以卜世道。未几，闻解印南下，不觉怅然。非敢为一人私也，谓时事直可慨尔。欲亟走，进门下，议出处之大闲，睹盈虚之微眇，忘物顺化，以悦吾性。时贱躯在恙，不任奔逐，而区区鄙情，又未可以一札既也。欲稍迟日月，不意倏罹凶变，竟尔昏滞，今服始阕，而尊驾且远离矣，盛德休光，徒尔窃叹，愧负何如哉？幸便，敬此申款，百凡情绪，忽忽未暇及也。惟俯照。

答王定庵

闻回第，未敢走慰，知兄无得失之累也。弟向系身俗务，茆塞日深，近避迹青山，颇刊落得一二。闻半月之约，喜甚。山月最佳，松风且清，诚欲寄情吟弄，无负此期。缘鬓渐稀，彼此各自努力，无更徐徐也。望东山之作，佳甚，然亦须止此，无令更工。苟稍稍泥情，即添一障也。会晤有期，乞恕简。

与同年王九难佥宪

病怀无聊，日想故人，鸿雁翩翩，岂思陂泽日者？乘舸山险，聊由九峰之约，亦以云天辽迥，鹏迹无疆，相见未有涯也，用是汲汲。比至，而兄适于此日行矣。然则佳会，诚有数哉？

弟近来谢迹青山，颇有佳趣，仰看明月，俯濯清泉，超然心领。吾不试，故乐未敢与贵人道，此河流四千，风沙在抱，尚祈珍养。不宣。

在京与女婿赵世勖

去冬,特劳远送,江浒多荷,来意别去,喜眠食胜,当无劳远念。但雪风万里,两鬓半皤,梦寐青山,未能脱屣,而钓石青苔,春风又几许矣。怅望怅望,归期当在明春,儿女辈安否?消息得便,烦觅报。

答叶中岳

文会中,喜从谈论,见所进,较昔时远甚,习俗移人,虽贤者不免一悟。后便辄尔消化,非明且决,不能也。但矜持于众观之地,与自知于幽独之中者,未卜同异,何如? 且苟内外稍异,则病根犹在,辄渐渐窃发而支漫无穷矣。

古人有如石压草之喻云,石去而草复生,至论也。仆非敢以浅量,第以承爱日深,过为分外之虞尔,承寻乐之训,然不肖荒弃已甚,亦幸于静观中时复有洒然处,真妙境也。要之,亦只是洗净后见得,但立本未固,众动易淆,寻复失之,更换一凡境在矣,所病者,亦用心不刚,存养不密故尔。大抵朋友相维常,如冲风横流,共持危棹,必左右提携,后先呼应,尽心尽力,无使一人失手,以同登于岸,则朋益乃大,近见定庵,汲汲作义于斯道,无甚议论,未审何谓? 岂寻乐有得而不以教人乎? 幸为问之。

奉老师金一所先生

去岁，抵京师，得遂进谒。闻忠信，力行之，训于心，不能忘。所示《伊洛渊源录》，舟中尝看得一过，圣贤典则，千载具存者，此编而已。庸言庸行，虽无甚异于人，而正大之心、和平之气、精微之理，有终身学之而未易及者，敢不敬佩？旅邸羁栖，未由炙诲风。便敬简，代候，惟台照。不宣。

答李弦所外翰

恭惟问学日新，敬修罔懈，德义之声，远近洋溢，喜甚，喜甚。闻欲慎重其教，不轻语人，窃思德自身修，使下观自化，诚教之先。但今学术之弊已久，声利之染日深，迷者欲其觉也，往者欲其返也，非大肆作新，提其耳而命之，未易遽变。

先生身膺师任，士风之美恶由之，必夙夜皇皇以易恶，至中为己责，以一士弗率为己辜。故表则虽端，而提撕儆觉之方，尤不可缓。一或未然，即为旷职，若曰："吾姑待其求而后应。"此惟未司其职者，则可司其职者，敢自缓哉？承爱敬致其愚，可不可，幸赐裁入。

寄王定庵

春，间得奉书，只说得道中，儆学之梦，年来所行，多阻。独学问事稍懈，鬼神辄有所提儆，安知其拂郁我者？天非有意于玉成之也耶？连岁忧苦，万状如方萌之木，生理未固，而风雪日摧，愧资非松柏，敢希寸长？

今幸无事，疾亦稍退，细检旧时作用，迷先几之明，鲜超物之洁，隘有容之量，乏体物之公，志欲凌霄，身犹堕地，曾不自知也，真可愧哉！推其所由，良以未知诚意，勉强矜持，求免悔尤之迹，根源未去，是以用处多不光，莹随处窃发，不能止也，以此为学焉，能有进哉？

近读晦翁所集《延平答问》并《朱子定论》诸书，颇见得学问源头及工夫要约处。虽日事检点，但习染已深，不觉又露出旧时面目，非奋用伐鬼方不能克也。兄能助我一力否？宗师赵大洲先生讲道大学，一倡而从者数十，立会聚论，庶求益于师友间。请教当在明春。伏惟自爱。

奉老师金一所先生

自违几杖，凉风再至，仰止德容，常在心目。兆寒帏独守，肝胆半催，时在制中。痰火拂郁，神爽昏眩，感物触情，多伤躁急。及事息气平，火伏神静，又豁尔若梦觉也。动静真若两人，欲于静也，以立夫动之所根，制于动也，不失乎静之所见，殊未能也，当何如哉？敢祈明训，伯奎之逝，远近悲恸，承赐賵仪，兆奉致灵几，乡族荣感，泉壤有余辉矣。

卧病日，兆时往候问，持敬之志，病而愈笃，伏枕凡七月，每入必披衣正冠，扶坐以见，属纩前一日犹是。凡语，未尝及妻子，惟以侍教未久，使道不获闻为深憾，又微声曰："今见，得惟此一物耳。"绝命有辞，令书扇，奉寄为诀。又为辞与兆诀，皆恳恳戒勉意。兆鲁弱之资，失此强辅，何可胜悲？

其子甫十岁，百凡经纪，兆不敢辞也，免劳尊，念赵韦所来,得承翰教,喜甚,但论学之作,未及见耳。秋气清嘉,惟顺时珍养。是望。

答同年何宜山尚书

兆恶德致罚,贻祸先妣,承千里惠书,兼锡腜仪,无任哀感。嗣后,复经多难,转徙流离,疾病侵寻,仅存残息,翘首北天,未际鸿便,复寻翰教,增赧何如哉?海寇暂息,未谓遽安,诚有如尊虑者,仆直谓陆无贪吏,则海无暴客,驱之于陆而诛之于海。虽日诛也,可得而胜诛哉?承尊翰,漫及。惟谅照。

答叶海峰先生

奉别数载矣,思昔奉袂龙门,接话言,恳恳,癙寐如见。第抱疢茕居,志意摧槁,不克振奋,淬砺以求树立,坐是与长者契阔,愧歉。徐友来,忽捧至翰教,兼锡瑶帙启缄,真跃然也。敬焚香庄诵,见风云变动,金玉争鸣,不觉敛衽起立,叹曰:"今天下文章在是矣,但取类博而命意精,有非小子可悉得而闻者,容释,服后敬当诣谢。"草此先容,伏惟俯照。

与霍粤阳进士

辱过访,荣荷,另容躬谢。仆少无事,颇寄情于吟咏,既而知有切于此者,遂稍稍弃去,其所作亦散落殆尽,为友人所促,敝箧中,颇搜拾得一二,甫录成帙,不意遂渎大观,且承虚奖,愧甚。闻兄蓄德,余工兼精诗法,倘不赐鄙,乞痛加点抹,还一字为教焉。幸甚。

又答霍粤阳

伏睹怀归之作，辞旨清逸，有凌云之气，鄙心窃疑焉。兄欲远师先圣而孜孜于故里之怀，无乃恃聪明之可以独得，而卑时辈之不足与议欤？未之敢知也。或者吊古伤今，遂动秋风之感，又恐作之太高，于仲尼之道不无少偏，如何？如何？元宵得子诗，请稍迟供命，率尔有言，幸照人。

答李弦所外翰

陈子至京，奉翰教，辱相期之远，愧感。愧感。夫仆之不肖，兄所素知，就获一第，亦何所试？兹流落羁旅，实获我心，亦曷敢为怨？读昔贤书，时觉增报，据所志以施于时，亦必鲜合，是仆之未可出也，明矣。亦何利于出哉？

来春，当得南还，白石清泉，宿缘未了。对月朗吟，视风尘地，迥隔。即欲拂衣，自度匪难，第恐多僭，人间便利，姑迟迟耳，风便得奉，闻幸。恕草草。

答同年金惺庵宪使

违颜已久，梦想徒勤，承赐汤子窗稿，荷甚。但鄙人习懒成性，欲使振策长途，极力与群英兢进，量不能也。夫进修机要自荣利间始，此地伫立得定，始可言学。昔孔门以存养求仁，使必先克夫此，于此未能，则存养终失。然此非的有所见，亦不得而强持也。

　　近稍觉得一二，谨以请教。夫干禄求仁之念，天理形气之别也，然天地之间，理为大中，至尊至贵，历万世不泯。气从乎理，则气者，理之辅也。气不从理，则奔横四靡，出所止极，为性之贼，至恶且贱者也。人能慎察乎此，使精粗贵贱之等晓然深识，必自不肯舍吾至精而徇其至粗，舍吾至贵而徇其至贱。于日用之间，自当有所爱惜保护，兢兢焉弗能已，即此而遂养之，无纤芥暧昧以病我，真觉其于道也，当有得力处矣。是以知举业事，虽不敢废，亦终不敢存于心也，惟命之顺而已。日来病甚，二者不可得兼，将舍鱼取熊掌耳。世不我是，便当与小儿辈，牵牛服箱以耕我先人废圃。即不得于人，得于己，而又何忧焉？兹愚者一得之见耳，伏惟赐教。幸甚。

奉座主萧龙洲先生

　　恭惟林泉养晦，德学日新，世故渐殷，群策毕集。有才如此，终将赖之，知必不容久遁。兆自辛丑归，疾病凶变，频仍不已，用是藏迹深山，检方修药，作养病计。舍傍有石溪，暇则帅一二弟子，濯足清泉，啸歌明月，与世情颇相隔远。去春，始一就试，不偶。三月入北监，淹京国，顿逾二载，朔风时至，黄尘载途。仆仆往来中，殊不便，懒散性格，行且南还矣。江山修阻，嘉会未涯，曷任远仰？不宣。

寄邵吾溪昆季

　　寂寞旅人，穷还故里，石田荒秽，秋草在门，扫轨自藏，谁当存问者？华翰自天,佳品兼锡,焚香庄诵,正席先尝,真故人意味也。愧感。愧感。承访旧看山之约,喜甚。弟斋居无事,引领西瞻,每想昔时,茂竹清泉,深樽高唱,辄欲奋飞,况兄招乎？稍凉,敬当趋命,惟谅照。不宣。

寄黄海洲

曩在京邸,辱佳音远颁,足征道爱。不肖物外人也,误落尘网中,云山烟水,诗豪酒徒,无日不在梦寐。故贵势之士,非来不往,泉石之交,一见辄忘形也。日来,亟想一会,奈毋病,未能他出,姑少延俟。所寄诸作俱佳,但未审文章外所得,更何如耳？使回,草草申复。惟谅照。

奉太学小司成尹洞山先生

京师得晋谒,辱教音,凿凿皆下学实用处,乃知道不下带,教必因才,令人惕然有深省处。归后,颇事克励,但私心习染日久,稍懈辄发,待觉后,始悔其离道也,亦既远矣。

夫人不难于学,而难于时习,出入于理欲之间,终鲜心悦,何如？间有察理不明,依违而两可者,执之恐失于过高,通之犹疑于叛正。朋徒散落,明辨无资,畜疑而安陋者,又几遏？仰宫墙如在九霄,将安所取正哉？

承示陈布衣先生存稿,尝再批阅,其刚介超俗处,真前辈风流也,起仆良多。其议学制选举,得程朱崇本之意,百世犹将赖之。而《补学》一章,似觉未安。盖《补学》之说,本为失学而过时者设,不可以此而立教也,盖立教者,贵防于豫。惟不知此，正学则止；既知有此，何惮于早而不为必？纵使习非取荣壤其性，然后救之耶？且昔之所学者，既已选而第之矣，至此始谓其非是而更之；然则，始奚取于非是者以为教，又从而第之乎？然其人平生所学，至此将安用哉？谓其不得已而救，时则可欲，以此为教法，终未通也。不识是否？偶值陆友某，便敬奉问。伏惟赐照。不宣。

答王定庵考后

文章首选，兄之余事。有道者想不以介怀也，即有未存于心者，此是得失之私未尽，便须静坐。消化得尽处，始善来教，云脱此桎梏，寻自在。田地想当消化，得无几。窃意消化得尽，即是真仙，下视凡间辛苦事实，可哀悼。更烦日为唤醒，以同登彼岸，此所以渴来教，而不容已者，又焉敢望不戒之孚哉？草草复。

奉一所金老先生

恶积自躬，祸延先妣，辱尊翰，前后凡三慰谕，捧诵感激，哀幸具并，此足以见仁者爱人之无已也。第遁迹山阿，兵戈间阻，咫尺题缄，动经旬月，倏闻行迈，未遂执鞭，云山伊阻，何日得奉至论耶？客路三千，天时向暑，谅至德凝和，必自多福。

兆索寞寒幃，勉承礼训，以闻见寡陋，动辄抵牾，始知问学之功，不可不素讲也。曩令究前贤格致诚正、博文约礼、尊德性道问学、涵养致知、敬直义方等说，同异之归。近尝思之，五说只一理，当交致其力也，尊驾滨行，未敢率尔。奉质尚需后简,兹行风气渐北,惟加意珍摄,以慰斗仰。不宣。

答金存庵正郎

德业日新,荣闻遐畅,进若鸿渐,丈夫平生所学,及此可以次第施矣。春间承手教,至感,知必南还,未即奉答,疾病侵寻。苟延祥禫,闻荣回,冠服凶秽,不敢进履客阶,仰甚仰甚!日来,必多所自得,乞转相告,庶几公善。夫彼此相观,怠者亦奋,幸毋曰:"吾将暗然自修耳。"七月,当释经。秋中,拜老先生阶下,与兄且燕鸿矣。怅怅。来春,北上,欲枉道南都请教,仍揽钟山,觅六朝遗迹,未审足力得遂此图否?情绪孔多,恕弗悉。

奉一所金老先生

春初,得手教,揭诸座右。夫强制于外,苟克悔尤,诚无足贵。即欲大本达道,合一为用,涵养未深,真源未彻,客气易挠,心形为敌,非强克之,诚觉未易能也。至如默坐澄心,体认天理,此学之至要处。兆虽不敏,不敢以不能委,但日来火热内蒸,困乏嗜卧,敬不胜怠,神气昏迷,心亦未易澄也。当何如哉?蒙赐《大学中庸议》,嘉惠实深,尝敬诵之。精密而简要,平实而渊深,凿凿乎,皆心得语也。间如指明德之顾,谂先格物之本根,发明未发之中昭,示鸢鱼之趣,辨知行之分合,推尚纲之立心,皆为人吃紧处。敢不敬佩?来见当在秋中,伏惟为道加爱。不宣。

奉尊师双溪曾老先行

自仪真，得瞻道范，稍慰积思，惜濒行不获，再请益也。思泽远流，无往不利。素定之施，于斯益验。旧邑之民，频丁寇乱，里巷萧然，何力能排帝阍？借公东省以苏此邦之困耶？

兆岁值乱离，兼遭凶变，今虽释服，犹坐病乡，恐不宜于世用。近得结屋深山，与世尘迥隔，每仰睇行云，俯听流水，辄欣然自足。窃念渊明、王通有志济世，然能知几之早，亦将不辱其身者也。孔明嘉遁，不合轻许先主，周旋戎陈而平生礼乐之志，卒不获施。持此僻见，遂懒与俗亲，踽踽独行，嗃嗃自许，仲尼不作乡愿，兴讥如之何哉？

伏闻大圣不远于物，而能超物，今欲不狂不狷，执我中道，以施于世，尚未能也。仰止宫墙，如在九天，何日得闻玄论以破幽衷，定所止哉？偶便谨此奉问，情绪种种，百不悉一。惟台照。

寄邵象峰先生

瞻仰徒劳，亲侬未逮，此情何似？兆羁迹京师，得乡中人来翁结假，暂回仙宅。窃念士大夫，一身既曰许国，则松楸之慕桑梓之怀，有惓惓而不可得者，惟翁独两遂之。情驰故国既脱尔，而南还惓切，贤王又幡然而整驾，莱彩之欢既洽，禁醴之设方勤，去来何绰绰也。风尘游子，极目天涯，思奉杖履，陪清论于鲤庭，不可得也，怅怅。偶便得奉寸楮，新秋渐凉，惟为国珍养。不宣。

复同年王九难佥宪

使来,承惠佳句,启卷烨然。深羡。深羡。兼锡雷葛,洁净精密,比君子之德,敢不拜领。请藏行箧,俟来春裁制,避秋风也。惠比缌衣,报惭琼玖,愧甚。侧又疑之百里之寄,匪云小矣。莅政之初,必多更化而从容吟咏,得有无不暇及者乎?古人一日居位,则思殚一日之职,幸无以暂为可忽,以小为不足为也。惟谅照。

复叶中岳评事

一别忽数月,徒想见颜色耳。欲如昨日,促席笑言,不可得也。怅恨。承翰教,惊喜。据报乡多剧盗,馆多供给,此正高才能事,恶足为病?仆谓论事当究所因,二事盖相因也。供给多则民困,民困则盗兴,请捐所不急以示,更始为下民开自新之路,可乎?扣尊使,谓多所捕获,固善,争如更无所捕?捕无所获,为善之善乎?且今之捕获,前官贻之也。兄为前政劳,则可自今以往,毋更贻捕获,而自为己劳也。京辅之民宗社焉。依晋阳保障,卒以存赵,岂以兄而见不及尹子乎?今朝廷无茧丝之政,而民困日甚者,州县之供给为之也。幸试加念,若谓供给以保令闻,不可已也。信若此,则生民之疾,其未有瘳乎?恐更劳子之捕获也。何如屡辱下问,故辄忘其陋以复,正兄所示万殊上功也。苟未是,不惜反教。归期量在来春,成安之行,尚未卜也。南宫将一来,要知非秋风,客始可不然,此腰未易折也。使旋。草草复。

复李司训

人来,知宦况清嘉,喜甚。夫君子不获,行道于天下,则领师儒之职,处尊严之地,萃百里之英才,发群经之奥义,出入乎宫墙,周旋乎俎豆以成己成物为己责,亦大快也。视劳神于簿书,营情于利达者,官虽大,何取焉?

辱嘉篇见招,感荷感荷!夫别公已久,顾见如渴,虽不招且往,矧招之且以诗乎?第承厓翁敝筹之爱,已订新约,不可违也。欲更迟二三月后,借东风便,敬操舟南下,河阳花径,东鲁杏坛,愿借一番风味,请不厌我小子之狂也。使旋,急嘉章,未即奉和。惟谅察。

复同年王九难金宪

京邸,日闻诸路口,谓成安之政,当于古循吏传中求之,喜甚。乃知人心信有公道矣,久必自定也。辱千里命驾远招故人,此事亦惟古有之,何意见于今也。第前数日,承厓翁固留曲谕,感投辖之至情,怀适馆之嘉惠,更复承诺,辱使来,又复言别。翁执前约,且令愈生,谬录管见,尚未竟也。不得已,敢稽来命,俟十月终。旬请径南抵,卧河阳花径,调鹤听琴,作仙郎之醉客耳。新篇草率,未敢奉和。百凡容面悉。

与徐省庵

匆匆北上,无因缘得再请益,怅甚。金老先生近得一相否?《大学中庸说》,虽简然却精实,即此可以见翁学问之要。不肖下第后,亦颇欲就选,自顾伎俩,与世态全不相似,出又不敢易,世恐不可行。犹豫间,恰值九难年友劝止,且有携手同车之约,遂止。世态不敢言,只宜高卧青山耳,兄得之矣。

今九难补任成安,成安去京师千里,百姓远近,颂德携手之约,恐未易遂。定庵远矣,向来得接;兄与海洲亦少在门,鲜相知者,仕途同志,亦不过一二友耳。又各居一方,仆之形影,亦甚孤矣。厓翁虚谦而好善,九难兄遣子远游,弟感二公知己,聊为一留,行期当在冰泮。然仆虽寄迹官舍,扃门独居,所往来者,无几。与王赵二生谈论古义,外兴至,辄一赋诗而已。声利尘嚣,迥不入于心,目陶靖节云"结庐在人境,而无车马喧。问之何因是,心远地自偏",弟颇类之。但不若兄之遁远而迹益肥耳。

近刻诸公诗,兄之德义,厓翁旧闻,恨不得佳篇一见耳。集中凡赠兄之作,亦多录取,盖见微意也。方七峰不识吾邑高士,到京始云大悔,且叹兄远引,虽请乡饮,亦辞不出。然竟不知所以不出之故,旁观者亦或兴叹,而公之高躅亦可想见。得便草草,奉问。惟谅照。

寄王九难

自四月,避乱邑城,得一奉简以迫于今,咫尺乡山,闻涧一至此也。矧在宦游日乎?每诵拙赞,辄欣然如对。然近日病,懒益甚,不知视昔更添几拙矣。石梁雁宕,曾得命驾否?窃念天下有几名山、几高士,山灵之待久矣,莫更迟迟也。俗情满眼,弟将谁与?惟杜门敛迹,读古书史,与一二古人神游千载,聊以自信耳。

少梅来，道兄处乡曲事过严，夫君子立于朝，则危言危行，以伸道也。遁于野，则危行言孙以全身也。而道亦无所失矣，且人孰肯自列于小人哉？故不恶而严，不同而和，所以尽己而尽人也。固拒，非道也。弟读《易》，颇得含章之义，惟兄试裁之。贱躯多过，人皆知之，或不以告，过何由知？故敢即风闻之说以规，盖将假愚者之一得以补智者之一失，因以引智者之千得以救至愚者之千失耳。希谅照。

答林阆洲文学

承来教，知翁念及儿辈至悉，敢不佩感？但此事有义有命，虽升斗代耕，亦有不可以力致者。小儿得与观场荣矣，公不闻塞翁之说乎？但当安心顺理，得失之命耳，儿辈倘至，有妄想，惟我翁终诲之。敬复不具。

奉同年陆北川

奉别三四载，恭惟德门益隆，荣禄荐至，为天下苍生贺。仆幸托休庇，供职凡九月，不得病民。自分宜退，青山碧海，皓月凉风，与一二素心，觞咏杂举，逸则逸矣，如负国恩何？盖天地间，自有一等僻性，止解玩弄烟霞，无补世事，幸我翁无厚望焉。深山鲜车马迹，偶值李观我年兄令郎，得奉启谢。伏惟俯鉴。不宣。

奉尚书应容庵先生

去岁，得聆道诲，启蔽良多；兼承惠贶，惶汗益至。兆守冻中途，尚冀令郎先生来，得窃庭训，不意道上差池，而兆之至京，更出令郎后也。公曾托与其乃郎方山公同行。喜登榜，固高才余事，而公之厚德发，祥申命，无已尤，足以征天心之不爽也。敬贺。兆不量，滥试都昌尹，尹官卑而职难称，未领教音，曷由施治适小？仆归，敬简奉贺，兼问尊履。新凉，惟顺时珍摄，以膺乡国厚望。不宣。

寄莫筠屋表兄

违教已久，追昔南塘为别，把酒看山，此景宛然如对，未知何日复相聚也。弟不才，冒领一职，承赐简问，夫都昌山县，地方百里，虽才如由求，不以为少也。仆敢以为小乎？但野性疏逸，不胜羁绊。近取道南都，揽钟山石城之胜，顿□〔一〕遐思行，将登匡庐，经白鹿，尽收诸名山奇胜，归我肺腑。然后反棹东归，登天台雁岩，沽一石酒，与诸兄狂歌烂醉，尽吐出一时胜览，作江南辞赋，客恐未能也，兄谓何如？便中草草。惟谅照。

校勘记

〔一〕此处原文字迹模糊，脱一字。

寄林莘田

两年为别，万里相望，遥思南浦别处，青山碧波，复如昨日，能不为情也耶？冒领都昌一职，白头冗吏，安敢为荣？然通籍帝臣，又安敢不为喜也？第久坐病乡，壮志销铄，宦情亦甚淡薄。黄菊故园，清尊雅唱，每一思之，辄复兴感，风尘恐难久淹耳。取道金陵，因留避暑，便中奉问。惟谅照。

与徐省庵

匆匆别来，怅甚。都昌称难治邑，俗颓似费，尹拙如柴，欲责三年之效，恐未能也。何如兄得暇，乞条示政法见教，则仆之治，兄之治也。自守，谅不敢苟临政，时恐未能一一当理。苟二者无憾而世不见容，便常拂衣出门，陈海西山自在也。闻倭乱，贵宅得安居否？偶便草草。惟照人。

与谢蒙斋司训

仰止德音，未遑瞻晤，愧歉何如？邑志笔削，荣及善类，使千载幽魂，如睹白日，君子一何幸哉？

兹渎寒家，在宋元间，颇与儒绅之末。国初遭难，门祚变衰，文献不足，公论犹存，而黄岩老志、太平旧志所录，略有梗概，官爵行实，亦颇未备。今椽笔再加损益，志所欲言而未遂者，已略具其概于林友，乞转达座下。

闻诸兄亦已录入，然皆必详考古典，方有证而后信。如祖东皋、西墅二翁，则取诸内翰，阎氏复史氏孝祥，亲笔之墓铭，其知府翁，则取诸黄岩之老志及太平旧志之写本。闻公亦以元有路无府，有总管无知府为疑，斯言也，海峰公亦尝惑之矣。但宗老所传之旧谱、诸志之所载，盖有灼然而不可易者，故不敢改。今考元制，大者为路，次为府，次为州，次为县，是以其制，有路督府、府督州、州督县之文。只按通鉴，如至大元年，书巩昌府地震，是有府也。至正十二年，书徐寿辉陷，武昌知府丑驴死之，是有知府也。如此之类，皆不一见。又如书以某人为路总管，知某府事，是总管亦称知府矣。

仆非敢厚诬先世焉，祖德累第，恐有其实而以嫌讳，则于孝为亏，姑求以自免耳。谅不谅，惟公度之。

奉谢长史邵象峰先生

承尊谕，俾小儿继志，获觏室于令郎亲，翁令孙女兹敬申谢者。伏以某自童孺时获诵公文，已窃惊叹为不可及。既而执经黉舍，而公已奋翮青云，高踪鹏迥，邈不可亲者，凡十数载在昔，乐回得履东阶，甚慰遐仰，又忽尔别去。夫生翁之时，近翁之居而不获朝夕至论，殊歉夙心。祗拟他日，藩邸功成，赐归绿野，小子辈得捧一琴挈一杖，得从公于桃源雁塔间，足矣。

今非分之荣，殊出意外，幸感何如。矧某拙守，故吾无一筹裨于明世。而公振英吐华，明道昭义，为贤王明宰辅勋烈方，日显于天下。兆何幸而得承此休庇？感甚。台郡凡几名门、几宦族，而微宗坠绪至眇躬，仅笾笾一脉耳；且困守蓬门，与世情阔隔，其不善为子孙计，公且知之矣。独承不弃，则公之所好，固与人殊，而兆之鼓舞盛恩，又曷有既耶？风云一望，河流四千,敬简代侯,心神俱越。伏惟尊慈俯鉴。

复石村邵亲家劝就选

丘兄来,得承尊翰,知我翁属望之深也,浅陋不才,竟违所望,愧赧愧赧!虽然,世虽方殷,非真材弗济,人情好诡,非至巧弗投。仆两病之矣,虽早就何为?遥望云山,辄生幽思,而骚坛钓石,归日请与翁分领一半,何如?长途畏热,厎翁暂留避暑。秋凉得归,敬当领教耳。鸿便草草,申款。惟谅照。

复江两涯给事

久切翘仰,云泥阻隔,瞻拜无由。仆不才,备员名邑,自受命来,夙夜战兢,曾靡寸补。尸素之耻,恒切于中。近罹危疾,欲即引退。两承尊翰,曲赐慰谕,尚尔迟留,云鸿未际,久稽裁答,兹令郎公子北省,敬简奉谢。伏惟谅照。不宣。

寄赵方厓尚书

别后,杳无鸿便,厚德盛情,徒勤梦想。兆叨居遐邑,风波寇盗,满眼无一不惊心者。且身瘿多病,每历浔阳、彭泽之区,徘徊四览,即欲湿司马之青衫,觅陶园之黄菊。然东望故乡,又非乐土,时倭乱。殊怅然也。得吴友便,敬简奉问。夏气渐蒸,惟为国加爱。不宣。

奉吴府主

兆湿热伤脾，眩晕痿软交作，数日间，邪水妄行，溢于肌肤，益于手足，肿满之势渐成，事亦危矣。自此急疗，犹惧其晚，若复因循，是坐致其殆耳。昨承曲赐奖谕，非不思奋，但病已至此，实不可以强为。酷暑，长途行止惟谷，孤身羁旅，念之涕零，处之以清，间济之以医药，揭濒死之躯，跻有生之路，在台下而已。

承教云忠臣忘身，达士委命，是固然矣。然身忘于义协，命委于数穷。苟或未然，则保身立命，进以报君，退以树德，君子不谓非也。伏乞俯狗私爱，听容静养，倘得生存，则自今未死之年，皆台下再造之赐也。感恩轻重，又当何如？惶惧再陈。惟原宥。

奉一所金老先生

春间领教政学合一之训，敢不敬佩？兆虽不敏，亦尝确守旧闻以施于治矣。不知今之道，不必然也。能悦士民心，不能悦一二当道。执之则违时，通之则叛正，但平生所学在此。兆谓宁违时耳，道不可违也，故竟得罪。何吉阳讲道白鹿，言亦可听；但渠之道，义利相济，今古同流，兆则不能也。其不相得也，固宜然，虽不能恢张大道有裨于世，而穷居所守，则不敢贬损以负平生，以辱明训，二者或有一得，但启钥之功，尚劳面命。夫子与之天下之弗与也，弗敢知矣。抵舍后，挈家避寇城中，归则秋获。今尚感足疾，不能趋进，敬简代候，谅惟尊履，多福为慰。足疾愈，容走谒尊教。清秋，惟为国加爱。不宣。

复金华倪心斋

志道三十年，空然无得，不学漆雕开，辄欲自试，竟坐愚执见忤。居官凡八月，间以疾辞者再，竟得遂归计矣，何幸何幸！台雁山水，颇胜思，得一二同志，相与坐弄岩泉，行歌云水，庶几处静还真，窃窥道际。但人各异趣，今之世，孰有肯舍此而趋彼？吾道孤矣。

闻我兄独超陋习，远师圣轨。仆不敏，幸陪师席，请教当有期也。昔人有云，浙之道脉，仅存于金华、天台间，岂朱吕倡道东南，而二郡之士，独得于见知之深耶？今世谈道者众，兄不之往而独远就一翁，无亦不然众论，而独寻朱吕之正脉耶？承佳制下教，咏之甚喜。仓卒未敢奉和，惟高明谅照。

复赵子仰

闻修进甚力，喜甚。仆性疏直，屡失礼于上官，都公不试，奏罢，令改别邑，则公之宽宥也多矣，敢以为尤？方仆就选之初，已不敢有富贵念，但愿小效涓埃，以答教养，盛恩合则仕，不合则去，无往不可。既而世路崎岖，颇切归计。今既得归，贱病且愈，乐莫甚焉。他尚何知也？莅事凡九月，催科者过半，何德及民？临别，颇闻怨怼，人谓都昌之民难治者，非也。大抵得千万人之心易；得一二人之心难。仆之所以安于畎亩者，此耳。来翰称许过甚，不敢当。闻欲来顾，喜甚。果然，仆有坐靛桶磨荞麦，故事该博不及吕子。暮春风浴之趣，今颇见得一斑,请与子共赏之,何如？草草复。

复赵韦所知州

自京师一别,岁序再更,久疏启问,愧悚。仆不敏,谓方今天下大患在于民贫,民贫故乱作,其本根系于守令,故欲稍加节养以回元气、固邦本,聊报朝廷教养之恩万一,不敢为身崿也。今当道论人,其关紧处,正不在此。馈献供给之仪,其所视以为进退之准者也。仆不能两全,早作归计。因病,凡两求解印,又固留不许。今病且愈,又得遂归计,寄逸兴于云山,叙情话于亲戚,愿亦足矣。他又何慕焉？远道,辱简问,荷甚。谨此申复。惟谅照。

复赵小山推府

别来凡数载,湖山修阻,音问多违,负欠,负欠。野情疏懒,兼以疾病,幸当道知我,得反初服。邦有道而贫贱,贤者所耻。翁不以为不肖,过蒙嘉奖,且辱盛仪,愧感愧感！虽然,兆性僻云山,视世好若,不甚可意。矧乡有耆硕,将往从之。把春风于杖屦,接遗响于讴歌,虽在穷居,未云孤立,而又何歉乎？使旋,草此申复。惟加爱。

复金子定

病懒相寻,日求解印,兹遂东还,适情云水,当道之爱我多矣。承翰教,期望过厚,反思多愧。大抵民情易知,上情难测。

今日之官宜今日之士，仆既不善学今之士，又焉克宜于今之世哉？但得不亏，素守陋巷静观，寻见颜乐，此生亦自足。用在外者，奚敢知哉？价回，谨此申谢。希谅人。

复邵吾溪学博

病懒相仍，久旷书启，愧甚。愚性不解趋时，所学所施，颇相矛盾，见与于北民，不见与于一二当道。仆不能强改素心，屡请解印，蒙赐调官，得遂归志，何幸如之？弟之仕也，不敢为已，其归也，亦无所失，居贫常事耳。何敢勤问？但小儿辈不解耕作，官司今适多事，野无青麦，门多催租。较之打麦之郭，摘麦之应，得从容而食力者，又不同矣。虽然，古今来岂惟一人然哉？辱使先施，益增愧赧。谨此奉复。惟亮照。

复赵小山推府

兆无似叠，承嘉惠，敬谢。匡庐白鹿之胜览者多矣，而翁独深契，盖由高朗之识，迥然尘表，故虽寄迹沧洲，神交五老，与古之梦天姥、望太岳者同一风致。若鄙人，虽尝一过莲峰，两经白鹿，睨奇观于云表，俯明月于天池，但觉陶然一醉，浩然思归而已，恶能领其妙处？此闻知见知之浅深所以未易论也。承示雪峰碧萝之兴事，若果然，则山灵幸甚。海上稍宁，请无虚此佳会。使旋，谨此申复。惟谅照。不宣。

复金子定劝仕

承翰谕出处,深荷德爱。仲尼有言:"果哉? 末之难矣。"疾固也。少诵圣言,老而蹈其所疾,恶乎敢?

鄙人自度不能者四事:拙不能趋时,简不能悦上,病不能竭力,贫不能修礼。时之所尚,仆之所短,恶能免于今之世也?《易》曰:"嘉遁,贞吉;遁尾,厉也。"其此之谓乎? 且性僻云山,虽羁迹宦途,而石梁龙湫之胜,常在梦寐眼底。薰灼之势,热人肝肺,冷眼看之,殊无可人意处。间有乞哀昏夜以骄人白日者,彼为得志。仆当为汗颜,又安敢谓如是者为足法哉? 猎较之论,良是,但今所谓同俗,类皆枉尺而直寻者,甚者纯枉而无所直。求所谓枉尺直寻者,亦鲜矣。恶足以学? 孔子借近似之,迹以文其私,将至于徇人而失己也。苟不失己,则无往而有合矣,将何之哉? 进不容于时,则退而思以自淑,此仆之所以不必于隐,而自不容不隐者也。脱或可行,亦未敢终止,用不用在人,仆安敢知哉? 鄙见如斯,惟高明裁教之。

复赵小山推府

小儿辈粗遂家室,承示五岳之游,虽未敢过拟向平,倘足力健尚,当挈一壶以从翁后,挹华顶之清风,弄雁湖之明月,半醉间为翁歌渊明《述酒》《归来》等作,以远交千古,则不肖之取益于公者,多矣。有余力,然后以次及远耳。敝里碧萝之趣,颇幽,兴远者行处,即佳境也。公往时曾有兹约,山灵拂石久矣。请先自近,始何如? 春风渐和,海岸亦颇宁静,我辈既远风尘，且辞吏牍，及今不为行乐，亦何待哉？便中草此申复。惟谅察。

复王九难同年

别来心切，驰仰而礼多疏，谅惟原宥。仆病且拙，食禄为耻，自分合退，兄令德高才，久系民望，谓当委身王国，共济时艰，亦遽作退休计，何与人谓兄急流中勇退人也？然知几远害，敛德俟时，较钱子又进一斑矣。自是，台雁中又增一贤主人也，山灵幸甚。

世俗动辄以时中讥诮贤者，仆谓孔孟视色，不俟终日，使在于今，出门当更早也。若往无所之，则周流之驾，亦终已矣。避世洁身，嘉遁正志，非周孔语耶？进退微权，有难以语人者，待后当有定论耳。患得患失，枉己狥人，乃至借口时中，比迹贤圣，何今孔孟之多而乱日甚耶？不悦于世，且暂静处，矢心圣道，当更有进步处，请与兄共勉之。然兄力尚强，明道俟时，苟际其可犹未可，固遁也。一翁宅，仆即欲一行，得尊命小留。俟秋收毕，当躬造同进耳，四赞足征高趣，《衡山高》一首，辞调迫古，不才当避下风矣。辱颂教，敬简申谢。百凡未尽情绪，惟谅察。

与王近之春元

沈兄便，始闻尊翁高致，林下不孤矣。近日读书，何如？以子之英敏果锐，必多得益，更须反己静观，使立言之意，于我有深契处，油然心悦，真见其不足可已也，即此而存之，则本心渐明,庶可倚于他日实用。若只作举业事,一番论过,虽白首穷经,与吾心藐不相入,此则何益世之人?自少读古人书,得志后,百凡惟任私智逐时好。或语及古训,必互相排诋,不谓固滞,则必以为矫然,则读书亦何为哉?鄙人读书,持此一念,虽极知不便今世,然终不能易也。吾子能复是之否?知新录,间亦稍稍有更定者,会日,当更劳商确。便中,恕草草。

复莫中山

仆读古人书,谓古道可以治世。小邑之行,聊用自试,值上官之志不合,遂移文作归来计,承上官曲谕绾留。仆念平生所学在是,舍是,则无可用,故决意言,旋而不敢苟尔徇世。翁谓仆能比迹前代隐士,岂仆之初心哉?但中之所怀,殆有非今人知者,亦惟日诵古书,与昔贤神交于千古之前,自信自乐耳。讵意尚有翁能谅仆心事?吾道不孤矣。剑客行,足征长才,无怀叟歌,翁自谓不肖,恶敢当哉?仓卒未敢奉和,容嗣简。

复林雁田劝仕

承示病中偶成之作,足征深爱,仆非不知感。第今之仕者,皆一时豪杰,仆性既迂拙,且坚执己志,不能俯仰随俗,取怜当道。譬之弹丝击缶,韵事难谐,去将安之,若依依。然求进一秩,怀数千百金,为乡里子延颈唧唧,仆不能也。少日读书,与兄高谈阔论,多少谅必在中。古人云:"宁为千丈溜,莫磨一寸锥。"老死则已,安敢求世人知我?然佳句敬当宝藏,另容奉答也。草草复。

复陈南衡主事

自台城分袂，凡几阅岁矣，短发萧然，而学不见进，自省当赧颜也。承尊翰，示切己之学，且欲引置会末。仆老矣，仰视圣辙，如隔九天，反身内愧，安敢空言哉？虽然，求友四十载，谁肯以此事见教者？空谷足音，闻之惊喜。但仆踽踽嘤嘤，性偏狂狷，世莫见是，而自信益笃，将持此而贫贱，而患难无悔也。

唐贞山翁，厚望高才，方留心于济世，于鄙人之学，似不甚同，恐夷惠同堂，为谋寡合，矧不肖如仆者，安敢赞一筹于下风也耶？虽然，大贤在迩，曷敢自远？俟来春至府，当造拜门下，更请裁酌。适寒疾，弗克尽言。惟谅察。

复戚南塘都督

秉越南麾，肃清海甸，英声伟绩，四海咸知，国家幸甚，生民幸甚。向奉简申贺，第云鸿未暸，久隔所思，敬仰敬仰！忽辱翰教，兼锡多仪，荷甚。敬谢。敝地藉公余威，今获安处，他日未敢知也。焉得再迓仙旌，亲依道训，并藉骈懞，使野人得安心于耕凿也耶？使旋，敬此申复。春和，惟为国加爱。不宣。

与章斗野文学

得拜谒，承道诲无隐，幸甚。某寡陋，实无所闻知，偶读古贤训,有一二会意处,视近世所论,不无少异,承翁不鄙,故辄敢尽言,正须裁定耳。夫人相合之始,所见必不尽同,同者不必言,正须于未同者,戡破以求归一,夫道一而已,未归于一者,非道也。与其外同而中异,孰若辩异而致同,而后为终身资藉之地也耶? 若谓学在力行,不在辞说,此固知所重者,然未有不问要津而径尔适国者也。大抵力行之事,勉之在己,友朋相聚,则讲明之益居多,翁谓何如? 便中奉问,弗悉。惟谅照。

奉金存庵正郎

久违道诲,日切遐仰,恭维师母太夫人尊履康福,无任欣慰。不肖数年来,久罹困病。旧岁,自秋抵冬,事已极危,不自意得存残息。暮春间,方稍离枕,形容骨立,世事多违,歉甚。歉甚。腊月间,承翰示,极荷深爱。病起,方思奉答,或谓翁已北驾矣。近小儿归,方知以孝养辞禄,窃谓太夫人老矣,以孝子爱日之心,苟得自遂就养,诚不可缓。然主圣时清,而北顾之怀,似又未可终已也。近日孝养外所,更习何功? 有得处不识下教。兆病余,精神昏瞀,大非昔者,虽不死,恐亦无益。秋半后,倘足力健,尚思领教,未卜得遂此愿否? 便中奉问,诸凡弗悉。惟谅照。

与蔡沙塘宪使

京邸得奉教,嗣后云泥杳隔,怅见无由。林下日长,徒劳追昔,如人远何哉? 我翁方际清明,关心民社,似未暇念及北墅,近得江驲使乡友书,道承存问再三,愧感愧感!

野人志道无获,趋时未谐,志虽切于忧民,才实疏于获上。窃禄九月,锐志言归,误蒙绾留,卒承论调,得遂归志,放歌东海者,已十五余岁矣。自愧无补世事,但闲静中摊经,潜玩于旧时疑义,今亦稍稍有融释处,而他或不至蓄疑抱憾以死,此则野人以自幸者。

我翁政誉方殷,行当膺台寄辅,倘得暂屈敝省,使衰老余生得复快睹,斯时斯乐,当何如耶?兹获江友,便敬此。诸凡弗悉,惟亮照。

答同年金惺庵宪使

叶大尹来承,附至书仪,感荷感荷!仆久遁山海,人迹罕接,非翁时赐教音,虽尊驾来止,亦竟不与闻也。暌孤之咨,可胜慨耶?都昌之政,承嘉奖过情,岂道路风闻之误耶?乃仆则谓方今治邑,惟节用养民以弭乱阶为急,虽早夜孜孜,然未期月试也,于民何济?承翁北行之谕,兼悟斋翁远念,非不知省。仰观清世,群贤汇征,非不知奋。第数年来,鬓发尽白,目半昏眩,冒遗忘交作,纵领一职,矻矻簿书,间未见有补,近致仕草疏,妄涉朝议者,第以仕至致政,则臣道终矣。平生报国之志,惭无少补,聊欲稍见于万一耳。然自冬徂春,困病凡五月,幸而不出,出则为身忧也。胡国之能恤?此念亦渐弛矣。闻荣行在迩,敬简驰候。春和,惟自爱,不宣。

答符副岩

别来凡数载，恭惟进修日迈，仰甚。旧岁，陆先生来，承翰，道及鄙作；然野人耄矣，楮墨荒甚。第以区区慕德，一念辄敢致言。然扬善未能思齐，靡及徒增赧耳，反辱虚奖，曷克敢当？复以嘉器见锡。夫清风高枕，达士所宜，鄙人弗知也。既辱意示，敢不勉承？敬谢。春夏来，久淹床枕，兹得鸿便，敬闲奉渎。惟谅照。

奉金惺庵宪使

违教已久，谅惟德学与年俱迈，为喜弟耄荒滋甚。趋侍无由，惟梦寐中时一会晤耳。兄山馆高居间，惟圣经一味足供玩乐，妙悟处肯见示一二否？鸿便率尔代候。百凡情绪，弗悉。惟谅照。

寿同年何宜山尚书

僻海幽栖，久违忠告，仰甚。恭惟七旬华诞，亟思躬拜以祝万寿，第贱躯衰敝，趋步弗先，坐是稽违。近稍获宁，勉构芜词，兼录诸山友歌咏，令儿继志，奉渎尊览。词虽弗工，而山岳无疆之仰，实在兹矣。即辰，三阳方泰，伏惟俯鉴，征忧为匡，珍养以慰苍生之望。不宣。

与徐后冈论海塘

海堤之筑，百姓甚喜。嗣闻但及民地而已，此非翁不欲为我民广此德意，第言者未之详，翁亦未尽闻之耳。

盖海堤功必可成，而民之利亦颇大。所谓大者，不在民田而在灶地耳。灶地宽广而多芜没，筑堤灶地，而民田在其中矣。昔嘉兴诸郡捍海，亦多有堤，今时修之，为百姓世利，而作者之名亦因以久，今日之举，殆若此例耳。而民灶之界，无足虑也。且民灶之界，上下不齐，而堤之里数必多。灶地则直如绳引，而里数必减，且以民丁而筑民地，则人寡而力小，民灶合举，而力必增。夫堤愈短而力愈增，是利愈大而工愈省也。知我公必乐为之，况灶荡下际，旧有堤脚，而势反高于上。夫因高而覆土，则其工必易，乘高以抗潮，则其基必固，翁岂不欲其易且固乎？故曰："第言者之未详耳。"

若其地，则下近松门，上连金清港，经五六七八都，延三十余里。必四都之人，一时并举而功始全，失其一并坏其三。然堤内为河，河之北口通港，其近港处，必建之闸，设夫以守之。潮大，则闭以防咸水；潮小，则启以引上流，稍深则水向之。水上下相贯，而新田无旱患矣。然长堤横截，下流而春潦难泄，如平溪、莫家等浦，皆旧所泄水处也。因而置闸，启闭以时，而新田之水可以无忧，以[一]且土性颇沃耕之有获夫。使旷古蒲芦之泽，一变而成膏腴者数万，则民之利赖者不少，自有县来，未尝有此绩也，在翁一加之意耳。后之人将称之曰："吾邑自五闸成，而水乡之患息；自长堤设，而海乡之利兴。"我翁之功与朱子等，千秋香烛之报，不独在朱祠矣。然百姓无远虑，止欲苟简目前,仆谓此事不为则已,为则不可以苟。若一苟简,则必有留患处,一患未弭而成功者俱废矣。惟翁其图之。出位僭言,伏惟原宥。

校勘记

〔一〕"以"字疑为错文,当属上文,作"矣"。

复友人论改诗

承惠书,两读之,莫知所指,又细绎之,以仆妄改佳制,而云也夫?鄙人不遇于世,则敛迹青山,圣世一老农耳。反躬救过,犹且不暇,安敢拟方石诸公?处高敞地,出入诣作家,俾有传耶?诸山友诗皆沈子所定,仆固未尝经眼,观子所论,盖有托仆以惑众者,幸细察之。夫采人之诗而录之,将俾以传于远,若其诗果善,吾录之,其未善者,吾不得而强录也;必改之而使传,是传已也,使改而诚善,与是相率以欺夫世,于己为诡行,且掠人之美,而自为名,当之者有腼颜矣。一或未善,是又以匠人之斧斤,斫工师之大木,又不然,是蒙西施以不洁,与之兢美于吴宫也,人不谓拙工,且将谓妬妇矣。仆虽不肖,亦何至此甚也,惟谅之。幸吾兄见教,而得闻。此人之含怒而不以教,仆蒙人之怒而不自知者,又不知其几也。谨此奉答。不宣。

答鲍观澜文学

不睹光容,凡几经寒燠,谅惟多福,甚慰。京师承翰示,且锡佳句，庄诵再三，琅然金玉音也。无任欣悦，窃思黉宫日长，英才左右，有弦歌之雅，无簿书之烦，有师长之尊荣，无司府之督。索禄薄而职易称，教行而道益光，俗情身跻华要，自喜得志，而能知兄之乐者，鲜矣。不肖持心，踽踽罔宜于时，性复疏懒，怕膺官守。自下第来游荡京国，尘世一间人耳。承方厓翁错爱，谓尚可以勉进留，与乃郎同业，盖将玉成之也。此情固厚，若野人者，恐竟负之，何如？何如？客行，迫甚佳韵，不及奉和，容嗣简。不宣。

答金惺庵年兄

别后，忽惊改岁，承教言，询及进修所得，捧诵增赧。不肖久在病乡，自腰至膝，长觉酸软，独坐中整肃二字如持不起，坐是心地昏塞，旧学忘失，无可与知己道者。虽然，仆亦不敢以老自弃。旧岁，承静后之训，不觉惕然增儆，则朋友交励之益，实不可小。即今兄之所造，比昔何似？恐所谓无益者，正有益耳。幸我兄终教之。闻得令郎，喜甚。窃想贵宅，德善世积，以常理论，必当后昌，亦不待今而始知也。敬贺。久稽裁答，草此。不尽。

答金存庵先生

尊制既阕，弦诵成声，秋气渐凉，高旌又将北抵，未知君卜行何日也。相臣既革，朝政维新，行一分，则民受一分之泽。君子相时屈伸，固可以仕，不可以止者也。但独立风摩之中，则自守不可以不固，自省不可以不密，自处不可以不高。苟以徇众为通时,以失身为济物,起念一差,则其失寖远矣。谅高明早有定见,而不肖之喋喋者,亦将为过防计耳。

仆日来髭鬓皤然,筋力既衰,杜门困卧,心志多违,欲少进,未能也,惭负小儿辈。今颇成家,旧庐隘甚,近于水竹之间,筑室三楹。内藏易象,外贮风月,杂宾既远,与一二知己,日夕歌唱,亦颇成趣。然皆假物为乐,未能有诸中也。何足为知道者告? 得便,谨此代候。相见未涯,惟谅照。

之任道上寄诸弟

六月半,至南都,不耐酷暑,因稍留止以揽金陵之胜。目下将行,至县尚须半月,在北闻盘马贼上,心甚惊惧。至南都,遇乡人,始知家口无恙,室庐亦存,喜甚喜甚!

据报,乡里宗族华屋俱烬,可惜。然宗族亲故,人口存没,俱未能一一知也。祖考神位,不知曾将出否? 回时亦能一奠以萃惊魂否? 伤哉! 先世谱牒、诸祖遗文、墓志暨先贤所赠翰藻,能一一存否? 如谱牒不存,我子孙辈可为大恸。间有存者,宜急搜缀成帙,勿令迟失。

旧年,贼入水乡,海际一带独安,我知其必有所俟。盘马一路可虑,曾与汝辈历历言之,闻多未信,今则果然矣。此路既通,贼若再至,吾家之祸,尚未已也。欲为久远计,须迁居为是。窃闻黄邑地价廉而土厚,价廉则省力而易图,土厚则立家而可久。且城固而地僻,城固则小寇不能攻,地僻则大寇必不攻也。故立家莫善于此,诸弟试酌之。田租,除粮差外,食用余者,诸儿为我存之,以备老年供给,勿谓官舍有钱而浪费也。

我观国朝立法,除俸粮柴马外,别有所取一毫,皆是贼私,非剥于民，则盗于君者也。我平生拙，性能盗且剥乎？若说盗于君而君不知，取于民而民不怨，此又盗之巧、取之奸者。暮夜之金，瞒天瞒地，欺己欺人，君子不忍为也，而肯以其心术效此乎？况览世事，甚不乐仕，兹行亦聊一塞贵，不久当归，官归必贫，理势然也。今苟浪费，后至仰面看人，虽至亲亦生憎恶。夫古之君子嗟来不食，又孰肯取憎于人，隐忍以求济哉？此其所以不得不俭于自奉，以伸无求之节，以养浩然之气耳。

昔者，符松岩公廉介，弟嘲之，云："做官何用清如镜？还家何用算米升？"九难廉介，其仆亦云："做官有钱不会趣，归来只算米升头。"谢文肃廉介，新河军笑之，云："有官不会做，有钱不会近。"愚夫俗见，后先一律，固难以言喻也。弟俱读书，知理虽非若此辈者，第恐于古人意思，尚隔一幙。不若乃兄，颇见入深，肝胆相照焉耳。且天地间，乘除有数，益极必损，使我平生，厚自丰殖，焉知前日不尽赭于盗贼之手乎？又闻六弟，近日学业欠勤，此大不可。举业事，数日不习即退，亦不自知也。青年易迈，万勿因循，是望。亚冬来，草草不悉。惟谅照。

启太府杨贯斋先生

恭惟仁风，清誉渐被遐迩。即山谷之老，瞻德旧矣，矧兹莅台孔迩，能不驰神？第兆一疾缠绵，久耽床枕，药饵之济，晨夕难离。初拟少间庶图晋谒，不谓病势渐加，觊德之期，恐终不可订耳，如礼何？念某生值熙朝，旋栖山海，进无以报称圣民，退无以裨益后学。为天地壹，为吾道耻，久生于世，亦云幸矣。更滥礼筵，益自增瑴，祇奉钧函，实深陨越，敬遣犬子继志，驰简告辞，并致陈谢。伏惟台慈鉴宥。

再起杨太府

觐行，得一晋简，未悉下情，随叨盛惠，感念无已。且性理一书，昔贤惟取全备，以俟后贤之正。时所摘录，仅资业举，于理学鲜裨。兹阅所颁抄刻，约而不遗，周且不蔓，订误删繁，足正千古，实有功于熙朝，有补于后学也。庄诵珍藏，益增斗仰。闻尊驾南来，喜甚。亟思登贺，弟江山修阻，筋力不支，矫首台岳，惟有神驰。敬遣犬子继志，持简代申。天气向蒸，伏冀为道加爱。是祝。是仰。

启节推王瞻明先生署县

春风渐被，万象生辉，德星所临，千门具庆，能不为苍生贺？顷者，犬子继志，来面领钧命，将以实筵灶，及闻之，窃喜。庶瞻德辉，并领至教，不谓分绿谚薄人，新来病体转剧眩晕，卧床不离药饵，即欲勉强供命，实未之能也。惭负盛情，何以自道矫首北，惟有祝颂已耳。敬令犬子，驰简告辞，并致陈谢，伏冀台慈鉴宥。幸甚。

启督抚徐凤竹先生

窟穴穷乡，无从快睹，辱赐瑶函，颁以约刻，俾之率先，敢不祗承？乃鄙里原有约堂一区，创自开国，载在志书，岁时一举，仅存名号。今得是编，率而行之，民俗当为一新矣，敬谢敬谢！然区区敢复有进者，窃欲徧置社学于约所，专明小学之教，以为大学基本，使长幼相率以善，则芹曝之献也。惟足下之留意焉。

启督抚萧兑韦先生

窃伏遐陬，无裨世用，苟存残息，何意求闻？仰惟台下，海内高贤，清朝硕辅，出镇东藩，机务旁午。何公庭之芜暇，而注存之下及也。书仪郑重，未遂识荆，拜使登嘉，惟有遥祝而已。敬附陈谢。曷任神驰。

启王瞻明节推

某也抱病深居，逾五六载，曩荷明公，枉辱蒲翰。扶疾执命，获瞻风彩，荣宠多矣。顾德非王生老人，何足为廷尉重哉？别来轻夏，梦寐不忘，仰怀懿范，如在霄汉，又未计何日得再遂瞻依也。敬遣犬子继志，持简代申。天气向蒸，伏冀为道加爱。是望。是祝。

启阎少海大尹

念某衰颓已甚，不克入城者，若干岁矣。虽孔迩之怀，日切于中，而筋骨之礼，遂疏于外。静念思之，罪何以文？幸辱长者，不以为非，又加之惠，重以瑶函，锡之嘉燕，虽至无知，敢忘大德？顾惟力不从心，志不帅气，即欲勉强供命，实未之能也。饮和易醉，饱德难饥，矫首溪山，曷胜瞻恋，倘贱体稍康，尚图晋谒，以馨微悰，先此布谢。伏冀台涵。

附录 辑佚

云浦陈氏宗谱序

　　按云浦陈氏五代间由闽侯官徙兹里，历世既遐，宗谱亦世葺。逮今已数十余载，生息寖繁，间多所未录。吾田、凤野二君起思续其先绪，偕族之彦者议修之，时庠友钟子象冈司其事，帙成而俾余叙。余披而览之。见后先伦次行实炳炳。嗟乎修哉一举也，而四善具焉。无忘远孝也，维亲仁也，辨等礼也，以启我后昆义也。文其在兹矣。陈氏其克昌乎。吾田子曰，是恶敢知哉。先生者作之，后生者必法而继之，分也。即夫昌不昌，命也，是恶敢知哉。顾君赐我以善训，俾我子若孙世笃之耳。余曰，谱则所以笃善也，君弗之思乎。尝闻之矣，立家之道曰名与分，谱以纪之者也，缘谱以辨其分，缘名以践其实，则孝子慈孙贞妇悌弟咸于是出焉，何也？人情之易忘者，远易失者，疏易凌者，无等易弛者，无教观于谱。见吾之祖若曾若高也，则曰是吾之祖若曾若高也而孝思兴，孝思兴而祀典弗匮。故无忘远观于谱见吾之祖，若曾若高之子与孙也，则曰是吾之祖若曾若高之子与孙也而亲爱生。亲爱生则好恶同而罔相秦越，故维亲上下亲疏灿然秩也。用以敦叙以饰其节，则隆杀顺施而等可辨。嘉言善行，纪必有近师而远述者。故能启我厥后，敦是四者，是曰笃善。夫敦善则家道正，家道正

则可大而久。故曰谱可以昌者,谓其以善昌也。请与吾田子
共勉之,即夫昌不昌命也,吾田子不敢知,乃余亦不敢知。

白峰　林贵兆　拜撰

翰林修撰静学王公忠节祠碑[一]

公姓王氏,讳淑英,字原采,别号静学,邑之亭岭人。性颖
慧,博学,以孝称于乡。革除间,由训导宰汉阳,播惠以逮下而
黎民怀,绝食以禧雨而神明格。与同郡方公孝孺友。孝孺始
进用,锐情于古法。公贻书以规之,若云言量可而后入,则君
获其用;法相时而后措,则民悦于从。识者已觇其善用世云。
自是,誉问日彰,召居翰苑,八策昭陈,咸切理要。且谓高皇帝
剔秽锄强,匪严弗威。今若医,疾去之余,宜调血气;若农,草
芟之后,必养根苗。此论尤称知务。随以难起,仓惶出膺戒
寄,方事淬砺,而大命已有归矣。公上顺天心,下持臣节,赋哀
歌以明志,具汤沐以自经,而忠精大节照灼于穷壤间焉。林子
贵兆曰:"士以勇敢之资,发愤而之死也易,然而动于气之所
激,鲜或知道。惟公恭懿顺巽以宜于物,即其所养与柳下氏之
和奚异?至于履变贞志,则确不可拔,而刚风浩气凛凛,与西
山比峻者,何哉?盖宁静以为学,故其养深;审时以顺动,故其
几察。养深而几审,则真性皎如,形莫能累。欲有甚于生,恶
有甚于死者,夫谁与易之?矧一妻二女罔不完节,则臣道、妻
道、子道于公门具见之矣。即此尤足以验刑于之化。事定,杨
文贞公表其墓。文贞,盖公所荐也。邑故有公祠,附在神庙之
傍,两楹浅小,春秋之祀不及。万历乙亥,见鹏翁侯至,即具牢
祀之。而会郡伯盘石李公,方以彰善树风为化,与翁侯谋所以

祠公者,乃相土度材,徙禅室以为宫,免镂金以就役。甫月,而门垣堂寝焕然矣。兹卜日将祀事,乡老士民往观焉,咸栗栗起敬,若仰景星睹灵风,而不知忠孝之有萌也。然则斯举也,岂惟树轨作人,俾怀忠义,于国家亦永有赖也。李公讳时渐,齐之寿光人。翁侯讳仲益,闽之晋江人。祠成,以林子为公乡人,乃以碑属之,又梓其遗稿以传于世云。词曰:东海之滨,有士如玉。养津凝和,含英吐馥。敦孝于家,宣猷于国。内难正志,守死弥笃。猗昔夷齐,采薇深谷。周粟虽佳,匪我心欲。顺以德方,静也几彻。明明本心,煌煌大节。高屏锦张,明湖玉洁。伟庙丰碑,千古为烈。万历四年丙子夏四月吉旦都昌县事后学林贵兆顿首拜撰。

校勘记

〔一〕辑自《温岭丛书》(甲集)第三册《王叔英集》第 575—576 页。

赵大佑集

［明］赵大佑　撰

王英础　点校

原温岭市文物办收藏的《赵大佑手迹》

燕石集卷之一　　　赤城居士方厓趙大佑著

奏疏

懇乞

天恩宥小過錄舊臣以宏

聖德疏

竊以君之於臣猶父之於子子有得罪於其父非
罪大惡極則譴誠以懲俾之自艾未至遽絶其跡
不容朝夕于左右故古之臣有得罪避位者待命
于境君察其心迹豐其罪過非至大不得已則賜

国家图书馆收藏的《燕石集》书影

前　　言

　　赵大佑(1510—1569)，字世胤，号方崖，明太平(今温岭市)人，历任刑事执法、监察等职务，自凤阳推官、监察御史、大理寺丞、少卿，至都察院佥都御史、副都御史，刑部右、左侍郎，南京都察院右都御史，终任南京刑部尚书。嘉靖四十四年(1565)，赵大佑任南京刑部尚书等正卿的职位满九年，按例，他赴京述职考核，世宗皇帝称："兹予能持法任职之臣也。"进阶为资德大夫，如同朝廷的正卿，赠其祖、父均为刑部尚书。此后，赵大佑即辞官回乡，孝养父母。

　　赵大佑一生以修身、齐家、治国、平天下为己任，在监察、理狱、治政诸方面均取得卓越业绩。明世宗去世，朝政更新，朝廷大臣议论启用旧臣，推荐赵大佑任原职。隆庆初，朝廷任命赵大佑为南京刑部尚书，二年又任命其为南京兵部尚书，加参赞机务，赵大佑不为所动，依旧推辞。首辅徐阶借用皇帝的命令，赵大佑不得已上路，途中依旧上书要求在家孝养父母，朝廷以此作为孝敬父母、教育风化的特例而予以批准。

　　台州仙居的应大猷曾任刑部尚书，后致仕，赵大佑专程登门拜访，坚持以父执待之，甘坐下位。应大猷深感赵大佑的谦虚，他早就结识赵大佑，听闻其行政踏实、执法严正，称其为"真御史"。赵大佑去世后，其子持《燕石集》求序，应感慨万分，称赵大佑为"圣人之徒"。

　　《燕石集》得到明代文学家王世贞的赞赏。"燕石"即"燕珉",是燕地的一种石头,表面象玉。唐李白有诗:"宋国梧台东,野人得燕石。夸作天下珍,却哂赵王璧。"赵大佑将文集取名"燕石",盖自谦。王世贞感叹道:"公岂其石也?要之,意不欲以其长鸣,终始不离长者乃尔。"

一、家庭背景

正德五年(1510),赵大佑生于太平关屿(今冠屿)。其祖出于上虞蛟井(今属嵊州),后迁洪洋(在今路桥)。宋理宗宝庆中(1225—1227),其祖赵处良起家进士,为藤州守。元末,四世祖赵德明避方国珍兵乱而徙居关屿。祖父崇贤为广德知州,有善政。赵崇贤于弘治壬子(1492)中举,癸丑(1493)中乙榜,授汀郡训导,后任六合知县。由擒贼功,应超升四级,为刘瑾所抑,仅升广德知州。巡按刘溥考评称其"敷政得体而下不忍欺,见义敢为而威不能怵"。因不赂刘瑾,劾其刚愎欲罢之,后调道州,有惠政。赵崇贤于道州知州任上致仕,回乡一意教诲长孙赵大佑,以继承其志。

祖母林氏为太平林鹗之女,林鹗去世后没有"赠官谥迹",林氏嘱赵崇贤与赵大佑父赵相为林鹗求谥号。赵崇贤不是京官,无由入见皇帝,转嘱赵大佑。祖父去世,赵大佑上疏为林鹗求谥号。母王夫人为黄岩人,赵大佑与表弟王铃同读书于方山王氏先人墓庵。王铃后娶赵大佑之妹,并入仕,二人关系亲密。王铃为《燕石集》作后序。

赵崇贤亲教大佑学问,让其结识贤人。赵崇贤七十寿诞日,为长孙介绍牟霞溪,称赞其诗文。后赵大佑任都御史时,为牟霞溪的诗文集作序。叶良佩为赵崇贤的侄女婿,中嘉靖二年(1523)进士。嘉靖十九年(1540)正月二日,赵崇贤八十寿诞时,屏去其他礼品,点名独取叶良佩的献词,叶为撰《次山记》。时赵大佑初为御史,奉命到江西清理军务,取道归觐,为祖父祝寿。太平县令曾才汉也来祝寿并赋诗。六月,叶良佩撰《太平县志》成,并载崇贤、大佑之名。九月赵崇贤去世,大佑十分悲痛,赋诗纪念。赵大佑不忘为祖、父取得封赠,九年的二品官考绩通过,祖、父均封赠尚书,赵大佑即退休。今温岭大溪冠屿桥里的赵大佑纪念馆仍存其祖、父的尚书牌坊。

赵崇贤与夏镶的交谊,令赵大佑一生难忘。王叔杲称"吾台文人前有方逊志(方孝孺),后有夏赤城(夏镶)"。为求学问,赵大佑抄录夏镶《赤城集》,对其推崇备至。

嘉靖三年(1524)春三月初一,夏镶在桃溪访旧后,接受赵崇贤的邀请,乘轿子到关屿。《过桃溪答赵次山约》回忆称:"百六烟花春已阑,酒杯墨椀向谁宽。白头未了方岩路,老眼相看又次山"。次山即赵崇贤。此年,夏镶七十岁,赵崇贤六十三岁,赵大佑十五岁。赵崇贤致仕家居已十多年,热情招待夏镶,夏称赵"乐甚有节,狎甚有文"。《次韵答赵次山》记载夜宴盛况:"甲杯呼酒狂流墨,午夜烧灯细赏音。"赵崇贤拿出父、叔的行实,请夏镶作墓志铭。崇贤是林鄂的女婿,林鄂与夏镶之父夏埙为同年,"同以监察御史历枭藩长",夏镶称他与赵崇贤二人的关系可比通家、同年。夏镶为其父撰《未庵先生赵公墓表》,为其叔撰《望云先生赵公墓表》。

夏镶称赞赵氏家风,其祖赵处良将三百亩田作为里中徭役公用。后四世赵德明迁关屿。又后四世为维石公,"自家之祠祭、经划以至里义,郡志可问"。此后崇贤的祖父赵懋"以宽硕获长者称","以理克识义财重轻弃取之分","治家严不废律,子姓受约束,勤生,起财以义"。赵大佑十分敬重夏镍,嘉靖四十四年(1565)极力促成重刻夏镍《赤城集》。常熟县知县王叔杲《刻赤城集跋》称:"兹承乏常州,则侍御俞公裹夏集定本若干卷,命刻之县斋,而大司寇赵公(时赵任南京刑部尚书)实校叙之。"

赵大佑18岁时,祖父赵崇贤亲为长孙选媳,赵大佑娶得贤内助。崇贤带大佑去黄岩畲川里,见其表兄牟西崖,西崖十分中意,愿将孙女嫁给赵大佑,时牟德秀20岁。《黄岩县志》有牟西崖的传记,称其选婿识人,盖指此事。牟德秀(1508—1553),年二十嫁赵大佑,将陪嫁妆奁用于赵的学业,"孺人自富室来归,而余业举子,官仅一亩(指家资贫乏),孺人乃悉写其资装,治给余业"。夫人勤俭持家,"食不重味,衣布帛,无纨绮,由衣服饮食,由执事,毋敢倦勤"。赵大佑则潜心治学,中举、进士,进入仕途。十年后,赵大佑官御史,夫人敕封孺人。

二、历官

入仕之初。嘉靖十三年(1534)乡试,赵大佑中举,松江华亭徐阶时任浙江按察佥事,视学政,认识了赵大佑,两人相知三十余年。徐阶后任首辅,赵为尚书。是年,王廷相升任兵部尚书,提督团营,掌都察院。十四年(1535)赵大佑连登进士,授凤阳府推官。凤阳故多讼牒,赵至,"悬断若素习者,以淑问著声。荐剡四腾"。

赵大佑任御史九年,在江西、贵州、南京六年,在朝廷三年。

清戎江西。嘉靖十七年(1538),许松皋、王廷相推荐赵大佑为广东道监察御史。赵大佑忠于职守，"扶正纠邪，风裁凛然"。王廷相正色立朝，很少赞许人，独器重赵大佑。初使江西，清理军务，以安定军心为务。十八年（1539）湖广巡抚陆杰、贵州巡抚韩士英上表奏剿湖广龙求儿、贵州龙子贤，未获元凶而夸大功绩，得到朝廷赏赐。不到一年，叛乱者流劫酉阳、平头、九江等寨，杀虏人口千余，抢劫财物不知其数。赵大佑察访得知叛乱的起因始末，奏请剿叛。据王宗沐回忆，当政大臣与赵大佑有过隙，并厌烦、害怕用兵，不采纳其建议。

巡按贵州。嘉靖二十年（1541），赵入贵州巡按，逮治原宣慰使安万铨，刑讯其爪牙张仁、李木，械而杀之。贵州巡抚刘彭年受贿，指使安万铨向各衙门发文，称赵招衅。赵大佑称："人臣苟利社稷，死生以之。"向皇帝报告安氏罪恶，诏下，逮捕安氏。贵阳人以为赵大佑有唐代郭子仪单骑威临回纥军营，退敌而解围的风度。《燕石集》有写给刘彭年（培庵）的两封信。二十年秋入贵州，铜仁有被害人等遮道哀告，盗寇猖獗，不服招抚，上《不职抚臣罔上邀功贻患地方疏》，劾湖抚陆杰，并提请会同湖广围剿。赵大佑在贵州勤政治事，上《按贵奏议》。应大猷赞誉赵的政绩，无论地方险易，一一亲历，"前官未尝巡历处，今不惮亲临且不扰不遗……是果真御史，五六年来所未见也"。

巡按南京。嘉靖二十一年（1542），上《恳乞天恩赦小过录旧臣以宏圣德疏》，为王廷相辩冤，力陈"明君之用才，辟则大匠之用木，大匠不以才朽而废合抱之材，明君不以一眚而遗济世之器"，王廷相卒复召。二十二年（1543），历江西、贵州、南京三使后，赵大佑挟六年文牍，据实应对世宗的召问。

任职朝廷。赵以六年御史考绩，留在朝廷。二十三年

(1544)，指名道姓直斥致仕尚书王某钻营得南京兵部尚书，指责首辅翟銮徇私，援引故尚书王尧封、周期雍、费宷，状侃侃千余言，疏内诸人相继被罢斥，《明史》翟銮传记有记。二十四年(1545)，夏言入阁，凌驾于严嵩之上。二十五年(1546)，赵大佑赴南京考核官员政绩。敌犯延安，总督三边侍郎曾铣力主恢复河套，条上十八事，世宗嘉奖之。二十六年(1547)，王世贞举进士，授刑部主事，好为诗古文，入王宗沐、李先芳诗社，与李攀龙等唱和。王世贞称赵大佑为长者，尚不知赵大佑能作诗。

任御史九年后，赵大佑升任大理寺寺丞，历迁佥都御史、副都御史、侍郎、都御史、尚书。

嘉靖初，世宗励志变革，朝廷气象更新。中叶，夏言、严嵩迭用事，内阁之票拟决于内监，相权转归至宦官。中年的世宗心疑反复，肆意诛戮。世宗曾对辅臣说："死刑重事……令法司再理，与卿共论，慎之慎之。"数年后，大理寺奉诏复审死刑案件，将拟减死者上奏，世宗指责法司"诸囚罪皆不赦，乃假借恩例纵奸坏法"，寺丞、刑部尚书或降或免。二十六年，朝廷拟升任赵大佑为北大理寺丞，而赵请任南大理寺丞。王宗沐问为什么？赵答："南中遐，得益就所以如唐晋人者。"南大理寺职位闲散，他可练习书法。王宗沐知道赵另有所虑，而不能明说。

赴任之际，朝廷发生重大变故。二十六年十二月，曾铣逮甘肃总兵官仇鸾。严嵩窥视世宗之意，怕用兵，欲借此谋害首辅夏言，遂弹劾曾铣。二十七年(1548)正月，世宗翻脸，指责议复河套的曾铣，罢免夏言。三月，杀曾铣，逮捕夏言。自此，朝臣不敢言边事。

其时朝廷上台州人众多,如临海秦鸣夏、王宗沐翁婿,蔡鹤田、仙居应大猷、吴时来等。曾铣的父、祖均是松门甘岙人,父迁黄岩,后托友将曾铣带至扬州,于江都考中进士,《太平县志》将曾铣之名载入"甲科",系赵大佑的前科进士。曾铣自大理寺丞升任山东巡抚右副都御史时,台州同乡纷纷祝贺,秦鸣夏受众人之嘱,赠《送大中丞石塘曾公巡抚山东序》,称有人提议将曾铣调任大同巡抚,不几年,曾铣果自山东调任西北。

面对朝政变故,赵大佑应庆幸他没有接任北大理寺丞,否则曾铣一案就归他审理。赵大佑不会不对曾铣的冤案慭然于心,三月初三日,行至淮安府邳州,忽感吐血病症,六日六夜不止。十四日,至扬州高邮,病复作,写《为患病不能供职,恳乞天恩放归调理以延残喘疏》等二疏,要求退归乡里。对世宗的绝情,严嵩的阴险狡诈,赵大佑心有余悸。

二十七年(1548)十月,世宗杀夏言。二十八年(1549),赵大佑在家养病。

世宗二十余年不视朝,滥兴土木,一意修真。晚年,专任严嵩,遍引私人居要地,严世蕃大肆索贿卖爵,朝政法纪大坏,吏贪官横,民不聊生。严嵩去职,世宗依然修斋建醮,大臣阿谀进青词,进香、仙桃、天药。台州庞泮上《禁止邪术疏》,指出炼丹术是邪术,称只有清心寡欲、不近声色,方可延年益寿。庞泮告诫皇帝,大臣中不乏汉刘向、宋蔡京之徒,他们以方士之术媚上取宠。

嘉靖二十九年(1550),赵大佑仍任南大理寺右寺丞。其时,王世贞等七子年少才高气锐,相互标榜,视当世无人。史称王世贞评说褒贬诗文,独柄文名二十年,士大夫奔走门下,得片言褒赏即有声价。王世贞为《燕石集》作序时,称己"猖狂都下,都下诸公工其业者,靡不出其所长,以相扬扢"。王世贞比赵大佑小十五岁,称已与赵大佑交往,赵从不显示其诗文才华。

嘉靖三十一年(1552)三月,礼部尚书徐阶兼东阁大学士,预机务。

其时,浙江倭患已起。五月,倭寇抵太平县城南门,郡守遣杨文将兵至,追倭破之于南湾。县志称赵孟豪率众抵御倭寇,赵孟豪即为赵大佑所荐。五月,台州府知事武昕救黄岩,兵败而死,赵大佑为作《〈愍忠录〉序》。

三十二年(1553)九月,夫人牟德秀病逝。三十三年(1554),拜大理少卿,持牟氏丧以归。夏,途遇倭寇。秋冬之际扶丧归家,赵大佑称:"某为老亲在堂,亡妇在路,不容不过家。然入门之日,吉凶礼并⋯⋯心事之苦莫逾于此。"

时,张经总督军务,李天宠抚浙江讨倭。奸臣赵文华力排二人。赵大佑《寄巡抚汲泉李公书》称"咸谓公素以直道持身,实心当事。重镇须济世之才,不亦宜乎"。

三十四年(1555)五月,总督张经、副总兵俞大猷击倭于王江泾,大破之。受赵文华之诬,张经下狱。六月,兵部侍郎杨宜总督军务。七月,赵大佑升右佥都御史。十月,朝廷杀张经、李天宠、杨继盛。赵文华盛毁总督杨宜。赵大佑《答总督裁庵杨公书》称:"东南不造,兵火连年,三吴两浙望公久矣。"

是年冬,谭纶到台州。谭纶积极备战,修城池、备粮缮械,据险以守。赵大佑回忆二人交情,谈及谭纶当时面临着"上有催科之责,而下有抚字之望"的情况。

嘉靖三十五年(1556)夏,倭寇东逼仙居。谭纶率壮士,时策马绕贼前后为攻围计。秋,赵大佑升都察院左副都御史,他与吴时来谈论古今人卓行奇伟事,称述先辈谢铎、黄孔昭、林鹗、王东瀛诸公,以为榜样。

嘉靖三十七年(1558),赵大佑任刑部右侍郎。吴时来抗章劾严嵩"辅政二十年,文武迁除,悉出其手。潜令子世蕃出入禁所,批答章奏。招权示威,颐指公卿,奴视将帅,筐篚苞苴,辐辏山积。……若不去嵩父子,边事终不可为也"。严嵩疑徐阶主使,下三人诏狱。当时"官校侦逻",吴时来的好友均惧祸不测而不敢接济他,只有赵大佑"潜饷遗狱中,数遣存问其家人,资送之"。患难见真情,吴时来对赵大佑感怀一生。

是年,戚继光移镇海门。七月,倭寇自岑港移柯梅,泛海去。俞大猷等横击之,沉其一舟。胡宗宪阴纵倭寇去,御史弹劾宗宪,宗宪将纵贼之罪推脱给俞大猷以自解。是年,冠屿遇寇,赵大佑家被抄掠一空。

嘉靖三十八年(1559)三月,朝廷逮浙江总兵官俞大猷于诏狱,后充军大同,赵大佑赋诗《送俞总戎之云中兼讯抚公同野》。五月,栅浦倭寇夜袭松门,戚继光在新河斗门桥伏击倭寇,追歼倭寇于焦湾,在南湾全歼倭寇。是年,赵大佑转刑部左侍郎。

嘉靖三十九年(1560),朝议遣赵大佑勘问伊王朱典楧纵侈不道事,严嵩示意饶恕之。赵大佑上《为恳乞圣慈悯念地方灾伤,俯赐停免额外加征府第工银,以苏民困、以固邦本疏》,极论伊王的罪恶,深忤严嵩。

嘉靖四十年(1561),赵大佑升南京都察院右都御史,掌院事。赵大佑与刑部尚书郑晓、侍郎傅颐,坚持案件应按法律程序由法司审理,再由都察院、刑部平议;严嵩借事激怒皇帝,令郑晓去职,贬傅颐秩,赵大佑被逐出御史台,贬两级。

五月,戚继光取得长沙大捷。十七日,犯宁海的十八艘倭船至长沙,戚继光所练新兵从松门夜浮海入隘顽守之,截断倭寇退路,戚继光率兵突袭长沙,生擒倭酋五郎、如郎等数十人。

嘉靖四十一年(1562)御史邹应龙极论严嵩、严世蕃父子不法罪行。五月,世宗下世蕃于狱,令严嵩致仕。徐阶入为首辅。赵大佑迁南京刑部尚书,毅然法办齐庶人朱可洞,释放富室子儒生陆某。近侍太监黄锦的部下马广被判死刑,想请赵大佑帮忙开脱,未成。对于历年积案可以情原理宥者,赵大佑多进行了平反。

嘉靖四十四年(1565),赵大佑历二品俸满考绩,祖、父皆进尚书。赵决意退休,上《为中途患病不能赴任,恳乞天恩容令致仕以延残喘疏》。

嘉靖四十五年(1566),海瑞上疏指斥世宗荒谬而下狱。世宗去世,徐阶主持朝政,下达悔过诏书,释放海瑞,赵大佑赋诗庆贺。

隆庆初,朝廷多次想起用赵大佑,先复原职南京刑部尚书,后升兵部尚书,参与机务,均被赵大佑辞去。

三、经历的重大事件

(一)江西清戎

明军队制度不断变化,嘉靖时设文臣领京营。嘉靖十五年,都御史王廷相提督团营,提出团营三个弊端:其一,军士多为杂派,终年劳役,没有操练,名为团营兵士,实与农民无异;其二,军士如需人替代,吏胥索贿巨大,穷人难逃兵役,而精壮的富家子弟则不入军操练;其三,富人可贿赂将领,在老家当兵,而穷人即便年老,照样操练。当时修缮九庙、宫殿的工役繁多,团营极为困苦,军士逃逸不断。处理团营事务既不能得罪皇帝,又须体察实情。赵大佑被派往江西处理团营事务(清戎),在一番考察后,他向朝廷如实报告:"臣使江西盖清戎,驱逋逸者归之伍,亡没者廉补之。夫军既苦凶危,而饷食岁复不给,以故逃。臣于其遣,檄有司厚资装,令坚其去,勿反顾,至则守垒。"

(二)查究安万铨,与贵州巡抚矛盾

赵大佑任广东道监察御史,巡按贵州,审理原贵州宣慰使司宣慰使安万铨及现任宣慰使安仁的案件。二安作恶多端,贪地害命,致死无辜逾数百;立私庄,久欠税粮;擅开矿场,牟利巨万;不向朝廷行祝贺仪节,对上级查问漫不经心。二安罪行昭著,屡经事主奏告,三司会参,不改稔恶。案子惊动了皇帝,依然压案不办,办差、催报的上门却遭拒捕殴伤。赵大佑奉命巡按贵州,首先将二安的爪牙张仁、李木逮捕审理,后勘查安万铨。巡抚刘培庵受贿,指使二安向各衙门送文书,威胁已准备武装反抗。赵大佑称"苟利社稷,死生以之,吾不畏激变也",遣吏审讯安万铨。勘查后,赵大佑向皇帝请命,由自己会同提问二安的违法事情,按律奏请定夺,王宗沐称"贵阳人称前无所有,卓荦不群,盖抱究鸿略者"。

(三)弹劾巡抚陆杰、韩士英,亲督湖南平叛

嘉靖十八年(1539),蜡尔山龙求儿、龙子贤等啸聚山林,贵州巡抚韩士英及湖广巡抚陆杰会剿,仅获其喽啰数十,却称招抚,求赏赐。不过一年,龙求儿等各自聚众流劫酉阳、平头、九江等寨,杀掳人口千余,抢劫财物畜产不知其数,两巡抚百计掩盖。二十年(1541)秋,赵大佑巡按贵州,铜仁的被害人遮

道哀告。赵大佑与贵州巡抚韩士英商议:龙求儿等系两省叛苗,须会同湖广围剿。湖广巡抚陆杰因之前欺骗朝廷已招抚,不敢再提围剿。新任刘巡抚与陆杰商量,陆杰出尔反尔。此时,盗寇开始围烧县城,绑缚知县。被劫者至衙门控告,反被杖遣。陆杰根本不敢提围剿一事,酉阳等衙门就直接上奏朝廷。赵大佑要求罢斥陆杰,并奏请合兵围剿。据王宗沐的记载,赵大佑驻兵于辰沅、酉阳之间,最终剿灭了叛乱。

（四）贵州治政业绩

赵大佑巡按贵州期间上《按贵奏议》,涉及教育、治安、吏治、税赋、社会福利、刑狱、仓储、驿传、徭役等。贵州教育落后,赵大佑在省城重建文明书院,聚各府卫生员于省城,每半月对学生考试,资助贫困学生。省城北关外,盗贼公开劫掠,赵大佑命按察司砌筑营房,拨军人巡逻哨守。赵大佑究治关押无罪家属、摆站犯人致死的官员,提出"务要虚心鞫审",轻罪或无干证的,予以释放。赵大佑严格财政纪律,为防止侵渔钱粮,账目按"旧管、新收,开除、实在"四项设置,逐项查清收支,每月查算。巡临地方时发现在钱粮征收上作弊侵盗银米的现象,他通知盘点仓米,加派官员监督。对罚没的赃物、银谷,置簿逐日登记。改革驿传制度,处置滥用驿传的官吏,办公事用驿马要挂号、填去处。衙门到铺行买办物料不给钱,他明令禁止敲诈。清理田粮赋税,按田亩、人口计算,"不许田去粮存",把粮差转移到穷人头上。清理税收,处置镇宁州隐瞒的置买田土文契的税收,提出每年包干量增税银办法。贵州原积贮空虚,赵大佑催缴欠饷,对川广解纳不足的,赴外省追查。改革征钱粮程序,公开征派钱粮,地方无所上下其手。其时官员揑日月以图升迁,军职多数不奉法,假公济私索要、克削,赵大佑究治奸贪,官场风气一变。后来,赵大佑"条上八事,诏下贵州编为令"。

（五）上疏为王廷相平反

嘉靖二十年(1541)九月,翊国公郭勋有罪下狱,案连王廷相。郭勋为功臣郭英后裔,世代与皇室联姻,嘉靖十八年(1539)进翊国公加太师,历任两广总督、京师左军都督掌团营。郭"擅作威福,网利虐民",同时巴结皇帝,称以方士所化金银作饮食器,可不死。世宗以郭勋为忠,尽管给事中戚贤、副都御史胡守中极力弹劾郭勋,皇帝均不予究查。

郭勋忘乎所以,帝"给勋敕",郭勋对圣旨不当回事,"勋不领",还疏辩"何必更劳赐敕"。皇帝被激怒,责其"强悖无人臣礼"。给事中高时尽发勋奸利事,嘉靖二十年(1541)九月,"下勋锦衣狱","奏上,当勋死罪"。而世宗不想治罪郭勋,令法司覆勘,而廷臣厌恶郭勋,假装不懂,法司坐实郭的罪状,判处绞刑。帝令详议,法司加重判"不轨罪",处斩刑,世宗十分不满,不予批复。世宗借题发挥,嘉靖二十一年(1542)考察言官时,特旨贬高时二级。其冬,郭勋死,世宗"责法司淹系",刑部尚书吴山被夺职。

赵大佑奏疏中称王廷相对郭勋"不行纠正",以致"罪连革职"。但他随即又以邸报中上看到的世宗留任夏言事,称颂圣主"不遗耆旧,舍短取长",继而推论明君之用才,譬如"大匠不以寸朽而废合抱之材,不以一眚而遗济世之器",提出对王廷相"赦其过误,仍赐还职起用"。

（六）批评翟銮、许赞用人不公

赵大佑检举辅臣翟銮推举廷臣引用非人,要求皇帝"戒饬翟銮秉公进贤","勿得循私循情,引用非类,以误国事"。同时还指名指斥王尧封、周期雍等,批评吏部尚书许赞为老好人。赵御史的直声一时名震京城。《明史·七卿年表》对费寀、王尧封、周期雍的任职均有记录。翟銮于嘉靖六年(1527)入阁,初尚清廉,后至边关大收边将贿赂,行贿大吏,名望颇损。《明史》载:"翟銮、严嵩柄政,多所请托。"翟銮请托之事,连许赞也对皇帝证实过。翟銮被罢,起于其子与亲友三人一起考中进士,严嵩千方百计坐实翟銮科举考试的舞弊案,二十三年(1544)八月,翟銮被罢。许赞曾治郭勋纳贿事,后被严嵩控制,严嵩荐以代翟銮,政事一决于严嵩。

（七）治狱

赵大佑治狱宽猛相济,见刑狱"断理不公,怨声满道",指出"务要虚心鞠审"。他对刑部尚书谢南湖说,不能借恤刑的名义释放有罪。又提出"疑罪从无"主张,对"轻罪或无干证的"予以释放。他禁止滥用酷刑,强调"虚心推究、缘情求实"。贵州百户秦辅以酷刑打死军人,赵大佑说:"官员审讯,追征钱粮,非法拷讯,致伤人命,不下于秦辅者有之。"在严嵩包庇伊王案件中,赵大佑按律治罪伊王。嘉靖四十一年(1562),赵大佑升任南京刑部尚书。齐庶人朱可涧杀其家僮,抵诬富室儒生陆某,刑部官员多引嫌畏势,赵大佑辩其诬出之,法办齐庶人。南京五城兵马司官员多以赃败,赵大佑劾罢胡光弼,请朝廷对兵马司官员定终岁考察法。大宦官黄锦是世宗的至宠近侍,部下马广被判死刑,想请赵大佑帮忙开脱,赵大佑说:"岂可以大需释当诛之人。"有的冤狱逮系数年,相连坐死者无数,却因官员调动频繁,冤情难以洗清。赵大佑感叹:"以法官知人之冤,而忍弗为之白,可乎?"遂奏释之。

（八）尚书考绩满，致仕

赵大佑入仕三十年，终任南京刑部尚书，祖、父都得封赠，他决意退休。赵大佑做出这个决定主要是想避开朝廷乱政，其时严嵩虽被罢，世宗却依然修斋建醮，大臣阿谀，相率进香、天药等。赵大佑宁作良臣、纯臣，而不愿做谀臣。徐阶、高拱等权臣的相互倾轧，更令赵大佑感到寒心、厌倦。因而决心退居林下，回家对父母尽孝心。

赵大佑孝敬父母，娱亲无微不至，常对父母讲述自己经历的事情，逢节日率子弟跪拜于堂下，问安上寿。节序祭祀祖宗，暇日探访亲友，教育子孙读书写字。2013年清明节前，太平山下金金氏修整祖墓，发掘出隆庆二年（1568）末赵大佑为金一直所撰的墓志铭碑石。赵大佑与金一直交往密切，敬佩金公的急公好义，更羡慕其悠闲隐居的生活。

赵大佑致仕后，朝廷发生一件大事，户部主事海瑞上疏指斥世宗一意修真，滥兴土木，竭民脂膏，称"吏贪官横，民不聊生，水旱无时，盗贼滋炽"。海瑞指出大臣逢迎皇帝，"无一人肯为陛下正言者，谀之甚也"，因此触怒世宗，被下诏狱。过了两个月，世宗驾崩，徐阶草拟悔过诏书，释放海瑞，赵大佑赋诗庆贺。赵大佑称世宗"意属稍偏，功不遂志"，他也曾对吴时来说，不能把所有罪过都推给皇帝。

（九）隆庆初，不应诏入仕

隆庆初，下诏征赵大佑为南京刑部尚书，赵大佑没有应诏。期间，高拱、徐阶、吴时来等多次催促，均被赵大佑婉拒。隆庆元年（1567），高拱去信催入，赵大佑回信《上内阁高中玄翁》，仍求退隐。隆庆元年五月，高拱因政治纷争而致仕。隆庆二年（1568），朝廷任命赵大佑为南京兵部尚书，参赞机务。

徐阶亲自去信催促,赵大佑勉强启程,赴任途中继续提出辞呈,终于感动朝廷,作为训世化俗的特例,准许继续致仕。

四、重要思想

(一)忠君思想

赵大佑尤其关心社稷安危、百姓生计,他与抚臣、郡守、县令的交往就能说明一切。他写给项宗曙的赠文,提倡体国亲民,要做纯臣、良臣。赵大佑忠于皇帝,他向世宗报告巡按江西、贵州、南京的情况前,朋友问他如何应对,他表示要如实汇报。世宗去世,赵大佑反对把过错都推给皇帝,认为在朝政更新之际,大臣也应匡救朝廷的过失,尽忠直言。

(二)治政思想

治政谨严,不随意更改政令。赵大佑强调为政不可朝令夕改,赞誉贵州巡抚不轻易修改前令。在《〈愍忠录〉序》一文中,赵大佑指斥地方官的昏庸,以致猝发变故,应对失措。他称治政要"训礼俭、罕工筑、修武备;谦己以安百姓,敦惠以致人和;宽冲以纳俊乂之谋,慈信以结士民之心;劳抚字,拙催科",做到以上几点,"虽执之以宰天下可也"。

政不出多门,亦不掺杂个人感情。他称自己的少卿职责是"职专而剧过",专门纠察人的过错,不能讲人情。

反对复古,要求务实。赵大佑批评先王之政"华繁矣未睹其实也。……远而不可即之涂,重而不可举之器",指出"今之天下即古之天下",要循力务效,达"先王之治之所由盛者"。

(三)论做官

为官要敢于担责。在贵州巡按任上时,赵大佑对叛苗的抢掠深感不安,积极向朝廷报告,由自己担任围剿之任。他鄙视官员的无能、软弱,反对官员"一介利害、损益之际,稍有干于身图,即举手如探汤,守口如瓶"。他感叹"臣子自尽之心,能为国谋者几"。

林白峰做官不久就退隐,他告诫道:"士君子秉心素位,处官、处乡其揆一尔;拂衣之举幸少缓焉,何如?"他以自己为例,"今亲老家破,休戚动不相闻。每闻警报,恒岌岌如蹈春冰;机会未得,不敢请告易地"。

(四)勤政廉洁

赵大佑一生以清白做人为荣,不以贫贱为忧。王世贞称赵大佑"清白之操,持衡之守,为天下平"。他自己则说:"夫盗公家之利以自润,而又灭其影,在法毋贷。""夫仕既以食君之禄,君使之,又渔其财,与仓鼠奚异?"他痛恨贪污,强调严格执法,一生惩治无数贪官污吏。他在给朋友的信中称自己是御史,即使朋友犯法也照样处理,叫朋友谨慎行政。

赵大佑一生清廉,与人交往不收礼。他同样教育弟弟大佶注重修养,以祖宗、百姓、子孙为念,切不可临财起意,贪赃枉法。

(五)刑狱思想

严格按律治事,不徇私情。赵大佑巡按贵州时不怕得罪巡抚刘培庵,惩治安万铨。面对巡抚的刁难和武装威胁,他以"苟利社稷生死以"的大无畏精神,依然按律惩治安万铨。他不惧得罪权奸、贵人,毅然处置齐庶人、伊王、马广等人。

治狱明慎公恕。在贵州时他主张"虚心推究、缘情求实",提出"疑罪从无"主张,对"轻罪或无干证的"予以释放。齐庶人怙势凶残,杀死家僮,诬陷富室子儒生陆某。其他法官引嫌畏势,不敢问,赵辩其诬出之,治罪齐庶人。黄锦的部下马广犯死罪,有人想为其开脱,赵大佑不听,马广被处死。

恤刑思想。有的冤狱犯人被关押数年,相连坐死者无数,官员不停变更,以致冤情难以洗清。赵大佑感叹:"人命至重,王法至公,以法官知人之冤,而忍弗为之白,可乎?"遂奏释之。赵大佑反对为积阴德而纵囚,反对借恤刑释放有罪。他对僚友刑部尚书谢南湖表示,反对汉代于定国之父释囚而积德之事。

(六)人才思想

赵大佑认为取士之道应开阔,除科举外,还要有乡举里选,推选贤才。在《来远驿花骢,予怪其神隽别于他种,爱而赋之》一文中,他就以千里马拉盐车的遭遇,引喻人才的埋没。赵大佑对子女的教育,同样体现了其培养人才的思想,即不仅要注重智育,而且要讲究道德修养,同时还要培养强壮的身体,方可为国家所用。

在《慎用人以崇治体疏》一文中,赵大佑谈到了他的用人观,"其致用也,君子之进恒难,而小人之退不易。得非直道之不容,侧媚之可售欤?"他要求吏部挑选官员时,听从公论,提出"勿得循私循情,引用非类,以误国事"。为使朝廷重新起用王廷相,赵大佑上疏称:"夫明君之用才,譬则大匠之用木,大匠不以寸朽而废合抱之材,明君不以一眚而遗济世之器。"提出了用人要取长补短的理念。在为李天宠抱不平时,他提出要允许人犯错误,"若必欲摧折顿挫,使其阘茸,取媚悦以垄断于时势,则士之可贱甚矣,国家何赖焉"。人才有性格,主管者要有容人之度量。

(七)做人

赵大佑性格刚介耿直,外若平易而实不可干以私。其处兄弟宗族乡党，"曲尽情好，不作富贵相；用是，老幼咸得其欢"。对父母极为孝顺，"晨夕必在二亲之侧，凡平生所历处所、行事及所见闻之善人美谈，尝不绝口"。他对祖宗的祭祀仪式十分重视。教育子弟，动必由礼，以"门第高，可惧不可恃"，"成立之难，覆坠之易"来告诫子弟。赵大佑性嗜读书，虽在仕途，公务繁忙而手不释卷。他还善写大字，有晋人风骨，今存行书《赠县丞凤溪宾任乐亭》。

五、关于《燕石集》

明代著名文学家王世贞高度评价《燕石集》，称"今读公诗，则皆和平朗爽，有朱弦疏越之音，而五言古、近体尤自长城。至于文，典雅简劲，太羹不和之味，流羡于齿颊间"。

王世贞初入官时，赵大佑已为显官，却不傲视同僚。王世贞等七子日以诗文相品评，诗名大噪。众人以取得王世贞的赞誉为荣，而赵大佑却从不显露诗文，王世贞竟不知赵会作诗。后王世贞任南京刑部尚书，过常州初读《燕石集》后感到惊讶，决定为《燕石集》作序。王世贞年轻时，曾嘲讽过茶陵诗派的主将谢铎"如乡里社塾师，日作小儿号嗄"，而对赵大佑则高看一眼。王世贞可能不知道，赵大佑是十分崇拜和敬仰其乡先贤谢铎的。

牟培萱评论《燕石集》的特色，"诸体皆抒肺腑间真蕴，不拘踵故蹑，而事与情咸备，足自成家"。应大猷称《燕石集》"其文平正婉丽，如方池圆沼，波涛不激"。

《燕石集》强调"文以载道"，称"文以载道，道不传，文独能兴乎"？方孝孺、夏镇等台州知名文人，均以文章不关世教则不作,故文集均不录游记等文章。赵大佑亦然,他游历贵阳阿鲁溶洞时写下游记,其笔下的阿鲁溶洞幻巧奇丽,惜此文今已不存。

赵大佑认为,写诗应随性所至,如庄子般自适。他赞誉祖父的《散轩遗稿》随心快乐,即便诗文如村坊讴歌、陆轴呕哑,也比格调严整、拟人声貌、没有主见的强。所谓诗言志,赵大佑认为写诗应该心有所思而不必求备,表达心中的真情实感,作诗的意境应是:"以意逆志,景与情会。"

关于《燕石集》的版本,据国家图书馆联机公共目录查询系统,赵大佑《燕石集》共五卷,明隆庆六年(1572)由赵成妥刊出,今存国家图书馆。

《燕石集》原有应大猷序文 1 篇,今自王世贞《弇州续稿》补取序文 1 篇。文集以诗、书信为主。正集收奏疏 17 篇,传记 2 篇,序 10 篇(补入《赠县丞凤溪宾任乐亭》1 篇),祭文 4 篇,志 4 篇(补入新发现的隆庆二年末金一直墓志铭),诗有五言古 4 篇、五言律 29 篇、五言排律 3 篇、五言绝句 6 篇、六言 2 篇、七言古 2 篇、七言律 63 篇、七言绝句 49 篇,词 2 篇,书信 88 篇。外集有行状、墓志铭各 1 篇,祭文 23 篇(自《赵氏宗谱》补入项思教的祭文 1 篇)。

点校本以明隆庆六年赵成妥《燕石集》刊本为底本,部分文章校以《台州四库荟要》等相关文集、资料。感谢吴福寿先生逐字逐句予以校改。

因学识浅陋,错误在所难免,尚希方家不吝指正。

《赵大佑集》总目录

燕石集

目　录

赵方厓文集序^①

　　德行本也,文艺末也。植其本而茂其末,斯可已;本之不植,斯末不足言。所谓行者未可辄拟诸大圣人,即世所谓孝悌忠信者无愧焉,亦不失为圣人之徒也。余久闻方厓之贤,而少接颜面、叙款曲。既转官尚书,过余,坚持门生列坐礼。余笑曰:"尚书对尚书,无乃过谦乎?"。方厓曰:"老父与翁同庚,中心肃然,列坐乃安。"遂列坐,竟不肯变。因而叩其家政,朝夕侍养,曲尽孝思,乃知其果于孝也。历览前后奏疏,激烈恳恻,率皆为国、为民、为社稷。其最善在贵州宪绩,无论地方险易,一一亲历,率前后巡历所未到之地,且曲尽夷情,感颂不已,乃知其忠也。处兄弟宗族乡党,曲尽情好,不作富贵相,用是,老幼咸得其欢,罔有怀一忌心,出一怨言,乃知其悌与信也。是所谓孝悌忠信以为之本,而发于枝叶,不容不茂矣。且其文平正婉丽,如方池圆沼,波涛不激,盖有本之文,不求文而自文者。然余之知方厓在本而不在末,乃乐为之序,而弗以衰惫辞云。

　　特旨存问八十六叟容庵应大猷拜书。

注释

　　①赵方厓文集序:据王铨后序,此序由赵大佑之子请应大猷所写,按题款年龄,序作于隆庆六年(1572)。

《燕石集》后序

大司马方崖赵公，我王氏甥[①]也。余因室公之妹，公生视余为同物。丱角时同入泽宫为诸生，同读书于方山余先人墓庵。及长，公先举进士十余年，余始忝厕其后。及公升台部，进陟巨卿，余始需次南部郎，同事先皇帝。及余引疾得请，公寻复继之，同闲居于故里。公尝慨然语余曰："吾二人生幸叨列缙绅，藉圣明得放归林下，其将何以尽余年？亦惟诵诗读书，咏歌太平已乎！愿与子共勉之。"余夙夜服膺斯语矣。居无何，公忽舍我长逝，痛何言哉，痛何言哉！公有子四人，咸克世公之业，既除丧，相与出公所尝自著《燕石存稿》，文与诗凡若干卷，命工锓梓。既成，请序于吾乡容翁大老，爰及于余。余受而陨涕卒业焉。序曰：

余读《燕石集》，知国家不可无纯臣也。夫人臣事仁君易，事英君难，为直臣易，为纯臣难。先皇帝独运乾纲，明炳万机余四十年，公为耳目侍从之臣，观其前后奏疏，志存感悟，词含剀切；寝南夷不轨之谋，严宗藩无将之戒，辨君子、小人于进退消长之间，无犯颜引裾之劳，收转枢纳牖之功。进不附蕾，退犹鹊起，海内君子交口称纯臣焉。

嗟乎！公今舍我（去）矣，其所尝相期于林下者，不及为矣。而其炳炳琅琅功施社稷，名传国史者，斯集具存，足自慰于冥冥焉。余虽幸而后死于公，纵挟末技，放言于海天岑寂之区，其何能仿佛于公言而已用、用而足传者哉！因赘笔于末简,抚卷三太息焉。隆庆六年岁次壬申仲冬,白门隐吏在告姻弟王铃顿首拜撰。

注释

①王氏甥:赵母为黄岩人,是王秬之女。故赵大佑是"王氏甥"。王铃是舅父之子,是表弟。

大司马赵公《燕石集》序〔一〕

嘉靖中,余守尚书郎,获接天台赵公于御史台。时公以盛年据显位,然多折节待后进,未尝一露德色。而同舍郎有应君明德者,时为余言:赵公之为长者,自天性,非有所矫强也。余出副青齐枲,坐家难归。而公历左右司寇,以至正位留都大司寇,其清白之操,持衡之守,为天下平。而是时公之父母年八十余,尚健匕箸;既以公考最,封如公秩矣,公乃恳乞骸骨归养,凡再上疏,乃得请。而属先帝更新朝政,于大僚、庶尹有所登黜,中外台省谏臣争称公贤,不宜老之林壑,诏特起故官,寻转南京大司马,参赞机务,所以寄籍良深。公既依依二尊人膝下,不忍离,复再上疏乞休,温诏许之。然公至明年,忽遘疾不起,而二尊人故无恙也。缙绅先生每以国宝、家珍一时摧折,为主上与公之父母惜。而又重公之始为忠,而卒以孝终,盖两完矣。

公卒之年,而予复起参浙行省。又二十年而始还今官,趾公后。道经毗陵,晤公之介子别驾君愈,出公之所撰名《燕石集》者凡四卷,授而俾卒业焉。乃叹曰:"公真长者,公真长者!"予虽少于公十五岁,然当公之见接时,以操觚之末技,猖狂都下,诸公工其业者,靡不悉出所长,以相扬挖,而公粥粥若无所知能,询之人,不知赵公工是业也。应君故好古文辞,然所以称公独长者耳,亦不言公工是业也。

今读公诗,则皆和平朗爽,有朱弦疏越之音,而五言古、近

416

体尤自长城。至于文，典雅简劲，太羹不和之味，流羡于齿舌间。彼横溢而自谓才，钩棘而自谓调者，故退然而下风矣。公不以名其业，使操觚之人无能名之，及稿成而目之《燕石》，公岂其石耶？要之，意不欲以其长鸣，终始不离长者乃尔。

公讳大佑，字世允，登乙未进士。别驾名成愈，其兄成孚，故尝司训嘉定，与予善，皆温敏而文，有父风。

万历己丑仲冬南京刑部尚书吴郡王世贞拜撰。

校勘记

〔一〕大司马赵公《燕石集》序：此序同见《太平县志》、《四库全书·弇州续稿》卷五十五，文字有异。《冠屿赵氏宗谱》载，求序的是成愈。其兄成孚曾任嘉定教谕，与王世贞交好。据《赵氏宗谱·世系表》，成愈在常州为通判，即别驾。而《弇州续稿》序称成孚为别驾。与宗谱相较，《弇州续稿》显漏若干字，系误记。

《弇州续稿》所载《燕石集序》与原序差异数十，难以出校，兹录原文，以作参考。

嘉靖中，余守尚书郎，获接天台赵公于御史台。时公以盛年据显位，然多折节待后进，未尝一露得色。而同舍郎有应君明德者，时为余言：赵公之为长者，自天性，非有所矫强也。余出副青齐臬，坐家难归。而公历左右司寇，以至正位留都大司寇，其清白之操，持衡之守，为天下平。而是时公之父母年八十余，尚健匕箸；既以公考最，封如公秩矣，公乃乞骸骨归养，凡再上疏，乃得请。而属先帝更新朝政，于大僚、庶尹有所登黜，中外台省谏臣争称公贤，不宜老之林壑，诏特起，守故官，寻转南京大司马，参赞机务，比以寄籍召至。公既依依二尊人膝下，不忍离，复再上疏乞休，温诏许之。然公至明年，忽遘疾不起，而二尊人故无恙也。搢绅先生无不以国宝、家桢一时摧折，为主上与公之父母惜。而又重公之始为忠，而卒以孝终，盖两完矣。

公卒之年，而某复起参浙行省。又二十年而始迁今官，趾公后。道经毗陵，晤公之介子别驾君，出公之所撰名《燕石集》者凡四卷，授而俾卒业焉。乃叹曰："公真长者，公真长者！"某年虽少于公十五岁，当公之见接时，以操觚之末技，猖狂都下，都下诸公工其业者，靡不出其所长，以相扬扢，而公粥粥若无所知能，询之人，不知赵公工是业也。应君故好古文辞，然所以称公独长者耳，亦不言公工是业也。

今读公诗，则皆和平朗爽，有朱弦疏越之音，而五言古、近体尤自长城。至于文，典雅简劲，太羹不和之味，流羡于齿颊间。彼横溢而自谓才，钩棘而自谓调者，故退然而下风矣。公不以名其业，使操觚之人无能名之，及稿成而目之《燕石》，公岂其石也？要之，意不欲以其长鸣，终始不离长者乃尔。

公讳大佑，字世胤，登乙未进士。别驾名成孚，故尝司谕嘉定，与余善，谨敏而文，有父风。

《燕石集》续序

　　毗陵别驾韩岳赵君始来，予寄籍义庄，一见即似雅善，既出其先公方厓大司马所著《燕石集》者，请续为序。惟公少司寇时，予适承乏史馆，每过从相对吐接亹亹之谈，因得公为人梗概，公盖正直人有道君子也。无何，予外补西川学使出都门，公亦递徙南兵曹掌留钥去。又无何予幸赐环，而公得请归养承欢膝下，曾未几遽先二尊人即世矣。因君之请，感念生平不得辞，乃序之。序曰：

　　方今士大夫人人有文集行世，文可传人未必可取，人可取文又未必可传也。概观世人，欲其人与文并足取重者，寡矣。兹因受简于君，读终业，则见公诗本情景摹写不苦吟，而首首自谐律吕，文由事理发扬不诡激，而言言悉中肯綮。至于封事条上，尤公才具所长。举劾大臣奉职有称否，关世运否泰；弹论抚台行事多悖谬，系地方安危；勘问宗藩坏法干纪而朝廷尊，庶几乎淮南之谋寝；饬厉土司梗化挠治而边方辑，仿佛乎巴蜀之檄通。乃若巡历贵阳所议行兴学校、先仁政诸事，种种经济实才，亦种种措置硕画，即贾长沙《治安策》亦何能远过之。以此评公文，文重矣。计公前后持斧行部，正色立朝，振刷赞襄，所至有威稜誉望，凡在朝绅盖无不仰公高品者，以此求其人，人重矣。又观公集中，前是已有两序文并付剞劂氏，同乡大佬容庵应翁及姻友九难王公首尾为之。应翁称公集"由孝悌忠信立言，乃有本之文"，是文固因人而重；九难公称公奏疏"志在感悟，词含剀切，无犯颜引裾之劳，收转枢纳牖之功"，又称公事英主"为纯臣"，是人又因文而重也。於乎难矣，难矣！公尝序《赤城先生集》，即举先生所尝言"唐人中惟韩退之文足起衰，道能济溺"，谓其"人文俱传"。於乎，若公若斯文两并重，又交相为重如此，非亦所谓"人文俱传"者歟。

集凡五卷，其首卷为奏疏，中所论列入姓名阙不书，诸郎君意殆犹范忠宣讳言先文正与吕申公晚年解仇事，宋大儒谓忠宣固贤者。不知乃公心事正不如此也，今请以此转语君，请改正填注所阙，如发明公心自为时事为世道，忠诚为国非所以徇人，庶全公之重与其文之所以并重云。

赐进士出身资政大夫南京礼部尚书加太子少保致仕丹阳姜宝拜撰。

卷一

奏疏

恳乞天恩赦小过录旧臣以宏圣德疏^①

窃以君之于臣，犹父之于子。子有得罪于其父，非罪大恶极，则谴诫以惩，俾之自艾，未至遽绝其迹，不容朝夕于左右。故古之臣有得罪避位者，待命于境；君察其心迹，量其罪过，非至大不得已，则赐之环，以复其位。即使不容而去，犹未遽收其田里。凡以手足腹心休戚恩礼，盖有一旦未忍焉者。

窃照原任兵部尚书兼左都御史、今革职为民王□□久荷圣恩，任之掌院，其人品贤否，赖圣明洞照有年。臣以菲才滥列今职，出入台署，亦常念其宅心报主，颇不落诸臣之后。去岁偶以郭□之败，不行纠正，罪连革职。夫□□与□共以团营往来同事，不能目见豫待，引嫌自疏，迹似近昵，罪固无辞；更赖圣明量其素履，不加重谴，保全还家。在□□一身，明荷主恩，固不以进退而有加损；然以平生心事，偶近元凶，未及自白而去，不无怀惭没齿。臣近见邸报，大学士夏□、尚书许□及都御史张□□、翟□俱蒙皇上留任录用，天下皆知圣主不遗耆旧，舍短取长，凡有识者孰不感奋。独今廷相以心迹未明，尚孤恩礼，是天地并育之中，犹有向隅之泣，窃意圣慈亦为不忍。

夫明君之用才，譬则大匠之用木，大匠不以寸朽而废合抱之材，明君不以一眚而遗济世之器。故与人不求备，成汤所以兴商；故旧无大过则不弃，周公所以贻鲁；要皆忠厚之德，延祚长久。方今帝德广运，比隆三代，奔走豪杰陈力许身，固不假□□一人；但其敭历谙练，立身许国，久在舆论，犹深山之木，风雨霜露，岁月经久，质干自殊，任之以巨室，负荷必胜，委而不取，未免行道之恻尔。臣滥列今官，愧无寸补，自念荐贤为国，亦臣职事，且以廷相受知有年，近日之过尚有可原，辄敢昧死上干天听。否则朋奸之罪，在□□且不免，而比匿人以误主上，臣虽拔发数罪，何足赎哉。如蒙圣慈特赐允纳，敕下吏部再加查议，明其心迹，请自上裁，赦其过误，仍赐还职起用，或遇缺推补，以责后效，则善善长，恶恶短，不惟仰见圣德无疆，而使改过图新，感遇惩往，□□当何如为报也！天下幸甚，臣不胜幸甚！

注释

①录旧臣以宏圣德疏：光绪《太平续志》题作"请录旧臣以宏圣德疏"，作于嘉靖二十一年。原疏删去众多人名。据丹阳姜宝《燕石集续序》，奏疏所论列人姓名阙不书，为其子所删。姜宝要求其子"改正填注所阙如，发明公心"。

慎用人以崇治体疏

窃谓人才之生，类有善恶。其致用也，君子之进恒难，而小人之退不易。得非直道之不容，侧媚之可售欤？三代之下有君无臣，治不追古，其来尚矣。臣奉命万里，二年之内，每睹邸报,进一贤,退一不肖,未尝不三复仰叹圣明知人之哲,远迈先王。间有推举未当,陛下欲试其可而用之,臣未及知,而为他臣所知者,形于论劾,不旋踵而斥去,则又仰叹圣明从谏如流,稽众舍己。薄海之内,咸所睹记,不俟臣枚举以颂圣谟。

今但以臣心所未安者,敢昧死言之。臣昨得邸报,该吏部题为南京参赞机务员缺,先推尚书顾□□、宋□□。奉旨:"再推两员来看。"今次拟据巡抚都御史陆□等所荐致仕尚书王□□上请,节奉谕旨:"王□□改南京兵部尚书。"臣见此殊为骇异。□□之为人,臣虽未得其详,自臣入官以来,尝闻其奔竞无耻,与原任尚书周□□,皆善事权贵,猎至美官。昔者京师有"今日□□,明日□□"之谣矣。今姑以近事切实者证之。十九年秋冬之交,臣在道管事,先该吏部题为陈言边情时务,以答圣制、以图奠安事。据原任翊国公郭□奏前事,奉旨下部覆议,题奉钦依通行两京府部九卿科道等官,荐举文武遗才。彼时,武职众议已同,先会疏入奏,独于文职久议不决。续遇朝审,该原任吏科都给事中邢□□催会,又不决。在道诸臣言于臣曰:"无益也,徒为权门奇货尔。"臣扣之,乃知大学士翟□欲用□□与原任尚书李□□二人者,皆□同乡。而□□又同年,且为郭□注意,其奔竞为尤者也。彼年入冬以后,臣有祖丧,给假在外。未几,科道议成,竟遗□□,犹举□□。臣又叩之诸臣,曰:"彼善于此,思其次尔。"及吏部覆题,□□果预起用,当时□□假亦预荐,岂待今日始出哉。□□有点,尚未用,而□□不齿于公论者,已售焉,非奔竞之尤而何? 臣不敏,直以是度之为翟□引用匪人以误陛下无疑矣。比事以观,与往日嘱托形□□荐用御史段□□皆其朋比侧媚之故智也。夫宰相以知人为急,用贤为要,赞襄启沃、黼黻谋猷其职也,奈何援引小人，私滥公器，其为负国甚矣！亦将焉用彼相哉！夫邪正不并用，用者小人，其舍者必君子。□□之鄙，臣不敢以他相较，只以顾□、宋□视之，□□为郭□注意，其人品相去何如□，何不引彼而用此乎？臣阅报，内又该□题为印信事荐兵部左侍郎费□兼翰林院学士掌院事。夫□之庸陋久在物议。先任南部侍郎，因大学士夏□至亲，夤缘改北，仰赖圣明屡推不点，近者卒遂其谋，叨贰本兵。命下未几，已被南科给事中王□等论劾，荷圣慈不即罢斥，为幸已多。在部逾时，无一善状，翰苑清署，可容此辈玷污？今日文墨之司，即他时密勿之职，择人授任，德性为本，文艺为末，□行己无闻，学术素短，何取于斯而□荐之邪！且□先与吏部会推，詹事府掌印员缺，拟侍郎张□、原任副都御史张□上请，□已升任掌府事，□尚未用，较□名实，不啻十倍，既堪宫端，岂愧于翰苑，□果知其贤而推之，何不即拟以代□乎？若以他司不得改翰林，则两京部贰与在院讲读，岂无一人相应者，而独于□是用？其意可知也。即此二事，揣其心是以朝廷官爵为己私，肉食谋国之念安在哉？夫贤否进退之际，关时运否泰之机。圣明在上，运祚灵长，此辈狐媚宠禄，行险徼倖，久当自败。但小人之进，其根蒂甚固，故欲拔去甚难，岁移月改，引类呼朋，分布要地，沮坏时事，与日俱多，国之不治，未可诿诸气数也。臣质愚识短，素乏远究，自通籍来，致身干泽，行已十年。往见大学士张□□当国，引用私党，中外纷纷；□□去而夏□入相，其党尽矣。今□去未几，其类又渐振落。天道祸淫好还不爽，蝇丛蚋集之徒，固其自取，顾于国体不亦伤乎！目今时势风靡，正为□等私党竞进之日，愿陛下留神深察而谨其始也。臣先是见报该吏科都给事中沈□□题为乞恩简命本兵大臣以安内攘外事，欲将近年

抚按科道荐举大小官员，不拘致仕、革职、缘事等项，吏部逐一
查出，条陈上请简用，奉旨下部覆议已合，今后遇有相应员缺，
凡经交荐者，本部勘量慎简，与见任官相兼推举，节奉圣旨
"是"。臣尝窃叹此意甚美，又恐将顺者权衡之不审，反滋他
故，讵意夫何而□□既用，费□不俟言矣。中外多事之时，议
论盈庭之日，圣王方宵旰侧席，以图安攘，乃使憸夫、壬人乘间
汇进，良法美意适为枉道捷径之资，尊位重禄谁效忘已在公之
节，岂不重可惜哉。且吏部会推□□，周□但据陆□等荐举。
臣记忆素劣，不知□为谁荐。若使□□为□所荐，可遽以为贤
乎？□为巡抚，忍心害民，士论切齿，已该臣论劾，不敢再赘。
夫其自为尚如此，其汲引□□，不为下流同归者乎？昔人谓
"达视所举"，此一验也。尚书许□岂不知其不可，恐亦迫于人
情，势莫如何，则于忠厚似矣，酌量慎简，臣亦未敢许也。臣狂
蠢之性褊于嫉恶，偶睹时事若此，不觉戚戚于心，因置后害，冒
昧上陈。臣若恣口涉私公议，纵赖仁慈赦臣，鬼神亦不容臣
矣。伏望圣明垂照俯察，敕下吏部，从公改推素协民望者，请
旨简用，以司幕府、翰院之职。□□与□俱行罢退，保全末路，
在二人者，万万足矣。再乞陛下，念履泰之难，重进用之柄，申
赐天语，戒饬辅臣翟□秉公进贤，仰赞圣治，勿得循私徇情，引
用非类，以误国事。其废弃人才，虽经一二抚按论荐，间有不
满公议者，吏部亦勿得概为推举。将见举者皆贤，贤者众，不
肖者寡，风声所劝，小人可变为君子；国之不治，治之不古，未
之有也。

不职抚臣罔上邀功贻患地方疏①

　　行据贵州按察司经历司呈，为贰省叛苗屡抚不化，白昼张旗攻打民寨，杀虏生灵财畜，请兵急救事；又据湖广辰沅兵备副使李□□呈，为苗人大叛，围困县城十分紧急事；又奉都察院勘合，据酉阳宣抚司把事石汉麒奏，为久叛苗贼大肆猖獗，流攻衙门、军门、屯寨，杀虏生灵，烧劫房仓财畜，恳乞天恩，请兵征剿，以靖地方，以安军门事，各到臣，皆为蜡尔山叛苗龙求儿、龙子贤等负固作孽、流毒两省等因。

　　臣近查得，各苗于嘉靖十八年内啸聚叛逆，该巡抚湖广右副都御史陆□，及贵州升任巡抚右副都御史韩□□等，会同题剿。当时获贼徒龙老革等数十人，余皆勉就招抚。元凶大憝未及什壹，草率勾当，乃张大其功，奏叨赏赉。曾未逾年，前苗复出，湖广则龙求儿为首，贵州则龙子贤为首，互藏其穴，两相借名，聚众数万，流劫酉阳、平头、九江等寨，月无虚日，杀虏人口数已千余，财物畜产不知纪极。

　　臣自嘉靖二十年秋入境，铜仁被害人等遮道哀告，臣即行守巡各道勘报，俱称苗势猖獗，不服招抚。臣随会同巡抚韩□□议得：龙求儿等系两省叛苗，若欲大举，必须会同湖广。该□□咨行陆□，□不为报，臣屡扣□□未得，初不知其为前岁欺罔邀功，不敢再举之故。及□□升任，其意遂懈，权议招抚，调兵数千，更番戍守。继而，新任巡抚右副都御史刘□□亦咨陆□，□知其不可遏也，阳许之，以缓其志。续该彭□节次咨催，遂变前说。贼知□之无意，因攻其所缓。自是，出劫湖广五寨矣，又劫篁子坪矣，又劫四十八旗屯与卢溪县丝麻等

界矣,又绑缚麻阳知县,围烧县城楼舍矣;□皆付之不闻。守
备李□申报杀虏人口,则裂而叱之;五寨赴诉之人,则杖而遣
之。酉阳等司末如之何,是以含忿赴奏。奏至,□亦不为之如
何,止见其批行该省守巡议剿事宜,略云:"但言用兵,亦甚可
骇,慎之、慎之"等语。复以永顺宣慰彭宗舜买诱龙求儿等攻
劫酉阳,而酉阳与永顺互争刷木事情,方该督木都御史潘□勘
处,□遂欲乘间托之,以掩其故。□知其诈也,且以叛苗事情
原不相涉,咨回再三,□复不省。□尝亲与臣言明,案具在。
近日麻阳告急叠至,止据巡按湖广御史史□□勘处,文移到
道,未闻有□一字主张。故麻阳等处县司,无所控告。因□□
兼制,接踵申乞,滥及于臣。即今之势,在贵州则戍费不赀,官
无余积;在湖广则远近残破,民似倒悬。若合两省之兵以靖此
难,诚为善策。此举而彼不应,臣知其无可奈何。除移牒御史
史□□催行议题外,今与巡抚刘□□一面会本奏请合兵为照。

　　前项叛苗,□与□□,始事不确,虚冒重赏,今次露迹。
□□已去,□宜不崇朝而举,因之自论请罪,圣慈在上,庶或见
原,乃敢坐视不恤,重为欺罔,不顾公议,不畏天诛若此。夫人
臣奉职于外,一命之士受直怠事,犹欲议黜,矧以尊位重禄、受
寄一方,惟便身图,甘心祸众者乎。受人之牛羊而为牧者,必
为之求牧与刍,豺虎至而噬之,不惟不救,而又恶闻其说,司牧
之职,有人心者恐不尔也。平时有纤芥之功,则妄自张大,以
徼升赏;至于偾事,则百方弥缝,曲为防蔽。臣愚,窃以年来边
事之坏,未必不由此等抚臣致之也。且民之于上,疾痛疴痒情
不相属,则势不相维。地方杀人如麻,□以一身之故,概不之
恤,千百含冤之众,是即□杀之,假手于贼尔。□之利己殃民
至此,义士犹为扼腕,若边氓无识之辈,忿怨已甚,控诉无门,

与其坐以待毙，孰与输心胁从，以延旦夕。臣恐经时渐久，逋逃者众，贼数日滋，失今不图，异时虽百倍其功，不足以成。一有失事，则两地职司皆应参究，□贻之戚，而使人受其辜，虽有吁天之冤，将谁与诉？以若所为，纵逃显戮，恐不免为阴报也。

臣又闻，□之为人，急于富贵而已。近来木务方殷，奉明旨，湖广川贵巡抚、都御史着久任；□旦夕觊望，报书与彭□，率多怨辞，遂夤缘改职，督工显陵，以为捷径，故于地方缓急，一切不在其心。去岁，虽以酉阳、永顺交构，节奉明旨，着都御史陆□、刘□□各亲诣交界地方，从公会勘明白，□亦不顾。数月之后，量移步荆州，委二、三指挥等官代事，不见如何归结。夫以明旨切至者尚如此，今日之役，属司之言，宜其不动心也。有臣如此，即司陵工，欲其效忠宣力，仰承陛下达孝之诚，得乎？

臣近睹圣谕，今夷犯华若蹈荒原，可见此时内外臣工通不爱民如身、视国如家。圣人之言真指病入髓，□其一也。□之为人若此，即与共事，亦未能为有无。但其为己心胜，新任巡抚车纯至日，必复口传心授，纯或因循，臣虽与彭□会题，终为无益，地方将来之患，有不可胜言者矣。臣奉命逾年，旷官罪过，其丽不一，弗阅于躬，遑恤于后，诚为过分。然事关地方切务，近有所闻，据得其实，不敢缄默，自同非类。伏乞陛下普万里之明，严伍罚之断，将陆□早赐罢斥，以为大臣负国不忠，罔上殃民之戒，敕下吏部另推部台忠勤卿贰往事陵工。韩□□虽已去任，应否处分，或姑准戒饬，亦惟圣裁。再乞陛下，念边氓之倒悬，戒有苗之未格，敕下兵部，将臣与刘□□会题叛苗应剿事宜，详为议处，严行两省台臣协心共事，务底成功，毋蹈往辙，种祸边防。地方幸甚，臣不胜幸甚。

注释

①不职抚臣罔上邀功贻患地方疏：据《古今图书集成·明伦汇编·官常典·刑部部》赵大佑传记，嘉靖十八年（1539），腊尔山苗叛，劾故贵抚韩士英及湖抚陆杰养寇遗患。《太平县志》《敬所王先生集》均载此事。

为附郭宣慰调兵行杀斩权，越占粮马
地方，抄虏人命，两省得闻冤苦疏①

据贵州按察司会案，关司转呈到臣。案查前事，该臣接管未完卷内催。据前因，除将土妇黄氏等各起已勘，并迷杓等未明事情，仍行该司从公处分，再勘另报，安万铨等行令听参外，臣会同巡抚贵州等处地方、兼理军务都察院右副都御史刘□参。

照贵州宣慰使司致仕宣慰使安万铨、见任宣慰使安仁，本以丑夷为恶巨擘，黩货生事，志已上侵。贪地杀人，岁无宁日，纵恶目卖兵顶营之司舍，人财尽为煨烬；萃叛徒渊薮阿氏之部落，男妇比屋空虚。越古里之界，强立私庄，久逋粮税；吞寨之地，残害非命，威逼顺从。受阿架投献，仍害其父子贰命，以灭事因；纳安氏金马，故纵其头目出赘，久惊西土。即其致死无辜，已逾数百计；其负匿额税，不止一年。他如陇时康无故淹禁顾刚等，构讼盈庭，率由其阴谋不逞，以为之阶。虽屡经事主奏告及节次三司会参，尚敢怙终不悛，稔恶如故。人犯易棐等系奉钦依提问，久占吝而不发；指挥杨勉等，既承差遣催报，敢拒捕而殴伤。况安万铨奸收兄嫂，而秽名久彰；近荷恩封，罪应追夺；安仁擅开矿场，牟利巨万，上供课税，法应入官。祝贺仪节仍废不修，查问文移视如故纸。凡此数端，特据臣等查勘见在者尔。若其包藏祸心，物议汹涌，百出奸计，巧于弥缝，又难以枚举也。即今不为处治，窃恐安万铨奸老愈张，安仁习成难制，民怨已极，诸夷效尤，官司因循，纲纪废弛，将来地方之害未易尽言，诚有如诸司会议所及者。如蒙皇上俯察边境未宁之故、奸恶梗法之由，乞敕都察院再加详议，将安万铨等各项违法事情，行臣等会同提问，如律奏请定夺，庶使茕民冤抑久而获伸，诸酋鉴戒深而詟服矣。为此会本，专差承差邹浩赍捧，谨题请旨。

注释

①为附郭宣慰调兵行杀斩权，越占粮马地方，抄虏人命，两省得闻冤苦疏：赵大佑为广东道监察御史，巡按贵州，审理原贵州宣慰使司宣慰使安万铨的案件，此案子惊动皇帝，巡抚依然压案不办。《太平县志》《古今图书集成·明伦汇编》载，赵逮捕审理安万铨的党羽指挥张仁、李木并毙于狱，又将勘查安万铨。巡抚刘彭年(字培庵)受贿，指使安以武装相威胁，赵大佑不为所动。

为比例开廪均作养以励人才疏

窃惟贵州一省，地僻西南，民皆夷獠，绥柔安辑，兴学为先。自洪武、永乐以来，渐次设有府卫州县儒学，诗书礼乐之化，无阻遐荒，秀茂忠悫之才，亦间褒然奋出。遭值圣明中兴，因时隆化，亦用先任贵州抚按官奏请，将贵士先附云南省城乡试，特为开设本省，以鼓舞士气。开科之初，即连捷会试二人。故武职土官宗党部下之秀，益思奋励进修，以蕲脱颖科目。随在衙门充满学宫，考其行艺，皆有可观。惟府州县学开廪之制久视中州，而卫学优等之士，随资贡举，号称虚廪，未霑斗栗。

人才无别，作养稍殊，诚一方缺典。仰体圣明育才化夷至意，所宜急推广以尽作新者也。及照贵境岩险之区，生理萧条，在学之士，十室九贫，宵肆昼营，朝夕是急，甚为可悯，前项廪粮似应同体。况经该司查有湖广偏桥等卫学设廪事例，及勘合卫仓粮挶撗颇足。伏望皇上弘并育之仁，悯寒微之苦，敕下该部再加查议，将清平、普定等一十三卫，比照前列，每学设廪二十名，先量行月支廪米肆斗。除普定、安庄、清平、毕节肆卫，于各卫仓支给，兴隆、赤水二卫，于附近黄平、白撒二所仓支给；其威清、平坝、安南、乌撒、龙里、新添、平越七卫，造册于布政司折粮银内关支，回卫给散，仍候仓粮充裕，照例与各府州县儒学一体支给。则不惟蔀屋寒士进修有赖，文治丕冒，西南夷俗亦将尽化中州矣。为此会本，差承差张腆赍捧，谨题请旨。

乞赐名臣恤典以光存殁疏[①]

臣原籍浙江台州府太平县，有已故原任刑部右侍郎林鹗，初为本府黄岩县人，由景泰辛未科进士，任御史，历任镇江、苏州二府，江西按察使、左右布政使，至两京刑部右侍郎。自发身以迄身故，更历中外三十余年，始终无玷。其行己守官之可名者，臣不敢一一备举，其大而可据者，曾荷宪祖皇帝谕祭，有云："存心正大，操履端方，有守有为，贤声日著。"又蒙先朝采录，列迹在《名臣录》中，皆可考见。鹗之得此，瞑目已久。

然其后有过分之望者：窃念国家忠厚贻则，优礼大臣，赠官谥迹，以荣死生，咸许陈乞。奈何鹗之在官甚约，遗后甚贫，子孙孑立，去京万里，无因可希。延至于今，乘间属臣，且以臣之祖母林氏，即鹗之女，昔尝以其故母淑人王氏之意，属臣之祖崇贤、臣父相。但臣祖官止知州，早年以病致仕，臣父草莽之迹，远未至京，意始发端而林氏已故。逮臣叨荷国恩，滥登进士，臣祖、臣父又以林氏之意语臣。臣以一家之私，不当先在公之急，含情十年，未敢启齿。臣祖崇贤，近亦故矣，目今两家三世，情之所剧者，实在臣父之心与臣之身，不容自恝。况臣遭逢圣明，滥授台列，狂瞽刍荛，亦得自献，辄敢代为陈乞。虽为瓜葛余裔之私，亦臣仰止先达，思以砥砺之念。然是举也，臣不敢漫为援附，直以乡邑之所睹记，比类言之。臣之同里，有原任礼部侍郎谢铎，在武庙时，叨赠本部尚书，谥文肃；鹗之同时，有工部侍郎黄孔昭，近荷陛下厚恩，追赠礼部尚书，谥文毅。若以二臣概论其世，鹗之标致名实，犹有出其右者。舆论未泯，臣不敢佞，幸赖陛下覆载之仁，不遗枯朽，乃敢以其数十年之缺，陈一时之情。伏望圣明俯垂容纳，敕下礼部，揭查故案及《名臣录》，备得林鹗历官之实，果有可取，请自上裁，赐以赠谥。所谓一字之褒，荣于华衮多矣。陛下恩同雨露，泽及枯骨，鹗则荣若更生，臣则光于后死。若或死者已远，无知图报，凡在臣工，又孰不为同类感发；而生死骨肉之念，芹曝衔结之忱，臣与林氏子孙世世均矣。然为姻戚之故，祖、父之私，冒罪上干，臣无任恐惧，万死。

注释

①乞赐名臣恤典以光存殁疏：嘉庆《太平县志》载此文。据《明史》，林鹗的谥号系由御史赵大佑请得，赵的祖母是林鹗之女。《宪宗实录》载，林鹗子薇援例请入国子监，不允，称"恩典何可泛及"。

为患病不能供职，恳乞天恩放归调理以延残喘疏①

臣原籍浙江台州府太平县人，由进士历升广东道监察御史。嘉靖二十六年十二月二十六日，蒙钦依升授前职，领凭赴任间，嘉靖二十七年三月初三日，行至直隶淮安府邳州地方，忽感吐血病症，六日夜不止，沿途觅医生朱子贵等，诊治未愈。本月十四日，至扬州府高邮州，前病复作，转加沉重，又觅医生张大机等诊视，连用下血等药，呕吐稍止。延至本年四月十五日，又因过江遇风惊悸，饮食不进，内损愈多，心神怔忡，气血虚耗，去死无几。臣欲勉强赴任，则嬴惫不支，欲迁延调摄，则官程有限。臣之进止实为狼狈。况自得病至今已三越月，例难自缓，且危疾之后，非藉岁月休养，势难求生。臣以忧危切衷，辄敢陈情，恳乞伏望皇上悯臣旅次濒死之躯，察臣危苦迫切之状，敕下吏部，照例放归调理。倘赖圣恩并育，臣之喘息幸存，则陨首图报，尚有来日。臣不任俯伏恳祈之至。

注释

①为患病不能供职，恳乞天恩放归调理以延残喘疏：辞职申请。嘉靖二十五年(1546)，曾铣力主恢复河套，得夏言支持及世宗之嘉奖。严嵩欲杀夏言，因劾铣。二十七年(1548)正月，严嵩诬陷夏言接受曾铣的贿金，三月曾铣被冤杀。曾铣祖籍温岭，后居黄岩，为江都进士，与台州同乡关系密切。此前，赵大佑幸辞北大理寺寺丞之职，否则，曾铣一案由赵大佑审理，将何以为堪？

为患病不能供职,再乞天恩
放归调理以全残喘疏

臣前任广东道监察御史。嘉靖二十六年十二月二十六日,蒙钦依升授前职,领凭赴任间,嘉靖二十七年三月初三日,行至直隶淮安府邳州地方,忽感吐血,六日夜不止,沿途觅医诊治未愈。至本月十四日,前病又作,转加沉重,续于扬州、镇江二府寄住调理,凡两月余。缘内伤太过,血气俱虚,医药多方,十无一效。虽仅存形骸,而羸惫已甚,实难赴任。已于本年六月初□日具本,令义男赵四抱奏,乞恩放回。去后,延今病势未退,一劳辄发。恐一旦身先犬马,遂填沟壑,客境游魂,衔结无路;且以调摄愆期,旷官废事,又恐天谴人尤,虽死不足偿责;用是首丘之怀,旦夕切中,寝食不宁。臣不得已冒死再陈,伏望皇上矜悯,敕下吏部,早赐放回。倘得苟延旦夕,皆赖陛下生成之恩。病痊之日,当即赴部听用,以尽犬马之劳。臣无任恐惧待命之至。

为自陈不职乞赐罢黜以答天戒疏

准吏部咨:该广东道监察御史唐□□题为:仰体圣心,陈末议,以修人事,以隆天眷事。本部覆题,节奉圣旨:"是。久旱风霾,上天示警,四品以上京堂官,俱着自陈。"钦此,钦遵。备行到臣。仰惟皇上至敬格天,深仁配地,四海苍生罔不欣戴。近以旱魃为灾,上廑宵旰,赈施祷祀,靡所不周。兹复俯从言官之请,俾臣等照例自陈,真尧汤忧民儆灾之盛心也。窃念,臣一介草茅,遭逢圣明录用,历阶卿贰,虽勉自策励,而才本凡庸,事多旷废。今复偶患时证,开注门籍,无能奉宣德意,少效涓埃,夙夜省躬,实深祗惧。矧上天垂戒之日,皇上忧勤特至,凡为臣子引咎靡宁,不职如臣者,岂宜复容在任。伏望圣慈俯鉴,将臣罢黜,庶贤路无妨,而天意可回矣。臣无任恐惧待罪之至。

为恳乞圣慈悯念地方灾伤,俯赐停免额外加征府第工银,以苏民困、以固邦本疏①

节该钦奉敕谕:"特命尔会同锦衣卫都指挥佥事万文明前去彼处,会同抚按,行委隔别官员,将伊王奏内事情,逐一勘究。要见所奏各官是否怀私、扶害,其李学先等十名是否逼打致死,其修理府第是否率由旧制,并其余各项事件及应参、应问人犯,照例提取到官,通审明实,与龚情等原勘情节一并类招,具奏定夺。"钦此,钦遵。窃照伊王典楧,本以亲居藩服,嗣承中土之封,允宜世笃忠贞,永法东平之善,庶几恪遵祖训,思报皇恩。却乃志欲更张,事多违制,妄信堪舆之术,顿萌图大之心。驾言葺修,擅行展拓,城连百雉,俄惊府第之峥嵘;门创三重,敢拟天庭之峻伟。蹈《春秋》"无将"之戒,昧藩辅谨守之规;任群小之纵横,致流毒之滋蔓。徇私逞暴,则逼夺郡府,以及先师之学宫;敛贿宣淫,则强娶室女,以及已配之民妇。率卫骑而出城,赏犒殊骇听闻;挟银钱而非礼,遨游尤乖统纪。积愆具露,奏勘已行。蒙圣恩未即遣惩,奉明旨特加查勘,尤宜感乾坤高厚之德意,尊日星炳焕之纶音,引咎责躬,摅诚俟命。却又听拨置而再三浮辨,肆摭拾以掩饰前愆。不候圣裁,屡干天听。既非臣子恪恭之义,又违祖宗训典之严。据迹原情,似非小过。伏乞圣裁。

注释

①以苏民困、以固邦本疏:伊王朱典楧系皇帝同宗,违制扩大宫殿,夺郡府及学宫,敛贿宣淫,对部下"赏犒殊骇听闻"。据《太平县志》,赵大佑为侍郎,奉命查勘此案。"严分宜(严嵩)当国,属宽之",赵不为所动,"至则尽发伊藩不道事",深忤严嵩。

为人命疏①

查得节年事例,在外各王府庶人,有犯谋故杀人等项重情,各该所司勘问明白,例该移文长史司,具启亲王知会,拘禁听参。今照,齐庶人可涧等,俱在南京城内生长、居住,原无设有统领府位,擅难拘束。除移文南京内外守备及南京兵部等衙门知会,转行五城、地方及各门把守官军,关防出入,毋致疏虞脱逃,听候参奏外,参照齐庶人可涧,赋性凶残、秉心贪戾,造意下手谋杀无辜,假人命而图骗财物,诬陷多端,仗牙爪而箝制官司,士民共愤。可湖济恶朋谋,逞凶助殴,暴横素著于平时,狠毒尤征于临事。且其父子兄弟,招集无赖,生事害人,衅孽有年,罪状不一。节经事发,巡城等处屡行参送本部,各司仰思流自天潢,亦以情犯稍轻,未敢概尘宸听,悉从宽处。今复谋杀人命,诬害平民,长恶不悛,怙终罔悟,虽其事内情节稍有首从不同,均于祖训有违,国法难贷。再照留都根本重地,宜先意外之防,庶人怙势作威,恐致不虞之虑,相应参究,以警将来。伏乞敕下法司,再加详议,将可涧、可湖各违法事情,照例上请处治,行臣等遵奉施行,不惟根本之地居民赖以安生,而宗室支庶杂处其间,亦知循理守法矣。

注释

①为人命疏:齐庶人朱可涧、朱可湖都出身皇族,蓄意谋杀无辜,借人命图骗财物,诬陷富室子弟儒生陆某。其他刑部官员不敢翻案,赵大佑"毅然不平,竟辩其诬出之,而齐庶人者,遂坐法安置焉"。他提醒皇帝,处理犯罪皇族子弟,以教育宗室支庶循理守法。

为贪枉盗赃欺骗孤寡疏^①

参照南京东城兵马司副兵马指挥胡光弼,甫司禁盗,辄肆奸贪。擅受词而径行于外境;轻纵贼而纳赂于私衙。给主而揹留赃物,无异穿窬;事发而退还贿财,有靦面目。官常大坏,法纪难容。掌印兵马指挥陈丕谟,阘茸庸才,贪鄙成性。平居则违例受词,多方渔猎;临事则巧计饰罪,肆出弥缝。久玷儒流,深滋民害。俱应参究,并议罢黜。再照,五城兵马任虽在内,官实近民,事皆承委。顷因稽覈稍宽,职掌多紊,不问告词何属,率皆违例擅行,有赃只充私囊,有罪不登公案。近日,吏目许文焕受财枉法,被参脱逃;与今兵马胡光弼,假公害人,匿赃败露;至如陈丕谟,则又衰年无耻,贪墨尤甚者也。其余见在各职,虽难概谓匪人,但恐劝惩未举,严惮无由。或有二三不才,忝窃非据,台谏则以其职卑,纠劾不及;部院则以其期远,考察难行。即便遇例而议黜之,皆已满意而乐去者。矧又属耳未悉,漏网尚多。社鼠城狐睢盱多诈,虎视狼藉戾恣谁何,是以同志相观者稀,而同流合污者众也。合无自今以后,南京五城兵马吏目等官,除因事发觉,罪合参究外,其余贪酷害人、老疾废事者,行各该巡视御史廉访得实,比照在京近例,每遇年终,径自参劾议罢,以饬有位。庶几稽察既备,则淑慝自分;劝惩既严,则政事自肃矣。

注释

①为贪枉盗赃欺骗孤寡疏:赵大佑劾罢五城兵马指挥司胡光弼,请定终岁考察之法,加强督查,每年考察、罢免不职之员。

为中途患病不能赴任,恳乞天恩容令致仕以延残喘疏①

臣年五十六岁,浙江台州府太平县人,由进士初任直隶凤阳府推官,历升广东道监察御史,南京大理寺右寺丞,大理寺左少卿,都察院右佥都御史、左副都御史,刑部右侍郎、左侍郎,南京都察院右都御史,升任今职。伏念臣草茅贱品,遭际圣朝,自筮仕迄今,累荷甄拔,位叨六卿,荐蒙恩光,荣及祖父,感激图报,固臣之分,亦臣之心也。但缘蝼蚁微躯,素禀屡弱,兼以摄生无术,寒暑易侵。顷当考满赴京,应酬奔走,咳嗽经月;比及事完回任,行至河间府地方,痰火盛作,遂成痿痹,左手与足瘫软不禁,自坐卧之外,跬步栉沐皆须倩人扶持,沿途服药,绝无少效。谂诸医家,咸谓臣血气俱耗,湿热积深,良由感之既久,是以发之遂痼,休养调治,恐非计日可瘳。臣今赴任不能,旅食不便,进止狼狈,殊无奈何,只得陈情乞身,仰祈圣慈俯垂矜悯,敕下吏部,容臣照例以疾致仕,苟延残喘。倘臣犬马陋质幸免即填沟壑,则未尽余生,皆圣恩再造之日矣。臣不任祈恳仰望激切之至。

注释

①恳乞天恩容令致仕以延残喘疏:嘉靖四十四年(1565),赵大佑尚书考绩,得到世宗称赞:"兹予能持法任职之臣也。"赵大佑为祖、父求得封赠,即求致仕。徐阶再三慰留,赵终以得病为由辞职。

为中途患病危笃,再乞天恩
早赐放归以全残生疏

臣顷以今职考满赴京,陡感咳嗽不止,比及事完回任,行至直隶河间府地方,痰火盛作,遂成手足痿痹之疾,沿途觅医服药无效。臣因赴任不能,旅食不便,辄敢陈情,仰乞天恩,容令致仕,以延残喘。先于本月十五日具本,令义男赵节赍捧奏闻去后,臣今舆疾在路,顿撼莫支,兼以夏日向炎,外感内伤,前病愈痼,矧启处因人,皆所未便,不得不哀鸣于君父之前也。伏望皇上悯臣危苦之情,赦臣干冒之罪,敕下吏部,早赐放归,以全残喘。臣虽无由效犬马于当年,尚图衔结于来世矣。臣无任仰望恳切之至。

为宿疾未痊不能赴任,恳乞天恩
仍容在籍调理以图补报疏①

臣浙江台州府太平县人,由进士历升前职。嘉靖四十四年内赴京考满,在途感患左足痿痹,乞恩致仕,过蒙先帝垂悯,准回籍调理。至今隆庆元年五月二十六日,准吏部咨,"为缺官事,该本部题奉圣旨,赵大佑着复任南京刑部尚书,钦遵"。备咨到臣,当即力疾望阙叩头外,窃念臣草茅贱品,遭际圣朝,进叨作养之恩,退荷生成之德,只缘功微禄厚,福过灾生,涓埃未酬,深惭自弃,讵意痼疾委顿之躯,复蒙圣主求旧之及,荣幸自天,惶悚无地。但臣摄生寡要,久婴前疾,感之既痼,疗之甚难。故自得告以来,块处村墟,向未能一至城府。幸当至仁御极之世,锡福庶民之时,臣家有父相、母王氏,并年八十余岁,桑榆风烛,喜惧关心;病子衰亲,相依为命。臣若一旦扶疾远离,则情事甚苦而甚难,又非敢专为身计者矣。用是衔恩流涕,冒罪陈情,犬马微衷,何由上达,皇天后土,实所共临,伏望皇上推先帝始终之恩,全覆载生成之泽,敕下吏部,容臣照旧在籍调理。前项员缺,别选才力相应之人,以克任事。不惟臣赖以延生,图报有日,而臣之父母待尽余年,亦皆荷洪恩再造矣。臣不胜激切忻恳之至。

注释

①恳乞天恩仍容在籍调理以图补报疏:隆庆元年(1567),穆宗聘赵大佑起复南京刑部尚书,赵大佑上疏推辞。

为宿疾未痊不能赴任,再乞天恩
仍容在籍调理以图补报疏

臣以前职养病在家,隆庆元年五月二十六日接得吏部咨文,仰荷皇上复臣原任南京刑部尚书。臣闻命惶悚,感激无涯,犬马之分,即当趋承。只因旧患足疾未脱,步履艰难,不能赴任,于本月二十八日备由具本,差义男赵心赍奏,乞恩容臣在家调理去后,续据邸报,本年四月二十□日,又蒙皇上改臣南京兵部尚书,参赞机务。臣自念病废里居,实同朽腐,讵意误蒙天恩拔擢至再,臣何幸有此遭逢,虽竭消糜,无可报塞万一。但以部曹非卧治之地,尚书非冗员之比,矧委任愈重,则圣恩愈隆,臣若扶疾就列,愈至废事旷官。欲俟部咨至日,方

行陈乞，又恐日月耽延，益用惶惧。为此再历悃诚，仰干天听，伏乞皇上悯臣不得已之情，原臣不幸之罪，敕下吏部，容臣仍旧在家调理，以延残生。臣虽未得效犬马于当年，尚图衔结于来世矣。不胜激切仰望之至。

按贵奏议①

一兴学校。臣看得贵州试场创设，文运欠振。各该府卫，自国初以来，虽例设学校，缘边方教学之员，率多未称，士子因循，闻见益寡，学问实疏。及考各府卫诸生讲作，率多记习旧文，谩无肯綮。除诣各学，验有倾圮者，随宜修理，及审各生中间，果有极贫者，量行资助外；窃惟人才兴起，恒由乎上有鼓舞之机，动变神捷，又系乎居有相观之益。查得省城提学道分司东西二畔，旧有文明书院一座，岁久颓废。案行该道建立号房四十八间，将各各府卫考居前列生员，各量取一二名，或三四名聚之，行令该道朝夕与之讲解。遇臣巡临回省，每半月一令赴臣，亲行考试，以示劝惩。自是，诸生上有道德之仪形，下多良友之砥砺，志行文艺渐觉可观，而人才叠学校兴举矣。

注释

①按贵奏议：系赵大佑巡按贵州向朝廷报告的十九条建议，涉及教育、治安、吏治、税赋、社会福利、刑狱、仓储、驿传、徭役等诸多方面。《太平县志》记载，赵大佑巡按贵州还，"条上八事，诏下贵州编为令"。

一兴哨堡①。臣照得贵州地方深山穷谷，地势险峻，况林木茂密，诸夷杂处，盗贼出没，劫掠无常。臣接管之后，查得省城北关外,往往突入劫财,肆行无忌。盖由演武教场之西柳沟一带,北至火神庙接洗脚塘,地远空旷,原无军民居住,使盗贼窥视道路,乘虚临城劫掠,缉获无策,堤御无方。此其要害之地,而关系非细。臣案行按察司,会同都、布二司,查议相应措处无碍官银,给与匠作、人夫工食,采砍木料,就于彼处砌筑台基,起立营房六十间,居中建立楼三间,两隅小楼二座;于贵前二卫,查拨无房楼住军人六十名住宿,往来巡逻哨守,如遇有警,随即追捕。即今盗贼知警,地方稍得宁静,而军民亦有赖矣。

注释

①兴哨堡:第二条奏议解决治安问题。

一清刑狱①。臣查得按属衙门各该狱囚中间,有久禁而罪轻者,有待对无证佐者,不论轻重,一概淹禁,官吏漫不为之处分,拘系累月,控诉无由,间有饥渴不周,旋成疫疾,医药不及,遂至殒身,致干天和。臣接管之后,除三司并贵前二卫、宣慰司各监囚犯清审外,臣巡临地方清查。审得程番府监犯家属刘永进无罪淹禁,龙里卫摆站犯人陈表在监日久,因病去涂身死。案行布政司清军道,将指挥贾纯、该吏任厚等究治,招详发落。及案行守巡道,通行各府卫州县问刑官员,人犯应问理者,务要虚心鞠审,即便问报归结发落,应追纸赎、赃物数不多者,召保营办;及见在监待对事,无干证与原告,三月之上不到者,照例立案,就行释放宁家。即今刑狱少清,而人犯亦无淹禁矣。

注释

①清刑狱:第三条奏议关于治狱。赵究治关押无罪家属、摆站犯人致死的官员,提出"务要虚心鞫审",轻罪或无干证的,"疑罪从无"予以释放。

　　一禁铺行①。臣查得贵州省城边僻之地,各衙门买办物料,俱属铺行。其不费工力者,尚可支持,甚至修理衙门,今用竹木,亦令各铺买办,工程颇大,搬运尤难。况各衙门官员,罔肯存恤,应给工价,逾年不予,往往告乏,诚为偏累。不惟有损于民,亦非事体所宜。臣接管之后,案行布政司,及出给简明告示,将前项竹木铺户尽行革去。如遇各衙门修理,自行俱于产木地方,照价采买□用。如有奸徒诈欺官司指称修理,仍然派取各衙门票取货物,不即给价,有亏损者指名呈报,以凭究问。仍令各铺行,置立空白簿一扇,赴官处印给,但遇票取货物,曾否还价,有无亏损,俱要从实挨日登记,听候吊查。即今官吏稍知□畏,前弊可除,而铺户少苏困矣。

注释

①禁铺行:第四条奏议是禁衙门敲诈商户。衙门至铺行买办物料不给钱,赵案行布政司,告示尽行革去。

　　一禁仓粮①。臣照得贵州各该卫分虽非有司可比,一应钱粮颇多收掌,出纳俱系军职。其间奉公守法,虽经年久,始终明白。志行卑下者,未理簿书,先思侵盗,率由所司一人违法作弊,无所顾忌。臣巡临查得威清卫指挥贾承祖,支剩银籴米一百零六石,今次尽查,亦无升合在仓。平越卫千户马武,亦侵盗银籴米三百五十七石四斗零。各侵盗之故、情罪无异。

将各官参题讫,若不计处,通行稽考,则弊源终无杜绝。案行分守道,将各卫见今盘过在仓米石,除原委之外,再各加委相应官一员,共司其事。一人专管锁封,一人专执簿籍出纳,相同互相关防,不许囤兑私家,亦不许折收银两,已、未完数,彼此公署,如有侵欺等弊,一体坐罪。自是狐疑相介,弊清息矣。

注释

①禁仓粮:第五条奏议是完善仓粮管理制度。为杜绝各卫收掌钱粮的违法作弊,盘点各卫仓米,加派官员,以监督制约。

一禁侵渔①。臣接管之后,照得各衙门问过,一应纸赎、赃罚、银谷等项,第恐假公尽入私囊。案行按察司,转行各府州县、卫所,将每日受过告词并合干上司一应批词,共置号簿一扇,用本衙门印信钤盖,逐日登记,开立前件曾否完销,有无赃罚纸米或情轻贫难不取供词、量情发落,亦要明白开写,不许隐漏,以俟吊查。该臣巡临威清、普安二卫,查得止将奉到上司批勘告词,开注簿内,其自理事件,俱各隐匿不行开报。推原其故,若非断理不公,必系侵费。除将二卫掌印指挥张铉、刘钦,行分巡该道究问外,又经案行按察司通行各该府卫州县掌印官,查照原行,将自理事件,俱要挨年顺月并入簿内,以便稽查,以验各官勤惰。如有隐匿,从重参究。即今赃罚有稽,宿弊渐革矣。

注释

①禁侵渔:第六条奏议是对官府的罚没收入如纸赎、赃罚、银谷等,订立制度。赵查处了自理案件隐匿的财物,通知各府卫州县,自理事件俱要

登记入簿，以便稽查。

一清粮差[①]。臣照得按属程蕃、都匀、镇远、黎平四府，安顺、镇宁、永宁、普安四州，俱系诸种苗夷，间与军卫屯堡及各处流商、军民人等，典买田土，倚势富豪，那移之弊百孔千疮，粮差影射累及贫民。该臣巡临查出，案行分守该道，将各府流商、军民曾买田地者，尽行查出，该纳粮差若干，务要粮随田转，不许田去粮存，影射差乏，遗累贫民。其有商贾在此买田产者，俱令附籍当差。如有仍然倚势躲闪者，各该府州指实申呈究治。即今赋役均平，豪强商贾不致影射，而困穷夷民少苏负累矣。

注释

①清粮差：第七条奏议是清理田粮，均平赋役，以减穷人负担。赋税应按田亩和人口计算，各府流商、军民买田地的，往往将该纳粮差转移到穷人头上，赵大佑指出"务要粮随田转"。

一革公费[①]。臣接管之后，看得贵州省城宣慰司，每五日供应柴炭甚多，固系常规，但频年征调，夷民困苦，供应浩繁，尤宜节省，除足用外，余剩之数俱应查给。况夷民征派已定，不知裁省，姑息其详，致使目把侵费，霑惠不及于民。案行该司，置立空白文簿，用印钤盖，发掌印官收掌，如遇发出柴炭，随即登记簿籍，照依时估变价，俱解布政司贮库，作正支销。如有侵费，从重究治。即今日用不致浪费，而库藏得充，亦可少资助矣。

注释

①革公费:第八条奏议是节约公费开支。为避免行政费用开支滥用,赵大佑提出节约办法,使用东西均登记,不得侵费。

一革骚扰①。臣照得贵州本为边地,山势崎岖,驿传疲惫,军夷困穷,况思石、铜仁等府,地方多事,征调无休,供应实难。加以土司衙门假公营私,滥起关文,恒多差遣,需索夫马,公差吏承狐假虎威,凌辱官吏、绑打夫牌,甚至枉道骚扰,深为驿传之害。除将泛滥宣慰安仁罚治,及将擅骑驿马承差李文星等究问、招详发落外,案行按察司出给简明告示晓谕,并置循环文簿,给发各该驿递,每遇公差人员到驿,查经臣挂号者,及前往某处公干,不系枉道,方准照关应付;若有枉道给假,吏承依势徇索讨夫马、凌辱官吏者,许据实登入簿内申报究问。即今人心知警,而驿传亦少困惫矣。

注释

①革骚扰:第九条奏议是改革驿传制度,办公事方可用驿传。使用驿马要登记、挂号,填写去处,禁止驿马私用。

一清课税①。臣照得贵州衙门,多系军民置买田土,俱系买主径赴所在税课司告印文契,该局官吏止将常税解官,其税契银两相沿侵隐,未见开报。臣巡临普定卫,吊取镇宁州税课司文卷前来,查出前弊。除将该局官吏萧鳌、何清问罪发落外,看得此弊非独镇宁州一局为然,但官吏交代不常,事远难以查究。案行布政司,将各该税课司局,查照所辖地方丰歉,酌量军民易买田土多寡,每年每司局量增税银,注为定数,年终类解布政司。即今积弊少革,而税课渐有增矣。

注释

　　①清课税:第十条奏议是清理税收。衙门隐瞒置买田土文契的税收,只将常税解官。赵大佑提出分区包税,"酌量易买田土多寡,每年每司局量增税银,注为定数"。

　　一清客民①。臣看得贵州各该卫所,每年岁用银两,俱系官舍、军余认办,近年以来,征调不常,民穷财尽,支用不敷。臣接管之后,查得各该府卫州司寄住人户,多系江西、川广客民,在于各地方娶妻、买房、开铺,合党成群,罗列街市;动以异省人民,不认贵州身役,诸差不科,任其影射。臣案行守巡该道查议,除往来买卖、无定居者不派外,其有住定年久置有房铺在府州县者,不必征银,令其与居民帮当火夫身役,其在卫所者,免其火夫之差,每年每户量征白银三钱,与军余相帮,以充岁用。即今客税少兴,而军卫岁用少助矣。

注释

　　①清客民:第十一条奏议是开辟卫所财源,向定居本地而不承担赋役的客民征银。

　　一征边储①。臣照得贵州地方,连年用兵,征调靡常,本处钱粮不敷,率多仰给于他省。近年以来,军民之负逋日甚,加以川广之解纳岁亏,遂致积贮空虚,缓急无备。臣接管之后,案行布政司,将本省办屯科秋粮,并籴买稻谷商税课程等项,及川湖坐派起运本省粮料银布等项,俱自嘉靖十一年起,各项每年拖欠未征、未解者，通查到臣，查系本省拖欠者，严行管粮道，其系川湖拖欠者，差委都司经历魏庆、都指挥邓良分投赍文，前赴该省查追，责限齐足起解原定仓库上纳，若有奸顽包揽作弊，从重参究。即今仓库得以颇充，而边储可备矣。

注释

　　①征边储：第十二条奏议是征粮储备。赵大佑要求查清积欠，管粮道负责催缴本省拖欠的；外省拖欠的，派人赴该省查追上纳。

　　一禁酷刑①。臣接管以来，已将地方事宜次第举行外，所有宪纲开载禁约酷刑，官员一节虽经有行，但所属官吏因循日久，人心易弛，以致往往断理不公，怨声满道。且如近日，乌撒卫倘塘站百户秦辅擅作威福，酷刑打死军人尤自明，已经具本参题讫。诚恐大小官员鞫问刑名，追征钱粮，不能宣布朝廷德意，惟快私忿，非法拷讯，致伤人命，不下于秦辅者有之，非惟有乖宪度，抑且致伤和气。案行三司转行各该守巡兵备等道、参守等官及各府卫州县等衙门，今后但遇鞫问刑名、征追钱粮等项，俱要依法用刑，事在虚心推究、缘情求实。果有违犯，依律问罪，如有违例，酷刑残害民命，罗织成案者，俱从重参究。即今各官知警，而刑法不滥矣。

注释

　　①禁酷刑：第十三条奏议是禁滥用酷刑。赵大佑处理百户秦辅酷刑打死军人的案件，指出官吏"因循日久，往往断理不公，怨声满道"，他要求依法用刑。

一禁征派①。臣看得贵州一应钱粮,每年上司止是照常催征,初无定与坐派数目,所司易于生奸,指一为十,多收少解。况有未奉明文、擅自科派者,文案无据,积弊日滋。臣接管之后,案行按察司转行二司,每遇行派,各府卫州司等衙门,一应钱粮先行派定,文移用真楷大字,钱粮数目用印钤盖,写完金押,差该吏亲赍赴臣处挂号,方许发行,照数征解。如无挂号者,即便申呈查究,不许隐匿奉行,其所属衙门,若遇起解钱粮,批文内将钱粮数目浓墨楷书大字,用印钤盖,亦赴臣处挂号,方许交纳。自是,坐派无增,而多征之奸渐可革矣。

注释

①禁征派:第十四条奏议是征派钱粮公开透明。以往催征钱粮没有确数,易于生奸,赵大佑改革征钱粮程序:先派定钱粮数目,签名画押并挂号,后按数征解。计划与实际缴纳相称,地方无所上下其手。

一清影射①。臣看得贵州按属吏员,皆系川湖起送农民,岁月既久,结党成群,往往玩法欺公,恬不为怪。有见役而就彼置立基业者,有起送冠带复来置业者,有已经问革潜往夷寨者,皆不还原籍,专一在此出入衙门,教唆词讼以为生理。原籍取差,则云立籍贵州,贵州取差,则云川湖人氏,两相影射,躲避赋役。间有小民被害之甚,不得已而赴告者,则千方百计案候迁延,固结朋侪,倾谋排陷,害众成家,莫此为甚。又有通同同乡流民,积年包揽门皂、斗级等役,迎合作弊。虽屡有禁约,刁风未息。臣接官之后,案行按察司通行按属府卫州县等衙门,将前项人役尽行查出。除已就籍当差者,听其置产本分营生外,如有置立基业未曾科差者,悉令从实报官,准免前罪,并将见充门皂等役,尽行革退。即今奸吏群豪,知所警惧,而差乏不致影射矣。

注释

①清影射:第十五条奏议是治理衙门蠹虫。衙门吏员专以教唆词讼为业,包揽门皂、斗级等役作弊。赵大佑查出前项人役,悉令从实报官,革退现任门皂等役。

一禁庶官①。臣访得官员贤否,地方安危。查得按属文职官员科目者少,中间自拔之士,固不以出身易志,窃恐昏懦不立者,偶因寓职边方,遂不以政事为念,延捱日月,希图升迁,甚至因晚景而为家计,假公务以实私囊。其巡司、驿递、局所、务库等司,职任既卑、自处益不,求索克削,以为常俸。又况军职官员,自恃世官,多不奉法,奸盗诈伪,靡所不为,罪过多端,悉难枚举,诚为军民之害。臣接管之后,案行按察司通行各府州县卫所大小等(衙)门,晓谕各该官员,各宜自省。其有清勤厉职,奉公守法,以安良善者,俱以礼待;其或仍然执迷不悟,百计弥缝,曲为掩护,过为奉承,克削肆行,全无顾忌者,事发从重究治。即今庶职知检,奸贪渐知悔悟矣。

注释

①禁庶官:第十六条奏议是整顿官场风气。官员不考虑政事,捱日月以图升迁,求索克削以为常俸;有"因晚景而为家计"。赵礼待奉公守法官员,究治奸贪。

一先仁政①。臣照得存恤孤老,仁政所先,养济院宇在在有之。臣巡临程蕃府,查得该府册开,自改郡以来,原无养济院，先年收有民妇尹氏一口，于城隍庙住止，今已病故，以后向无。臣又巡临安南卫，查得该卫养济院先年被火烧毁，迄今未建，其孤老男妇一十六名，亦在城隍庙寄住。臣看得城隍庙岂应以流杂之人寄寓亵渎？况管辖人民颇众，中间岂无鳏寡孤独者，今皆无一收养在官，得非因无舍宇栖止之？故是亦仁政未举。臣又巡临威清卫，阅得该卫养济院宇俱系草房，且地外高内卑，水蓄洩湿之气易以生疾；昏垫之流，复使寄居若此，万一不慎风火，则有焚巢之苦；日久寝食，不免痿痹之病，以为惠养之恩，稍为未尽。一行程蕃府于本府，一委按察司经历薛幹于安南卫各城内，择一相应基地，量起房屋五六间；一行分守道，将威清卫养济院宇升其基土，与外相平，去茅易瓦，以防风火；及通行府卫，果有贫穷无依之人，结查明白，具由申报，收入存养。即今茕独得所，而仁政渐举矣。

注释

　　①先仁政：第十七条奏议涉及社会保障。赵大佑督促将威清卫养济院宇"升其基土，与外相平，去茅易瓦，以防风火"。

　　一均徭役①。臣看得徭役轻重，小民利害切身。前人立法固善，但贵州军卫疲惫，夷寨冥顽，差有力役、雇役、借倩、帮补不同，银有派丁、派田、商税、余租之异，若上无一定之则，下有法外之奸。臣接管之后，案行分守道即查各府州县，各兵备道即查各卫所站堡，每年该编差役若干，岁用银两若干，计虑周详，区画定当，使输之官者，各有定规，而取之民者，亦有定法。如有卖富差贫、多收少解，据实参呈，以凭究问。自是立法严明，官吏不得轻重其手，劳逸适均，而军民人等得免偏累之患矣。

注释

①均徭役:第十八条奏议涉及徭役征收。徭役名目多,赵大佑把差役、银两预算好,按定规交官,对于"卖富差贫、多收少解"的,一经查实,不予宽贷。

一禁库藏①。臣看得贵州钱粮有限,支用无穷,若不立法清查,难免无侵渔之弊。臣接管之后,案行布政司及但有钱粮衙门,将一应在库、在仓旧贮钱粮,并排日收过米谷、银两、钱钞等物,尽数查出,分别旧管、新收、开除、实在,布政司衙门每月终差首领官亲赍赴臣处查算。遇巡临地方,差该吏赍送宣慰司及各府州县卫所,每两月一次,差该吏送查。如有侵冒等弊,从重参究。即今钱粮有稽,而欺弊渐可革矣。

注释

①禁库藏:第十九条奏议为严格财政制度。账目设置按"旧管、新收、开除、实在"四项,逐项查清收支,每月查算。巡临地方,若发现侵冒等弊,从重参究。

卷二

传

蔡烈妇^①传

烈妇姓牟氏,名德助,台之黄岩人,处士业之女也。牟故为邑大家,而烈妇之主有德慧,少从处士习句读,辄解大义;稍长,知孝悌,言动有仪则,雅善女工,通书数。处士尝搜其家自始迁来,凡内外贤迹可传信者,录为世节。烈妇视之曰:"吾宗风固如此。"一日,外祖妣来就养,家人起居以数辈独在烈妇。由是父母钟爱异诸子。及相攸,得同邑蔡氏子旻,归之。子旻故静江宰守斋先生德器孙,实良士也,甚宜其妻。未几,丧其舅,奉孀姑居姊姒间,相子旻干蛊务学业,绰有闺门之修,人咸宜之。子旻选为县学生,名益起,勤苦累居外。今岁甲寅夏四月某甲子,子旻忽遘疾,自馆舆归。既弥留,顾谓烈妇自为计,烈妇泣咽曰:"君不讳,我生复何为!"翌日,子旻卒,烈妇抱尸哭,屡绝复苏。引刀将自尽,姑力止之,乃遂断发狂仆,不食而死。事闻,远近无不伤之。烈妇之宗在茅畲,牟亦余妇族,足迹亟至焉。观其地,三面崇山,北引大江,茂林沃野多恒产;其居处率任质,敦尚行义,有轻仕进,重辱其乡之心,故其俗厚,而代有令人。间尝审余妇,稔知其家故多内教。

赞曰:烈女妇与烈士同,然贾生谓烈士徇名,当其死犹或未善,道者有之。乃若妇德从一不渝,舍生以卒,事正矣。余读诗三复《葛生》,悲烈妇之厄,以彼其志且贤,得良人事之,何用不臧,而止于此。比观易象,家人男女正交相爱焉。由是言之,子旻子之所养又可知,于是乎重悲之。

注释

①蔡烈妇:姓牟,黄岩茅畬人,与赵妻系同族。

迁江病叟传

迁江裔出伯阳,徙自瓯。叟名某,字曰某,少失慈侍,即抗志忧危,自拔寻常,相其父克家以裕。父在掾,念叟幼无依,尽斥其财存嗣,叟经理不爽节目。后以家累不支,当析居,三复普明,涕泣以谏,两奉继母,孝事竭力,比长居然老成人。业举子濩落不如志,或人勉以簿书,曰才力缺败,就近小以免里闬羞可矣。遂掾宁海,再于天台。宁海尝司逻捕,获盐徒数十人,罪当死,徒暮夜入赂,求免。叟曰:"何为抑法舞文,吾与尔等明刑不纵,尔自图之。"徒因转他计,逃去。官法论渠魁,竟抵二人,如其言。天台尹刘俸尚能吏,结意以待。叟至,以六事要说,大致谓厚风俗、清钱粮、祛宿弊、省冗费、革诈冒、重仕宦,为县先务。尹与语大悦,次第举废,收其功。乡评赏之,无论远近,三年无间宁海。祖某公尚高年无恙,叟奉二亲事之,贫不废礼。语人曰:"父母在,不远游,吾已矣夫!"既乃决意丘园,舍刀笔,治生耕读,居俟义命。有令子六,自师之,因设义塾。里中来者弗拒,贫子若孤,虽束修不入。由是教与风行,洪器遂有才名，余及其同异子姓，皆能自立。一祖、二亲以及其身，皆以考终，于是见天道不旋踵。偃息迁江，肥遁玩世，自视欲然，人号"可忍"。先生叹曰："学道不能行，吾老矣。"因自名"病叟"，赋诗见志，亦曰"病言"。

赞曰：孔子以善人不得见，思见有恒；后之人又恶闻无好人语。岂其士生时世不同，圣贤言意因之，抑亦有为哉。先生用晦，贞其志，守其身，在公不为私，居老不易初。论其世，当居恒士之右。与君子尚友，始于乡，信斯德之不孤。以君之贤，尊乡者弗之及，天下士岂易识哉。老子曰：知我者希，则我贵。人未闻道，而遂诬十室，非吾之所知也。

序

《霞溪诗集》序

余少侍先大父道州太守，太守年七十，时得诸所赠言为寿，凡数十家。周览至霞溪先生，辄心赏焉，曰："诗人也[一]，小子识之。"余时业举子，未解所谓。既而受室牟氏，始得聆謦欬。今三十年来，余承乏以适四方之役，先生所蓄日益多，所著日益以肆，而尚未之见，恒往来余怀也。

昨岁乙卯，先生自辑其篇什，以书抵京师曰："仆少有烟霞之癖、丹铅之勚，自同于鱼蠹，以偃息咀濡文字间。今兹既衰而倦于勤，吾将扁舟烟水之区，而担簦于台雁之麓。顾囊无长物为出疆之载，孰与先于所往千里乞言，亦惟君是知我者。"嗟乎！丈夫子生当平世，得其志，则出而成事功，垂名汗竹，以遗思后人；不得，则傲睨浮云，陶写灵性，惟一丘一壑自娱，日以不足,殊途同归于不朽焉耳。先生以布衣处穷谷,含英茹华,游情物象,能自得师于语言之外,而不越乎尺度矩矱之中,固已蔚为作家,雄视台南诸社矣,予何言哉。夫言,行之表也;诗,心之声也。当年来世之士,迹而求之,斯其人不亦可尚友乎?诗曰:"允矣君子,展也大成。"先太守诚知人哉。予亟不获知己之让,因述其宿昔所由为序。序曰:

先生名某,字某,姓牟氏,号霞溪,所著凡几十卷,其赋拟骚,诗古选宗汉魏,近体宗杜,歌行兼收李云。

校勘记

〔一〕诗人也:原文作"人也"。

《京畿道同事录》序

论者谓是役事杂而情多,求备则烦,弗躬则弛,难于适中。予承乏来得黄子若干人,多相事之良,乃申之以告:"昔王制,岁终,百官以其成质于三官,以达于天子。周官八法,六职分政,而三岁之考,六计之弊,而二宰实参伍之。今制,官守述职考课外,复置司照刷,内外一致,而京事不摄,且以三岁之成,质于一时。在昔三官少宰者,以属宪臣之末,职专而剧过,则尽人之情不及,非尽吾之事,如之何!夫政贰则敝,敝生于情,小大由之。执法议其后,大致政举欲一,情举惟中。我虽不备,子勿弛之,是吾志也。"既即事逾时,比比来复,已,乃退曰:"由君之言,具有惭德,予继之为力,倍其日会。朝廷方以庙制新恩,肆赦中外,庶司遇除旧之令,咸情输以质焉,得告成事。弗能尽,吾卒不敢尽其情。"他日诸子序其年,列其名氏若字与里为录为同人，属予以言。夫贪天之功，予亦惭于论者，何言哉，无已，则久要以通志云。

题周广居先生交游卷后

仆自与一书君善，以君质直，亟见论文襄之世，拟以君志行多似，其风与今时贵介若异然，度必有人焉培发于述作之间，以引勿替；不尔，何其传之真，而风之远，五世将不艾也。今年春，又会君石城，君领郡符，将入广，走问行理，见兹卷焉，以问广居，君曰："吾祖，而文襄子也。"吾为尔亦曰："见元宾之所与焉。"及谛卷中，皆先生旧交与文襄故人手泽。如右数公，概为先朝名卿元老，其取舍好恶，实当时民望；先生与之游，岂忘势不诣，彼亦下交不挟者与。况能不席文襄之勚，自以发身，两贰州郡；又能不取诸公之助，绩满名成，考终以令，以承清白裕后人，是固培发于述作之间者也。不其大用以显，遇不遇勿问也，君也传之具，而文襄风之远也固宜。譬则水焉：若考渊，厥子维澜，君今斯滔滔矣。且君秉志貌说公卿有年，视君如广居者当几，如此数公又几也！遇不遇宜何如也！君勉乎哉。夫天不尽文襄之报，畀之广居而益光，广居不究其施，又益之以君而合志；乃所谓积善之家必有余庆，君勉乎哉，后此者未艾也。列郡分符，庙食百世，皆君家之故；君今去又踵焉，天之道，民之望也。君曰："善哉。诗不云乎：'他人有心，予忖度之'，子之谓也。'无念尔祖，聿修厥德'，我之谓也。"

题《醉醒集》①

邑子玉田王君佺著是说。入两都间有年矣，术家者流咸推毂其书。而君以瞽也，怯于漫游，顾不能自售。兹访余金陵，解其囊得是本。初以口授人书，其文多讹，又错简，览者病焉。间者，谒余寅少岩叶公，公与之语，器其言，为谛而正之，足可行世。夫自卜筮二氏废，而星命之说遂兴，直以其艺成也。九流家不列于儒氏，然用之占吉凶，示趋与避，以前民用而寡于悔尤，宜亦君子修身立命所不可废，岂惟日者是资。乃命梓人更其锓，赋一章以送之还。

注释

①《醉醒集》：《醉醒子集》，王佺作。嘉庆《太平县志》卷之十八载，王佺号玉田，松门人，少从顾迴澜习举业，就试钱塘，见一人乘伞以渡，因拜师之。又见《天台山方外志》。他曾推断大学士夏言将被斩，果然。

《愍忠录》①序

《愍忠录》何？愍武君昈之忠也。初，武君佐幕于台。居顷之，倭夷扰海上，入逼郡郊，君受檄督战，兵溃死之。事闻，天子愍焉，赠恤之有加等。吾台之人及其同梓里者，从而为诔、为辞，又为挽以歌之。哀荣兼识，篇章盛张。伯氏昜与君嗣子尚宾，咸图为君不泯者，斯《愍忠》所由录也。以事出台中，谒余一言序之。

序曰：国家乂宁久矣，吾浙之东薄山海，而居民生饱食偃卧,不识戎马何状。有司者理争讼,致期督敛,以实公庾,外则宴礼过宾、狎丝竹以乐无事为常度。及猝尔变生,苍黄驱不教之众,制梃而出婴锐锋,其善溃无惑也。君以业文史,又幕僚耳,战阵非其素也,被檄辄往,力不敌乃竟死之,噫,良可愍也!余览载籍,征诸近事,其有身都显顾,握重柄以号分阃,一旦临小利害,屏息惴惴,重视其身若丘山,曾不自以为恶。至如以死勤事者,亦自不少,其在司土专职,势固宜无他诿,苟任非素位,处下僚而能慷慨死事不辱如君,顾吾指未多屈也。

虽然,古称忠烈壮夫,岂乐其身遗虎吻博世名哉。要皆能先事为备,备至不支,守死而善其道,足尚也。假令易地处君,俾得专事分寄,勇与谋合,宜必豫有弭寇令图,何至坐令蠢类逼我邪。夫人才盛衰,虽与气运上下,亦由风声表劝,固自有方。朝廷崇奖忠义,不遗位卑。即君所自树,又烨耀可传布如此。异时史氏述义烈之迹,垂世不落莫者,君奚让焉。

余追思吾土,谊不当嘿嘿于是役,矧其家人主我三至,遂为书之。顷者,两京比士,尚宾与昜子尚训咸与计偕,天道不远人,要亦视吾民观听以锡类于邦家,由是推之,褒忠者将不止于余言。

注释

①《愍忠录》:亦见《太平县古志三种》,为纪念武昈而作。《台州府志》《黄岩县志》记载,嘉靖三十一年(1552)四月,倭寇入海门关。五月二十七日犯县治,毁官民廨舍殆尽。院司遣台州府知事武昈来救,至钓鱼岭遇伏被害。台州人及其同乡,写诔、哀辞、挽联以歌颂之,其兄、子集为《愍忠》,请赵大佑作序。愍,悯。

《赤城先生集》序①

　　赤城先生尝自衷所著书以十干类，为卷目，藏于家。其始得嘉禾沈氏概梓之，曰《甲乙选稿》。既而王君廷幹谪贰吾台，即《甲乙》稍广之，为七卷，锓诸郡斋。《甲乙》先生手定，节取贵精。郡本杂贞赝，雌黄者或似是之。大佑昔从先生仲子河得其全草，录置家笥，属海寇至，毁焉。顷承留台之乏，过天台，复得前钞，合《甲乙》与郡本参列，质校一是，皆以先生手泽为的。侍御会稽俞君汝虞好古而信先生，遂图所为广其传者。夫华国之具，六籍尚矣。嗣是作者若林，孰不自以争雄方驾，顾其品藻味旨溯之，旷世恒鲜以声气应求，即孟坚之于子长，犹隘心焉。先生学古成名，当宪、孝二朝全盛时，稍试辄退，遗荣以励俗，乃其履素贞方，确然不入锱磷者，又足以济美先公而成危行，由之立言名世，非具有华实者邪！先生尝言："李唐作家，惟韩愈氏人文俱传"。噫！斯其自伦拟矣。然退之起衰八代，历唐迄宋，始遇六一为之知己，以遂昌鸣至今；先生殁未几，乃值吾侍御乐为畅发潜耀，俾继今作者获睹其全具。其于品藻契许，殆速且长，视昔所谓苕翡海鲸、繁星五纬，宜必有辨于此云。集凡正辞二十又一卷，加别录二卷为外集，于以广嘉禾与台之未备，似是或寡，而夏氏之故亦与有征焉。

注释

　　①《赤城先生集》序：天台夏镔著。嘉靖乙丑(1565)，赵大佑为该集第三版作序。常熟县知县王叔杲作《刻赤城集跋》，称"吾台文人前有方逊志，后有夏赤城"。赵大佑曾抄全本学习。乾隆三十七年(1772)，夏镔十

三世孙建寅命子名贤取族侄鸣陛家藏旧本，重新钞录刊刻。

《空谷遗音》序

吾邑故有文献而无诗社，社自月航、海洲诸君作之，而秋官海峰公以大家实宗盟焉。余自始仕至今，十九居外，在昔乡国呎诏肩随之交，所与赠处之谊，虽不得亟相见承绪言，间尝得其所遗言，与余之所私淑，辄想见颜色，出心神以拟之藏焉。岁月已积，箧笥既盈，青简尚新，顾其人有存殁矣。愧无口号纪之，乃拈余所得于诸家者，合若干首，人自为卷，授于梓工。《海峰堂稿》已传，兹不复录。录自社始，尊乡也。以余睹于诸君，虽其时有先后，所就不一，要之皆能养恬阿涧，脱屣纷挐喧豗之场，而以言志自适，所不愧于前修，岂惟其辞可珍哉。余既辱诸君之嘉赐，而不敢以虚拘也。梓成，取诗人毋有遐心之义，而字之曰《空谷遗音》。

《散轩遗稿》①后序

公之世也，固志性成，故其所发，皆自适陆轴。今之尚音调、拘韵格，若拟人声貌，而置其胸中所主，虽或稍让；至其浮云世态，贲白永矢，能自肩于李杜贾孟流辈凡几何？夫诗以言志，惟其有之，不必备，亦足以发，故不嫌作好〔一〕梓之，附内举之义。

注释

①《散轩遗稿》：赵崇贤遗作，今不传。其文以诗言志，随心快乐，表达真切情感。

校勘记

〔一〕好：应作"序"。

跋重刊《弘治壬子浙江试录》①

弘治中，是科吾浙所举士，卒为名卿元老、炳蔚相望者数辈，海内至今称盛焉。当是时，佑之先子讳崇贤，亦幸附于群英之籍。录藏岁久，渐蠹，湮不可稽，乃畀梓人锓而新之，遗诸通家，以诏来裔。夫天下之善士始于一乡，矧文献足征，窃比犹近且易，按是籍者论世而方其人，宁无尚友之志哉。

注释

①《弘治壬子浙江试录》：即明弘治五年（1492）赵大佑祖父赵崇贤中举年份的举子录。

赠县丞凤溪宾任乐亭①

尝闻《周礼》稽古建官以为民极。哲王知其然也，求明察以官之，慈惠以长之。羞刑暴德之人，罔干厥政。然官之亲民，莫如守令。爰设佐贰，以爵相齿，俾慎乃宪，省乃成，抑所以重守令也。尹有大小，而体国亲民之心，宜其无间然者。宋儒不云乎？一命之士，苟存心于爱物，于民必有所济。况我朝廷奖励之典，曰升庸，曰课最，罔有爽度。吏兹土者，有不恪守焉，以惧惕惕焉，以思奋者乎？

仲秋，凤溪项君除乐亭贰尹。余固知其克守官箴，而欲有以申之也。夫天下之生久矣，民之凋敝，视昔特为甚。苛政亟行,谁其堪之？吾观乐邑,北甸也,民生其间,昭苏妪息,若不知南冠之为患者。顾邻于边镇,时或骚警。古人所谓太平觊业,务在边关,不其然乎？夫山堡之险易守也,劲利之器易用也,先政之策易修也。效官于此者,宜其训礼俭、罕工筑、修武备；谦己以安百姓,敦惠以致人和；宽冲以纳俊乂之谋,慈信以结士民之心；劳抚字,拙催科,有古之遗爱焉,是谓守官；虽执之以宰天下可也。虽然,鼓不调之瑟者,必有更张之术；修积弊之政者,当有通变之权。是故酌古商今,兴利祛害,有如《易》之"包荒,用凭河"者,亦惟顺风气之宜,沿人情之便,使民不扰,百度惟贞。今之吏治有不？汉之纯良若乎？

　　项君素读书,绰有儒者风。行将敷政,简谅以协赞守令。亲民之治,令闻不掩,当道自为之荐扬。政懋懋官,奚啻曰丞哉而已焉哉！

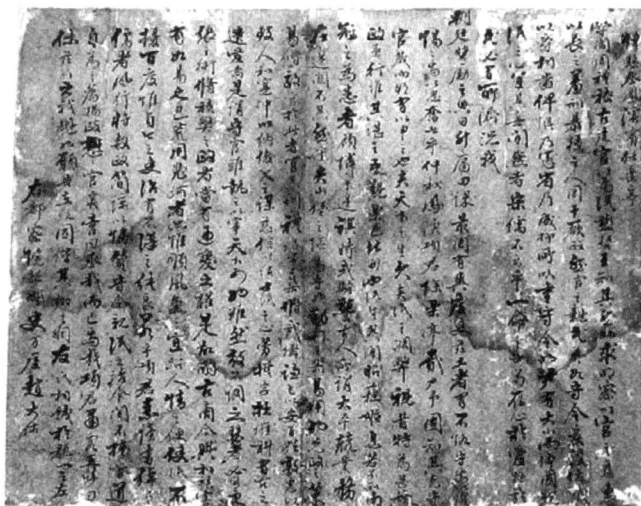

赵大佑手迹

项君肃容再拜曰："休兹，公之我规也，愿告在位。"因偕其乡之姻友氏相饯于都门之左。

右都察院都御史方厓赵大佑

注释

①赠县丞凤溪宾任乐亭：行书手迹，作于嘉靖四十年(1561)。《燕石集》未收。温峤珙山项宗曙将赴任乐亭县丞，赵勉其体国亲民。

祭文

奠亡室孺人牟氏丧归文①

维年月日，夫大理少卿赵某，以特牲清酒奠于敕封孺人牟氏之灵曰：呜呼！昔子从我，两载旧京。今我送子，千里铭旌。雊雉朝飞，慈乌夜啼。几筵斯陈，灵爽攸栖。伤哉殊路，宿昔音容。魂兮来归，适尔故宫。呜呼哀哉，尚飨！

注释

①丧归文：赵大佑夫人牟氏停丧京邸，此为发丧所作。时赵大佑任大理寺少卿，夫人随其在南京已二年。

夫人牟德秀(1508—1553)，黄岩畬川里人。

北行告亡室牟孺人文①

维年月日，夫赵某将之官大理，不及视孺人之襄事。谨具酒馔而侑以哀辞告之曰：自子之逝，倏已半期。今我来斯，亦已月余。卜尔宅兆，日月有时。割情就路，官守程期。兹携季子愈同赴京师,而以女淑托于子妇,侍吾亲以相依。呜呼,孺人与我,命也如斯,不然,何为生相远而死且相违?悲莫悲兮永别离,闻不闻兮哀此辞。酹觞抆泪,情不尽而益凄其。尚飨!

注释

　　①告亡室牟孺人文:赵大佑回家办丧,选墓地须择吉,只得忍痛赴路。临行,对亡灵诉说哀思。

奠亡室小祥文

　　维年月日,夫都察院右佥都御史赵某,谨以洁牲酒馔,奠于敕封孺人牟氏之灵曰:呜呼,自子逝矣,岁已及期。服子之制,礼止于斯。念子之情,其何已时。一官羁绊,来寓京师。哀哀侍我,曰季愈儿。幽明永隔,相见无期。子其有灵,来鉴我思。呜呼哀哉,尚飨!

遥奠亡室入墓文①

　　日月不居,岁聿云暮。来辰除日,是子葬期。携家旅食,无因送子。故乡万里,悠悠我思。薄陈一奠,聊展哀辞。将子有灵,永安冥栖。呜呼哀哉,尚飨!

注释

　　①入墓文:是年除日为夫人葬期,赵大佑在南京遥奠。

志

亡室孺人牟氏墓志

孺人讳德秀，无字，姓牟氏。家本黄岩畚川里，西崖先生之孙，松石公之子。年二十归于我。归我十年，以前官御史贵，敕封孺人。又十六年，而当嘉靖三十二年癸丑、九月甲辰朔，以疾卒于南京大理官舍。距生正德戊辰，得年四十有六。明年甲寅，余拜大理少卿，孺人之丧以归。卜是岁除日丙申，葬金岙鹤止山之麓。昔我先大父道州太守解组时，含饴之爱独余一人，太守于西崖先生为中表，间相见，因见其不肖孙，谬得在先生意中。而松石公一女甚怜，不轻予人。既而媒往一言，乃字。孺人自富室来归，而余业举子，宫仅一亩，孺人乃悉写其赍装，治给余业。食不重味，衣布帛，无纨绮，由衣服饮食，由执事，毋敢倦勤。太守家居严辨，孺人奉重闱，谨执妇道。太守喜，顾谓吾亲曰：得冢妇矣。遂敕余毋得预家事。竟以业儒起一经，四仕而至今官。食指百余，卒岁以无冻馁，咸赖孺人贤有相之道。自归六年，丧其父。每念至，辄愀然泪下，母安人林老，岁时饷水土物供养不衰。义方教子，常赞余礼严师。虽病，犹强起治生，视中馈、祭祀、宾客，然亦由此得损致衰。呜呼，此其人岂非富而能俭，贵而能勤，子孝妇道，抑列女之徒与？继自今已矣，凡百咸视于吾身。视吾之不能，乃知孺人之能。高祖讳某，别号诚斋；曾祖讳某，大父讳璠，父讳琴。牟氏之来远矣，巨家以数十，诚斋最大；诚斋之孙，贤以十数，而西崖最雄；而松石公又似之。自公之卒，其家政皆在林安人，其女之贤，本自世德，而壸范有素，又焉可泯哉。四子：
妥长，次孚，又次忠，愈最少。女一人，淑也，未字。孙男二。
余将北征，不及视襄事。先期，妥泣请志石，呜呼，吾不忍书
也。虽然，非死者无惭德，安使生者无愧辞！

太安人周氏墓志铭①

　　今岁乙丑，余得告还过毗陵。时浙江按察佥宪汪君汝达
居内艰，濡涕持状诣余，请铭其妣太安人墓中之石，曰："在母
氏不敢自诬。"余再谢之不文。未几，君复以使来，坚其意。先
是，君尝令台之黄岩，余桑梓邻焉。寻自户部郎来佥吾浙之
宪。宦游南北，与君心神音耗非浅也，遂不辞。
　　按状，安人周姓，讳淑贞，世居南里阅武场之西。考晟，隐
德弗耀；妣强氏。安人生有令仪，其亲钟爱，慎相攸。而君之
尊君赠户部主事公，幼亦岳岳不群。君大父思梅先生，闻周氏
贤，遂为婚之。既归，主事公时为儒生，家故清约，安人相夫
子，养二亲，贫不废礼，宗党无间言。主事公虽连顿场屋，安人
益供内职，赞其攻苦，毋分心家政，士誉遂起。早岁不育，晚得
君，崭崭露头角，主事公曰：令肄业。安人脱簪珥，市书课之。
　　嘉靖乙未，主事公卒，安人忍死治殓。甫辍哭，顾谓君：
"尔父一旦弃我，尔且未成立，吾所不死，不忍尔重孤也。"君
惧，旦夕力学，为高等子弟，丙午，遂与计偕。安人泣下曰："尔
父赍志以逝，天殆遗之后人尔，宜黾勉无羞先人于九京。"癸
丑，君取进士，令黄岩，方寇残毁余，君以迎养为患。安人曰：
"尔我命相依，宜祸福尔共。"遂与俱来。抵廨，恒督君节爱，字
创痍，君乾乾奉教，三年不敢贰，邑人至今思之。既迁地曹及

分宪浙东,安人咸在。每视事毕,入省安人,得问所利民事,辄饮食笑语异他日。士论咸以汪母能用仁教。甲子岁,君当入贺,奉安人归,不忍行,安人勉送之,敕勿念也。君行竣役,将过家,安人忽以讣闻,是岁九月一十三日也。距生成化丁酉,享年八十有八。以子户部贵,封太安人。

安人性慈惠,好施,有告急者,必量力周之,惟不喜饭僧。主事公殁余三十年,追思未尝不一日。虽身已贵,犹布粝无改于初。少患膈,暮年转剧。有能掇草以疗者,时草秋已枯,疗人又秘不传,君潜识一本,植之庭,遂丛生,取服辄效,而竟以寿终。于是见天道不旋踵。君卜葬以今年十月二十二日,于龙山祖茔之侧,启主事公竁合焉。丈夫子一,即汝达,娶周氏,封安人。孙男一振宗,聘昌化尹华显甫女孙。女二,长适邑庠生莫尧封子、广西金宪迁泉公孙、郡庠生仁功,次适宜兴光禄署丞吴惟钧子、大宗伯文肃公孙、邑庠生梦豹。呜呼,是谓有母有子,足以振俗垂来世,即史氏女妇列传奚让哉。铭曰:

惟南有木,以修以翘,於惟安人,闺阁之标。坤德维淑,徽音远条,笃生良胤,以干于朝。伊昔断机,号曰母师,在汉京兆,人有遗思。懿懿安人,式谷似之。龙山之麓,同穴在兹,永庥厥裔,视此石辞。

注释

①周氏墓志铭:为毗陵汪汝达之母所作。汪曾作黄岩令,后转户部郎中、浙江金宪。赵大佑赞汪母节、慈、仁。

中峰张公墓志铭

嘉靖二十九年十二月十五日,吾郡中峰张公卒于正寝。

季子春元志淑,泣血状其实以视某,俾铭玄堂之石。某与春元君雅有同年之好,于公则年家子也,窃名世德之末,固所愿焉,而言之无文,不足以阐幽贞信悠远,而义又有不可得而辞者。

按状,公讳镒,字仕重,号中峰。其先汴之祥符人,宋隆兴间,六一府君倅台州,悦赤城之胜,遂家焉。家之里为炭行,人遂呼为炭行张氏。曾祖大有,祖缘吉,父昱,皆潜德弗耀。母沈氏。公〔一〕生有异质,幼年读书过目辄成诵,为文落笔多惊人语,亟为父师所奇。尝读其从曾祖古学遗集诗,有"于今哀自南"之句,怃然曰:"续振先声,繄谁之责与?"乃矢志力学。以毛诗补学官弟子,兼取太极图、通书、西铭及百家子史,探赜研精,咸务心得,由是,茂有时誉。就省大比,监临先试以"月映万川",公立论千余言,主司叹赏啧啧曰:"异才可以上造。"大奇之。由是,名声籍甚,时辈莫敢与齿。公亦自信功名可拾取。既而累举皆弗售,然犹仡仡自许也。

及睹志淑有隽才,公乃喜以自诧曰:"龙潜豹伏,古恒有之,吾岂复为有司拘束耶?"年未五旬,遂超然裕逾,与江风山月为侣矣。每旦登堂伐鼓,课子姓以攻学业。尝戒志淑有言曰:"客身之外,皆无用物也,读书励行,汝其勉之。"因授以《春秋》,讲释大义,专门者皆自为弗及。公虽泊然仕进,而探索坟典,若将终身。故平生雅尚儒术,不事生产,又遭戊辰火,家业益落。事母沈则极力营办,不计有无,晨夕周旋膝下以为常,油油翼翼务得其欢心,非终身慕者能若是耶?配章孺人,夙有内德,婉成阃仪,其助于公者亦弘且多。先公卒三十七年,公痛念不衰,遂弗继室,君子义之。督学少湖徐公重其行,移文如例冠带;郡守梧冈陈公,介庠士以礼请宾乡饮,公皆不屑就。平居惟恂恂自处,率真任质,不猥随于俗流。其卒之前日,正襟危坐，与志淑论所宜尚贤者，为永诀语；又为诸孙训正书字，惺惺奄逝。距所生成化甲午十月二十四日，享年七十有七。男子三，长曰湛，次澄，其季即志淑，领嘉靖甲午科乡荐第一。孙男四：嘉宾、嘉祐、嘉宜、嘉兆。孙女一。

嗟乎，自乡举里选之法废，士惟以言发身，苟无呫呫歧叶之词以自致于科目，则卒不得大任。由之闳才远略暗然陆沉者，岂鲜也哉，吾今于公不能不三叹云。虽然，修诸己者无所毁蚀，将异世弗可泯也。况有子以续其志，与诸自奋何以异。故曰：德盈必伸，不于其身，于其后人。公其瞑目矣。又明年十二月庚申，将启章孺人窆，奉公合葬于清化乡之原。尚友论世，诚不可无述以掩幽隧，敬为之铭。铭曰：

密彼云矣，弗雨而霓，菀彼禾矣，弗食其实。於惟中峰，壮观仡仡，胡积弗施，弗离厥祉。明明彼苍，洵美厥嗣，不朽者存，惟公不死。

校勘记

〔一〕公：原文作"父"。

明故处士一直金公墓志铭①

处士一直金公，余仲氏大伦之外翁也。公六旬时，余尝属文为之寿，大致谓公温温有先民长者遗意，至今语在月旦中。往余得告归，访公于泉溪之上，握手叙平生懽甚。自是不在雁鸣，在锦屏，可撰杖屡来也。居无何，公疾作，遽以讣闻，握手数言竟成永诀，鸣呼，惜哉！逾年，其仲子会戒襄事，以童氏舜弘所譔状谒余，铭公墓上之石。余自筮仕迄今，雅知公为善人且稔,铭何可辞?

　　按状,公讳世仲,字德承,其先闽人,徙家邑之黄淡岙。革除中,坐先正静学之戚族,族传京师。有讳廪者在髫髥,自戍所释还,逮公凡六世矣。曾祖欣,祖洪。父璞,号慕南,有潜德,妣安人邵氏,同邑著姓,有丈夫子四,公其仲也,孝友天至。自慕南翁下世,晨夕兄弟雁鹜行于邵安人左右,退则愉愉相顾恋。及安人以寿终,哀毁不出庐寝。或有外侮辄蹙,公如在其身,弗一校彼此。蚤失偶,昆弟劝为继室,公从容言曰:"古有三不惑,吾欲效其一也。"竟不复娶。

　　嘉靖中,岁大侵,民交首沟壑,捐粟给助,为里闬先,义声由是殷殷起。邑令赵侯孟豪下车采问风谣,遍召耆德为乡敬向者数人,以宾礼礼之,至公则曰:"是乃所谓温温者非耶?"寻致书宾之乡饮,公力谢不往。时乡人有朱姓者,以赤金为同事所卖,欲鸣之官。公廉知同事人贫,出己金售之曰:"是非得已者。"朱唯唯,归义公不绝于口。其振穷赒急类如此。公皙肤伟姿,语言爽亮,胸中坦坦无他肠。晚好吟。延童君塾中,范模诸孙严甚。每朔望,戒子妇罗列堂下,动以饬治振起为事,庶几颜氏遗训焉。配母族邵氏有贤行,子三,长佐,与邵俱先公卒;次会;次望;女一,即伦妇,亦先公卒。孙男八,长云霄,次电,次蛟、师、霖、霞、韶、音也。孙女一,适林子循祥。先是,公多疾,性不喜呼医饮药,二子每每用为忧。公曰:若无虞,岁在丁卯,是吾所谓大还者。比是岁秋,公巾服与叔季剧饮终日,别去,已而果卒,时八月五日也。君子谓为知命,无让于汉周磐、矫慎二氏云。公生弘治壬子三月念六日,距其终享年七十有六。望等卜以今月念八日壬寅葬公于包山之原,启邵氏窀合焉。噫嘻!自里选法废,士怀琬琰就煨尘者,盖不可胜

471

纪。假令侧席幽人如匡稚圭所称温良洁白,以范俗易视者,屈指及公可复多得? 求公所居,又静学先生元采之故里也,语称地灵,岂尽诬耶? 铭曰:

　　我有寸地,莫或菲之。我有尺宅,莫或椓之。皎皎硕人,爰籽爰居。揭云陵阿,韬伏明姿。坦彼周行,桃李成蹊。君子有谷,后食其施。百祀弗替,名言式兹。

隆庆戊辰季冬十日甲申

　　资政大夫南京兵部尚书在告终养同邑赵大佑　撰

注释

　　①一直金公墓志铭:此为赵大佑的遗文。2013 年清明节,太平街道山下金金氏后人整修祖坟,掘得墓志铭石。金一直,赵大佑弟大伦的岳父,名世仲。一直的六世祖名金廪。

卷三

五言古

天台溪泛

驱车倦登顿,水宿在河濆。乱山指归路,丛木何缤纷。缱绻念友生,临流意弥勤。迅舟几纡直,扬帆逐余曛。冈峦列异势,凫鹥如同群。草深滋露色,水回乱风纹。平林月华舒,中峰夜气分。伐檀多结宇,濯足沧浪溃。抚景既心赏,素抱谢埃氛。揽洲一以睡,他山为停云。瑶席酹春浦,幽兰皆自芬。遐哉捐珮子,俳侧隐夫君。

送鲍观澜①分教贵池便道南还

翩翩黄鸟鸣,迟迟春日舒。眷言怀同声,执手伤异居。缓歌月下吟,祖席城东隅。山川阻言笑,音尘旷居诸。缁衣敝尘馆,倾盖经里闾。亭云起天末,归雁乘春初。岂无平生亲,与子恒踟蹰。勖哉懋远猷,款情将素书。弱龄寡外交,雅志孰相许。差池二十秋,悲欢同逆旅。赠言慰离索,寸心忘尔汝。丘园桃李树,春风今几许。一命司范模,涉江望石祖。斗柄指齐山,波澜满秋浦。瞻彼杏坛花,荣荣藉时雨。贞松生阿涧,岁晚山中侣。

注释

①鲍观澜：即鲍文郁，新河人。据嘉庆《太平县志》，鲍曾任湘潭教谕，与赵大佑为姻亲。鲍工诗，林贵兆称"庄诵再三，琅然金玉音"。

赠张雷冈并小序

雷冈张君，裔出羽南先生。先生在国初为吾台高士，辟至京师不受禄，赐还终养。予每读《匊清稿》，想见其人邈焉旷世。夫君固静者也，逸能思始，得无其念乎？聊短述以讯之：

委羽钟神秀，灵晖蔚人文。殷雷山之阳，聚族如春云。伊人少耿介，结束违世纷。琴书敦宿好，花竹余清芬。振衣方丘巅，濯足澄江渍。怅望渺云海，俳侧予心薰。遗踪谁得似，高蹈羽南君。

送林白峰下第南还①

朝出城南隅，望乡东海湄。骊车驾言迈，揽袂立斯须。梧台眩燕石，过客终见嗤。邻人计已就，夜光亦奚为。彼美荆山子，抱璞良自知。差池万镒售，辛勤三刖悲。耳目互贵贱，形色入璘缁。至宝不隐世，成名宜永誉。勉勉南征吉，终来清庙资。

注释

①送林白峰下第南还：林贵兆下第，赵大佑聘其为姻亲鲍文郁之子授

课。林回乡时,赵送行至城南路旁。林贵兆,字道行,号白峰,箬横人,嘉靖十九年庚子(1540)举人,与王铃同年。选江西都昌知县,后解印绶去。在乡著书乐道,结社讲约,乡人化之。居乡作《戚南塘平贼记》《戚参戎平倭纪功篇》,与戚继光有诗文唱酬。

五言律

度括苍[①]

雨余催晓发,野色隔微茫。碧涧浮花气,丹霞漾日光。崎梁疑鸟道,盘谷似羊肠。屏息摧车念,无劳问太行。

注释

① 度括苍:此诗亦见《仙居县志》。

宿括苍

停骖对林叟,草阁净埃氛。岚气留衣座,溪声度石云。野碓雨春急,村醪夜酿醺。闲居此邻并,清绝武陵分。

过　岭[①]

披襟入深雾,四山乱鸣泉。人疑来异界,身似向重天。犬吠云中舍,农烧涧底田。相逢试问俗,共说古灵[②]年。

注释

①过岭:过括苍山岭。

②古灵：宋仙居县令陈襄，号古灵。应大猷《贺仙居令黄君序》称："有古灵陈先生为仙居令，政尚教化，首辟学庠而士始向学敷厥循良，为劝学文而民颂习以安其政。"

归自京师_{先祖之戚未期}

鹭车来间道，拭泪慰吾亲。寂寞重闱地，凄凉远客身。一经家食旧，千里简书新。衮职曾无补，箕裘愧后人。

忆畲川^①_{余妻叔云涧、桧泉、竹冈三君子居焉}

绝胜畲川里，幽栖可判年。窗霏云裛涧，舍影桧临泉。竹覆缘冈路，芝生蕴玉田。方以季子再订姻盟故云。翻疑黄石在，怅望赤松仙。外父松石公已即世。

注释

①忆畲川：藏名诗，藏云涧、桧泉、竹冈三人名，均赵大佑妻叔。畲川为黄岩地名，系夫人家族居地。其时，赵之岳父去世，子又娶牟氏女。

又_{雪舟、霞溪、培萱、莲峰、思贻皆余叔丈}^①

南州有高士，闭迹鸣山西。卧雪移舟楫，餐霞据石溪。萱径春培藻，莲峰夜听鸡。庞公能遗后，文献足思贻。

注释

①雪舟、霞溪、培萱、莲峰、思贻皆余叔丈：藏名诗，如"卧雪移舟楫"藏名"雪舟"，"餐霞据石溪"藏名"霞溪"。霞溪、培萱均有文才，《燕石集》即

培萱所校订。

辛丑岁九月廿日分宜道中，值先祖期辰有感

犹记含饴日，能忘就傅年。恩深游子远，梦绕夜台偏。照眼寒花露，含情野树烟。陇云秋不散，霈洒楚江天。

去岁长安信，兹辰隔讣音。蹉跎逢忌日，悽恻对江浔。夕惕闲家意，书香裕后心。服膺千里道，霜露九源深。

月潭寺

怪石悬形敞，寒漪映壁阴。风尘漫流憩，花木自侵寻。勒偈围萝幌，空林度梵音。远公曾禁酒，石髓慰吾斟。

东坡寺 路有九曲关，入中有石洞源泉殊胜

朱榜列层峦，云关已九盘。烟霞过客晚，牢落话僧残。洞隔沙门静，泉明法眼宽。无生应有地，翻忆误儒冠。

未解三生语，偶来双树傍。讲堂留慧月，驰坂谢慈航。何年结莲社，白日卧羲皇。真性从麋鹿，悠然云水乡。

人　日

万里逢人日，三阳动使星。条风回北斗，湛露赋南征。表树嵎夷宅，玑窥玉管衡。无须占太史，曝背喜新晴。

送李进士奉使还南昌省觐时传奉昭圣皇太后遗诰

北道传都使,南宫属誉髦。殊方同岁晚,念别望乡劳。官柳舒华节,江云袭彩袍。锦堂春信近,椒酒颂蟠桃。

介福归王母,云旌达素舒。鹓分霄汉侣,剑倚斗牛墟。地纪经铜柱,天章自石渠。采风多历览,应报紫宸书。

谷　日

人日喜不雨,谷旦亦云消。野炊更榆火,春光逼柳条。积贮将输券,闾阎未索绹。盘餐辛苦味,谁与问箪瓢。

碧云漫兴 碧云洞在普安

五岳应无地,三神亦有天。石田惟玉粒,漪蔓似龙涎。薄暑衣重袭,晴莎醉欲眠。朱门金谷胜,何处问平泉。

仿像鼍鼍窟,霏微云水宫。炮传山鬼泪,人啸洞门风。壁仄升虚路,溪疑下伏虹。二三椽笔彦,已点石屏空。

屋外千章树,春深百转莺。胜游常近郭,幽事欲通名。行色穷词赋,山灵识性情。凭谁祁岳手,为写辋川并。

野烟低万瓦,反照敛重关。稚子呼徒涉,前禽晚倦还。有地常来客,无僧与住山。奇踪相引著,乘兴欲投闲。

径转缘溪曲,城危带月斜。去凫齐信马,落水韵盘车。气净平芜泽,香含积露花。却嗔归路近,客醉已忘家。

庭树翻栖翼,扃堂夜转虚。味余云子饭,霭湿紫荷裾。绝境犹疑梦,尘缘会有初。买山东海上,未惜尽捡书。

题洧渥卷 韩氏三世封诰

韩亿家声久,司空始识荆。名门惟素业,华国本明经。紫诰通三世,玄圭近百朋。庞公垂裕远,胤祚炳常星。

人日过田方伯饮

肆筵人日好,胜地挹清芬。水态含晴景,山容带晚曛。冀吐临轩静,梅香入座闻。远惭珠履客,来对孟尝君。

坐久不知夜,夜阑情共赊。风云青琐客,松桂紫薇衙。弦奏流霞调,灯悬细雨花。还看庭外树,兰气发春沙。

别方司工

隔岁重逢话,车书几结邻。相思问明月,云树独留神。行李舟航路,烟沙水国春。将心分去住,同恨岁华新。

送陈敏之兄还天台寿母

故乡天姥下,结束傍仙家。万里同袍久,三春念母赊。歌余紫芝曲,宴启赤城霞。仿像瑶池会,青鸾降玉华。

妻叔霞溪先生伯仲屡枉诗教，
水宿晚望恨然有怀

偃息耽流憩，维舟睡晚霞。幽期随处得，别恨与年赊。夜气含池草，风音杂棣华。相思未可见，云月共谁家。

秋日偕诸弟游圣水寺，
客有携酒至者，越宿而别

晓发石林烟，寻山款圣泉。秋声红叶里，野望夕阳前。酒至余玄度，诗成得惠连。冥心禅榻夜，应结比丘缘。

宿草王孙墓，疏林野寺钟。天分月窟界，地即梵王封。幽涧逢鸣鹿，寒潭有蛰龙。老僧三笑别，留偈入云松。

寄莲山马君

家食寡生计，多君海上方。身闲寻栗里，秋尽到茆堂。圣水晨钟饭，冠山夜雨床。别来千里梦，数与白眉郎。

别沈子积兄

干禄重周游，出门乘素秋。贫交分管鲍，宾从想应刘。梦入论文酒，心苏对月楼。平生怀土念，于尔倍离忧。

张参戎西川别业

三五元戎队，城西足胜游。风云辞剑珮，烟水识衣裘。花映悬车室,门多载客舟。当年负韬略,亦向渭川幽。

题钱司农洞泉图<small>司农,余按贵时所得士也,洞泉乃其居地</small>

清修草玄舍,门外酒船过。万木幽通径,千山曲抱河。云中泉珮响,月下洞仙歌。问到皇华旧,知君取数多。

寄从弟健

结束青云舍,交承君子乡。竹林推大阮,花萼忝元方。池草分衣绿,庭槐入案黄。春风五岭外,山海意何长。

寄莲峰居士留云阁

西阁藏修迥,云霞共卷舒。溪声旁舍静,林影动窗虚。文用三冬足,书传八法余。还应载酒去,重访草玄居。

送鲍处忍^①南还<small>仲氏观澜,余执友也,同旅于京</small>

鲍叔谁知己,平生伯仲亲。身名兼吏隐,心事共儒贫。云树他乡别,江山故国春。行看东海上,文采凤毛新。

注释

①鲍处忍:温岭新河鲍观澜之兄,为赵大佑的好友。

咏柳亭小序〔一〕

中舍叶君，自歙徙家钱塘。歙有昌山，又名柳亭，君别号因之，不忘本也。余访之京邸，庭树双柳，菀葀可爱，为赋四韵。

卜筑昌山外，招携又武林。门闲有嘉树，客至共幽襟。宿雨添春色，流莺入夏阴。城南吹笛夜，应识故园心。

校勘记

〔一〕咏柳亭小序：《三台文献录》取小序之句，题为《双柳菀葀可爱为赋》，而小序不载。

次韵答徐达斋大理二首

璧水春风座，龙门幸早登。旅征人望蜀，恒代俗嗤丞。江海时牵梦，云山自曲肱。多君赋鸣鹤，刷羽谢骞鹏。

明良歌世盛，芟秅颂年登。仁里东西舍，名家伯仲丞。缅怀于定国，追述汉姜肱。矫首三江外，风云护海鹏。

喜　雨

散发青林外，颓然苦热吟。云霓双望眼，陇亩百年心。雷送天边雨，凉生梅上阴。丰年知有颂，且复理虞琴。

五言排律

春日十八韵

羲御回青帝,芒幡簇鸟师。东郊驰辂转,南陆影圭移。太岁惟王省,司和属女夷。赏应班象魏,末欲秉骍犁。庙果尝春荐,宫花散彩枝。卿云三素合,玉露八风宜。苍璧声鸣佩,青歌习舞旗。省方初出震,问俗远乘离。启蛰牛防喘,明农土相脂。社榆修汉祀,历荚对尧时。兽簴违陈力,金肺缓听辞。椒芬千日酒,盘味五辛丝。戴燕人争胜,悬羊俗□痴。月行多好雨,冻解旋流澌。候雁冰霜少,游鱼尺素迟。长安瞻日表,故国梦天涯。引鹤行相偶,攻龟数任奇。两京梅已发,谁赠慰吾私。

送施定之先生宰武平

桃李河阳令,琴书单父衙。职从民命重,官本帝恩加。王化原无极,人情亦自嘉。丹心堪保障,青史足勋华。越水迎归舫,闽山待传车。荣分上林树,欢动故园花。阀阅流风在,云霄属意赊。双凫行色好,清白本名家。

送任司训赴宿迁宁海人,治毛诗

风范胡安定,清修郑广文。宾兴三物教,传习四诗分。官舍临淮汜,乡山望海云。春风沂水暖,时雨杏花芬。讲席余琴

瑟，行囊旧典坟。侯城尚友处，消息继前闻。正学先生初教汉中。

五言绝句

除夜旅怀

江总三朝客，管宁一亩身。休怜黑发贵，未似白头贫。
风霜问决明，岁晏依松桧。消息任真吾，何事论荣悴。

沈子积兄枉召山行，率尔言别，越宿去桃溪，缅为兴怀辄成短述

相忆盼庭柯，相逢春已过。那堪分手处，绿树晚山多。
十里桃溪路，亭云独一楼。寸心江上草，亦欲唤君愁。

送陆戡阳还越二首

期子白鹿城，送子丹崖路。我行歌且谣，立马春山暮。
亭云雁山西，东行复吴会。嗟君四海人，胡能久留滞。

别塾师管惕庵秋元

蔼蔼儒林彦，看花孰占魁。春风应有待，别路赠寒梅。

送金长洲别馆

送子度河桥,归程去不遥。山中新酒熟,看月待春宵。

寄京邸友人陆君

征夫怀靡及,野眺远含情。为报寻盟处,思君春草上。

六　言

界亭道中

山路霏微欲雨,石云飒沓将风。迎马回溪漾绿,随车疏叶
飘红。

黍菽畦分高下,牛羊夕应传呼。长裾松阴野老,息肩水畔
樵夫。

林隐七松径转,郊居五柳门闲。万里王孙故国,九溪物候
他山。

宿马底驿①

亭憩中林渐渐,月生绝巘微微。岁晚田家村巷,夜深灯火
柴扉。

注释

①马底驿:滇黔古驿道上的驿站,在湘西沅陵县。

七言古

送姜别驾之任马隆①

斗酒漫为别,出门天地宽。丈夫多远志,宁辞行路难。天姥凌层海东表,碧鸡西望连云杪。百转牂柯嗟去来,频年旅食多吾台。君行试问同游客,由来忠信通蛮貊。

注释

①送姜别驾之任马隆:赵大佑在诗中告诉姜别驾心存忠信,就能与当地少数民族息息相通。别驾即别驾从事史,为刺史的佐吏,地位较高,刺史出巡,别乘驿车随行,故名。马隆,即今云南曲靖市马龙区。

题松坡翁图

白石歌残黄竹老,紫英深谷堪幽讨。千载逍遥偶鹿翁,三径盘桓抚松好。招来丈人谁与居,羽衣道士云中书。岁寒消息长相访,知尔游心俱太初。

七言律

春节赐宴午门〔一〕

蓬莱初献海桃春,万舞传呼集百神。复道驰尘浮日暖,禁烟萦柳拂墙新。朱城御气连东岳,紫极韶光直北辰。湛露醹桑〔二〕思报述,玉珂兰省愧文绅。

校勘记

〔一〕赐宴午门:亦见《方城遗献》卷七。

〔二〕桑:原作"来",据《方城遗献》改。

寄对竹轩居士

杜陵卜筑余三径,渭亩分阴已万竿。风磴猗猗听萧瑟,草堂日日报平安。明珠自得奚囊旧,近榻何妨野老看。悬想北窗高卧□,只疑琼宇不胜寒。

谢秋卿南湖恤刑贵竹^①

青袍曾共省郎鞯,玉树重依贵竹筵。岂为士帅虚帝命,远烦司寇问民冤。巴川琴鹤惭予伴,晋室弓裘惜尔贤。荒服已传定国在,好生谩数纵囚年。

注释

①谢秋卿南湖恤刑贵竹:写与谢南湖。秋卿,刑部尚书。恤刑,用刑慎重不滥。贵竹在云南。谢为南京刑部尚书或刑部侍郎(次卿),《明史·七卿年表》不载。

对　雪

淅淅鸣窗云暮同,山楼寒角夜声雄。晓帘雪色明于水,薰幔梅花冷禁风。长路欲迷驰传马，素餐遥忆故园薮。剡溪更有乘舟兴，可奈袁安卧海东。

题暮峰台卷[①] 台为南湖秋卿内子之佳城，介东山洞庭中，有墨峰、玄壁、天井、石门、龙湫、浮石诸胜。

洞庭神女瀛洲宅，更借层峦结玉楼。湖外墨峰天覆井，龙来玄壁石浮湫。东山仙子寻真日，北渚牛郎隔汉流。明月彩云消息断，青鸾长锁石门幽。

注释

①题暮峰台卷：谢南湖夫人葬洞庭东山，诗以诸景为介，指明墓地，终以幽人长别而感慨。

除日以病不得与南湖守岁，戏笔自遣

迎送年华此夕分，远淹旅食自书云。寒城爆竹惊春至，静夜烧檀满院薰。岁晚开尊稀过客，春前抱病独违君。故山迢递椒盘合，枥马林乌应念群。

壬寅元日试笔

忆昨班联午阙东，云霓初压五更钟。金门曙启明天仗，玉殿香飘散明宫。万国会逢占瑞应，上方新制竞宗工。天涯佳节惭樗散，拈笔无才颂岁功。

送大司空韩公入朝便省太夫人于蜀

天衢遥曳入星轺，宠鹤轩墀自九皋。文物总夸霄汉上，经纶应赞庙堂高。春明锦水迎浮鹢，秋转金门礼执羔。国事几年劳四牡，行将王母醉仙桃。

送谢南湖毕事归湘兼领保宁郡

高士由来寡俗因，论心谁复慰离群。远天隔岁常怀土，客路逢春又别君。左骑丰神词在笥，右军潇洒笔留裙。骊筵执手伤南浦，陇树从今眄北云。

衡阳春转促归鸿，逯羽翛然楚水空。玉节旧联三法署，金章新绾五花骢。贤声已识无双士，吏传何人第一功。珍重谢庭康乐彦，剖符应比蜀文翁。

题双鹿应期卷司空韩公往任楚藩两岁，生日俱有牝鹿挐子之应。

朱明淑气浃悬弧，银鹿薇园又报雏。赋协食苹齐绮席，瑞占挟毂表天衢。留棠共拟时苗犊，献寿无论范蠡图。景福从今窥色相，更应纯孝白环符。

至普定①登圆通寺尚头

青鞋一径度丹梯，憩静真恬老衲栖。香散诸天凌市隘，绿饶平野映城低。华昙龙去遗优钵，午夜钟鸣发曙鸡。寂寞三车双树里,病夫萧散漫留题。

　　花宫俗远绿阴封,上乘谁留只履踪。好鸟自迎山客到,片云长与梵王供。厌趋尘路驱羸马,欲借禅床制毒龙。半晌梦回支遁榻,振衣去抚石台松。

注释

　　①普定:今贵州普定县。

九日新添道中时边报孔棘

　　病起东行菊始华,悬车终日石林斜。湛空玉露双洲水,鸣叶商声万树霞。风急羽书天北骑,秋清客泪日南筻。何方解识承平运,朋酒公堂乐岁家。

新添对菊寄杨西村侍御西村秦人

　　万宇凝霜绿叶悲,贲园秋色殿幽姿。金英晞露龙鳞细,玉树交风鹭羽垂。桂苑天香元并许,兰台庭实亦同期。关西夫子稀花信,珍重明驰〔一〕报一枝。

校勘记

　　〔一〕明驰:疑当作"明驼",善走的骆驼。

来远驿花骢,予怪其神隽
别于他种,爱而赋之

　　龙媒宛市为开先,飞兔追风莫问年。六印玉珂鸣匼匝,五

花云毳覆鞍鞯。应图沙苑群空冀,历块羌原夜刷燕。怪尔长鸣悲万里,盐车不习绕朝鞭。

清平王宪佥邀游天然洞,因睹其什次韵

春尽碧云曾客游,岁余东道寄冥搜。沉埋窟宅蛟龙合,蕴籍精灵天地留。避俗来分琼藻席,洗心疑沁玉壶湫。多君幽意能将引,问到名山共点头。

送包蒙泉请告归江东

即事问君君若何,相逢一啸复悲歌。萧梢鸧尾俱尘鞅,结束鸿槃已涧阿。玉节久淹昆海日,采衣行照越江沱。离思不分青山隔,更寄东流楚水波。

夜梦舍弟伦口号待寄

海云不结暗愁肠,丛桂山斋秋又芳。南徼食床悬夜雨,西风归梦入池塘。青衿菽水新兰室,绣管丹铅旧草堂。念别祗应同努力,十年消息恨殊方。

病起东行止龙里

騑旌逦迤入山堂,篆缕灯花进晚觞。天畔形容悲故国,病余风物近重阳。辉辉乍觉窗疏月,飒飒仍闻叶委霜。莫遣旅魂惊独夜,漫裁一字答秋光。

癸卯元日柬方司工次韵<small>仆尝与司工同官江北</small>

天门初日映朱干,共沐青阳雨露宽。仙荚始闻千岁历,野芹谁荐五辛盘。江淮胜事淹情话,楚越交亲历岁寒。不奈暮云伤杜甫,欲凌霏雪问袁安。

贺司工得男

绣屏春胜总宜蝉,绛节文昌为陨天。熊梦久占元假德,凤雏应比仲谋贤。桑弧应节初悬矢,门客回头急写笺。寄语上元汤饼会,月华长对掌珠圆。

送朱大参致政归金华

婺城东指少微明,越绝春还初服成。白首何人归未得,青山相望日为情。蕙帷猿鹤供生事,宦海风涛任客程。南国居闲饶酒赋,移文为谢草堂灵。

过新昌答侍御沃洲次韵

山向南明万壑回,石城萝径隐云台。天襄结胜峰霞乱,人境乘闲嶂野开。平临天室分中刹,近应文昌属上台。卜筑卧玄非尚白,知君不羡子云才。

送张侍御按贵阳兼得恩封归省予先是按贵

简书春发九重天,锦里光生化日边。间道驱驰将鹤房,过庭诗礼对骊筵。日南寒暑占星近,直北山河望斗悬。试问皇华吾旧事,陇云江月梦常牵。

吕侍御春日监祀太庙

芒幡彩仗开青道,喜见丹霄御气亲。纶綍晓传三殿制,烟花晴散五楼春。千年礼乐仍周祀,百辟仪刑总汉臣。肤敏裸将清庙里,不知干礼复何人。

送冯督学午山兄再赴南都

白门赤壁问仙踪,榜下人传振鹭容。共道珠玑须善价,久知追琢自良工。旧京文物仪刑在,上国勋华雨露通。南甸春深花信满,几家桃李傍行骢。

隔年门巷帝城隈,怅别烟花吏节催。去住春心同旅雁,淹留夜雨共离杯。闲愁逐日生庭草,芳信何年寄陇梅。相望暮云燕楚路,常瞻明月凤凰台。

王新甫^①进士新婚^{〔一〕}王为宫允秦公婿

明霞远见赤城标,紫府云軿早见招。琼苑棣华春映席,洞宫珠树日凌霄。丹山列障开鸾驭,青鸟传书度鹊桥。更喜钧天仙乐近，飞声来和凤楼箫。

注释

①王新甫：即王宗沐，字新甫，临海人，娶秦鸣夏之女，时秦为中允。著有《敬所王先生文集》。嘉靖戊申（1548），赵大佑迁南大理寺丞，王作《送方厓赵公序》。

校勘记

〔一〕新婚：原作"新昏"，据《方城遗献》改。

读安成周节妇传

何年别鹤归辽海，渺渺双江与恨传。青镜凤楼尘自暗，素帏熊胆夜常悬。褒荣诏入南宫疏，列传名垂太史编。华国书香余手泽，百年双泪蓼莪篇。

秋日登凭虚阁，寄牟氏叔丈次韵〔一〕

官阁乘闲生客心，新秋云物互晴阴。湖光反照连城动，山翠轻霏裹树深。舒啸林风传鹤唳，坐听江雨动龙吟。南州胜事三春隔，怅望重歌白雪音。

万宇秋声动地来，千林廻望锦屏开。鼎湖世远遗龙藏，璧月天中照凤台。胜地烟花常对酒，清时朋旧独怜才。行云不住江东暮，旅梦因君数到台。

校勘记

〔一〕寄牟氏叔丈次韵：《三台文献录》作"寄牟氏叔丈"。

寄充斋先生邑之胜有泉溪五桥，先生家焉

春江曾棹刳溪舟，三径叨陪杖履游。兰芷襟期伤远道，衣冠乡里愧前修。五桥水落枫林晚，百室门闲海月秋。绝胜泉溪宜大隐，北山无伴欲相求。

送邵象峰①先生赴河池先生前守珠厓

千山送别海云长，五马犹为旧服章。祇为帝恩均率土，莫将宦迹比投荒。远游路绕相君竹，遗爱花新召伯棠。消息愿言随处好，本来清白重吾乡。

注释

①邵象峰：《方城遗献》卷六载，邵潴，字象峰，泉溪人。嘉靖戊子（1528）举人，官德王府长史，有杜诗、陈诗注解行世。《太平县古志三种》有载。

卜　居

白水青林海上村，石田茅屋共君恩。抚摩髀肉初休马，枕藉春风欲杜门。新理轩窗山更好，旧荒松□径犹存。得归莫问王孙远，芳草还堪慰客魂。

闲居病起

桂树丛生阿涧幽，衡门无事足淹留。青山雨后常携屐，野渡风前自放舟。天外音尘迷去雁，河干身世狎群鸥。闲来不尽登临兴，问月清尊更上楼。

次韵酬沈子积兄见访

离居懒慢罢登台，隔岁相期海上来。十载幽思芳树满，千山春望白云开。琴书待月留情话，风物披襟入赋才。知尔人文探禹穴，更从云路访天台。

浮云逝水意重重，岁晚惟怜舍外松。赤管剩留明主赐，绿尊得与故人逢。闲随野鹤投孤屿，静学山僧礼旧峰。逆旅相从问消息，共言白壁[一]笑庸庸。

校勘记

〔一〕壁：疑为“璧”。

叠韵答邵子

留春忆上望春台，平楚风烟拂翠来。杕杜连阴空谷远，行林迟日好花开。登临授简逢嘉客，旅语周行得隽才。还指聚星俱拱极，泰阶直北是三台。

人境林深深几重，薜萝垂屋挂长松。悬车结束衡门旧，二仲风流三径逢。海上霞标明绿野，天边云气宿晴峰。静观试取梅花数,欲向玄门作附庸。

送县尹魏先生^①赴召<small>锦衣参军</small>

奎光良夜动勾陈,天畔双凫向北辰。百里弦歌推令尹,千山风物奉清尘。驱驰行李江湖旧,咫尺云霄意气新。回首花封桃李树,向阳何异上林春。

注释

①魏先生:即魏濠,渠清为号。约嘉靖三十三年(1554)后任太平县令,前任为方辂,后任徐钺系嘉靖四十年(1561)县令。嘉庆县志的名录载"清渠",光绪续志勘误订正为"渠清"。

寄畲川诸姻长,昔有约不赴,因而嘲及^{〔一〕}

生涯归去未全贫,斗酒犹堪与论文。何日雨中能过我,几年花下忆逢君。郊扉习静临流水,草阁抽思对野云。小径旧曾留辙迹,可令猿鹤笑离群。

校勘记

〔一〕昔有约不赴,因而嘲及:《三台文献录》不载此九字。

题后屏图

地灵遥指括苍隈,万壑千岩拥玉台。日下人文当屏翰,天边物色访蓬莱。南山共得宜民颂,北海新添献寿杯。问信仙都旧时侣,望中常得鹤书回。

简王仲山

紫陌荷衣向几年,还家犹自卧青毡。春深委巷王孙宅,门近沧州[一]书画船。阅世风云千驷马,凭虚鸾鹤九华仙。采芝歌罢青精饭,抱朴常参静者缘。

校勘记

〔一〕州:原作"洲",误。

送贺司评分宪广东

风期自识彤庭对,月旦相携棘署傍。五岭简书初揽辔,双江云水又持觞。辀轩露冕迎秋色,宝剑邮亭动夜光。天外三山湖上月,独依钟阜望潮阳。

送后屏卢公应召大理

于公懋德汉廷臣,清世持平遇丈人。曾识朝阳鸣凤早,共传秋宪画熊频。飞鸿尽送春江棹,迟日全消□路尘。十载襟期云树远,相思南北岁华新。

长春堂为妻兄牟凤原赋凤原,雪洲翁子也

畣浦鸣山古越州,山人习静意悠悠。四时花鸟供庭实,五

498

夜星河映海头。卜筑地灵原上凤,承家风概雪中舟。竹林朋旧同相忆,应许捻书博一丘。

思　归①

炊扊烹雌②忆故吾,差池燕羽独将雏。驱车总谓南征吉,怀土长悬北望孤。海上延年唯服食,秋生归思亦莼鲈。明农将有西畴事,冠履犹堪田大夫。

注释

①思归:回忆妻子的帮助,流露出归隐的念头。

②炊扊烹雌:百里奚妻杜氏访夫,"忆别时,烹伏雌,舂黄齑,炊扊扅。今日富贵忘我为"? 扊扅为门闩。黄齑是腌菜,舂是把东西放在石臼里捣掉皮壳或捣碎。

成安县博朱二丈以公事至都,念别既久,甚惬愿见,即席志喜,兼讯邑长九难①先生

揽衣犹记昔书绅,江海分携迹已陈。去雁来鸿云外约,寒宵尊酒旅中亲。欢心共对梅花发,春色相怜柳眼新。见说子游多善政,弦歌又结讲堂邻。

注释

①九难:王铃,号九难,黄岩人。万历《黄岩县志》载,王为嘉靖十九年(1540)庚子科进士。王铃是赵大佑的表弟及妹夫。

读《玉玞集》次韵寄孙少梅

谁解幽期历岁寒，寰中消息静中看。律回葭管青阳信，春占梅梢白雪丹。宾馆风骚浑漫兴，奚囊物色到长安。西庄亦有松筠侣，望隔三秋梦倚阑。

送朱后峰教授宁国[①]，兼讯贵池鲍文博[②]

分手城隅春载华，南征鸿雁路俱赊。年来善教惟三物，老至耽书亦五车。平野尘消徐信马，寒江水落静浮槎。陵阳西望连秋浦，消息因君报叔牙。

后峰岁首来会于京，故首及陵阳。陵阳山宁国巨镇，亘连池州。秋浦，贵池别名。

注释

①朱后峰教授宁国：朱后峰去宁国当儒学教授。朱为太平松门人。宁国在皖南。《方城遗献》卷七有高振辉和诗。

②贵池鲍文博：贵池在今安徽池州。鲍文博似为新河鲍文郁的兄弟。鲍文郁是赵大佑的亲家。

送王九难之任宜兴

毗陵[①]官路绕江天，飞鸟秋风信已传。禄位且从民社得，门阑更荷帝恩偏。瞻云喜见南山近，列宿随行北斗前。壮志与君相识久，好将勋业副华年。

注释

①毗陵:常州。

送塾师张君分教金溪

抱璞谁怜席上珍,弹冠常对幕中宾。弦歌旧习菁莪赋,雨露新霑首蓿春。身是范模元自重,志非温饱即忘贫。共言濒汝多贤地,况复槐堂尚友新。

按《一统志》,抚州临汝水以为郡,故曰临川。槐堂本象山先生家塾,后人即其地以祀象山。祠在金溪学东。

送俞总戎①之云中②,兼讯抚公同野同野李公
先与总戎同事于浙

横海频年事纠纷,虎符曾与左车分。投珠岂谓无知己,仗钺仍烦佐上军。铙歌夜对临关月,猎骑朝随出塞云。文武令名人共羡,千秋彝鼎待殊勋。

注释

①俞总戎:俞大猷。岑港抗倭之战,俞久未获捷,后被诬充军至大同。赵大佑慰问俞,并向大同巡抚李同野问好。

②云中:今大同。

谢郑仪台两秋惠菊次家叔韵〔一〕

西风老圃自朝曛,三径重须几树分。猿鹤故山难作主〔二〕,蒹葭秋水独余君。幽香近映中林竹,胜赏遥停隔陇云。

酬好未能投寸李，九秋消息岁相闻。

校勘记

〔一〕次家叔韵：《三台文献录》不载此四字。

〔二〕难作主：《三台文献录》作"谁共主"。

叠韵答谢家叔二首

佳节归心几夕曛，林园此日与公分。半生基绪承先世，具庆门阑荷圣君。黄菊再逢眉寿酒，清歌一曲度江云。曲名。山窗烧烛琅玕咏，高枕松风五夜闻。

绕舍松篁拂曙曛，族繁门巷自群分。名家岂为千钟粟，归老谁堪万石君。世外风波从泛梗，闲中蔬水共浮云。乡山未恨来何暮，莫遣前修愧令闻。先进王谢①诸贤，故及。

注释

①王谢：王居安、谢铎。

再叠答少梅

林影笼烟日向曛，云踪何自路歧分。奚囊老去成三益，乡社人稀咏五君。冉冉篱花经宿雨，翩翩江雁下寒云。一尊乐岁村庄静，月夕清砧逐处闻。

承家叔和述梦之作次韵奉酬

青云西望敛余曛，睡彻鸣鸡夜色分。海屋算筹传甲子，圣主旬寿。野人芹曝献吾君。思瞻魏阙图王会,愧乏河东赋子云。遥拟华封三祝圣,配天功德九州闻。

再答谢家叔占梦之作

鸣鹤东皋日未曛,美人有怀天路分。素心漫随河上叟,空山独酹云中君。萧萧凉风入兰蕙,泛泛沧海接水云。短歌欲寄西飞翼,矫首天长闻不闻。

即事漫书前韵

秋林风叶净寒曛,野径樵苏逐舍分。耕凿自应知帝力,催科安敢问邦君。千家机杼留山月,百里渔歌入海云。惟祝普天均乐土,我生高卧耳无闻。

饮许太常石城宅次韵奉酬<small>许与予同年</small>

当年抱璞贵连城,三刖长留世外名。几为索居怜枺杜,幸从群彦赋干旌。肆筵歌吹凌霜净,归骑天街傍月明。乐事底论尘迹别,半生离合共升平。

叠前韵

早岁从君入帝城,南州国士宿知名。襟期落落空江汉,世事悠悠卷旆旌。白石放歌良夜半,青藜开阁少微明。悬知匣剑冲星近,怪尔昂霄意未平。昂霄一作风歌。

同年八人宴徐园次韵

公子名园芳树隈,故人车骑雁行来。风期九陌辰星在,笑语三秋宿雾开。钟阜晴光遥寓目,凤城佳气近浮杯。林塘兴洽秋声起,天路同瞻斗柄回。

紫萸黄菊消忧地,短剑长年游子颜。海内升沉馀别日,岁寒踪迹共他山。簪裾旅梦情犹素,菽水乡心发欲斑。喜遇七贤追胜事,两都常傍聚星班。往岁下亦为此会。

次韵复张龙冈年兄

隔年相忆楚江秋,与客重登江上楼。望阙天中红日近,怀乡云外晚山稠。赵张旧侣还同好,陶谢新诗得共游。莫惜殊方摇落候,更馀兰茝气相求。

驰疏乞身

小隐生涯水竹村,支离长日自窥园。病来野鹤辞轩乘,老去庭椿并树萱。赤水风云千载遇,碧山耕凿两朝恩。携书北望歌天保,万里游神欸〔一〕帝阍。

校勘记

〔一〕欸:疑作款,扣门。原"欸",象声词。

送林白峰^①先生令都昌

五月炎风动去桡,南游山水莫辞遥。匡庐远色楚天净,彭蠡澄波暑气消。直以弦歌资圣治,转看风采著清朝。浔阳咫尺柴桑里,莫学陶潜懒折腰。

注释

①林白峰:林贵兆。白峰系温岭箬横一地名,林贵兆取以为号。赵大佑鼓励林贵兆勤政为民,不学陶潜弃官隐居。后林欲辞官,赵去信劝阻。

祗命洛阳送同事陈大参、雷副宪北还

岁寒有约梅初放,别思无端柳欲青。瀛海星槎冲积雪,太行云骑历层冰。金兰契谊资贤达,河洛朝宗睹圣明。三叠骊歌双望眼,更凭春雁寄离情。

又 汉雷义、陈重素敦友谊,后并征入朝,时人语曰:胶漆自谓坚,不如雷与陈

河山物色入新年,萍水风期共宿缘。在昔雷陈曾缔好,即今胶漆亦投坚。辀轩计日春云外,班马嘶风夕照前。消息漫怜歧路别,转看鸣玉并朝天。

使洛北还与风泉张公登定州开元寺塔

禅境高标绝世尘,洞门风满月轮新。丹梯龙象疑无地,碧

505

落云霞亦近人。睥睨物华千古胜,山川行色八荒春。凭君莫忘升平日,共向中天礼北辰。

七言绝句

宿灵石山房,望畲川不得到

离居更奈青春色,良夜应同满月华。点笔漫留灵石畔,逢人为报旧游家。

将发赤城,寄畲川诸外叔

三春云树送行舟,结速奚囊赋远游。江上传书逢小阮,晚山苍野正添愁。

清浪壁间见包侍御蒙泉留题相忆答之

隔岁相求意未阗,留衣倾盖向谁宽。绨袍正忆滇池近,彩笔先沾清浪看。

柱史风流并两京,君家兄弟早知名。兰台一笑逢包老,衮职三年愧仲卿。

平溪晚行

露下山深入夜清,悬溪孤月向人明。枫亭兰省经年地,朔雪炎风自客情。

寄问戚都谏谪山东

明珠暗掷与谁家，白璧由来岂匿瑕。何事汉廷蒙止辇，却教贾谊屈长沙。

北阙何年还上书，南山未许避穷涂。天边中夜听鸡起，肠断孤臣滞海隅。

逐客安居近若何，梦随尺牍一相过。簪裾此日江湖远，裘马于君感激多。

荆州司马酒尊干，华府功曹诗兴宽。直道宁论三黜去，海天寒暑愿加餐。

至日邀南湖秋卿次韵

北宫金石擅词林，掷地双声讶太音。玄酒不嫌回味淡，对君犹得论天心。

题洞宾过海寄妻弟存浃

黄鹤青龙横海秋，岳阳沉醉春悠悠。洞庭一去空云水，回道蓬壶天际头。

对　月

冬寒不严云气深，山高地泄常阴阴。经时待月无消息，一夜青光万里心。

寄梨与方司工

未论大谷潘家种,何似匀圆方朔桃。冰屑脱应随玉馔,重烦割肉内方刀。

答沈思亭自蜀惠扇

谁裂湘娥绀泪裙,半成华月度纤云。炎荒只任蒲团力,不道同风复有君。

促代简林经宪恕

隔岁归心折大刀,襟期迢递五云高。瓜园忽报秋垂实,旅梦犹惊舌上毛。

骖程落日秋天远,山院扃堂夜月孤。丝络连翩西画省,羁栖曾念客愁无。

彭城别家叔北上〔一〕

荣名贵仕各天涯,淡薄身心只旧家。此去平安问林竹,共将消息报梅花。

校勘记

〔一〕彭城别家叔北上:此篇又见《方城遗献》卷七。

寄问杨都阃闲住泗上

巇山舒啸故年疏,绿竹西园岁几余。闻道将军初避地,瑞泉双鹤共闲居。

云岩绝观临芳甸,花圃明窗散夕曛。一榻琴尊听鸣鹿,不知何日更同君。

题内弟林子隆便面

萧散云林懒着冠,缁衣聊复故情欢。春溪一曲烟沙路,随意青山绿树看。

简刘姑夫麟野

桐柏宫①前千里峰,琼台②玉笋九真踪。青鸾得报刘郎信,春水桃花路几重。

注释

　　①桐柏宫:在浙江天台山。
　　②琼台:浙江天台琼台仙境。

简塾师世壮弟

雨余春事过东离〔一〕,山下原泉已到池。犹有杏园花树小,晓风初动向阳枝。

校勘记

〔一〕东离：疑作"东篱"。

送赵府典膳杨楫北还楫自彰德来送其兄涛敝邑

河阳县①里棣华新，一派漳流接汉津。别路雁行分北向，剩留行色伴青春。

注释

①河阳县：洛阳北军事重镇。

简沈子积兄得见为喜，又不得亟见为念

飞鸿不寄十年书，怀旧曾缘病里疏。昨日春风见颜色，北山乘兴欲移居。

送朱用宾兄分教青州

藻池春暖杏花芬，海岱①遗风尚有闻。珍重广文②名教在，范模元有旧成勋。

注释

①海岱：青州。
②广文：郑广文。

坐雨简子积

讲堂花树映皋比，物候相将好雨知。却笑贲园荒殖甚，十年衣钵愧吾师。

白芷青兰总忆君，檐花三昼湿炉薰。亭亭独对春山晚，谁遣离思破海云。

越河官柳

临风袅娜带烟轻，自占年华管别情。千里望秋随客路，故园摇落几枝青。

江干饮故人

闲将秋水净尘缨，病热年来废解酲。江上丈人曾旧识，相逢休道独为醒。

向人乞菊

青兰幽桂违相赏，犹有东篱菊数丛。红紫陌头春已去，且须一树待秋风。

春夜北河闻雁

来时木落逢南雁，去日春还又北飞。自笑却如双社燕，何因相约故相违。

北河①月夜有怀佶弟

去年曾泛镜河②船,野饭赓歌共晚烟。别后草堂谁是伴,相思华月满前川。

注释

①北河:月河北。

②镜河:又名镜湖、镜川,在牧屿。叶良佩作《镜川记》,"镜川在唐岭白塔之南,方岩之东,海峰山之北,厥地四平而中漥,靡迤且三十余里,当四山之间,众水趋之如归釜腹,即溢则东北行,以归于海,实吾邑之汇流也。旧名致江,相土者以其盘绕四周,不缺不瘝,厥形于镜为特肖,故更名镜川"。

寄笔墨与弟伦

松脂桂蕊一函青,伴送中书入管城。记取秋风报消息,雁行云里听蜚声。

途中〔一〕示儿

我祖便便五福身,丰思无逸豫思贫。瞻天幸就方升日,作室谁当肯构人。

南山乔木北堂花,兰茁纤纤荫棣华。论世祇应文献足,试看故国与名家。

饮尔杯棬望尔门,他乡离恨故乡魂。转看冢上三年土,宿草经春掩泪痕。

河西竹树新开径,屋外松林旧买山。能使草堂长有主,剩添风景待吾还。

须知稼穑最宜先,生计惭无负郭田。菽水望云天共远,一觞时献老亲前。

校勘记

〔一〕途中:原作"涂中"。

哭老奴凌四葬之

半生休戚几贫交,恋主真成犬马劳。惠养岂缘心力尽,更留帷盖掩蓬蒿。

渡　江

风起槎头拥雪堆,江天漠漠动晴雷。蓬窗午梦归山馆,疑是秋声带雨来。

喜得家书示儿

海云秋望指吾庐,离别何堪丧乱余。问信几回逢去雁,伤心意绪不成书。

寒暑资身有敝庐,辛勤应自惜三余。相思勿忘临歧话〔一〕,万里何妨少寄书。

校勘记

〔一〕歧话:原作"岐话"。

古遗居士

消息寰中看逝水,荣枯身外即浮云。平生抱朴追先进,明月青山似共君。

咏松桥 为天台方从事

山梁一径入云窝,几树松阴衮薜萝。为问幽人今大隐,溪声月色意如何。

雪夕客至

石鼎烹茶拥敝裘,冲寒人语在河洲。山童试启蓬门去,报道东来雪夜舟。

丙辰岁有感 时太宰李公有故

万始亭前鹤唳音,谋生空抱百年心。扁舟欲逐南飞雁,秋水长河深未深。

秋夜闻雁

幽鼓中宵岁已阴,客窗调瑟奏商音。故山何处秋声起,云海冥鸿寄远心。

赠张月洲居士

金波穆穆江村静，玉宇沉沉倒影遥。一曲沧浪随野鸟，尘机都向此中消。

题《醉醒集》赠日者王玉田①

皓首探囊白玉编，逍遥不挂杖头钱。孤槎何处逢真诀，皎皎三秋海月圆。

注释

①王玉田：王佺。赵大佑为其《醉醒集》作序。

送酒张龙冈年兄

旧京佳丽四时同，二水三山得地中。犹忆清尊烟雨外，与君舒啸送长风。

赋得新阡余欲易藏亡妻，偶得地于白塔之阳曰马止山头，其北为灵伏山又一胜致，予季世服①亦厝妇原，筮先之。

天门云断来翔凤，珮络三河偃月开。马首凭高千嶂合，眼中形胜属谁裁。

注释

　　①世服：赵大佑之弟大倍。

与世服

　　巨鱼纵壑时应近，疲马归途志不违。百岁甘辛同逆旅，青山一锸幸相依。

赠盘谷兼惜秋泉

　　松林独鹤风前夜，野寺疏钟雪后天。山水新声谁得似，坐临盘谷思秋泉。

恭闻圣恩宽释海主事^①，喜而口颂

　　林居曾诵摄生文，芹曝空持望五云。闻道洪钧天上转，万年遥祝圣明君。

注释

　　①海主事：海瑞。

寒食白塔^①道中

　　野径迂回风日清，短歌才及问山行。逢人共话桑麻地，十里春林遍鸟声。

注释

①白塔：白塔山，在今温岭大溪。据嘉庆《太平县志》卷二上，白塔在翁岙旁。《赤城志》载："上有石塔，遇晦则光彩旁烛，土人怪而撤之。"由白塔至天黄山，径马嘴山。赵尚书方崖葬此，累砖千计，达柱八所，匠制甚宏。山形如马嘴，故名。

睡觉闻鸡声述梦

尘海迢迢已度关，旅魂犹记五云间。山村寒夜鸡声早，为报朝天梦里还。

送别徐槐清

朔风燕月旧交欢，白首过逢意未阑。念别共怜秋色满，碧松黄菊晚风丹。

次九难公韵并赠

行地仙踪一羽轻，论交休问路傍情。未应老圃长无伴，花鸟春山迟尔评。

赠林中冈①巾

云林习静效潜夫，自喜逢君病欲苏。垫角一纶将别意，路人应识杏林儒。

注释

　　①林中冈:《方城遗献》有松门朱后峰《送林中冈贡元北上》。

与少梅饮家叔宅值雨

　　江村避暑竹林杯,喜共孙登坐啸台。落日归舟重回首,满天风雨送龙来。

在洛得友人陈君书附答^①锦屏,山名。陈君以疾罢教,因而讯及

　　锦屏^②书带共谁邻,梦落泉溪^③又一春。洛浦望乡南斗近,相思无奈故人贫。

注释

　　①在洛得友人陈君书附答:赵大佑使河南时,闻友人病而寄。嘉庆《太平县志》卷十二《人物志三·隐逸》载,陈君即陈廷璧,字仲完,号月塘,屏下人。有诗名。赵大佑为梓行其诗。

　　②锦屏:太平锦屏山。

　　③泉溪:太平古称。

诗　余

菩萨蛮

　　画屏飞燕春江曲,翠楼掩映垂杨绿。往事几凭阑,关山风露寒。　采云无觅处,回首桃原路。惆怅月华明,新欢旧恨并。

齐天乐〔一〕

他乡几度花朝。故园目断,片云天杳。松竹吾庐,琴书宾馆,冷落春池芳草。兵戈扰扰。想玉人安否,谁共吹箫。锦瑟传情,庾楼人唱月儿高。

校勘记

〔一〕齐天乐:原词缺下阕。

卷四

书

过德州,因赵宪使遗包蒙泉侍御书

忆自贵阳聚首,秣陵一再通音,迄今八年,契阔如同生死。山川修阻,邮便罕稀,痞瘵思服可胜言哉。仆自丁未岁抄叨转南寺,因病不能之官,请告家食。昨岁以转限不遂,力疾赴京,得复故物,偶因履新止此。会浚谷公问及吾兄,知与素雅,且闻道履加详,为慰。自古迁官多难,而庄琅地啬,居更不易,吾兄处之坦坦,幽人之贞可识矣。兼谂文墨之外,精于子平,当在何时,再谒圣主? 铁马驱驰,每思贤士,金鸡传命,应有佳辰,惟兄保重千万。因便陈辞,未肃书而神先往,亮亮。

寄赵剑门年兄书

六月中,京口送使还,曾附贱名,计当得达。北来之便,久缺修驰为念。入京之初,闻同野兄被论,朝士大夫哄然不快。部中、科中,咸以此举骇人听闻,不知凤岩道长何为有是疏。至之日,而定海旧尹以起送之憾,又从而具揭之,其语与事大(略)相符。是所谓以不与者之心,听忌者之说,士诎于不知己,固有由哉。初以专疏论一人,例当拟罢,既而舆议未协,而思质公荐斮适至,改拟行勘。昨睹大疏,更为吃紧,缙绅称快,公论始定,固斡旋一大机也,甚善、甚善。夫功懋未赏,而官谤诪张,又非其罪,何以劝当事而作后人。闻同野行矣,吾兄不日当还朝,而俞参戎亦推任吴中。三公者,皆吾浙人仰望而偷安者也,同时解任,民将畴依?某旅食怀土,不能不耿耿为念耳。良法美意所为并州造无穷之福者,望兄与梅林①道长细论之,重为未然之防幸甚。附风申悃,情不容已,不觉伤烦,统惟垂亮。

注释

①梅林:即胡宗宪。

寄巡抚汲泉李公书①

彭城邂逅,浣慰渴思。嗣是公仗钺南行,某泛舟北往,樯乌齐发,驿骑差池,契阔之怀,倏已三月。浙人有造,幸得再睹丰仪。自入京师,士大夫同声问起居,且为敝土得人之贺。比见部院大老,咸谓公素以直道持身,实心当事,重镇须济世之才,不亦宜乎?每扣南音,已知荣任出镇嘉禾,设险于易地,置之危而后安,良是也。乏便专驰,重枉徽音教爱种种,两地同情,独愧公先施耳。造次对使,谨此谢申。诸所愿言,容嗣风续启。

注释

①寄巡抚汲泉李公书:赵与新任浙江巡抚李天宠在徐州相遇,3个月

后,李写信给赵。李于嘉兴设防,赵大佑以为"设险于易地,置之危而后安,良是也"。

初报抚公培庵书①

侵辰,令亲李金宪先生会间,偶论及近日贵治张仁、李木,颇失长者纤芥意,某不觉矍然失席。窃以二人之于安氏,其罪不在铨、仁之下,初拘发监,欲俟勘合至日,一并处之以上闻。去秋,诸司来传钧命,暂令出拘安仁,原无容其在外之说;不意其奉命不终,居然安肆。某自来未睹其作何状,彼亦不赴司乞保,其情剧矣,用是拘之戒饬,仍发监侯。

某获侍教几一年,百尔俱蒙俯就,一一同心。兹者远去,方切鄙怀,报德且未能,可遽取怒邪?台下初无异心,某安敢作琐琐态度,自同下流,以取疏斥。恃雅爱相忘,径情直行,罪在不免。若此心无他,则天地鬼神共鉴焉。以怨报德,刑戮之民,非贱子之素也,公其原亮。闻讯不任反侧,谨兹附便,以代负荆。未尽之衷,容嗣日专布。

先是来教,札末云:"虽所见不同,皆为地方,乃所以相厚也。"某愚不知为此,误疑谓指铜仁之事,通不省及,殊为可笑,并谢不敏。

注释

①初报抚公培庵书:回复贵州巡抚刘培庵的信,参《为附郭宣慰调兵行杀斩权、越占粮马,地方抄虏人命,两省得闻冤苦疏》。安万铨一案,刘培庵受贿,指使安向各衙门发文,要兴师问罪。赵大佑大义凛然称"苟利社稷生死以",毅然审讯安万铨。

再报培庵书

昨思石道吏回，致教言。初省甚慰，绎其中犹若重芥长者意，又发于"自笑谢不敏"数宇，嗟辞不达旨，愚暗恒态，若设心有无之故，已矢明神，台下何吝息一怒，再赐目之。某自顾疏劣，滥于此，行省时弊，乱常干纪，触目惊心，惟前事为最。欲为革故，初尚自疑绵力不能胜任，中道遇公，未倾盖即许以同心。凡百皆然，不独于此，某即自信同舟共济，以承朝廷明命，行有望矣。故不肖之志益发，兼以疾恶过严，奉法直遂之性，凡一切身后得失、利害皆置之。某非木石其心，何为好事自轻若此？百年之内，万里之外，得非恃有知我者乎。

兹辱来教，案行三司，为后日口实，以终始此事。某虽不得其详，若预为地方计甚是。窃惭鄙琐，不能为公有无。倘蒙不弃其始终，虽捐躯以资口实，亦甘心焉。报德无因，苟利知己，安敢自爱以负公邪？某若自谂之不定，恃信之不固，去此日远，欲图永终，知爱如公亦不免投杼。矧我公荣转不远，来者生客，相信少而群疑起，市虎集而多口增，虽操戈以快丑酋者亦有矣，某岂不省及，又安能一一周虑乎？昔人云："苟利社稷，虽杀身不顾。"粗浅薄才，负乘宜夺，不当云此，但求此心不负主上，不背名教，则身后之祸譬犹寝疾而亡，何所避焉。台下亦尝为不肖念及此乎否也。又若前柬辞字欠婉，严训责之诚是，然无心之愆，譬若往日尊批知悉云云之于方塘翁乍见而行查焉。塘翁知我公，犹公之知不肖也，亦且疑而行查，公必不能置而不问。问而解之，亦情之不能已也，某是敢再质此心也。台下倘以望塘翁之心，置不肖之腹，庶今往之言不再取斥也,他不敢冀。

行期日迫,未申别情,烦渎至再,甚不知分。但荷公相爱之厚而相信之薄。恐不肖之愫,台下不赐一察,他辈于我何如耶?是以虽承来命,不敢一言一笑而罢,乞为少霁威严,恕其词不达意,亮其中之所存,感幸万千,感幸万千。来谕中云:"若肯听未面之书,不至此也。"未审何日之书,所示为何?某细省,未曾领此意,乞再示,庶查下落。

答项臧峰太守书

安德奉书,本以谢失礼、通间阔,讵意重烦记念,复廑惠音加贶,报逾所施,拜命真觉颜厚。齐鲁诸郡济南为剧,以令德治之,期月即有蜚声,乃知有道者作用自不同。先是会抚公少吴兄于清源,今听舆论于都下,咸无间然。窃以于门厚积遗芳,概见于五禄中。南山硕人实肇基之,侍御公导其流,位不满德,宜其有后禄乎?拙庵、三峰二公,奕世受禄不大显,盖翕聚斯发散,天之道也。自古及今,名门右族莫不由祖先忠孝勤俭以成立之,亦莫不有内助之贤以赞外教。故周家厚造自漆沮、陶穴逮文武远矣,然自姜女、太任世有壸范,而太姒、邑姜又绳绳焉。不然,何以相乾造而代有终。某尝诵诗至《大雅·公刘》以上,周人叙世教备矣;后世之家乘实访(昉)之。公斯举其先得我心,能为之后,其盛且传于永世夫,子勖哉。读《哀凰录》悲之,卒业而掩袂,谈虎者为我侧也。伻来,越宿言归,造次不能赞一辞。兹乃撮其略以复史氏,以求正焉,诸不备。

答定远宰张少渠年兄书

念自鹿鸣宴后,蓬迹差池,契阔遂迄于今。令弟来,忽枉教音,多感存念。某昔承乏中都,尝闻贵治为静邑,号易治。兹诵来书,谂使者,颇异前闻。盖公用日繁,民生日促,到处皆然。所幸君子岂弟①,学道爱人。然上有催科之责,而下有抚字之望,今之从政,诚难矣。吾丈明达,宜必有权度焉。所谓获上治民,自是确论;若夫名誉不闻,友之罪也,弟当任之。翔便附覆,言不尽情,惟祝为道加爱,不宣。

注释

①岂弟:即恺悌,平易近人。

寄旧令尹双溪曾公书①

分携契阔,旅食差池,十载襟期,徒烦梦寐。近会二潭令弟,知前此已辱惠音,不遇而反;兹又承使书存问,足仞盛德不忘远,拜命感而且愧。恭谂近履百福,殊慰远怀。比读来书,知王事裨益,惟贤独劳,功德并懋,珍重、珍重。某窃禄南都,二载中,既无善状,又不幸有炊臼之厄,中年遭此,岂独儿女困苦哉。偶以承乏,得舁其榇还乡,且厝之土矣。四月离家,七月到京,昨者复叨进步,恃爱敢陈其略云。

浙东自遭海寇,防御输挽,版筑征科,随处骚动,民俗土风,迥殊宿昔,即今之日,安得岂弟如公,再造吾土。恭喜敭历有年,芳声满道;多事需才之日,休命当不远矣。列位国器,皆良士也,藏修绍绪,客中惟日望之。使者反命,适值斋宿,别久情多,言不尽意。

注释

①令尹双溪曾公:旧县令曾才汉。此信先谈家事,后谈时局。此时正值赵大佑夫人丧事毕,回南京任新职,而倭寇侵扰,赋役多而繁,百姓骚动。赵大佑鼓励曾才汉会有好的任命。

寄司空后屏卢公书①

春初奉别,倏已岁晏。某为老亲在堂,亡妇在路,不容不过家。然入门之日,吉凶礼并,去住情牵,自筮仕来,心事之苦莫逾于此。矧家食仅四旬,客涂且三月。夏间过吴门,主仆儿女几陷贼中,同行者十日,惊散七日而来复,平生徼倖又莫甚焉。此时、此日,思对知己发舒怀抱不能遂,每念及之,令人号咷而且啸歌。

中秋抵京,会午山、近川二兄,咸道公为某之意惓惓。硕人之德,常施于不报也如此,几欲申一言通间阔,乏便中止。昨奉使书,情言亹亹,教爱谆谆,念不才列于二兄,安敢当?安敢当?中心藏之,质诸鬼神。恭谂福履日新,殊慰驰想。王事裨益,惟贤独劳,知圣心之眷眷也。但共事乏贤,未免多费心绪。然鄙意以公事体素练,福气且多,故每事有成功,而遇人无悔吝;常与午山谈及,亦健羡称罕匹焉。当道借公,殆万镒之璞付玉人意也,请勿过疑。某再叨进步,诚出望外,处非所据,未免过差。既幸托雅爱,宜不惜嗣音以为指南,何幸斯甚。

注释

①寄司空后屏卢公书：卢后屏，婺州人。司空即工部尚书，卢推荐赵大佑担任。赵送夫人之丧回家，夏间过苏州，遇盗几陷。《方城遗献》载，月塘从子陈崇秋居婺州，与尚书卢后屏、都宪王麓泉赋诗相得，为忘年交，月塘即赵大佑之友。

答李同野年兄书^①

别后乏便修音，每怀乡土，未尝不念兄之劳且虑。兄之去也，比到杨村，会敝郡金驾部，始闻前事。凤岩道长凡百用情，何独遇兄如此，岂非智者一失；而求全之毁，兄亦不免。所赖素履在人耳目，部议得于咨诹，其事始定。不然，知人固难，惜才者又复能几。

仰间忽奉使至，三复教言，不平之鸣咸在鄙意，知兄者固不俟此也。兄既去浙，而俞参戎、刘都阃相继移吴中，倭夷来者接踵，滋蔓更冬，两浙来年可虑殊甚。兄行矣，静养天和，俟论定而再出，未必非福。捧袂尚遥，梦思常往，亮亮。初泉公代兄，浙人犹有幸焉，地方诸凡想为，令亲当不惜指授，斯又鄙意所为颙望者，诸不宣。

注释

①答李同野年兄书：为李被贬不平，为浙江倭寇未平而担忧。同野被贬，李汲泉代之。

奉慰内兄王南泉先生书

别后乏便修音，念昔往来过贵邑，叨扰重重，令人感愧倍万。旅食各天,休戚不闻,日昨得家书,方知尊阃弃世,怅然者累日夕。念去冬某丧妻;今年夏中,吴舍亲道丧先姊;比中秋,兄亦遭之。中年当厄,三姓同情;夫妇靡依,二子同患,静言思之,我心既戚,又为兄痛之。相念万里,奉慰无由,谨此代申悲恫。引领天南,临缄凄断。

复山东巡抚安峰刘公书①

念自识荆于彭城,迄今十有八载。远惟名公直节守道,定静不摇,坐是淹滞,亦以是名播海内。某昨来自南都,休命初传,得者咸快,人心之所同,固天道也。信邮乏便,未遂申情。仰荷教音下及,多感且愧。正人柄用,善类攸依,来书云:"地方疲困已极,事多隐忧。"兴念及此,实社稷、苍生之福。某匪才忝窃,无足以对,然私淑之念,为日已多,惟公不弃,时惠德音以作后进,幸甚、幸甚。使者遄发,余情不敢具宣。

注释

①复山东巡抚安峰刘公书:赵大佑祝贺刘安峰任山东巡抚,称"正人柄用,善类攸依"。刘能想到"地方疲困已极",这是民生、社稷的福分。

答松岩符公书①

武林具书,殊愧造次。入京无何,辄见广中两院代疏辞禄,方知高蹈久欲遗荣,部中重违雅志,已覆奉俞旨有日。清风完节,表树乡间,令问徽猷,士论咸惜。金乡兄来,忽枉教函,仰荷留情,知感、知感! 台南不造,海患方殷,而官科又扰,以存留变为起运,此终古之害。尝与抚、按二台极力言之,彼皆语塞,云"当有处"。逮今不知作何区画?若非具奏申明,终非善后计耳。某心虽念之,然一木支倾,所助亦罕矣。惟高明筹之,仍听嗣音,敬当服役。石洞兄行便,谨附奉覆,诸不尽状。

注释

①答松岩符公书:称颂符辞禄的清风完节。谈到台州"海患方殷,而官科又抚",留在本地的粮赋,改为起运上解,赵极力与巡抚交涉,均予搪塞。赵大佑感叹"心虽念之,然一木支倾,所助亦罕",希望符能给予帮助。

寄督漕澹泉郑公书①

自彭城就使奉书,嗣是向缺修问,然念念之私未尝不在门下。自公开府,淮甸肃清,御寇两捷,议漕十事,丕绩徽猷,藉藉称首。然录功大赉,独于门下赏未酬劳,舆论稍未快耳。偶遇使者,略布怀仰。某幸仗春嘘,忝窃逾分,过失相规,惟望于有道者。他无所祝。

注释

①寄督漕澹泉郑公书:郑澹泉任督漕,"淮甸肃清,御寇两捷",议漕务十事成绩突出。此时严嵩专权,录功独未酬劳郑澹泉,舆论感到不公。

寄河南巡抚一山邹公书

昔者使还,曾附书奉覆,计必登视司。兹值贵属卫辉同知王子许①去便，再申鄙意。某与王子昔同乡荐，敦雅士也，前宰上蔡，稔有去思。比贰守济郡，以一官当两大之间，不能周旋，自是得罪。继今以往，倘可与进，望公俯而就之。未见颜色，僭言，有罪。

注释

①王子许：卫辉同知王许，赵的同科举人。王曾任上蔡县令，做知府时，处理不好与二个上级关系。赵大佑希望河南巡抚能关照王，给予职位。

答辽阳巡抚寒村苏公书

引领有年，无缘奉袂。比来辽阳晏然寝食者，公之经略居多。北门关键，简在帝心；庇及缙绅，亦恬然于此依日月之光。山川阻修，音尘契阔，仰荷记存，教言下及，名家亲制，全体古雅，正法眼①证之，目为上乘。此意已耳熟于数载之前，乃常恨不多得。及三复战守图，良法最为简而易从。今之海寇方殷，东南多故，有司者率以不教之民，驱而就诸死地；凡事豫则立，安得知要如公者哉。令图天之所赞，正直者神之所与，惟公懋哉！呵冻陈辞，言不尽谢。时下履端，更祝百福胥庆。

注释

①法眼：具天眼、慧眼功能，能见事实，看清事情来龙去脉，此指行家评价战守图为上乘之作。

复贵州巡抚须野张公书①

先是使去，曾具荒牍附申。时初至京，百凡倥偬，兼之道远，乏便呕问为念。乃辱教言远及，叙寒喧，道契阔，种种有加于宿昔，感谢感谢！恭谂福履日绥，吉人固天所相也。三复大疏，理才济民，率复旧典，自非老成识达，鲜不欲作用而更新之，孰肯由前人哉。有道设施自如此，贵阳应受多福。翔便，呵冻陈情。捧袂未期，南望神去。

注释

①复贵州巡抚须野张公书：巡抚张须野不擅改前任规定，赵称"自非老成识达，鲜不欲作用而更新之，孰肯由前人哉"。

寄徐东溪督学书①

念别迄今六载，山川满目，云树含情，令问清标，长在心曲，念奉袂无由，徒抱耿耿。所喜北来消息，种种佳声，即不待促膝，用慰平生。兹值贵属王贰守许行便，谨以贱名附申契阔，言不尽情，惟兄情亮。王子与某同举于乡，亦兄之乡人也，木讷之士，以不善事上，坐是沦落；早晚诸凡，咸仗春嘘之及。

注释

①寄徐东溪督学书：王许为敦雅、木讷之士，求赵大佑说情。赵不避嫌疑，连写荐书，参见《寄河南巡抚一山邹公书》。

寄一所金公书

二载金陵，浃辰郡馆，荷公枉顾殷勤，亟问亟馈。古所谓饮食教诲，忘势忘年，拟诸硕人，信非虚语。凡此仰见与进后生之盛心，于人无所不容。某自惭粗鄙，何足以辱，佩德铭心，勉效驽力，不敢自弃也。顾兹风尘鞅掌之地，噂沓背憎之间，曲意徇物，令人颜厚，安得常侍几席，净销鄙吝。偶得澄庵行便，谨以贱名附申起居，奉袂未期，惟祝万福，山斗仪刑，羹墙恒睹。

答德府[①]长史邵象峰[②]先生书

台城李秀才及坦岙金令亲至，两辱教音，多感眷勤，不我遐弃。东风乏便，久稽修谢为歉。叠承颁示，所注陈、杜二诗及佳制，探索入玄，而识趣、寄兴更超出，所谓以意逆志，景与情会，正得古人心事。此不惟见公平生之志不在温饱，而台南山水秀发，代不乏人。先进有作，后生之所矜式，钦重、钦重。嗣便乞再惠二三种，以应同志之需，勿吝，感感。兹因邓大行去便，谨此附申契阔，并谢来教。未尽衷曲，尚容嗣陈。

注释

①德府：明英宗朱祁镇封次子朱见潾为德王，建藩德州，迁济南，府在大明湖南珍珠泉附近。后有德懿王朱祐榕、德恭王朱载墱先后承继。邵为朱载墱的长史，掌政令，总管王府事务。

②邵象峰：邵濬，泉溪人，嘉靖戊子(1528)举人。任德府长史时，注

陈、杜二诗给赵大佑。

答巡抚汲泉李公书

仰间又承使书存问,多感厚谊,不以遐遗。浙西不造,卒罹"剥床"之灾,台下与半洲公身心俱劳,未获"利涉",来谕"将不得人,事不如意";与北来消息相符,信君子之不欺也。先是,阅梅林道长①疏至,词事委曲详尽,台中议者咸韪之,以其识当事之难,安善类以体国,信非老成孰能之。顷闻流言汹汹,不知何自而起。世情不古,每恕施于庸众人,而于贤者独责之备,而天道于君子,恒遗大投艰于其身,必使之拂郁困苦而后成立,殆不可晓。虽然功崇惟志,事本诸心,苟所存者正,岂无成效。人之信之,天与鬼神必相之。徒以成败论人,则枉寻直尺而利者多矣,我知公不为也。若所谓安其身而后动,与大足食足兵之方,则某素所蓄积者,附此重致鄙意。然区区之念,不独为公,念吾土亦以自为也。珍重珍重!

注释

①梅林道长:即胡宗宪。

寄太宰闻公书

往在南都拜辱赐书,仁人长者之言,恒服膺不敢失也。远惟东山雅望,恬养优游,完节全身,天所以报硕人固如此。东洲公德位与寿并为达尊,顾其全福不迨多矣。东南乐土频年为岛夷所困。知公忠爱,出处一心,不能不介念耳,未审当事者作何区处,庶善其终。某下才浅识,忝窃过分,念平生荷公教爱,遭际实难。自揣无补于明时,惟仅仅自守不敢失故步,余无可述。因便,谨以贱名薄具附申久仰并候尊履百福,伏惟台照。

寄督漕澹泉郑公书

近遇清源刘指挥公臣赴淮,曾具书属之,不审达否。相别多时,相忆千里,私心所倾慕为平生矜式者,于公独至。每因人辄寄言,未见颜色,不计其时之当否,惶悚惶悚!比来南北交警,圣心轸忧。虏乘春而入,而岛夷更冬未解,诚百年来未之见也。某幸依日月之光,抱桑梓之念,恒言杞人之忧,即今信非虚语。所赖秉忠赤为国腹心如公,多致数辈简服大僚,及时思艰以图其易,应见中兴全盛,不然何以答主恩而塞民望哉。昨会舍亲鹤田,恭谂道体百福,且云德容视昔稍清减,劳心为民,知不遑自逸也。鄙怀悬曳,更祝善摄。

寄万鹿原总戎书

奉别忽已四载。吴越不造,频年困于岛夷,而唇齿之虞遂及淮扬。公抱出群之才,宜东山不容高卧。今共事得澹泉公,顺逆利钝罔不一德一心,更可喜也。二公皆吾浙产,出而造福于人,而故乡未有底定,奈何。贱子幸依日月之光,以偷安旦夕,然思亲怀土,日切隐忧,事未克终,尚赖诸公为之质干,否则,几何脱水火而副民人之望哉?东洲公长逝最可惜,国之元老,人之典刑,存亡非细故也。昨闻寇警已至塘西,则北关必震恐。虚岩动定向何,如风音可达,幸附及贱名,道念之,诸不一一。

奉慰母舅肯斋先生书

奉别来,新旧岁交,风音久缺。昨晚鹤田[①]公至京,恭谂母党安否,始知叔翁大老先生于客岁仲冬弃养。追念去秋族弟汎归,曾具书申候,度至日不及见矣,於呼,痛哉! 远惟日月遒迈,追感无穷,在舅父固然;然于叔翁身为名公元老,德为国家典刑,生有余荣,殁有余哀,屈指比数,能几人哉。矧今北堂就养,迟暮之景,犹须稍稍宽慰。礼所谓五十不致毁,此不惟守其身,亦所以事亲也,九原可作,宜或有取于斯言。适值乡人去便,谨此附申奉慰。某荷恩已多,报德未效,悲感今昔,情不尽言。

注释

①鹤田:蔡鹤田,名云程,临海人,著《鹤田草堂集》。于嘉靖三十八年(1559)升任南京刑部尚书。

答督漕澹泉郑公书

先是造次附书,聊申怀仰。兹使来,拜辱惠音,三复教言,无非体国忧民、谦己诲人之意,真若恫瘝切身,不能自已。某自入京,半载中得交游音问数矣,如公嘉言,出于实德忠告而善道者,未之见也。珍藏在笥,不惟假此常拟心神,抑亦提撕愚悃,不容自弃以负教益。比闻海寇为患贵郡已剧,催科板筑，是处加征，外患未平而中原已敝。诚如有道之言，知公爱国思家动止不乐。北来士夫谈及道体，皆云忧勤憔悴诚有之，继自今切须保重，以慰上下之望。向过高邮，会姜州守博，及会汲泉公于彭城，今又会天长杨宰完于此，诸语及公，皆感承实意相孚，忘势共事，如出一口。昔人云：士为知己死，三君之心皆有之。某窃禄二十余年，耳目睹记不易得，圣贤论学，修己治人不出一“诚”字，公既以身体之，又不以言之，真吾师也。懋重懋重！某疏卤下材，忝窃过分，兴言厚颜。惟是初心未泯，恒愿常常请益，倘辱不弃，时惠德音，幸甚。辱惠履袜，敬当服之，慎饬举步，不敢趋便捷径，以玷嘉贶。对使倥偬，言多无绪。

复甘肃巡抚王棠溪先生书

窃仰公望久矣，年来家食系匏，旅涂漂梗，无由奉袂，徒抱寸心。远惟朔方重镇，元老壮猷，朝廷既无西顾之虞，而游子窃禄者亦恬然于此，依日月之光，受赐多矣。昨者，滥以匪才，偶尔承乏，仰荷惠音雅贶〔一〕万里先施，拜命之临真惭几杖。使旋，谨此附覆，并申感谢，不一一。

校勘记

〔一〕贶：原文作“况”。

又复巡抚安峰刘公书

仰间又奉使命，兼拜惠音之辱。某自惟迂劣，多为时弃，乃独荷公存念，巽语示之，中心贶之，知大度包荒，俯就而引进之。顾匪人不见绝于君子，于分实有余荣，惭感、惭感。开府未几，消息甚好，有道者作用自不同。奉袂何时，宿心恒往，所谓食旧德而永终誉，此公之所固有，而亦区区莫助之爱云。入新来，适值院长东洲公作古，念正人长逝，孰佑启后生，心事恓惶。对使倥偬，诸惟照在，不备宣。

复水部包三溪书

隔岁间，久稽修问，徒抱耿耿。忽奉使书，兼承惠问。损缄情言盈楮，无非谦己诲人至意。某先施未能，拜嘉愧感交集。远惟徽猷令问，到处驰声，以兄素养，处之为常。某眼中屈指诚不多得，得之耳目而藏诸心，奚翅其口出哉。懋重懋重！匪才承乏，揣分过多，虽初心未泯，而勉力不逮，所愿闻过乞言，惟于知己重有望焉。客中静思，吾台古未有闻，自入国朝，赖先进诸公立言立行，各自成家，人文既杰，其地遂名，故海内谈者至今曰台州。台州风气既开，而文盛名实之际，渐有盈虚，山川之灵，安能无望于今与后之人，是在夫子，夫子勖哉！狂率之意，非遇知己，不敢烦言，幸恕其妄。去冬，舍弟沨归过孟城，甚赖庇覆，并谢不一。

答吴荪塘方伯书

窃仰公望久矣，年来踪迹差池，不惟奉袂无由，虽赠言莫遂。远荷记存，使书远惠，足仞盛德。乡水是甘，见似人而喜也。某先施未能，拜赐，真惭几杖。国事多虞，主忧臣辱。自士习一坏，民俗遂漓，固相因之理。内外当事弥文、实意安能并胜。所赖公老成数辈斡旋干济，坐镇而挽回之。俾后进者获睹先民遗俗，何幸甚焉。窃禄台中，素饱无补，辱温词奖引，安敢当。然区区素所蓄积，每有望于名公者如此。未见颜色，乞恕狂言。外菲仪侑辞，列状一事，代巡抑轩先生笃行人也，最可共事。附告。

寄陈磬泉大参书

日月不居，念别十有余载。公长才清操，所至宜民，素有闻于邦家。致用未几，乃即脱屣仕涂，悠然林卧，滔滔宦海，诞先登于彼岸。泗水烟波，龟山云树，朋从行乐，四时取数于景物，以静观其变态。顾逐逐尘嚣，奚翅仙凡异品。昔人谓一世高士，公足当之。某自别来，犬马之齿渐以长矣，学殖既荒落，而行能亦无足称，窃禄代耕，仅以素饱，惭对故人已多。因风一写契阔，把袂何时，引领恒在，南望少微，常愿与寿星并耀，诸惟亮之。

寄俞总兵[①]书

窃仰公望久矣。海徼多虞，重烦开府。诸司既乏远虑，而民生又藉承平，其敝遂至于此极。尚幸上天爱民，为国家生异才以作屏蔽。惟贤独劳，知帝心之眷也。公德威并懋，岂惟节钺所至，人蒙其福，而游子旅食，得恬然依日月之光，藉庇多矣。惟日引领，无由奉袂，邮便，谨以贱名附申，更祝万福，亮亮。

注释

①俞总兵：俞大猷。信称倭寇祸乱由有司乏远虑而致。

复吴初泉侍御书

仰间辱惠音，多感存念。逾年来，每见江右诸荐绅先生，同声诵宪度，盖怀德祗威，人民无不爱且敬云。昨当奏代时，诸公相谓，咸欲稍迟之，为执事有德于其地，暂借寇以主文闱，当为得人；而午山公因来谕恳至，且代者又欲速成，故如期举行。知执事意不在此，然诸公一念不可没也，并附奉闻。捧袂有期，临楮心赏。

再复卢后屏①先生书

道远信稀，相忆动经时节，专驰乏力，徒抱区区。仰荷垂情惠问荐及，某匪人疏卤，往往见弃于贤者，而公独眷而录之，岂亦乡水是甘，见似人而喜与？足仞盛德不忘远也，感感。东洲翁素履亢健，一疾遽倾；元日木稼，首应其占，天不憗遗，人如之何。崦山、午山二公踵之，先后并美，愧不足者某也，羔裘狐袖，公乃言贺，过矣。恭谂尊履百福，兼闻陵工就绪，臣子自尽之心，能为国谋者几？一介利害、损益之际，稍有干于身图，即举手如探汤，守口如瓶，滔滔皆是也。公以重臣子身任其重事，频年以来，冒寒暑，披涉江山，所至底绩。此固所以自尽，亦自知之，人知之者鲜矣。由此兼得静摄完真，以全素履。顾弟辈逐旅营营，拜下风、承颜色，退而汗芒在背者，孰胜哉！嗟夫,日月矢流,岁时环转,人生几何,何必乃是。此意恃公熟识之故,僭附发之,幸勿他出也。荣最在迩,尚容修贺。明廷论德报功,常数之外应有殊锡。懋重懋重! 相见尚遥,临风辄以恣口,狂夫故态,乞恕而亮之。

注释

①卢后屏:婺州人。此信感谢卢的推荐,并贺卢升级。

答余玉崖先生书

奉别四载,缺便附音,每念交游契阔,即于坐思寤寐中求之,矧公有道长者,当所因宗者乎。团山①丈使来,拜辱教函,数十年间,眷眷之情不减畴昔,诗云:“言念君子,不我遐弃。”夫子之谓也。某先施未能,三复不任惭感。恭谂静修贞吉,德门迪庆,深慰仰怀。然硕人永矢,阿涧有光,苍生具瞻,家邦无二,继自今愿祝百福,以待时运。某鹿鹿素饱,四十无闻。每念故乡多难,中馈久虚,仰事俯育,咸有所缺,而仕宦牵丝,未能一割而去,兴言惭对长者多矣。团山驳历已深,方期向用,何乃浩然高蹈如此? 初读其书疏,信而且疑,比悉尊谕,始知其决策肥遁。某奔走执役所不敢辞,敬覆。夫功成身退,而又得奉其严君,胥庆于家,世间乐事,公与团山丈俱得之。乃若游子孑然旅食,怊怅望乡,当是时也,宁无戚戚于心哉。临风无任歆羡,诸不宣。

注释

①团山:见下文《答陈团山先生书》。余玉崖、陈团山决意退隐,赵大

佑称己"仕宦牵丝，未能一割而去，惭对长者"。他认为功成身退，"奉其严君，胥庆于家，世间乐事"，为此后决意致仕埋下伏笔。

答陈团山先生书

契阔三年，梦思万里。重枉教音宠锡，使者辱临，人非木石，宁无感动于中哉。吾丈跋历既深，到处人蒙治泽，遽尔求退，固恒情所未喻也。三复来书，既又谂诸使者，乃知决策肥遁，移孝于严君，此尚志也。某牛马之走，安敢辞役，重为斋禁相仍，中覆稍阻，迟迟迄今，幸亮幸亮！某自别后，辄遭困厄。每念中馈久虚，故乡多难，老亲失养，诸雏无依，代耕之计碌碌于素餐，未能决去。矧于廿年知己，不曾一荐之；而于其去也，为之周旋效力，临风惭对，何以为情哉。使旋，谨附以覆，并谢厚情。溪山风月，文酒朋从，戏采之余，尽有乐事。话旧未期，寸心恒往，昔人云："有信数寄书，无信心相忆。"某亦诵之，倘蒙垂念，亦如之。

奉谭二华①太守书

两载金陵，常詹懿范，别来遂成契阔。山城海郡，僻在东徽，民生瘠土，又值兵荒，上有催科之责，而下有抚字之望，为之父母，诚难矣！尚幸台人未应珍命，得借君子以为依归，某旅食怀乡，私心甚忡也。兹因华峰先生行便，谨以贱名附风申贺。远惟仁人在位，百凡咸为德为民，其间维持操纵，宽猛盈缩，高明自有权度，某无容赘言。惟祝公百福，怙冒敝土。伏惟尊照，不宣。

注释

　　①谭二华：台州知府谭纶。赵勉励谭为民行政,应宽猛有度。

复大同巡抚齐公书

　　念别为日已多,追惟昔也广陵接席,京邸邻居,每经其地,则恍若对故人。昨者,思质公移镇蓟辽,窃闻舆论,咸谓台下与东村二公可代之,及听廷推,果协众志。以兄雄才宿望,置之多虞之地,惟贤独劳。事由当道,简在帝心,某也忝辱雅交,不任欣庆。远辱记存,惠音存问,两地同情,独愧兄先施耳,惭感惭谢！三复来谕,缱绻如昔。而念地方艰危,誓志报主,兴言及此,实社稷之福也。区区自矢之衷,恒愿赞于同志,兄以先得我心。钦仰钦仰！某匪才忝窃,罪过多不自省,惟望兄指而教之,幸甚。把袂未期,临风引领。

答陈潜斋年兄书

　　入夏来两辱教音,契阔之情,肺腑之托,千里相孚,于是为至。斯文当厄,先是亦略闻之。昔吾乡士君子尚礼义而重名节,故至今海内犹以美名归台人。然其所就,必自其为诸生时占之。虽或言动失于中正,要之为公而非私,君子之过也。昔夫子有取于狂士,其旨微哉。若必欲摧折顿挫使其阘茸,取媚悦以垄断于时势,则士之可贱甚矣,国家何赖焉？幸今观风有人,下焉者虽未善,无伤也。致教至此,令人短气,千里外欲闻久矣,承谕,感谢、感谢。梅林道长①素望藉甚,某虽未遂荆识,然湖湘令名耳已熟矣。顷者,多口不足于汲泉②,故并及之。流言无稽,智者自弗听也。近得南来士论咸称之。而嘉兴捷至,运筹曲中,甚称圣心,悉与来谕云云符合。浙之文风未殄,当有借寇之日,请兄洗耳听之。附风申覆,旅况琐琐,不敢具陈。把袂未期,千万自爱。

注释

　　①梅林道长:即胡宗宪。

　　②汲泉:浙江巡抚李汲泉(天宠)。参《答巡抚汲泉李公书》。

答总督裁庵杨公①书

　　客岁张秋樯乌背发,十载襟期,造次中不及奉袂,抱念迄今,恒歉。东南不造,兵火连年,三吴、两浙望公久矣,多事需才之日,惟贤独劳,宜所至无温席也。比读来教,悉中事机。浃辰中出此与浙人及入贺诸君共悉之。又因而窃听廷议中覆,及台谏所评,咸韪而羡之。懋重懋重!丑夷往复,来岁虽未可知,然桑土衣袽,赖有其备。以公老成人主于其中,而梅林、东村二公食旧德,膺新命,立功报主此其时也。岂惟某等怀土惓惓,实国家屏翰仰在台下。送使拜书,赋诗。诗九阕,比卒章三复焉。南望曷胜引领,敬覆。

注释

　　①总督裁庵杨公:总督杨宜。赵大佑对杨寄予希望,"三吴、两浙望公久矣,多事需才之日,惟贤独劳"。

寄葛双石年兄书

念岁星再周，来鸿去燕差池，契阔为念耿耿。远惟清标粹养，久淹外服，士林所共惜之，况所治剧郡，率皆冲斥龃龉，难于措手。非兄定静不挠，行简以临之，欲免悔尤鲜矣。循资稍转，似非所以处异才，然由此亦均劳意也。翘令问藉藉在缙绅间，譬诸珪璋特达，不缘介绍，申命自天，行当在即。天下事莫非分内，必使身安，然后可理。宪止寒暄保重千万。某庸夫鹿鹿，窃禄逾分，无补而退无由，兴言惭对。尚幸初心未丧，受教爱于君子有年，倘盛德不终弃之，因风勿惜嗣音，裨之寡过，何幸斯甚。恃兄雅合，敢布腹心，不然，几何不以其为游辞而哂斥之。奉袂未期，西望神去。

复胡梅林①巡按书

先是使者反命，曾以芜牍附申，想当上达。仰间拜辱教音，共谂荣代申命行事，人民咸为改观易听，何喜如之。劳而不伐，有功而不德，公之盛心也。休命自天，锡比十朋，而弗克违天心降监下民，所以启圣衷也，岂偶然哉？敌国外患，何代无之，国有人焉，自可兴理。继自今为上为下，知公靡不尽其心。某亦无可仰赞嘉猷，惟祝公千禄百福，怙冒吾土。使还，谨此附覆。

注释

①胡梅林：即胡宗宪。

寄宁海林大尹书

自赤城奉书，附使还报，嗣此向乏便修驰为念。日月不居，忽已匝岁。入京来，每从乡友任司训谂起居，稔闻循良之政具得民心。侯城文节在天地间，自不可泯，百数十年来，几于无齿录，而明府乃追崇而表章之，断自美意。非义理之悦于中，奈何独违众，物色陈迹有是哉。昔史氏传循吏，率以教化为称首。宁邑虽小，山川风气之所钟，岂曰无人。幸今上有好者，宜必有感而应之。任君淳人也，言无不实。某区区之念藏蓄有年，兹不自揆，借附言以赞于嘉猷。未见颜色而云然，恃明府能亮我也。把袂未期，千万自爱。

慰符表弟书

昨得家书，报及尊甫表叔弃养。旅况闻此，不任感伤。端人吉士生世甚难，何去世之易耶。夫天之于善人，既予之，又夺之，念此令人短气。道远无由一㖤，谨以芜牍少展平生之悃。情既不禁，言亦不次，幸惟哀鉴亮之。

慰内弟王子陈书

昨得豚子孚书，报及舅父弃养。隙驹不留，硕人凋谢，仪刑何在，哀蔂无光。某久羁旅食，舅氏病不及问，丧不及临，且将葬又不及随而送之，抚时怀旧，怒焉伤心，岂直为西州之故哉！远惟吾舅行年与德并懋，伟然达尊，神游八极，应无遗憾。

度其不死之念,或者为丕子早世,则名门大业凡百咸责在执事。继自今所愿节哀保体,以永孝思是祝。道远乏信,奉慰愆期,统惟哀亮。

答族弟世卿书①

相别逾年,无因聚首。尘襟鞅掌,不能致一字通契阔。张少泉来,辱手书,情词亹亹,宛若晤言,多感多谢! 先是,得三洲叔及世服书,咸报吾弟为学中举申降罚,此本宋公余怒漫及下邑,当事者即有所为而为之,或未可知。以子之才诚为可惜,然行有不得,反求诸己,自今以往,尚须循守条约,勤若自工,以图恢复。果尔,则目前当厄,所谓凶事之益也。古人成功立业,往往于艰难困屈中得之,愿子加意自勉。余虽爱莫能助,然怜才之念,岂容若此恝耶。因便造次附复,言不尽情。少泉既承来谕,予自当顾之。诸不一一。

注释

①答族弟世卿书:族弟受学校处分,赵大佑教育其吸取教训,"行有不得,反求诸己,自今以往,尚须循守条约,勤若自工,以图恢复"。

答族弟受书①

郡城之西分袂,居诸忽已岁周。先是,得三洲叔及世服书,知贤者选入邻庠,吾宗文运方兴,而子又能于困苦中奋勉自致,不假人力,更可尚也。方欲觅便修贺,而张少泉适至,先辱惠音,情词种种,足慰旅怀,多感多谢! 夫身名一有所属,即不得自由。譬若笄女许嫁,父醮姆范、内则中馈之方,皆须诚心求之。继自今须熟读经书,讲习章旨,次则习子史,诵古文,多作文字,更须就正胜友,庶无自是之差,久则自然向进也。若效时辈,记时文、剽句读以幸其遭际,以是求进,非吾之所知。道远会难,爱莫能助。因风致意,并布区区,知予未耄,幸勿以为迂谈。吾祖有云:"务学当有常,否则一暴十寒矣;用功当知要,否则泛而不切矣。"旨哉言乎,并为子诵之。

注释

①答族弟受书:祝贺族弟入学,教育弟踏实求学,不要追求时髦。用祖先的话,勉励其学习要持之以恒。

复佶弟书①

自二舅去后,又两次附家书。冗中发缄,不及特楮致文几,幸恕幸恕!昨月廿日,邓掌科至,次日黄岩曹典史至,两得手书,甚慰悬想。曹尉书中所示,忠、愈二儿得荷监督,不致荒废,所勉妥儿改弦易辙,以俟知音,具见贤者骨肉教爱之念,至矣尽矣,予览之极喜极感。比读所寄邓掌科书,其中好处种种,不惟措词雅健警策,即意见亦卓荦不群,吾读之三复不忍去手,即召妥儿示之,妥儿随亦出其所辱书,词指亦好。信知静修所得,大异昔时,吾儿得侍教益,为幸已多,加勉加勉!旅食各天,爱莫能助。但今所当忠告者,大致以士君子平居自许颇觉容易,惟是临财当事,若非确有定见,势利所在,鲜不动心改图;若得贤者以来书之指,常自警省,岂惟他乡、他日民社攸幸,即吾家门祚重光,汝子孙亦永有依被。懋重懋重!来书不忍虚置，特详批附回，照之亮之。诸凡不悉，互见父亲书中及所示儿辈，并取览之。

注释

①复佶弟书：请弟大佶教育其子忠、愈。警省弟不可见利忘义，称士君子平居自许清醒，但临财当事，如不确有定见，见势利所在，很少不动心改图。

慰从弟俊书

昨得吾妻弟存轸书，始知汝兄下世。此信诚出意外，他乡闻之，令人短气。念我祖生有厚德，而汝父亦无大过，乃其子孙早死而无嗣，竟不知天道于善人何尔耶，可胜惜哉，可胜惜哉！汝兄既丧，卜月日须早葬之，莫更误事如汝父也。寡嫂无依，茕茕在疚，将守汝兄耶，抑去汝家耶？非我所知也。早晚诸凡汝母子须委曲待之，勿得语言相犯。此不惟汝兄死不瞑目，人将谓汝家亦失德矣。吾万里远念，既无及于死者，惟以告于生人，幸亮之。家务巨细，吾亲及二伯父在，自能顾管，即吾言未及，须听二尊长所示，余不一一。

答舅氏王雪岩先生书①

萍踪向远，荆识无由。每于交游卷帙中，因新诗而想像清颜有日矣。九难丈来，辱舅父珠玉之教，空谷遗音，铿然古韵，虽贱兄弟不足以承，然长者远念眷勤，不在倾盖之后。今时交道既衰，相谀多而相规甚少，德业不成，出处咸敝，可胜言哉。

三复来章"温饱百年非素志,詹依四海有苍生",爽然自失,则避席而拜赐,某何足当之,以为座右之铭可也。惭感惭谢! 烦猥尘容,久荒笔砚,仰承俯就,不敢不复。谨以陈言数首,污于副楮求正焉。红尘异域,言笑何期,白水同心,梦思常往。统惟垂照,亮之。

注释

①答舅氏王雪岩先生书:舅父让王铃带信,索诗作。赵大佑以"温饱百年非素志,詹依四海有苍生"为座右铭。

答曹东村先生书

别后山川稍隔,邮便稀逢,遂无从访行色、问起居,对月詹星,寸心常往。自公去后,舆论益彰,信知乃事非圣上本意,而公竟得生全,实君之赐也。某辱同好十年,爱莫能助,兴言惭对多矣。向者戈戈之具,聊当一尊解愠耳。窃禄既厚,稍有赢余,即供十一以奉故人,亦君之赐也,某何敢徼惠而责报哉。乃辱□□往复,绸币兼颁,披缄三复,且喜且惭。窃念公生平实德,天所鉴知,偶尔沦落,命与数相值耳。方今国家多事,圣德方隆,以理考之,岂使良才终于废弃。临风更无他祝,惟愿公善养天和,以俟赐环。翔便附申,言不尽意,外薄仪少将侑辞,并祈鉴纳。

复赵峄山大尹书

春中造次附便陈辞,殊愧简略。仰间复承垂念,惠音继至。某也匪才，仅有一念好贤之素，然于门下无先施之礼，效劳之力。乃今味兹同心之言，荷兹中心之贶。虽盛德与人，不以遐弃；顾不才何足以辱，直用怀惭而已。恭喜令问藉甚，简用在即。昨者部议，行取门下，已在前列；偶以数足，留俟后日，世事不如意每如此哉。然执事以直节守道，与人交不以沃热向炎，而独于踽踽凉凉如不才者致殷勤焉，宜其与骋疾足、据要津，力小而功多者殊科也。如何如何！使旋附覆，言不尽情。耿耿之怀，更祝为国加爱。

寄刘觉斋先生书

南都得奉教音，仰荷君子不遗之爱，虽尝附风裁覆，未审达否？贤郎偕计，邂逅邸中，观其动止论谊，宛然长者懿范，德门家教，展也大成，懋重懋重！乃今抱璞见遗，亦偶尔之故。璠瑜缊椟，当有具目以售连城，幸勿介念。奉袂无由，引领徒切。乘便附布区区，并以不腆之具为献。言不尽意，物不及仪，统祈尊照鉴内。

寄郑云川先生书

别去十余年，向乏便驰辞奉候。岁华已积，形容渐老，感时追旧，安能恝然于中者哉。刘春元会间，得谂公与觉斋翁皆纳福如昔，知静摄之助为多。兼闻震器上舍久已仙游，公既有陨珠之悲，而某有炊臼之厄，异地同情，长抱一念，无新故也。春元还便，谨以贱名附申契阔，临风神去，惟祝善摄，以跻寿域无疆。

寄金惺庵伯仲书①

前月敝邑应听选璁自南来,拜辱教音,恭询道体纳福。某旅舍旦夕,幸仗庇亦苟安。每念冬春之交,彗出地震,圣心轸忧,正臣子惶惧之日。矧今亢阳为旱,祈雨未足,内外多虞,种种可虑。天工人代,苟有体国之忠,虽一念之微亦足上答。天虽高而听卑,岂责人以所难哉。恃兄金玉有道,敢布区区以代就正。若诸他人,适以重躁妄之尤,安敢安敢! 近闻流寇屯聚敝邑之蒲岐,寒舍地与伊迩,老亲弱息分散而之他境。某旅食守株,望乡万里,客心际此,百念俱灰。昨报擒斩大半,余皆入海。是虽警急稍宽,而所过残毁,殆不知其几矣。上天降监民瘼,未审何日底定。桑梓之虑,与兄异地同情,并附及之,以发一叹。交游满目,论心者几,临书无任驰神。

注释

①寄金惺庵伯仲书:倭寇已到乐清蒲岐,与大溪冠屿较近。赵大佑担心家乡寇乱,其亲戚已避地逃难。

与泰和曾鹅川秀才伯仲书①

念别久矣,比入京来,两接尊公信使,因谂执事金玉福履加详,德业日懋为喜。既闻尊公乞休疏至,疑或久劳思静,亦人情也;无何而其讣又至,则乃投袂扼腕,望南天而长吁,寝食无况累日夕。嗟乎,令人吉士生世既难,何去世则易邪。夫既与之,而又毁之。彼苍者天,诚莫可问也。夫化者已矣,继自今,愿执事伯仲痛自勉爱,为孝思努力。旅食差池,信邮寥阔。坐是久缺驰情,偶值庐陵司教胡蓝湖先生去便,附此奉慰,临发不任耿耿。蓝湖昔尝分教敝邑,雅善尊公,仆与之别十又五年,而复遇于此,是亦见元宾之所与也。执事遇之,得无见似思亲之念乎。亮之亮之!

注释

①与泰和曾鹅川秀才伯仲书:为悼念曾才汉,写给其子的信,由胡礼带交。《太平县志》载,嘉靖十七年(1538)六月曾才汉至太平任县令,其时胡礼(蓝湖)任儒学训导。

寄徐省庵书①

念昔得侍同庠,已詹懿范。既而幸叨禄位,奔走四方,而公乃高蹈养恬,邈乎不可复即。比阅社友诸什,咸有新辞以发扬嘉遁,故国风期,他乡物色,因亲未□,耿耿有怀。文中子云:"其名弥消,其善弥长;其身弥退,其德弥进。"夫子之谓也。懋重懋重! 某也德薄禄厚,长而无述,兴言不任惭对。白峰舍亲还便,附申契阔,言不尽情,惟祝加餐为斯文自爱。

注释

①寄徐省庵书:请林白峰带信给老同学徐省庵,称颂同学诗作,赞其身退而德进。

与殷石汀提学书

念别岁序已更,山川阻修,信邮寥阔,遥詹懿范,常指文星。远惟我公有道，名实素孚，入则以贞白主维国是，出则以岂弟教育作人，懋德与功，士林共羡。某无因请益，徒勤梦思。偶得贵寅欧三溪先生之任，因风一致鄙意，言不尽情，惟祝节劳加餐，以主斯文一脉。某与三溪尝同处于南寺，雅知其为有养之人，兹行也，与公同官，乃其良遇也。又家姑之夫蔡绍先，新任桂林郡博，其人行年虽至，而廉耻、文学尚有可观，公试察之，倘愚言不诬，幸惟收录。昔人束帛以存老马，岂必取长涂哉。斯盛德之事，端有望于仁人君子，诸不宣。

寄永平纪太守书[1]

念别未几，倏已隔岁。仰间先师李教授之子植来京，备道荷公以贵寅辉山先生之意，推及不才，恩顾特厚，戴德无涯。半月前，得辉山书亦云然。去岁，李植来见，大意欲为其子求为诸生，及其婿董氏子乞青目。事在贵治，而公未下车，念无可为先容，因以言于辉山。讵知美意先施，诚出望外。目今公之德过辉山，而仆之感也倍于李氏。诗曰："中心藏之，何日忘之。"仆亦云云。西来消息种种佳声，恭喜恭喜！李植言旋，谨此稍申鄙意。僭属渠亲赍叩谢，言不尽情，更祈留神终始垂庇，幸甚。

注释

①寄永平纪太守：答谢信。纪知府曾荐赵大佑，赵大佑老师之子李植，为子婿入学事，找赵大佑向纪知府求情。

答刘觉斋先生书

去岁仲夏,秦主政至京,损辱教函,来自丙辰之腊。退而三复,仰荷远念,久而益笃,兼承至教,爱不忘规,某虽匪人,敢不服膺朝夕。书未至时,已闻贵邑之变。知公青毡虚室,暴客徒勤,得失不须为念。所念德门内外长幼保合为先,尝从元峰公谂之,已得其详。兹奉来音,果如前讯,欣慰加倍。夫东南之敝,至此已极。当事者苟图生全于忧患,宜莫如警官邪、苏民瘼,修内攘外,以图报称,如来谕所云。顾今时士大夫弥文日盛,实意日衰,不独议论多而成功少耳。比年以来,宣大久已磬悬,蓟辽岁亦蚕食,杞人之虑未知所终。主上敬天勤民,一念孜孜,而时事渐以至此,咎在臣子,更谁尤哉。诚使任人者求真才而用之,任事务实心以应之,以全盛之时、四海之力,何事不济,何功不成。佑也匪才,不足为国有无,然区区愚意素所蓄积,恒念此生无一自见以效犬马,而徒取充位,鹿鹿素饱。兹奉明教之及,憯附咨口,亦腆颜自觉矣。寇乱既平,动止咸获静吉,贤郎列位,庭训如常,今秋来春,将必有并美联芳,以应仁者积德之报。客中洗耳听之。偶遇令亲孙光禄南还,造次奉覆。道远愆期,诸惟情亮。

复赵南华大尹书[①]

孟春,犬子忠等归,尝附书代候,计今当已彻视司。旅况烦猥,邮信差池,复成契阔,常抱一念。昨者,舍亲郑太学及使者接踵至京,凡三得教翰,两辱惠仪,多感雅情,千里不置。三复来谕,大致以向者乡人传言之故,不理于口,涉远驰辞,指示剖析,又令犬子代详所由。夫公以大贤而治小邑,若循常蹈故,诚不足以究设施。古语云:"士有非常之才,必有非常之行;有非常之誉,必有非常之谤。"昔明府下车未几,蜚声即驰京国。乡人群聚而誉公者,咸以归功于仆能为吾邑得人;乃群聚而谤公,则又归咎于仆与吴给谏。仆虽忧之,不敢信也。以故窃于家报中,属犬子代露其微于左右。一则荷公骨肉之雅,休咎关情;二为吾邑、吾民吉凶同患。不然,则交浅而言深,浚恒之尤,仆虽愚,讵不自惩哉。乃今得详书指及悉犬子附言,始知明府作用既脱凡近,又纤筹策为民费心,因之得谤。甚哉,虑始之难,而时俗之偷可伤也。历观史藉,古之人名实交孚,心迹并达,功崇业广,终身所至,得快意无辙轲者能几?矧今世情已薄,不乐成人之美,与公知心而相信者又能几?虽然敝邑褊小,从政者虽循常蹈故,亦足以为善治而成令名。以公循良之资,当吾土困乏之际,所云"半古之人,功必倍之",岂虚语哉。昨偶叨迁秩谒吏部,少憩东朝,乡人来会,群颂德公又如初。翌日得来书,辞指暗合,仆亦大喜过望。昔子产治郑,听于舆诵,公其似之。来谕诸凡服膺一一,公以吾民之心为心,仆敢不以公之心为心。使旋当冗,陈辞迫率,统惟恕照亮及。

注释

　　①复赵南华大尹书:复赵孟豪的信。赵孟豪号南豪,南华为其字。赵大佑、吴时来推荐赵孟豪任太平县令。

与牟思贻①叔丈书

　　分襟一日,宛似三秋。家难频仍,旅怀烦苦,赠言祖席,一切俱废,追思丰表,怅恨为何如哉。昨者小吏自湾回,损辱教翰,缱绻谕慰,无异晤言,足仞雅情不以遐弃。夫寇警系一方大数,不才为有禄之人,恒言"一室所积,十目所窥",祸福相倚,患难岂君子所无哉。虽某不谷,亦尝识此。所恨薄命起自一经,亡妇生前稼穑所贮、机杼所就,以遗身后之迹,惟丝缕数匹、宫室数椽而已,今掠之不足,毁之无余,遂使亡人半生辛苦泯若无踪。自怨自惜,不由我生薄德苦命所致哉。不然,则气数相寻,岂无宁日,窃禄既厚,岂无余资,避地图存,犹可为也。既破之甑,且不足视,念之复何益为。承教谆切,敬用服膺。容待莲冈至日,稍得老亲、弱息各有攸居,所缺赠言、书扇、书扁等项,一一补寄。某与叔翁三十年交亲,数千里欢会,岂容若是恝哉,幸亮幸亮! 遥闻前涂水大,闸河无阻,更好入淮之日,须戒舟子持重而行,毋欲速取惊恐也。家叔与棠州先生习于江湖,乞以此意致嘱。浙西地血异常,怀土先忧,益用悬切。北风可因,幸不惜一言见示平安,以慰引领。到家见外母及诸丈及诸舅,均乞为道旅况无聊、感今思昔之意再四。

注释

　　①牟思贻:妻叔。此信叙述亲情,谈及倭寇之难,夫人生前所遗"惟丝缕数匹、宫室数椽而已,今掠之不足,毁之无余"。对亲友所求赠言、书扇、书扁一概应承。

与李景山^①参议书

　　岁底，新建典史晏爵来，承兄惠问远及。先是闻简擢东藩，殊为斯文公道称庆，不独区区乡水私昵也。度报至，则车从已离南浦。准拟东人之便，庶得致意；而惠问适来，两地同情，独愧兄先施耳，且感、且谢。所示熊氏事，曩已耳熟。南浦诸公在京师者，率以声应哓哓于其间。独宗伯筠老稔知风裁，每一谈及，辄面发赤云："李景山岂生事者，惟北原公不幸无好子孙。"众口稍然，道傍舆论则无不左袒于兄者。昨见五台道长，一扣之，则乃对众昌言，又为兄树一赤帜矣。新旧岁中，筠翁于兄心力俱勤。昔乐子从政，孟氏为之忘寐，由今观之，千古同情。夫其目前作用，能使君子得恃以无惧，他时相道不占有孚，某于斯文公道重有庆焉。代巡裴道长忝与雅好。今承使问还报，即当为兄先容之。此君端确可共事，必能与兄同心，贵寅全山先生亦然。值其行便，草次附申。诸惟情亮，不一。

注释

　　①李景山：仙居人，与林应麒为连襟，见《介山稿略》。此文亦载光绪《仙居县志》。

答山西巡抚葛双石年兄书

　　向闻军丁作耗，虽少丑不足为患，亦未免一介心神。继闻逃散，旋有禽斩为喜。仰间使至，损辱教函，兼示疏稿，知罪人已得殄灭无遗，良用称快。夫中外多故之秋，事不如意者种种，凡百在官，安得常尔恬然度日。所赖如兄丈徽猷，早见经理，维防意外之虞，终无虑也。《诗》称桑土，《易》戒衣袽，先民有言，勿以为迂谈是祝。

复二叔父书

前月中节，儿等至，蒙惠书；是月八日，叶兄世含至，又拜手教之及，深感尊念眷眷无已。比读来书，示及重建始祖祠事，叔父亦有此举，因某已为之，遂以相让。某不觉怃然有感，且欣然有言也。念此举鄙意畜之已久，本拟还家亲自图之，凡百称意。去岁，会见南叔来此，语及斯事，某深德于其言，遂因孚儿去时，即以笺笺之具，属其举之，并以奉闻。初不知叔父先有此意，事诚越次，愧谢、愧谢。叔父善与人同应，勿较彼我也。某再思，吾宗二百年来，此时实为中兴，虽有一二外患，亦佛家内典所谓破缺世界，无有圆满者也。然文运书香，绳绳未艾。《大雅》云："戎疾不殄，烈假不瑕。"亦可窃拟其万一焉。饮河思源，自谁伊始，报德与功，在子孙良不容已。祖父生前，自"智一"以下诸祖墓宇及门悉创置，此孝思之大端也。奈何父亲生平家窘，力既不前，三叔又中身而逝，时亦不及。所幸叔父治生且丰，某亦谬享脮禄，恒产既足，岂无恒心。叔父来谕，诚有德之言，某敢不铭诸心乎？但今继述祖[一]迹，尚有数端，始祖祠特其一耳。夫祠既成，更须置田四五亩，给与住人，以供岁时之香灯，此一。老祖封秩，列于六卿，礼应特庙受不迁之享。今祠隘迫苟完，阶庭恒若污莱然。即今不图更新，恐不久将因循就圮，此二。曾祖墓碑文既久得，石亦素具，若命工镌竖于墓门之傍，费亦不多；老祖阡表行当求之，另作一亭，并为夹辅，以壮青龙，此三。且既受封三品，于例合有翁仲、石兽等物置之墓前，以荣宠锡，此四。凡此数者，揆事与情，皆不容已，世俗之论，恐不外于叔父与某而别有所责也。倘美意犹存，就中择其一二，及时为之，而以其未尽者，俾某补缺何如？语云"行合趣同，千里相通"，矧言已及之，敢不奉复。契阔之辞不觉枧缕，伏祈恕照，仍赐嗣音，幸甚。己未十一月二十日，大佑谨启。

校勘记

〔一〕祖：原文作"粗"。

寄王及泉侍御小简①〔一〕云南巡按

附言：滇藩司中有国初方伯张公统所为碑记，其文与字俱佳。公号鹨庵，贵乡富平人，洪武中治滇凡十三载，考绩冠诸藩，皇祖嘉之，超迁太宰。未几，大司农缺员，公自疏更任事，建文君又更太宰。靖难师起，公仗节缢于廨中。仆昔承乏照刷南畿，时新安潘公潢由滇迁南太常，得其一本，宝之家笥。昨岁戊午，不幸薪木为暴客所毁，此本并灰。追惟人文，恒往来于怀也。附风恃爱，欲求为仆补磨一种，斯嘉惠远及，与还珠完璧等矣，谨渎。记出张公自撰，末〔二〕有潘公跋语云云。

注释

①寄王及泉侍御小简：信作于嘉靖三十八年（1559）。云南藩司中有张统所作碑记，赵大佑求王拓本，称原拓本于嘉靖三十七年（1558）被毁。

校勘记

〔一〕简：原文作"蘭"。

〔二〕末：原文作"未"。

复仪封王中渠太守书浚川①翁胄孙

仰间使至，损辱华翰，兼承贶仪，多感雅情久而益笃。三复来谕，令人太息。先公生时，仪范在士林，闻望通海内，一时仕进虽有先后，罔不愿骏奔依归，以占籍门墙为荣，今一旦长逝，恝若路人。市道交情，存亡异态，翟公书门古已如此，此于名门何所加损。抑人心之不古，即世道日漓可卜矣，良恨、良叹。奉去抚、按二台书各一通，俱露缄，请兄照过。抚公处须亲往谒一致之为好。按院无士夫投书之礼，鄙意即欲并封抚公书内，就烦转致更妥。尊照过日，按院书且勿封，只并入抚公护缄之内，俟其一览，以明无他，庶肯代致。抚公之书，内外重封，皆须粘实致之。窃惟来谕亦细微常事耳，当事者有力无心，仆不才有心无力，今往致辞，不知能为兄有无否。万一希冀，庶诸公敦念先公，波及不才耳。不然，即今既无益于名门，他时何面目见先公于地下，廿年故吏亦浪云云。来惠币仪，断无受理。继今倘有见示，万勿重劳将贶。不惟礼非所望于通家，亦畏涂涉远难于使人，并祈亮之，幸甚。

注释

①浚川：王廷相。

答谢溪少参书

向者造次附申，不尽契阔。常司农鲁轩来，损辱教函，兼承彩斶，多感雅意，不我何遗。恭谂近履绥祥，首用私慰。及三复来书，且喜且叹。某奔走内外，逾二纪矣，窃睹士林有守有为如我公者，未易枚举。苟以直道在人心，声实在上下，竟其至，即三公亦可拾取。讵意人不足恃，颠倒失是，一至此哉。夫善官在今时，脂韦夸毗、捷径利涂，薄于修人事，而厚于得天幸者，种种恒是。乃公行已可质鬼神，而顾遭绊蹶，淹恤莫问，虽或止或尼之，是亦为善不蒙福也。岂惟人不足恃，即天道亦不可知。执书三叹，良可畏哉。来谕所事，某亦久得其概，目今敝省止有代巡，少顷当为公一陈之，其听与否，势则在人，不识如何，俟当续布。

复林白峰书①

念别岁星再周，揽袂无由，徒勤引领。先是，得九难舍亲书，报公下车未久，辄有去志，某初实疑之。及再思之：贵体素不耐劳，而雅志又甘恬澹，贵治风土既恶，加之政敝民顽，以静者居之，宜其不能淹也。窃以存心笃行，岂弟宜民、获上治下，所遇当无矛盾，苟一日得行其志，亦可不负所学，一事得尽其心，亦可以言效忠。士君子秉心素位，处官、处乡其揆一尔，拂衣之举幸少缓焉，何如？某德不称位，食浮于功，矧今亲老家破，休戚动不相闻，每闻警报，恒岌岌如蹈春冰，机会未得，不敢请告。易地较之，则当以得去为幸，不去为惭者也。昔罗峰翁赠言有云："要知禄厚多虚位，苟在存心不择官。"旨哉旨哉，某服膺久之，兹为公三复之。刘幕言旋，谨此附覆，话旧尚遥，惟祝加餐，为苍生自爱。

注释

①复林白峰书：王铃告诉赵大佑，称林贵兆想离任。赵劝林贵兆一事尽心，亦为效忠，"拂衣之举幸少缓焉"，最后借朋友的话"苟在存心不择官"勉励林。

答张石桥年兄书

追惟分袂，倏已岁周。念昔邸庐萧寺，密迩笑谈，鲁酒寒炉，亟承颜色，朋友弟昆一时欢集，诚不知身在异乡为异客也。奈何聚散有期，寻盟无计，兄受符西向，弟男辈亦束卷南还，雪雁风萍，伊我独在。城隈禅室，风景依稀，每一停车，未尝不羹墙神去，怅忆何如，怅望何如！道阻信稀，坐缺修谂，时从宗伯筠老稍得宦邸佳声，辄用浣慰。昨豚子妥叨荫北来，又知寒门远承宠锡，某闻信后期，修谢不及，惭负惭负！仰间贵属谢丞来，损辱教函，兼承惠贶，宿昔故情、经年别意，未及披缄，即如良觌。韩子云："以仆之思足下，知足下不忘于我也。"信哉。喜闻近履绥吉，足慰郁陶。令德岂弟，所至宜民，勿俟赞矣。于传有之："善事上官，无失名誉。"若夫名誉不闻，友之罪也，弟当任之。翔便附覆，言不尽情。话旧何时，停云又增太息。

寄魏渠清司农书

隙驹不停，忆别倏已七载。敝邑虽小，而令尹先后追踪，以仆之所睹记,惟公与南城陶侯实政遗泽在吾土者最多且久,月旦屈指必先焉。既而,陶侯一迁而休,公仅再迁亦罢去;以敝邑人之戴两公,恨不即一日而致通显,而皆位不满德,困约终身,岂惟人事不足凭,即天道亦茫茫莫可问矣。矧今南土绎骚,民瘼迥非昔比,平居故国,所在兴思,侧耳舆情,于公尤切三叹。邮便希逢,久疏谂候,遥想涧阿启处,蓺轴自适勿问矣。不知寝兴良梦,熊罴几何?杨子有言:"史以天占人,圣人以人占天。"如公仁人,宜必有祚胤以食其报。偶遇贵乡狮冈先生去便,附此少申郁陶,别久情多,无由更仆,引领南云,临发倍增怅惘。庚申孟秋望寄。

复陶交溪①先生书

自令坦梅春元去后,乏便缺谂,忽复岁周。兹辱尊翰兼惠珍醴,多感盛情记存于数千里之外。某自弱冠为诸生,尝睹记敝邑令尹之治,前此姑未漫及,即数自翁与闽人前司农魏公濠②、贵乡故少参曾公才汉③、今侍御方公辂④,皆有循良节爱之泽在吾土。彼三公者,或为郎署,或在行省、在台端,虽所就有短长,要皆已得自食其报。惟翁既以令德实政惠心斯民,乃所遭厄穷,竟以沦废。造物之不均,人其奈何,某因此重有感焉。间尝附风遥祝福履,聊申舆人之未议,效甘棠之遗思,讵意每麈长者涉远相雠,诚无益而有损也。又惭谢、惭谢。邓太守素未荆识,难以驰辞。及观仕籍,与令亲罗主政同年,罗今将归,当得相会,某即属之代致鄙意,为翁先容。所愧势远望轻,不知能为有无否。罗君力学修行,骎骎上达,恒言仁里多贤,信哉。并覆。

注释

①陶交溪：陶秀，嘉靖十一年（1532）太平县令。

②魏公濠：魏濠，约嘉靖三十三年（1554）太平县令。

③曾公才汉：曾才汉，嘉靖十七年（1538）太平县令。

④方公辂：方辂，约嘉靖三十一（1552）年太平县令。

寄章楼石先生书

某幸同乡井，熟耳令望有年。去春之官，得遂奉袂。愧尘鞅苍黄，无因缱绻请益，所为斯文一念，未尝不羹墙风范而永叹硕人得天之厚，而遇诸人者薄也。古人行事，岂必一一造极，位处疑丞，宣弼暗然弗闻于世者不知其几。皇甫谧何人哉，而大书于史，后学仰之。明时政教具张，网罗贤杰，采风氏不得其人，俾公位不满德，尚志未及达行，而竟以遁世无闷老焉。而今隐居自足，乾乾敬修，年虽至而忘其倦勤。此其心方诸古昔，即诗书所称《卫抑》《秦誓》何异。要亦吾台山水之秀孕灵正人，以衍斯文之系者往往而在，而区区显晦之迹不与焉。恭谂蔗境养恬平格，为天所寿，宜矣，信矣。某仕路牵丝，未能一割，矧以谫卤之质，悔尤且多，依依素饱，所冀国恩有逮亲及祖之典，过此当知止足宜休，庶或撰杖屦以从公于巾山之巅，灵江之曲。恐浅缘不类，未识得偿此愿否。偶值凤池春元归，附风一写眷勤，未及更仆，辞已伤烦，千里郁陶，惟公亮在言表。癸亥畅月启。

答世服①书

连日为闻母亲尊恙,盼望家音如渴。昨早朱千户及义勇至,诵父亲手书,知老母已就勿药,兼知忠、愈二子携累抵舍,大小咸安。吾此度得家报,真抵万金,幸甚、喜甚。念别四载,顿无丝毫自将,昨者戈戈之具,何足挂齿,过辱书亹亹道谢,吾展诵更增厚颜。二子远归,无所拘束,吾每窃睹其伎俩,荒惰无成,已决意拚撇弗较矣。兹睹来谕,许为提撕,则舐犊之私,又不能无望于及乌之爱也。多感多谢!文字之教,犹在次等,第一是饬其勿得轻言妄动,勿得纵酒耽欲。假饶为人不端,即是不才子弟,在家已不好,在邦尤不好,要官作何用?若已身有宿疾,大劳固不堪,小劳亦不任,有官济何事?渠辈侍教,幸以斯言示之,并亦以告贤者,统惟心照。适间见报,何宜山改督学广西,王金泉擢提督操江。贤才汇征,固社稷灵长之占也。吾出身三十年,今始得睹清明世界,若贤者向用,正属昌期。《易》曰:君子进德、修业,欲及时也。勉之勉之!

注释

①世服:弟大佶,举嘉靖二十八年(1549)己酉科,官泸州知州。此信感谢弟为己教育子女。同时阐述教育理论,以德育为先,要有强健身体。

上内阁徐存翁①

某不自揣量,谨顿首稽首,昧罪上请。往者承乏南行时,僭以先祖故道州知州府君墓上之石久虚,又幸以不肖孙某备姓名于门墙之数，因缘仰渎，乞一言以宠光于永世；而尊师功德文章行世传远，固焯赫在士林，脍炙人口，存殁有造，已蒙慨允。去岁，以朝政更新，内外巨细咸概于甄别而靡心神，兼且千岁寿诞甲子方周，嘉会昌期，朝野胥庆，安敢以寒门幽事唐突左右。喜今海宇澄清，政府多暇，敬用乘间专驰申乞。倘蒙允赐挥颖，俾某得就良工于此，以镌嘉石，是令先府君死不为虚，而名以长存，所以盖覆其遗子若孙弗替，且死者万一能有知，将不悼其不幸于土中矣。临函北望，情剧辞烦，统乞台慈俯垂原鉴。某不任悚仄颙恳之至。

注释

①上内阁徐存翁：徐阶同意为赵祖题墓志铭，赵再次请求。徐阶曾任浙江按察佥事管学政，赵为其门生。

答广德彭知州书①

旅食背驰，无由荆识。管生来，辱示追祀先祖故州守府君之文，以州之人民怀惠至意，欲就敝邸取府君之像肖而祠之，诚异数也。窃念先祖为州距今五十余年，而殁且逾二纪矣。仆桑梓县隔，于执事未尝有肺腑之亲、通家之雅，乃一旦敦念，有是义举，良由大方家脱俗为治，因民以追旧德，可谓市道嚣嚣、遂无古人耶？感谢，感谢！昔先府君初莅广德时，仆始生，不识记问踪迹。及其再治道州谢病，仆已总角就外傅，自少至壮，于凡府君家居言动巨细，间尝稍就佩记。而乡邑月旦之评，咸亦以为贤，得从祀于黉庑有日矣。念其得天颇厚，而受享未遐，中道而蹶，又非自致，用是为神明所怜，俾其不肖孙某起一经,际逢盛时,位于九列,以食其报,得赠为通议大夫刑部左侍郎。乃今又承执事异世同德,以光昭其身后,于是见天道不旋踵。而执事之纯心为治,以嘉惠广德,宜不俾先府君专美在前。继自今贤子令孙,将不有出以济时趾美为踵德之惩哉!仆感德莫报,日夕祝之。敝邸无先祖之像,当即驰书家君,令画师临来,容另专报。管生少年时及见先祖治迹,顷与坐语,口授多端,倘辱不以鄙夷,渠亦能一二陈也。并白。

注释

①答广德彭知州书:见《太平县古志三种》。广德彭知州为赵祖崇贤立祠,求图像。赵写信感谢,并联系具体事项。

寄朱后峰书①

去秋豚子忠等归,草次附谂。缺修迄今,追忆平生,恒耿耿如睹也。顷得家报,知玉泉、海洲二丈相继去世。海洲沉疴迁延,卒至不起,似也;玉泉居常无故,乃亦暴逝,抑何疾耶?伤哉、伤哉。嗟乎,九州之届、百年之期,今昔生人,不才蔑德以徼福泽、长子孙,白首令终者,不知其几,如彼二君者,虽未敢预卜竟绪,乃其秉心素位,即古书所称吉士、令人何加,讫至不获稍申其所蕴尚什、百之一以死,死又无后,又无家,苍天诚莫可问邪?乡关悬隔,殷邮罕通,化者已矣,谊在生人。今不知二君卜葬何地?襄事何时?世乏昌黎,谁为欧阳生图不死事。知二君者,宜莫如兄与重洲丈,幸惟各修一状志之,诚不独死者愿也。倘其称家之具或不殷,业已示儿辈就近稍为助之,仆之责也。海洲无子主丧,玉泉有子未相识,矧今闻讣后期,吊既不及,伤又不时,仆所谓知死而不知生者,僭附斯义,布于执友,共发一悼云。亮之、恕之。会重洲丈致意同之,外附去折襚并香帛,共一函。敢烦令郎贤友为即致之玉泉兄壶内照存。

注释

　　①朱后峰:太平松门人。朱熟知玉泉、海洲二丈,赵大佑请他们写行状以纪念。

寄吴初泉太仆书

　　吴江分袂,转盼三年,相忆各天,徒烦梦去。远惟令德纯明,输劳中外,仁声义问,稔在士林,乃犹不免于谗且谤,是虽人事差池,良亦时运稍滞。夫仕路多岐,人心如面,翩翩后进,衮衮先登,乃公以老成雅望,淹恤周行,今始展骥,人也奈何,所恃乎天尔。千里故情,一江之隔,无由奉袂,徒抱寸心。偶值句容刘宰以入觐谒辞,附此稍申积愫。寒暄旅思,两地同之,不复罗缕,统惟照亮。

答竹亭书

　　别后乏便驰情。兹辰辱虚江公信使再至,因得执事寓书,兼示见怀之作。夫去家经年,见所尝亲爱而喜以故乡水是甘,亦人情也,两地同之。惟愧先施未能,感谢感谢!虚江公素号寡交,乃独惓惓于仆,而又推毂及执事,语云:“居视所亲,交相益也。”仆虽不淑,不敢不勉,辰夕诸凡执事,亦宜思其自处与所为处主公者,似不容秦越也。懋重,懋重。翔便附复,言不尽情,寒暑殊方,千万自啬。

寄毛太守书[1]

顷者辱使书惠问,足仞厚勤,草次附修,未审何日上达。仰间,郡庠陈生日新过舍,出其先君大参龙山公行实,谓合庠诸士议举乡贤,属仆先容于台下。窃念龙山公与故长史一厓先生伯仲齐名,郡伯石梁公甥舅似德乡评月旦,人到于今足征。所恨继体乏人,愆期举事。幸逢台下明德阐幽,俾吾台无失人之叹,而陈氏存殁亦幸免失时之悲。不尔,则阿其所好,仆亦何取,而敢轻冒失言之咎哉。千里驰辞,情非获已,统惟照在,为玉成之,幸甚。

注释

[1] 寄毛太守书:为郡庠生的先君入乡贤祠,请毛知府玉成之。

上内阁高中玄翁[1]

某念自得告,偷安草泽,奉父母以终余年,在浅薄倍万足愿矣。讵意病夫复蒙采录,恩荣逾分,感激何当。但某德薄缘浅,福过灾生。二亲之年既多,其衰益甚,虽有两弟,幸藉尊庇,皆将干禄远违,某若一体外向,倘门户有不测之虞,则二亲属之谁乎?天理人情,行道共悉,自惟身世,安能若是恝哉。因此冒罪上干,仍乞赐告。念既荷翁知己之恩,儵复望翁设身之爱,一字一语咸出肺肝,天地鬼神共所昭鉴,万乞推恩远及,始终保全。引领台阶,无任稽首祈恳之至。

注释

①上内阁高中玄翁:隆庆元年(1567),复高拱之信。高拱邀赵入阁,而赵提出辞呈,理由是照顾双亲。其时,内阁徐阶、高拱二人"相与忿诋阁中"。隆庆元年五月高拱乞归,三年重回内阁。

寄傅虚岩年兄书①

西湖分袂,倏已三年,岁月无情,壮怀增感,愿言未遂,抱念何如。顷来朝政更新,求贤汇起,顾耆德宿望如吾丈者,犹萧散水云岑寂之乡,岂上清嘉客,不屑人间钟鼎,固自离世纷、厌俗状,而甘心方外,与造物者游邪?悬羡。弟自得告还山,依亲终老,荷戴国恩,没齿莫既。吴山、台岭,停云匪遐,追忆平生,梦思常往。偶值族弟进去便,附此稍申契阔,言不尽情,惟兄情亮。

注释

①寄傅虚岩年兄书:赵与傅分别三年。朝政更新,傅不求仕进,赵则依亲终老,"追忆平生,梦思常往"。

答赵玉泉抚公书

海滨左僻,久乏便修起居,野人本分之常,荷翁原亮亦久。顷者豚子妥自京遣人回,欲携家累,仰干宪符,且知得请。佑既咎其轻率,而又感翁重勤,方拟陈辞谢申,忽拜使书远贶,故情千里,贱父子霑被惟均,追念何堪,感不胜愧。某自归数载,幸逢海甸乂宁,耕凿自遂,惠泽所及,咸藉徽猷。昨者秋潦异常,自开郡以来未睹,仅幸一贤郡守清约简静,加意为民,而复以忧去。土运如此,民命可知。顾浙人有造,两遇翁巡方开府,并州故意,必倍恒情。即今与近沧公交承,来日与庙堂诸公晤语,择人任事,倘辱片言及于敝土,一方万姓,辰夕戴詹,岂惟贱父子区区私祝。翔便苍黄,不觉罗缕,丰仪日远,送使惘惘驰神。

上政府劄①

仰承尊委,勘处伊王节次奏词,迄今岁首分勘俱毕,即与抚按会审无异。窃照王府具奏再三,率多浮辨。盖以前次奏勘本府各项违碍事情,追咎司府卫县攻发阴私,遂图报复,昨据委官逐一质成,曲直较著。上则朝廷懿亲难于反坐,下则地方公论不敢加诬,不得已姑就前勘题参王府事内,求其情有未妥,及例所未合者,量为处分更定,一并议拟上请。此固为王求解,亦为诸司求直。再照王府素履,惟知势利,不恤民情;诸司平日直为军民,不存恤国体。是咈百姓以从一己之欲,王固有之;而违道以干百姓之誉,有司亦不免焉。即今两情既睽,遇事相厄,若复存留见任,终将构衅不已,不惟无以释亲王之忿,抑恐非所以安有司之身。僭为酌参,或降或调,凡此咸质之抚按,采之委官,诸司固所甘心,而王府亦无异议。伏乞俯赐裁定,以便覆议。

注释

①上政府劄:严嵩受贿,嘱赵大佑放宽处理伊王,而赵秉公处理,得罪严嵩。此劄为照顾伊王府面子,同时叱责有司过失,称诸司不存恤国体。

复吴悟斋给谏书①

念别多年,无因披写,是虽路岐修阻,亦田里病夫懒慢成癖,遂与交游万事慵耳,惭负惭谢,更复云何。顷睹先皇遗诏,中有悔过嘉猷,录诸旧德,喜公宿望久淹,宜即为苍生劝驾,畜极而亨,天道恒尔。然拂郁困穷为大任之地,在人事可尽诬哉。懑重懑重!夜自邑迎诏归,未及遣人问行李,顾廑使书涉远言别,披缄三复,倍觉厚颜。仆自得告入山,幸存喘息。二亲亦以游子归来,老怀稍妥。念兹荷吾君、吾师洪造,倍于禄位。此生此念惟御德始终,更无分外他冀矣。区区情绪,恃天地鬼神共所鉴而信之。承谕及,敢私布之,不觉罗缕。条答未既,已自厌其烦言,惟公亮之、恕之。

注释

①复吴悟斋给谏书:隆庆初,给吴时来的回信,婉拒徐阶托吴转达让赵出山的意愿。

再简①

昨承使书,涉远言别。故人通显,犹眷恋于衰迟,盛德可知矣,感谢感谢!部檄如至,荣行似不可缓。先皇帝敬天勤民,美意恒存宵旰,祇缘意属稍偏,竟使功不遂志,吾党罪过可尽归于上邪？所幸今上践祚,已富春秋,朝政更新,多出睿算。明作之际,所谓匡救弥缝者,在诸公固宜效忠,在圣躬亦宜尽孝。公行当盛世,宜得昌言,斟酌举止,切须慎重,勿伤过激是祝。《易》曰:革而当,其悔乃亡。虎豹之变,其文炳蔚,不亦宜乎？祖道无由,专驰小仆代问行李。管窥蠡测,恃有道僭附云云。驽足嘶风,徒增俗哂。

注释

①再简:《仙居志》作《再简吴悟斋掌科》。朝廷任命书已下,赵大佑表明从命。在吴时来入狱时,赵大佑曾帮助过他。

奉复存翁书①

某顷不知量,冒罪陈乞,仰藉台慈,复承申命。是虽未遂身图,然荷尊师造就,厚德诚与国恩等矣。捧诵尊谕,兼睹部檄,不任悚惶。谨即束装戒期,辞亲就道,不敢复有他说。公差还便,僭附申覆,伏乞台慈俯垂鉴亮。

注释

①奉复存翁书:复徐阶之信。朝廷不许赵大佑辞职,赵不得已启程。"公赴起之日,二尊人送之河西,将别执手涕千行下,公哭仆地,不能兴"。后朝廷同意赵致仕,孝养父母。

寄牟培萱叔丈书①

去秋弱息归,客思纠丝,陈辞不及,仰希长者推心见原。

除夕前日,仆人至邸,损辱瑶函,来自腊朔。披诵三复,知翁肝膈相视,道谊相孚。某奔走四方,三十年来,所得交游音耗奚翅千百,概以路人之情,循市道之合;求其休戚与同,骨肉一致,如翁于我者能几? 某非木石,容不知感以承徽音。邸中遇二三知契,语及心曲,即出翁书与之一过,罔不啧啧称翁为古人,辞指且以居视其所亲,谬及不才借光,实倍荷爱非轻。第以先贤孝子陈公见况,所愧拟非其伦,令人颜厚不任耳。值奴辈还家,谨此附申,感念千万。来书郑重敬置奚囊,不敢失也。比谂尊候绥吉为喜。某窃禄仗庇,今月十八日当报满之期,拟乘春和赴京完事,仰希国恩以荣菽水,过此无复有他,惟以止足无漏为证法百尺竿头进步地也。奉袂有期,诸不缕缕。

注释

①寄牟培萱叔丈书:牟为妻叔,三十年来休戚与共,赵拿牟的书信示人,称为古人。附信提及赵请牟校订《燕石集》。

附录　牟培萱书①

频年间阔,千里遐思,恨无羽翰可以飞造金陵也。翁位望之隆,政绩之著,歆慕当何如哉? 每欲修书以致问安之敬,恒恐上尘清目自沮。昔者,顾辱宝缄雅贶,拜领益增惭赧。会晤未期,近于孝宗朝阅陈公茂烈乞归终养疏,大可人意,且知阁下亦有是心,上允所请。昔也移孝为忠,今也移忠为孝,阁下其全人乎? 某之承颜接辞,将有日矣。交道久丧,谀言日甚,故愚敢为阁下忠臣也,幸勿以狂言见尤。

注释

①牟培萱书:前《寄牟培萱叔丈书》即系回复此信。

又　答①

　　溽暑中向缺修展为愧。养列甥来,损辱手教,兼示华帙。念自受室,忝翁忘年之雅,距今垂四十载。长者古心、古行稔已亲灸,而古调、古风今始一睹全具。为喜且愿,不啻口出。夫行成而不忘切磋,年至而尚存谦抑,拟之古昔,虽卫武九十《抑》戒何以异此?钦重钦重!某虽浅薄,不足以承,尚容勉竭管窥,卒业另报。闲中每检诸姻长手教,霞翁青简尚新,其仪形不可复睹,旦夕念至,不任蠹伤。今三复来音,又怅然投笔矣。

注释

①又答:赵请牟校订《燕石集》,牟的回复。牟称赵"行成而不忘切磋,年至而尚存谦抑",有卫武公作《抑》的谦抑之风。

又①

　　契阔二年,抱念何异千里。承示佳稿,辱委校订。某愧非其任,欲还纳者几焉。念半世交游,姻党中,道谊之爱、文字之雅,惟翁与霞翁二老尔,今所为报知己者,论文之外,更复何劳?敬承来命,僭以管见是否其间,不识一一如尊意否?今世所谓论文,率以效颦语辄以古作许之,其虚且泛者等诸滑稽,邈然不涉于事情姑勿论,即有稍似,亦不越优孟抵掌作叔敖,识者可信为真叔敖否？实功、实学、实景、实意，文以载道，道不传，文独能兴乎？佳稿诸体皆抒肺腑间真蕴，不拘拘踵故蹠，而事与情咸备，足自成家，与霞老并传无疑。谨以原什反求是正，倘有一字仰符大方，则某虽老矣，求益尚有门途，幸不惜嗣音，再及。

注释

①又：牟培萱校订《燕石集》初稿后复信，称赞“佳稿诸体皆抒肺腑间真蕴，不拘拘踵故蹠，而事与情咸备，足自成家”。

卷五

外集

谕祭文

维隆庆五年[一]□月□日,皇帝遣官某,谕祭南京兵部尚书赵大佑曰:惟尔性资端雅,才识通明,擢秀甲科,筮官郡节,载迁柱史,风采振扬,迨佐棘卿,庶狱明允。三晋秩于台宪,所至彰方正之声;荐执法于刑曹,屡试有廉平之誉。人方期许以大受,尔乃恳疏以言归。暨予嗣位之初,博简先朝之彦,起自留钥,需次台衡,何庭闱之念长殷,而林壑之情愈笃。优问[二]未几,讣报忽闻。嗟一老之不遗,慨九原之难作。爰颁卹典,用贲幽扃。尔灵有知,尚其歆服[三]。

下葬[四]文曰:

惟尔敭历中外,为国正卿。兹焉考终,倏临窀穸。眷言往勚,良轸朕怀。爰命有司,载颁谕祭。尔灵如在,克慰幽扃。

祭品二坛,每坛:猪一口,羊一腔,馒头五分,粉汤三分,果子五色,每色五斤,按酒五盘,凤鸡一只,煠骨一块,煠鱼一尾,酥饼、酥酡[五]各四个,鸡汤一分,鱼汤一分,降真香一炷,烛一对重一斤,焚祝纸一百张,酒二瓶。

校勘记

〔一〕隆庆五年：光绪《太平续志》卷九载文为隆庆四年(1570)，并加"岁次庚午"。《冠屿赵氏宗谱》卷一亦作隆庆四年。

〔二〕优问：光绪《太平续志》卷九作"优闲"。

〔三〕尔灵有知，尚其歆服：以下祭文、祭品并据光绪《太平续志》卷九补入。并载谕祭碑："右碑在马嘴山尚书坟前。额篆'圣恩谕祭'四字，两行。碑共十六行，连抬头三十九字，文九行，下葬文二行，祭品三行。无篆额书丹名氏。"《冠屿赵氏宗谱》卷一文字略异。

〔四〕葬：原文作"祭"。

〔五〕酛：生酛即酒曲，疑为"圆"。

南京兵部尚书方厓赵公状〔一〕

今上登极之元年丁卯，诏起太平赵公为南京刑部尚书，寻改兵部，参赞机务。公以父母并年八十，恳辞愿终养，再请，乃得俞允。逾年，公以疾卒于家，士林莫不嗟悼。厥嗣右军都督府都事成妥以闻，天子惜焉，谕赐祭葬如故事。既都事奔讣还家，纡道谒余南都，稽颡拜泣，哀容凄楚，谓归图襄事，将丐铭于史氏，以垂不朽，知公深宜莫如余，以状为托。余之奉公颜色也，盖自丙辰之秋。时公为中丞，余为给事也。公每默鉴余，所与余语，独古今人卓行奇伟事，尤称述吾台先辈，如谢文肃、黄文毅、林恭肃、王东瀛侍郎诸公，盖若示以效法者。余亦私识之，谓公知我。既余下诏狱，罪且不测。官校侦逻，其所素厚之人亦祸且不测，公潜饷遗狱中，数遣存问余家人而资送之。呜呼！公之义余也如此，故余闻公之薨，东向而哭之，既为文而祭之。呜呼！是乌足以致余私耶？乃为之次其实履如左：

公讳大佑,字世胤,台之太平人也。先族出蛟井,迁洪洋。宋宝庆中,名处良者,起家进士,守藤州。其后徙关屿,曰德明。德明四传曰维石,维石生懋,懋生坚。坚生崇贤,为广德知州,是为公之大父,有善政,崇祀名宦乡贤祠中,以公贵,赠南京刑部尚书。崇贤生相,为公父,累封如公之官。母王夫人,以正德庚午六月十一日生公。公生有奇质,州守公最钟爱之,口授以五经大义辄解,操觚即惊诸老生。州守公喜曰:"大吾门者,此子也。"弱冠补邑弟子员,董声庠校间。嘉靖甲午举乡试,乙未连登进士,授凤阳府推官。凤阳故多讼牒,公至,悬断若素习者,以淑问著声。荐剡四腾,擢拜广东道监察御史。公既列内服,益思效职表树,扶正纠邪,风裁凛然。时都御史浚川王公廷相,正色立朝,少许可,独器重公。嘉靖己亥,清戎江右,未莅事。召还巡按贵州。贵州汉夷杂居号难治,公下车剔弊厘蠧,击奸劾贪,大著威棱。维时宣慰使安万铨稔恶梗化为地方患,有司屡逮不出。公视事甫浃旬,先声詟服,万氏束身来见。公谕以大义,明敕国法,羁縻逾月而后去。指挥张仁、李木者,固其爪牙也,公廉得其情,械而杀之。尝有巡抚刘,染指于安,与公异同,乃嗾安为变,而移文所司,以为口实。公阴为之备,而谈笑语人曰:"人臣苟利社稷,死生以之①。所司其毋闭城门,吾何爱一身!"遣使直抵安所,按其反状,安氏惧不敢动,解甲输服。公驰疏状其罪恶。诏下捕系安氏,暴横遂戢。贵阳人德公,至今以为有郭令公单骑见虏之风。湖贵本接壤,当斯时也,酉阳、永顺二叛苗交构,势甚猖獗,不服招抚,公申严防守,奏请合兵进剿。遂劾抚臣陆冈上邀功,养寇启乱之罪。庙堂采纳,卒用公议,两省以宁。在贵阳一年,有兴学校以崇文教、设哨堡以振武功、查粮差以绝侵渔、革公费以杜骚扰、先仁政以省刑罚、征课税以备边储、均徭役以禁影射、清主客以厚流民数事，上请永著为令。先是浚川王公以诖误落职，公力陈其才节可用，且言："明君之用才，辟则大匠之用木，大匠不以寸朽而废合抱之材，明君不以一眚而遗济世之器。"词多婉腸。王公卒复召，士论韪之。又以政本在相国，而君子小人之进退，系治乱消长之几，于是首列时宰翟公銮不当徇私，援引故尚书王尧封、周期雍、费寀状，侃侃千余言。中外危之，赖先帝明圣，疏内诸人咸相继罢斥，而赵御史名赫毂下矣。已，差刷卷南畿。竣事还朝，留侍中。考九年满，升南京大理寺丞。癸丑，升大理少卿，迁都察院右佥都御史。丙辰，本院副都御史。公居台端，执法桓桓，务崇大体。戊午，迁刑部侍郎。方是时，伊藩纵侈不道，纳贿权相严嵩。朝议遣公往问，而严为之主，维于上，欲轻贷之，授公以意旨。公退而叹曰："奉敕推勘，而不以实闻，置国法于何地？吾不敢负朝廷而惟权奸是媚。"遂上疏极论王恶，其略曰：伊王本以亲居藩服，嗣承中土之封，允宜世笃忠贞，永法东平之善，却信堪舆之妄，顿萌图大之心，驾言葺修，擅行展拓。城连百雉，俄惊府第之峥嵘；门创三重，敢拟天庭之峻伟。蹈《春秋》无将之戒，昧藩辅谨守之规。蒙圣恩未即遣惩，奉明旨特加查勘，尤宜感乾坤高厚之德意，遵日星炳耀之纶音，引咎责躬，撼诚俟命。却又听拨置而再三浮辩，肆摭拾以掩饰前愆。不俟圣裁，屡干天听，既非臣子恪恭之义，又违祖宗训典之严，宜服重诛，以惩不恪。疏入，深忤当国者。于是，有诏覆议，而王竟从末减矣。辛酉，升南京都察院右都御史。公端范植轨，为诸司表率，一如居内台时，群属畏服。明年，迁南京刑部尚书。南中讼狱烦颇，执事者最苦之。公故理律精核，又歴多在法纪之司，至

是,益明慎公恕,兢业自持。有齐庶人者,怙势凶残,自杀其家
僮,抵诬儒生陆某,富室子也。法曹多引嫌畏势,莫敢谁何,公
毅然不平,竟辩其诬出之,而齐庶人者,遂坐法安置焉。留都
五城原设兵马,官小事丛,近民易虐,往往多以赃败者,公劾罢
其尤不职者胡光弼,仍请定为终岁考察之法,以饬有位。巨珰
黄锦,至宠近侍也,以门下阉马广论死南曹,从公丐一言以幸
脱。比至任,同事有以广来言者。公曰:"岂可以大需释当诛
之人。"广遂刑。又有冤狱逮系凡数年,相连坐死者无算,官更
岁易,坐是莫洗。公叹曰:"人命至重,王法至公,以法官知人
之冤,而忍弗为之白,可乎?"遂奏释之。其他可以情原理宥
者,恻然有哀矜之心,事多平反。南中人至今称执法不冤者,
则一口以为赵尚书云。公自筮仕凡三十年,历十余任而为大
司寇。至乙丑岁,历二品俸满考绩,祖、父皆进尚书,祖母暨母
皆夫人,均荣并茂,凡人情所为祖、父华者,而公皆得之。于是
勃然起口:"国恩欲报无穷,亲老就养有限。昔人谓尽节日长,
吾不可以复留矣。"还次德州,勒疏称病乞骸。铨部惜材,请暂
休理。已行,部使者复以境内人才荐,皆不起。居无何,值今
上嗣位,诏求遗逸,台谏交章论荐起公。公两疏辞曰:"臣草茅
贱品,遭际圣朝,进叨作养之恩,退沐生成之德。只缘摄生寡
要,遂致疴疾久婴,涓埃未酬,深惭自弃。讵意痼疾委顿之躯,
复蒙圣主求旧之及。但臣家有父母,并年八十余岁,桑榆风
烛,喜惧关心,病子衰亲,相依为命。若一旦扶疾远离,则情事
甚苦而甚难,又非敢专为身计矣。"疏上,中外咸歆慕喟羡,以
为难能。乃冢宰杨公博,念公恳情,权其重者,请赐终养,以励
士风,盖特恩也。家居五年,足迹未尝一至城府,晨夕必在二
亲之侧,凡平生所历处、所行事及所见闻之善人美谈,尝不绝

口,欲亲倾听,以为定省之娱。饮食必躬阅视,其寒暑衣服调摄唯谨。每遇节序,二老端坐堂上,公率诸子弟罗列阶下问安上寿,人之视之,熙然如登春台,海内无两矣。又公年资方茂,本有济世之志,而才又足以赴之,如安万铨一事,不烦寸楮,而坐销其变,为国家扬威万里之外。奇哉,惟以重违二人,屡疏告休,乃今先其二人以往也。余闻之,公赴起之日,二尊人送之河西,将别,执手涕千行下,公哭仆地,不能兴。既而诏至,许公致政,以全公孝。乃公与二尊人欢若再见,又归而就养者二年,斯国家之所为厚公也,公可以慰矣。公以今年己巳春正月四日卒于正寝,享年五十有九。配牟氏有淑德,先公卒,封夫人。子男四人:成妥即都事君,成孚举人,成忠县学生,成愈恩贡生。女一,适太学(生)王溦。孙志行县学生,志伊、志周、志征、志道、志孟、志升。女孙三。曾孙师立。公忠孝本于天性,而友爱尤笃,视其弟大伦、大佶,怡怡如也,卒教成之,皆为举人。接宗族乡党极有恩义,驭僮仆严而有恩。厚以待人而薄于自奉。创大宗、小宗祠堂,以敬祖合族。训饬子孙,动必由礼。常曰:"门第高,可惧不可恃。"惓惓以"成立之难,覆坠之易"为戒。性嗜读书,虽在仕途旁午中,手不释卷。又善作大字,有晋人风骨。所著有《燕石集》及诸疏稿可考见云。性刚直耿介,外若和易而实不可干以私。乐善好义,人有一事之得,有一言之雅,亦必在所取。而尊乡一念尤为切至。林恭肃故未有谥也,由公请乃得之。天台廷评夏公镔者,以文名,而有奇节,殁后,子孙贫无以为生,公赈恤之,且梓其文集,以行于世。王东瀛侍郎启者,殁已四十余年〔二〕矣,公历历追数其平生大节,若见焉。今余特疏王公应得赠典,大都所闻于公者多也。来辱公患难之义,兹方幸再侍同朝以窃绪论,奈何都事君遽以状来辱也。呜呼！来之受交于公也，于情为深，而与公同事之日浅。公之伟节徽行，即余不能详然，而学士大夫每论当今人可以肩大任重者，必推毅公，朝廷屡下明诏求公，冀公再用，若不能一日舍焉，则所以知全而传志者，有太史氏在，余特具其略如此。

赐进士出身，中宪大夫、南京都察院右佥都御史、奉敕提督操江兼管巡江　同郡吴时来撰。

注释：

〔一〕南京兵部尚书方厓赵公状：仙居吴时来所撰。《太平县志》、光绪《仙居县志》及《寅斋先生遗稿》均载，文字略异。又见《冠屿赵氏宗谱》卷四之六九页至七三页。

〔二〕年：原文缺。

校勘记：

①苟利社稷，死生以之：《左传·昭公四年》载，郑国子产改革赋税，受国人诽谤，他说："苟利社稷，死生以之！"只要有利于国家，就可以不顾个人的生死。

明故南京兵部尚书方厓赵公墓志铭〔一〕

赐进士及第，特进光禄大夫、柱国少师兼太子太师、吏部尚书、建极殿大学士、知制诰知经筵事、国史总裁致仕　华亭徐阶撰

公讳大佑，字世胤，号方崖，台之太平人。举嘉靖乙未进士，为凤阳推官，召拜广东道监察御史，迁大理寺丞，历少卿、都察院右佥都御史、副都御史，刑部左、右侍郎，迁南京都察院

右都御史,转南京刑部尚书。岁乙丑,以留都之绩上,世宗皇帝若曰:"兹予能持法任职之臣也。"进公阶资德大夫,勋正治正卿,赠祖广德知州崇贤,封父相如其官,祖妣、妣某皆夫人。明日,公谢恩阙下,退谓予曰:"某亲老矣,愿得致其事,归奉一日之养。"予再三慰留之,公亦再三言,泪浰浰与声俱下。行至德州,遂疏以乞,得予告。后三年戊辰,今皇帝用台谏荐,悉召起贤士大夫,诏征公复为南京刑部尚书,寻改南京兵部尚书,参赞机务。于时,诸缙绅相与私议公之出处。或曰:"公大臣,当以国家为重,其必来。"或曰:"公素孝,曩以亲老去,今亲加老,其必不来。"已而,公再疏乞终养。解之者曰:"公志坚,不可回。且公未衰,其为国家用固有日,如姑听之,以训世之为子者,于风化庶有益乎!"吏部谓然,拟如公请,诏从之。盖群情于公深有冀于将来,故听其归如此。而公以逾年己巳正月四日,遽得疾卒,于是论者咸叹讶于事之不可知,与国家之不幸不获究公之用,然又必曰:"公于事亲其可谓无憾也已。"公为人能介然自守,而济以明敏、博大。其始为推官,则有声。为御史,按贵州,宣慰安万铨所为多不法,公械其党指挥张仁、李木,毙诸狱,将遂按铨。巡抚刘某纳铨赇,使伪授甲,而为移文诸司,指仁、木之死为召衅以胁公。公笑语人曰:"人臣苟利社稷,死生以之。吾何爱一身哉!"更遣吏按铨反状,铨知不可撼,即以其日因服出就理。酉阳、永顺苗相攻杀,有司招之不服,贵与湖广邻也,公檄界上严为之备,而奏请合兵剿之,二省以宁。比还,条上八事,曰兴学校、设哨堡、禁侵渔、杜骚扰、省刑罚、备边储、均徭役、厚流民。诏下贵州,编诸令甲。在台中,疏荐前都御史浚川王公才节可用,且曰:"明君用才,譬则大匠之用木,大匠不以寸朽废合抱之材,明君不以一眚遗济世

之器。"诏复以王公为都御史。已,又论时宰不当私所好,引故
尚书王尧封、周期雍,侍郎费案三人者,相继罢黜。为侍郎,奉
命勘伊庶人,分宜属公宽之。公至,则尽发庶人所为僭拟及事
之与祖训违者。分宜怒,遂以明年出公掌南台。及分宜败,而
庶人始服法。在南京刑部,齐庶人杀其仆,以诬儒生陆某,某
故富家,法曹畏势引嫌,莫敢断,公独毅然出之。劾兵马胡光
弼,褫其官,因请敕吏部岁一考察诸兵马,以儆贪者。阉人马
广坐法当刑,或以巨珰意,丐公缓死,公竟奏弃市。有冤狱逮
系数年,公叹曰:"死,重辟也,法官固宜知其冤,不为白乎?"遂
以疑谳。其在告,晨夕侍亲侧,竟四年足迹不入城府。暇辄读
书如儒生,创大宗、小宗祠,数赒其族之贫者,至节衣缩食,不
少靳。乡先正林恭肃公殁若干年,为请于朝,赐今谥。天台夏
公鍭以文行称,手校梓其集,又恤其孙。故公勋业著于官,行
谊闻于乡。其子姓服习训教而兴于学,弟大伦、大佶及子成
孚,踵相接领乡荐。每言动必曰:"吾所见闻于父兄者盖然。"
为诗文温厚明畅,合之得《燕石集》若干卷。公先世自蛟井徙
洪洋。宋宝庆中,有处良者,以进士守藤州,其后徙关屿,历八
世而始生公。公生以正德庚午六月十一日,卒时年六十。配
夫人牟氏,有淑德,先卒。子男四:长成妥,右军都督府都事;
次即成孚;次成忠,县学生;次成愈,恩贡生。女一,适太学生
王溉。孙志行,县学生;志伊、志周、志征、志道、志孟、志升。
女孙三。曾孙师立。公卒之三月,成妥以恤典请,诏赠(案赠
太子少保),赐葬祭如故事。其年□月□日,成妥率诸弟启牟
夫人马止山之阡,奉公合葬。而以中丞悟斋吴君状,来征铭。
予昔督学于浙,幸识公诸生中,盖尝慰留公,又尝与闻缙绅之
议,而其惜公则又倍焉者也,乃抆泪而铭之。其词曰:

维人大伦，君臣父子，孰于其间，克钦厥止。猗嗟赵公，惇是秉彝，三十余年，德位俱跻。曰国有法，吾以为职，奉法而行，其敢弗力！生之杀之，惟法是从，死且不挠，刿彼奸凶。曰吾有身，亲之遗体，岂以宠禄，易我甘旨。巍巍六卿，朝廷所尊，两去不顾，卒陨丘园。进能为忠，退能为孝，公身则亡，公名有耀。匪孝非子，匪忠非臣，刻铭幽墟，永训后人。

校勘记

〔一〕明故南京兵部尚书方厓赵公墓志铭：同见《太平县志》、《冠屿赵氏宗谱》卷四之七三页，文字略异。《献徵录》卷之四十二载文止于"行谊闻于乡"，此后 500 余字略。

致仕大学士徐阶^①祭文^{〔一〕}

维隆庆三年岁次己巳九月辛未朔十五日乙酉，友人少师兼太子太师、吏部尚书、建极殿大学士致仕徐阶，谨以香帛庶馐之仪，致祭于南京兵部尚书方厓赵公之灵，曰：

昔在甲午，予幸识公，如彼芝兰，臭味实同。三十余年，偕公禄仕，相率以忠，相规以义。予忝秉钧，公为六卿，方期协力，光佐升平。公则为亲，投疏而去^{〔二〕}，于时悄悄^{〔三〕}，孤立是惧。逮于新政，召公不来，南望海山，眷焉予怀。其后未几，予谢朝列，将来之望，于公尤切。天胡不吊，夺国之良，予衰尚存，公壮遽亡。上念朝廷，恨莫能赎，老泪潸然，朝吁夕哭。束刍絮浆，致此哀辞，朔风寒雨，助我凄其。呜呼悲夫，尚飨。

注释

①徐阶:徐阶在甲午年(1534)认识赵大佑,交往 30 余年。嘉靖三十一年(1552),徐阶入内阁。四十一年(1562),严嵩下台,徐阶升为首辅,赵大佑升任南京刑部尚书,为六卿之一。徐阶任首辅至隆庆二年(1568),历七年。隆庆初征召赵大佑,均遭赵婉拒。

校勘记

〔一〕祭文:原文无题目,《冠屿赵氏宗谱》卷一之卅七页亦载此祭文。

〔二〕投疏而去:《冠屿赵氏宗谱》卷一作"投疏为去"。

〔三〕于时悄悄:《冠屿赵氏宗谱》卷一作"予时悄悄"。

户部尚书马森等祭文①〔一〕

维隆庆三年,岁次己巳三月朔日乙巳,户部尚书马森、礼部尚书赵贞吉、刑部尚书毛恺、右侍郎曹亨、都察院右副都御史何惟柏、巡抚山西右副都御史靳学颜〔二〕,谨爇香束帛致奠于资政大夫、南京刑〔三〕部尚书方厓赵年丈之灵,曰:

惟灵才雄而敏,莫邪干将,气温而栗,冬日秋阳。节操坚定,金石之刚,文辞焕发,云汉之章。筮仕以来,垂四十纪,贞白一心,终如其始。台谏抗章,回遹风靡,廷尉司平,冤狴咸理。留都秉宪,振肃百僚,权倖不避,汉室赵尧。继陟司寇,执法无挠,惟明克允,虞廷皋陶。彩衣兴怀,去志有浩,屡疏乃俞,轻车就道。赤城之南,官屿之表,锦衣承欢,莬裘将老。皇帝临御,咨访在廷,求忠惟孝,加璧以迎。优以异数,晋拜夏卿,坚卧不起,帝鉴其情。幸年未衰,庶几秉轴,胡天不仁,夺之甚速。讣闻于朝,帝容有颛,曰丧善人,苍生无禄。森等幸同年藉,矧曰相知,系官朝署,哭不望帷。寓词千里,写我哀思,灵其不昧,昭假于斯。尚飨。

注释

①户部尚书马森等祭文:同僚赞誉刑部尚书赵大佑堪比虞舜时的皋陶,刚正不阿。

校勘记

〔一〕祭文:原文无题目,亦载《冠屿赵氏宗谱》卷一之卅七页。

〔二〕靳学颜:《冠屿赵氏宗谱》卷一作"蕲学颜"。

〔三〕刑部:《冠屿赵氏宗谱》卷一作"兵部"。

兵部尚书霍冀等祭文〔一〕

维隆庆三年岁次己巳春三月乙巳朔,越二十五日己巳,兵部尚书霍冀、刑部尚书毛恺、都察院左都御史王廷、吏部左侍郎王本固、户部右侍郎赵孔昭、兵部左侍郎曹邦辅、大理寺右少卿黄正色、右侍丞王好问,谨以香帛清醴致祭于明故南京参赞机务〔二〕兵部尚书方厓赵老先生之灵,曰:

天台巍巍,越海汤汤,浑涵磅礴,毓秀发祥。挺生贤硕,为邦之光,金瑛赋美,琬琰含章。渊穆鸿衷,湛黄波之汪濊;敦庞俊业,企韩斗以陵襄。方其试理中都而英猷早著,及夫乘骢江甸而风纪丕扬。吁俊推贤,式弹冠于北阙;锄强伸法,乃揽辔于南荒。污吏畏威而隼旌悬日,土酋敛迹而绣斧飞霜。晋廷尉则庶狱惟允,掌台端则朝纲振欸。帝心简在,宠命斯煌。始列贰卿,著刑章以弼教;继登八座,总机务以经邦。绩著中朝,资保厘乎畿辅;名倾海宇,期翊赞乎岩廊。乃悬情于亲室〔三〕,

遂辞荣于帝乡。急流勇退，考涧深藏。暨[四]今皇御极，思登庸乎耆硕；顾[五]吾翁坚卧，甘戏彩于高堂。羡厚德之食报，履纯嘏于无疆。胤祚锦绳[六]，争睹兰荪之秀[七]；弟昆竞爽，复联棣萼之芳。望重东山，适鹤龄之甫艾；光沉南极，警鹏赋之为殃。呜呼！岳降不恒，壮猷靡竟，箕骑莫返，懿范难忘。廷等恫昊天之弗吊，慨哲人之云亡[八]，阻关山于执绋，徒心怆而涕横。束苹藻以致荐，格英爽于冥茫。景念崆嵝，仰台峰而并峙；悲怀浩荡，俯越水以俱长。哀哉，尚飨。

校勘记

〔一〕祭文：原文无题目，亦载《冠屿赵氏宗谱》卷一之卅七页，文字略有差异。

〔二〕明故南京参赞机务：《冠屿赵氏宗谱》无"明"字。

〔三〕悬情于亲室：《冠屿赵氏宗谱》作"悬情乎亲室"。

〔四〕暨：《冠屿赵氏宗谱》无此字。

〔五〕顾：《冠屿赵氏宗谱》作"硕"。

〔六〕胤祚锦绳：《冠屿赵氏宗谱》作"允祚相承"。

〔七〕兰荪之秀：《冠屿赵氏宗谱》作"兰孙之秀"。

〔八〕廷等恫昊天之弗吊，慨哲人之云亡：《冠屿赵氏宗谱》缺文。

南京刑部尚书孙植等祭文[一]

维隆庆三年岁次己巳五月甲辰朔，越十有二日乙卯，南京刑部尚书孙植、兵部右侍郎吴百朋、都察院右佥都御史吴时来、光禄寺卿徐公遴、尚宝司卿孙鑨、户科给事中张应治、礼部司务黄龙、郎中姚弘谟、兵部郎中丁应璧、查志隆、员外郎应存性、主事王锡命、刑部郎中张志淑、林廷显、钟继元、曹子登、顾褒、主事陈师、江圻、胡维新、工部郎中史诩、大理寺左寺正金昭、评事潘良贵、应天府通判陈治安等，谨以牲帛之仪致祭于南京兵部尚书方厓赵老先生之灵，曰：

霞标环丽，澄水钟灵，乃眷名世，爰诞赤城。韫奇抱粹，秉正怀诚，爰溯筮仕，以暨宦成。敷猷纡蕴，异轨同声，盘错别利，纯钩发铏。郡理台宪，日霁风行，铮铮铁面，不负澄清。乃陟卿寺，乃晋中丞，式是槐棘，无愧鼎铛。天子曰都，汝勤汝贞，惟兹邦禁，汝掌留京。三台识履，八座垂缨，若繇在虞，教弼谟弘。国是方毗，公志靡宁，白云伫望，丹陛疏情。勇退急流，金诧朝珩，公曰不然，吾亲在庭。维忠维孝，我心斯盟，不以三公，而滞归旌。芝兰培秀，花萼吐菁，陈绮献寿，联彩奉饧。卤开日涉，座满云朋，谁能完璧，窃北散金。如彼东山，身退望阒，龙飞求旧，蒲轮载迎。公志先定，天鉴厥晶，暂俾优游，尚赖典刑。民思止渴，士望赐荃，或歌归衮，或注调羹。庶几羽仪，复睹苍生，曾是隙驹，溘焉游鲸，呜呼哀哉。世实资公，如冠纮朱，系方举足，正朝簪公。今已矣，如柱莫擎，怅怅何从，目眩颜赧。载念公德，温然玉莹，必陈天宫，为琼为瑛。载诵公文，朗然金铿，沨沨洋洋，为咸为韺。载想公神，沛然河停，将游太虚，为霓为霆。载拟公庆，郁然香馨，连芳克肖，为祥为祯。五福咸具，群祉用并，是曰宗工，是曰国祯。人谁不死，而丧硕英，民誉何往，帝歌埶赓。九重瀍念，殊数逮冥，龙廻鹤驭，光被麟坓。公复何憾，生死哀荣，缙绅独步，宇宙完名。植等云衢附翼，桑梓联情，或承几杖，均属骈幪。停云色变，临风涕横，羞匏千里，寄奠一觥。泪倾神往，恸岂私茕，呜呼哀哉，尚飨。

校勘记

〔一〕祭文：原文无题目，又载《冠屿赵氏宗谱》卷一之卅八页，文字略异。

致仕工部尚书胡松①祭文〔一〕

维隆庆三年岁次己巳五月戊辰朔越七日辛亥〔二〕，致仕工部尚书、进阶荣禄大夫绩溪胡松，谨以柔毛刚鬣庶馐之奠〔三〕，致祭于元辅方厓公赵老先生之灵，曰：

昔公峨冠俨然，柱下震肃，权豪争避骢马。按部贵阳，兰雪风洒。余始相遭，襟披意写，爰匪昵私，契于施舍。公迁廷尉，鞫谳详明，听于棘木，爰告其成。人皆不冤，天下称平，乌巢狱户，足验时清。释之定国，异代同声。唯我与公，契阔已久，停云之思，彼此代有。乃遘济宁，欢呼握手，何悟斯晨，天假良偶，载笑载言，情浃尊酒。公总南宪，簪笔绳违，督察万里，石室增辉。旋登司寇，勋业益巍，淑问之臣，作配士师，中外属望，辅臻治熙。唯公纯孝，天性笃至，有怀二人，缨绂縻系，轩冕虽荣，彩衣可贵。今上召公，爰搜俊乂，翛然卷怀，冥鸿容裔。予时挂冠，寄迹江湖，公能不弃，馈问勤渠，予亦遣子，时申起居。公意益弥〔四〕，始终弗渝，断金之谊，可愧薄夫。云胡须臾，不疾而逝，讵天召公，骑箕驭气。哲人存亡，所关不细，群鸟悲鸣，绕匝庭砌。木稼山颓〔五〕，古亦有是，岁在龙蛇，贤人是悲，公之云亡，乃届斯时。濛汜未迫，壑舟遽移，道长数促，闻者涕洟。剑埋光吐，兰槁芬滋，唯公祥刑，天鉴厥德，高门是俟，曾不爽忒。凤毛揽辉，鸿雁矫翮，里号鸣珂，门列戈戟〔六〕，公其奚憾，流庆舄奕。所嗟我公，世不数生，国之蓍蔡，士之典刑〔七〕，溘焉奄化，霖雨空情。邦亡其宝，人丧其程，百身可赎，起子九京。悲风西来，传公弗永，始骇中疑，已而悲哽。白马素车，弗克所骋，衔词叙心，布此耿耿，聊寓一哀，有涕如绠。吴泽波寒，越猿夜哀，黄落凄其，丹旐徘徊，返魂无丹，肠裂心摧。东望中天，云雾蔚霾，中有光芒，其公也哉。尚飨。

注释

①胡松：赵大佑按部贵阳，与胡松相遇谈论融洽，后在山东济宁欢聚，二人时相致问。

校勘记

〔一〕祭文：原文无题目，见《冠屿赵氏宗谱》卷一之四〇页。

〔二〕维隆庆三年岁次己巳五月戊辰朔越七日辛亥：《冠屿赵氏宗谱》简作"隆庆三年五月　　日"。

〔三〕庶馐之奠：《冠屿赵氏宗谱》作"庶羞之仪"。

〔四〕公意益弥：《冠屿赵氏宗谱》作"公意益笃"。

〔五〕木稼山颓：《冠屿赵氏宗谱》作"木嫁山颓"。

〔六〕门列戈戟：《冠屿赵氏宗谱》作"门标画戟"。

〔七〕士之典刑：《冠屿赵氏宗谱》作"士之典型"。

陈尧①祭文〔一〕

隆庆己巳八月既望，年生陈尧闻南京刑部尚书方厓赵公之讣，谨以瓣香束帛为文而寓祭之，曰：

於戏，公遽止于斯乎！公以宏才大度、雅望清名，遭逢盛时，历践华要而至陪都大司寇，亦一时伟人矣，乃遽止于斯乎？

往公考绩北上，余见之汶泗之间。公向余倩书人，曰："亲老，欲疏请归养。"余曰："此尧之事也，公岂宜为。"未几，闻公南归，屡荐不起。二老人在堂得具潃瀡，朝夕为养，乐可知矣。乃人命飞霜，溘焉长逝，谓之何哉？公有两弟一子，俱领乡荐，其季子亦膺恩贡之选，而伯子则以荫补官，皆以文学器业不忝其家风，可谓盛矣。第二老人者依依暮景，若有遗恨。公在位时，术者私语人曰："减爵则增寿。"使其言然，公即退伏林壑以终其亲，亦且甘心，惜乎言之不足信也。虽然，公有子弟以代养，又何憾乎？余与公同年而才地出公下，亦得请告养母，闻公之殁，远不能赴一觞告奠，以寓其哀。尚飨。

注释

①陈尧：陈尧是赵的同年，两人在山东汶泗间相遇，赵大佑告诉他致仕南归事。术者称"减爵则增寿"，其言不足信。

校勘记

〔一〕祭文：原文无题目，载《冠屿赵氏宗谱》卷一之四六页。

南京都察院右佥都御史吴时来祭文〔一〕

维隆庆三年岁次己巳三月戊辰朔越七日辛亥，钦差提督操江兼管巡江、南京都察院右佥都御史吴时来，谨以香奠牲醴，差官伍文霄致祭于明故资善大夫、南京刑部尚书方翁赵老先生之灵，曰：

呜呼！台岳钟英，雁宕擅奇，代有哲人，为国龟蓍，兹惟赵公，尤为间世。早岁登庸，志存开济，推理中都，名实以孚。征拜柱史,益茂令图,清戎江右,耗敩是纠,不急以苛,乃作民牖。载按贵阳,嘉猷用张,首锄梗化,法震边疆。铁面独立,忠厚正直。昌言入告,奸谀凛栗。廷尉两京,天下称平,中丞正色,百度以贞。晋贰司寇,惟刑之恤,克允克明,桎梏用说。出总南宪,秋卿乃来,止暴格奸,帝命钦哉。耳目股肱,汝其克举,硕肤维人,维国之纪。白云悠悠,屡疏乞休,岂曰高卧,孝养是遵。晦迹韬光,道乃益昌,中外想望,荐者交章。当宁倚席,优诏频下,公拜稽首,不遑俟驾。且行且恳,臣有血诚,敢曰忘国,夙夜二人。天子曰俞,其劝以孝,公曰休哉,恩同再造。①有昊不吊,一疾其膺,后嗣奚观,夺兹典刑。呜呼我公!心在王室,望系苍生,志虽已酬,犹阻大行。兹值熙明,方隆治道,将简机衡,登民于觉。胡不少待,遽焉言归,天屯其膏,民也何如?呜呼!曰忠曰孝,人事谁兼,公值其定,道克两全。难兄难弟,光前裕后,家庭之庆,人世希有。来也罔知,公实相之,既投于艰,公恤其私。明德余怀,况也惠好,公其弃余,厥德曷报。谨拜陈词,以致吾私,有泪如江,公知不知?尚飨。

注释

①天子曰俞,其劝以孝,公曰休哉,恩同再造:赵大佑多次接到复任优诏,徐阶来信警示,终于"不遑俟驾"。途中"且行且恳",要求致仕照顾父母,皇帝被他的孝心感动,将其作为孝子的榜样,允许继续致仕。

校勘记

〔一〕祭文:原文无题目,吴时来《寤斋先生遗稿》作《祭赵方厓文》。又见光绪《仙居县志》、《冠屿赵氏宗谱》卷一,少数字有异。

毛栋①祭文〔一〕

维隆庆三年岁次己巳三月乙巳朔二十日甲子,右军都督府经历、通家晚生庐陵毛栋谨以瓣香束帛致奠于明故参赞机务、兵部尚书方厓翁赵老先生老大人之灵,曰:

呜呼!公生于世六十年,出而仕也二十有八载。起家名进士,时以国士期远到。筮仕推官凤阳,即以平政收雅望,由台中擢理丞、理卿,自中丞陟司寇、司马。民有慈君,国有老臣,士有观法,学有宗传。善人有所恃而勇于进德,虽身没而不掩,公之荐林恭肃公之疏,其概也。不善人有所畏而难以遂非,虽至贵而必加,公之勘伊庶人之疏,其著也。若夫累退以风濂,求孝以昭忠,此则公生平之大节,而海内之所企仰而不可遂者。圣天子御极,方思耆旧图治,而台省交章首举于公,士大夫翘仰公之移孝为忠,以副圣朝侧席之求,而公遂止于斯耶。呜呼哀哉!栋非为一人之私痛也。今慈君老臣其颓已,观法师传其萎已,为善者何所责报,而小人宁不沛然自慰乎?昔公司理凤阳,先子得熟耳公之善政。而先子之言,尤见信于太宰台长。当时松皋、浚川许王二公两名臣,闻公之贤,首疏于朝。先皇知公由二公始也,卒公有以副二公之望,而佐圣朝为名卿,后之太史当传三公于揖逊间也。栋侧通家之末,其出也晚,不获瞻对公之德容。戊辰,叨官右军,得与公之伯子朝夕同事,虽未得亲执门墙,而得私淑于象贤,亦既幸矣。尝以厅壁记文,借重于公,栋得附名于门下士之末,则自先子荆识于公者,于兹垂三十年,栋为通家子,愿见之心为少遂矣。忍闻公讣,谊当匍匐,而职羁弗遂,神奔迹阻,缄词千里,用诉一哀。尚飨。

注释

①毛栋：毛栋与赵长子成妥为同僚。毛父曾向许松皋、王廷相推荐赵大佑，祭文载厅壁记文等事。

校勘记

〔一〕祭文：原文无题目，见《冠屿赵氏宗谱》卷一。

前南京太常寺少卿许縠祭文〔一〕

维隆庆四年岁次庚午六月丁酉朔越十六日壬子，前南京太常寺少卿、年生许縠谨以束帛瓣香之仪，敬寄奠于大司马方厓翁赵老先生之灵，曰：

赫赫上卿，标奇挺秀，学贯古今，气横宇宙。早登甲第，出理濠梁，听断精敏，操履刚方。召入北门，升朝珥笔，指佞触邪，豪贵股栗。出按列省，揽辔乘轺，风裁孔赫，贪黩潜消。晋佐棘林，鞫狱明审，穷诘无苛，平反克允。内台独坐，慎简端贞，公也承命，遂佐中丞。紫绶入班，绛绉清路，正色危言，百寮遵度。都分南北，纲纪则同，帝念根本，俾游镐丰。公来南台，祛邪执法，岂谓优闲，遂忘弹压。荐登八座，爰典秋曹，仁如定国，明并皋陶。凶慝剪除，猖狂禁锢，京师肃清，几致刑措。言念具庆，各在耋年，于时奏绩，倏尔乞闲。帝曰孝哉，暂许归侍，再起本兵，不忍离去。金犀侍侧，双白在堂，三公易得，寸草难忘。仲季抡魁，哲孙同捷，家庆无穷，公怀允惬。天忌全盛，神厌高明，胡然遘瘵，一夕上升。东山不起，北斗无光，当宁悼痛，苍生彷徨。呜呼哀哉！縠也谫庸，忝陪春榜，倚

玉增辉，断金不爽。顷游白下，屡访柴荆，①凤台并眺，鹫岭偕
登。今雨不常，晓星易散，甫接音书，忽承凶变。凡在士类，谁
不唏嘘，矧余厚密，何如惨凄。天台阻修，赤城辽隔，埋玉有
期，绋讴未得。陈词束币，薄寄奠私，英灵炳若，鉴此哀思。
尚飨！

注释

①顷游白下，屡访柴荆：赵大佑多次到南京。

校勘记

〔一〕祭文：原文无题目。许毂为同榜举人，关系"矧余厚密"。

浙江巡抚谷中虚祭文〔一〕

维隆庆三年岁次己巳八月壬寅十有五日丙辰，钦差提督
军务巡抚浙江等处地方、都察院右副都御史谷中虚，谨以刚鬣
柔毛庶羞醴帛之仪，致祭于南京大司马方厓赵公老先生之
灵，曰：

惟兹越国，文学渊薮，名臣辈出，先后垂休。台山挺秀，沧
海流形，公生其间，萃厥英灵。蜚声艺苑，绚彩词林，联登甲
第，维国之琛。始为濠理，能声顿起，荐者交章，入为御史。观
风清伍，风裁独持，棘寺台端，相次擢居。掌宪于南，肃度贞
纪，百寮以惮，庶政以举。进大司寇，闻命伛偻，谳狱平反，庭
无冤囚。夙夜在公，白云在望，有怀二人，爰乞终养。得请东
还，屏居万山，躬奉甘旨，戏彩承欢。椿萱偕茂，棣萼联芳，训
子迪孙，荣禄相忘。圣皇嗣位，起用旧臣，南畿机务，俾公是

营。八座之贵,矧曰兵权,人之所觊,公独弗然。抗疏力辞,乌情未遂,帝曰俞哉,公心喜慰。允矣孝养,三公不易,高堂无恙,乃身遘疾。泰山其颓,梁木其摧,苍生失望,士罔依归。帝心哀悼,用申旧典,赐祭营葬,恩垂绵远。呜呼! 忠孝两全,人道之成,始终相保,臣道之荣。台山郁郁,于兹有光,地灵人杰,古越流芳。虚也承乏,来抚于浙,军务旁午,未遑暂辍。临风寄奠,踉此陈词,公其有知,来鉴余私,呜呼,尚飨!

校勘记

〔一〕祭文:原文无题目,浙江巡抚谷中虚作,见《冠屿赵氏宗谱》卷一之四一页。

浙江左布政使郭朝宾祭文〔一〕

维隆庆三年岁次己巳六月己酉朔,越□日,浙江等处布政使司左布政使、年生郭朝宾,谨以牲醴香帛庶羞之仪,致祭于明故资政大夫、南京兵部尚书方厓赵老先生年兄之灵,曰:

惟明公之斋懿兮,体乾健之贞纯。萃蓬瀛之景会兮,耀赤城之精英。鸿烈昭于盛世兮,赫上帝之笃灵。匪迈德其畴克兮,实弘禔彼茕烝。我肃皇之仁覆兮,化濡涵其累洽。遭青羊之际遇兮,咸怀琛而献贽。爰遄举以轶类兮,膺妙简于邃闳。岂屏愚之可埒兮,幸同升于骥末。仰瑞鸾之孤骞兮,凌苍灏而阂图。燦文明于八表兮,羌羽仪乎帝都。懋忠勤于历试兮,宜晋宠之优殊。惟夫君之睿朗兮,开列棘之纾谟。崖帝衷之南顾兮,指留都以遥瞩。轸本兵之枢要兮,乃机权之是属。朝电謇于燕朔兮,夕春熙乎南陆。抚畿甸逮隅谷兮,罔弗恬然而镇

肃。著勋华于鼎鼐兮,需甘澍于蒿莱,计声实之弗泯兮,赋松
菊以归来。乐岛屿而方羊兮,冀禄祉其无涯,胡期熙之未竟
兮,梁木仆而生哀。呜呼哀哉!风淅沥以飘旌兮,云黯黯其悲
驶。瞻方壶与溟渤兮,慨咽流而摧崿。虽哲人之邈漠兮,淑遗
型于百祀。奠椒浆以寄泪兮,望精诚于海澨。呜呼哀哉,
尚飨!

校勘记

〔一〕祭文:原文无题目,又见《冠屿赵氏宗谱》卷一之四二页。

浙江提刑、按察司佥事宋继先祭文[一]

维隆庆三年岁次己巳二月乙亥朔越十有六日庚寅,钦差
整饬台州兵备兼分巡宁绍台道、浙江等处提刑按察司佥事宋
继先,谨以刚鬣柔毛致奠于南京兵部尚书、参赞机务方厓赵老
先生之灵,曰:

茫茫大化,漠矣难窥。屈伸通复,代别迥殊。谓理则尔,
谓数莫违。此固天地之不能无昼夜寒暑,而阴阳之不能无消
息盈虚也。继先观风兹土,景仰余辉。龙门登陟,庆荷瞻依。
民猷国计,濡闻雅议。度陂韩斗,薰迩光仪。念惟我公,造物
所私。元和毓秀,岳渎钟奇。雍雍令德,肃肃贞姿。贤科奋
迹,腾仕荣跻。鹏骞嘉会,鸿渐亨衢。简讼清刑,明威竞誉。
振纲肃纪,台夯交推。位秋卿而风霜日厉,望白云而剑鹤南
携。彩衣寿酒,忭舞于偕老之第;竹林金玉,悦豫于聚星之墟。
秀燕山之丹桂,联芳并馥;茁谢庭之宝树,绕砌沿墀。陶情觞
咏,寄兴琴书。诸福之物可致之娱人,人其觊之而不足,公其

享之而有余也。往简耆硕，舆论是稽。起公司马，稠叠旌车。机务参赞，宵旰倚需。顾迟迟而就道，犹恳恳以陈词。竟旋锦里，永遂孝思。开温公独乐之园，卧诸葛南阳之庐。廊庙方凭以毗辅，乡邦将藉以依归。苍生深霖雨之望，缙绅预台辅之期。胡一疾之弗起，遽与世而长辞。草树惨恻，行路嗟吁。倏尔闻讣，惊怛赍咨。千古瞬息，大块纤铢。近而匪促，遐而匪迂。理穷则革，数盈则亏。达人旷瞩，不介几微。殁宁存顺，夫复奚疑。呜呼我公，不我返兮，民之愚昧，谁其指迷。呜呼我公，不我返兮，民之颠踣，谁其转移。感今伤昔，敬陈一卮，公灵炯炯，庶其格而。尚飨。

校勘记

〔一〕祭文：原文无题目，见《冠屿赵氏宗谱》卷一之四二页。

台州府知府张廷臣等祭文〔一〕

维隆庆三年岁次己巳六月癸酉朔越十四日丙戌，台州府知府张廷臣、通判张从律、徐一正，推官袁均咸，谨以牲帛致祭于大司马方厓赵老先生之灵而言曰：

繄名贤之显世，肇昌运之麻祯。在岩廊则绩隆熙载，在乡邦则望重旦评。惟公海国挺秀，艺圃蜚英。弱冠扬镳于杏苑，节推筮仕以明刑。柏府风裁乎九载，秋卿贰秩以持平。历二台之总宪，白简凛其霜清；掌两京之司寇，继五教以弼成。法从推崇其骏烈，海内想望其盛名。白云之念既切，青山之兴遂乘。竟谐终养之志，再辞司马之征。高堂庆娱乎彩服，西京价重乎赤城。昭兹劲节，卓彼刚贞，岂绿野之堂久容高卧，宜东

山之望尚慰苍生。云胡一旦,玉树遽倾。台斗之列,上敛其
明,方岩之麓,下颓其英。盖公之存也为朝野重,公之没也为
史册荣。嫽简修能,辉前裕后,此诚不朽之大者,凛凛乎其犹
生也。臣等司牧海郡,愿识韩荆,乌虖远矣,谁为典刑。灼灼
其行,赫赫其声,束刍遥致,庶表哀诚。尚飨。

校勘记

〔一〕祭文:原文无题目,见《冠屿赵氏宗谱》卷一之四三页。

绍兴府推官、旧属黄希宪祭文〔一〕

　　维隆庆三年岁次己巳十二月己亥朔越二十六日甲子,绍
兴府推官、旧属晚生黄希宪谨以牲醴庶馐之仪致祭于南京兵
部尚书方厓赵老先生之灵,曰:

　　赤城之间,环海带山,双阙云竦,琼台中天。天祚我明,笃
生耆硕,借灵川岳,夺禀金石。结发抱策,茂对大廷,射甲而
乙,佐理郡刑。帝谂风裁,晋簪触邪,赤骥苍鹰,秋高道赊。出
舆入马,绩劳中外,握银兰台,帝心简在。既掌丹书,复付虎
符,两代喉舌,北斗天枢。人曰南都,秩散地远,借公久之,胡
不亟返。予曰不然,辟彼周邦,洛邑固重,孰轻镐丰。又如周
召,同为具瞻,周公内佐,召公独南。公实召公,始终南服,结
爱甘棠,枝繁荫缛。公请以老,帝心憿憿,国有大疑,方勤问
对。公胡脱蝉,厌世溷浊,傅说上星,殷宗彻乐。念予鄙蒙,夙
忝台末,感公德谊,繄麻植蒿。倾理邻邦,喜公善饭,今则已
矣,长夜何旦。西望赤城,涕泗以涟,霞色标起,疑公在焉。
尚飨。

校勘记

〔一〕祭文：原文无题目，载《冠屿赵氏宗谱》卷一之四七页。

台州府通判、掌太平县事徐一正祭文

维隆庆四年岁次庚午春正月己巳朔越三日辛未，台州府通判、掌太平县事徐一正，谨以刚鬣柔毛清酌香帛之仪，敬奠于故资善大夫、南京兵部尚书方厓赵公之灵，曰：

呜呼！公之文章发于制科而足以荣身，公之政事布于履历而足以泽民。其功业则钦恤孚允而大有裨于朝廷，其道德则纯固笃诚而首克擅乎乡评。孝友之行溢于庭闱，而椿萱偕茂、棣萼联辉，何福庆之繁滋；义方之训笃于子姓，而凤雏奋翮、兰芽缀颖，何嗣续之继盛。生而膺天眷之隆也，位登八座，柄授本兵，而爵极其尊崇；没而厪当宁之惜也，营墓以葬，设坛以祭，而恩极其周悉。盖尝闻之，事君以忠，臣之良也，而公之陈力可谓忠矣；无德不报，君之仁也，而公之获报可谓厚矣。诉公之心，亦何憾兮，人则有憾，天不憗遗。公没之岁，腊月之吉，佳城在东，为公之穴。正忝参台政，来摄县事，不及见公，曷胜倾企。拜公遗像，以展愚衷，敬酹一觞，凄其悲风。呜呼，尚飨！

太平县知县叶浩等祭文〔一〕

维隆庆三年岁次己巳正月乙巳朔，越二十四日戊辰，太平县知县叶浩、县丞张崇德、典史陈延龄、儒学教谕邹武龄、训导张珂、江孔时等，谨以刚鬣柔毛庶羞清酌，致祭于柱国大司马达尊、厓翁赵老先生大人之灵，哭以词曰：

天之生人久矣，忠于为臣者难于孝，通于为仕者难于止。祖德流光矣，孰与子姓之英；父母俱存矣，孰与兄弟之并有令名。惟公发铏科甲，推节濠梁，飞秋霜于柏府，播春阳于廷平。联班棘寺，肃纪中丞，南北司寇，刑狱用情，简孚明允，时无冤民。帝重才猷，命按宗亲，田叔善处，中州以宁，内外注望，朝野倾心。公念二亲垂白，三公匪荣，抗疏力辞，返于林坰。公身则归，公望弥重。圣明嗣服，轸念元臣，特诏起公，参赞本兵。公复陈情，终养于亲，昏定晨省，冬温夏清。弄雏舞彩，真乐难名，雁行接翼，兰桂分馨。月溪翁之清流益衍以长，五马公之蜚声益振以扬，亘古亘今，惟公一人。在昔莱子孝矣，身非公卿之尊；太真忠矣，奚取绝裾而东。安世有功于汉，先德未光；房杜著绩于唐，嗣续未昌。武侯鞠躬尽瘁均瑾，仕则殊方。公今相业则司马矣，勇退则纯仁矣，孝思则良公之太行，世美则吕氏之传芳，阶下则燕山之五枝，同气则河东之三凤。趋其庭有魏绛之金石，候其门有亚夫之棨戟。正宜迓祉凝和，享遐龄而敛五福，云何伏枕未几，遽尔灵返星躔，气收岳嵩。岂其冥冥者之不可信，莫莫者之果难凭耶？浩等未仕之初，闻公令名。今兹承乏，幸瞻德容，夷清惠和，玉色金声。烹鲜有间，诲谕殷勤，言犹在耳，貌犹若亲，幽明一隔，遂为古今。望关山而呜咽，俯箸水而沾襟。昔人谓：化光不泯，将上为日星，薄为雷霆，复为贤人，奋为神明。浩谓：我公有灵将复朝夕之间，撰杖履于偕老之堂，百年之后荐蘋藻于三屿之阳，然后目瞑九京，梦游帝乡。曰忠与孝，泉壤流光，斯我公之志也，岂欲不泯如化光之洋洋。浩等为哀有泪，返魂无香，瞻恋未由，典

型日荒,生刍一束,冥纸一筐,跽陈词以进,奠言有尽,而痛无
方也。尚飨!

校勘记

〔一〕祭文:原文无题目,自"同气则河"后缺页,据《冠屿赵氏宗谱》卷
一之四四页补。

刑部主事项思教①祭文〔一〕

隆庆三年正月四日,南京兵部尚书厓翁赵老先生卒于正
寝。越月余,讣音达京师。维时,翁冢嗣梓厓君为右府都事,
将奔丧。刑部主事项思教执帛为奠,哭尽哀而系之词,曰:

於戏痛哉,翁之逝也。翁一身两朝知遇,下系万民之具
瞻,出为缙绅仪刑,出示乡邦模范,姓名比司马,威德比汾阳,
诚无憾于人世矣。予何为哭之哀也?

予忆先大父太常公,与翁大父为弘治壬子同年,翁仲弟似
山君、仲子望山君,又与予同举于嘉靖戊午之岁,盖世讲也。
以故予事翁若父兄,而翁之爱予即爱子弟。予未入谒,翁先顾
予于旅舍,执予手谓曰:"子授官近矣,何南还也?"予应曰:"二
亲在堂,欲假此便道归省尔。"翁嘉奖久之。时岁云莫,翁乃遣
人导予至毗陵,且移书朱常州借轻舸以为遄济之计。呜呼,古
人与善之义,后车之恩,孰有过于此乎? 岁次乙丑,予在先君
制中,翁以终养疏归。舟过郡城,予迎于灵江之浒,翁停桡登
岸,复执予手谓曰:"吾子非昔年一还,其将抱终天之恨耶,吾
是以有此疏也。"予感泣,翁亦怅然,遂别去。予服阕,遣书候
翁动定于家,翁答书勉予以忠义,期予以功名。呜呼,予何人

也,翁顾属望如是耶! 近者系官在朝,日望翁来以终请益,不
期竟以讣闻,其哭之哀也,容自已耶! 呜呼痛哉,呜呼痛哉。
九原不作,吾谁与归。遥遥千里,哭不望帷。缄词致奠,有涕
涟洏。灵兮不昧,庶鉴予私,呜呼痛哉,尚飨。

注释

①项思教:项思教祖父与赵祖为弘治壬子(1492)同年,弟大佶、子成
孚,与项思教同在嘉靖戊午(1558)中举,两家是世交。嘉靖乙丑(1565),
项思教服父丧,赵大佑归乡,舟过临海郡城,二人在灵江之岸相见。

校勘记

〔一〕祭文:原文缺"隆庆三年"至"翁一身"。今据《冠屿赵氏宗谱》卷
一之四五页补。

姻弟王铃①祭文〔一〕

　　维隆庆三年岁次己巳十二月己亥朔越十有五日癸丑,姻
弟王铃谨以清酌庶羞之奠告于大司马厓翁元舅老先生之
灵,曰:

　　呜呼,维岳降神,生甫及申,甫申之生,作王宝臣。我今何
时,快睹伊人,方岩南矗,塘岭北垠。盘纡弟郁,娠毓凤麟,前
有谢公,公为后身。绩载旗常,名冠朝绅,官居八座,简在枫
宸。东山高卧,朝野颦呻,天胡不憗,遽返元真。呜呼,公为王
甥,我室公妹,垂髫契合,华皓未艾。出处幸同,道义时诲,单
床静言,永矢弗背。天实丧余,畴依畴佩。呜呼! 公之云亡,
名在国史。莫享遐寿,以遗子子。公复奚憾,世复谁拟。我独

思公，麟徂凤委。神如来斯，鉴予涧沚。尚飨。

注释

①王铃：黄岩人，字子才，号九难，嘉靖丁未(1547)进士，授宜兴知县。是赵的表弟、妹夫。祖王秬，叔王弼(存敬)。

校勘记

〔一〕祭文：原文无题目，亦载《冠屿赵氏宗谱》卷一之四八页。

子婿王溉祭文〔一〕

维隆庆三年岁次己巳十二月己亥朔越十有一日，子婿王溉谨积诚修奠，挥泪陈词，昭告于大司马崖翁岳父大人之灵，曰：

呜呼，惟天地有间气兮，萃而为哲人。猗朝廷有厚福兮，擢而为大臣。概吾乡之先哲兮，各懋建乎功勋。羌我翁之崛起兮，独卓荦而无伦。追惟始学，志趣超群。随战鏖场，气压万军。自鹿鸣跻琼林之盛宴兮，足蹑万仞之层云。既释褐佐中都之刑名兮，手回千里之阳春。忽飞腾而集于言路兮，抗直道以批鳞。爰让德为众所推毂兮，歌皇华而代巡。威名远服兮吞舟扈之民，腼仕旋登兮三槐九棘之津。为国家典刑杀之政柄兮，本宽厚公忠著闻；转留都历法曹之尊官兮，调阳和阴惨惟均。望天朝而拜舞兮，幸际乎尧仁舜寿之君；俯南陲而内顾兮，重违乎童颜鹤发之亲。叫阊阖而陈情兮，衷诚动九重之紫宸；衔皇命而归养兮，恩光开百粤之荆榛。猗与我翁，忠孝惟纯。进歌天保，退式君陈。北堂有萱，燕山有椿。棠棣联芳,兰玉俱芬。五鼎是供,万钟非殷。莱彩惟荣,金紫不文。
昔附凤而攀龙兮,移竭力而为致身;今慈乌之反哺兮,终臣节
而乐天真。暨皇上之龙飞兮,为四海起隐沦;嗟我翁之扣心
兮,恋二亲逾八旬。辞不获而赴大司马之荣任兮,盖衔恩而报
恩;登前涂而被圣天子之温旨兮,信求仁而得仁。陶至乐于家
庭兮,荷五福之骈臻;效温清于旦夕兮,迈万石之忠勤。期百
相聚首兮,后享福其无垠;胡彼苍不憗遗兮,遽乘云而上宾。
呜呼,翁著忠贞兮,炳宇宙而若焚;翁树功泽兮,覃海内而如
薰。持李膺之风裁兮,腾謺声于缙绅;尚皋陶之报法兮,坤鸿
烈于皇坟。他如词章之高妙兮,等拱而共珍;至于笔迹之遒劲
兮,非钟王其畴伦。溉为子婿,久荷陶钧,接礼彬彬,教迪谆
谆。老父穷年,窃伏海滨,幸翁岼幪,无吏到门。仰海岳之高
深兮,欸涓埃之未伸。望华表之盘旋兮,徒涕泪而沾巾。翁乔
梓其同归兮,结石窦之芳邻;溉父子将悲凄兮,欲仰赖夫何因。
殚绵力以修忱兮,未能罗水陆之珍;操芜词以告哀兮,不觉伤
中心之神。愧鲰生之无禄兮,逢时不辰;惟神灵其赫奕兮,鉴
此精禋。呜呼哀哉,尚飨。

校勘记

〔一〕祭文:见《冠屿赵氏宗谱》卷一。

合族弟侄侄孙等祭文[一]

　　维隆庆三年岁次己巳二月丁卯朔日乙亥,叔纯托与合族
弟侄、侄孙等谨以刚鬣柔毛之奠致祭于大司马尊侄方厓君之
灵,而哭以词曰:

呜呼司马，孰为而钟，方岳吐符，箬水流虹。年几总角，号曰人龙。钩经撷史，长价儒宗。挥霍棘苑，连步南宫。司理中都，才冠垂绅，平反几何，庭无冤民。倬彼浚翁①，风纪震肃，君为枢典，累膺推毂。倬彼槐翁②，太史直笔，君为定国，名藏秘室。倬彼存翁③，清时硕辅，君为八座，需作申甫。倬彼畏翁④，海内名流，君为外裔，无忝前修。倬彼次翁⑤，俎豆乡邦，君为嗣孙，世德重光。历跻膴仕，冰操不回，鸾诰荐锡，奕世增辉。五旬之六，解组归来，念此鞠育，瞻望如飞。建老入侍，莱子斑衣，拓庙祀先，水木兴思。率尔有宗，苾芬以时，爰开绿野，聚斯饮斯。我有风雨，唯君庇之，我有盘错，唯君纾之。雍雍本支，讼庭无辞，二天之籍，岂曰我欺。邈矣蓝田，遗约在兹，言方著蔡，量等江河。如砥之平，如春之和，逍遥樊丘，明农是图。先朝霖雨，四海云霓，诤臣扬之，天子曰俞。东山寻起，掌武留都，蒲轮戒道，不俟须臾。君怜乌鸟，再疏陈情，允告终养，遄返南旌。忠孝完节，九有扬名，甲子方周，媲美耆英。龙蛇入梦，倏夺老成，虬驾不返，山海濛濛。白发临棺，抚膺失声，合我族属，仰呼苍旻。荒村巷哭，廊庙断楹，呜呼司马，吾党何因。椿萱难老，兰桂齐芬，典刑具在，永悬宗盟。君灵不死，勿忘丁宁，薄奠一觞，悬泪无垠。尚飨。

注释

①倬彼浚翁：倬，高大；浚翁即王廷相，号浚川。
②槐翁：许松皋。
③存翁：座师徐阶。
④畏翁：林鹗，号畏斋，赵崇贤的岳父。
⑤次翁：祖父赵崇贤，号次山。

校勘记

〔一〕祭文:原文无题目。

弟大伦、大佶祭文〔一〕

维隆庆三年岁次己巳十二月丁丑朔十一日己酉,弟大伦、大佶谨以刚鬣柔毛之奠,致祭于大司马长兄先生之灵,而哭以词曰:

呜呼我兄,青年筮仕,乌台法卿,垂三十祀。白云兴思,名关脱屣,国为荩臣,家为孝子。进退完节,海内谁似。念惟伦等,手足因倚,半生同居,萼楼姜被。饮食教诲,恩覃三纪,死丧相恤,孔怀无比。施于有政,寿岂维期,云胡不吊,歼我表仪。瞻彼南山,暮景增悲,溘焉大老,天不愁遗。典刑沦没,罗雀门闾,北堂定省,谖草凄其。彩衣尚存,大梦何之,萧萧风雨,哀雁双飞。辁车将发,马首踟蹰,白塔之阳①,此生休矣。何以慰公,承欢菽水,永殖荆荄,敬恭桑梓。薄羞一奠,写我哀只,驾风乘云,灵其至止。呜呼哀哉,尚飨。

注释

①马首踟蹰,白塔之阳:赵墓地马止山,处白塔之东南。选墓址时,视马所止而定墓穴,故称。

校勘记

〔一〕祭文:原文无题目。

浙江左布政使郭斗①祭文〔一〕

维隆庆六年岁在壬申七月甲申朔越二十二日乙丑,浙江等处承宣布政使司左布政使郭斗，谨以刚鬣柔毛庶羞清酌之仪致祭于明故资政大夫、南京兵部尚书方厓赵老先生之灵，曰：

天台屹屹，赤城霞标，灵钟秀毓，多产人豪。维方厓翁，刚毅强执，志负侃侃，义形于色。伊昔乘骢，代巡贵州〔二〕，威震百蛮，风行令肃，群酋帖帖，罔敢蹢躅。帝曰尔才，典宪孔淑，廷尉乏丞，尔膺推毂。荐历卿亚，平反庶狱，民无冤抑，休有骏声。嘉乃丕绩，简拜中丞，中丞登陟，阐我皇猷。王猷允塞，四海咸休，遂转留都，以贰司寇。赫赫都台，寻职其右。宪度维贞，风纪克懋，匪直羽仪，实维领袖。维大司寇，秋官上卿，以掌邦禁，明辟正刑。国倚其忠，士承其德，谓跻鼎辅，以佐宸极。时望弥深，胡然请乞，全节完名，为世作则。逍遥绿野，风月无边，高朗令终，庆委嗣贤。斗昔南都，误承德爱，屈己忘形，私切佩戴。兹忝浙藩，翁已遐迈，感翁怀翁，欢言不再。岁月如遒，典刑恒在，敬寓一觞，以申永慨。呜呼，尚飨。

注释

①郭斗：郭斗原为赵大佑在南京刑部的下属，时任浙江布政使（藩台）。

校勘记

〔一〕祭文：原文无题目，亦载《冠屿赵氏宗谱》卷一之五十页。

〔二〕贵州：原作"贵竹"。

附录　集外文

《太平县古志三种》人物介绍等载录

赵大佑字世胤，关屿人。有传。

赵大佑字世胤，号方崖，州守崇贤孙。嘉靖乙未，连捷进士。授凤阳府推官，擢广东道监察御史，巡按贵州。宣慰使安万铨所为多不法，械其党指挥张仁、李木毙诸狱。又将按铨，巡按刘某纳铨赇，使伪授甲为文移诸司，公曰："苟利社稷，死生以之，吾不畏激变也。"竟遣吏按之，铨即日囚服出就理。贵阳、永顺苗相攻，有司按之不服。贵与湖广邻，檄界上严为备，奏进兵合剿，二省以宁。比还，条上八事，诏下贵州编为令。及为侍郎，奉命往勘伊藩，严分宜当国，属宽之。至则尽发伊藩不道事。旧军民讼俱投牒通政司，送法司问断，诸司应鞫亦参送法司。后诸司不复遵守，公与郑晓、傅颐守故事争，与巡按御史郑仁章俱下都察院会刑部平议，分宜激帝怒，落晓职，贬傅侍郎秩，并出公南台。及分宜败，王始服法。晋南刑部尚书。齐庶人杀其仆，以诬儒生陆某，某故富家，法曹引嫌莫敢断，公独毅然出之。劾兵马司胡元弼，褫其官，因请定终岁考察法。阉人马广坐法当刑，巨珰王锦阴左右之，竟奏弃市。自筮仕三十余年，更十数任。疏起浚川王廷相，劾时宰翟銮不合引用尚书周其雍、顾尧封等。有"分别君子小人疏"万余言，词甚剀直,赵御史之名震于阙下。因亲老乞归养。隆庆改元,以言者交章荐,复征为刑部尚书,寻改兵部,参赞机要。两疏力辞,得赐告侍亲,足迹不入城。尊乡一念尤为切至,林恭肃故未有谥,由公请得之;天台夏公鍭以文行著,为梓遗集,并恤其孙。故勋业著于官,行谊闻于乡云。

赵大佑　字世胤,崇贤之孙。乙未进士,今任监察御史。嘉靖甲午科。

祖父、父、叔

赵崇贤字彦达,维石之后。以乙榜授汀州训导,善迪士。历升六合知县、广德知州,调道州,所至有惠政。已而谢其事归,自号次山。论者曰:赵公其有后禄乎?位不满德。

赵恩　崇贤子。嘉靖十一年补国子生。

赵相　以子大佑贵,封监察御史,配王氏封孺人。

地　名

赵大佑题春晖楼

灵伏山在白山西南。山形如龙布爪而伏,上有龙湫。三峰中高,左右参差分列,似句曲茅山,又名小茅山。其南有流庆寺。右峰顶有贮云亭。左峰顶崦地平旷,可五六亩,有井有池,亦传葛仙炼丹处。林孝子大登春晖楼在山岙中,赵方崖司马题。

赵大佑咏《濡川》

消溪亦曰消湖,在五龙山下,长二里。源出县东南诸山谷,上承湖没,出焦湾,达于横湖。彭家桥在其中界。渊澄不测,翠崖悬映,常有水鸟群飞,白光一片。《明一统志》:"横溪有石壁,高四十丈,插入水中。虞仲房刻诗壁上曰:'野草闲花洞口春,碧潭如鉴净无尘。江山好景携不得,漾入酒杯和月吞。'"

赵大佑《濡川》:"两桥流水清通壑,十里飞花乱扑衣。何处空山问行迹,白云茅屋紫芝肥。"

附记:《方城遗献》卷七题目作《访月塘山人不遇》,其中"两桥流水清通壑"作"两桥流水阴通壑"。月塘山人为赵大佑之友陈廷璧。

赵大佑读书处

下珠山泾为金峁、翁峁、白塔水所汇处,山多圆岩碎石,故得珠名。北由双桂桥可抵新溪、鹜屿。东南自白山门旋出骊峁,……骊峁头面水,上有堂,诸姓讲约之所。林木幽邃,谢文肃、赵方崖、叶海峰皆读书其中。明陈大有《乡约堂邀叶海峰》:"飒飒秋声入夜长,中天飞露薄衣裳。可怜凉月悬孤照,那复清樽开锦堂。聚散浦云愁老眼,寂寥邻笛断刚肠。相传尺素冥江雁,徙倚荒皋落叶黄。"

赵大佑筑下村街市

下村街在十六都。近南峁、大安诸山谷,有管茅薪樵之利。明嘉靖间赵尚书大佑筑。二、七日市。

赵大佑与黄绾、曾才汉为林无逸的墓碑撰文、篆额、书丹

明奉政大夫南京吏部考功司郎中无逸林公墓碑,由礼部尚书黄绾撰文,茶陵州知州前知太平县事曾才汉篆额,广东道监察御史邑人赵大佑书丹。

赵大佑的弟大佶题绲山会绲亭

杜山 在王城山北,旧杜姓者居之。明谢太守省作会绲亭其上,改名绲山。赵州守大佶题云:"天留馆阁文章在,地拥湖山蜿蜒来。"今居人犹呼杜家峁。胜处有濯缨池。

赵大佑葬马止山

白塔山在十三都。《赤城志》:山"上有石塔,遇晦则光彩

旁烛,土人怪而撤之。"山顶龙湫下注岩潭,往往岩色显白,如银瓶状,则雨候也。又传有潭在高处,龙所穴,广不盈尺,其下莫测,牧童续蔓坠石试探,忽雷声发潭底,急走避,明日过之,已失潭所。宋嘉定间祷雨,岩罅一线有小鳖流出,盛归,甘霖随下。由白塔至天黄山,径马嘴山。赵尚书方崖葬此,累砖千计,达柱八所,匠制甚宏。山形如马嘴,故名。或曰营兆时,定穴视马所止,当称马止。

孔庙乡贤祠祭祀赵大佑、赵崇贤

乡贤祠在圣庙戟门之右。祠屋三间。《叶志》载祀王居安、戴良齐、盛象翁、郭贯、王叔英、叶蕭,续祀谢省、应志和、林鹗、黄孔昭、谢铎等十余人。《林志》增邱应辰、李茂弘、程完、林纯、李匡、林克贤、林霄、缪恭、陈彬、赵大佑、戴豪、黄绾、许鸿儒,统计二十五人。府志增知州赵崇贤、教授赵成宣。

坊表

尚书坊在天官坊南,为明兵部尚书赵大佑立。又大司马坊在本里双桥。

都御史坊在县前横街东,亦为赵大佑立。

《古今图书集成》

《古今图书集成·明伦汇编·官常典》第三百二十七卷《刑部部》三三八七五页

赵大佑　按明外史本传,大佑字世引(按:《台州府志》作"世胤"为是),浙江太平人,嘉靖十四年进士,除凤阳推官。征授御史,巡按贵州。宣慰安万铨多行不义,指挥张仁、李木助之,大佑执二人,正其罪,将按万铨。巡抚刘彭年(字培庵)受贿,密令万铨先移牒诸司,指仁、木之死为招衅,以胁大佑。大佑持益坚,万铨窘,遂囚服出就理。腊尔山苗叛,大佑劾故贵抚韩士英及湖抚陆杰养寇遗患,请罢斥。顷之,劾南京兵尚王尧封及右侍郎费寀。言尧封嗜利无耻,大学士翟銮以同年生援之;而銮又荐寀掌翰林院事,寀久玷物议,往在南京以夤缘夏言得召,今不可复长词苑。乞罢尧封、寀勿用,戒銮毋朋比。疏至,而尧封已罢,寀得留。久之,擢大理右寺丞,再迁左副都御史,进刑部右侍郎。伊王典楧有罪,偕锦衣官往按,严嵩纳王重赇,嘱大佑。大佑卒暴其僭拟不道数十事,当夺爵。终以嵩力,第戒令改正,然额外所招校尉及护卫军,以大佑言汰去且万人。四十年,由左侍郎出为南京右都御史,就改刑部。齐宗人杀其仆以诬儒生,生家故素封,刑曹郎引嫌不为白,大佑立出之。中人马广坐法当刑,其党用事者祈缓死,大佑执不可。居留都五年,以亲老乞养归。甫逾年,穆宗嗣位,言官交荐,起故官,俄改南京兵部。三疏辞不起,寻卒。大佑博大精敏有器量,自守介然。家居,足不及公府,乡人重焉。

《古今图书集成·明伦汇编·氏族典》第四百三十二卷《赵姓部》四四七五七页

赵大佑　按《万姓统谱》,大佑字世引,太平人。嘉靖乙未进士,历刑部尚书。

按:应为南京刑部尚书。

《四库全书》

《钦定四库全书·浙江通志》卷一百六十一

赵大佑　《分省人物考》,号方厓,太平人。嘉靖乙未进士，为凤阳推官即有声。拜御史，按贵州。宣慰万铨所为多不法，大佑械其党指挥张仁、李木，毙诸狱。将遂按铨，巡抚刘某纳铨贿，移文诸司，指仁、木之死为招衅，以胁之。大佑曰："人臣苟利社稷死生以之，吾何爱一身哉！"更遣吏按铨反状。铨知不可撼，即因服出，就理。比还条八事，诏下贵州编诸令甲。历刑部侍郎，奉命勘伊庶人，严嵩属大佑宽之，至则尽发庶人所为僭拟及事之与祖训违者。嵩怒甚，出大佑掌南台。转南刑部尚书，有冤狱逮系数年，大佑曰："死，重辟也，法官固知其冤不为白乎？"遂以疑谳。改南兵部尚书，卒。

按：移文诸司以胁，由巡抚刘彭年受贿而指使安万铨所为。"嵩怒甚，出大佑掌南台"不确切。后赵大佑从侍郎升都御史，严嵩借他事激帝怒，出大佑南台。

《钦定四库全书·贵州通志》卷十九

赵大佑　浙江太平人，进士，嘉靖二十年巡按。果敢峭直，执法不回。临大事，决大疑，片言而止。土酋有阴怀不轨者，詟佑威名，遂寝其谋。历官兵部尚书。

《钦定四库全书·弇州续编》卷五十五

大司马赵公《燕石集》序　王世贞撰

嘉靖中，余守尚书郎，获接天台赵公于御史台。时公以盛年据显位，然多折节待后进，未尝一露得色。而同舍郎有应君明德者，时时为余言：赵公之为长者，自天性，非有所矫强也。余出副青齐臬，坐家难归。而公历左右司寇，以至正位留都大司寇，其清白之操，持衡之守，为天下平。而是时公之父母年八十余，尚健比箸；既以公考最，封如公秩矣，公乃恳乞骸骨归养，凡再上疏，乃得请。而属先帝更新朝政，于大僚、庶尹有所登黜，中外台省谏臣争称公贤，不宜老之林壑，诏特起，守故官,寻转南京大司马,参赞机务,所(比)以寄籍良(召)至。公既依依二尊人膝下,不忍离,复再上疏乞休,温诏许之。然公至明年,忽遘疾不起,而二尊人故无恙也。搢绅先生毋(无)不以国宝、家桢一时摧折,为主上与公之父母惜。而又重公之始为忠,而卒以孝终,盖两完矣。

公卒之年,而贞(某)复起参浙行省。又二十年而始迁今官,趾公后。道经毗陵,晤公之介子(某)别驾君,出公之所撰名《燕石集》者凡四卷,授而俾卒业焉。乃叹曰:"公真长者,公真长者!"余(某年)虽少于公十五岁,然当公之见接时,以操觚之末技,猖狂都下,都下诸公工其业者,靡不悉出其所长,以相扬扢,而公粥粥若无所知能,询之人,不知赵公工是业也。应君故好古文辞,然所以称公独长者耳,亦不言公工是业也。

今读公诗,则皆和平朗爽,有朱弦疏越之音,而五言古、近体尤自长城。至于文,典雅简劲,太羹不和之味,流羡于齿舌(颊)间。彼横溢而自谓才,钩棘而自谓调者,故退然而下风矣。公不以名其业,使操觚之人无能名之,及稿存(成)而目之燕石,公岂其石也?要之,竟(意)不欲以其长鸣,终始不离长者乃尔。

公讳大佑,字世彻(胤),登乙未进士。别驾名成孚,故尝司谕嘉定,与余善,温(谨)敏而文,有父风。

按:( )内的字,为《燕石集》原文之字。所记别驾成孚为误记,系成愈。

《钦定四库全书·千顷堂书目》卷二十三

赵大佑 《燕石集》五卷。字世颖(胤),浙江太平人,南京刑部尚书。

《国朝列卿纪》

《国朝列卿纪》卷之四十九（兵部尚书）

赵大佑　浙江太平人，嘉靖乙未进士。隆庆元年起，乞终养，未任。

《国朝列卿纪》卷之五十七（南京刑部尚书）

赵大佑　浙江太平人，嘉靖乙未进士。四十二年任，四十四年致仕。隆庆元年，起南京兵部尚书，未任。

《国朝列卿纪》卷之五十九（副都御史）

赵大佑　浙江太平人，嘉靖乙未进士。三十七年任右，三十八年转左，四十年升南院右都。

《国朝列卿纪》卷之七十四

赵大佑　浙江太平人，嘉靖乙未进士。四十年任右都御史，掌院事。四十二年升南京刑部尚书。后起南兵，未任。

《国朝列卿纪》卷之七十六

赵大佑　浙江太平人，嘉靖乙未进士。三十五年任左副都御史。

《国朝列卿纪》卷之七十九

赵大佑　见左副都。嘉靖三十三年任右。

《国朝列卿纪》卷之九十四

赵大佑　浙江太平人，嘉靖乙未进士。三十二年任左。详南京兵部尚书。

《国朝列卿纪》卷之九十四

赵大佑　字世彻（胤），浙江台州府太平县人，嘉靖乙未进士。三十二年由养病南大理寺丞，升左少卿。三十三年升都察院右佥都御史。三十五年升本院左副都。三十七年升刑部右侍郎。三十八年左。详南京刑部尚书。

《国朝列卿纪》卷之九十八

赵大佑　浙江太平人,嘉靖乙未进士。二十七年任右寺丞,寻养病。详南京兵部尚书。

赵大佑　见前。嘉靖三十年再任。三十三年升大理寺少卿。

王桢《王氏存笥稿》

《王氏存笥稿》卷之一

赠方厓赵君六载考绩序

方厓赵君者,余同年进者也。为御史事,今天子初使江西,已乃使贵州,又使南京。车凡三出,咸有功。归命于天子,天子以为能,志之,留侍中,勿更遣。于是,赵君之名显于阙下。今诸大夫论辨治贞亮之士,能肩钜重立国事者,皆称曰赵君。赵君云:"夫儒者攻先王之术而起家,所贵济当世之务,以批蠹正法。明枯竹,守空言,有署置不任,如胶舟不渡,木骊不驾,国家何幸焉。"若方厓君者,诚非易哉。初,赵君自三使还,既六年,挟六年牒,将趋谒听天子考会。鄙人桢,造赵君,谓赵君曰:"昔,臣将对君,必从友谋拟得当,然后入,盖慎之也。君今考,即如天子按牒问,御史使三邦,三邦各有状,效明胡以臻?则君安置对?"赵君作色前举手曰:"即如承问,即对曰:'臣使江西盖清戎,驱逋逸者归之伍,亡没者廉补之。夫军既苦凶危,而饷食岁复不给,以故逃。臣于其遣,檄有司厚资装,令坚其去,毋反顾,至则守垒。夫贵州者,夷方也。臣使按贵州，观俗，制令取所不畏、畏之间；复警犯，文谕之，不听，再谕，乃竟听，豕冒羊驯，服役比于编户。臣不敢峻威急缚，重伤陛下怀远一视之仁。夫盗公家之利以自润，而又灭其影，在法毋贷。臣使南京，勾检积案，摘其辜坐之，以惩邪者，不以私匿，不以旧党，罪者若干人。夫仕既以食君之禄，君使之，又渔其财，与仓鼠奚异？臣以故痛绝之。'对如此三者，当不？"桢于是矍然叹曰："赵君，达儒哉！乃事事各底于理。"明日，牍上天子，如所拟对。有顷，再与遇。桢与论："今且复先王之盛，安事而可？"赵君曰："嘻，华繁矣未睹其实也。宋儒言治，高，高于秋天，上，上于唐虞，远而不可即之涂，重而不可举之器，易如拉霜干超尺级，比稽其末，鲜成事焉。夫先王之治之所由盛者，士循力务效，与镂脂刻冰者异也。诚人循力务效也，今之天下即古之天下，何弗复哉，何弗复哉！"

《王氏存笥稿》卷之三

赠大理少卿方厓赵公北上序

方厓赵公者，盖与蒙溪张公同治大理之事，为僚焉。两公者之治南中狱也，其志宽而不急，其法平而不颇。今南中人戴两公之德，至望空祝拜，即欲一日而致三公。夫所可博而求者官也，不可幸而获者名也。故余每与两公会，则辄揖而贺焉，诚谓其难矣。然而，赵公居大理既七年不调，张公自入官历此且三十年亦不调。余因是则喟然，既叹之以为声名华身之具，亦崇身之物也；才，贤者策足之路，亦冒足之縻也。当是时，南中有日者刘生，善言人禄命，其诸淹速短长皆豫决，卒之皆验，人皆信之。刘生尝为余言，大理丞赵公顷之当迁卿，张公少须焉若竟。两公至，则皆鸣玉珮、蹑金闺，抗迹百僚之上，揖让人主之前。吁，烁哉盛乎！居有顷，赵公果迁而为大理少卿，如

刘生言。由是观之，数有必至，理有固然，孰能违乎哉！君子
听之而已，何则？子听令于父，臣听令于君，人听令于天，此理
之固然者也。宜淹者，不能激而速，应长者，不得割而短，此数
之必至者也。总之皆命也。故负才贤者而不听，则失其所以
负；美声名者而不听，则失其所以美。既余往贺赵公，乃并持
是语语张公，两公皆虩然大笑之。然刘生以言赵公故，其术益
售，士争要问命焉。赵公瑰玮有大略，而不务为毫毛之益，常
称以为："君子病不得志。既得志，病不尽能其欲，脱身以赴公
家之急，固素所盟誓也。"今赵公且抟抟上矣，不啻食顷，即且
佩中丞之印，柄外制之权矣。愿赵公乘此盛时，效能毕智，视
盟而行，令泽施宇内，功彰万里之外，谟烈辉光传于千世，此又
非命之所能拘也。赵公在南中以同年之故，独时时过余，余恒
引刘生言，赵公必至大官，建大业。乃赵公顾退，退不肯任，则
诚甚谦乎？然亦过矣。何也？释骐耳之乘，即不可以诣千里；
夺专诸之剑，即不能以劫匹夫。非匹夫强而千里远也，亡据故
也。夫士欲建大业，则安可不取大官乎？从古以来，有道之士
思欲安内怀远。扶社稷、奠宗庙者盖以百数；才智之士挟策抱
奇，胥时而竖管晏之烈，附五百之踪者盖以千数；驰说之士，志
于藏三牙、一坚白，蔂瓦结绳，将以动人主之听，而伸其臆者盖
以万数；然往往坐命困不得致通显、蹑大位，卒泯焉罢之其能。
如其志者，概此三等各不及十之一二。固知大官者，乃策勋之
利器，致远之上驷也，赵公何逊而不肯任乎？故余谓其过焉。
刘生谈余命不立，以为竟扰扰无成，徒早博白首耳，不如去之
山林快也。居无何，余且将归矣，而会赵公赴新命之北，而与
张公等数十辈共送之，语余其情，诸公咸让余，信刘生言大笃。
嗟乎，余故尝诵楚詹尹、汉司马季主之论，其语率窈冥无事实，

以为古人寓指耳，而今，乃真信之矣又笃也。

《王氏存笥稿》卷之十九

赠方崖赵年兄之南都

十载承恩侍帝闻，封章四海奏曾稀。汉庭贾谊名何忝，春水吴舟志却违。寇盗关南鼙鼓急，烽烟塞下羽书飞。时危愁剧君仍远，回首江楼定湿衣。

《献徵录》

《献徵录》卷之四十二

南京兵部尚书方厓赵公大佑墓志铭　徐阶撰

公讳大佑，字世胤，号方崖，台之太平人。举嘉靖乙未进士，为凤阳推官，召拜广东道监察御史，迁大理寺丞，历少卿，都察院右佥都御史、副都御史，刑部左、右侍郎，迁南京都察院右都御史，转南京刑部尚书。岁乙丑，以留都之绩上，世宗皇帝若曰："兹予能持法任职之臣也。"进公阶资德大夫，勋正治正卿，赠祖广德知州崇贤，封父相如其官，祖妣、妣皆赠夫人。明日，公谢恩阙下，退谓予曰："某亲老矣，愿得致其事，归奉一日之养。"予再三慰留之，公亦再三言，泪涔涔与声俱下。行至德州，遂疏以乞，得予告。后三年戊辰（隆庆2年1568），今皇帝用台谏荐，悉召起贤士大夫，诏征公复为南京刑部尚书，寻改南京兵部尚书，参赞机务。于是，诸缙绅相与私议公之出处。或曰："公大臣，当以国家为重，其必来。"或曰："公素孝，曩以亲老去，今亲加老，其必不来。"已而，公再疏乞终养。解之者曰："公志坚，不可回。且公未衰，其为国家用固有日，姑听之，以训世之为子者，于风化庶有益乎！"吏部谓然，拟如公请，诏从之。盖群情于公深有冀于将来，故听其归如此。而公以逾年己巳正月四日，遽得疾卒，于是论者咸叹讶于事之不可知，与国家之不幸不获究公之用，然又必曰："公于事亲其可谓无憾也已。"公为人能介然自守，而济以明敏、博大。其始为推官，则有声。为御史，按贵州，宣慰安万铨所为多不法，公械其党指挥张仁、李木，毙诸狱，将遂按铨。巡抚刘其（某）纳铨赇，使为（伪）授甲，而为移文诸司，指仁、木之死为召衅以胁公。公笑语人曰："人臣苟利社稷，死生以之。吾何爱一身哉！"更遣吏按铨反状，铨知不可撼，即以其日因服出就理。酉阳、永顺苗相攻杀，有司招之不服，贵与湖广邻也，公檄界上严为之备，而奏请合兵剿之，二省以宁。比还，条上八事，曰兴学校、设哨堡、禁侵渔、杜骚扰、省刑罚、备边储、均徭役、厚流民。诏下贵州，编诸令甲。在台中，疏荐前都御史浚川王公才节可用，且曰："明君用才，譬则大匠之用木，大匠不以寸朽废合抱之才（材），明君不以一眚遗济世之器。"诏复以王公为都御史。已，义论时宰不当私所好，引故尚书王尧封、周期雍，侍郎费宷三人者，相继罢黜。为侍郎，奉命勘伊庶人，分宜属公宽之。公至则尽发庶人所为僭拟及事之与祖训违者。分宜怒甚，以明年出公掌南台。及分宜败，而庶人始服法。在南京刑部，齐庶人杀其仆，以诬儒生陆某，某故富家，法曹畏势引嫌，莫敢断，公独毅然出之。劾兵马胡光弼，褫其官，因请敕吏部岁一考察诸兵马，以儆贪者。阉人马广坐法当斩，或以巨珰意，丐公缓死，公竟奏弃市。有冤狱逮系数年，公叹曰："死，重辟也，法官固知其冤，不为白乎？"遂以疑谳。其在告，晨夕侍亲侧，竟四年足迹不入城府。暇辄读书如儒生，创大宗、小宗祠，数赒其族之贫者，至节衣缩食，不少靳。乡先生林恭肃公殁若干年,为请于朝,赐今谥。天台夏公镦以文行称,手校梓其集,又恤其孙。故公勋业著于官,行谊闻于乡〔一〕。

校勘记

〔一〕行谊闻于乡:与《燕石集》原文比,下缺"其子姓服习训教而兴于学"等近 500 字。

王宗沐《敬所王先生文集》

《敬所王先生文集》卷之一

送方厓赵公序

嘉靖戊申,方厓赵公以御史迁南大理寺丞,其同郡某为文送之。其词曰:

往甲辰,某释褐,谒外舅秦太史公间,进而语之曰:"顷予属较艺进,赵方厓氏庶几以人事君者,始以为独其文奇置高第,比见,又温恭志洁若尘埃之外,出为能推官,入为名御史。按贵阳,贵阳人称前无所有,卓荦不群,盖抱究鸿略者,若新进识之。"某不敢忘。迨公从南来,而某幸备员刑部,得朝夕请益,质以向所闻于太史公者较然矣。即他事不论,著著其众所未知者。往公按贵阳,适苗民叛四掠,公廉得其故所起,上条奏:"臣窃见苗民叛非细故,罪在邀功养寇者,患波连四省。上文武具备,宜了此疥癣,亟加天诛,否者,且蔓延益不可戢。臣以为遂剿之便。"奏下,时执议者习恬熙,益厌苦兵事,又以故隙,革公议不用。选蠕掩抑,生长而赍藉之。迨去年秋,苗计益得,放兵阻厄,流劫篁镇、铜仁,楚蜀骚然。抚臣逮罪转输委,路道隐然若敌国。公言信如券契云。某谓天下事,明者见未萌,仁者治未乱,况夫已昭昭者。今大势蛇豕北虏窥玉关,苗又在门庭为患不异,然苗变亟矣,而耳目不骇者远也,数岁而动,不大为备而辄解者,其志非大也。顾南民父子荷兵,久不得事田作,萧然烦费。千里马不得缠牵不能千里,而天子哀痛元元,视南陲若缠牵耶而以委之也。假令如公议,上亦甘心焉。驻卒辰沅、酉阳之间,一鼓之力制其归命,即晏然舞阶之绩可睹矣。古称燕赵贾勇,鲁儒齐智,中山箭甲冀北渥产之奇,皆禀于地。台之闻于天下实旧,而其登名硕、垂言行,俾后有可采者,若林恭肃、谢文肃以及黄鲁陈杜诸公,皆自淖齿不染,耿耿自操持焉,国筹利害悉谋殚虑,不徒平居自侈,视天下理乱若秦越肥瘠者。而公今廉朗毅然,谈天下之急不引忌讳,又切中情事,使天下以其言用不用为轻重,又爽然失矣。士问学不劘切世用,不称周全哉。某之复太史公者以此。

公诗似唐,字似晋。御史九年,得为北大理丞,而公竟南去。某曰:"若何?"曰:"南中遐,得益就所以如唐晋人者。"公雅有别志,而直以是自托也。

《台州府志》

光绪《台州府志·人物传·名臣》

巡抚刘某纳铨赇,使伪授甲而移文诸司,指仁、木之死为招衅,以胁之。大佑笑语人曰:"吾何爱一身哉[一]!"

酉阳、永顺苗相攻,有司招之不服。贵州与湖广邻,大佑檄界上严备,奏请合兵剿之,且劾湖抚陆杰罔上养寇之罪,二省以宁。

"隆庆改元[二]……,逾年卒于家,年五十九。"

校勘记

〔一〕吾何爱一身哉:《太平县志》作"吾不畏激变也"。

〔二〕隆庆改元:应为"隆庆三年正月初四",年六十。

其他参考文集、文章

夏镔《夏赤城集》、应大猷《容庵集》、吴时来《㝫斋先生遗稿》、叶良佩《叶海峰文集》、蔡鹤田《鹤田草堂集》、林应麒《介山稿略》、王宗沐《敬所王先生文集》、《方城遗献》、万历《黄岩县志》。

赵大佑年表

正德五年庚午（1510）　一岁

六月十一日生于太平关峙（今冠峙），名大佑，字世胤。其先出上虞蛟井（今属嵊州），迁洪洋（今路桥洪家）。宋理宗宝庆中（1225—1227），赵处良起家进士，守藤州。其后赵德明于元末避方国珍兵乱而徙关峙，四传至维石，维石生懋，懋生坚。坚生崇贤，为广德知州，即赵大佑的祖父，有善政，崇祀于乡贤祠。以赵大佑贵，赠南京刑部尚书。赵父名相，累封官，卒赠刑部尚书，母王夫人。是年二月，太平乡贤谢铎逝世，赵大佑毕生以王居安、谢铎为榜样，并影响其一生。

正德八年癸酉（1513）　四岁

祖父崇贤自道州知州任上病归。崇贤于弘治壬子（1492）中举，癸丑（1493）中乙榜，授汀郡训导，后任六合知县。由擒贼功，应超升四级，为刘瑾所抑，仅升广德知州。在广德赈饥疫之灾，缚豪强"十虎"，劝以从善。巡按刘溥考评称其"敷政得体而下不忍欺，见义敢为而威不能怵"。因不赂刘瑾，劾其刚愎欲罢之，后调道州。唐元结曾官道州，崇贤遂以"次山"为字。

正德九年甲戌（1514）　五岁

二月十一日，祖母林夫人卒。赵大佑之父赵相为林所生。祖母为林鹗之女，嘱赵崇贤为林鹗求谥，因崇贤为外官，未入朝廷，故未成。后赵大佑成御史，为林鹗请得谥号。

正德十年乙亥(1515)　六岁

赵大佑与表弟王铃同就学,一生交往密切。王铃称:"公生视余为同物。丱角时同入泽宫为诸生,同读书于方山余先人墓庵。"王铃后娶赵大佑之妹。

正德十一年丙子(1516)　七岁

赵生有奇质,其祖父崇贤最钟爱此长孙,"口授以五经大义辄解,操觚即惊诸老生"。崇贤喜曰:"大吾门者,此子也"。

正德十二年至正德十五年(1517—1520)　八岁至十一岁

就学乡学,得祖父严格家教。

正德十六年辛巳(1521)　十二岁

武宗崩,朱厚熜嗣皇帝位。张璁言,继统不继嗣,请尊崇所生,立兴献王庙。黄绾附张璁议。

嘉靖元年壬午(1522)　十三岁

世宗初年,励志变革朝政,朝廷气象更新。嘉靖中叶,夏言、严嵩迭用事,内阁之拟票决于内监,相权转归宦官。中年的世宗心疑反复,肆诛戮,二十余年不视朝,滥兴土木,一意修真。晚年,专任严嵩,遍引私人居要地,朝政法纪大坏,吏贪官横,民不聊生。严嵩去职,依然修斋建醮。

嘉靖二年癸未(1523)　十四岁

叶良佩中进士。叶为赵大佑叔祖的女婿。嘉靖十九年(1540),赵崇贤八十寿诞时,屏去其他礼品,独取叶良佩的献词。

嘉靖三年甲申(1524)　十五岁

三月,天台夏锿乘肩舆自桃溪到关屿,“实平生一至焉”。是年,夏锿七十,崇贤六十三岁。“崇贤太守得请家居十有几年”,与其同祖诸弟馆饩久之,并出父、叔的行实,求为墓道文。夏锿称,崇贤为林鹗的女婿,林鹗与夏锿之父夏埙为同年,“同以监察御史历臬藩长”,“予于崇贤比例通家,又予同年”,称崇贤“乐甚有节,狎甚有文”,故而为崇贤、崇龄分撰《未庵先生赵公墓表》《望云先生赵公墓表》。后钟世符邀夏锿至泽库留少日,撰《中山赵公墓铭》。《赤城集》收录《过桃溪答赵次山约》《次韵答赵次山》。夏锿是台州知名文人,常熟县知县王叔杲《刻赤城集跋》称:“吾台文人前有方逊志,后有夏赤城。”祖父与夏锿的交谊,令赵大佑一生难忘,他亲自抄写过《赤城集》,退休之前,为第三次刊印《赤城集》出力。

嘉靖四年至五年(1525—1526)　十六至十七岁

于乡学就学。

嘉靖六年丁亥(1527)　十八岁

黄岩畲川里富家女牟德秀(生于正德三年,1508年)许嫁赵家,年二十岁。赵崇贤与牟祖西崖为中表兄弟,崇贤带长孙见西崖,得其意,遂许嫁孙女。《黄岩县志》有牟西崖的传记,赞誉其择婿识人。牟德秀将妆奁全用于赵的学业,使赵大佑得一意求学。十年后(1537),按御史的衔敕封孺人。

嘉靖七年戊子(1528)　十九岁

赵大佑曾回忆与月航、海洲等朋友的交往。“在昔乡国咡诏肩随之交,所与赠处之谊,虽不得亟相见承绪言,间尝得其所遗言,与余之所私淑,辄想见颜色,出心神以拟之藏(蔵)焉。”

嘉靖八年己丑（1529）　二十岁

弱冠，补邑弟子员，蜚声庠校间。后入仕，时刻想念朋友，常有诗书来往，致信笺满箧，遂辑录诗作，刻《空谷遗音》，以示不忘交情。欣赏朋友的悠闲，"要之皆能养恬阿涧，脱屣纷挐喧豗之场"。

嘉靖九年庚寅（1530）　二十一岁

正月二日，赵崇贤七十寿诞，亲友来贺。"时得诸所赠言为寿，凡数十家。周览至霞溪先生，辄心赏焉，曰：'诗人也，小子识之。'余时业举子，未解所谓。既而受室牟氏，始得聆謦欬。"（《霞溪诗集序》）牟霞溪即妻叔。

嘉靖十年辛卯（1531）　二十二岁

在县学就学。牟氏夫人贤，有相夫之道，"食不重味，衣布帛，无纨绮，由衣服饮食，由执事，毋敢倦勤"。

嘉靖十一年壬辰（1532）　二十三岁

赵崇贤的庶子、纯相之弟纯恩，补国子生，成为该年贡生，后任高州府推官。

嘉靖十二年癸巳（1533）　二十四岁

祖父家居严辨，牟氏奉重闱，谨执妇道。祖父喜对赵大佑的父母说，我家得到一个好的长孙媳妇。祖父叫赵大佑一心治学，不要让家事分心，"竟以业儒起一经"。

嘉靖十三年甲午（1534）二十五岁

是年乡试，成举人。是科解元为临海张志淑，徐阶称："昔在甲午，予幸识公。"徐阶，松江华亭人，嘉靖二年（1523）进士第三人。从王守仁门人游，有声士大夫间。与张孚敬议不协，斥为延平府推官，连摄郡事，迁黄州府同知，时擢浙江按察金事，视学政。徐阶与赵大佑相识相知三十余年，后任首辅，擢赵大佑为南京刑部尚书。

是年,王廷相由都御史提升为兵部尚书,提督团营,仍掌都察院事。

嘉靖十四年乙未(1535) 二十六岁

连登进士,授凤阳府推官。凤阳故多讼牒,赵至,"悬断若素习者,以淑问著声。荐剡四腾"。

嘉靖十五年丙申(1536) 二十七岁

为凤阳推官。十二月,九庙成,诏赦天下。夏言兼武英殿大学士,预机务,时李时为首辅,而政多自夏言出。其冬,时卒,言为首辅。武定侯郭勋得幸,"害言宠"。礼部尚书严嵩亦心妒言,夏言致仕。居数日,帝怒解,复入直,夏言疏谢。世宗悦,谕令:"秉公持正,免众怨。"夏言心知"众怨者,郭勋辈"。翟銮再入,"恂恂若属吏然,不敢少龃龉"。郭勋与夏言有隙,日相构,交恶自若。帝益怒,令夏言致仕,郭勋也被言官劾,引疾在告。夏言撰青词及他文,最得世宗之意,被罢后,独翟銮在内阁。

嘉靖十六年丁酉(1537) 二十八岁

任凤阳推官。是年,夏镤卒。夏镤号赤城,成化二十三年(1487)进士,不乐仕进,弘治四年(1491),始赴阙。抗疏拯救被谪官员,宦官蒋峻矫诏下镤于锦衣狱,禁锢数月,后称病还乡。弘治十四年(1501)被诏入京,上疏历叙百姓饥馑死亡状况,请免除苛捐杂税。又任南京大理寺评事,后还乡养亲,家居三十年,著《赤城集》。

嘉靖十七年戊戌(1538) 二十九岁

毛栋称,其父向许松皋、都御史王廷相推荐赵大佑,入为广东道监察御史。"既列内服,益思效职表树,扶正纠邪,风裁凛然。"王廷相正色立朝,很少赞许人,独器重赵大佑。同僚王桢称:"余同年进者也,为御史事。"初使江西,清戎江右,即清理江西的军务。六年后考绩,赵大佑向世宗报告:"臣使江西盖清戎,驱逋逸者归之伍,亡没者廉补之。夫军既苦凶危,而饷食岁复不给,以故逃。臣于其遣,檄有司厚资装,令坚其去,勿反顾,至则守垒。"

是年,曾才汉为太平县令,胡礼任儒学训导。

嘉靖十八年己亥(1539)　三十岁

二月起黄绾为礼部尚书,宣谕安南。黄绾迟缓赴使,为祖求谥而免。朝廷起翟銮为兵部尚书兼右都御史。湖广巡抚陆杰、贵州巡抚韩士英围剿湖广龙求儿、贵州龙子贤,未获元凶而张大其功,奏赏。未逾年,叛苗聚众数万,流劫酉阳、平头、九江等寨,杀虏人口千余,财物不知其数。"适苗民叛四掠,公廉得其故所起",奏"臣窃见苗民叛非细故,罪在邀功养寇者,患波连四省……以为遂剿之便"。时执议者厌苦兵事,"以故隙,革公议不用"。(王宗沐《送方厓赵公序》)

嘉靖十九年庚子(1540)　三十一岁

是年正月,召翟銮复入阁。

正月二日,赵崇贤八十寿诞。叶良佩《次山记》载:"其时,赵大佑已为凤阳理刑,天下第一,入为御史,居有间,而御史君奉命清戎江右,取道归觐,适公年八十,乃治觞为公寿。"县令曾才汉献祝寿诗,赞颂赵崇贤州守功绩,羡慕其隐居生活,"兴剧时穿谢公屐,诗成自漉陶潜酒。但觉忘机意自闲,宁知皓首颜如丹"。最后赞誉赵大佑"由来积庆贻后昆,龙章豸服公之孙。乘骢去揽南州辔,舞袖来将北海樽",豸服为御史之服饰。

六月,叶良佩撰《太平县志》成,并载赵崇贤、赵大佑之名。

是年秋九月二十日,祖父崇贤去世,距其生天顺辛巳(1461),年八十岁。赵大佑赋诗:"鹭车来间道,拭泪慰吾亲。寂寞重闱地,凄凉远客身。一经家食旧,千里简书新。衮职曾无补,箕裘愧后人。"表达要继承祖父遗志。

世宗数称疾不视朝,讳言让储贰(太子)临朝。罗洪先等提议让太子临朝,被免职。

嘉靖二十年辛丑(1541) 三十二岁

江西未莅事召还,巡按贵州。赵大佑果敢峭直,执法不回,临大事,决大疑,片言而止。贵州汉夷杂居号难治,赵大佑剔弊厘蠹,击奸劾贪。原宣慰使安万铨稔恶梗化为地方患,官衙逮治不出。赵大佑视事十日,先声詟服,使万氏束身来见,其爪牙张仁、李木,械而杀之。(《为附郭宣慰调兵行杀斩权、越占粮马地方,抄虏人命,两省得闻冤苦疏》)贵州巡抚刘彭年(培庵)受贿,指使安万铨向各衙门发文,称赵招衅。赵大佑阴为之备,谈笑语人曰:"人臣苟利社稷,死生以之。所司其毋闭城门,吾何爱一身!"遣使直抵安所,按其反状,安氏惧不敢动。驰疏状其罪恶,诏下,捕系安氏。贵阳人以为赵大佑有唐代郭子仪单骑威临回纥军营,退敌而解围的风度。《燕石集》收两封信,《初报抚公培庵书》《再报培庵书》。《贵州通志》称,土酋有阴怀不轨者,詟佑威名遂寝其谋。

秋入境,铜仁被害人等遮道哀告。赵大佑见苗势猖獗,不服招抚,上《不职抚臣罔上邀功贻患地方疏》,劾湖抚陆杰,提请会同湖广围剿,终"驻卒辰沅、酉阳之间,一鼓之力制其归命"。

巡按贵州时,努力行政治事,建学院、助学子、严治安、肃奸贪、明刑罚、理政事、治财政、行仁政。上《按贵奏议》,提出十八条建议。后向世宗报告："夫贵州者,夷方也。臣使按贵州,观俗,制令取所不畏,畏之间,复警犯。文谕之,不听,再谕,乃竟听,豕冒羊驯,服役比于编户。臣不敢峻威急缚,重伤陛下怀远一视之仁。夫盗公家之利以自润,而又灭其影,在法毋贷。"应大猷《与赵方厓书》称赞:"道闻真御史者忙,……敦古而达时,易事而难悦,务实政而略虚文……,前官未尝巡历处,今不惮亲临且不扰不遗,……小民不惊节目之繁,是果真御史,五六年来所未见也。……为乡贤喜岂浅哉!"《赵方厓文集序》亦赞:"最善在贵州宪绩,无论地方险易,一一亲历。"

在贵州,有游普安碧云洞《碧云漫兴》《题钱司农洞泉图》《至普定登圆通寺尚头》等诗文。其述贵阳阿鲁之胜的游记,得蔡鹤田之好奇:"秋间贵阳承差还……得执事佳记读之,益征奇绝,不觉游兴为之飞跃也。夫山川佳丽之在中土者,固不可胜记,至于幻巧如数洞则未有闻。顾僻在荒域,得非造化之秘乎?"

九月,翊国公郭勋有罪,下狱死。案连王廷相,免职。俺答犯山西。十月召夏言复入阁。

嘉靖二十一年壬寅(1542)　三十三岁

世宗中叶,夏言、严嵩迭用事,赫然为真宰相,压制六卿。

是年,赵大佑任御史巡按南京。六月,俺答寇朔州,入雁门关,犯太原。七月,夏言罢。八月,礼部尚书严嵩兼武英殿大学士,预机务。世宗心疑而反复,"中年益肆诛戮,自宰辅夏言不免"。世宗曾对辅臣说:"朕思死刑重事,……令法司再理,与卿共论,慎之慎之。"越数年,"大理寺奉诏谳奏狱囚应减死者",世宗指责大理寺"诸囚罪皆不赦,乃假借恩例纵奸坏法",寺丞、刑部尚书或降或免职。

十月,宫婢谋杀世宗,伏诛,磔端妃、宁嫔于市。世宗移居万寿宫,大臣希得谒见,惟嵩独承顾问,得逞志。嵩欲排陷人,故触帝所耻与讳,移帝喜怒。士大夫辐辏附嵩。

上《恳乞天恩赦小过录旧臣以宏圣德疏》,为王廷相辩冤,力陈"明君之用才,辟则大匠之用木,大匠不以才朽而废合抱之材,明君不以一眚而遗济世之器",王廷相卒复召。后为王廷相的孙子写推荐信。

嘉靖二十二年癸卯(1543) 三十四岁

赵大佑历江西、贵州、南京三使后,留在朝廷任职。王桢称:"今天子初使江西,已乃使贵州,又使南京。车凡三出,咸有功。归命于天子,天子以为能,志之,留侍中,勿更遣。于是,赵君之名显于阙下。"赵大佑挟六年文牍,"将趋谒听天子考会"。王桢访赵大佑,问:"昔,臣将对君,必从友谋拟得当,然后入,盖慎之也。君今考,即如天子按牍问,御史使三邦……则君安置对?"赵大佑告诉王桢其据实答复的话。王赞赵为达儒,"事事各底于理"。

次日,牍上天子,如所拟对。汇报巡按南京称:"臣使南京,勾检积案,摘其辜坐之,以惩邪者,不以私匿,不以旧党,罪者若干人。夫仕既以食君之禄,君使之,又渔其财,与仓鼠奚异?臣以故痛绝之。"

嘉靖二十三年甲辰(1544) 三十五岁

临海王宗沐中进士,授刑部主事,谒其岳父太史公秦鸣夏。秦告诉王:"顷予属较艺进,赵方厓氏庶几以人事君者,始以为独其文奇置高第,比见,又温恭志洁若尘埃之外,出为能推官,入为名御史。按贵阳,贵阳人称前无所有,卓荦不群,盖抱究鸿略者,若新识之。"王宗沐称:"某不敢忘。迨公从南来,而某幸备员刑部,得朝夕请益,质以向所闻于太史公者较然矣。"

赵大佑性质直,不惧得罪人,指名道姓直斥致仕尚书王某改南京兵部尚书,为"奔竞无耻"。"政本在相国,而君子小人之进退,系治乱消长之几",首列时宰翟銮不当徇私,援引故尚书王尧封、周期雍、费寀状,侃侃千余言,中外危之,疏内诸人咸相继罢斥。(《慎用人以崇治体疏》)七月,俺答犯大同。八月,翟銮罢。九月,吏部尚书许赞兼文渊阁大学士,礼部尚书张璧兼东阁大学士,预机务。

嘉靖二十四年乙巳(1545)　三十六岁

帝微觉严嵩贪恣,九月,召夏言入阁,尽复少师诸官阶。夏言凌驾于严嵩之上,"凡所批答,略不顾嵩,嵩嗫不敢吐一语。所引用私人,夏言斥逐之,严嵩不敢救,衔次骨"。士大夫方怨严嵩贪忮,以为夏言能压夏嵩。巡按山西御史陈豪言:"敌三犯山西,伤残百万,费饷银六十亿,曾无尺寸功。请定计决战,尽复套地。"冬十一月,许赞罢。

嘉靖二十五年丙午(1546)　三十七岁

是年,赵大佑赴南京考核官员政绩。

敌犯延安,总督三边侍郎曾铣力主复套,条上十八事,世宗嘉奖之。

嘉靖二十六年丁未(1547)　三十八岁

王世贞举进士,授刑部主事。世贞好为诗古文,官京师,入王宗沐、李先芳等诗社,与李攀龙辈相唱和,屡迁员外郎、郎中。

赵大佑刷卷南畿,还朝留侍中。考九年满,以御史迁南大理寺丞,十二月二十六日领凭赴任。王宗沐为文《送方厓赵公序》:"御史九年,得为北大理丞,而公竟南去。某曰:'若何?'曰:'南中遐,得益就所以如唐晋人者。'公雅有别志,而直以是自托也。"

十二月,逮甘肃总兵官仇鸾。海寇犯宁波、台州。严嵩窥帝意惮兵,且欲杀旧阁臣夏言,因劾曾铣。

嘉靖二十七年戊申(1548) 三十九岁

赴南京,任南大理寺右寺丞,寻养病。

正月,以议复河套,逮总督陕西三边侍郎曾铣。罢夏言。三月,杀曾铣,逮夏言。出仇鸾于狱。三月初三日,赵大佑行至直隶淮安府邳州,忽感吐血病症,六日夜不止,觅医诊治未愈。十四日,至扬州高邮州,病复作,转沉重。四月十五日,因过江遇风惊悸,内损,心神怔忡,气血虚耗。写《为患病不能供职,恳乞天恩放归调理以延残喘疏》等二疏,要求退归乡里。六月,具本令义男赵四抱奏,乞恩放回。

十月,世宗杀夏言,自是无敢言边事者。

嘉靖二十八年(1549) 四十岁

任南大理寺右寺丞。在家养病。

嘉靖二十九年(1550) 四十一岁

任南大理寺右寺丞。赵大佑推荐赵孟豪任太平县令,初甚得民之好评,后因抗倭之需,版筑之役兴,民怨,赵大佑不免问讯。(《复赵南华大尹书》)此后二年,太平县城逐步完工。

《明史》称:"世贞始与李攀龙狎主文盟,攀龙殁,独操柄二十年。才最高,地望最显,声华意气笼盖海内。一时士大夫及山人、词客、衲子、羽流,莫不奔走门下。片言褒赏,声价骤起。"王世贞等"多少年,才高气锐,互相标榜,视当世无人,七才子之名播天下","谓文自西京(西汉),诗自天宝(盛唐)而下,俱无足观,于本朝独推李梦阳"。

赵大佑从不显示其诗文。应明德对王世贞说,赵大佑是一位长者,而没有谈及赵的诗文。王世贞称:"某年虽少于公十五岁,当公之见接时,以操觚之末技,猖狂都下,都下诸公工其业者,靡不出其所长,以相扬挖,而公粥粥若无所知能,询之人,不知赵公工是业也。"王世贞对《燕石集》诗文赞美有加:"今读公诗,则皆和平朗爽,有朱弦疏越之音,而五言古、近体尤自长城。至于文,典雅简劲,太羹不和之味,流羡于齿颊间。彼横溢而自谓才,钩棘而自谓调者,故退然而下风矣。""公不以名其业,使操觚之人无能名之,及稿成而目之《燕石》,公岂其石也?要之,意不欲以其长鸣,终始不离长者乃尔。"

嘉靖三十年辛亥(1551) 四十二岁

任南大理寺右寺丞。上年十二月十五日,台州张中峰卒。应其子志淑请,作《中峰张公墓志铭》。志淑为嘉靖十三年乡科解元,同年交谊较好。

嘉靖三十一年壬子(1552) 四十三岁

三月,礼部尚书徐阶兼东阁大学士,预机务。

四月,倭寇浙江,入海门关。五月,倭寇自松门登陆,抵太平县城南门,吹螺蚁附,纵火焚近郊室庐,城几破,邑人王庚以火器攻退。(周世隆作《太平抗倭图》,今存国家博物馆)次日,贼登山觇城,以竹编牌裹牛皮,拥逼城下,架云梯欲上。城中弩石叠发,贼不得近。郡守遣杨文将兵至,追倭破之于南湾。县志称赵孟豪率众抵御倭寇,一说方辂。倭寇犯境,应于赵、方二令交替之际。

五月二十七日,倭寇犯黄岩县治,舶舟澄江,盘据七日,毁官民廨舍殆尽,杀伤甚众。院司遣台州府知事武旵来救,至钧鱼岭遇伏被害,赵大佑非常愤慨。武是文职幕僚,受命赴援,兵败而死。皇帝愍其忠,赠恤典。台州人及其同乡,写诔、哀辞、挽联以歌颂之,其兄、子集为《愍忠录》,请赵大佑作序。七月,命山东巡抚都御史王忬巡视浙江。

嘉靖三十二年癸丑(1553)　四十四岁

闰三月,汪直纠倭寇濒海诸郡,至六月始去。

王桢称赵大佑与蒙溪张公同治大理之事,"治南中狱也,其志宽而不急,其法平而不颇。今南中人戴两公之德,至望空祝拜,即欲一日而致三公"。"赵公居大理既七年不调","是时,南中有日者刘生,善言人禄命……刘生尝为余言,大理丞赵公顷之当迁卿,……居有顷,赵公果迁而为大理少卿"。

九月,夫人牟德秀病逝于南京大理寺官舍,终年46岁。

是年,汪汝达取进士,令黄岩,时寇残毁余,汪迎养其母,其母周氏识大义,劝子行仁政。次年,赵大佑扶牟氏丧归,道经黄岩,汪令助之。二人交往遂密。

嘉靖三十三年甲寅(1554)　四十五岁

是年,赵拜大理少卿,持牟氏丧以归。赵大佑对曾才汉说:"某窃禄南都二载中,既无善状,又不幸有炊臼之厄,中年遭此,岂独儿女困苦哉。偶以承乏,得异其榇还乡,且厝之土矣。""……浙东自遭海寇,防御输挽,版筑征科,随处骚动,民俗土风迥殊宿昔。"

三月,倭犯通、泰,入青、徐界。四月倭犯嘉兴,陷崇明。五月倭掠苏州。南京兵部尚书张经总督军务,李天宠抚浙江,讨倭。赵文华督军务,力排张经、天宠二人。赵大佑《寄巡抚汲泉李公书》称:"为敝土得人之贺。……咸谓公素以直道持身,实心当事。重镇须济世之才,不亦宜乎"。"已知荣任出镇嘉禾,设险于易地;置之危而后安,良是也。"

夏,在路遇倭寇。寄卢后屏称:"矧家食仅四旬,客涂且三月,夏间过吴门,主仆儿女几陷贼中。同行者十日,惊散七日而来复,平生徼倖又莫甚焉。"

八月倭寇嘉兴,胡宗宪以毒酒杀死倭寇数百。

秋冬之际扶丧归家。赵大佑称:"某为老亲在堂,亡妇在路,不容不过家。然入门之日,吉凶礼并,……心事之苦莫逾于此。"卜是岁除日,葬牟氏于金吞鹤止山之麓。

嘉靖三十四年乙卯(1555)　四十六岁

正月,倭陷崇德,攻德清。五月,总督侍郎张经、副总兵俞大猷击倭于王江泾,大破之。倭分道掠苏州属县。受赵文华之诬,张经下狱。六月,兵部侍郎杨宜总督军务,讨倭。

赵大佑四月离家,七月到京。工部尚书卢后屏推荐赵升任右佥都御史,"中秋抵京,会午山、近川二兄,咸道公为某之意惓惓,硕人之德常施于不报也。……某再叨进步,诚出望外"。(《寄司空后屏卢公书》)赵大佑对赵文华诬陷李天宠等不满,《答陈潜斋年兄书》:"要之为公而非私,君子之过也。……若必欲摧折顿挫,使其阘茸,取媚悦以垄断于时势,则士之可贱甚矣,国家何赖焉。"

九月,赵文华及巡按御史胡宗宪击倭于陶宅,败绩。十月,杀张经及巡抚浙江副都御史李天宠、杨继盛。倭掠宁波、台州,犯会稽。

赵文华盛毁总督杨宜,赵大佑《答总督裁庵杨公书》:"东南不造,兵火连年,三吴两浙望公久矣。多事需才之日,惟贤独劳,宜所至无温席也。比读来教,悉中事机。"是年,与巡按胡宗宪通书。

谭纶于"乙卯冬莅都,值羽檄交驰,遂奋袂为战守之具,修城池缮械据险,折冲之道靡不井井次第举矣"。(应大猷《赠谭二华郡守平寇仙居序》)赵大佑回忆在南京御史任上,与谭纶的交往。其时台州"山城海郡,僻在东徼,民生瘠土,又值兵荒",他告诉谭纶"上有催科之责,而下有抚字之望",为百姓请命。(《寄谭二华太守书》)

牟霞溪寄《霞溪诗集》,请作序。次年,作《〈霞溪诗集〉序》,称祖父年七十寿诞时,得赠言数十家,心赏牟文,并亲听教诲。人虽在外,"恒往来余怀也"。

是年,汪汝达不行赋敛,三月至六月重修黄岩县学。

嘉靖三十五年丙辰(1556)　四十七岁

正月,官军击倭于松江,败绩。二月杨宜罢。胡宗宪总督军务,讨倭。五月,赵文华提督江南、浙江军务。六月,总兵官俞大猷败倭于黄浦。七月,胡宗宪破倭于乍浦。

夏,倭寇"以为台固昨也,……逼仙居,肆为焚劫","公(谭纶)时策马,绕贼前后为攻围计,或劝阻之,曰'兹吾职守,遑恤其他',身率壮士,忘食忘寝"。

秋,赵大佑为都察院左副都御史,即中丞。居台端,执法桓桓,务崇大体。赵私下考察乡人给事吴时来,与其谈论古今人卓行奇伟事,尤称述台州先辈谢铎、黄孔昭、林鹗、王东瀛侍郎诸公,示以效法者。

嘉靖三十六年丁巳(1557)　四十八岁

任都察院左副都御史。二月,俺答犯大同。三月,吉能寇延绥。四月,奉天、华盖、谨身三殿灾,皇帝下诏引咎修斋五日。赵大佑撰《为自陈不职乞赐罢黜以答天戒疏》。

胡宗宪诱汪直下狱,其党毛海峰等据舟山,阻岑港自守。

大猷环攻之,苦仰攻,将士先登多死。朝廷促宗宪急,宗宪谩为大言以对。廷臣竞诋宗宪,并劾大猷。夺大猷及参将戚继光职,期一月内平贼。大猷等惧,攻益力,倭寇死守。赵大佑《寄俞总兵书》称:"诸司既乏远虑,而民生又藉承平,其敝遂至于此极。尚幸上天爱民,为国家生异才以作屏蔽。……公德威并懋,岂惟节钺所至,人蒙其福。"

嘉靖三十七年戊午(1558)　四十九岁

任刑部右侍郎。三月,吴时来抗章劾严嵩:"朋奸罔上,嵩辅政二十年,文武迁除,悉出其手。潜令子世蕃出入禁所,批答章奏。招权示威,颐指公卿,奴视将帅,筐篚苞苴,辐辏山积,犹无餍足。陛下但知议出部臣,岂知皆嵩父子私意哉!除恶务本。今边事不振由于军困,军困由官邪,官邪由执政之好货。若不去嵩父子,陛下虽宵旰忧劳,边事终不可为也。"时张翀、董传策与吴时来同日劾嵩,翀、时来皆为徐阶门生,严嵩疑徐阶主使,下三人诏狱,严鞫主谋者,三人濒死不承。吴下诏狱,官校侦逻,所素厚之人亦祸且不测,赵大佑潜饷遗狱中,数遣存问其家人,资送之。诏吴时来戍横州。

浙江官军围倭贼一年,大猷先后杀倭四五千。七月,倭寇自岑港移柯梅,泛海去。大猷等横击之,沉其一舟。宗宪阴纵倭寇去,不督诸将邀击。御史李瑚劾胡宗宪,宗宪委罪大猷纵贼以自解。

是年,弟大佶、子成孚与临海项思教同举于乡。项思教的祖父与赵大佑的祖父也是同年乡试中举,项思教称"盖世讲也"。后项思教赴京,赵大佑专门去探望。

是年,冠屿遇寇,家为一空。赵大佑与牟思贻叔丈叹苦:"夫寇警系一方大数……祸福相倚,患难岂君子所无哉。……

所恨薄命起自一经,亡妇生前稼穑所贮、机杼所就,以遗身后之迹,惟丝缕数匹、宫室数椽而已,今掠之不足,毁之无余,遂使亡人半生辛苦泯若无踪……既破之甑,且不足视,念之复何益为。"

嘉靖三十八年己未(1559)　五十岁

赵大佑转刑部左侍郎。蔡鹤田升任南京刑部尚书。

三月,倭犯浙东,海道副使谭纶败之。帝怒,逮浙江总兵官俞大猷于诏狱。陆炳与大猷善,密以己资投严世蕃解其狱,令立功塞上,赴大同。赵大佑赋诗《送俞总戎之云中,兼讯抚公同野》,诗云:"投珠岂谓无知己,仗钺仍烦佐上军。"巡抚李文进(同野)与俞大猷筹军事,造独轮车拒敌马,大挫敌安银堡,谋袭板升,获胜。

云南藩司中有明初张纮所作的碑记,其文与字俱佳。其时,御史王及泉巡按云南,赵大佑求其为己拓本,称自己原有拓本,在上年(1558)被毁。

嘉靖三十九年庚申(1560)　五十一岁

伊王朱典模纵侈不道,朝议遣赵大佑勘问伊王"所为僭拟及事之与祖训违者"。伊王纳贿于严嵩,严示意赵大佑饶恕之。赵大佑退而叹:"奉敕推勘,而不以实闻,置国法于何地?吾不敢负朝廷,而惟权奸是媚。"上疏极论伊王的罪恶,疏入,深忤严嵩,"分宜怒"。"有诏覆议,而王竟从末减矣",伊王的卫队被解散。至严嵩败,伊庶人始服法。见《为恳乞圣慈悯念地方灾伤,俯赐停免额外加征府第工银,以苏民困、以固邦本疏》。

嘉靖四十年辛酉(1561)　五十二岁

陞南京都察院右都御史,掌院事,"公端范植轨,为诸司表

率,一如居内台时,群属畏服"。温峤珙山项宗曙将赴任乐亭
县丞,赵大佑作《赠县丞凤溪宾任乐亭》,为目前仅存之墨宝。
赵大佑勉励项"尹有大小,而体国亲民之心,宜其无间然者"。
"夫天下之生久矣,民之凋敝,视昔特为甚。苟政亟行,谁其堪
之?""宜其训礼俭、罕工筑、修武备;谦己以安百姓,敦惠以致
人和;宽冲以纳俊乂之谋,慈信以结士民之心;劳抚字,拙催
科,……虽执之以宰天下可也。"

　　赵大佑与刑部尚书郑晓、侍郎傅颐,坚持案件应按法律程
序由法司审理,由都察院、刑部平议;严嵩以此激怒皇帝,令郑
晓去职,贬傅颐秩,赵被逐出御史台,贬两级。

嘉靖四十一年壬戌(1562)　五十三岁

　　严嵩遍引私人居要地,世宗亦厌之,渐亲徐阶,阶因得间
倾嵩。时,世蕃护母丧归,严嵩对皇帝的手诏多不晓,失旨;进
青词不工,失帝欢。万寿宫火,严嵩请皇帝暂徙南城,而徐阶
营万寿宫甚称旨,帝益亲阶。未几,世宗听方士蓝道行言,欲
去严嵩。御史邹应龙极论严嵩、严世蕃父子不法罪行。五月,
下世蕃于狱,令严嵩致仕。徐阶入为首辅。

　　赵大佑迁南京刑部尚书。"公理律精核,历官多在法纪之
司。至是,益明慎公恕,兢业自持。"齐庶人自杀家僮,诬富室
子儒生陆某,法官多引嫌畏势,不敢断案。赵大佑毅然辩诬,
法办齐庶人可涧。(《为人命疏》)留都五城原设兵马,官小虐
民,多以赃败,赵大佑劾罢其尤不职者胡光弼,请定终岁考察。
(《为贪枉盗赃欺骗孤寡疏》)

嘉靖四十二年癸亥(1563)　五十四岁

　　赵大佑治狱宽猛相济。太监黄锦为至宠近侍,其部下马
广被判死刑,想请赵开脱,同事有为马广说情的,赵答:"岂可

以大霈释当诛之人。"广遂刑。

过仙居访问已致仕的应大猷时,赵大佑坚持坐门生的下位。应大猷笑曰:"尚书对尚书,无乃过谦乎?"赵答:"老父与翁同庚,中心肃然,列坐乃安。"与应大猷谈论家政,及朝廷奏疏等为国、为民事。

嘉靖四十三年甲子(1564) 五十五岁

清理历年积案,"有冤狱逮系凡数年,相连坐死者无算"。由于官员不断变更,冤情难白,赵叹曰:"人命至重,王法至公,以法官知人之冤,而忍弗为之白,可乎?"遂奏释之。"其他可以情原理宥者,恻然有哀矜之心,事多平反。南中人至今称执法不冤者,则一口以为赵尚书云。"

嘉靖四十四年乙丑(1565) 五十六岁

二月十五日,于金陵官舍作《题赤城先生集》,称:"昔从先生仲子河得其全草,录置家笥,属海寇至,毁焉。顷承留台之乏,过天台,复得前钞,合《甲乙》与郡本参列,质校一是,皆以先生手泽为的。"《重刻夏赤城先生文集序》称:"文集……三刻于太平赵公方崖。"常熟县知县王叔杲称:"侍御俞公裒夏集定本若干卷,命刻之县斋,而大司寇赵公实校叙之……。嘉靖乙丑夏月吉日。"三月,严世蕃伏诛。四月,严讷、李春芳并兼武英殿大学士。

赵入仕三十年,历十余任至刑部尚书。是年,历二品俸满考绩,世宗皇帝称:"兹予能持法任职之臣也。"进赵为资德大夫,勋正治正卿,祖、父皆进尚书,祖母暨母皆夫人。次日,谢恩阙下,退谓徐阶曰:"某亲老矣,愿得致其事,归奉一日之养。"徐阶再三慰留之,赵大佑"泪涔涔与声俱下",决意退休。回南京经德州,写疏称病乞骸,即《为中途患病不能赴任,恳乞天恩容令致仕以延残喘疏》。吏部请暂休理,部使者以人才荐,不起。

得告,还过常州。浙江按察金宪汪汝达居内艰,持状请铭其母,为作墓志铭。

临海项思教在守孝制中,赵大佑舟过郡城,项思教迎于灵江之浒,赵大佑停桡登岸,执其手曰:“吾子非昔年一还,其将抱终天之恨耶,吾是以有此疏也。”遂别去。

嘉靖四十五年丙寅(1566)　五十七岁

赵大佑退休在家。

户部主事海瑞上疏世宗:“陛下则锐精未久,妄念牵之而去,至谓遐举可得,一意修真,竭民脂膏,滥兴土木,二十余年不视朝,法纪弛矣。……吏贪官横,民不聊生,水旱无时,盗贼滋炽。陛下试思今日天下,为何如乎?”“迩者严嵩罢相,世蕃极刑,然嵩罢之后,犹嵩未相之前而已,世非甚清明也,……盖天下之人不直陛下久矣。”“今乃修斋建醮,相率进香,仙桃天药,同辞表贺。……陛下误举之,而诸臣误顺之,无一人肯为陛下正言者,谀之甚也。”帝得疏,大怒,抵之地,顾左右曰:“趣执之,无使得遁!”黄锦告诉世宗,海瑞“自知触忤当死,市一棺,诀妻子,待罪于朝,……不遁也”。帝默然,少顷复取读之:“此人可方比干,第朕非纣耳。”召徐阶议内禅:“海瑞言俱是。朕今病久,安能视事。”遂逮瑞下诏狱,移刑部论死。越二月,帝崩,海瑞获释。赵大佑赋诗《恭闻圣恩宽释海主事,喜而口颂》。

三月,郭朴兼武英殿大学士,徐阶等推荐礼部尚书高拱兼文渊阁大学士,预机务。十二月世宗崩,年六十,遗诏由裕王嗣位。徐阶仅与张居正商议草拟世宗的遗诏,高拱与徐阶有隙。

隆庆元年丁卯（1567） 五十八岁

穆宗嗣位,诏求遗逸,台谏交章论荐赵大佑。年初,内阁由徐阶、高拱执政。高拱请赵大佑入南京刑部尚书,赵回复《奉内阁高中玄翁书》。时徐阶被御史刘康所劾,海瑞言："阶事先帝,无能救于神仙土木之误,畏威保位,诚亦有之。然自执政以来,忧勤国事,休休有容,有足多者。康乃甘心鹰犬,捕噬善类,其罪又浮于高拱。"五月,高拱即乞归,隆庆三年（1569）重回内阁。行状称："今上登极之元年丁卯,诏起太平赵公为南京刑部尚书,寻改兵部参赞机务。"其时,赵大佑父母并年八十,不愿赴新命,上《为宿疾未痊不能赴任,恳乞天恩仍容在籍调理以图补报疏》。吴时来去信,赵大佑复书："顷睹先皇遗诏,中有悔过嘉猷。……夜自邑迎诏归,……仆自得告入山,幸存喘息。二亲亦以游子归来,老怀稍妥。"不愿复出。徐阶对此感到惋惜："于时悄悄,孤立是惧。逮于新政,召公不来。"

隆庆二年戊辰（1568） 五十九岁

徐阶称："后三年戊辰,今皇帝用台谏荐,悉召起贤士大夫,诏征公复为南京刑部尚书,寻改南京兵部尚书,参赞机务。"吴时来奉徐阶之命,也催赵大佑入朝。《再简悟斋》："先皇帝敬天勤民,……吾党罪过可尽归于上邪。""公行当盛世,宜得昌言。斟酌举止,切须慎重,勿伤过激是祝。易曰:革而当,其悔乃亡。"明显批评吴时来以前上疏的激进。

对于徐阶的促进,赵回信称："谨即束装戒期,辞亲就道,不敢复有他说。"赴起之日,父母送之河西,将别,执手涕千行下,赵大佑哭仆地,不能起。既上路,屡上疏请辞新命。冢宰杨公博为赵大佑请赐终养,方得皇帝俞允。"既而诏至,许公致政,以全公孝。乃公与二尊人欢若再见,又归而就养者二年。"

隆庆三年己巳(1569)　六十岁

正月四日卒于正寝,行状称享年五十有九。自致仕后,家居五年,"足迹未尝一至城府,晨夕必在二亲之侧,凡平生所历处所、行事及所见闻之善人美谈,尝不绝口,欲亲倾听,以为定省之娱。饮食必躬阅视,其寒暑衣服调摄唯谨。每遇节序,二老端坐堂上,公率诸子弟罗列阶下问安上寿,人之视之,熙然如登春台,海内无两矣"。

赵大佑一生
交往的人物

与严嵩的周旋

朝廷让赵大佑负责伊王的案件,严嵩已嘱咐赵放宽处理,赵大佑依然认真查处。《上政府劄》即是应对严嵩的。他宣称:"仰承尊委,勘处伊王,……迄今岁首分勘俱毕,即与抚按会审无异。窃照王府具奏再三,率多浮辨。盖以前次奏勘本府各项违碍事情,……昨据委官,逐一质成,曲直较著。"他按律查实伊王的罪证。但是伊王根据严嵩的示意指责有司的过错,赵大佑提出:"凡此咸质之抚按采之。……伏乞俯赐裁定,以便覆议。"尽管伊王没有得到应有处罚,但是,伊王上万人的卫队被裁撤。嘉靖四十年(1561),赵大佑任南京右都御史,与刑部尚书郑晓、侍郎傅颐,坚持案件按法律程序由法司审理,严嵩以此激怒皇帝,尚书去职,赵被逐出御史台。严嵩下台,赵大佑任南京刑部尚书。

与徐阶、高拱的交往

徐阶在甲午年(1534)认识赵。"昔在甲午,予幸识公,如彼芝兰,臭味实同","三十余年,偕公禄仕,相率以忠,相规以义。予忝秉钧,公为六卿,方期协力,光佐升平"。1552年徐阶入内阁,1562年严嵩下台,徐阶升为首辅,赵大佑任南京刑部尚书。赵大佑曾求徐阶作祖父的墓志铭,而徐因朝廷事务忙而未成。《奉内阁徐存翁书》为赵大佑再次去信,信称:"以先祖故道州知州府君墓上之石久虚,又幸以不肖孙某,备姓名于门墙之数,因缘仰渎,乞一言以宠光于永世。……已蒙慨允。"他以自己是徐阶的门生,而求作墓志铭。嘉靖四十四年(1565),赵大佑要求致仕,徐阶劝而不从。隆庆改元,考虑到高拱是裕王府邸的人,穆宗必然提拔,徐阶首先提议将高拱吸纳入内阁;然而,徐阶却重用张居正,与张居正一起草拟世宗遗诏,引起高拱不满,二人纷争激烈。隆庆初,朝廷急需用人,徐阶推荐赵大佑,高拱欣然答应,高知道赵大佑处事不偏。为此,高拱提前向赵大佑发出邀请,赵大佑婉辞任命。隆庆元年(1567)五月,高拱因与徐阶纷争而受御史弹劾,被迫辞职。隆庆二年(1568)四月,徐阶再荐赵大佑为南京兵部尚书,同时参赞机务,职权更加显赫。徐阶让吴时来出面劝喻,赵大佑依然推辞。最后徐阶亲自去信,并以朝廷的名义让赵大佑出任新职,赵不得已启程赴任,于路仍上疏辞职。朝廷终于同意赵大佑辞职,让其作为孝子的榜样以教化社会。是年,徐阶辞职。隆庆三年(1569)年初,赵大佑去世,高拱再次入阁。

与僚友的交往

赵大佑与王廷相、吴时来、应大猷、林应麒、蔡云程(鹤田)、叶良佩、秦鸣夏、王宗沐等情谊深厚。

王廷相(1474—1544),号浚川,明潞州(今山西长治)人。弘治十五年(1502)进士及第,入翰林院。曾因得罪刘瑾被贬。后升兵部侍郎、都御史,嘉靖十三年(1534)加兵部尚书提督团营。嘉靖二十年(1541),因郭勋一案被牵连撤职为民。赵大佑为王廷相辨冤,指称王廷相"与勋共以团营往来同事,不能目见豫待,引嫌自疏,迹似近昵,罪固无辞",实为王开脱。后为王廷相的孙子王中渠求职事推荐,称王廷相"仪范在士林,闻望通海内。一时仕进虽有先后,罔不愿骏奔依归,以占籍门墙为荣"。同时,赵大佑感叹世道不古,王廷相死,原僚属、朋友形同路人,对王的后人不予理睬,"市道交情存亡异态,翟公书门,古已如此,此于名门何所加损"。赵大佑断然拒绝王中渠的礼物,教其如何投书。

应大猷,仙居人,著《容庵集》。据《大司寇容庵应公行状》,应生于成化丁未(1487),卒于万历辛巳(1581),享年九十五岁。于正德丁卯(1507)乡举,正德甲戌(1514)进士,官终刑部尚书。隆庆元年(1567)、万历二年(1574),有司上其行谊,俱特旨存问。应大猷应赵大佑之子请,作《燕石集》序。其《与赵方厓书》,赞誉赵大佑为真御史,"敦古而达时,易事而难悦,务实政而略虚文,严纲要而……,前官未尝巡历处,今不惮亲临且不扰不遗,而遐方咸知廷庙之重。小民不惊节目之繁,是果真御史,五六年来所未见也"。

谢南湖,与赵大佑多有唱酬。赵大佑作《谢秋卿南湖恤刑贵竹》,要求谢"远烦司寇问民冤",同时不可滥纵狱囚,"荒服已传定国在,好生谩数纵囚年",以取得所谓的阴德。《题暮峰台卷》为南湖夫人墓地而记,描绘洞庭东山的墨峰玄壁、天井石门、龙湫浮石诸胜。唱酬之和还有《除日以病不得与南湖守岁》《送谢南湖毕事归湘兼领保宁郡》《至日邀南湖秋卿次韵》。

卢后屏,婺州人,工部尚书。他推荐赵大佑为金都御史。赵称:"咸道公为某之意惓惓,……某再叨进步,诚出望外。"他与友诉苦:"老亲在堂,亡妇在路,不容不过家。入门之日,吉凶礼并,去住情牵;……心事之苦莫逾于此(《寄司空后屏卢公书》)。"唱酬之作还有《送后屏卢公应召大理》《题后屏图》《再复卢后屏先生书》。

　　蔡云程,临海人,人称鹤田,有《鹤田草堂集》。曾任南京刑部尚书,为赵大佑带过家信。《与赵方厓侍御》载,他听人说及贵阳阿鲁之胜,后来读到赵关于阿鲁的游记,称"今得执事佳记读之,益征奇绝,不觉游兴为之飞跃也"。蔡鹤田感叹道:"夫山川佳丽之在中土者,固不可胜记,至于幻巧如数洞则未有闻。顾僻在荒域,得非造化之秘乎?"

　　秦鸣夏,为状元秦鸣雷之兄,临海人。翟銮的儿子等三人一起中进士,严嵩极力追究其舞弊,翟銮下台。秦鸣夏曾任乡试主考官,受牵连下狱。秦鸣夏十分器重赵大佑,王宗沐《送方厓赵公序》曾透露,王宗沐刚中进士,岳父秦鸣夏向其推荐赵大佑:"顷予属较艺进,赵方厓氏庶几以人事君者,始以为独其文奇置高第,比见,又温恭志洁若尘埃之外,出为能推官,入为名御史。按贵阳,贵阳人称前无所有……若新进识之。"

　　王宗沐(新甫),临海人,与其子王士崧、士琦、从子士性,《明史》均有传,著《敬所王先生文集》。王宗沐于甲辰中进士,听从岳父秦太史公(秦鸣夏)之荐,常向赵大佑请教,"某不敢忘。追公从南来,而某幸备员刑部,得朝夕请益,质以向所闻于太史公者较然矣"。赵有祝贺王新婚的诗作《王新甫进士新婚》。赵迁南大理寺丞,王去信问候。

　　叶良佩,字敬之,号海峰,太平镜川人。家贫,娶冠屿赵氏女,为赵崇贤的堂侄女。少从潘禄学《诗经》,精究坟典、史汉及星历图纬。正德丙子科举人,次年中进士。任新城县令,刑简赋轻,民感其德。自署其门曰:"空庭不扫三分雪,泰宇长留一脉春。"部使者报告,按其才能可委重任,于是调任江西的贵溪。其时,巨宦督造真人府,怙势横敛,百姓受害,良佩至,一绳之以法。积案谈笑立决,政声大著,被朝廷提拔为南刑部主事。以刑为民命所关,加意详慎,丝毫无所假贷。有富阉当论死,夜馈赠二百金,欲让案件转移他人受理,被严拒。任河南司郎中,对律法更精通,上报"案比法"。各个司有疑难案件都咨询叶而决,为同事所推服。在南京时,叶与况伯师会讲经书。伯师转任考功郎中,一些被考察免职的科道官,皆怨良佩,以为伯师受其指使,因劾罢叶良佩。赵大佑任御史时,叶已赋闲在乡,日兀坐一室,翻阅校雠写作,修《太平县志》,著书尤富。叶良佩写《次山记》,即在赵大佑探家为祖父祝寿时。

邵潘,号象峰,泉溪人。嘉靖戊子(1528)举人。邵任崖州知州,安抚黎族百姓,遇灾年饥荒,不待百姓请求,就发仓赈济。改任河池州,以诚信威望著,紧邻的南丹、那地、东兰等三个自治州府的土著均乐意服从其约束。升德府长史,编辑《训志录》,记载德府历代贤王的言行,被德王所嘉纳。邵象峰著有唐陈伯玉、杜少陵诗注,赵大佑曾写信索求。邵自崖州调河池,赵大佑赋诗寄怀。

曾铣,字子重,号石塘,祖居温岭松门南城外,随父徙黄岩仓头街。父贾而贫,曾铣自少随从父亲的朋友至扬州就学,以江都籍登进士第。《太平县志》的科举篇收录曾铣之名,为赵大佑的前科。曾铣先任长乐知县,后入朝廷,累官兵部侍郎、三边总制,屡著奇功。曾铣调任右副都御史、山东巡抚时,在朝廷的台州人均祝贺,由秦鸣夏为序而送行。嘉靖丙午(1546)议复河套,条上十八事,朝议未决。铣又劾仇鸾科敛士卒,阻挠军机,朝廷听从曾铣,诏夺仇鸾职位。边兵入延安、庆阳,曾铣遣将李珍夜劫其营,世宗嘉劳曾铣。严嵩上疏论铣挑起边衅、夏言附和曾铣误国,嘉靖一反面孔,逮捕审讯曾铣。此时兵部奏告,俺答侵入延宁,世宗称:"铣召之也。"仇鸾乘机诬陷曾铣,曾铣被斩于市。临刑赋诗:"袁公本为百年计,晁错翻罹七国忧。"隆庆初,赠兵部尚书,谥襄愍。

吴时来,仙居人,著《寤斋先生遗稿》。吴经常得赵大佑鼓励,吴被严嵩迫害入狱时,得赵大佑帮助。作《南京兵部尚书方厓赵公行状》《祭赵方厓文》等。赵大佑推辞吴时来要求其重新出仕的请求。(《复吴悟斋给谏书》)《再简悟斋》称:"先皇帝敬天勤民,美意恒存宵旰,祇缘意属稍偏,竟使功不遂志,吾党罪过可尽归于上邪。"鼓励吴忠于皇帝,"所谓匡救弥缝者,在诸公固宜效忠……行当盛世,宜得昌言"。同时要求吴"斟酌举止,切须慎重,勿伤过激",批评其此前的激进。

李景山、林应麒,均仙居人,为连襟。赵大佑有《与李景山参议书》,为李抱不平,称"道傍舆论则无不在左袒于兄者"。林应麒著《介山稿略》,《与赵方厓司寇》称:"奉别二十年,不克再获一晤,仅计前后七承慰存,教札,而已藏之箧笥。……拟瞻拜德门,追从雁荡之间。"赵寄的七封信,他都保存。

王桢,与赵同年入御史。赵大佑使江西、贵州、南京六年,挟六年牍,将谒见天子考会。王桢访问赵大佑,认为应商讨如何应对世宗的提问。"臣将对君,必从友谋拟得当,然后入,盖慎之也。君今考,即如天子按牍问,御史使三邦,三邦各有状,效明胡以臻?则君安置对?"赵大佑明确表示将如实回答。王桢叹其为达儒,"乃事事各底于理"。

张志淑,临海人。赵大佑乡试同年,为解元。嘉靖二十九年(1550)十二月,其父张中峰卒。赵大佑作《中峰张公墓志铭》,为其父一生不遇而感叹。赵认为中峰的宏才远略被埋没,但其修养文章传世,异世不能泯灭。同时对取士之道提出看法,认为不应只有科举,还应有乡举里选。

许毂,赵大佑同榜举人,前南京太常寺少卿。许毂称其与赵大佑关系密切,许为南京人,赵大佑多次到许家访问,"顷游白下,屡访柴荆"。两人同游南京凤凰台、杭州鹫岭,登山远眺。

汪汝达,常州人。自小丧父,得母周氏激励,日夜攻读,为高等子弟。嘉靖三十二年(1553)中进士,为黄岩令。时值倭寇残毁后,母与俱来。汪听母命,爱民有仁政,邑人怀之。后迁户部,任浙江按察金宪,母均随之任所。母死,赵大佑过常州,汪请赵作《汪太安人周氏墓志铭》。赵大佑仰慕汪母之仁义,赞誉汪母可入史传中的"女妇列传"。

项思教,临海人。项的祖父太常公与赵大佑祖父同为弘治壬子(1492)的同年,赵大佑的弟大佶、子成乎,与项思教同在嘉靖戊午(1558)中举,两家为世讲。赵大佑爱项思教如子弟,项思教便道回乡归省父母,时近年关,赵遣人引至常州,写信托朱知府借船济江。1565年,项思教服父丧,赵大佑已致仕,路过临海,项在灵江边迎候。项丧期满除服,致信问候赵,赵答书以忠义勉励之。

毛栋,与赵大佑的长子右军都督府都事成妥为同僚。毛父曾向吏部尚书许松皋、都御史王廷相推荐赵大佑,许、王上疏,世宗任用赵大佑为广东道御史。赵大佑与毛氏有30年的交情,赵大佑去世,毛栋写了祭文,称颂赵的功绩,回忆他曾请赵写厅壁的记文。

傅虚岩,赵大佑同年进士,杭州人。赵大佑致仕后,二人有书信来往。回忆起游览西湖的往事,时值隆庆,应友之问,赵答:"弟自得告还山,依亲终老。""吴山、台岭停云匪遐……梦思常往。"赵大佑明确表示自己不再出仕,同时,以为傅虚岩不应当隐居在家。

与督抚、将领的交往

赵大佑关切地方政事，与各地督抚、将领的交往频繁，与浙江督抚、将领李同野、李天宠、胡宗宪、杨宜、俞大猷、谭纶有往来。他担忧时局，与友议论北虏南倭，尤其关切浙江的抗倭。他为夫人送丧，在苏州遭遇倭寇劫掠，与家人失散，冠屿老家也被洗劫一空。他特别关注地方官员的任免，与僚友谈论官员的任免，希望地方官能为地方担责。

答巡抚赵玉泉的信件，除感谢巡抚对儿子一家的关照，更多是对原地方官的眷恋，"某自归数载，幸逢海甸乂宁，耕凿自遂……昨者秋潦异常，自开郡以来未睹，仅幸一贤郡守清约简静，加意为民，而复以忧去"。要求巡抚为百姓慎择地方官，"来日与庙堂诸公晤语，择人任事，倘辱片言及于敝土，一方万姓，辰夕戴詹"。

《寄赵剑门年兄书》对李进被劾，深感不满，"闻同野兄被论，朝士大夫哄然不快。部中、科中，咸以此举骇人听闻。士诎于不知己，固有由哉"，"功懋未赏，而官司谤诉张，又非其罪，何以劝当事而作后人。闻同野行矣，吾兄不日当还朝。而俞参戎亦推任吴中三公者，皆吾浙人仰望而偷安者也，同时解任，民将畴依"。李同野离浙，俞大猷、刘都阃相继移吴中，赵大佑忧虑"倭夷来者接踵，滋蔓更冬，两浙来年可虑殊甚"。

赵大佑与俞大猷谈论时弊，"海徼多虞，重烦开府。诸司既乏远虑，而民生又藉承平，其敝遂至于此"。对俞寄予希望，"公德威并懋，岂惟节铖，所至人蒙其福，而游子旅食得恬然"。

俞大猷被胡宗宪诬陷，充军大同，赵大佑去信慰问，《送俞总戎之云中，兼讯抚公同野》："横海频年事紃纷，虎符曾与左车分。投珠岂谓无知己，仗钺仍烦佐上军。"后来俞大猷在大同立功，回至前线。

《寄巡抚汲泉李公书》祝贺李天宠任浙江巡抚，"为敝土得人之贺。……咸谓公素以直道持身，实心当事。重镇须济世之才，不亦宜乎"。《答巡抚汲泉李公书》为李抱不平，"浙西不造，卒罹剥床之灾，台下与半洲公身心俱劳，未获'利涉'来谕，将不得人事"，"世情不古，每恕施于庸众人，而于贤者独责之备。而天道于君子，恒遗大投艰于其身，必使之拂郁困苦而后成立，殆不可晓"。后来，李天宠与张经同被赵文华诬陷而杀，其答陈潜斋之书，也论李天宠被诬陷之事，"虽或言动失于中正，要之为公而非私，君子之过也。昔夫子有取于狂士，其旨微哉"。赵大佑认为应容忍人犯错误，不可打击正人，"顷者多口，不足于汲泉，故并及之。流言无稽，智者自弗听也。……而嘉兴捷至，运筹曲中甚称圣心"，对张经的嘉兴之捷予以肯定。答胡宗宪则为应景文字："仰间拜辱教音，共谂荣代，申命行事。"

《寄谭二华太守书》记载与谭纶的交往，"两载金陵常詹懿范，别来遂成契阔。山城海郡，僻在东徼，民生眷土，又值兵荒，上有催科之责，而下有抚字之望，为之父母诚难矣"。赵大佑为台州百姓向谭纶请命，"仁人在位，百凡咸为德为民。其间维持操纵，宽猛盈缩，高明自有权度"。《答总督裁庵杨公书》忧虑"东南不造，兵火连年，三吴两浙望公久矣。多事需才之日，惟贤独劳，宜所至无温席也"。

与贵州巡抚刘彭年书，《初报抚公培庵书》论及张仁、李木之罪不在安万铨、安仁之下,《再报培庵书》称己"以疾恶过严,奉法直遂之性,凡一切身后得失、利害皆置之","苟利社稷虽杀身不顾","不背名教,则身后之祸譬犹寝疾而亡,何所避焉"。

与县令的交往

赵大佑关切地方生计,他与县令交往,不忘谈治民之要。

魏渠清,旧县令。《寄魏渠清司农书》回忆与魏分别七载往事。赵大佑肯定魏与旧县令陶秀的功绩,"以仆之所睹记,惟公与南城陶侯实政遗泽在吾土者最多且久,月旦屈指必先焉"。对二人仕途不顺,感到不平,陶秀仅升级一次就停止,魏令仅升迁二次,"皆位不满德,困约终身"。

曾才汉,旧县令。赵大佑祖父八十寿诞时,曾才汉亲赴祝寿,与赵大佑会面。《寄旧令尹双溪曾公书》,明显是老友口吻。赵谈及妻子送丧及升职事,"不幸有炊臼之厄,中年遭此,岂独儿女困苦哉","得舁其樏还乡,且厝之土矣。四月离家,七月到京,昨者,复叨进步"。对形势担忧,"浙东自遭海寇,防御输挽,版筑征科,随处骚动,……即今之日,安得岂弟如公再造吾土"。《与泰和曾鹅川秀才伯仲书》告诉曾子,胡蓝湖为前县学训导。

赵孟豪,旧令。于时值抗倭形势严重,赵督筑城墙,引起县民反对。赵孟豪是赵大佑推荐的,赵大佑在《复赵南华大尹书》中关心问讯:"昔明府下车未几,蜚声即驰京国。乡人群聚而誉公者,咸以归功于仆,能为吾邑得人;乃群聚而谤公,则又归咎于仆与吴给谏。"乡人对赵令态度变化,先褒后贬。后赵大佑儿子也告诉其原委,赵大佑引古语称:"士有非常之才,必有非常之行;有非常之誉,必有非常之谤。"劝慰之。

陶秀,旧县令。陶秀为谋职,请赵大佑向邓知府讲情,予以先容。《复陶交溪先生书》称陶秀、魏濠、曾才汉、方辂等旧县令均"有循良节爱之泽在吾土"。对陶遭厄穷、沦废,表示同情。赵大佑虽不认识邓知府,却并不推辞,介绍陶秀的亲戚罗令去通融,因为邓知府与罗为同年。

崇敬乡贤

赵大佑崇敬乡贤,并以乡贤为榜样,鼓励后进。

林鹗,赵大佑祖母之父,景泰二年(1451)进士。授御史,监京畿乡试。陈循等攻讦考官,鹗邑子林挺预荐,疑鹗有私,后得白。英宗复辟,出廷臣为知府,鹗为镇江知府。林鹗革弊举废,治甚有声。林鹗提出在京口闸、甘露坝的故迹疏浚河道,春夏启闸,秋冬度坝,功力省便。居五年,以才任治剧,调苏州。成化初,迁江西按察使。有犯重罪的贿达官,林鹗坚执不予减轻。广东寇剽赣州急,调兵御之,寇遁去。广信妖贼妄称天神惑众,捕戮其魁,立解散。历左、右布政使。岁饥,奏减民租十五万石。成化六年(1470),擢南京刑部右侍郎,执法不挠。十二年(1476)疾卒。鹗事母孝谨,对妻子无惰容。公余辄危坐读书。殁不能具棺敛,友人为经纪其丧。嘉靖中,御史赵大佑上其节行,赠刑部尚书,谥恭肃。

黄孔昭,黄俌之父,黄绾之祖。天顺四年(1460)进士,授屯田主事。奉使江南,却馈弗受,进都水员外郎。成化五年(1469),调文选,九年(1473)进郎中。按旧例,选郎要闭门谢客,孔昭遇客至,辄延见,访以人才,书之于册。任官,以其才高下配地繁简,由是铨叙平允。为郎中满儿载,擢右通政。久之,迁南京工部右侍郎。孔昭与林鹗、谢铎友善。弘治四年(1491)卒。嘉靖中,由黄绾之请,赠礼部尚书,谥文毅。子俌,亦举进士,为文选郎中。黄俌与夏镔在临海巾子山结识,一生为友。黄绾以议大礼至礼部尚书,于《明史》有传。

　　谢铎,太平人,天顺末进士。授编修,校勘《通鉴纲目》,称今天下有太平之形,无太平之实,因仍积习,废实徇名。塞上有警,条上备边事宜,语皆切时弊。秩满,进侍讲,直经筵。遭两丧,服除不起,弘治初荐起原官。三年(1490),擢南京国子祭酒,上言六事:择师儒,慎科贡,正祀典,广载籍,复会馔,均拨历。明年,谢病去。家居将十年,擢礼部右侍郎,管祭酒事。居五年,引疾归,正德五年(1510)卒。赠礼部尚书,谥文肃。谢铎致仕居乡时,夏镔请其为父夏埙作墓志铭,弘治四年(1491)后,夏镔多次访问谢铎及其朋友陈敬所。嘉靖之初,谢铎已去世多年,夏镔仍去桃溪访旧。后结识赵崇贤。

　　夏镔(1455—1537),字德树,号赤城。成化二十三年(1487)进士,不乐仕进,称病。弘治四年(1491)始赴阙,上《释言罪以明纳谏疏》为被谪言官辩冤,同时,暗喻皇帝"却谏",不听言官直言,并斥责权臣刘吉、万安等,得罪朝廷,下锦衣狱禁锢数月,后称病还乡。十四年(1501),孝宗起用旧臣,任南京大理寺评事。后还乡养亲,家居三十年。著《赤城集》,一刻于沈概,再刻于王廷幹,嘉靖四十四年(1565),赵大佑三刻其文集。夏镔与太平关系密切。成化十三年(1477)与黄俌倾盖巾子山下,为其仲子作《黄宗勤字说》。通过黄结识戴师文,有《与戴师文借文选柬》《祭戴师文》。成化十五年(1479),父夏埙卒,次年遣从弟请谢铎作铭,谢铎为撰《先府君事状》。谢铎曾促夏镔游金华,夏镔有《送金华还韵寄答内翰谢先生》等,《过三坑》有:"谢家酒赋经年断,去坐方岩仔细论。"弘治六年(1493),夏镔游桃溪,谢铎请记《缌山记》。夏镔过冠山,为赵崇贤的父、叔作墓志铭,为叶氏撰《太平叶氏祠堂记》,为木杓岖郑氏作《遗后庵记》。夏镔尊重谢铎之友陈敬所,诗称:"一见方岩论人物,便留此膝拜先生。"

与亲友乡人

赵大佑敬重祖父赵崇贤,孝敬父母。他与妻子牟氏休戚相关,对兄弟、叔父、子侄、妻叔丈牟霞溪、牟培萱等感情真挚。对少时同学、林贵兆、鲍亲家、武旸、张中峰、塾师、同年子弟、县丞项宗曙(凤溪)、算命人王佺、家奴等乡人均有真情。

祖父

祖父赵崇贤,弘治壬子举人,中癸丑乙榜,任汀郡训导,善教育。于六合知县,广德、道州知州任有惠政,谢事归,一意教育长孙赵大佑,以继其志。赵大佑回忆,"昔我先大父太守解组时,含饴之爱独余一人"。赵初出仕途,即获好评,与崇贤的悉心教诲密切相关。祖母林氏,为林鹗之女,嘱崇贤为林鹗求谥号。赵崇贤转嘱赵大佑上疏求谥,《明史》林鹗传记有载。赵崇贤亲为长孙选媳,终得一贤内助。赵氏家风淳厚,祖先重义轻财,将己田作为里中徭役公用,对丧葬急事无力的予以资助。赵崇贤治家严谨,子姓受约束,勤生产,起财以义,敬重祖先,凡宗祠祭祀,必亲力亲为。赵崇贤让赵大佑结识牟霞溪、叶良佩、夏镔等贤人。夏镔为台州知名文人,与方孝孺齐名,赵大佑亲自抄录夏镔的《赤城集》,并推崇备至。除上述结识的贤人外,赵大佑还尤其敬重乡贤谢铎等人。赵大佑后为祖父《弘治浙江壬子试录》重刊题跋,为《散轩遗稿》作序。《归自京师》怀念祖父,"驾车来间道,拭泪慰吾亲。寂寞重闽地,凄凉远客身。一经家食旧,千里简书新。衮职曾无补,箕裘愧后人",表示要继承祖父的遗志。

夫人

夫人牟德秀,富室小姐,二十岁嫁到赵家,把嫁妆全用于赵的学业,自己食不重味,衣无纨绮,祖父喜称"得冢妇矣"。赵的入仕、升迁,靠夫人治家有方。牟氏教子亦有义方。牟氏生前,赵大佑就感到愧对夫人。《思归》称"炊爨烹雉忆故吾,差池燕羽独将雏",牟氏有病强撑料理家务。嘉靖三十二年(1553)九月,病卒于南京大理寺官舍。赵大佑十分悲痛,一生不再续弦。次年(1554)任大理少卿,送丧以归。《燕石集》录有《奠亡室孺人牟氏丧归文》《北行告亡室牟孺人文》《奠亡室小祥文》《遥奠亡室入墓文》《亡室孺人牟氏墓志》等,文词情真,如晤亡妻而泣诉:"昔子从我,两载旧京。今我送子,千里铭旌。""孺人与我命也如斯。不然,何为生相远,而死且相违。悲莫悲兮永别离,闻不闻兮哀此辞。""服子之制,礼止于斯。念子之情,其何已时。""来辰除日,是子葬期。携家旅食,无因送子。故乡万里,悠悠我思。"《赋得新阡》载葬地在白塔之阳、马止山头。

兄弟、子女

赵大佑以祖训勉励弟子刻苦学习,"吾祖有云:务学当有常,否则一暴十寒矣;用功当知要,否则泛而不切矣。旨哉言乎,并为子诵之"。告诫弟学习不能走捷径,"若效时辈,记时文,剽句读,以幸其遭际。以是求进,非吾之所知"。《复佶弟书》对赵大佶愿教己子,去信感谢:"忠、愈二儿得荷监督,不致荒废,……具见贤者骨肉教爱之念。"《答世服书》请大佶教育儿子:"二子远归无所拘束,吾每窃睹其伎俩,荒惰无成,已决意拚撇弗较矣。兹睹来谕,许为提撕。则舐犊之私,又不能无望于及乌之爱也。"《喜得家书示儿》告诉儿子要刻苦学习:"辛勤应自惜三余。"《答族弟受书》讲述学习方法与途径:"继自今须熟读经书,讲习章旨;次则习子史,颂古文,多作文字。更须就正胜友,庶无自是之差,久则自然向进也。"

赵大佑认为教育子既要培养品德,也要重视身体,"文字之教,犹在次等。第一是饬其勿得轻言妄动,勿得纵酒耽欲,假饶为人不端,即是不才子弟,在家已不好,在邦尤不好,要官作何用。若己身有宿疾,大劳固不堪,小劳亦不任,有官济何事"?要求弟弟以百姓、子孙、家门为念,切不可见财起意而犯错,"士君子平居自许颇觉容易,惟是临财当事,若非确有定见,势利所在鲜不动心改图,若得贤者以来书之指,常自警省,岂惟他乡、他日民社攸幸,即吾家门祚重光,汝子孙亦永有依被"。《途中示儿》教子"丰思无逸豫思贫"。《答族弟世卿书》称弟被学校降罚,要求其自省,改正过失,"尚须循守条约,勤若自工,以图恢复","古人成功立业,往往于艰难困屈中得之,愿子加意自勉"。

赵大佑友爱兄弟子侄,关心家人无微不至。《北河月夜有怀佶弟》回忆与大佶一起在镜河泛舟游乐之事。《寄笔墨与弟伦》告诫弟大伦,他想听到弟中举的消息,"记取秋风报消息,雁行云里听蜚声"。《与世服》告诉大佶,在修建祖宗祠堂这件事上他不与本家叔父争名。《寄从弟健》《秋日偕诸弟游圣水寺》《夜梦舍弟伦，口号待寄》都关心弟辈，《慰从弟俊书》要求其善待寡嫂。

牟氏亲友

赵大佑与牟氏叔丈有文字之缘。牟霞溪是祖父亲自介绍认识的，赵大佑为霞溪的诗集作序。与牟培萱等叔丈日益亲密，致仕在家请牟培萱校订文集。《燕石集》附录三封书信均为牟培萱作，记载其校订过程。与牟氏叔丈等诗作有《忆畬川》(寄妻叔云涧、桧泉、竹冈)，又有寄雪舟、霞溪、培萱、莲峰、思贻诸位叔丈诗一首、《妻叔霞溪先生伯仲屡枉诗教，水宿晚望恨然有怀》《秋日登凭虚阁，寄牟氏叔丈次韵》《寄畬川诸姻长，昔有约不赴，因而嘲及》《宿灵石山房，望畬川不得到》《将发赤城，寄畬川诸外叔》等。《与牟思贻叔丈书》慨叹家室破败："所恨薄命起自一经，亡妇生前稼穑所贮、机杼所就，以遗身后之迹，惟丝缕数疋、宫室数椽而已。今掠之不足，毁之无余。"同时，答应为牟氏亲友书写赠言、书扇、书扁等。

叔　父

赵大佑关心本家叔父，能体会他人的情感，不愿掠人之美。赵大佑提出修建祖祠，后得知叔父早有重建祖祠的建议，对自己又提此事，感到不安，认为此举压制了叔父，"因某已为之，遂以相让。某不觉怵然有感……初不知叔父先有此意事，诚越次，愧谢愧谢"，再三表示不安。与叔父的诗文有《彭城别家叔北上》《承家叔和述梦之作次韵奉酬》《再答谢家叔占梦之佐》《与少梅饮家叔宅值雨》《复二叔父书》等。

舅父、妻兄、表弟等

《答舅氏王雪岩先生书》由王铃带交，赵大佑称："今时交道既衰，相谀多而相规甚少。"舅父赞其"温饱百年非素志，詹依四海有苍生",赵大佑称自己不敢当,当作为座右铭。

《奉慰母舅肯斋先生书》悼念母叔,《慰符表弟书》慰问表叔去世。《慰内弟王子陈书》慰问舅父去世,称:"某久羁旅食,舅氏病不及问,丧不及临,且将葬又不及随而送之,抚时怀旧,怒焉伤心。"表兄王南泉丧妻,以同病相怜之人慰问,"去冬,某丧妻;今年夏中,吴舍亲道丧先姊;比中秋,兄亦遭之","中年当厄,三姓同情;夫妇靡依,二子同患。我心既戚,又为兄痛之"。

王铃(九难)为赵大佑总角之好,赵请王铃带信,或请人带信给王铃的不少,包括《成安县博朱二丈以公事至都,念别既文,甚惬愿见,即席志喜,兼讯邑长九难先生》《次九难公韵并赠》《送王九难之任宜兴》等。王铃还为《燕石集》作序,回忆二人交往的往事。

其他相关的诗文有《题内弟林子隆便面》《简刘姑夫麟野》《长春堂为妻兄牟凤原赋》《题洞宾过海寄妻弟存浃》等。

乡　人

县学师友月航、海洲诸君寄给赵大佑的诗文,他出版成《空谷遗音》并作序。他与旧友一起游剡溪,与锦屏的陈君、泉溪的充斋都有书信。他的密友有鲍观澜、沈子积,诗文有《送鲍处忍南还》《送鲍观澜分教贵池便道南还》《别沈子积兄》《次韵酬沈子积兄见访》《简沈子积兄》《坐雨简子积》《沈子积兄枉召山行,率尔言别,越宿去桃溪,缅为兴怀辄成短述》等。鲍观澜即鲍文郁,观澜是他的号。《太平县志》记载,鲍文郁是新河(迁江)人,工诗,为嘉靖乙卯贡生,任湘潭教谕,与赵方崖为姻。

赵大佑尤其敬重方孝孺。宁海的任司训赴宿迁,他赋诗以其家乡贤人方孝孺勉励之,并赞许宁海林大尹修复方孝孺遗迹之举。赵大佑体贴普通百姓、下层官吏,温峤的项宾赴任县丞,作为都御史,他没有摆架子,作序勉励他为百姓做好官,以纯臣、良臣期许。赵大佑与林贵兆交往密切。鲍观澜的儿子在赵大佑处读书,林贵兆下第后,赵大佑请贵兆为鲍子辅导。林贵兆回乡,他送至城外,作《送林白峰下第南还》。后林贵兆做了都昌县令,上任时赵大佑赋诗勉励"浔阳咫尺柴桑里,莫学陶潜懒折腰"。后林贵兆告诉赵大佑,他要辞职,赵大佑去信劝勉,"先是,得九难舍亲书报,公下车未久,辄有去志","贵治风土既恶,加之政敝民顽,以静者居之,宜其不能淹也",并以自己的经历劝林贵兆。松门的术者王佺来访,为其题《醉醒集》,介绍同僚审稿。他还赋诗哀悼老奴凌四。致友人的书信还有《送塾师张君分教金溪》《简塾师世壮弟》《别塾师管惕庵秋元》《赠张雷冈序》《送陆蕺阳还越》《送金长洲别馆》《寄京邸友人陆君》等。

图书在版编目(CIP)数据

林贵兆集　赵大佑集 / 林家骊,王英础整理、点校
—杭州:浙江大学出版社,2019.12
(温岭丛书)
ISBN 978-7-308-19814-1

Ⅰ.①林… Ⅱ.①林… ②王… Ⅲ.①古典诗歌—诗
集—中国—明代②古典散文—散文集—中国—明代 Ⅳ.
①I214.82

中国版本图书馆 CIP 数据核字(2019)第 273654 号

林贵兆集　赵大佑集

林家骊　王英础　整理、点校

责任编辑	蔡　帆	
责任校对	吴　庆	
封面设计	项梦怡	
出版发行	浙江大学出版社	
	(杭州市天目山路 148 号　邮政编码 310007)	
	(网址:http://www.zjupress.com)	
排　　版	浙江时代出版服务有限公司	
印　　刷	绍兴市越生彩印有限公司	
开　　本	880mm×1230mm　1/32	
印　　张	21.125	
字　　数	493 千	
版 印 次	2019 年 12 月第 1 版　2019 年 12 月第 1 次印刷	
书　　号	ISBN 978-7-308-19814-1	
定　　价	120.00 元	